제
102
회

❀

대관원에서 법력으로
요괴를 몰아내다.

제
110
회

가모가 천수를 다해
이승을 떠나다.

紅樓夢 6

다시 돌이 되어

나남
nanam

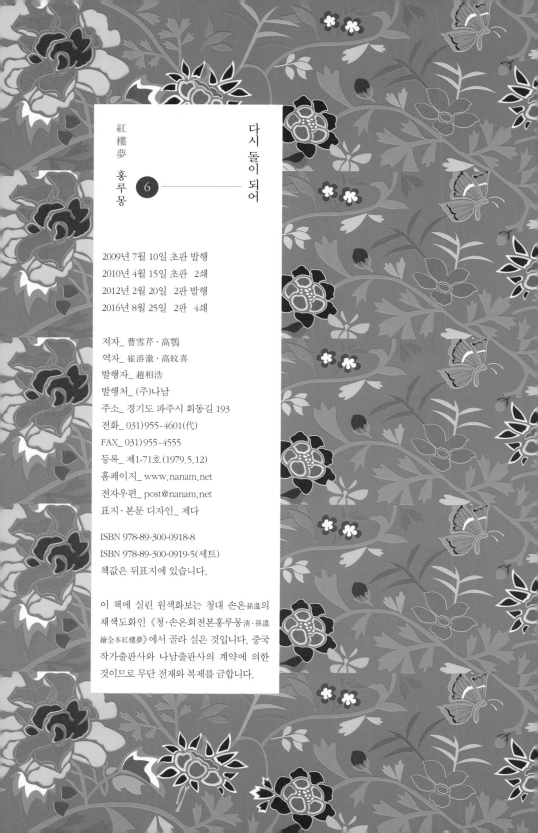

紅樓夢 홍루몽

6

다시 돌이 되어

2009년 7월 10일 초판 발행
2010년 4월 15일 초판 2쇄
2012년 2월 20일 2판 발행
2016년 8월 25일 2판 4쇄

저자_ 曹雪芹·高鶚
역자_ 崔溶澈·高旼喜
발행자_ 趙相浩
발행처_ (주)나남
주소_ 경기도 파주시 회동길 193
전화_ 031)955-4601(代)
FAX_ 031)955-4555
등록_ 제1-71호(1979.5.12)
홈페이지_ www.nanam.net
전자우편_ post@nanam.net
표지·본문 디자인_ 제다

ISBN 978-89-300-0918-8
ISBN 978-89-300-0919-5(세트)
책값은 뒤표지에 있습니다.

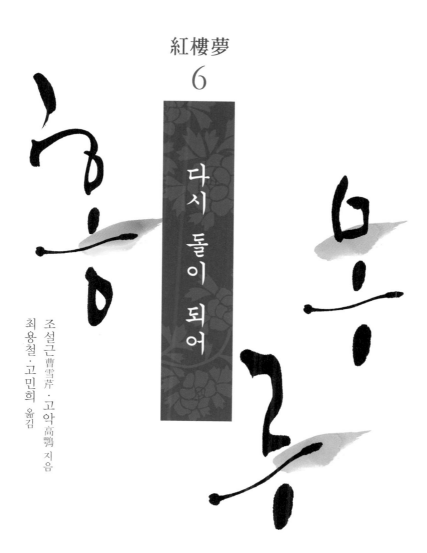

紅樓夢

6

다시 돌이 되어

조설근曹雪芹 · 고악高鶚 지음

최용철 · 고민희 옮김

나남
nanam

❀

희봉이 달밤에 유령을 만나다.

제
111
회

원앙은 가모를 따라
목숨을 끊고 태허환경으로
돌아가다.

제
111
회

✿

가부가 비어있는 틈을 타
종놈이 도둑떼를 끌어들이다.

春風如聽古人書

제
113
회

❁

희봉은 유노파에게
교저를 맡기다.

보옥은 정신을 잃고
꿈속에서 태허환경으로
들어가다.

제
116
회

가정이 어머니의 영구를
고향으로 모셔가다.

❀

보옥이 통령보옥을
중에게 돌려주려 하자
습인과 자견이 말리다.

눈밭에서 보옥이 가정에게
하직인사를 올리다.

진사은은 스님과 도사를 만나
돌이 청경봉 아래로 돌아갔음을
듣게 되다.

일러두기

이 책의 번역저본은 중국예술연구원 홍루몽연구소에서 교주校注하고 인민문학출판사에서 간행한 신교주본新校注本《홍루몽》을 사용하였다. 초판은 1982년에 나왔으나 이 책은 1996년에 나온 제2판 교정본을 사용하였다. 이 판본은 전80회는 《경진본庚辰本》을, 후40회는 《정갑본程甲本》 등을 중심으로 교감한 새로운 통행본이다.

――――

이 책의 권두 삽화는 청대 손온孫溫의 채색도화인 《청·손온회전본홍루몽淸·孫溫繪全本紅樓夢》(작가출판사 간행)을 사용하였으며 따로 청말《금옥연金玉緣》 판본의 흑백 삽화를 일부 활용하였다.

――――

이 책은 매 20회씩 나누어 총 6권으로 하였으며 각권마다 별도의 부제를 붙여서 전체 줄거리의 변화를 보여주도록 하였다. 또 각 회의 회목은 번역문과 원문을 병기하였고 동시에 독자의 빠른 이해를 위해 따로 간편한 제목을 붙였다.

――――

작품 속의 시사詩詞 등 운문에는 편리하게 대조할 수 있도록 원문을 병기하였으나 운문의 일부와 산문의 경우는 이를 생략하였다.

작품 속의 인명과 지명 등 고유명사는 한글의 한자음을 사용하였으며 처음 등장할 때 혹은 필요하다고 생각되는 곳에는 한자를 병기하였다.

홍루몽 ——— 6

다시 돌이 되어

大觀園月夜
驚幽魂
散花寺神
籤占異兆

귀신 나오는 대관원

대관원 달밤에 유령이 나타나 경고하고
산화사 점괘의 기이한 징조에 놀라네

大觀園月夜警幽魂　散花寺神籤驚異兆

　　희봉이 자기 방으로 돌아와 보니 가련이 아직 돌아오지 않았으므로,
탐춘의 행장과 혼수를 준비할 사람들을 정했다. 그날 황혼이 지난 뒤
희봉은 문득 탐춘이 생각나서 그녀를 보러 가려고 풍아와 시녀 둘을 따
르게 하고, 등불을 들고 앞서게 했다. 그러나 막상 문밖으로 나와 보니
달빛이 대낮같이 밝았으므로 등불을 든 시녀에게 말했다.
　　"너는 돌아가도록 해라."
　　그리고 나서 차 끓이는 방의 창 밑을 지나가려는데 누군가 안에서 소
곤거리는 소리가 들려왔다. 그 소리는 우는 것 같기도 하고 웃는 것 같
기도 했으며, 어찌 들으면 무슨 의논을 하는 것 같기도 했다. 희봉은 할
멈들이 무슨 시시비비를 가리고 있는 것이려니 하면서도 기분이 언짢
아졌다. 그래서 소홍이더러 안으로 들어가서 아무 내색도 하지 말고 뭣
들 하고 있는지 자세히 알아오라고 시켰다. 그 말에 소홍이 대답하고
안으로 들어갔다.

희봉은 풍아만을 데리고 대관원 문 앞까지 왔다. 문이 닫혀 있을 뿐 아직 잠겨있지 않았으므로 두 사람은 문을 밀고 안으로 들어갔다. 대관원 안의 달빛은 바깥보다 한층 더 밝은 것 같았고, 땅은 온통 나무 그림자로 뒤덮여 있는 데다가 인기척도 없어 적막하고 쓸쓸하기 그지없었다. 그들이 막 추상재秋爽齋로 통하는 길로 들어서려는데 별안간 획 하는 소리와 함께 한 줄기 바람이 스치더니 나뭇가지에서 낙엽이 우수수 쏟아져 내리고 가지들이 휭휭 휘파람 소리를 냈다. 그 바람에 둥지에 깃들어 있던 까마귀와 새들이 놀라서 푸드덕 하고 날아올랐다. 희봉은 술을 마시고 난 뒤라 갑자기 바람을 맞으니 온몸이 부르르 떨렸다. 뒤따르던 풍아도 목을 움츠리며 말했다.

"아이, 꽤 춥네요!"

희봉은 추위를 견딜 수가 없어서 풍아에게 심부름을 시켰다.

"너 얼른 돌아가서 그 은서피 배자를 가져오너라. 난 셋째 아가씨 방에 먼저 가 있을 테니까."

풍아는 자기도 돌아가서 옷을 더 껴입고 싶었던 참이라 기다렸다는 듯이 냉큼 대답하고 급히 오던 길로 되돌아갔다.

희봉이 다시 걸음을 옮겨 얼마 가지 않았을 때 뒤에서 킁킁하며 뭔가 냄새를 맡는 듯한 소리가 들려왔다. 그 소리에 희봉은 머리끝이 쭈뼛해졌다. 엉겁결에 획 뒤돌아보니 시커멓고 번질번질한 무엇인가가 몸 뒤에서 코를 벌름거리며 냄새를 맡고 있는데, 두 눈은 마치 등불같이 벌겋게 이글거리고 있었다. 희봉은 소스라치게 놀라서 자기도 모르게 악하고 소리를 질렀다. 그러다 자세히 살펴보니 그것은 큰 개였다. 그 개는 획 하고 빗자루 같은 꼬리를 끌고 단숨에 가산 위로 뛰어 올라가서 멈춰서더니 다시 희봉을 내려다보며 앞발을 쳐들고 으르렁거렸다.

희봉은 어찌나 놀랐던지 혼비백산하여 단숨에 추상재로 내달았다. 문 앞에 이르러 막 가산을 돌아들려는 참인데 앞에서 사람 그림자 하나가 어른거렸다. 희봉은 의아한 마음이 들기는 했으나 이내 어느 방엔가 딸린 시녀이겠거니 하는 생각이 들어서 물었다.

"거기 누구냐?"

그러나 연거푸 두 번이나 물었는데도 아무 대답이 없고 사람도 나서질 않았다. 그러자 희봉은 또다시 등골이 오싹해지며 혼이 나갈 정도로 두려워졌다. 그때 등 뒤에서 어렴풋하게 말소리가 들려오는 것 같았다.

"숙모님, 숙모님께서는 이제 저도 알아보지 못하시는군요!"

희봉이 얼른 뒤를 돌아다보니 거기엔 아름다운 용모에 훌륭한 옷차림을 한 여인이 서 있는데, 무척 낯이 익은 것 같으면서도 어느 집 누구인지 도무지 생각이 나질 않았다. 그런데 그 여인이 다시 입을 여는 것이었다.

"숙모님께서는 부귀영화를 누리는 데만 정신이 팔려서, 만년 동안 부귀를 누릴 영원한 기반을 닦아놓아야 한다고 제가 언젠가 말씀드린 사실을 까맣게 잊고 계시군요."

이 말에 희봉은 고개를 숙이고 한참을 생각해 보았지만 그래도 누구인지 좀처럼 생각나질 않았다. 그러자 그 여인이 차갑게 웃으며 말했다.

"숙모님께서는 이전에 저를 얼마나 사랑해주셨어요? 그런데 지금은 이토록 깨끗이 잊으셨단 말인가요?"

희봉은 그제야 그 여인이 다름 아닌 가용의 전처인 진가경임을 알아차렸다.

"아니, 죽은 사람이 어떻게 여기 와 있는 거야?"

그리고는 침을 탁 뱉고 홱 돌아서려다가 그만 돌부리에 걸려 넘어지고 말았다. 순간 희봉은 마치 꿈에서 깨어난 것처럼 온몸에 땀이 비 오듯 흘렀다. 그러나 비록 모골은 송연했지만 정신만큼은 똑똑해서, 저쪽에서 소홍과 풍아가 오는 것이 보였다. 희봉은 자기의 이런 꼴이 남들 입방아에 오르내리는 것이 싫어서 얼른 일어나서 그들을 나무라며 쏘아붙였다.

"너희는 뭐 하느라고 이렇게 오래 걸렸니? 옷을 가져 왔으면 어서 입혀다오."

풍아가 다가와서 옷을 입히는 한편 소홍이 희봉을 부축해서 추상재로 가려고 하자 희봉이 막았다.

"내가 방금 가봤더니 모두들 잠들어 있더구나. 그러니 그만 돌아가자."

그러면서 희봉은 두 시녀를 데리고 부랴부랴 자기 방으로 돌아왔다. 돌아와 보니 가련이 와 있었는데, 가련은 희봉의 안색이 여느 때와 다른 것을 보고 그 까닭을 물어보고 싶었지만 평소부터 아내의 성격을 잘 알고 있는 터라, 무턱대고 물어보기도 뭣해서 아무 말도 묻지 않고 그냥 잠자리에 들었다.

이튿날 오경이 되어 가련은 일어났다. 총리내정도검점태감總理內庭都檢點太監[1]인 구세안裵世安의 집으로 일보러 갈 심산이었지만 아직 시간이 너무 일렀으므로 책상 위에 놓인 어제 일자 관보를 보고 시간도 보낼 겸 그것을 집어 들고 읽어 내려갔다. 관보에 실린 첫 사건은 운남절도사 왕충王忠이 올린 것으로 화승총과 화약을 몰래 지니고 변방을 빠져나가려던 범인 열여덟 명을 체포했다는 것이었다. 범인들의 두목인 포음鮑音은 태사太師 진국공鎭國公 가화賈化의 가신이라 자칭하고 있다는 것이다. 둘째 사건은 소주자사 이효李孝가 올린 것인데 노복이 제멋대로 행패부리는 것을 상전이 내버려두었기 때문에 노복이 상전의 세력을 등에 업고 군민을 능욕하였고 수절하는 과부를 겁탈하려다가 뜻을 이루

---

1 태감의 우두머리로, 작자가 허구로 만들어낸 관직이라고 함.

지 못하자 일가 세 명을 죽였으므로 그 상전을 탄핵한다는 내용이었다. 그 흉악범의 성은 시時이고 이름이 복福으로 세습 삼등직함 가범賈範의 노복이라는 것이다. 가련은 이 두 사건의 기록을 보고 기분이 몹시 상했다. 그는 계속해서 다음 것을 보려고 하였으나 시간이 늦으면 구세안을 만나지 못할 것 같아서 조반도 먹지 않은 채 허둥지둥 옷을 갖춰 입었다. 때마침 평아가 차를 내왔으므로 두어 모금 마시고는 곧장 말에 올랐다.

가련이 나가고 나자 평아는 그가 벗어 놓은 옷을 주섬주섬 거두었다. 희봉이 그때까지 아직 자리에서 일어나지 않았으므로 평아는 희봉에게 다가가서 말을 걸었다.

"아씨, 간밤에 한숨도 못 주무시는 것 같던데, 제가 다리를 좀 주물러 드릴 테니 좀더 주무시도록 하세요."

희봉이 한참 동안 아무 말이 없자, 평아는 그렇게 하라는 뜻으로 알고 구들 위로 올라가서 희봉의 곁에 앉아 가볍게 몸을 주물러 주었다. 그렇게 조금 주무르고 있으려니까 희봉이 스르르 잠이 드는가 싶었다. 그런데 저쪽 방에서 교저의 울음소리가 들려오자 희봉은 그만 눈을 번쩍 뜨고 말았다. 평아가 연신 그쪽에다 대고 소리를 질렀다.

"할멈, 할멈은 도대체 뭐 하고 있는 거야? 아기씨가 울면 잘 토닥여 줄 것이지, 그저 잠만 처자고 있으면 어떻게 해?"

저쪽 방에 있던 이 할멈은 깜빡 졸고 있다가 그 소리에 화들짝 놀라 깼다. 이 할멈은 평아의 잔소리에 기분이 상해서 교저를 있는 힘을 다해 몇 대 두들겨 패면서 마구 욕을 퍼부어댔다.

"요런 급살 맞을 계집애 같으니라고. 곱게 자빠져 자지 않고 한밤중까지 울고 지랄이야. 네 어미가 죽어서 곡이라도 하는 게냐?"

그러면서 이 할멈은 이를 악물고 교저를 비틀어 꼬집었다. 그 바람에 교저는 숨이 넘어갈 듯 자지러지게 울음을 터뜨렸다. 그 소리를 들은 희봉은 불같이 화를 냈다.

"저런 망할 놈의 할망구 같으니라고. 저 소리 좀 들어봐. 아주 애를 잡을 모양이군. 네가 건너가서 저 망할 년을 죽도록 패주고 아이를 이리 안고 오너라."

그러자 평아가 웃으면서 말했다.

"아씨, 화내지 마세요. 할멈이 어찌 감히 아기씨를 괴롭혔겠어요? 그저 조심성이 없어서 어디를 잠깐 잘못 건드렸나 봐요. 지금 저 할멈을 몇 대 때려주는 건 어렵지 않지만, 그랬다간 당장 내일 저것들이 한밤중까지 사람을 팬다고 험담을 늘어놓지 않겠어요?"

희봉은 그 말을 듣고 한참 말이 없더니 길게 한숨을 내쉬었다.

"너도 보면 알 거 아니겠니? 지금은 내가 이렇게 시퍼렇게 살아있으니 망정이지 내일이라도 당장 죽으면 저 어린것이 어떻게 되겠느냐!"

평아가 웃으며 말했다.

"아씨도 참, 무슨 말씀을 하시는 거예요? 아침부터 왜 그런 말씀을 하세요?"

그러자 희봉은 차갑게 웃으며 말했다.

"네가 뭘 안다고 그래? 나로서는 짐작 가는 게 있어서 그러는 거야. 내가 살 수 있는 날도 이제 얼마 남지 않았어. 비록 스물다섯 해밖에 살지는 못했지만 그동안 남들이 보지 못하는 걸 보고, 남들이 먹지 못하는 것도 먹으면서 온갖 호강을 다 했다고 할 수 있지. 세상에 있는 물건이란 물건은 죄다 가져봤고 화도 낼 만큼 내봤으며 성질도 부릴 만큼 부려봤어. 단지 명이 짧은 것이 한스러울 뿐인데, 그건 사람의 힘으로는 어쩔 수 없는 일이 아니겠니?"

듣고 있던 평아는 자기도 모르게 눈물을 주르르 흘렸다. 그러나 희봉은 되레 빙글빙글 웃으며 말했다.

"얘, 이제 와서 그렇게 자비로운 체하지 마. 내가 죽으면 너희는 기뼈서 어쩔 줄 모를 거야. 너희끼리나 한마음 한뜻으로 화기애애하게 지내렴. 눈엣가시 같은 내가 없어지면 좀 좋겠니? 다만 한 가지 부탁이 있는데, 너희가 인정이 있다면 내 딸아이만은 잘 돌봐다오."

평아는 그 말을 듣더니 더욱 눈물을 쏟았다. 희봉은 또 웃으며 말했다.

"방정 좀 그만 떨어라. 내가 금방 죽기라도 한다더냐? 그렇게 서럽게 울게! 내가 죽지 않을래도 네 울음소리에 지레 죽게 생겼다."

평아는 그 소리에 얼른 울음을 그쳤다.

"아씬 어쩌면 그렇게도 가슴 아픈 소릴 하시는 거예요?"

그러면서 평아는 다시 희봉의 다리를 두드리기 시작했다. 한참 아무 말이 없나 싶더니 희봉은 어느새 스르르 잠이 들었다.

희봉이 잠든 것을 보고 평아가 막 구들에서 내려서려는데 밖에서 발소리가 들렸다. 그것은 뜻밖에도 가련이었다. 가련이 집에서 늦게 출발한 탓에 구세안은 이미 입궐하고 없었으므로 만나지도 못하고 돌아왔던 것이다. 기분이 상해서 돌아온 가련은 집에 들어서자마자 평아에게 물었다.

"모두들 아직도 일어나지 않았단 말이냐?"

"네, 아직 안 일어났어요."

가련은 발을 확 걷어 올리고 들어와서 냉소를 흘리며 말했다.

"흥, 아주 팔자들이 늘어졌구먼! 해가 중천에 떴는데도 아직 안 일어나다니, 이젠 아예 마음 놓고 누가 더 게으른가 내기라도 하겠다는 거냐?"

그러더니 이번에는 차를 가져오라고 호통 쳤다. 평아가 급히 차를 한 잔 따라왔다. 그런데 시녀와 할멈들은 가련이 외출한 후 이렇게 일찍 돌아올 줄 모르고 다시 잠이 드는 바람에 차를 미처 준비해 놓지 않았으므로, 평아는 한 번 끓였던 차를 다시 데워서 내왔던 것이다. 가련은 새로 끓인 차가 아닌 것을 알고는 불같이 화를 내며 찻잔을 냅다 땅바닥에 내던졌다. 그 통에 찻잔은 그만 쨍그랑 소리를 내며 산산조각이 났다.

그 소리에 놀란 희봉은 온몸에 식은땀을 좍 흘리며 "아이고머니나"하고 소리를 지르며 눈을 떴다. 눈을 떠보니 가련은 화가 나서 씩씩거리면서 곁에 앉아 있고, 평아는 허리를 구부리고 깨진 찻잔 조각을 줍고 있었다.

희봉이 가련에게 물었다.

"왜 벌써 돌아오셨어요?"

가련이 한참 동안 아무 대답을 하지 않았으므로 희봉은 똑같은 말을 다시 한 번 되물었다. 그러자 가련이 퉁명스럽게 쏘아붙였다.

"돌아오지 않으면 그럼 나더러 밖에 나가 죽으라는 얘기야?"

희봉이 웃으면서 말을 받았다.

"무슨 그런 말씀을 하세요? 평소에는 오늘처럼 이렇게 빨리 돌아오시지 않았기에 한 번 물어본 건데, 그렇게까지 화내실 건 없잖아요?"

"이번에도 만나지 못했으니 일찍 돌아올 수밖에 더 있겠어?"

"못 만나셨으면 참았다가 내일 아침에 다시 좀 일찍 가면 만날 수 있지 않겠어요?"

희봉이 이렇게 말하자 가련이 또 쏘아붙였다.

"나야말로 제 밥 먹고 남한테 노루몰이 해주는 꼴이 아니고 뭐겠어? 내 집에 할 일이 산더미같이 쌓여 있어도 손끝 하나 움직여주는 이가 없는 판에, 쓸데없이 남의 일 때문에 며칠째 이리 뛰고 저리 뛰고 있으니 이게 도대체 뭐 하는 짓인지 모르겠단 말이야. 정작 당사자는 팔자 좋게 집안에 들어앉아 남이야 죽든 살든 상관도 안 하는 데다가, 듣자니 떠들썩하게 주연을 베풀고 극단을 청해다 생일잔치까지 벌인다니, 내 원 참 기가 막혀서! 그 빌어먹을 놈 때문에 나만 발이 부르트게 뛰어다니고 있잖아."

그러면서 가련은 땅에다 침을 탁 뱉으며 또 평아에게 욕을 해댔다. 듣고 있던 희봉은 기가 막힌 나머지 한 번 대놓고 따져 물을까 생각도 해봤지만, 이내 마음을 바꿔서 꾹 눌러 참고 억지로 웃는 낯을 지어 보였다.

"무엇 때문에 그렇게 불같이 화를 내시는 거예요? 이른 아침부터 저한테 그렇게 소리칠 필요가 어디 있어요? 누가 당신더러 남의 일을 떠맡으라고 했던가요? 기왕 맡아서 해주기로 하셨으면 조금 참아가며 일을 봐주면 좀 좋겠어요? 그런데 자기네가 어려운 일을 당해서 남한테 부탁까지 해놓은 마당에 극단을 청해다 주연을 베풀고 놀 생각을 하다니, 세상에 그런 사람들이 어디 있어요?"

"당신 말 한 번 잘했소. 그럼 당신이 내일 그 사람한테 좀 물어 보구려."

희봉이 의아해하며 물었다.

"누구한테 물어보란 말씀이세요?"

"누구한테 물어보냐구? 당신 오빠지 누구긴 누구겠어?"

"아니, 그 사람이 바로 오빠란 말이에요?"

"당신 오빠가 아니면 또 누가 있겠어?"

희봉이 얼른 다시 물었다.

"오빠가 무슨 일로 당신을 뛰어다니게 했단 말이에요?"

"당신은 아직 깜깜 무소식이로군."

"정말 이상한 일이군요. 난 아무것도 모르고 있는걸요."

"하긴 당신이 알 까닭이 없지. 이 일은 숙모님이나 이모님도 모르시는 일이니까. 우선은 숙모님이나 이모님이 아시면 걱정하실까 봐 말하지 않은 거고, 둘째로는 당신이 노상 몸이 아프다고 하기에 안에다 알리지 말라고 단단히 단속해 두었지. 그렇지만 생각만 해도 화가 나서 못 견디겠어. 당신이 오늘 묻지 않았더라면 나도 입 밖에 내지 않았을 거야. 당신 오빠가 하는 짓이 어디 사람이 할 만한 짓인 줄 알어? 사람들이 모두 당신 오빠더러 뭐라고 하는지 알기나 해?"

"뭐라고들 하는데요?"

"뭐라고 하느냐고? '망인忘仁'[2]이라고 한다니까."

희봉은 그 소리에 피식하고 웃었다.

"오빠의 이름이 왕인王仁인데 그럼 왕인이라고 하지 뭐라고 하겠어요?"

"그 왕인인 줄 알아? 인의예지신仁義禮智信을 잊었다는 그 망인忘仁이란 말이야."

"어떤 놈이 그런 더러운 주둥아리로 남을 헐뜯는답니까?"

"그건 헐뜯는 게 아니야. 오늘 말이 나온 김에 내가 당신에게 말해두는 건데, 당신도 자기 오빠의 훌륭한 점을 좀 알아두는 게 좋겠어. 자기 둘째 숙부를 위해 생일잔치를 차려드리려고 하고 있으니까 말이야."

희봉은 잠시 생각하더니 이렇게 말했다.

"아이 참, 제가 당신한테 물어본다는 걸 깜박했네요. 둘째 숙부님의 생신이 겨울이 아니던가요? 제 기억에 해마다 보옥 도련님이 축하드리러 갔던 것 같아요. 지난번에 대감님께서 영전하셨을 때 둘째 숙부님께서 극단을 보내셨잖아요. 그때 제가 속으로 가만히 이런 생각을 했어요. '둘째 숙부님은 둘도 없이 인색한 사람이라 큰숙부님과는 비할 수도 없지. 그분들은 집안에서 언제나 오안계〔烏眼鷄: 눈알이 검은 닭으로 싸움을 잘함〕처럼 서로 노려보면서 지내셨는데, 지난번에 큰숙부님께서 세상을 뜨셨을 때 생기는 게 없으면 둘째숙부님께서 동생이면서도 자기가 앞에 나서서 모든 일을 도맡아 했겠어?'라고 말이지요. 그래서 그날 제가 둘

---

2 여기서 말하는 망인(忘仁)은 희봉 오빠의 이름인 왕인(王仁)과 중국어 발음이 같으므로 빗대서 말한 것임.

째 숙부님 생신이 되면 우리도 답례로 극단을 보내서 친척 간에 체면이 깎이지 않도록 하자고 말했던 거예요. 그런데 이렇게 빨리 생신잔치를 하는 까닭이 뭔지 모르겠어요."

"당신은 아직도 꿈을 꾸고 있군그래. 당신 오빠란 사람은 경성으로 오자마자 큰 숙부님이 별세하셨다는 구실로 조문을 받았던 거야. 그는 혹시 우리가 알면 못하도록 말릴까 봐 아무에게도 알리지 않고 수천 냥이나 되는 조의금을 혼자 꿀꺽 해버렸지 뭐야. 나중에 둘째 숙부님께서 그 사실을 아시고 그 돈을 혼자만 먹었다고 몹시 야단을 치셨다는군. 그러자 당신 오빠는 그 꾸중을 당해낼 수 없으니까 또 다른 꾀를 냈는데, 그 꾀란 것이 둘째 숙부님의 생신을 축하해 드린다는 명목으로 그물을 쳐서 다시 돈을 좀 거둬들이겠다는 심산이었어. 그래가지고 둘째 숙부님이 화를 푸시도록 적당히 무마하려는 수작이지. 그러니 친척이나 친구들이 뭐라고 하든 안중에도 없고, 생신이 겨울이든 여름이든 상관하지 않을 뿐더러 남들이 아는지 모르는지 따질 겨를이 있을 게 뭐야. 이런 몰염치한 인간이 어디 있어?

그건 그렇고 당신은 내가 왜 아침 일찍 일어났는지 알아? 이번에 어사가 연해지방의 일로 황제폐하께 탄핵문을 올렸는데 그 내용이 글쎄 큰숙부님께서 공금을 축냈다는 거야. 그런데 본인이 이미 세상을 떴으니까 응당 그 동생인 왕자승王子勝과 조카 왕인王仁이 변상해야 한다지 뭐야. 그래서 그들이 나를 찾아와서 어떻게 좀 손을 써달라고 통사정하질 않겠어. 나는 그들이 딱해 보이는 데다가 숙모님이나 당신하고도 관계되는 일이므로 마지못해 그렇게 해보겠다고 승낙했지. 그래서 총리내정도검점으로 있는 구세안 나리를 찾아가서 전임자와 후임자에게 그 몫을 떠맡기는 것으로 좀 선처해 줄 수 없을까 하고 부탁해 볼 작정이었는데, 공교롭게도 늦게 가는 바람에 이미 궁으로 들어간 뒤라 만나지도 못하고 아침 일찍부터 헛걸음만 했지 뭐야. 그런데 정작 당사자들은 집에서 극단을 청해 놓고 술자리를 베풀고 있으니 내가 화나지 않게 생겼어?"

희봉은 그 말을 듣고서야 오빠가 그런 짓까지 저질렀다는 것을 알았다. 그러나 희봉은 워낙 남에게 지기 싫어하고 약점을 보이려고 하지 않는 성미인지라 가련의 말을 듣고 이렇게 받아쳤다.

"오빠가 그런 짓을 했다손 치더라도 어디까지나 당신 맏처남 아니에요? 그리고 이번 일로 돌아가신 큰숙부님이나 살아계신 둘째 숙부님 모두 당신한테 고맙다고 생각하실 거예요. 그러니 그만 화를 푸세요. 저도 드릴 말씀이 없네요. 저희 친정집 일이니까 당신에게 절을 열두 번이라도 해서 부탁드리지 않을 수 없군요. 제발 다른 사람에게까지 누를 끼쳐서 그 때문에 제가 남한테 손가락질 받는 일만은 없도록 해주세요."

희봉은 그렇게 말하면서 눈물을 주르르 흘렸다. 그리고 이불을 젖히고 일어나더니 머리를 매만지고 옷을 챙겨 입었다.

"그렇게까지 할 건 없잖아. 당신 오빠를 나쁘다고 했지 당신한테 뭐라고 한 건 아니야. 내가 집을 나설 때 당신은 몸이 불편했고 나는 일찍 일어났는데도 아랫것들은 여전히 자빠져 자고 있기에 화를 낸 거야. 우리 선대에 어디 이런 법이 있었어! 그런데 당신은 요즈음 호인이 되어서는 아무 잔소리도 안 하잖아. 내가 한마디 했다고 발딱 일어나는 것을 보니 앞으로 내가 아랫것들을 혼내려고 들면 당신이 저것들 역성을 들어줄지도 모를 일이군. 정말 웃기는 일이야!"

희봉은 이 말을 듣고서야 눈물을 거두고 말했다.

"이른 시간도 아니니 이제 일어나야겠어요. 당신이 그렇게 말씀하시는 걸 보면 오빠를 위해서 일을 잘 봐주시리라 믿어요. 그렇게 하시는 게 당신으로선 정리가 아니겠어요. 그리고 그건 또 저만을 위하는 것이 아니라고 생각해요. 숙모님께서도 아시면 매우 기뻐하실 거예요."

"암 그렇고말고. 나도 다 알고 있어. 그렇지만 '다 자란 무에다가 똥거름을 줄 필요는 없다'[3] 는 말도 못들었어?"

그러자 평아가 희봉의 편을 들었다.

"아씨, 뭐 하러 이렇게 일찍 일어나셨어요? 아씨께선 언제나 일어나는 시간이 정해져 있질 않으세요? 서방님께서는 어디서 화나 오셔서 저희들에게 화풀이하시는지 모르겠어요. 정말 왜 그러시는 거예요? 아씨께서는 서방님을 위해서 갖은 애를 다 쓰고 계시잖아요. 아씨께서 서방님 대신 처리해 드리지 않은 게 어디 있나요? 제가 이런 말씀드리는 건 좀 뭣하지만 서방님께서는 아씨께서 다 차려놓으신 밥상을 얼마나 많이 받아 잡수셨어요? 그런데 이번에 아씨를 위해서 수고를 좀 하셨기로서니 뭘 그렇게까지 야단이세요. 또한 그 일은 이리저리 여러 분들과 관계되는 일이건만 그렇게 엿으로 초를 만들기라도 한 것처럼 남이야 떨든 말든 아랑곳하질 않으시니 말이에요. 게다가 이 일은 아씨 한 분하고만 관계되는 일도 아니잖아요. 저희들이 늦게 일어난 것을 보고 서방님께서 화내시는 건 당연해요. 어쨌든 저희들은 하인이니까요. 그렇지만 아씨께서는 요즈음 그 많은 일들을 처리하시느라고 지친 나머지 병에 걸리신 건데, 그런 아씨 앞에서 도대체 왜 그러시는 거예요?"

평아는 이렇게 말하면서 눈시울을 붉혔다. 가련은 처음에는 화가 부글부글 끓어올랐으나 요염한 아내와 아리따운 첩으로부터 따가우면서도 부드러운 설교를 듣고 보니 마음이 가라앉아서 씩 웃으면서 말했다.

"이제 됐어. 그만하면 알아들었다구. 저 사람 하나만도 감당하기 어려운데 너까지 거들 필요는 없잖아. 아무튼 난 남이니 내가 이 다음에 죽어 없어지면 너희는 속이 시원할 게다."

"그런 말씀은 왜 하시는 거예요? 누가 먼저 어찌 될지 누가 알겠어요?

---

3 자신이 다 알아서 하는데 상대방이 쓸데없이 많이 참견하는 것을 꺼린다는 의미.

당신은 죽지 않아도 나는 아마 죽을 거예요. 하루라도 빨리 죽으면 그만큼 마음이 편할 것 같아요."

희봉이 그러면서 또 울기 시작하자 평아가 한참 그녀를 달랬다. 날은 이미 훤히 밝아서 아침 햇살이 창문에 비쳐 들고 있었다. 가련도 더 이상 말하기가 머쓱한지 일어나서 밖으로 나가 버렸다.

희봉이 일어나서 머리를 빗고 있으려니까 왕부인 처소의 어린 시녀가 건너와서 아뢰었다.

"마님께서 말씀하시기를 오늘 친정 숙부님 댁으로 가실 건지 여쭤보고 오라고 하셨어요. 만약 가시겠거든 보차 아씨하고 함께 가시래요."

희봉은 방금 가련으로부터 들은 말 때문에 크게 상심하여 친정집 식구들의 못난 소행 때문에 속이 상해 있는 데다가, 어젯밤에 대관원에서 몹시 놀라고 보니 맥이 하나도 없었다. 그래서 시녀에게 말했다.

"돌아가서 마님께 우선 이렇게 여쭈어라. 내가 아직 한두 가지 일을 채 끝내지 못했으므로 오늘은 갈 수 없다고 말이다. 게다가 그쪽에서 하는 일이 무슨 정당한 일도 아니라고 말이야. 보차 아씨가 가겠다고 하시거든 혼자 다녀오시도록 하라고 해라."

어린 시녀는 희봉의 말에 대답하고 돌아가서 그대로 전했다. 이 일에 대해서는 더 이상 이야기하지 않겠다.

희봉은 머리를 빗고 옷을 갈아입은 다음 가만히 생각해 보았다. 비록 자기는 가지 않더라도 인사말씀은 전하는 것이 도리이겠고, 또 보차로 볼 것 같으면 새색시이므로 외출하게 된다면 가서 보살펴주는 것이 마땅할 것 같았다. 그래서 왕부인 처소로 건너가서 일을 대충 처리하고 난 뒤 보옥의 방으로 갔다. 보옥은 벌써 옷을 갈아입고 구들 위에 비스듬히 누워서 두 눈을 멀뚱멀뚱 뜬 채 보차가 머리 빗는 것을 바라보고 있었다.

희봉이 문 앞에 서 있을 때 보차가 고개를 돌리다 희봉을 보고 얼른 일어나서 앉으라고 자리를 권했다. 보옥도 일어나 앉자 그제야 희봉이 웃으면서 자리에 앉았다. 그러자 보차가 사월을 나무랐다.

"아니, 너희는 둘째 아씨께서 들어오시는 걸 보고도 왜 아무 말도 안 하고 있었니?"

"둘째 아씨께서 들어오시면서 아무 말도 하지 말라고 손짓하신걸요."

사월이 웃으면서 이렇게 대답하자 희봉이 보옥에게 말을 걸었다.

"도련님은 어서 가실 생각은 않고 뭘 기다리는 거예요? 이렇게 어른이 다 되어서도 어린애처럼 그러실 생각이세요? 남이 머리를 빗고 있는데 옆에서 뭘 구경하는 거예요? 하루 종일 한방에 같이 있었으면서도 아직 실컷 보지 못했나 보죠? 시녀들의 웃음거리가 돼도 상관없나 보군요?"

희봉은 키득키득 웃으며 보옥을 보고 혀를 끌끌 찼다. 보옥은 비록 조금 무안했지만 이내 대수롭지 않게 여겼다. 하지만 보차는 얼굴이 새빨개지며 어쩔 줄 몰라 했다. 듣고 있자니 민망하고 그렇다고 뭐라고 말을 할 수도 없는 노릇이었다. 그때 습인이 차를 받쳐 들고 들어왔으므로 보차는 멋쩍어하며 희봉에게 담뱃대를 건넸다. 희봉도 웃으면서 일어나서 그것을 받아들며 보차에게 말했다.

"우리 일에는 상관 말고 어서 옷이나 갈아입어."

보옥도 한편으로는 괜히 겸연쩍어서 이것저것 만지작거리고 있었다. 그러자 희봉이 다시 놀려댔다.

"도련님 먼저 가세요. 바깥양반이 안사람하고 같이 가는 법이 어디 있어요?"

"난 다만 이 옷이 맘에 안 들어서 그러는 것뿐이에요. 할머니께서 주셔서 작년에 입었던 그 작금니〔雀金呢: 공작털로 짠 모직물〕보다 못한 것 같아요."

그러자 희봉이 또 놀리면서 말했다.

"그럼 왜 그 옷을 입지 않나요?"

"그걸 입기엔 아직 너무 일러서요."

희봉은 문득 생각나는 것이 있어서 자기가 실언했다는 후회가 들었다. 다행히 보차도 왕씨 일가의 친척이었으므로 괜찮았지만 시녀들 앞에서 그런 말을 한 것이 여간 민망한 것이 아니었다. 그러자 습인이 끼어들었다.

"둘째 아씨께서는 아직 모르세요. 서방님께서는 입으실 때가 돼도 안 입으시는걸요."

"그건 또 왜 그러는 거야?"

"아씨께 말씀드리자면 이래요. 우리 서방님께서 하시는 일은 모두 정말 기상천외하다니까요. 어느 해던가, 서방님 둘째 외숙부님의 생신날 노마님께서 그 옷을 서방님께 주셨는데 글쎄 그걸 그날로 불에 태워서 구멍을 냈지 뭐예요. 그날 저는 어머니 병이 중해서 집에 없었어요. 그때만 해도 청문이 아직 있을 때였는데, 나중에 듣자니까 청문이 앓으면서도 밤을 꼬박 새워가며 그 옷을 기워드렸나 봐요. 그래서 그 다음 날 노마님 눈에 띄지 않고 감쪽같이 넘어갔답니다. 작년 어느 날인가 날이 너무 춥기에 제가 배명이를 시켜서 가져다가 입혀드리라고 했는데, 서방님께서는 글쎄 그 옷을 보시더니 청문이 생각이 난다면서 아무래도 입지 못하겠다고 하시더니 저더러 평생토록 잘 간직해 두라고 하시는 거예요."

희봉은 습인의 말이 채 끝나기도 전에 끼어들었다.

"청문의 얘기가 났으니까 말인데 그 앤 참 아까운 애였어. 그 애는 생김새로 보나 솜씨로 보나 나무랄 데 없었는데, 다만 입바른 소릴 잘하는 게 탈이라면 탈이었지. 그런데 뜻밖에도 마님께선 어디서 그런 터무니없는 말씀을 들으시고는 생때같은 젊은 목숨을 끝장내셨는지 몰라.

그리고 참, 또 한 가지가 있어. 어느 날인가 내가 오아五兒인가 뭔가 하는 주방에서 일하는 류가네의 딸을 보니, 그 애의 생김새가 청문이를 꼭 빼닮았지 뭐야. 그래서 속으로 그 애를 불러들여야겠다고 마음먹고, 얼마 후에 그 애 어미한테 의향을 물었더니 아주 달가워하더라고. 내가 보옥 도련님 방에 있던 소홍이를 데려가고 난 뒤 아직 그 자리를 채워주지 못하고 있었기 때문에 오아를 그 자리에 넣어주려고 했어. 그런데 평아가 하는 말이 마님께서 언젠가 생김새가 청문이와 비슷한 애는 어느 누구도 보옥 도련님 방에 두지 않겠다고 하셨다잖아. 그래서 나도 그만둬버렸어. 그렇지만 지금은 보옥 도련님도 이미 결혼한 몸이니까 꺼릴 게 뭐 있겠어? 그러니 오아라는 애를 불러 들여 도련님 방에 넣어 주는 게 좋겠어. 그런데 보옥 도련님이 좋다고 할지 모르겠네. 청문이 생각이 날 때마다 그 오아라는 애를 보면 될 텐데."

보옥은 밖으로 나가려다가 그런 말을 듣고는 주춤하며 섰다. 습인이 다시 말했다.

"서방님께서야 왜 좋아하지 않으시겠어요? 마님의 말씀이 지엄해서 그렇지, 그렇지 않았더라면 벌써 데려왔을 거예요."

습인의 말을 듣고 희봉이 말했다.

"그럼 내일이라도 당장 그 애를 불러와야겠다. 마님께는 내가 말씀드리마."

이 말을 들은 보옥은 뛸 듯이 기뻐하며 그제야 가모의 처소로 달려갔다. 그러는 사이에 보차는 옷을 다 갖춰 입었다. 희봉은 그들 부부 사이가 좋아보이자, 가련이 방금 자기한테 퍼부었던 생각이 나서 몹시 서러운 마음이 들었다. 그런 마음이 들자 더 앉아 있을 생각이 없어진 희봉은 그대로 앉아 있지 못하고 몸을 일으키며 보차에게 웃으면서 말했다.

"나하고 같이 할머님 방으로 가요."

두 사람은 가모의 처소로 갔다. 가모의 처소에서는 보옥이 마침 외숙부 댁에 다녀오겠다는 인사를 하고 있었다. 가모는 고개를 끄덕이며 보옥에게 당부했다.

"그래, 다녀오도록 해라. 그런데 술은 많이 마시지 말고 너무 늦지 않게 돌아와야 한다. 몸이 나은 지 얼마 되지 않았으니 조심해야지."

보옥은 막 뜰에 내려서다가 보차쪽으로 다가오더니 귀에 대고 몇 마디 소곤거렸다.

"알았어요. 어서 가보기나 하세요."

보차가 웃으며 보옥을 재촉했다. 그런데 가모와 희봉, 보차가 미처 세 마디도 하지 않은 사이에 추문이 들어오더니 말을 전했다.

"둘째 도련님께서 배명을 시켜 둘째 아씨께 전할 말씀이 있으시대요."

"또 뭘 잊었기에 배명일 보냈을까?"

보차의 말에 추문이 이렇게 말했다.

"제가 왜 그러시느냐고 어린 시녀를 시켜 물었더니 배명이 하는 말이 '서방님께서 한마디 말씀하실 걸 잊으셔서 저더러 돌아가서 둘째 아씨께 이렇게 전하라고 하셨어요. 만일 외숙부 댁에 가실 거면 되도록 빨리 갔다 오시고, 가시지 않더라도 바람 맞을 만한 곳에는 서 계시지 말라고 하시던 걸요'라고 하는 게 아니겠어요."

그 소리를 듣고 가모와 희봉은 물론 마루에 서 있던 노파와 시녀들까지 모두 깔깔거리고 웃었다. 보차는 얼굴이 홍당무가 되어 추문을 꾸짖었다.

"이런 눈치 없는 계집애 같으니라고! 그게 그렇게 헐레벌떡 달려와서 할 얘기냐?"

추문도 웃으면서 밖으로 나가더니 어린 시녀를 시켜 배명을 나무라게 했다. 그랬더니 배명은 뛰어가면서 고개를 돌리고 투덜거리면서 말했다.

"둘째 서방님께서 일부러 나를 말에서 내리게 해서 그 말씀을 전하고 오라고 하셨는데, 만일 내가 말하지 않았다가 후에 그것이 드러나는 날에는 나만 혼쭐날 게 아냐? 그래서 시키는 대로 말하니까 이번에는 저분들이 나를 꾸짖으시니 날더러 어쩌란 말이야."

그 어린 시녀는 웃으며 돌아와서 배명의 말을 그대로 전했다. 그러자 가모가 보차에게 권했다.

"어서 가보도록 하렴. 그 애가 그렇게 걱정하고 있다니 말이다."

그 말을 듣고 보차는 그대로 앉아 있을 수도 없고 희봉이 놀려대기까지 하자 얼른 밖으로 나와버리고 말았다.

보차가 나가자 산화사散花寺의 여승 대료大了가 들어와서 가모에게 문안을 드리고 희봉에게도 인사한 후 자리에 앉아 차를 들었다.

가모가 물었다.

"요사이는 왜 오질 않았어?"

"요 며칠 새 절에서 계속 법사가 있었지요. 고명誥命부인들께서 늘 찾아오셨으므로 통 짬을 낼 수가 없었어요. 오늘은 특별히 노마님께 아뢸 말씀이 있어서 찾아온 거예요. 실은 내일 또 한 집에서 법사를 하게 되는데 노마님께서 와 보실 생각이 있으신지요? 만일 그러실 의향이 있으시다면 한번 참여해 보심이 어떨까 여쭈려고요."

"무슨 법사인데 그래?"

"지난달부터 왕대감 댁에서는 무슨 부정을 탔는지 밤마다 귀신들이 나타난답니다. 그 댁 마님께서는 밤중에 돌아가신 대감님까지 보셨대요. 그래서 어저께 마님께서 저희 절로 찾아오셔서서 말씀하시기를 집안의 태평을 기원하며 죽은 자는 하늘에 오르고 산 자는 복을 받도록 하기 위해 산화보살散花菩薩님 앞에 발원하여 향을 사르고 49일 동안 수륙재水陸齋[4]를 올리겠다고 하셨어요. 그래서 제가 노마님께 문안드리러 올 짬이 없었던 거예요."

평소에 희봉은 이런 일들이 딱 질색이었다. 그러나 어젯밤에 귀신을 본 뒤로는 마음속에 의혹이 가득 차 있었으므로, 지금 대료의 말을 듣고 보니 자기도 모르게 평소에 가졌던 생각이 절반쯤 바뀌어서 열 가운데 셋 가량 믿게 되었다. 그래서 대료에게 물었다.

"그 산화보살님은 어떤 분이신가요? 그 보살님이 어떻게 귀신을 쫓을 수 있을까요?"

대료는 희봉이 이렇게 묻는 것을 보고 그녀가 얼마간 믿는 마음이 생겼구나 하고 생각했다.

"아씨께서 보살님에 대해 물으시니까 말씀드리지요. 이 산화보살님은 근본이 얕은 분이 아니고 도행도 비범하시지요. 서천西天의 대수국大樹國에서 태어나셨는데 부모님께서는 나무꾼이셨습니다. 이 보살님은 태어날 때 머리에 뿔이 세 개 있었으며 눈이 네 개에다 키가 삼척이고 팔은 땅에 닿을 만했답니다. 그래서 부모님들은 이 아이가 요괴임이 틀림없다고 생각해서 빙산 뒤쪽에다 버렸답니다. 그런데 뜻밖에도 그 산에는 도통한 늙은 원숭이 한 마리가 살고 있었는데, 마침 그 원숭이가 먹이를 구하러 나왔다가 그 보살님의 머리에서 흰 기운이 나와 하늘까지 뻗치고 범과 이리들이 멀리 피하는 것을 보고, 이 아이의 내력이 심상치 않다는 생각이 들어서 자기 굴로 안고 들어가 길렀다는 겁니다. 그런데 보살님은 총기를 타고 나셨기 때문에 선에 대해서도 잘 알고 있었으므로 매일같이 원숭이와 선문답을 하거나 참선을 하셨답니다. 그런데 그럴 때마다 하늘에서 꽃잎이 비처럼 떨어져 내렸대요. 보살님은 그렇게 천 년을 지내시다가 나중에 승천하셨는데, 지금도 선문답을 하셨다는 그 산 위에는 하늘에서 떨어져 내린 꽃잎이 쌓여 있는 것을 볼 수 있답니다. 그 보살님께 축원을 하게 되면 반드시 들어주시고, 때때

---

4 물과 육지에서 헤매는 영혼을 달래기 위한 불교의식.

로 모습을 드러내시어 고통과 불행에서 사람들을 구해주시기 때문에 세상 사람들은 사당을 짓고 상을 빚어서 그 보살님을 공양하고 있는 겁니다."

"그렇다면 확실히 그렇다는 증거라도 있나요?"

희봉이 묻자 대료가 다시 설명했다.

"아씨, 아씨께서는 또 꼬투리를 잡으시는군요. 부처님께서도 무슨 증거가 있으신가요? 그것이 만일 터무니없는 거짓말이라면 한두 사람이야 속일 수 있겠지만 예로부터 지금까지 그 많은 멀쩡한 사람들을 어떻게 다 속여 넘길 수 있겠어요? 아씨께서 한 번 잘 생각해 보세요. 불가의 향불이 여태까지 끊어진 적이 있었던가요? 그것은 다 부처님께서 나라를 지키고 백성들을 잘 살게 해주시는 영험이 있기에 사람들이 믿고 섬기기 때문이 아니겠어요?"

희봉은 그 말을 듣고 보니 일리가 있다는 생각이 들었다.

"정말 그렇다면 내일 가서 한번 시험해 보겠어요. 그런데 그 절에 점대는 있나요? 있다면 가서 한 번 뽑아 보겠어요. 내 마음속에 생각하는 것을 맞혀낼 수 있겠어요? 맞혀낼 수 있다면 이제부터 나도 믿기로 하지요."

"저희 절의 점괘는 여간 영험한 게 아니에요. 내일 아씨께서 한번 뽑아 보시면 아시게 될 거예요."

그러자 가모가 한마디 끼어들었다.

"그럼 기다렸다가 차라리 초하루인 모레 가서 뽑아보면 어떻겠니?"

대료는 차를 다 마시고 나서 왕부인의 처소와 다른 방들도 들러서 문안 인사를 하고 돌아갔다.

초하룻날 아침이 되자 희봉은 몸이 괴로운 것도 억지로 참고 가마를 준비시킨 다음 평아와 많은 하인들을 거느리고 산화사로 갔다. 대료는 여승들을 많이 이끌고 나와 희봉을 영접하였으며, 희봉은 차 대접을 받은 후 손을 씻고 대웅전에 들어가서 향을 피웠다. 희봉은 별다른 생각 없이 불상을 바라보며 그저 경건한 마음으로 절을 한 다음, 점통을 받쳐 들고 대관원에서 귀신을 만났던 일과 몸이 아픈 일 등을 묵묵히 생각하면서 점통을 세 번 흔들었다. 그랬더니 찰그락하는 소리와 함께 점통에서 점대 하나가 튕겨져 나왔다. 희봉은 다시 절을 하고 그것을 주워서 보니까 거기에는 "제33첨, 상상대길"[5]이라는 글자가 쓰여 있었다. 대료가 얼른 점책을 펼쳐보니 거기에는 "왕희봉의금환향〔王熙鳳衣錦還鄉: 왕희봉의 금의환향〕"이라고 쓰여 있었다.

　그것을 본 희봉은 크게 놀라며 급히 대료에게 물었다.

　"옛 사람들 가운데도 왕희봉이라는 인물이 있었나요?"

　"아씨께서는 고금에 모르는 일이 없으신 분이신데 설마 한조의 왕희봉이 벼슬자리를 구하던 그 얘기를 모르시는 건 아니겠죠?"

　주서댁이 곁에서 웃으며 끼어들었다.

　"지난해에 이선아李先兒도 그 대목을 이야기했는데 우리가 아씨 이름과 같다면서 그 이름을 부르지 못하게 한 적이 있었어요."

　"그랬던가? 나는 까맣게 잊고 있었는걸."

　희봉이 웃으며 그 아래를 보았다. 거기에는 다음과 같이 쓰여 있었다.

고향을 등지고 집 떠난 지 이십 년,　　　　　去國離鄉二十年,
이제야 금의환향하였네.　　　　　　　　　於今衣錦返家園.
꿀벌은 백화에서 단 꿀을 모으건만,　　　　蜂採百花成蜜後,
누굴 위한 고생인가
누구에게 달콤함을 맛보게 하려는가!　　　　爲誰辛苦爲誰甛!
나그네는 왔어도,　　　　　　　　　　　行人至,
기별은 늦으니,　　　　　　　　　　　　音信遲,

---

5 서른세 번째 점대〔籤〕, 크게 길하다는 상상대길(上上大吉).

소송이 있으면 화해하고,
혼사는 늦추어라.

訟宜和,

婚再議.

희봉은 읽기는 했으나 도무지 무슨 뜻인지 알 수가 없었다. 그러자 대료가 풀이를 해주었다.

"아씨, 축하드립니다. 이건 아주 좋은 점괘입니다. 아씨께서는 어려서부터 이곳에서 자라셨으니 언제 남경으로 돌아가보셨겠어요? 그런데 이번에 대감님께서 지방관으로 부임해 가셨으니 어쩌면 이참에 가족들을 그리로 데려 가실지도 모르므로, 그 김에 고향에 가보신다면 그야말로 '금의환향'이 아니고 뭐겠어요?"

대료는 이렇게 말하면서 점괘의 글을 베껴서 시녀에게 건넸다. 희봉은 대료의 말을 듣고 반신반의하였다. 대료가 잿밥을 차려왔으나 희봉은 먹는 둥 마는 둥 하다가 젓가락을 내려놓고 돌아갈 생각으로 향값을 내놓았다. 대료는 더 머물다 가라고 만류하였지만 희봉이 굳이 가고자 하였으므로 하는 수 없이 그들을 전송하였다.

희봉은 집으로 돌아와서 가모와 왕부인 등에게 다녀왔다는 인사를 하였다. 그들이 점괘가 어떻게 나왔느냐고 물었으므로 희봉은 시녀더러 점괘를 풀이해 드리게 했더니 모두들 듣고서 기뻐하였다.

"혹시 대감님께서 정말 그럴 생각이 있으시다면 우리도 한번 가보는 게 좋겠어."

희봉은 사람들마다 그렇게 이야기하는 것을 보고 그 말을 믿어 버렸다. 이 이야기는 더 이상 하지 않겠다.

한편 그날 보옥은 낮잠을 자다가 깨어보니 보차가 보이지 않으므로, 어디 갔느냐고 물어보려고 하는데 마침 보차가 들어왔다.

"어딜 갔었어? 한참 동안 보이지 않던데."

"희봉 형님의 점괘를 구경하러 갔었어요."

보차가 웃으며 말하자 보옥은 점괘가 어떻게 나왔느냐고 물었다. 보차는 점괘의 내용을 들려주고 나서 자기의 의견을 말했다.

"집안사람들은 모두 그 점괘가 좋다고들 하지만, 제가 보기에는 그 '금의환향'이라는 네 글자 안에는 다른 뜻이 들어 있는 것 같아요. 앞으로 두고 보면 알겠지만요."

"당신은 의심도 많군그래. 부처님의 뜻을 함부로 해석해서는 안 되는 법이야. '금의환향'이라는 네 글자는 옛날부터 지금까지 좋은 뜻으로만 알고들 있는데 굳이 당신은 다른 뜻으로 해석하려고 하는군. 그럼 당신 생각에 그 '금의환향'에 어떤 다른 뜻이 있단 말이오?"

그래서 보차가 막 해석해 보이려는데 왕부인 처소에서 시녀를 보내 보차를 불렀다. 보차는 얼른 일어나서 왕부인 처소로 향했다. 무슨 일인지 알고 싶으면 다음 회를 보시라.

제102회

요괴를 내쫓는 의식

녕국부에선 가족들이 병으로 드러눕고
대관원에선 법력으로 요괴를 몰아내네

寧國府骨肉病災橫　大觀園符水驅妖孽

왕부인이 사람을 보내 보차를 불렀으므로 보차는 급히 왕부인의 처소로 와서 문안 인사를 올렸다. 그러자 왕부인이 보차에게 당부했다.

"탐춘이 이번에 시집가게 되었단다. 그러니 올케인 너희가 그 애를 잘 좀 이끌어 주도록 해라. 그게 너희들 자매간의 정리가 아니겠니? 그 애가 사리도 밝은 데다가 너희 둘은 남달리 가까운 사이니까 더더욱 그렇고. 듣자니 탐춘이 시집간다는 소리를 듣고 보옥이가 울고불고 했다던데 네가 그 애를 좀 잘 달래야 할 것 같구나. 지금 나는 온갖 병에 시달리고 있고 너희 둘째 동서도 사흘이 멀다 하고 앓고 있는 형편이 아니냐? 너는 세상 이치에 밝은 사람이니까 남의 미움을 살까 염려해서 가만히 있지만 말고 무슨 일이든 대범하게 처리해야 한다. 장차 이 집안의 모든 일은 네가 짊어져야 하니까 말이다."

보차가 그렇게 하겠노라고 대답하자 왕부인은 또다시 말을 이었다.

"그리고 또 한 가지 일이 있다. 네 둘째 동서가 어제 류가네 딸 오아를 데려와서 너희 방에 들여보내겠다고 하더라."

"예, 오늘 평아가 어머님과 둘째 형님의 생각이라고 하면서 그 애를 데리고 왔어요."

"그래서 하는 말이다. 네 둘째 동서가 내게 그런 말을 하기에 별일 없으리라 생각돼서 반대는 하지 않았다. 다만 한 가지 그 애의 용모와 맵시를 보니 차분한 애는 아닌 것 같더라. 이전에 보옥의 방에 여우 같은 시녀 애들이 몇 명 있어서 내가 쫓아낸 적이 있었다. 그때 그 일을 너도 알고 있었을 것이다. 그렇지 않았더라면 네가 왜 집으로 거처를 옮겼겠니? 지금은 네가 있으니 사정이 물론 이전과는 다르지만 명심해 두는 것이 좋을 것 같아서 말해두는 거다. 너희 방에서 그래도 쓸 만한 사람은 습인이 하나뿐이라고 할 수 있지."

보차는 잘 알았노라고 대답하고 나서 몇 마디 더 나누다가 자기 방으로 돌아왔다. 식사를 마친 후에 보차는 탐춘한테 가서 살뜰하게 위로해 주었지만 그 얘기는 자세히 하지 않겠다.

다음 날 탐춘이 드디어 길을 떠나게 되어 보옥에게 하직인사를 하러 왔다. 보옥이 섭섭해 했음은 두말할 것도 없다. 떠나는 탐춘이 보옥에게 인륜의 중요한 도리를 말해주었더니 보옥은 처음에는 고개를 숙인 채 아무 말이 없었으나, 나중에는 기쁜 빛을 보이는 것이 다소나마 도리를 깨달은 듯했다. 그제야 탐춘은 마음을 놓고 여러 사람들에게 하직인사를 한 다음, 가마에 올라 수로와 육로를 타고 먼 길을 떠났다.

이전에 여러 자매들이 함께 살던 대관원은 원춘 귀비가 승하한 뒤로는 전혀 보수하지 않았다. 보옥이 장가들고 대옥은 죽었으며, 사상운도 자기 집으로 돌아가고 보금도 설부인한테 가게 되자 대관원에는 사람 수가 훨씬 줄어들었다. 게다가 날씨까지 추워졌으므로 이환 자매, 석춘 등도 모두 그전의 처소로 옮겨가 버렸다. 그러나 그런 후에도 꽃

피는 아침이나 달뜨는 저녁이면 여전히 서로 모여 즐겁게 지내곤 하였다. 하지만 이제 탐춘은 가버리고 보옥은 병을 앓고 난 후 별로 문밖출입을 하지 않았으므로 점점 흥을 돋울 사람이 없게 되었다. 그러다 보니 대관원은 여간 쓸쓸한 것이 아니어서 그중 몇 채에서만 청지기들이 살고 있을 뿐이었다.

탐춘이 떠나던 날 우씨는 탐춘을 전송하러 왔다가 날이 어두워지자 수레를 준비하라고 하기도 번거로워서 이전에 대관원에서 녕국부로 통하던 곁문을 통해서 돌아가려고 하였다. 그런데 돌아가면서 보자니 대관원의 풍경이 처량하기 그지없었다. 누각이나 정자들은 여전하건만 낮은 담장 아래까지 작물을 심어서 밭이나 다름없이 되어 있었다. 그 광경을 보니 마치 무엇을 잃어버린 듯한 허전한 마음을 금할 수가 없었다. 그런 심정으로 집으로 돌아온 우씨는 그 길로 몸에 열이 나기 시작하더니, 하루이틀 버티다가 끝내 드러눕고 말았다. 그래도 낮 동안에는 열을 참을 만했지만 밤에는 온몸이 불덩어리가 되어 자꾸 헛소리만 하였다. 그래서 가진이 황급히 의원을 불러다 보였다. 의원은 우씨의 병이 처음에는 감기로 시작되었으나 지금은 병 기운이 족양명위경足陽明胃經[1]에까지 미쳤기 때문에 헛소리를 하는 것이라면서, 이제 대변을 보게 되면 곧 나을 것이라고 하였다. 그래서 우씨는 의원이 지어준 약을 두 첩쯤 먹었으나 병이 낫기는커녕 도리어 점점 광기만 더해졌다.

다급해진 가진은 가용에게 다른 사람들에게 물어서 용한 의원 몇을 더 불러다가 병을 보이자고 했다.

"저번에 왔던 그 의원이 요즈음 제일 이름 있는 의원이랍니다. 제 생각에 어머님 병환은 약으로는 못 고치는 병 같아요."

---

1 인체의 열두 경락 가운데 하나로 발가락에서 다리를 거쳐 복부의 위장 및 얼굴로 연결되어 있는 경락.

"허튼 소리 작작해라. 그럼 약을 쓰지 말고 그대로 내버려두란 말이냐?"

"치료할 수 없다는 게 아닙니다. 전날 어머님께서 영국부에 다녀오시는 길에 대관원을 통해서 집으로 돌아오셨는데, 집에 오시자마자 열이 나신 걸 보니 귀신에 접하신 것 같아서 그럽니다. 그렇다면 모반선毛半仙이라는 점쟁이가 있다는데 남방 사람으로 점을 아주 잘 친다고 하니 불러다 점을 쳐보는 게 어떨까요? 그래서 혹시 믿을 만한 얘기를 하면 그 사람 말대로 하고, 그래도 신통치 않으면 그때 가서 다른 의원을 청해 오면 되질 않겠어요?"

가진은 이 말을 듣고 즉시 사람을 보내 그를 청해 오도록 했다. 모반선은 서재에 앉아 차를 마시고 나서 물었다.

"댁에서는 무슨 점을 치려고 저를 부르셨습니까?"

"어머님께서 병환 중에 계시기 때문에 점을 한 번 쳐보려고 그럽니다."

"그렇다면 손 씻을 정한 물을 떠다 주시고 향불 피울 탁자를 갖다 주십시오. 그럼 점을 쳐보도록 하겠습니다."

하인들이 시키는 대로 준비를 마치자, 모반선은 품에서 점통을 꺼내 들더니 향불 앞으로 나가 공손히 절을 한 다음 점통을 흔들면서 중얼거렸다.

"공손히 엎드려 생각해 보건대 태극양의太極兩儀²가 상호교감하여 하도락서河圖洛書³가 나타나 변화무궁하옵고, 신성神聖이 일었사오니 정

---

2 태극이 음(陰)과 양(陽)의 양의(兩儀)로 나뉜다는 의미.

3 전설에 따르면 원고시대에 황하에서 등에 '하도(河圖)'를 진 용마(龍馬)가 나타났으며, 낙수(洛水)에서 등에 '낙서(洛書)'를 진 신구(神龜)가 나타났다고 함. 후에 복희(伏義)가 이 하도와 락서에 근거하여 팔괘(八卦)를 제정하였고, 이것이 《주역(周易)》의 근원이 되었다고 함.

성껏 빌게 되면 반드시 들어주시리라 믿사옵나이다. 여기에 신관信官[4] 가모賈某라는 분이 자당의 병환을 복희, 문왕, 주공, 공자의 사대성인 앞에 경건히 묻사오니 하늘에서 굽어보사 정성에 감동되신다면 영험을 나타내사 흉하면 흉으로 나타내 주시고, 길하면 길로 알려주시되 먼저 내상삼효內象三爻[5]를 보여주십시오."

모반선은 이렇게 말하면서 점통 안에 있던 동전을 쟁반 위에 굴렸다.[6]

"영험을 나타내사 첫 효爻는 교爻가 나왔습니다."

그리고는 다시 점통을 집어 들고 흔들어 쏟더니 이번에는 단單이라고 말하였다. 세 번째 효는 처음과 마찬가지로 역시 교가 나왔다.

모반선은 동전을 거둔 다음 또다시 입 속으로 중얼거렸다.

"내효는 보여주셨으니, 이번에는 외상삼효外象三爻도 보여주시어 한 괘卦를 지어주십시오."

그가 그렇게 기도하며 점통을 쏟아보니 이번에는 '단單, 탁拆, 단單'이었다. 모반선은 점통과 동전을 거둔 다음 좌정하고 점괘를 풀이하였다.

"자, 이제 앉으십시오. 제가 자세히 말씀드리겠습니다. 이 점괘는 '미제未濟'의 괘입니다. 세효는 세 번째 효인데 오화午火에 형제가 재물을 빼앗기니 반드시 재액이 있을 수입니다. 방금 귀하께서 자당의 병환을 물으셨으므로 첫 번째 효에 유의하셔야 하겠습니다. 그야말로 부모

---

4 '정성을 다하는 이'라는 뜻으로 여기서는 점치러 온 사람을 높여서 이르는 말.
5 점술용어, 점술가들이 점통을 흔들었다가 한번 엎는 것을 일효(一爻)라고 하며 모두 여섯 번을 진행하는데, 앞의 삼효(三爻)를 '내상'이라 하고, 뒤의 삼효(三爻)를 '외상'이라고 하며, 이를 합하여 일괘(一卦)라고 함.
6 점술가들은 점을 칠 때 동전 3개를 점통 안에 넣고 흔든 다음 거꾸로 꺼내는데, 세 개 중 두 개가 뒷면, 하나가 앞면이면 '탁(拆)', 하나는 뒷면, 두 개가 앞면이면 '단(單)', 세 개가 모두 뒷면이면 '중(重)', 세 개가 모두 앞면이면 '교(爻)'라고 함.

효父母爻가 관귀官鬼를 끌어내고 있습니다. 다섯 번째 효에도 관귀가 붙어 있으므로 제가 보기로는 자당의 병환은 가볍지 않은 것 같습니다.

그렇지만 다행이긴 합니다. 지금 자해子亥의 수水가 때를 잃어 인목寅木이 움직여 화火를 일으켰기 때문인데, 세효世爻에 자손효子孫爻가 움직이면 귀신을 이겨낼 수 있습니다. 더구나 그것이 일월을 타고 나니 이틀만 지나면 자수子水의 관귀가 맥을 추지 못하게 될 것이고, 술일戌日이 되면 쾌차하실 것입니다. 그러나 부모효가 관귀로 변하는 만큼 춘부장께도 좀 우환이 있을 것 같군요. 환자 자신으로 보더라도 세효에 재물을 빼앗기는 정도가 너무 과하기 때문에 수水가 왕성하고 토土가 쇠하는 날에는 좋지 않겠습니다."

모반선은 말을 마치고 나서 수염을 쓰다듬으며 앉아 있었다. 가용은 처음에는 그의 말이 시답지 않아서 속으로 웃음이 나서 견딜 수 없었지만, 그가 점괘 풀이하는 것을 들어보니 논리가 정연한 데다가 아버지한테까지 좋지 않은 일이 생긴다는 말을 듣고 얼른 물었다.

"점술이 아주 고명하시군요. 그런데 저희 어머니께서는 도대체 무슨 병이십니까?"

"이 점괘에 따르면 세효의 오화가 수水로 변하여 상극相克하는 만큼 반드시 한화寒火가 응결되었을 것입니다. 그러나 더 분명하게 단정하려면 시초蓍草를 세는 것만 가지고는 잘 알 수가 없죠. 아무래도 대육임大六壬[7]을 써야만 정확하게 판단할 수 있겠습니다."

"선생께서는 그런 것에도 능하십니까?"

"조금은 알고 있습니다."

그러자 가용은 대육임으로 점을 쳐달라고 하면서 어머니의 생시를 알

---

7 고대 점술의 일종으로 하늘의 십이진(十二辰)과 지상의 십이방위(十二方位)를 합하여 길흉을 점침.

려주었다. 모선생은 곧 원을 그리더니 그 위에 신장神將을 배열하였다.

"점을 쳐보니 술시戌時의 백호白虎가 나왔습니다. 이를 '백화과魄化課' 라고 합니다. 대체로 백호는 흉장이지만 왕성한 기운의 제압을 받으면 힘을 쓰지 못합니다. 그러나 지금 사신死神과 사살死煞을 만난 데다가 계절도 사신이 왕성한 때이므로, 그놈은 굶주린 호랑이가 되어 반드시 사람을 상하게 합니다. 혼백이 놀라면 없어지는 것과 같다 하여 '백화' 라고 하는 것입니다. 이 괘상을 그대로 말씀드리자면 사람의 몸은 혼백 을 잃고 우환이 끊일 사이가 없으니, 병든 사람은 죽고 소송에는 지고 만다는 겁니다. 괘상에 의하면 날이 저물어 호랑이가 나온다고 했으니 그 병은 틀림없이 저녁나절에 얻었을 것입니다. 그리고 상象에서 말하 기를 대체로 이런 괘가 나온 것은 반드시 옛집에 복호伏虎가 장난을 치 고 있어서, 그 모양이나 소리를 들었기 때문이라고 하였습니다. 지금 나리께서 춘부장을 위해 점을 치셨는데 그것은 호랑이가 양에 있으면 남자에게 우환이 생기고 음에 있으면 여자에게 우환이 생긴다고 한 것 과 꼭 맞아떨어지는 것으로서, 이 괘는 여간 흉한 것이 아닙니다."

가용은 그 말을 다 듣기도 전에 놀라서 그만 얼굴이 새파랗게 질렸다.

"선생의 말씀은 지당하십니다. 그런데 아까 나온 점괘와는 그다지 맞 지 않는 것 같은데 도대체 뭐가 잘못되었을까요?"

"너무 놀라실 건 없습니다. 제가 천천히 다시 봐드리지요."

모반선은 고개를 숙이고 또 한참 동안 무언가를 중얼거리더니 말했다.

"아, 천만다행이군요. 구성救星이 나타났습니다. 사시巳時에 귀한 신 령님이 나타나서 구해주신다고 합니다. 이를 '백화혼귀魄化魂歸[8]'라고 하지요. 처음에 우환이 있었다가 나중에 기쁨으로 되는 건 상관없습니 다. 그저 좀 조심하기만 하면 되겠습니다."

---

8 혼백이 나갔다가 다시 돌아온다는 의미.

가용은 모반선에게 사례금을 주고 돌려보낸 후 가진에게 와서 아뢰었다.

"어머님의 병환은 옛집에서 저녁나절에 얻은 것인데, 무슨 복시백호 伏尸白虎[9]에게 쐬여서 그런 거랍니다."

"네가 말하기를 네 어미가 전날 대관원을 거쳐 집으로 돌아왔다고 하더니만 정말 거기서 뭔가에 쐬였나 보구나. 그리고 네 둘째 숙모도 대관원에 갔다 온 뒤로 병이 났던 걸 너도 기억하고 있겠지? 본인은 아무것도 못 봤다고 하지만 나중에 시녀나 할멈들이 하는 얘기를 들으니 축산 위에 털이 번들번들하고 눈이 등불만큼 큰 데다 말까지 할 줄 아는 뭔가가 있었는데, 네 숙모가 그놈에게 쫓겨 돌아와서는 놀란 나머지 병이 났다고들 하더구나."

"왜 기억하지 못하겠어요? 전 또 보옥 아저씨를 모시고 있는 배명이에게 들은 적이 있는데 청문이는 죽어서 대관원 안의 부용꽃 귀신이 되었고, 대옥 아가씨가 죽을 때는 공중에서 이상한 음악소리가 들려왔는데 그 아가씨도 틀림없이 무슨 꽃인가를 맡아보는 귀신이 되었을 거라고 하던걸요. 그렇게 많은 귀신들이 대관원 안에 우글거리고 있으니 큰일이 아니고 뭐겠습니까? 전에는 사람들이 많아서 양기가 성했으므로 노상 그곳을 다녀와도 아무 일 없었지만 황량하게 변한 이때 어머니께서 그곳을 지나셨으니 어떤 꽃을 밟으셨을지도 모르는 일이고, 그렇지 않으면 뭔가에 쐬이셨을 겁니다. 그러고 보니 그 점괘가 제법 들어맞는 것 같아요."

"아무튼 무슨 변고는 없겠다더냐?"

"그 점쟁이 말로는 술일이 되면 낫는다고 했습니다. 그런데 그보다 이틀 빨리 낫거나 아니면 이틀 늦게 나으셨으면 좋겠어요."

---

9 시체 위에 엎드려 있는 백호.

"그건 또 무슨 뜻이냐?"

"그 점쟁이 말이 만일 꼭 그렇게 들어맞을 경우에는 아버님께 무슨 좋지 않은 일이 생길지도 모른다고 했거든요."

그런 얘기를 나누고 있는데 안에서 외치는 소리가 들려왔다.

"아씨께서 일어나셔서 저쪽 대관원으로 가시겠다고 야단이세요. 저희들이 아무리 말려도 막무가내십니다."

가진 등이 들어가서 우씨를 진정시켰다. 그러나 우씨는 계속 헛소리만 해대는 것이었다.

"저기 빨간 옷을 입은 사람이 나를 불러. 아이고, 파란 옷을 입은 사람이 나를 쫓아오고 있어."

마루에 서 있던 사람들은 무섭기도 하고 우습기도 했다. 가진은 하인들을 시켜서 지전紙錢을 사다가 대관원에 들어가 태우게 했다. 그러자 생각한 대로 우씨는 그날 밤 땀을 쭉 흘리더니 얼마간 안정이 되었다. 그러다가 술일이 되자 과연 병이 점점 낫기 시작했다. 이로부터 한 사람의 입에서 열 사람의 입으로, 열 사람의 입에서 다시 백 사람의 입으로 대관원에 귀신이 있다는 소문이 퍼져 나갔다. 그러다 보니 마침내 대관원을 지키는 이들도 겁을 집어먹고, 꽃과 나무를 가꾸는 일도 하지 않았으며 채소밭에 물 주는 일도 하지 않았다. 그래도 처음에는 밤으로만 짐승이나 새들이 겁나서 출입을 못했지만, 요새는 낮에도 반드시 동행을 구해서 다니거나 연장을 들고서야 다니게 되었다.

그 뒤 얼마 안 있어 과연 가진도 앓아눕게 되었다. 그러자 집안사람들은 아예 의원을 불러 치료할 생각은 하지 않고 병이 가벼우면 원내에 들어가서 지전을 태우며 발원하거나, 좀 심하다 싶으면 북두칠성에 치성을 드렸다. 그런데 가진이 겨우 나을 만하니까 이번에는 가용과 다른 식구들이 뒤를 이어 연달아 앓기 시작했다. 이렇게 몇 달이 지나자 녕국부와 영국부 사람들은 모두 두려움에 떨고 있었다. 그로부터 바람소리나 학의 울음소리도 귀신소리로만 들렸고, 풀이나 나무도 모두 귀신으로만 보였다. 그러다 보니 대관원에서 나오던 돈이 전부 끊어지게 되었고, 그렇게 되자 각 방의 월비를 다시 보태서 내줘야 했으므로 영국부의 경제적 형편은 한결 더 어려워졌다.

대관원을 지키던 이들은 더 이상 희망이 없다는 생각이 들자, 다들 그곳을 떠나지 못해 안달이었다. 그들은 매양 말을 만들어 내거나 있지도 않은 일을 꾸며대서 꽃귀신이니 나무귀신이니 하는 얘기들을 퍼뜨려가며 대관원에서 나갈 궁리만 하였다. 그러다 끝내 대관원의 문은 굳게 닫히고 말았으며, 아무도 그 안으로 들어 갈 엄두를 내지 못하게 되었다. 마침내 그렇듯 화려하던 누각과 정자들은 모두 짐승들의 서식처가 되고 말았다.

한편 청문의 사촌오빠 오귀吳貴는 바로 대관원 문어귀에 살고 있었는데, 그의 아내는 청문이 죽은 뒤 꽃귀신이 되었다는 말을 들은 뒤부터는 매일같이 밤만 되면 밖으로 나갈 엄두조차 내지 못하였다. 그러던 어느 날 오귀가 물건을 사러 밖에 나갔다가 좀 늦게 돌아와 보니, 그의 아내가 구들 위에 엎어진 채 죽어있었다. 사실 그의 아내는 대단치 않은 감기로 앓고 있었는데 낮에 약을 잘못 먹은 탓에 그렇게 된 것이었다. 그러나 바깥에 사는 사람들은 오귀의 아내가 행실이 방정치 못한 까닭에, 귀신이 담장을 넘어 들어와서 그녀의 정수를 빨아먹었기 때문에 죽은 거라고들 수군거렸다.

그 소리를 들은 가모는 걱정이 이만저만이 아니었다. 그리하여 많은 사람들을 시켜서 보옥의 방 주위를 에워싸고 야경을 서게 하였다. 어린 시녀들이 또 얼굴이 새빨간 귀신을 봤다느니, 아주 예쁜 여자를 봤다느니 하며 중구난방으로 소문을 퍼뜨리는 바람에 겁을 집어먹은 보옥은 날마다 벌벌 떨며 지냈다. 다행히 보차가 그들을 틀어쥐고 허튼 소리를 하면 때려주겠노라고 으름장을 놓는 바람에 그런 터무니없는 소리는 다소 뜸해졌다. 그러나 각 방 사람들이 모두 귀신소동에 안절부절못하는 바람에 어쩔 수 없이 야경 도는 사람을 더 불러다 쓰고 보니, 비용도 그만큼 많이 들게 되었다.

그러나 유독 가사만은 그런 소문을 믿지 않았다.

"그렇게 훌륭한 정원에 무슨 귀신 따위가 있단 말이냐!"

가사는 어느 화창한 날을 택하여 하인들 몇몇에게 연장을 들려 가지고 대관원으로 들어가서 동정을 살폈다. 사람들마다 들어가지 말라고 말렸으나 그는 들으려 하지 않았다. 하지만 막상 대관원에 들어서니 음산한 기운이 온몸을 휘감는 것이 아닌가. 그런데도 가사는 꾹 참고 앞으로 걸어 나갔지만 뒤따르는 하인들은 겁에 질려서 목을 잔뜩 움츠린 채 주위를 살폈다. 그중에서도 젊은 하인 하나가 더 겁을 집어먹고 있던 차에 별안간 푸드덕하는 소리가 나 뒤를 돌아다보았다. 그런데 무언가 오색찬란한 물체 하나가 껑충 뛰어 오르며 저쪽으로 달아나는 것이었다. 그 젊은 하인은 놀란 나머지 으악 하고 소리를 지르며 다리에 힘이 풀리면서 그 자리에 쓰러지고 말았다.

그 바람에 가사가 뒤를 돌아다보며 무슨 일이냐고 묻자, 그 젊은 하인은 가쁘게 숨을 몰아쉬며 대답했다.

"제 눈으로 똑똑히 봤어요. 방금 누런 얼굴에 빨간 수염을 하고 푸른 옷을 입은 귀신이 저 숲 뒤의 산굴로 들어갔다니까요."

그 말에 가사도 슬며시 겁이 났다.

"너희도 모두 보았느냐?"

"보고말고요. 대감님께서 앞에 계셨기 때문에 감히 소란을 떨 수 없었습죠. 그렇지만 저희들은 아직 견딜 만합니다."

몇몇 하인이 덩달아 이런 소리를 하자 가사도 겁이 나서 더 이상 들어가지 못하고 급히 발길을 돌려 집으로 돌아왔다. 그리고는 하인들에게 단단히 입단속을 시켰다.

"이 일을 절대 입 밖에 내서는 안 된다. 온 데를 다 둘러보았지만 아무것도 보지 못했다고만 말해야 한다."

그렇지만 가사는 그것이 사실이라는 것을 알고는 진인부眞人府[10]에 가서 법관(法官: 법술을 할줄 아는 도사)을 청해다가 귀신을 쫓아야겠다고 궁리했다. 그런데 하인배란 놈들은 없는 일도 만들어내기 좋아하는 족속들인지라, 지금 가사가 겁에 질려 있는 것을 보고는 그 일을 덮어두기는커녕 도리어 잔뜩 부풀려서 소문을 냈기 때문에 듣는 사람마다 모두 놀라며 혀를 내둘렀다.

가사는 하는 수 없이 도사들을 청해다 대관원에서 사악한 귀신을 몰아내는 법사를 올리기로 하였다. 길일을 택하여 이전에 원비가 근친을 왔던 정전에 제단을 차리고, 정면에는 삼청성상三淸聖像[11]을 모신 다음 그 옆으로는 이십팔수二十八宿[12]와 마, 조, 온, 주의 4대장군[13]의 화상을 앉히고, 또 그 아래로는 삼십육천장三十六天將의 화상을 차례로 걸었다. 당 안에 향화香花와 등촉을 가득 채웠으며, 양옆으로 종고鍾鼓와 법기法器들을 배열하고 오방기五方旗[14]를 꽂았다. 도기사道紀司에서 보내온 49명의 도중道衆의 집사가 하루에 걸쳐 제단을 정결하게 꾸몄다.

세 사람의 법관이 향을 피우고 정안수를 떠올리자 법고가 울렸다. 그러자 법사들이 칠성관七星冠을 쓰고, 몸에 구궁팔패九宮八卦의 법의를 걸치고, 발에는 등운리登雲履를 신고, 손에는 상아홀象牙笏을 들고서 표表를 올리면서 성인이 강림하기를 빌었다. 그리고는 재액을 물리치고

---

10 도교의 진인(眞人)이 거주하는 곳. 진인이란 도가에서 득도하여 신선이 된 사람을 부르는 존칭어이나 여기서는 도인(道人)을 가리킴.
11 삼청이란 도교에서 숭상하는 세 분의 최고천신(最高天神)을 합해서 이르는 말.
12 중국 고대의 천문학자들이 천체의 운행을 관측하기 위해 지정한 스물여덟개의 별.
13 도교의 유명한 신장(神將)인 마원수(馬元帥), 조공명(趙公明), 온경(溫瓊), 광택(廣澤)을 일컬음.
14 다섯 가지 색깔로 다섯 방위를 표시하는 깃발.

사귀를 쫓아내서 복을 받는 《동원경洞元經》을 하루 종일 읽은 다음 방을 붙여 신장을 불러 들였다. 그 방문에는 큰 글씨로 "태을太乙, 혼원混元, 상청上淸의 삼경영보부록연교대법사三境靈寶附錄演敎大法師는 글을 지어 칙령을 내리노니 본경의 제신들은 제단에 이르러 그 영을 받을지어다"라고 쓰여 있었다.

그날 녕국부와 영국부의 남자들은 상하를 막론하고 법사들이 요괴를 잡는다는 말을 듣고 모두 대관원으로 구경하러 들어왔다.

"대단한 법령인걸! 저렇게 신장들을 불러다 요란을 떨면 요괴들이 제 아무리 많다고 해도 모두 기겁을 해서 내뺄 거야."

그러면서 구경꾼들은 단 앞으로 몰려들었다. 나이 어린 도사들은 기를 들고 오방을 누르고 서서 법사의 호령을 기다렸다. 세 법사 가운데 한 법사는 손에 보검을 잡고 법수法水를 들었으며, 또 한 법사는 칠성흑기를 들었고, 나머지 한 법사는 복사나무로 된 타요편[打妖鞭: 귀신을 때리는 채찍]을 들고 제단 앞에 섰다. 법기의 소리가 멈추자 위에서 영패令牌를 두드리는 소리가 세 번 들리더니 법사들이 입 속으로 주문을 외우면서 오방기를 빙빙 돌리게 했다. 그런 뒤에 법사들은 단에서 내려와 주인들의 안내를 받으며 각처의 누각, 정자, 회랑, 가옥, 가산, 연못 등에 이르기까지 돌아다니면서 법수를 뿌리고 보검으로 한 번씩 주욱 그었다. 그렇게 돌아다니다가 다시 돌아와서는 연거푸 영패를 치고 칠성기를 들어올렸다. 도사들이 깃발을 한데 모으자 법사가 공중을 향해 타요편을 세 번 쳤다.

가씨 부중의 사람들은 모두 귀신을 잡는다는 말에 앞다투어 보려고 하였으나, 앞으로 가까이 가보았지만 귀신의 형체는 보이질 않았다. 그러나 법사들은 여러 도사들에게 단지를 가져오라고 해서, 귀신을 그 안에 잡아넣고 봉한 다음 붉은 글씨로 부적을 썼다. 그리고 그것을 가지고 돌아가서 탑 밑에 묻으라고 하면서 한편으로는 제단을 허물고 신장에게 감사의 인사를 올렸다.

이렇게 법사가 끝나자 가사는 공손하게 머리를 숙이고 법사法師들에게 사의를 표했다. 그러나 가용과 같이 나이 어린 축들은 뒤에서 계속 웃어댔다.

"이렇게 크게 벌이기에 난 또 귀신을 잡아서 도대체 어떤 놈인지 우리에게 좀 보여줄 줄 알았는데, 저렇게 잡을 줄은 몰랐네. 대관절 정말 귀신을 잡기는 한 거야?"

가진이 이 말을 듣고 그들을 꾸짖었다.

"이런 멍청한 놈들 같으니라고. 요괴란 원래 모이면 형체를 이루고 흩어지면 기氣가 되고 마는 건데, 방금 그렇게 많은 신장들이 있었으니 어찌 감히 그 모습을 드러낼 수 있었겠느냐! 그 요사스러운 기운을 잡아넣어서 다시는 못된 짓을 못하게 한다면 그것이 법력임에 틀림없다."

가용 등은 반신반의하며 그렇다면 앞으로 무슨 괴상한 일이 일어나지 않나 두고 보기로 했다. 그런데 하인들은 정말로 요괴가 잡힌 줄만 알았으므로 지금까지 품었던 의심을 풀었다. 하찮은 일에도 놀라며 수선을 피우는 일도 없어지고 그 후로는 과연 아무도 그런 말을 꺼내지 않았다. 거기다 가진 등의 병도 점차 나아 원기를 회복하였으므로 모두들 법사의 신통력이 대단하다고들 여겼다.

그런데 어린 하인 놈 하나만은 깔깔대며 이런 말을 했다.

"처음에 있었다는 그런 괴상한 일들은 나도 몰라. 하지만 대감님을 따라서 대관원에 들어갔던 그날 일은 분명 큰 장끼 한 마리가 날아간 거였는데, 그런 걸 전아捵兒란 놈이 놀라서 잘못 보고 그걸 요괴라고 말했던 거야. 우린 그 녀석의 허풍을 감싸주려고 맞장구를 쳤던 건데 큰 대감님께서 곧이들으셨지 뭐야. 아무튼 그 통에 법사 구경 한 번 잘했네."

모두들 그의 말을 듣기는 했으나 믿으려 하지 않았기 때문에 결국 아무도 원내에 들어가서 살지 않게 되었다.

　어느 날 별로 할 일이 없던 가사는 하인들 몇 명을 대관원에 이사시켜
야겠다는 생각을 했다. 집들을 지키게 해서 밤중에 못된 놈들이 숨어들
지 못하게 해야겠다는 마음이 들었기 때문이다. 그가 막 분부를 내리려
던 참인데 가련이 들어와서 문안 인사를 올리며 그날 자기가 외숙부 댁
에 갔다가 들은 놀라운 얘기를 전했다.

　“숙부님께서 절도사의 탄핵을 받으셨답니다. 관원들을 잘못 감독하
셔서 양곡을 과중하게 징수했다면서 절도사께서 숙부님의 파직을 요구
하는 상주문을 올리셨대요.”

　이 말을 듣고 가사는 가슴이 철렁 내려앉았다.

　“아마도 뜬소문이겠지. 지난번에 네 삼촌한테서 온 편지에는 탐춘이
아무 날 임지에 도착했고, 아무 날 좋은 시를 택해서 시가가 있는 해변
지역으로 보냈는데, 가는 길에 풍랑도 없어서 잘 갔으니 다들 걱정하지
말라고 했는걸. 게다가 절도사와는 이제 친척간이어서 특별히 잔치를
베풀어 축하까지 해줬다던데 그런 사이에 어찌 탄핵을 했겠느냐? 그러
니 말만 하고 앉아있지 말고 어서 이부에 가서 자세히 알아보고 나한테
알리거라.”

　가련은 그 길로 나갔다가 얼마 안 되어 돌아와서 아뢰었다.

　“방금 이부에 가서 알아보니 숙부님께서는 과연 탄핵을 받으셨답니
다. 그런데 다행스럽게도 황상께서 은전을 베푸시어 이부를 거치지 않
고 직접 이런 칙지를 내리셨답니다. 즉 단속을 잘하지 못하여 관원들이
양곡을 과중하게 징수함으로써 백성들을 착취한 죄로 말할 것 같으면
응당 파직시켜야 마땅하나, 처음으로 지방관으로 나가다 보니 고약한
관리들에게 속은 것이 분명하므로 특별히 은혜를 베풀어서 관직만 삼
등급 강직시켜 이전처럼 공부원외랑工部員外郞에 명하노니 즉시 상경하

라고 하셨답니다.

　이 소식은 틀림없는 것입니다. 제가 이부에서 이야기를 나누고 있을 때 마침 강서성으로부터 황상을 알현하러 온 지현 한 사람이 들어왔는데, 그가 숙부님 말씀을 아주 좋게 하셨습니다. 숙부님께서는 훌륭한 분이신데 아랫놈들을 잘못 쓰셨다고 하더군요. 집에서 데려간 하인 놈들이 허세를 부리고 협잡질을 하여 관원들을 마구 휘둘렀기 때문에 숙부님의 높은 명성을 훼손시켰다는 겁니다. 절도사께서도 진작부터 잘 알고 계셨기 때문에 숙부님을 좋은 분이라고 하셨답니다. 그런데 이번에 숙부님을 탄핵하셨다니 도무지 어찌 된 일인지 모르겠습니다. 그렇지만 생각해 보건대 말썽이 너무 많기 때문에 앞으로 큰 화가 미칠 것을 염려하여, 감독을 잘못했다는 빌미로 탄핵함으로써 중한 죄를 가볍게 매듭지으려는 뜻인지도 모르겠습니다."

　가사는 가련의 말을 다 듣지도 않고 분부를 내렸다.

　"너 우선 가서 네 숙모님께 이 사실을 알리도록 해라. 그렇지만 할머님께는 여쭙지 않는 게 좋겠다."

　가련은 그 길로 왕부인에게 가서 이 사실을 알렸다. 어떤 말을 했는지 알고 싶으면 다음 회를 보시라.

設毒計金
桂自焚身昧真
禪雨村空遇舊

제103회

제 함정에 빠진 하금계

독한 계략의 하금계는 제 함정에 빠지고
은인 만난 가우촌은 눈 어두워 몰라보네

施毒計金桂自焚身 昧眞禪雨村空遇舊

가련은 왕부인한테 가서 들은 이야기를 상세하게 고했다. 다음 날 그
는 이부로 가서 일이 잘되도록 손을 써놓은 다음 집으로 돌아와서 다시
왕부인에게 이부의 일을 아뢰었다.

"틀림없이 알아봤겠지? 그게 정말이라면 대감님께서도 원하실 것이
고 식구들도 모두 안심이지. 그런 지방관 노릇을 어찌 해낼 수 있겠어?
만일 그렇게 탄핵받아서 돌아오지 않으신다면 나중엔 그런 나쁜 놈들
때문에 대감님이 목숨까지 빼앗기실지 몰라."

"숙모님께선 어떻게 그런 것까지 다 아십니까?"

"네 삼촌께서 지방관으로 부임해 가신 뒤로 단 한 푼 집으로 보내시기
는커녕 오히려 집의 돈을 얼마나 많이 가져 가셨니? 그런데 네 삼촌을
따라갔던 하인 놈들을 좀 보렴. 그놈들이 시골로 내려간 지 얼마 되지
않아서 그 여편네들이 금붙이, 은붙이로 치장하고 나다니는 걸 보면,
몰래 대감님의 눈을 속이고 돈을 챙긴 게 아니고 뭐겠느냐? 네 숙부님

은 그런 줄도 모르고 그놈들이 하는 대로 내버려 두셨던 거야. 그러다가 만일 무슨 일이라도 생기는 날에는 당신의 벼슬자리도 보전하지 못하게 될 뿐만 아니라 조상님의 관직마저도 삭탈 당하게 될지도 모르는 일이야."

"숙모님 말씀이 아주 지당하십니다. 처음엔 저도 탄핵받으셨다는 말씀을 듣고 기절초풍할 것 같았는데, 나중에 자세히 알아보고 나서야 안심했답니다. 저 역시 숙부님께서 경성으로 오셔서 편안하게 관직에 몇 년 계셨으면 좋겠습니다. 그래야만 평생 동안 쌓아놓은 명성을 유지하실 수 있으니까요. 할머님께서도 이런 줄 아시면 안심하실 겁니다. 그렇지만 숙모님께서 너무 걱정하시지 않도록 잘 말씀 올리세요."

"그래, 알겠다. 어쨌든 좀더 알아보도록 해라."

가련이 막 방을 나서려는데 설부인 댁의 할멈이 헐레벌떡 뛰어오더니 곧장 왕부인 방으로 들어와서 문안 인사도 하기 전에 이런 말부터 했다.

"저희 댁 마님께서 이 댁 마님께 여쭈라고 해서 왔어요. 저희 집에 또 큰일이 생겨서 지금 야단났어요."

"큰일이라니 무슨 일이 났다는 거냐?"

그 할멈은 대답은 하지 않고 또 수선을 떨었다.

"큰일이에요, 큰일! 이를 어쩌면 좋아요."

"이런 멍청한 할망구 같으니라고! 큰일이 뭔지 말해야 알 것 아니냐?"

"저희 집엔 지금 둘째 도련님마저 출타중이라서 남자분이라고는 한 분도 안 계신데 이런 일이 생겼으니 어쩌면 좋아요. 아이쿠, 마님. 남자분을 몇 분 보내셔서 일을 좀 처리 해주세요."

왕부인은 도무지 무슨 말인지 알 수가 없어서 마침내 언성을 높였다.

"도대체 서방님들이 가서 무슨 일을 해주라는 거냐?"

"저희 집 큰아씨가 돌아가셨어요."

그 소리를 듣고 왕부인은 할멈을 꾸짖었다.

"그까짓 계집이 죽었으면 죽었지 왜 이 난리법석이야?"

"아이고, 마님. 돌아가셔도 그냥 돌아가신 게 아니라 해괴망측하게 돌아가셔서 그래요. 그러니 얼른 사람을 보내서 빨리 뒤처리 좀 해주세요."

그 할멈은 이렇게 말하고는 이내 돌아가려고 하였다. 왕부인은 화가 나기도 하고 가소롭기도 하였다.

"저런 빌어먹을 할망구 같으니라고! 런이 네가 가서 무슨 일인지 좀 보고 오는 게 낫겠다. 저 멍청한 할망구는 상관하지 말고 말이야."

그 할멈은 가련에게 가보라고 하는 말은 듣지 못하고 자기를 상관하지 말라는 말만 듣고는 화가 잔뜩 나서 돌아가 버렸다.

설부인은 다급한 마음에 가슴을 졸이고 있는데 아무리 기다려도 소식이 없자, 목을 빼고 기다리던 차에 할멈이 돌아왔으므로 다그쳐 물었다.

"그래, 마님께서 누구를 보내 주겠다고 하시더냐?"

그러자 할멈은 한숨부터 푹 내쉬었다.

"사람이란 정말이지 불행한 일을 당하지 않는 게 상책이에요. 아무리 친한 친척간이라도 다 쓸데없는 것 같아요. 그 댁 마님께선 우리를 도와주려고 하시기는커녕 오히려 저보고 멍청하다고 욕을 하시던 걸요."

설부인은 이 말을 듣고 화도 나고 마음도 조급해졌다.

"마님은 모른 체하신다고 치고, 그럼 새아씨는 뭐라고 하시더냐?"

"그 댁 마님께서 모른 체하시는 이상 우리 아씨야 물론 더 말할 필요도 없지요. 그래서 말씀도 드리지 않았어요."

설부인이 욕을 퍼부으며 말했다.

"에그, 바보등신 같으니라고. 그 댁 마님이야 남이지만 새아씨는 내 속으로 낳은 자식인데 어찌 모른다고 하겠느냔 말이다!"

할멈이 그제야 알아차리고 말했다.

"참, 그렇군요. 그럼 다시 다녀오겠습니다."

그러고 있는데 가련이 들어와서 설부인에게 문안 인사를 올린 후 조의를 표했다.

"저희 숙모님께서는 제수씨가 죽었다는 소식을 접하시고 할멈에게 물었으나, 도무지 무슨 말인지 알아들을 수가 없어서 무척 초조해 하고 계십니다. 그래서 저더러 무슨 일인지 똑똑하게 알아보고 여기 일을 도와드리라고 하셨어요. 어떻게 해야 하는지 말씀해 주십시오."

설부인은 처음에는 화가 나서 울먹거렸지만 가련의 말을 듣고는 이내 웃음을 머금으며 말했다.

"자네한테까지 수고를 끼치게 돼서 정말 미안하네. 그 댁 마님께선 언제나 내게 살뜰하게 대해 주신다는 걸 알면서도, 저 늙은 할망구가 얘기를 잘못 전하는 통에 하마터면 오해할 뻔했네. 어서 이리 앉게나. 내가 차근차근하게 말할 테니까."

그러면서 자초지종을 이야기하였다.

"실은 다른 게 아니라 며느리가 뜻밖의 일로 죽었기 때문이네."

"제수씨가 남편 일로 비관하다 그렇게 된 거겠지요."

"그렇다면 무슨 걱정이겠나? 처음 몇 달 동안은 날마다 머리를 풀어 헤치고 맨발로 돌아다니면서 울고불고 야단이었지. 그런데 큰애가 사형언도를 받았다는 소식을 듣고는 한바탕 울기는 했으나, 그때부터 웬일인지 입술연지 칠하고 분 바르며 화장하기 시작하는 게 아니겠나? 그렇지만 내가 뭐라고 했다가는 공연히 또 한바탕 난리를 부릴 것 같아서 그저 모르는 척했지. 그런데 하루는 무슨 생각이 났는지 향릉이를 데려다가 말동무를 하겠다는 거야. 그래서 내가 '보섬이가 있는데 향릉이는 데려다 뭐 하려고 그러느냐? 더군다나 향릉이는 평소 네가 싫어하는 애인데 공연히 사서 속 썩일 필요가 어디 있겠느냐?'라고 말했다

68

네. 하지만 그 애가 들으려고 하지 않기에 나는 하는 수 없이 향릉이를 그 애 방으로 보냈어. 가엾은 향릉이는 내 말을 거역할 수 없어서 앓는 몸으로 그 애 방으로 갔는데, 뜻밖에도 며느리가 향릉에게 아주 잘해 주기에 나는 내심 아주 기뻤단다. 보차가 그 말을 듣고, '무슨 다른 속셈이 있어서 그럴 거예요'라고 말했지만 나는 귀담아 듣지 않았어.

처음 며칠 동안 향릉이가 앓았는데 며느리가 손수 국까지 끓여 먹이더군. 그런데 향릉이가 복이 없어서 그랬던지 며느리가 향릉이 앞까지 국그릇을 들고 가다 그만 손을 데는 바람에 그릇까지 떨어뜨려 깨고 말았어. 그래서 나는 그 애가 향릉이한테 단단히 분풀이를 하겠구나 하고 생각했는데, 웬일인지 화를 내기는커녕 손수 빗자루를 가져다가 싹싹 쓸고 물로 말끔하게 닦아내는 게 아니겠어. 그리고는 여전히 사이좋게 지내더라고. 그러다가 엊저녁에는 향릉이와 함께 먹겠다면서 보섬이 더러 국 두 그릇을 끓여오라고 했다나. 그런데 한참 있으려니까 웬일인지 며느리 방에서 쿵쾅거리는 소리가 들리는 거야. 보섬이가 기겁해서 소리치는가 하면 향릉이도 벽을 짚고 나와서 소리 지르며 사람을 부르는 게 아니겠어? 내가 허둥지둥 달려가 보니 글쎄 며느리는 코와 눈으로 피를 줄줄 흘리면서 땅에서 마구 뒹굴고 있는 게 아니겠어? 두 손으로 가슴팍을 쥐어뜯으며 두 다리를 버둥거리면서 말이야.

난 그 광경을 보고 기겁을 해서 왜 그러느냐고 물었지만 대답을 못 하고 신음만 하더니 잠시 버둥대다가 그만 죽고 말더군. 그 꼴을 보고 나는 분명 독약을 먹은 거라고 생각했지. 보섬이는 울고불고 하면서 향릉이를 틀어쥐고 그 애가 독약을 먹여 며느리를 죽였다고 악을 쓰지 뭔가. 그러나 나는 향릉이는 원래 그런 애가 아닌 데다가 몸이 아파서 일어나지도 못하는 애가 어떻게 남에게 독을 먹일 수 있었겠느냐는 생각이 들었지. 그렇지만 보섬이가 한사코 향릉이에게 죄를 덮어씌우고 있으니 이를 어쩌면 좋겠나? 그래서 하는 수 없이 마음을 단단히 먹고 할멈들을 시켜서 향릉이를 묶으라고 해서 보섬이에게 넘긴 다음 방에다 가두고 문을 잠그라고 했네. 그러고 나서 보금이와 온 밤을 뜬눈으로 새우다가 그 댁 문이 열리기를 기다려서 사람을 보냈던 거야. 자네는 세상물정에 밝으니까 장차 이 일을 어떻게 하면 좋을지 알려주게나."

"하씨 댁에는 기별을 하셨나요?"

"어떻게 된 일인지 분명히 알고 난 뒤에 알리는 것이 좋을 것 같아서 아직 기별하지 않았어."

"제 생각에는 아무래도 관청에다 보고를 해야 해결할 수 있을 것 같습니다. 우리로선 보섬이를 의심하지만 다른 사람들이 보섬이가 왜 주인 아씨에게 독약을 먹였느냐고 묻는다면 대답할 말이 궁한 형편입니다. 그러나 향릉이에게 혐의를 둔다면 그런대로 믿을 것 같군요."

그런 이야기를 하고 있을 때 영국부에서 온 어멈들이 아뢰었다.

"저희 댁 새아씨께서 오셨습니다."

가련은 지금은 비록 손위 시숙이지만 어려서부터 보차를 대해 왔으므로 굳이 자리를 피하지 않았다. 보차는 들어와서 어머니에게 인사하고 또 가련에게도 인사하더니 안으로 들어가서 보섬과 함께 앉았다. 설부인도 들어와 아까처럼 사건의 자초지종을 모두 들려주었다.

"그렇게 향릉이를 묶어 둔다면 우리까지도 향릉이가 독살했다고 의심한다는 게 아니겠어요? 방금 어머니께서 말씀하시기를 그 국은 보섬이가 끓였다고 하셨으니, 보섬이를 묶어놓고 그 애를 조사하는 게 맞을 듯싶어요. 그러면서 하씨 댁에도 기별하고 관가에도 알리는 게 좋을 것 같아요."

설부인은 그 말이 옳다는 생각이 들어서 가련의 의향을 물었다.

"제수씨의 말이 옳습니다. 관청에 알리는 일은 제가 하겠습니다. 그래야 형부에 있는 사람에게 부탁해서 검시하거나 진술받을 때 입을 맞출 수 있으니까요. 그렇지만 보섬이만 묶어놓고 향릉이를 풀어주는 건 좀 곤란할 것 같습니다."

가련의 말에 설부인이 대꾸했다.

"향릉이를 묶은 건 그 애를 의심해서가 아니야. 난 병중에 있는 향릉이가 누명을 쓰고 억울한 나머지 자살이라도 해서 또 한 사람이 헛되이 죽을까 봐 그랬던 거야. 묶어서 보섬이에게 넘긴 것도 다 그래서였지."

"그렇다면 우리는 보섬이 편을 들어준 셈입니다. 그들 세 사람은 애초에 함께 있었으므로 풀어주려면 다 같이 풀어주고 묶어두려면 다 같이 묶어둬야죠. 다만 사람을 시켜 향릉이를 안심시켜 놓으면 되질 않겠어요."

설부인은 즉시 문을 열고 안으로 들어갔다. 보차는 데리고 온 어멈들에게 보섬이를 묶으라고 시켰다. 향릉을 보니 그녀는 울다 지쳐서 초죽음이 되어 있었으나 보섬은 기고만장해 있었다. 그러다가 사람들이 달려들어 자기를 묶으니까 보섬은 발버둥 치며 악을 쓰기 시작했다. 그러나 영국부에서 온 사람들이 호통을 치자, 그 기세를 당할 수 없어 꼼짝 못하고 묶이고 말았다. 사람들은 보섬을 묶은 다음 감시하기 쉽게 방문을 열어두었다. 그리고 하씨네 집으로도 사람을 보냈다.

하씨네 집은 본래 경성에 살고 있지 않았지만, 근년 들어 가세가 기운 데다 딸자식이 늘 염려되었으므로 얼마 전에 경성으로 옮겨왔다. 금계의 아버지는 이미 세상을 떠났고 어머니 혼자만 있었는데, 개망나니 같은 놈을 양자로 들인 탓에 가산을 다 탕진하였다. 이놈은 수시로 누나의 시댁인 설씨 댁까지 찾아와서 손을 벌렸다. 그런데 금계는 워낙 바람기가 있는 여자인지라 도무지 독수공방을 할 위인이 못되었다. 더군다나 날마다 시동생인 설과를 마음에 두고 그리워하다 보니, 이제는 기갈이 들어 찬밥 더운밥을 가릴 처지가 아니었다. 그 의동생이란 사내 또한 음흉한 인간이어서 금계의 속셈을 다소 알아차리기는 하였으나 아직 맞장구를 쳐주지는 않았던지라 금계는 자주 친정으로 가서 그 사내에게 돈푼을 쥐어주곤 했다.

그날도 이 사내는 금계가 와주기를 바라던 차에 설씨 댁에서 사람을 보내왔으므로 마음속으로 또 무슨 물건인가를 가져왔겠거니 하고 생각했다. 그런데 뜻밖에도 금계가 독약을 마시고 죽었다는 소식을 전해왔으므로 그 사내는 펄펄 뛰면서 집안이 떠나갈 듯 고래고래 소리를 질러댔다. 금계의 어미는 그 소식을 듣고 통곡하며 더욱 난리를 부렸다.

"그 집에서 멀쩡하게 살던 내 딸이 왜 독약을 먹었단 말이냐?"

금계의 어미는 수레를 빌릴 겨를도 없이 양아들을 데리고 그대로 걸어서 설씨 댁으로 향하였다. 하씨네는 본래 장사치였는데 이제 돈마저 없고 보니 체면이고 뭐고 가릴 것이 없었다. 양아들은 이미 앞서 갔으므로 금계의 어미는 남루한 할멈 하나를 데리고 대문을 나섰는데, 엉엉 울며 걷다가 도중에 낡은 수레 한 대를 빌려 타고 설씨 댁에 이르렀다.

금계의 어미는 설씨 댁 대문에 들어서자마자 인사고 뭐고 없이 "아니고 내 딸아, 아이고 내 새끼야" 하면서 울부짖었다. 그때 가련은 이 일을 부탁하러 형부에 가고 없었으므로 집에는 설부인과 보차, 그리고 보금이밖에 없었는데, 그녀들은 여태껏 이런 난리를 겪어 본 적이 없었기 때문에 놀란 나머지 모두 찍소리 한마디 하지 못하고 있었다. 자초지종을 얘기하려고 하였지만 그들은 들으려고도 하지 않았다.

"내 딸이 이 댁에 와서 덕을 본 게 뭔가요? 내외간에 밤낮없이 때리고 싸우기만 하지 않았나요? 그나마 그것도 얼마가지 않아서 두 내외가 함께 있는 꼴을 못 보고 당신네끼리 공모하여 사위를 감옥에 처넣어서 영영 만나지도 못하게 했잖아요. 당신네 모녀가 훌륭한 친척 덕분에 흥청망청 호사를 누리면 됐지, 왜 남의 딸을 눈엣가시처럼 미워해서 사람을 시켜 독살시켜 놓고선 제 스스로 독약을 먹었다고 뒤집어씌웁니까? 도대체 이게 말이나 됩니까? 그 애가 뭣 때문에 스스로 독약을 먹는단 말이오?"

금계의 어미는 이렇게 퍼부어 대면서 설부인을 향해 달려들었다. 설부인은 놀라서 뒤로 물러섰다.

　　"사돈마님, 따님한테 한번 가보시고 보섬이에게도 물어보신 다음, 이런 억지소릴 하셔도 늦지 않을 거예요."

　　보차와 보금은 밖에 하씨네 아들이 와 있었으므로 나와서 말리지도 못하고 방 안에서 그저 애만 태우고 있었다. 그때 마침 왕부인이 보낸 주서댁이 문에 들어서다가 웬 노파가 설부인의 얼굴에다 대고 삿대질을 하면서 울고불고 욕설을 퍼붓는 것을 보고, 그 노파가 바로 금계의 어미임을 알아차리고는 다가와서 말했다.

　　"저, 이 댁의 사돈마님이신가요? 이 댁 아씨께선 스스로 독약을 마시고 돌아가신 건데 이 댁 마님과 무슨 상관이 있다고 이러십니까? 잘 알지도 못하면서 이렇게 사람을 못살게 굴면 어쩝니까?"

　　그러자 금계의 어미가 물었다.

　　"당신은 대체 누구요?"

　　설부인은 편들어 줄 사람이 생기자 얼마간 담이 커져서 대답하였다.

　　"이 사람은 우리 친척인 가씨 부중 사람이에요."

　　"이 댁에 뒷심이 되어줄 훌륭한 친척이 있다는 걸 누가 모른답디까? 그렇지 않고서야 어떻게 사위를 감옥에 처넣을 수 있었겠어요? 그런데 이제는 그것도 모자라서 생때같은 내 딸마저 억울하게 죽이다니요!"

　　그러면서 금계의 어미는 설부인을 끌어 잡아당기며 또다시 악을 썼다.

　　"도대체 내 딸을 어떻게 죽였어? 당장 내게 보여달란 말이야."

　　그러자 주서댁이 나섰다.

　　"이렇게 잡아끌지 말고 가서 직접 보시면 되잖아요?"

　　주서댁이 이렇게 달래면서 한편으로는 손으로 금계의 어미를 밀쳤다. 그러자 하씨네 아들이 당장 달려들며 대들었다.

　　"네년이 상전의 세도를 믿고 우리 어머니를 쳐?"

그러면서 의자를 집어 들어 주서댁에게 던졌으나 다행히 맞지는 않았다. 보차를 따라와서 방 안에 있던 어멈들은 바깥에서 소란한 소리가 들리자 무슨 일인가 하고 급히 뛰쳐나왔다. 그들은 주서댁이 다치기라도 할까 봐 일제히 달려들어 달래기도 하고 꾸짖기도 하였다. 하씨네 모자는 그럴수록 더욱더 기승을 부렸다.

"너희 영국부의 세도가 큰 줄은 알겠다만, 우리 딸이 죽었으니 나도 이제 살 생각이 없다."

그러면서 또다시 죽기 살기로 설부인에게 달려들었다. 그 자리에 있는 사람들이 적지 않았건만 아무도 금계의 어미를 막아내지 못했다. 그 야말로 예로부터 '한 사람이 목숨 걸고 달려들면 만 사람도 당해내지 못한다'라고 하던 말 그대로였다.

이렇게 한창 아수라장이 극에 달해 있을 때 가련이 예닐곱 명의 하인들을 데리고 들어왔다. 가련은 이 광경을 보고 우선 하인들을 시켜서 하씨네 아들을 끌어내게 하였다.

"소란피우지 말고 할 말이 있으면 가만가만 말로 하면 될 게 아닌가? 이제 곧 형부의 나리들께서 검시하러 올 테니 어서 집안을 말끔하게 치우도록 해라."

금계 어미는 악을 쓰며 난동을 부리다가 흠칫 놀랐다. 어떤 나리 하나가 장정들을 앞세우고 들어오는데, 그 장정들이 호통을 치자 거기 모여 있던 사람들이 모두 팔을 모으고 공손히 서 있는 게 아닌가! 금계의 어미는 이 광경을 보고 그 사람이 가씨 부중의 상전일 것이라는 짐작은 갔지만 누구인지는 알 수가 없었다. 게다가 자기 아들이 이미 사람들에게 끌려 나간 데다 또 형부에서 검시하러 온다는 말을 듣고 그만 기가 꺾이고 말았다. 원래는 딸의 시체를 보고 한바탕 소동을 피운 다음 관청에 고발할 생각이었는데 뜻밖에도 이쪽에서 먼저 신고해 버렸기 때문이었다.

설부인은 하도 놀라서 그만 얼이 빠져 있었기 때문에, 그런 설부인을 대신해서 주서댁이 가련에게 말했다.

"저분들은 오자마자 죽은 아씨를 보러 갈 생각은 하지 않고 마님만 들볶아댔어요. 그래서 저희들이 차분하게 달래고 있는데 어디서 못돼 먹은 사내놈이 뛰어들더니 쌍욕을 퍼부으면서 마구 난동을 부리는 게 아니겠어요? 나라 법이고 뭐고 안중에도 없지 뭐예요."

"지금은 그런 놈하고 시비 가릴 필요가 없어. 조금 있다가 그놈을 잡아놓고 족치잔 말이야. 이를테면 '남자들은 남자들이 있어야 할 곳이 있고 안채는 아가씨와 마님들이 거처하는 곳인데, 네 어미가 이미 딸을 보러 들어왔건만 네가 이렇게 뛰어든 건 강도짓을 하려는 속셈이 아니고 뭐냐?' 하고 말이야."

하인들이 곁에서 달래기도 하고 겁을 주기도 하자 금계의 어미는 마침내 움츠러들었다. 주서댁은 자기 쪽 사람이 많은 것을 믿고 금계의 어미에게 훈계했다.

"하씨 댁 마님, 마님도 참 사리분별이 어두우시군요. 여기 오셨으면 응당 어찌 된 일인지 사정부터 알아보시는 게 도리가 아니겠어요? 댁의 따님께서는 스스로 독약을 마시고 세상을 뜨셨거나 그렇지 않으면 보섬이가 주인을 독살한 건데, 왜 내막을 알아보거나 시체를 보실 생각은 하지 않고 남에게 죄를 덮어씌우려고만 드십니까? 설마 우린들 아씨가 억울하게 죽었다면 가만히 보고만 있었겠어요? 그래서 지금 보섬이를 묶어 놓았고요, 또 요새 댁의 따님이 몸이 좀 불편하다면서 시중들게 한다고 향릉이를 불러다 한방에 있었기 때문에 그 애까지 둘 다 방에다 가두고 사람을 시켜 지키고 있어요. 사돈댁에서 직접 형부에서 검시하는 것을 보신 다음, 자세한 내막을 묻는 게 순서가 아니겠어요?"

금계의 어미는 이제 수세에 몰리자 하는 수 없이 주서댁을 따라서 딸의 방으로 갔다. 금계는 이미 얼굴이 새까맣게 탄 채 구들 위에 뻐드러져 있었다. 그 모습을 보고 금계의 어미는 또다시 울음을 터뜨리기 시작했다.

보섬은 자기 집 주인이 온 것을 보자 울고불고 악을 써댔다.

"우리 아씨께선 향릉이를 생각해서 한방에 데리고 계셨는데 저년이 은혜도 모르고 되레 틈을 타서 아씨를 독살했지 뭐예요."

그때 설씨 댁 사람들이 상하를 막론하고 모두 그 자리에 있었는데, 보섬이의 말을 듣고 하나같이 그녀를 꾸짖었다.

"허튼 소리 작작해라! 아씨는 어제 국을 잘못 드시고 돌아가시질 않았느냐? 그런데 그 국은 네가 끓였지 않느냐?"

"국은 제가 끓인 게 맞아요. 그렇지만 저는 그 국을 안에 들여다놓고 볼일이 있어서 잠시 나갔었어요. 그 사이에 향릉이가 국에다 뭔가를 타서 아씨를 독살한 거예요."

금계의 어미는 그 말을 다 듣기도 전에 번개같이 향릉에게 달려들었으므로 여럿이서 그녀를 뜯어 말렸다.

"저 시체의 상태를 보면 비상을 먹은 게 분명해. 그런데 우리 집에는 그 약이 손톱만큼도 없었어. 그러니 향릉이가 그랬건 보섬이가 그랬건 간에 반드시 부탁을 받고 사다준 사람이 있을 게다. 조금 있다가 형부에서 나와 문초하게 되면 발뺌하지 못할 것이다. 그러니 어서 관원들이 와서 검시하기 편하도록 아씨의 시체를 똑바로 눕혀 놔라."

설부인의 말에 할멈들이 달려들어 시체를 바로 눕혔다. 그러자 이번에는 보차가 분부를 내렸다.

"검시하러 오는 사람들은 다 남자들일 테니까 여자들의 소지품을 잘 점검해보도록 해요."

그 말에 할멈들이 이리저리 살피다가 구들 위에 펴놓은 요 밑에서 구겨진 종이봉지 하나를 발견했다. 그것을 보고 금계의 어미가 얼른 집어들어 펴보았으나 안에는 아무것도 없었으므로 도로 내던져버렸다. 그러자 보섬이 소리를 질렀다.

"저게 증거가 아니고 뭐예요? 저 종이봉지는 제가 본 적이 있어요. 며칠 전에 쥐새끼가 하도 극성을 부리는 바람에 아씨께서 친정에 가셨다가 동생 분한테서 그걸 얻어 오셔서는 머리장식함 속에 넣어두셨어요. 그런 걸 분명 향릉이란 년이 봐두었다가 몰래 꺼내서 아씨를 독살한 거예요. 제 말을 못 믿겠거든 당장 그 상자를 열어서 있나 없나 보세요."

금계의 어미는 보섬이 일러준 대로 얼른 머리장식함을 가져다 열어 봤다. 그런데 그 상자 안에는 은비녀 몇 개만 들어 있을 뿐이었다.

"아니, 그렇게 많던 머리장식들이 다 어디 갔단 말이냐?"

설부인의 말에 보차가 시녀들을 시켜서 의농이나 궤짝 같은 것을 모조리 열어보게 했다. 그런데 어느 것이나 하나같이 텅텅 비어 있었다.

"올케의 물건들을 누가 가져갔을까요? 보섬이에게 물어봐야겠어요."

금계의 어미는 속으로 찔리는 게 있어서 설부인이 보섬이를 심문하려 하자 가로막고 나섰다.

"아씨의 물건을 저 애가 어떻게 알겠어요?"

그러자 주서댁이 끼어들었다.

"마님, 그런 말씀 마세요. 제가 알기로는 보섬이는 날마다 아씨 시중을 들었다던데 어찌 그걸 모르겠어요?"

이렇게 다그쳐 묻자 보섬은 누명을 뒤집어쓸 수는 없는 노릇이어서 하는 수 없이 입을 열었다.

"아씨께서 친정 가실 때마다 가져 가셨는데 제가 어떻게 알겠어요?"

그 말에 주위의 여러 사람들이 비아냥거렸다.

"흥, 정말 훌륭하신 친정어머니시구려! 따님을 꾀어 이 댁 물건을 빼돌리다가, 빼돌릴 만큼 빼돌리고 나서 자살까지 시켜놓고 그 죄를 우리한테 덮어씌우려 들다니. 걱정할 거 없어요. 이따가 검시관이 오면 사실대로 죄다 얘기하면 그만일 테니까."

보차는 시녀를 시켜 일렀다.

"얼른 바깥에 나가서 가련 나리께 하씨네 아들을 놔주지 말고 붙잡고 계시라고 아뢰어라."

안에서는 금계의 어미가 다급한 나머지 보섬이에게 욕을 퍼부었다.

"네 이년, 어디다 대고 주둥이를 나불거리는 게냐? 너희 아씨가 언제 친정으로 물건을 날랐다고 그래?"

"지금 그따위 물건을 가지고 왈가왈부할 때가 아니에요. 그보다는 아씨를 죽인 자를 찾아내는 게 더 급해요."

보섬이 이렇게 말하자 보금도 옆에서 거들었다.

"증거가 있으면 반드시 범인이 드러나기 마련이에요. 어서 빨리 가련 오라버님에게 말씀드려서 하씨 댁 아드님이 비상을 샀는지 아닌지를 분명하게 따져 묻는 게 좋겠어요. 그래야만 형부에서 나온 관원들에게 내막을 말해줄 수 있지 않겠어요."

금계의 어미는 이 말을 듣고 더욱 등이 달아올랐다.

"저 보섬이 년이 분명 귀신에 홀렸어. 그따위 허튼 소리를 해대다니. 우리 애가 언제 비상을 사들였단 말이냐? 그렇게 말하는 것을 보니 보섬이 년이 우리 애를 독살한 게 분명해."

그러자 보섬이 악을 쓰며 대들었다.

"남들이 저한테 죄를 뒤집어씌운다면 몰라도 어떻게 마님께서 그러실 수 있어요? 마님께선 항상 아씨께 너무 속 끓이지 말고 언젠가 이 집이 망하게 되면 그때 가서 한 밑천 잡고 나와서 다시 좋은 서방 얻으면 될 게 아니냐고 하시질 않았어요? 제가 없는 말 했나요?"

금계의 어미가 미처 대답하기도 전에 주서댁이 끼어들었다.

"이건 분명 마님댁 사람들 입에서 나온 말인데 그래도 모른다고 잡아떼겠어요?"

금계의 어미는 화가 치민 나머지 이를 북북 갈며 욕을 퍼부었다.

"난 지금까지 너한테 하느라고 해왔는데 대관절 나한테 무슨 원한이 있기에 그런 말로 나를 모함하는 거냐? 이따가 관원이 오면 난 네년이 우리 애를 독살했다고 일러바칠 테다."

그 말에 보섬도 부아가 치밀어 올라서 눈을 부릅뜨고 소리 질렀다.

"마님, 향릉이를 풀어주세요. 공연히 죄 없는 사람을 괴롭힐 필요 없어요. 관원이 오면 제가 할 말이 있으니까요."

보차는 그 말귀를 알아듣고 바로 사람을 시켜 보섬이부터 풀어주었다.

"넌 워낙 대쪽같이 곧고 시원시원한 애가 아니더냐. 그런데 무엇 때문에 억울하게 말려들려고 하는 거야? 할 말이 있으면 툭 털어놓고 다 말하렴. 어떻게 된 일인지 모두가 다 알게 되면 넌 무사할 게 아니냐?"

보섬으로서도 관원들에게 취조당하는 것이 두려웠기 때문에 이참에 다 털어 놓을 생각이 들었다.

"저희 아씨는 날마다 이런 푸념을 하셨어요. 뭐냐 하면 '난 어쩌다가 저렇게 사람 볼 줄 모르는 어머니를 만났을까? 설과 도련님 같은 사람한테 짝지어 주질 않고 하필이면 저런 망종 같은 인간을 서방으로 정해 줬느냔 말이야. 설과 도련님하고 단 하루만이라도 살아봤으면 죽어도 여한이 없겠어'라고 말하면서 향릉이를 못 잡아먹어서 안달이었어요. 전 처음에는 그저 그런가 보다 하고 대수롭지 않게 여겼는데 나중에 보니까 향릉이하고 사이좋게 지내시는 게 아니겠어요? 그래서 저는 향릉이가 아씨의 비위를 잘 맞춰서 그렇게 된 줄로만 알고 있었지요. 그랬으니 어제 그 국을 준 것이 호의로 그런 것이 아님을 어찌 알았겠어요?"

금계의 어미는 그 말에 더욱 기승을 부렸다.

"저 년이 점점 더 미친 소리를 지껄이는구나. 네 말대로 그 애가 향릉이를 죽일 속셈이었다면 왜 제 손으로 독약을 먹었단 말이냐?"

그러자 보차가 향릉이에게 물었다.

"향릉아, 너 어제 그 국을 마셨니?"

"며칠 전부터 전 몸이 아파서 머리도 제대로 들 수 없었어요. 그런데 아씨께서 저더러 국을 좀 마시라고 하시더군요. 저는 감히 마시지 않겠다고 할 수가 없어서 억지로 일어나려는데 국그릇이 그만 엎어져 버렸어요. 그런데 아씨께서 몸소 그것을 훔치셨지 뭐예요. 전 정말 몸 둘 바를 몰랐어요. 아씨께선 어제도 저더러 국을 마시라고 하셨는데 전 넘길 수조차 없었지만 억지로라도 마시려고 하는 순간 갑자기 현기증이 나질 않겠어요? 그랬더니 보섬이가 국그릇을 가져가더군요. 저는 잘됐다는 생각이 들어서 눈을 좀 붙이려고 하는데, 아씨께서 국을 드시더니 저보고도 좀 마시라고 하시기에 억지로 몇 모금 마셨어요."

향릉의 말이 채 끝나기도 전에 보섬이 끼어들었다.

"맞아요. 제가 사실대로 말씀드리겠어요. 어제 아씨께서 저더러 향릉이와 둘이서 잡수시겠다면서 국 두 그릇을 끓여오게 하셨어요. 저는 그 말을 듣고 속으로 화가 나서 죽을 지경이었어요. 향릉이 따위가 뭐기에 내가 국까지 끓여서 바쳐야 하나 하고 말예요. 그래서 저는 일부러 한쪽 국그릇에다 소금을 잔뜩 집어넣고 표를 해서 향릉이한테 갖다 줄 생각을 했어요. 그런데 그걸 들고 들어가니까 아씨께서 저를 막아서시며, 오늘 친정엘 다녀와야겠으니 밖에 나가서 시동을 시켜 마차를 불러오게 하라는 거예요. 제가 밖에 나가 일을 시켜 놓고 돌아와 보니 소금이 많이 들어있는 국그릇이 아씨 앞에 놓여 있는 게 아니겠어요? 전 아씨께서 그걸 잡수시면 짜게 끓였다고 꾸중하실 게 뻔해서 겁이 났어요. 그래서 안절부절못하고 있는데 마침 아씨께서 뒷간에 가시기에 전 얼른 그 틈을 타서 향릉이의 국그릇과 살짝 바꿔놓았지요. 그런데 그렇게 되란 운명이었던지 아씨께서 돌아와서 그 국그릇을 들고 향릉의 침대머리에 다가가서 자기가 마셔 보이며 '너도 좀 마셔봐'라고 하시는 게 아니겠어요? 그런데 향릉이는 국이 짠 줄도 모르고 마시더군요. 그렇

80

게 두 사람 모두 국을 마셨지요. 저는 그저 향릉이가 짠 줄도 모르고 마신다고 속으로 웃고만 있었지, 저 고약한 아씨가 향릉이를 독살하려고 그런 줄은 꿈에도 몰랐어요. 아씨는 틀림없이 제가 없는 틈을 타서 비상을 국그릇에 탔을 거예요. 그런데 제가 바꿔치기 한 줄도 모르고 마셔버렸으니, 이거야말로 하늘이 무심치 않아서 스스로 죗값을 받은 것이 아니고 뭐겠어요?"

그 자리에 있던 사람들은 그 말을 듣고 보니 앞뒤 말이 한 치도 틀림이 없는지라 향릉이를 마저 풀어주고 침상에 데려다 눕혔다.

금계의 어미는 제 발이 저린 데다가 사실이 명백하게 밝혀졌지만 여전히 버텨볼 궁리를 하고 있었다. 설부인 등은 모두들 한마디씩 하면서 하씨의 아들이 금계의 죽음에 책임을 져야 한다고 하였다. 이렇게 왁자지껄하며 떠들고 있을 때 가련이 밖에서 소리를 질렀다.

"지금은 여러 말 할 필요가 없습니다. 어서 방 안이나 잘 치워두세요. 형부의 관원들이 곧 오실 겁니다."

일이 이쯤 되자 하씨네 모자는 당황하지 않을 수 없었다. 아무래도 크게 경을 칠 것 같은 생각이 들자, 금계의 어미는 하는 수 없이 설부인에게 매달려 빌었다.

"저희가 죄다 잘못했어요. 이건 모두 죽은 딸년이 못나서 벌어진 일이고 그야말로 자업자득이죠. 만일 형부의 관리들이 검시를 나오게 된다면 댁의 체면에도 좋을 게 없질 않겠습니까? 그러니 사돈 마님께서 부디 이 일을 그냥 덮어주십시오."

그러자 보차가 어머니 대신 말했다.

"그건 안 될 말이에요. 벌써 신고했는데 어떻게 그냥 넘어가겠어요?"

보차의 말에 주서댁 등이 달래기도 하고 으르기도 하면서 금계의 어미를 다뤘다.

"만약 이 일을 그냥 덮고 넘어갈 의향이시라면 하씨 마님이 몸소 가서 검시를 못하도록 하세요. 그렇다면 저희들도 이러쿵저러쿵하지 않을 테니까요."

가련도 밖에서 하씨네 아들놈을 을러댔다. 그랬더니 그자가 자청해서 형부에 가서 검시를 중지하는 보증서를 쓰겠노라고 하였다. 모두들 이 일을 그렇게 매듭짓는 데 동의하였으며, 설부인은 하인을 시켜 관을 사다 시체를 입관하였다. 그 이후의 일에 대해서는 더 이상 이야기하지 않겠다.

한편 가우촌은 경조부윤京兆府尹으로 승진하였으며 겸하여 세무에 관한 일까지 맡아보게 되었다. 하루는 경성을 떠나 농지개간에 관한 일을 조사하러 가던 길에 지기현知機縣이란 곳을 지나게 되었는데, 급류진急流津이라는 나루터에 이르러 강을 건너기 위해 인부를 기다리느라고 잠시 가마를 멈췄다. 그런데 마을 밖에 자그마한 절간이 눈에 들어왔다. 허물어진 담장 너머로 몇 그루의 늙은 소나무가 보이는 것이 여간 운치 있는 것이 아니었다. 가우촌은 가마에서 내려 느릿느릿 절 안으로 들어갔다.

들어가 보니 신상은 금빛이 다 벗겨졌고 전각도 한쪽으로 기울어져 있었으며, 옆에 있는 비석은 동강 나고 글자는 희미해서 잘 알아볼 수 없었다. 가우촌은 후전으로 가보려고 발길을 돌리다가 푸르른 측백나무 그늘 아래 있는 단칸짜리 초막 한 채를 발견하였다. 그 초막 안에는 웬 도사 하나가 눈을 지그시 감고 좌선하고 있었다. 가우촌이 다가가서 보니 무척 낯이 익었으므로 어디서 봤는지 곰곰이 생각해 보았으나 도무지 기억이 나질 않았다. 그는 따르던 부하들이 소리치려는 것을 말리면서 천천히 앞으로 걸음을 옮기며 말을 건넸다.

"도사님."

그 소리에 도사는 눈을 가늘게 뜨면서 빙긋이 웃으며 물었다.

"나리께선 무슨 일로 오셨습니까?"

"본관은 경성을 떠나 무슨 일을 조사하러 나섰다가 이곳을 지나게 되었는데, 도사께서 수도하고 계신 모습을 뵈옵자니 틀림없이 도통하신 분인 것 같기에 이렇게 실례를 무릅쓰고 가르침을 청하고자 하옵니다."

"옴에는 반드시 오는 곳이 있고, 감에는 반드시 방향이 있습니다."

그 말을 듣고 가우촌은 이 도사가 반드시 내력 있는 도사임에 틀림없다고 생각했다. 그래서 공손히 읍을 하고는 물었다.

"도사께선 어디서 수행하시다가 여기에 암자를 마련하셨습니까? 이 절은 이름이 무엇이며 절에는 모두 몇 분이나 계시는지요? 참으로 수행하실 생각이라면 어디 명산이 없어서 하필 이곳을 택하셨으며, 탁발을 하실 생각이라면 왜 번화한 거리로 나가지 않으시고 여기 계십니까?"

"호로〔葫蘆: 표주박〕속이라도 몸 하나 두기는 충분하거늘 하필 명산을 골라 암자를 지을 까닭이 어디 있겠습니까? 절의 이름은 오래전에 잊었고 동강 난 비석만이 남아있을 뿐이지요. '궤 속의 옥이 좋은 값 쳐줄 사람을 바라고, 화장함 안에 있는 비녀가 날아갈 때를 기다리네'라는 말이 있으나, 어찌 그런 걸 바라는 무리들과 같을 수 있겠는지요?"

우촌은 워낙 총명한 사람인지라 처음에 '호로'란 말을 듣고 이어서 '옥과 비녀〔玉釵〕'라는 대귀를 듣자 불현듯 진사은의 일이 생각나서, 다시 그 도사의 모습을 찬찬히 뜯어보았다. 그랬더니 과연 진사은의 옛날 모습과 다름이 없었으므로, 자기를 따르던 사람들을 물린 다음 그에게 물었다.

"도사님은 혹시 진선생이 아니십니까?"

그랬더니 그 도사는 빙그레 웃으며 대답했다.

"무슨 진眞이고 가假란 말입니까? 진이 바로 가이고, 가가 바로 진입니다."

우촌은 가賈라는 말을 듣고는 더 이상 의심의 여지가 없다고 생각되어 다시금 도사에게 절을 하였다.

"소생은 선생님의 덕을 입고 경성에 올라와서 과거에 급제하였습니다. 그 후 선생님의 고향에 부임하였는데 그때 비로소 선생님께서 속세를 버리고 선계에서 노니신다는 것을 알게 되었습니다. 저는 지난날을 돌이켜보며 선생님에 대한 그리움이 사무쳤으나 이 풍진 세상의 속리俗吏인지라 선안仙顔을 다시 뵈올 길이 없었습니다. 그러던 것이 오늘 마침 이곳에서 뜻밖에 상봉하게 되어 얼마나 다행인지 모르겠습니다. 바라옵건대 선옹仙翁께서 몽매한 저를 지도해 주시옵소서. 선생님께서 꺼리지만 않으신다면 경성에 있는 저희 집이 여기서 멀지 않으니, 제가 모시고 가서 조석으로 가르침을 받았으면 합니다."

그러자 그 도사도 일어나서 답례를 하며 말했다.

"저는 이 부들 방석 외에는 천지간에 다른 것이 있는 줄을 알지 못합니다. 방금 나리께서 하신 말씀이 무엇인지 빈도는 하나도 알아들을 수가 없군요."

이렇게 말하고는 도로 제자리에 앉는 것이었다. 우촌은 또다시 의아한 생각이 들었다.

'참으로 이상한 일이로군. 이 도사가 만일 진사은 선생이 아니라면 어째서 용모와 말투가 이처럼 같을 수 있단 말인가? 헤어진 지 19년이나 되었건만 얼굴 모습이 예전과 다름없는 것은 필경 수행에 힘쓴 덕이겠으므로 아마도 이전 신분을 드러내고 싶지 않은 탓인가 보다. 그렇지만 나로서는 은인을 만났으니 눈앞에서 이렇게 놓쳐버릴 수는 없는 일이다. 보아하니 부귀의 힘으로도, 아내나 딸에 대한 사사로운 정으로도 마음을 움직일 수 없겠구나.'

이런 생각 끝에 우촌은 다시 입을 열었다.

"선사께서 지난날의 인연을 끝까지 모른다고 하신다면 제자인 저로서는 안타까운 마음을 금할 수가 없습니다."

그러면서 다시 절을 하려는데 밖에서 시종이 들어와서 날이 저물고 있으므로 어서 강을 건너야 한다고 아뢰었다. 우촌이 어찌하면 좋을지 몰라 망설이고 있으려니까 도사가 말했다.

"나리께선 어서 강을 건너도록 하십시오. 언젠가 다시 만날 때가 있을 겁니다. 지체하셨다가는 풍랑을 만나게 될 겁니다. 저를 잊지만 않으신다면 훗날 빈도가 이 나루터에서 기다리고 있겠습니다."

도사는 말을 마치자 다시 눈을 감고 좌선에 들어갔다. 우촌은 하는 수 없이 도사와 작별하고 암자를 나섰다. 그런데 그가 막 배에 오르려고 할 때 웬 사람 하나가 나는 듯이 달려왔다. 무슨 일로 그러는지 알고 싶으면 다음 회를 보시라.

醉金剛小鰍生大浪
痴公子餘痛觸前情

옛정을 못 잊는 가보옥

주정뱅이 예이는 행패 부려 평지풍파 일으키고
어리석은 보옥은 옛정을 못 잊어서 괴로워하네

醉金剛小鰍生大浪　痴公子餘痛觸前情

가우촌이 막 강을 건너기 위해 배에 오르려는데 어떤 사내가 나는 듯이 달려와서 다급하게 말했다.

"대감님, 방금 전에 구경하셨던 그 절에서 불이 났습니다."

우촌이 돌아다보니까 활활 타오르는 불길이 하늘로 치솟고 있었으며 재가 날려서 눈앞을 가렸다.

'그것 참 이상한데! 내가 그곳을 나와서 불과 몇 걸음 걷지도 않았는데 불이 도대체 어디서 난 것일까? 혹시 진사은 선생이 화를 입지나 않으셨을까?'

가우촌은 이런 생각이 들었지만 절로 되돌아가자니 배를 놓칠 것 같고, 그렇다고 그대로 있자니 영 마음이 놓이질 않았다. 잠시 생각에 잠겼다가 가우촌은 그 사내에게 물었다.

"너는 아까 그 도사님이 절에서 나오시는 걸 보았느냐?"

"소인은 대감님 뒤를 따라 나오다가 갑자기 배가 아파서 잠시 뒤처졌습니다. 그러다가 무심코 뒤를 돌아다보니까 저쪽에서 불길이 치솟는데, 글쎄 그게 아까 그 절에서 불이 난 거지 뭡니까? 그래서 이렇게 헐레벌떡 달려와 대감님께 아뢰는 것입니다. 그런데 거기서 나오는 사람이라곤 없었어요."

가우촌은 마음이 안 놓이기는 했지만 워낙 명리에 눈이 어두운 사람인지라 되돌아가볼 생각은 하지 않고 단지 그 사내에게 분부만 내렸다.

"너는 여기 남아 있다가 불이 꺼지거든 절에 들어가서 그 도사님이 어떻게 되었는지 살펴보고 즉시 나한테 와서 알리도록 해라."

그 사내는 그렇게 하겠노라고 대답했다.

강을 건넌 가우촌은 계획했던 대로 몇 군데를 조사한 후 공관에 들어가 쉬었다. 다음 날 또 몇 곳을 더 돌아보고 나서 경성으로 돌아오니 성문까지 많은 관속들이 마중 나와 그를 호위하였다. 그런데 가우촌이 가마에 앉아 있노라니 가마 앞에서 길잡이 하는 이가 떠들썩하게 외쳐대는 소리가 들려왔다. 가우촌이 무슨 일이냐고 묻자 그 길잡이가 웬 사내를 끌고와서 가마 앞에 무릎을 꿇리며 아뢰었다.

"이놈이 술에 취해서 대감님의 행차를 피하기는커녕 오히려 달려들었습니다. 그래서 소인이 호통을 쳤으나 도리어 술주정을 하면서 길바닥에 대자로 드러누워 소인이 자기를 때렸다고 생떼를 쓰지 뭡니까."

"나는 이곳을 다스리는 관리이다. 너희는 모두 내 자식이나 다름없는 만큼 부윤이 행차한다는 것을 알면, 술 마신 까닭에 미처 피하지 못했다손 치더라도 감히 어떻게 이렇게 행패를 부린단 말이냐!"

가우촌이 이렇게 호통을 쳤지만 그 사내는 눈 하나 깜짝하지 않고 뻗대었다.

"내가 내 돈 내고 술 먹었거니와 취해서 임금님의 땅에 누웠으니, 대감 나리가 행차하든 말든 내 알 바 아니오."

가우촌은 그만 화가 치밀어 올랐다.

"저놈 눈에는 나라법이고 뭐고 뵈는 게 없는 모양이구나. 이름이 뭔지 물어봐라."

"나는 주정뱅이 금강金剛 예이倪二라고 하는 사람이올시다."

가우촌은 그 사내의 무례함에 분통이 터졌다.

"여봐라, 저놈을 흠씬 두들겨 패라. 어디 정말 금강인지 아닌지 두고 보자."

가우촌의 분부에 부하들은 예이를 엎어놓고 채찍질을 몇 차례 하였다. 예이는 아픈 나머지 술이 깨서 손이 발이 되도록 빌었다. 그러자 우촌은 가마 안에서 껄껄 웃었다.

"알고 보니 고작 그것밖에 안 되는 금강이었구나. 그럼 때리는 건 그만두고 아문으로 끌고 가서 천천히 심문해 보도록 해라."

사령들은 예이를 묶어서 끌고 아문으로 향했다. 예이가 용서를 빌었지만 소용이 없었다.

가우촌은 궁궐에 들어가서 황제에게 복명하고 관아로 돌아왔으나, 예이에 대한 일은 까맣게 잊고 있었다. 그런데 그날 거리에서 그 소동을 구경했던 사람들은 삼삼오오 모여서 수군거리며 말을 퍼뜨렸다.

"예이란 놈이 힘깨나 쓴답시고 술김에 행패를 부리다가, 오늘 가대인에게 걸려들었으니 쉽게 용서받지는 못할 거야."

그런 소문이 마침내 예이의 여편네와 딸의 귀에까지 들어가게 되었다. 과연 그날 밤 예이가 집으로 돌아오지 않자, 예이의 딸은 노름판이란 노름판은 다 뒤지며 제 아비를 찾아 나섰다. 그런데 노름꾼들도 하나같이 그렇게 말하므로 예이의 딸은 그만 울음을 터뜨리고 말았다. 그러자 여럿이서 딸을 달래면서 귀띔을 해주었다.

"애야. 그렇지만 너무 걱정하지 마라. 저 가대인은 영국부와는 친척 간이란다. 그런데 영국부의 둘째 나린가 하는 분하고 너희 아버지가 친한 사이가 아니더냐? 그러니 너희 어머니하고 같이 그를 찾아가서 부탁하면 쉽게 풀려날 수 있을 게다."

예이의 딸이 그 말을 듣고 보니 얼핏 생각나는 것이 있었다.

'그래, 아버지께서는 늘 이웃에 살고 있는 가씨 댁 둘째 나리와 친하다고 하셨어. 왜 그분을 찾아갈 생각을 못했을까?'

이런 생각이 들자 예이의 딸은 급히 집으로 돌아와서 어머니께 알렸다.

그래서 예이의 여편네와 딸은 가운을 찾아갔다. 그날 가운은 마침 집에 있었으므로 두 모녀가 찾아 온 것을 보고 앉으라고 자리를 권했다. 가운의 어머니도 차를 따라 대접했다. 모녀는 예이가 가대인에게 붙잡혀 간 사실을 소상히 얘기하며 부탁하였다.

"부디 나리께서 그이가 풀려 나오도록 힘 좀 써주세요."

그러자 가운은 흔쾌히 대답했다.

"그런 일쯤은 아무것도 아니죠. 서부 댁에 가서 한마디만 하면 당장 풀려날 겁니다. 가대인이란 분은 순전히 서부댁 덕택으로 그런 높은 벼슬에 올랐으니, 사람을 보내 말을 넣기만 하면 금방 해결될 겁니다."

모녀는 그 말을 듣고 기뻐서 어쩔 줄을 몰랐다. 그녀들은 돌아오는 길에 관아에 들러서 예이를 면회하고 이 사실을 알려 주었다. 가씨네 둘째 나리께 부탁했더니 쾌히 승낙을 하면서 풀려나도록 주선해 주겠다고 했다면서 예이를 안심시켰다. 그랬더니 예이도 여간 기뻐하는 것이 아니었다.

그런데 가운은 사실상 전날 희봉에게 선물을 가지고 갔다가 퇴짜를 맞은 이후로는 영국부에 얼굴을 내밀기가 멋쩍어서 별로 드나들지 않고 있는 터였다. 영국부의 문지기들은 워낙 상전의 눈치를 봐가며 행동하는 사람들인지라 출입을 시켜도 좋을 손님 같으면 안에다 즉시 기별했지만, 만일 상전이 그다지 달가워하지 않는 손님일 것 같으면 그가 설사 친척이라 할지라도 일체 안에다 알리지 않고 이런저런 핑계를 대서 돌려보내기 일쑤였다. 그날도 가운이 영국부를 찾아가서 "가련 서방님께 문안드리러 왔소"라고 했지만 문지기들은 가운을 따돌렸다.

"둘째 서방님께서는 출타중이십니다. 돌아오시면 대신 전해 드리지요."

가운은 다시 "그럼 희봉 아씨께 안부 여쭙고 가겠소"라고 말하고 싶었지만 공연히 문지기들이 성가셔 할 것 같아서 하는 수 없이 집으로 돌아왔다. 집으로 돌아오니 예이의 여편네와 딸이 와 있다가 예이의 여편네가 재촉하며 말했다.

"서방님께서는 어떤 관아라 할지라도 영국부에서 하는 말이면 감히 안 들어 줄 수 없다고 늘 말씀하셨어요. 이번 일을 놓고 보자면 그 부윤 가우촌이란 분이 부중의 일가가 되시는 데다가, 사건 자체도 별로 큰일이 아니건만 주선해 주시지 못한다면 그건 서방님답지 못한 게 아니고 뭐예요."

가운은 얼굴조차 들 수 없었지만 겉으로는 여전히 큰소리를 쳤다.

"어젠 집에 일이 있어서 부탁하러 사람을 보내지 못했지만 오늘 가서 얘기하면 틀림없이 풀려날 겁니다. 그깟 일이 뭐 그리 대단한 일이라고요."

예가 모녀는 그 말을 믿을 수밖에 없었다.

그런데 가운은 정문으로 들어갈 수 없게 되자 뒤로 돌아서 대관원으로 들어가 보옥을 만나려고 하였다. 그러나 대관원으로 통하는 문도 잠겨 있었으므로 의기소침하여 고개를 떨군 채 집으로 돌아왔다.

'몇 년 전엔 예이가 꿔준 돈으로 향료를 사서 희봉에게 선사하자 나무 심는 일이라도 시키더니, 이제는 내가 뇌물 줄 돈도 없으니까 이렇게 문안에 들여놓지도 않는구나. 그렇지만 희봉 아씨도 잘한 게 하나 없어. 조부님께서 남기신 돈으로 밖에다 고리대를 놓아서 돈을 긁어모으질 않았어? 그러면서 우리 같은 가난한 일가친척에게는 땡전 한 푼 빌려주질 않는단 말이야. 자기 딴에는 한평생 잘 먹고 잘 살 줄 아나본데, 지금 밖에서 떠도는 평판이 나쁘다는 것을 알기나 하는지 몰라. 내가 입을 다물고 있어서 그렇지 입만 여는 날에는 살인사건만 해도 몇 건이나 되건만.'

가운이 이런 생각을 하면서 집에 돌아오니 예가 모녀가 그를 기다리고 있었다. 가운은 구실이 없어서 어쩔 수 없이 둘러댈 수밖에 없었다.

"서부댁에서 이미 사람을 보내 부탁했는데 가대인께서 들어주시지 않는답니다. 그러니 우리 집 하인인 주서의 친척 냉자홍을 찾아가서 부탁해 보는 수밖에 없군요."

"서방님 같은 분의 말도 먹혀들지 않는데, 하인네의 부탁은 더 말할 것도 없질 않겠어요?"

가운은 난처해져서 다급한 김에 이런 말까지 하였다.

"그건 모르는 소립니다. 지금은 하인의 힘이 상전보다 훨씬 더 세다니까요."

예가의 모녀는 더 들어봐야 뾰족한 수가 없음을 알고 냉소를 머금으며 몇 마디 하였다.

"하여간 서방님께서 며칠 동안 저희를 위해서 헛걸음만 하셨으니 어쩌면 좋습니까? 저희 집 양반이 풀려나면 다시 찾아뵙고 인사드리지요."

말을 마치고 나온 예이의 여편네는 다른 사람에게 부탁해서 예이가 풀려 나오게 했다. 예이는 곤장을 몇 대 맞았을 뿐, 별다른 죄명도 덮어쓰지 않고 풀려 나왔던 것이다.

예이가 집으로 돌아오니 여편네와 딸은 가씨 댁에서 부탁을 들어주지 않았다는 얘기를 소상하게 들려주었다. 예이는 술을 마시고 있다가 그 소리를 듣고 벌컥 화를 내면서 대번에 가운을 찾아가려고 하였다.

"개자식. 양심도 없는 놈 같으니라고! 이전엔 먹고 살 길도 막막해서 영국부에 들어가서 무슨 일이라도 해야겠다기에 이 예이 나리가 저를 도와주었건만, 이번에 내가 어려운 처지에 놓였는데도 모르는 척했단 말이지? 좋아! 어디 두고 보라지. 나 예이가 떠벌리는 날에는 녕국부, 영국부 모두 재미없게 될 줄 알아."

예이의 여편네와 딸은 곁에서 그를 뜯어 말렸다.

"아이쿠 맙소사. 당신은 술 한 잔만 들어가면 눈에 뵈는 게 없으니 어쩌면 좋아요? 며칠 전에 술 마시고 난동을 부리는 바람에 매까지 맞고 아직 낫지도 않았는데 왜 또 그러시는 거예요?"

"매 맞는 게 겁나서 그놈한테 설설 길까보냐? 난 여태 그놈들 꼬투리를 못 잡을까봐 그게 걱정이었어. 내가 감옥에 갇혀 있는 동안 의협심이 강한 친구들을 여럿 사귀게 됐어. 그들이 하는 말을 들으니 가씨 성을 가진 사람들이 경성뿐만 아니라 지방에도 많이 살고 있다는군. 얼마 전에도 가씨네 하인들 몇 명이 잡혀 들어왔기에 내가 가씨네 집에서 젊은 축들은 하인마저도 신통한 사람이 없지만 나이 든 사람들은 그래도 괜찮은 편인데 어쩌다가 죄를 짓게 되었느냐고 물어봤지. 그래서 자세히 알아봤더니 그들은 이곳의 가부와 일가이긴 하지만 모두 지방에 사는 사람들인데 이번에 판결을 받고 처벌을 받기 위해 이곳으로 호송되어 왔다지 뭐야. 그제야 난 안심이 되더군. 그런데 만일 저 가씨네 둘째란 놈이 배은망덕했다면 난 그 친구들한테 가서 그 집안 놈들이 어떻게 세도를 믿고 사람들을 속여먹었으며, 어떻게 고리대를 놔서 못사는 사람들의 피를 빨아먹었고, 어떻게 남의 집 유부녀를 강탈했는지 다 얘기할거야. 그래서 그들로 하여금 떠들고 다니게끔 할 거야. 소문이 퍼져서 도찰원 나리 귀에 들어가는 날에는 난리가 날 테지. 그때가 되면 저놈들도 이 금강 예이 나리를 다시 보게 될 걸."

"여보, 술 마셨으면 어서 잠이나 자요! 그 사람들이 도대체 누구 마누라를 빼앗았다는 거예요? 그런 터무니없는 얘길랑 함부로 하지 마세요."

"집구석에만 틀어박혀 있으면서 바깥일을 뭘 안다구 그래? 지난해 노름판에서 장가라는 젊은 놈을 만났는데, 그놈이 하는 말이 가씨네한테 자기 여편네를 빼앗겼다는 거야. 그러면서 나한테 상의하기에 내가 달래서 그냥 있으라고 했지. 그런데 그 장가란 놈이 어디 갔는지 두 해째 통 보이질 않는 거야. 만일 이제라도 만나게 된다면 이 예이가 방도를 내서 저 가씨네 둘째 놈을 혼쩌검 내줄 테야. 그때 가서는 이 예이 나리를 잘 떠받들지 않고는 못 배길 걸. 그러니 당신은 나 하는 일에 상관하지 마."

예이는 그러면서 옆으로 눕더니 한참이나 구시렁거리다가 마침내 잠이 들었다. 그의 여편네와 딸은 그저 취해서 하는 말이거니 하고 별로 개의치 않았다. 다음 날 아침에 일어나서 예이는 또 노름판으로 갔는데 그 이야기는 더 이상 하지 않도록 하겠다.

한편 가우촌은 집으로 돌아와서 하룻밤을 쉬고 난 후 길에서 진사은을 만난 일을 부인에게 들려주었다. 그랬더니 부인은 가우촌을 원망하였다.

"왜 다시 가서 잘 살펴보지 않으셨어요? 만일 그분이 불에 타서 세상을 뜨셨다면 우리가 어찌 양심 있는 사람이라고 할 수 있겠어요?"

그러면서 그녀는 눈물을 흘렸다.

"그분은 세속과 인연이 없는 사람이라 우리와 함께 지내려고 하질 않으셨단 말이오."

그때 밖에서 아뢰는 소리가 들렸다.

"전날 분부를 받고 불탄 절에 가보고 온 이가 돌아와서 아뢸 말씀이 있답니다."

우촌이 나가보니 심부름 보냈던 이가 문안드리고 나서 아뢰었다.

"소인이 대감님의 분부를 받잡고 그곳으로 되돌아가서 불이 채 꺼지기도 전에 불길 속으로 들어가서 그 도사님을 찾아보았으나, 앉아 계셨던 자리마저 홀랑 타버린 후였습니다. 소인의 생각으로는 그 도사님은 분명 불에 타죽으신 것 같사옵니다. 벽은 타서 뒤로 넘어가고 도사님의 그림자는 어디에도 없었습니다. 단지 부들방석과 표주박만은 타지 않고 그대로 남아 있었습니다. 소인이 도사님의 시체라도 찾으려고 뒤져보았으나 뼈 한 조각조차 발견하지 못했습니다. 소인이 대감님께서 제 말을 곧이듣지 않으실까 봐 그 부들방석과 표주박을 증거로 가져오려고 손으로 집으려 하자 그만 재로 변하는 게 아니겠습니까."

가우촌은 그 말을 듣고 진사은이 분명 신선세계로 갔으리라는 생각이 들었다. 부인에게는 사은이 불에 타서 죽었다는 말은 하지 않고 단지 흔적이 없는 것을 보니 불이 나자 바로 빠져나간 것 같다고만 말했다. 여자들이란 생각이 얕아서 사실대로 말해주면 슬퍼할 것 같았기 때문이었다.

가우촌이 방에서 나와 서재에 홀로 앉아 진사은이 했던 말을 곰곰이 되새겨 보고 있는데 문득 하인이 와서 아뢰었다.

"궁중에서 심리할 사건이 있다면서 들어오시라는 기별이 왔습니다."

우촌은 즉시 가마를 타고 입궐하여 사람들이 하는 말을 듣게 되었다.

"오늘 강서양도 가존주〔賈存周: 가정〕 대감이 탄핵을 받고 들어와서 황제폐하에게 사죄를 드리나 봅니다."

이런 말을 들은 우촌은 급히 내각으로 들어가서 여러 대신들을 만나보고, 또 바닷가 변방지역에서 일처리를 잘못한 데 대한 문서를 읽은 다음, 물러 나와서 황급하게 가정을 찾아왔다. 가우촌은 가정을 만나서 억울하게 욕을 보게 되었다고 위로의 말을 건네면서 그래도 불행 중 다행이라는 말과 함께 우선 안부부터 물었다.

"올라오시는 도중에 무사하셨습니까?"

가정은 그와 헤어진 이후에 벌어진 일들을 소상히 들려주었다.

"사죄하는 상주문은 올리셨습니까?"

"네, 이미 올렸습니다. 수라 드신 후에 무슨 처분이라도 내리실 겁니다."

이때 안에서 가정을 부른다는 전갈이 왔으므로 가정은 급히 안으로 들어갔다. 가정과 친분이 깊은 여러 대신들은 모두 궁중에 남아서 그가 나오기만을 기다렸다. 한참을 기다려서야 가정이 나왔는데, 보니까 얼굴이 온통 땀투성이가 되어 있었다. 여럿이 그를 맞으며 물었다.

"어떤 칙지를 내리셨습니까?"

그 말에 가정은 혀를 내둘렀다.

"아, 정말 진땀나서 죽을 뻔했습니다. 하지만 여러분들이 염려해 주신 덕분에 다행히 별일은 없었습니다."

"그래 폐하께서 무슨 하문이 계시던가요?"

"폐하께서는 운남 지방에서 사사로이 화승총을 지니고 있었던 사건에 대해서 물으셨습니다. 상주문에 원임태사原任太師 가화賈化의 하인이라고 적혀 있었으므로, 폐하께서 문득 저희 조상님의 이름을 생각해 내시고는 제게 물으셨습니다. 그래서 제가 급히 머리를 조아리며 저희 조상님의 이름은 가대화賈代化라고 말씀 올렸지요. 그랬더니 폐하께서 웃으시면서 다시 말씀하시기를 '지난번 병부에서 일을 보다가 부윤으로 강등된 사람도 역시 가화라고 하지 않았던가?'라고 하시는 겁니다."

그 말에 옆에 있던 가우촌도 소스라치게 놀랐다.

"그래서 대감께선 뭐라고 대답하셨습니까?"

"저는 천천히 이렇게 말씀 올렸습니다. '원임태사 가화는 운남 사람이고, 지금 부윤으로 있는 가아무개는 절강 호주湖州사람입니다'라고 말이지요. 그랬더니 폐하께서 다시 물으시기를 '소주자사가 상주해 온 그 가범賈範이란 자도 그대의 일가인가?' 하시기에 저는 다시 머리를 조아리며 그렇다고 말씀 올렸습니다. 그랬더니 폐하의 안색이 변하시더니 꾸짖으시지 뭡니까. '종놈들이 한 짓이기는 하지만, 양민의 아내를 강탈하려 했다니 그 무슨 고약한 짓인고?'라고 하시기에 저는 그만 아무 말씀도 올릴 수가 없었습니다. 폐하께서 다시 물으시기를 '그래 가범은 그대와 어떤 일가가 되는가'라고 하시기에 저는 얼른 '촌수가 먼 일가친척입니다'라고 아뢰었더니 폐하께서는 '흥' 하고 코웃음을 치면서 물러가라고 분부하셨습니다. 그러니 이거야말로 이상한 일이 아니고 뭐겠습니까?"

"참으로 일이 공교롭게 되었습니다. 어찌하여 두 가지 사건이 연달아 일어났을까요?"

모두들 걱정하는데 가정이 다시 말을 이었다.

"사건 자체는 별로 이상할 것도 없지만 그들이 모두 가씨 성을 가졌다는 점이 좋질 않습니다. 생각해보면 우리 집안의 일가친척은 사람들도 많거니와 오랜 세월이 지나다 보니 도처에 없는 데 없이 펴져 있게 되었지요. 이번에는 그럭저럭 무사히 넘겼지만 폐하께옵서 머리에 가賈자를 새겨 두시게 되었으니 그것이 큰일입니다."

"그렇지만 진짜는 진짜고 가짜는 가짜이니 그것 때문에 걱정하실 필요는 없습니다."

다들 이렇게 말하자 가정이 또 입을 열었다.

"전 사실 벼슬을 그만두고 싶은 마음이 간절하나, 나이를 핑계로 그만두겠다고 말씀드릴 수도 없는 처지입니다. 그리고 저희 집안에 지금 세습직이 둘이 있으니 이것도 어쩔 수 없는 노릇입니다."

그러자 우촌이 말했다.

"이번에 대감께서는 그전처럼 공부로 돌아오시게 되었으니, 경성에서 벼슬 사시면 별일 없질 않겠습니까?"

"경성에서 벼슬을 살면 별 일이 없겠지만 저는 두 번씩이나 외지에 나가 있었으니 무슨 일이 있을지 모르지요."

가정의 말에 모두들 그를 위로하였다.

"대감님의 인품이나 하시는 일에 대해선 저희들이 모두 탄복하는 바입니다. 그리고 형님 되시는 분도 얼마나 훌륭한 분이십니까? 그러니 그저 조카님들을 좀더 엄하게 단속하시기만 하면 될 것입니다."

"저는 집에 있을 때가 많지 않아서 조카들의 일에 제대로 감독하지 못하고 있습니다. 그래서 늘 마음을 놓지 못하지요. 여러분들께서 오늘 제게 그런 말씀을 해주시는 것은 모두 가까운 사이여서 그런 것이 아니겠습니까? 혹시 우리 동쪽 부중 조카들에 대해서 무슨 좋지 못한 소문이라도 들으셨는지요?"

"뭐 별다른 소문을 들은 것은 없습니다. 다만 몇몇 시랑侍郎들이 별로 마음에 들어 하지 않고, 내시들 가운데도 그런 이가 있나 봅니다. 크게 걱정하실 일은 아니고요, 그저 여러 조카님들에게 매사에 주의하라고 일러두시기만 하면 될 것 같습니다."

이렇게 다들 이야기를 끝내고 헤어졌다.

가정이 집으로 돌아오자 여러 조카들이 문밖까지 맞으러 나왔다. 가정은 그들의 영접을 받으며 우선 가모의 안부부터 물었다. 그런 다음 조카들의 문안 인사를 받고 함께 집 안으로 들어갔다. 왕부인 등은 이미 영희당에 나와서 기다리고 있었다. 가정은 우선 가모의 처소로 가서 인사드린 후 그동안 지내온 일들을 대강 말씀드렸다. 가모가 탐춘의 소식을 묻자 가정은 탐춘의 혼사에 대해 일일이 아뢰고 나서 다음과 같이 덧붙였다.

"소자는 워낙 급히 떠나왔기 때문에 중양절까지 있을 수 없어서 탐춘이를 직접 보고 오지는 못했습니다. 그렇지만 그쪽 사돈댁에서 오신 분의 말씀을 들으니 아주 잘되었다고 합니다. 사돈댁 내외분께서는 어머님께 문안을 여쭤달라고 하시더랍니다. 그리고 그 댁에서도 금년 겨울이나 내년 봄쯤에는 아마도 경성으로 전임이 될 것 같다고 하니, 그렇게만 된다면 얼마나 좋겠습니까? 그런데 들자니 지금 연해지방에 무슨 일이 생겼다고 하므로 그때까지는 전임이 좀 어려울 듯합니다."

가모는 처음에는 가정이 강등되어 경성으로 돌아왔기 때문에 탐춘이만 멀리 피붙이 하나 없는 타향에 남겨진 것을 생각하고 가슴이 쓰렸다. 그러나 가정이 사정을 설명하고 또 탐춘이 잘 지낸다는 소식을 전해 들으니, 슬픔이 기쁨으로 변했으므로 웃는 얼굴로 가정에게 물러가서 쉬라고 하였다. 가모의 방에서 물러나온 가정은 형님인 가사에게 인사드린 다음, 아들과 조카들의 인사를 받고 내일 아침 사당에 참배하기로 하였다.

가정은 자기 방으로 돌아와서 왕부인 등을 만난 후에 보옥과 가련에게 따로 다시 인사를 받았다. 가정은 보옥이 자기가 떠날 때보다 얼굴에 살도 오르고 마음도 안정되어 있는 것을 보고, 보옥의 머리가 이상해져 있는 것은 모른 채 속으로 여간 기쁜 것이 아니었다. 그래서 강직된 것쯤은 염두에 두질 않고 다행이라는 생각만 들었다.

"역시 어머님의 처사가 현명하셨어."

가정은 이런 생각이 드는 데다가 보차의 후덕함이 이전보다 더해졌고, 난이도 점잖고 준수해진 것을 보고 기쁨을 감추지 못했다. 단지 환이만은 여전히 전과 다름없이 도무지 귀여운 데라곤 없었다. 그는 한참을 쉬고 나서 문득 떠오르는 생각이 있어서 왕부인에게 물었다.

"그런데 왜 한 사람이 보이질 않소?"

왕부인은 가정이 대옥을 생각하고 하는 말임을 알아챘다. 그도 그럴 것이 전에 집에서 편지를 띄울 때마다 그 소식은 전하지 않았기 때문이었다. 그렇지만 오늘은 가정이 막 집으로 돌아와서 한창 즐거워하고 있는 터라 사실대로 말하기가 꺼려졌으므로 우선은 몸이 아프다고 둘러댔다. 곁에 있던 보옥은 가슴이 미어지는 것 같았지만 아버지가 방금 집으로 돌아오셨기 때문에 마음을 다잡고 시중을 들었다. 왕부인이 가정을 환영하는 연회를 마련하였으므로 자손들이 모두 가정에게 술을 따라 올렸다.

희봉은 비록 질부였지만 요즈음 집안일을 맡아보고 있었으므로, 보차 등과 함께 자기도 술을 따라 올렸다.

"한 순배 돌아가면 모두들 가서 쉬도록 해라."

가정은 이렇게 명하고 나서 여러 하인들은 인사하러 올 필요 없이 내일 아침 사당 참배가 끝난 후에 인사를 받겠다고 했다. 사람들이 다 물러가고 나자 가정과 왕부인은 집 떠난 후의 일들에 대해서 이야기하였지만, 왕부인은 언짢은 일들은 말하려고 하지 않았다. 오히려 가정이 왕자등의 일을 먼저 꺼냈으나 왕부인은 슬픈 기색을 감추려고 애를 썼다. 가정이 또 설반의 이야기를 묻자 왕부인은 그 애가 그렇게 된 것은 자업자득이라고 하면서 그 말끝에 대옥이 이미 세상을 떠났다는 사실을 알려 주었다. 가정은 깜짝 놀라면서 자기도 모르게 눈물을 떨구며 연신 한숨을 내쉬었다. 이에 왕부인도 참지 못하고 흐느껴 울었다. 곁에 있던 채운 등이 그러지 마시라고 옷깃을 잡아당겼으므로, 왕부인은 겨우 울음을 멈추고 다시 화제를 좋은 쪽으로 돌렸다. 그러고 나서 두 사람은 잠자리에 들었다.

다음 날 아침, 가정이 사당에 참배드릴 때 아들과 조카들도 모두 따라 나왔다. 가정이 사당 옆에 있는 곁채에 들어가 앉아서 가진과 가련을 불러다 집안일을 묻자, 가진은 말해도 상관없을 것만 골라서 대답했다.

"난 방금 집으로 돌아온 참이라 자세한 것은 일일이 묻지 않겠다만, 너희 집 형편이 그전과 많이 달라졌다는 풍문이 돌고 있으므로 매사에 신중해야 할 것이다. 넌 이제 나이도 적지 않으니 아이들을 잘 좀 단속해서 남의 원한을 사는 일이 없도록 해라. 련이도 명심해야 할 것이다.

집에 돌아오자마자 잔소리하려는 것이 아니라 내가 밖에서 들은 말이 있기에 하는 소리다. 그러니 너희는 각별히 조심해야 할 것이다."

가련 등은 얼굴이 달아올라서 감히 아무 말도 하지 못한 채 그저 "네"라고만 대답할 뿐이었다. 가정도 더 이상 거기에 대해서는 말하지 않았다. 가정이 서부로 돌아오니 여러 하인들이 기다리고 있다가 일제히 머리를 조아려 절을 올렸고, 다시 안으로 들어가자 시녀들이 인사를 올렸다. 여기에 대해서는 더 이상 이야기하지 않기로 하겠다.

보옥은 어제 가정이 대옥에 관해 묻자 왕부인이 앓고 있다고 대답하는 것을 듣고 속으로 여간 슬픈 것이 아니었다. 그래서 가정이 물러가도 좋다는 말을 하자마자 자기 방으로 돌아오면서 내내 하염없이 눈물을 흘렸다. 방으로 돌아와 보니 보차와 습인이 한창 이야기를 나누고 있었으므로 보옥은 혼자 바깥방에 앉아 슬픔에 젖어 있었다. 보차는 습인을 시켜 차를 내가게 하고 나서, 보옥이 필경 아버지로부터 공부에 대한 추궁을 받고 걱정스러워서 그러는 걸 거라는 생각에 보옥에게 다가와서 위로했다. 그러자 보옥은 마침 잘되었다 싶어서 보차에게 말했다.

"오늘 밤엔 먼저 자도록 해요. 난 머리를 좀 쉬어야겠어. 요즈음은 그전보다 더 못해져서 셋을 들으면 그중 둘은 잊을 만큼 건망증이 심해졌으니, 이런 꼴을 아버님한테 보이면 안 되질 않겠소? 그러니 습인이만 내 곁에 남겨두고 먼저 자도록 해요."

보차가 듣고 보니 일리가 있었으므로 혼자 안방으로 들어가서 먼저 잠자리에 들었다. 그러자 보옥은 살그머니 습인을 불러다 앉히면서 자견에게 할 말이 있으니 그녀를 불러다 달라고 애원했다.

"그렇지만 자견이가 내 얼굴을 보면 안색으로나 말로나 화를 낼 게 뻔하니까 누나가 좀 잘 달래서 데리고 와야 해."

"아이고, 서방님께서 마음을 가라앉히겠다고 하시기에 기쁘게 생각하고 있었는데 어째서 그런 생각을 하고 계시는 거예요? 할 말이 있으면 내일 물어보시면 될 게 아니에요?"

"난 오늘 밤밖에 틈이 없을 것 같아서 그래. 내일 아버님께서 무슨 일이라도 시키시게 되면 겨를이 없을 게 아니겠어? 그러니 누나, 얼른 가서 자견이를 좀 데려다 줘."

"그렇지만 그 애는 새아씨가 부르시지 않으면 오지 않을 걸요?"

"그러니까 내가 누나더러 잘 달래서 데려와 달라고 부탁하는 거잖아."

"그럼 제가 그 애한테 뭐라고 말하라는 거예요?"

"누난 아직도 내 마음도 모르고 자견이 마음도 모른단 말이야? 다 대옥 누이 때문이지 뭐겠어? 누나도 알겠지만 난 결코 배신하지 않았어. 다 당신네들 때문에 난 지금 배신자가 되어버렸다구."

보옥은 그러면서 안쪽을 바라보며 손가락으로 가리키면서 말했다.

"저 사람은 원래 내가 원했던 사람이 아니야. 모두 할머님들이 나를 속이고 꾸민 일이지. 그 때문에 공연히 대옥이만 죽게 만들었어. 그리고 대옥이가 죽게 되더라도 나하고 만나서 내 마음을 전할 수 있게 했어야지. 그랬더라면 대옥이가 죽으면서까지 나를 원망하진 않았을 게 아냐? 누나도 탐춘이네가 하는 말을 들었잖아. 대옥이가 임종 때 나를 원망하더라고 말이야. 그래서 자견이도 자기가 모시던 아가씨를 생각해서 나를 그렇게 원망하는 게 아니겠어? 한번 생각해 봐. 내가 그렇게 무정한 사람이야? 청문이는 뭐라 해도 시녀였을 뿐이고 그다지 각별한 사이도 아니었지만, 내가 솔직하게 습인이한테만 얘기하는 건데 그 애가 죽고 나서 난 그래도 제문까지 지어서 그 애의 제를 지내주었어. 그때 대옥이도 직접 봤는걸. 그런데 지금 대옥이가 죽었건만 청문이보다 못해주고 있잖아. 죽은 후에 제사도 지내주질 못했으니 말이야. 대옥이는 죽었어도 다 알고 있을 거야. 그러니 이런 일을 생각하면 더욱더 나를 원망할 게 아니겠어!"

"서방님께서 제사지내고 싶으면 지내면 그만이지 왜 우리는 끌어들이고 그러세요?"

"나는 병이 좀 나아지면서부터 제문을 하나 지어 볼 생각이었어. 그런데 어찌 된 셈인지 요즈음엔 영감이 통 떠오르질 않는단 말이야. 만일 다른 사람의 제를 지내는 거라면 아무렇게나 해도 되겠지만 대옥의 제사만큼은 절대로 조금이라도 함부로 해서는 안 되는 일이야. 그래서 자견이를 불러다가 모시던 아가씨가 품은 마음을 어떻게 짐작하고 있는가를 물어보려고 하는 거야. 내가 앓기 전이었다면 그래도 생각해 낼 수 있었겠지만, 병이 난 이후로는 아무것도 기억할 수가 없게 됐어. 습인이가 전에 대옥의 병이 이미 다 나았다고 하질 않았어? 그런데 어째서 갑자기 죽게 되었지? 대옥의 병이 나았을 때 내가 가보지도 않았으니, 나더러 뭐라고 했겠어? 그리고 내가 아팠을 때는 대옥이도 안 왔는데, 그때는 또 왜 안 왔을까? 난 대옥이의 물건들을 몰래 가지고 왔는데 너희 아씨는 일체 손을 못 대게 하니 도대체 왜 그러는지 모르겠어."

"새아씨께서는 서방님이 그걸 보고 상심하실까 봐 그러시는 거지, 달리 무슨 까닭이 있어서 그러시는 게 아니에요."

"난 믿을 수가 없어. 대옥 누이가 그처럼 나를 생각하고 있었다면, 왜 임종할 때 내게 기념으로 남겨주지 않고 그 시고를 불태워 버린 거지? 그리고 임종할 때 하늘에서 음악소리가 들렸다니까 그걸 보면 누이는 틀림없이 신이 되었거나 선녀가 되어 하늘로 올라갔을 거야. 대옥 누이의 관을 나도 보기는 했지만 그 안에 대옥 누이가 있었는지는 알 수 없어."

"아이고, 서방님. 점점 더 얼토당토않은 말씀만 하시네요. 어떻게 비어 있는 관을 놓고 사람이 죽었다고 하겠어요?"

"그런 말이 아니야. 대체로 신선이 된 사람의 육신은 입은 채로 하늘에 오르기도 하고, 허물을 벗고 올라가기도 하는 거라서 그래. 그건 그렇다 치고, 습인 누나, 어서 자견이 좀 불러다 줘."

"그렇다면 지금 제가 가서 서방님 심정을 자세하게 얘기해 볼게요. 만일 그 애가 오겠다면 다행이지만 오지 않겠다고 하면 어떻게 설득해야 할지 모르겠어요. 그렇지만 설사 온다고 할지라도 서방님을 보면 자세한 얘기를 하려 들지 않을 거예요. 제 생각으로는 내일 새아씨께서 친정에 가고 안 계실 때 제가 천천히 그 애한테 물어보는 게 훨씬 자세하게 알 수 있을 것 같아요. 그랬다가 틈을 봐서 제가 서방님께 다시 천천히 말씀드리면 되질 않겠어요?"

"그 말도 그럴듯하기는 해. 그렇지만 습인이는 말로는 뭐라고 표현할 수 없는 내 심정은 모를 거야."

한창 이런 얘기를 나누고 있는데 사월이 안방에서 나오면서 말했다.

"아씨께서 말씀하시기를 벌써 사경이 되었으니 어서 들어와 주무시래요. 습인 언니는 얘기에 정신이 팔려서 시간가는 줄도 모르나 봐."

"정말 벌써 그렇게 됐네요. 어서 주무셔야겠어요. 할 얘기는 뒀다가 내일 하도록 하세요."

보옥은 하는 수 없이 수심이 가득한 채 안방으로 들어가며 다시 습인의 귀에다 대고 소곤거렸다.

"내일 절대로 잊으면 안 돼."

"걱정 마세요."

습인이 웃으면서 말하자 사월이 보고 생글거리며 놀렸다.

"두 분은 또 무슨 꿍꿍이를 꾸미시는군요. 아예 아씨께 말씀드려서 습인 언니 방에서 주무시지 그러세요. 그럼 두 분이 밤새도록 얘기해도 누가 뭐랄 사람이 없을 텐데요."

그러자 보옥이 질색하며 손을 내저었다.

104

"그런 소리 하지도 마."

습인도 사월에게 눈을 흘겼다.

"요런 나쁜 년 같으니라고! 어디다 대고 함부로 혀를 놀리고 있어? 내가 내일 네 주둥아리를 찢어놓을 테니 어디 두고 봐라."

사월을 혼내며 습인은 보옥을 돌아다 봤다.

"이게 다 서방님 탓이지 뭐예요? 여태까지 이런 일이 없었는데 사경이 될 때까지 얘기를 했으니 말예요."

그러면서 보옥을 안방으로 들여보낸 다음 습인과 사월은 흩어졌다.

그날 밤 보옥은 뜬눈으로 지새웠다. 이튿날이 되어도 보옥은 그저 그 일만 골똘히 생각했다. 그때 밖으로부터 전갈이 왔다.

"여러 친척과 친구 분들이 극단을 보내서 대감님께서 돌아오신 것을 축하드리고자 하셨지만 대감님께서 '창극 같은 것은 필요 없습니다. 그저 집에서 음식이나 장만하여 친척과 친구들을 청해 조용히 이야기나 나누도록 하지요'라고 하셨답니다. 그래서 모레 연회를 베풀고 손님들을 청한다고 하시기에 그걸 미리 알려드리러 왔습니다."

어떤 사람들을 청했는지는 다음 회를 보시라.

錦衣軍杳妙甯國府鮮烏使彈効平安州

제105회

가산을 몰수당한 녕국부

금의군은 녕국부의 가산을 몰수하고
총마사는 평안주의 장관을 탄핵하네

錦衣軍査抄寧國府　聰馬使彈劾平安州

가정이 주연을 베풀어 손님들과 한창 술을 마시고 있는데 별안간 뇌대가 황급하게 영희당으로 들어와서 가정에게 아뢰었다.

"금의부 장관인 조대감님께서 많은 사관司官을 거느리고 오셔서 대감님 뵙기를 청하십니다. 그래서 소인이 명함을 주십사고 했더니 조대감님께서는 '우리는 친한 사이니까 명함 따위는 필요 없다'라고 하시면서 마차에서 내려 안으로 들어오셨습니다. 그러니 대감님께선 어서 서방님들과 함께 마중을 나가셔야겠습니다."

'조대감과는 평소 전혀 왕래가 없던 사이였는데 무슨 일로 왔을까? 지금은 손님이 와 있는 형편이라 들어오라고 하기도 뭣하고, 그렇다고 들어오지 말라고 할 수도 없는 노릇 아닌가?'

뇌대의 말을 듣고 가정이 속으로 이런 생각을 하고 있는데 가련이 곁에서 재촉했다.

"숙부님, 빨리 나가 보십시오. 더 생각하시다가는 그 사람들이 여기까지 들어오겠습니다."

그러고 있는데 아니나 다를까 중문지기 하인이 또 들어와서 아뢰었다.

"조대감님께서 벌써 중문까지 들어오셨습니다."

가정 등이 허둥지둥 마중을 나가니 조대감은 만면에 웃음을 띤 채 아무 말도 하지 않고 곧장 대청으로 걸어 들어오는 것이었다. 조대감 뒤로는 대여섯 명의 사관이 따르고 있었는데, 그중에는 아는 사람도 있고 모르는 사람도 있었다. 그렇지만 그들 역시 이쪽의 인사에 대꾸도 하지 않았다. 가정 등은 어찌 된 영문인지를 몰라 궁금한 가운데 그들의 뒤를 따라 올라와서 자리를 권했다. 여러 친척과 친구들 가운데는 조대감을 아는 사람들도 더러 있었으나 조대감은 고개를 꼿꼿하게 치켜든 채 다른 사람들은 아랑곳하지 않고 다만 가정의 손을 잡고 웃으면서 몇 마디 인사만 할 뿐이었다. 그곳에 있던 사람들은 그런 모습을 보고 일이 심상치 않음을 직감하고는, 어떤 이들은 안방으로 몸을 피하기도 하고 어떤 이들은 두 손을 드리운 채 한 옆에 서 있기도 하였다.

가정이 웃음을 지으며 무슨 말인가를 건네려고 하는데 하인이 허둥지둥 달려와서 급보를 전했다.

"서평군왕西平郡王 전하께서 왕림하셨습니다."

가정이 서둘러서 밖으로 마중을 나가니, 군왕은 벌써 안에 들어와 있었다. 조대감이 앞질러나가 인사를 올리고 나서 부하들에게 명령을 내렸다.

"군왕전하께서 오셨으니 수행관원들은 데리고 온 나졸들을 거느리고 앞뒷문을 단단히 지키도록 하라."

관원들은 대답하고 명을 받들러 나갔다.

가정 등은 일이 심상치 않음을 알아차리고 얼른 무릎을 꿇었다. 그러자 서평군왕은 두 손으로 가정을 붙잡아 일으키며 웃으면서 말했다.

"아무 일이 없었다면 이렇게 소란을 피우지 않았겠습니다만, 실은 칙지를 받들고 가사 대감에 관한 일로 왔습니다. 집 안에서 아직 주연이 파하지 않은 것 같은데, 친척이나 친구들이 이곳에 계시면 불편할 것 같으니 그분들을 모두 돌려보내시고, 이 댁 분들만 남아서 명을 받도록 하는 게 좋겠습니다."

그러자 조대감이 군왕에게 아뢰었다.

"군왕전하께서는 은혜를 베푸셔서 그렇게 말씀하시지만, 동쪽 부중의 일은 엄하게 처리하셔서 이미 문을 봉하셨을 줄로 압니다."

손님들은 이번 일이 양쪽 부중에 모두 관련되는 일인 것을 짐작하고는 그 자리에서 빠져나가려고 안달이었다. 그 눈치를 챘던지 군왕이 웃으면서 말했다.

"여러분들은 초대받고 오신 분들이니 안내를 받고 돌아가도록 하십시오. 금의부 관원들에게 여러분들은 모두 이 댁의 친척이나 친구분들이니 조사하지 말라고 일러두도록 하겠습니다. 어서들 돌아가도록 하세요."

그 소리를 듣고 거기 모였던 친척과 친구들은 날개라도 돋친 듯 재빨리 꽁무니를 뺐고, 가사와 가정을 위시한 가씨네 사람들만 얼굴이 흙빛이 되어 벌벌 떨고 있었다.

이윽고 수많은 나졸들이 들어와서 문마다 파수를 섰다. 그 바람에 집 안의 아랫사람, 윗사람 모두 한 발자국도 함부로 떼지 못하는 신세가 되고 말았다. 그러자 조대감이 군왕에게 아뢰었다.

"전하, 칙지를 선포해주십시오. 그래야 행동에 옮길 수 있습니다."

나졸들은 팔을 걷어 올리며 칙지가 선포되기만을 기다렸다. 그제야 서평군왕은 천천히 입을 열었다.

"소왕小王은 칙지를 받들어서 금의부 장관 조전趙全을 거느리고 가사의 재산을 조사하러 왔도다."

가사 등은 그 말이 떨어지자마자 즉시 모두 땅바닥에 엎드렸다. 이어

군왕은 위쪽에 서서 칙지를 읽어 내려갔다.

"칙지에 일렀으되, '가사는 지방관과 결탁하여 세도를 믿고 약한 자를 능욕하였으며, 짐의 은혜를 저버리고 조상의 은덕을 욕되게 하였으므로 이에 세습직을 박탈한다'라고 하셨노라."

군왕이 이렇게 칙지를 선포하자 조대감이 호령했다.

"가사를 결박하고 그 밖의 사람들은 잘 감시하도록 하라."

이때 그 자리에는 가사, 가정, 가진, 가용, 가장, 가지, 가란 등이 모두 있었지만 유독 보옥이만은 병을 핑계로 가모의 방에서 놀고 있었고, 가환은 워낙 사람들 앞에 나서기를 꺼려해서 나오지 않았으므로 결국 현장에 있던 몇 사람들에게만 감시가 붙게 되었다.

조대감은 즉시 자기 하인들을 불렀다.

"사원들에게 모두 전해라. 각각 나졸들을 거느리고 각 방으로 나뉘어 가서 재산을 조사하고 목록을 작성하라고 해라."

그 말이 그렇게 심각한 건 아니었지만 가정 등 위아래 사람들은 소스라치게 놀라서 서로 얼굴만 바라볼 뿐이었다. 그러나 나졸과 하인들은 신바람이 나서 손바닥을 비비며 당장 각 방을 뒤져서 본때를 보여주려는 기세였다.

그때 서평군왕이 분부를 내렸다.

"들자니 가사 대감과 가정 대감은 같은 집에 살지만 살림은 따로 하고 있다니까, 가사의 재산은 응당 조사해야 하지만 나머지는 각 방마다 일단 봉인해 놓은 다음 다시 상주하여 칙지가 내린 후에 처결하도록 합시다."

그러자 조대감이 일어나서 아뢰었다.

"전하께 아룁니다. 가사와 가정은 분가하지 않았을 뿐만 아니라, 들자니 조카인 가련이 집안일을 도맡아 하고 있다고 하므로 전부 조사해서 몰수하지 않을 수 없습니다."

이 말에는 서평군왕도 더 이상 할 말이 없었다. 그러자 조대감은 한층 기가 살아서 아뢰었다.

"가련과 가사에 대한 차압은 소인이 직접 나졸들을 거느리고 가서 해야 할 것 같습니다."

"그렇게 급하게 서두를 건 없소. 우선 안방에 기별해서 부인네들을 피신시킨 후에 조사해도 늦지 않을 테니까 말이오."

그런데 서평군왕의 말이 채 끝나기도 전에 조대감의 하인과 나졸들이 가씨네 하인들을 앞세우고 각각 차압하려고 나서는 것이었다.

이에 서평군왕이 꾸짖으며 명하였다.

"이게 무슨 소란들이냐! 조사는 내가 직접 할 것이다."

군왕은 이렇게 말하고는 자리를 뜨려고 천천히 일어나면서 또다시 분부를 내렸다.

"나를 따라온 너희는 한 사람도 이 자리를 떠나지 말고 여기서 기다리도록 해라. 나중에 수사한 것을 함께 보고 숫자를 등록하도록 할 것이다."

그때 금의부 사관이 와서 무릎을 꿇고 아뢰었다.

"안방에서 궁중에서 입는 옷가지와 일반인들에게 사용이 금지된 많은 물건들을 찾아냈습니다만, 감히 손댈 수가 없어서 전하의 분부를 받으러 왔습니다."

조금 있으려니까 또 한 무리가 몰려와서 군왕의 앞을 가로막으며 아뢰었다.

"동쪽 별채에서 가옥과 토지 문서 두 상자와 차용증서 한 상자를 찾아냈는데, 모두 법을 어기고 높은 이자를 받아먹은 것들입니다."

그 소리에 조대감이 기다렸다는 듯이 말했다.

"지독한 고리대를 놔서 착취했군요! 그러니 이런 것들은 마땅히 모두 차압해야 합니다. 군왕전하께서는 그냥 여기 앉아 계십시오. 소인이

가서 전부 차압해 오겠사오니, 그런 연후에 처결하도록 하십시오."

그러고 있는데 군왕부의 집사우두머리가 들어와서 아뢰었다.

"방금 대문을 지키고 있던 나졸로부터 전갈이 왔습니다. 폐하께서 각별히 북정왕 전하를 이곳에 보내시어 칙지를 전하도록 하셨답니다. 그러니 전하께서는 마중을 나오셔야 하겠습니다."

그 소리에 조대감은 속으로 쾌재를 불렀다.

'재수 없게 하필이면 이런 꽁생원 같은 군왕과 같이 오게 되었나 했는데, 이젠 저분이 오셨다니 마음대로 위세를 부려볼 만하겠구나.'

그는 이런 생각을 하면서 북정왕을 맞으러 나갔다.

그런데 북정왕은 벌써 대청으로 들어와서 밖을 향해 서 있었다.

"칙지가 내렸으니 금의부 조전은 받들도록 하라."

그러면서 그는 칙지를 읽어 내려갔다.

"칙지에 일렀으되, '금의관은 가사만을 체포하여 심문하고, 나머지 사람들은 서평군왕에게 넘겨서 칙지에 따라 처결하게 하라'고 하셨노라."

서평왕은 칙지를 받고 내심 무척 기뻐하며 북정왕과 함께 앉아서 조대감에게 가사를 체포하여 관아로 끌고 가라고 명하였다. 안에서 수색하던 사람들은 북정왕이 왔다는 말을 듣고 모두 나왔는데, 조대감이 돌아갔다는 말을 듣더니 다들 풀이 죽어서 두 손을 드리운 채 서서 분부가 내리기만을 기다렸다. 북정왕은 그들 가운데서 성실한 사관 두 사람과 나이 지긋한 나졸 몇 명만을 골라서 남겨두고 나머지는 모두 돌려보냈다.

그제야 서평왕은 북정왕에게 이런 얘기를 하였다.

"그렇지 않아도 저는 저 조전이라는 자의 처사에 화가 나 있던 참이었습니다. 다행히 전하께서 칙지를 내리러 오셨으니 참으로 다행입니다. 그렇지 않았더라면 이 댁에서 큰 봉변을 당할 뻔했습니다."

"저는 조정에서 군왕이 칙지를 받들고 가씨 댁을 차압하러 가신다는 소식에 크게 안심했습니다. 전하가 가시면 이 댁이 그다지 큰 봉변은 당하지 않으리라 여겨졌으니까요. 하지만 뜻밖에도 조전이란 자가 그렇게 고약하게 굴 줄은 미처 몰랐습니다. 그런데 지금 가정 대감과 보옥이는 어디 있습니까? 안에서 큰 소동이라도 나지 않았나 모르겠군요."

그러자 옆에서 모두들 아뢰었다.

"가정 대감과 이 댁의 다른 분들은 모두 하인들 방에서 감시받고 있습니다. 그리고 안에서는 지금 수사가 진행되어 아주 난장판이 되었습니다."

이에 서평왕이 사원에게 명령을 내렸다.

"물어볼 말이 있으니 어서 가서 가정 대감을 모셔오도록 하여라."

사원들은 분부대로 바로 가정을 데려왔다. 가정은 무릎을 꿇고 앉아 문안 인사를 올리며, 눈물을 떨어뜨리면서 일이 무사히 처리되도록 은혜를 베풀어 달라고 애원하였다. 북정왕은 자리에서 일어나 가정을 붙들어 일으켰다.

"가대감, 마음을 놓으시오."

그러면서 칙지의 내용을 설명해 주었다. 가정은 감격에 겨워 눈물을 흘리면서 북쪽을 향해 황은에 감사를 드리고 나서, 다시 앞으로 나와 처분을 기다렸다.

"가대감, 아까 조전이 여기 있을 때 나졸들이 사용이 금지된 물건들과 고리대 차용증이 나왔다고 했는데, 거기에 대해서는 우리도 눈감아 줄 수가 없습니다. 금품은 본래 귀비께서 쓰시도록 마련해 둔 것일 테니 잘 말씀 올리면 별 문제 없겠지만, 그 차용증만큼은 무슨 방법이라도 강구해 놓아야 할 것입니다. 그 다음 가대감은 사원들을 데리고 가사 대감의 자산을 있는 그대로 밝히기만 하면 이 일은 매듭지을 수 있을 겁니다. 사실을 감춘다든가 하여 스스로 죄를 짓는 일은 절대로 없어야할 것입니다."

"죄인된 몸으로 절대 그런 일은 감히 할 수 없을 것입니다. 그런데 저의 조부께서 물려주신 유산은 아직 나누질 않았으며, 각자 자기가 거처하는 방에 있는 물건들만 자기 소유로 하고 있습니다."

"그건 무방합니다. 가사 대감이 소유한 것만 보고하면 됩니다."

두 군왕은 이렇게 말하고 나서 사원 등에게 함부로 난폭한 행동은 하지 말고 명령대로 법을 집행하라고 분부를 내렸다. 사관들은 명령을 받들고 나갔다.

한편 가모의 처소에서도 식구들이 가족연회를 베풀고 있었다.

"보옥이 너는 통 밖으로 나갈 생각을 하지 않으니, 그러다가 아버님께서 화내시면 어쩌려고 그러니?"

왕부인이 보옥에게 한마디 하자, 희봉은 병 때문에 앓는 소리를 하면서도 보옥을 두둔했다.

"제가 보기엔 보옥 서방님이 사람 만나기를 꺼려해서 그러는 게 아니라, 바깥에는 손님 접대할 사람이 많으니까 이곳에서 어른들을 모시려고 그러는 것 같아요. 만일 대감님께서 그쪽에서 시중들 사람이 적다고 하시면 그때 가서 서방님을 보내드려도 되질 않겠어요?"

그 말에 가모가 웃으면서 말했다.

"희봉인 저렇게 앓고 있으면서도 말솜씨만큼은 여전하단 말이야."

이렇듯 모두들 즐겁게 한창 이야기꽃을 피우고 있는데, 형부인 처소의 시녀가 숨이 넘어갈 듯 소리를 지르며 달려 들어왔다.

"노마님, 마님! 크, 크, 큰일났어요. 신발 신고 모자 쓴 웬 가, 강도 놈들이 상자와 장롱을 닥치는 대로 뒤져서 물건들을 내가고 있어요."

가모 등은 이 말을 듣고 어안이 벙벙했다. 그런데 이번에는 평아가 봉두난발을 해가지고 교저의 손을 끌고 엉엉 울며 들어와서 아뢰었다.

"마님, 큰일났어요. 제가 아가씨와 함께 밥을 먹고 있는데 내왕이가 꽁꽁 묶여 들어오더니 제게 '아가씨, 빨리 안에 들어가서 마님들께 피신하라고 전하세요. 이제 바깥채에 와 계신 군왕전하께서 가산을 차압하러 들어오실 겁니다'라고 하질 않겠어요? 저는 그 소리를 듣고 그만 놀라서 기절초풍을 했지만, 그래도 중요한 물건들을 꺼내려고 방 안으로 들어가려다가 들이닥친 병졸들한테 떠밀려 나오고 말았어요. 그러니 여기 있는 옷가지며 물건들을 빨리 감추도록 하세요."

평아의 말을 듣고 왕부인과 형부인은 넋이 저만치 나가서 어찌해야 좋을지를 몰랐다. 그런데 그중에서도 희봉은 처음에는 두 눈이 휘둥그레져서 듣고 있더니 나중에는 그만 정신을 잃고 뒤로 나자빠지는 것이었다. 가모는 평아의 말을 다 듣기도 전에 너무도 기가 막힌 나머지 눈물만 쏟으며 말도 한마디 하지 못하였다.

이쯤 되고 보니 그곳에 있던 사람들이 이 물건을 꺼내랴 저 물건을 감추랴 하면서 온 방 안을 발칵 뒤집으며 아수라장을 벌이고 있었다. 이때 밖에서 또 외치는 소리가 들려왔다.

"안쪽의 부인네들은 어서 피하시오. 군왕전하께서 거동하십니다!"

보차와 보옥 등은 어찌할 바를 몰라 쩔쩔 매고 있고, 마루에 있던 시녀와 할멈들은 물건을 챙기느라 정신들이 없는 와중에 가련이 숨을 헐떡이며 뛰어 들어왔다.

"아, 살았어요! 이젠 살았어요! 천만다행으로 군왕전하께서 우릴 구해주셨어요."

모두들 도대체 어찌 된 영문인지를 물으려고 하는데, 가련은 희봉이 기절해서 바닥에 쓰러져 있는 것을 보고는 울고불고 난리를 부렸으며, 할머니마저 놀라서 숨을 몰아쉬고 있었으므로 그야말로 제정신이 아니었다. 다행히 평아가 희봉의 정신을 들게 했으므로 희봉은 사람들의 부축을 받고 일어났고, 가모도 정신이 들었으나 여전히 울음을 그치지 못하다가 기진한 나머지 구들 위에 드러누웠다. 그런 가모를 이환이 곁에서 극진하게 보살폈다.

그제야 가련은 정신을 차리고 두 분 군왕이 베푼 은혜를 소상히 아뢰었다. 그러나 가모와 형부인이 가사가 잡혀 간 사실을 알면 놀라서 또 기절할까 봐, 일단 그 말만은 하지 않고 자기 방이 어떻게 되었는지 가보려고 그곳을 나왔다.

가련이 자기 방에 들어와 보니 상자란 상자는 모두 열려 있고, 궤짝들은 마구 부서져 있었으며, 안에 담겨 있던 물건들은 절반이나 비어 있었다. 그 광경을 본 가련은 기가 막힌 나머지 눈이 뒤집히는 것 같아서 눈물을 철철 흘리며 넋을 잃고 서 있었다. 그때 밖에서 부르는 소리가 들려왔으므로 하는 수 없이 밖으로 나와 보니, 가정이 사원과 함께 재산목록을 작성하고 있었다.

사원 하나가 그 목록을 다음과 같이 보고하였다.

진주와 보석류가 박힌 순금 장신구 백이십삼 개, 진주 열세 줄, 색이 연하고 질도 무른 금 쟁반 네 개, 금 사발 두 쌍, 금 상감사발 두 개, 금 수저 사십 벌, 큰 은 사발 팔십 개, 은쟁반 이십 개, 세 줄로 금상감한 상아 젓가락 두 벌, 도금한 손잡이가 달린 주전자 네 개, 도금한 타구 세 쌍, 찻잔 받침 두 개, 은 접시 일흔여섯 개, 은 술잔 서른여섯 개. 검은 여우 가죽 열여덟 장, 흑청색 여우 가죽 여섯 장, 담비가죽 서른여섯 장, 누런 여우가죽 서른 장, 스라소니 가죽 열두 장, 황색과 검정이 섞인 여우가죽 석 장, 청서피靑鼠皮 예순 장, 회색 여우 다리가죽 마흔 장, 진한 홍갈색 양가죽 스무 장, 너구리 가죽 두 장, 누런 여우 다리가죽 두 개, 작은 흰 여우가죽 스무 조각, 서양비단 서른 도〔度: 길이의 단위〕, 서지〔serge: 능직의 모직물〕 스물세 도, 산양모피 십이 도, 향서香鼠 통가죽 열 개, 두서피鼠皮 네 방方, 비로드 한 권卷, 매록피梅鹿皮 한 방, 운호雲狐 통가죽 두 개, 오소리가죽 한 권, 야생오리 머리털가죽 일곱 개, 회서피灰鼠皮 일백예순 장, 오소리가죽 여덟 장, 호랑이가죽 여섯 장, 바다표범가죽 석 장, 해달가죽 열

여섯 장, 회색 양피 사십 개, 흑색 양피 육십삼 장, 원호元狐 모자챙 열 개, 왜도
〔倭刀: 청호(靑狐)의 별칭〕 모자챙 열두 개, 담비 모자챙 두 개, 작은 여우가죽 열
여섯 장, 강학피江鶴皮 두 장, 수달피 두 장, 고양이가죽 서른다섯 장, 일본주단
열두 도, 주단 일백삼십 권, 사능紗綾 일백팔십일 권, 비단 크레이프 서른두 권,
푸루氆氌[1] 서른 권, 장단과 망단 여덟 권, 갈포葛布 세 다발, 각색의 천 세 다발,
각색의 가죽옷 일백서른 두 벌, 솜옷, 겹옷, 홑옷, 명주옷, 비단옷 삼백사십 벌,
옥장식품 서른두 개, 대두〔帶頭: 허리띠 끝의 장식〕 아홉 개, 구리와 주석으로 된
기물器物 오백여 개, 시계 열여덟 개, 조주朝珠[2] 아홉 개, 각색 장단과 망단 서른
네 벌, 망단으로 된 등받이 의자 세 개, 궁녀의상 여덟 벌, 지옥천대脂玉圈帶 한
개, 황단黃緞 열두 권, 질이 떨어지는 은 오천이백 냥, 순금 오십 냥, 동전 칠천
조吊[3]

모든 가구들은 문서로 만들어 등록해 놓았으며, 황제께서 하사하신
영국부의 저택들도 일일이 기입하였고, 집문서와 땅문서 그리고 하인
문서까지도 모두 싸서 봉해 놓았다. 곁에서 몰래 엿듣고 있던 가련은
자기 물건이 하나도 등록되지 않은 것을 보고 속으로 이상하게 생각하
고 있는데, 두 군왕이 가정에게 묻는 소리가 들렸다.

"차압한 재산 가운데 차용증서가 있던데, 턱없이 높은 이자로 착취한
것이더군요. 도대체 누가 그런 짓을 한 겁니까? 사실대로 말씀해 주시
는 게 좋겠습니다."

그러자 가정은 땅에 꿇어 엎드리며 머리를 조아리고 말했다.

"사실 소인은 집안 살림을 맡아보지 않았기 때문에 그 내막을 전혀 알
지 못합니다. 이 일은 조카인 가련에게 물으면 아실 수 있을 것이옵니
다."

---

1 장족(藏族)이 생산하는 야크 털로 짠 검은색 또는 다갈색의 모포.
2 청대 예복의 장식물로 오품 이상의 문관이 목에 거는 일백팔 개의 구슬.
3 화폐 단위로 1000전에 해당.

이에 가련이 얼른 앞으로 나가 무릎을 꿇으며 아뢰었다.

"이 상자 안의 문서는 소인의 방에서 찾아낸 것인 만큼 제가 어찌 모른다고 할 수 있겠습니까? 소인의 숙부는 알지 못하는 일이오니 아무쪼록 군왕 전하께서 은혜를 베풀어 주시기를 바라나이다."

"그대의 부친이 이미 처벌을 받고 있는 터이니까 이 문제 역시 한데 합쳐서 처리할 수도 있는 일이오. 그러나 지금 그대가 자진해서 책임을 지겠다고 하니, 그것도 마땅한 일이라고 생각되오. 그러므로 가련에게는 사람을 붙여 감시하게 하고, 나머지 사람들은 각자 자기 방으로 돌려보내도록 하시오. 가정 대감은 근신하면서 칙지를 기다려야 할 것이오. 우리는 입궐해서 폐하께 아뢰도록 하겠소. 그리고 여기에는 관원을 남겨서 감시하도록 할 것이오."

두 군왕은 이렇게 이르고는 가마를 타고 문을 나섰다. 가정 등은 중문까지 나가 꿇어 엎드려서 그들을 배웅했다.

"너무 걱정하지 마시오."

북정왕은 다독이는 듯한 손짓을 하면서 위로의 말을 했다. 북정왕의 얼굴에는 딱하다는 표정이 역력했다.

그들이 가버리자 가정은 다소 제정신이 들기는 했으나 여전히 멍한 상태였다. 그때 가란이 다가와서 가정에게 귀띔을 해주었다.

"할아버님, 어서 안으로 들어가셔서 노할머님부터 위로해 드리세요. 그런 다음 동부댁 일을 알아보실 방법을 찾으셔야 하질 않겠어요?"

그 소리에 가정은 벌떡 일어나서 안으로 들어갔다. 문 앞마다 여자들이 혼란스럽게 수선을 피우는 꼴이 모두 제정신들이 아닌 것 같았다. 가정은 물어볼 정신도 없어서 곧장 가모의 방으로 갔다. 방 안으로 들어서서 보니 모두들 눈물범벅이 되어 있었다. 왕부인과 보옥 등은 가모를 둘러싸고 아무 말 없이 눈물만 흘리고 있었다. 그런데 형부인만은 소리 높여 흐느껴 울고 있었다. 가정이 들어오는 것을 보고 모두들 입을 모았다.

"아이고, 이제 안심해도 되겠네."

그리고는 가모에게 알렸다.

"대감께서 별일 없이 이렇게 돌아오셨으니, 노마님 이제 안심하세요."

가모는 숨을 가쁘게 몰아쉬면서 겨우 눈을 반쯤 뜨고 말했다.

"얘야, 난 너를 다시는 보지 못할 줄 알았구나!"

가모는 말을 채 맺기도 전에 통곡을 하였다. 그러자 온 방 안의 사람들도 모두 따라서 울음을 터뜨렸다. 가정은 노모가 너무 울다가 건강을 해칠까 봐 얼른 눈물을 거두고 말했다.

"어머님, 안심하십시오. 사건이 원래 가볍지는 않았으나 폐하께서 천은을 내려주셨으며, 군왕전하 두 분께서도 여러모로 긍휼히 여겨 은혜를 베풀어 주셨습니다. 다만 형님께서 한동안 갇혀서 심문을 받으시겠지만, 사실이 밝혀지게 되면 폐하께서 또 은혜를 내리실 것으로 믿습니다. 그리고 지금 집안 물건은 하나도 건드리지 않게 되어 있습니다."

그렇지만 가모는 가사가 집에 없는 것을 알고 또다시 상심하였으며, 가정이 거듭 위로의 말을 한 뒤에야 비로소 진정되었다.

다른 사람들은 아무도 자리를 뜰 생각을 하지 않고 있었지만, 형부인만은 자기 처소로 돌아왔다. 돌아와 보니 문이란 문은 모두 봉인되어 있었으며, 시녀와 할멈들 역시 방 몇 칸에 감금되어 있었다. 가려야 갈곳이 없게 된 형부인은 목 놓아 통곡하기 시작했다. 그러다가 하는 수 없이 희봉의 처소로 발걸음을 옮겼다. 그곳에도 중문 곁방에 봉인이 붙어 있었고 방문만 약간 열려 있었는데 안에서는 흑흑 흐느껴 우는 울음소리가 그치질 않았다. 형부인이 안으로 들어가 보니 희봉은 얼굴이 잿빛이 되어 눈을 감고 누워 있고, 평아는 곁에서 소리를 죽여 가며 울고 있었다. 그 광경을 본 형부인은 희봉이 죽은 줄로만 알고 또 한바탕 울음을 터뜨렸다. 그러자 평아가 형부인을 맞으며 말했다.

"마님, 울지 마세요. 아씨가 아까 들려왔을 때는 정말 숨이 끊어진
것 같았어요. 그러다가 조금 쉬시더니 다시 정신이 드셨어요. 조금 울
고 나신 뒤로 지금은 가래도 멈추고 호흡도 고르게 되어 퍽 안정이 되셨
어요. 그러니 마님께서도 그만 진정하세요. 그런데 노마님께서는 좀
어떠신가요?"

형부인은 아무런 대꾸도 하지 않고 그 길로 다시 가모의 처소로 발길
을 옮겼다. 가보니 눈앞에 보이는 사람들은 죄다 가정네 식구들뿐이었
다. 남편은 붙잡혀가고 며느리는 중병을 앓고 있으며, 딸은 시집가서
온갖 고초를 겪는 데다가 자신은 몸을 의지할 곳도 없는 신세가 되었다
고 생각하니, 형부인은 차오르는 슬픔을 주체할 수가 없었다. 그래서
모두들 형부인을 위로했다. 이환 등은 시녀들에게 방 하나를 치우게 한
다음, 당분간 형부인을 그곳에 머물도록 하였으며 왕부인은 시중들 시
녀를 보내주었다.

가정은 바깥채에서 놀란 가슴을 쓸어내리며 수염을 쓰다듬다가 두
손을 비비다가 하면서 초조하게 칙지를 기다리고 있었다. 그런데 밖에
서 감시하던 관졸들이 호통 치는 소리가 들려왔다.

"넌 도대체 어디서 온 놈이냐? 여기까지 들어온 이상 장부에 올린 다
음 묶어서 안에 있는 금의부 나리들께 넘겨야겠다!"

그 소리에 가정이 밖으로 나와 보니 그는 다름 아닌 초대焦大였다.

"넌 어떻게 여기까지 왔느냐?"

초대는 가정의 물음에 대성통곡부터 하였다.

"저는 날마다 저 한심한 서방님들을 타일렀습니다만, 서방님들은 도
리어 저를 원수처럼 여기셨습니다. 대감님께서는 제가 노대감님을 따
라서 얼마나 많은 고생을 했는지 모르시진 않겠지요? 그런데 지금 이게
대체 무슨 꼴이란 말입니까? 가진 나리와 가용 서방님은 군왕인가 뭔가

하는 분들한테 붙잡혀 갔고, 안에 있는 안주인들은 모두 부에서 나온 관졸들한테 몰려 머리를 산발한 채 빈방에 한데 갇힌 신세가 되었으며, 집안에서 부리는 막돼먹은 망나니들과 화냥년들은 몽땅 개돼지 취급을 받으며 갇혀 있습니다. 모든 재산은 다 차압당해 봉인되어 있고, 나무 그릇들은 모두 부서지고 사기그릇들도 모두 깨져버렸습니다. 그런데 그들은 저까지도 잡아 묶으려 하는군요. 저는 팔구십 년을 살아오는 동안 노대감님을 따라다니면서 남을 묶은 일은 있어도 여태껏 남에게 묶인 일은 한 번도 없었습니다. 그래서 저는 서쪽 부중 사람이라면서 이리로 달려왔습니다만, 관졸들이 제 말을 믿지 않고 여기까지 끌고 오는 게 아니겠습니까? 그런데 여기도 이 꼴이 된 줄은 꿈에도 몰랐습니다. 일이 이 지경에 이른 이상, 이젠 목숨 따위도 아깝지 않습니다. 전 저놈들하고 죽기 살기로 한번 해 볼 참입니다."

초대는 그러면서 관졸들을 마구 머리로 들이받았다. 그러나 관졸들은 초대가 노인인 데다 군왕들의 분부가 있었으므로 거칠게 대하지는 못하고 그저 부드럽게 타일렀다.

"노인장, 진정하십시오. 이건 칙지를 받들고 하는 일입니다. 그러니 노인장께서는 이곳에서 좀 쉬면서 위에서 내려오는 분부를 기다렸다가 할 말이 있으면 그때 하도록 하시죠."

가정은 초대의 말을 하나도 놓치지 않고 똑똑히 들었다. 비록 그는 아무런 대꾸도 하지 않았지만 가슴을 칼로 도려내는 것만 같았다.

"끝장이구나, 이젠 끝장이야! 우리 가문이 이 지경으로 일패도지—敗塗地 될 줄은 꿈에도 몰랐구나!"

가정이 이렇게 한탄하면서 궁중으로부터 소식이 오기만을 초조하게 기다리고 있는데, 느닷없이 설과가 숨을 헐떡거리며 뛰어 들어왔다.

"휴우, 겨우 들어왔네요. 그런데 이모부께서는 어디 계십니까?"

설과가 가정을 찾자 가정이 얼른 대답하였다.

"마침 잘 왔구나. 그런데 어떻게 들어왔느냐?"

"제가 사정사정하면서 돈을 좀 찔러 주니까 들여보내더군요."

가정은 설과에게 차압당한 일을 들려주고 나서 바깥소식을 탐문해 달라고 당부했다.

"아무리 친한 친구라 할지라도 이 마당에 소식을 전해주기가 쉽지 않을 테지만, 너만은 괜찮을 테니 바깥소식을 좀 전해다오."

"이쪽 댁까지 이 지경이 된 줄은 미처 몰랐습니다. 동쪽 부중의 일은 이미 들어 알고 있습니다만, 이젠 끝장났습니다."

"대관절 무슨 죄를 범했다더냐?"

"전 오늘 아침 형님에 대한 판결이 어떻게 되었나 알아보려고 관아에 갔다가 거기서 우연히 듣게 되었어요. 가진 형님께서 대갓집 자제들을 꾀어서 도박했다는 소문을 감찰어사 두 분께서 들으셨던 모양입니다. 그러나 그것은 그리 큰 문제가 되는 건 아닌 가봅니다. 그보다 더 큰 문제는 여염집 아내를 강제로 빼앗아서 첩으로 삼으려 했는데, 그 여자가 말을 듣지 않자 핍박해서 죽게 만들었다는 겁니다. 그 어사께서는 그것만으로는 폐하의 재가가 떨어질 것 같지 않자 우리 집에 있는 포이鮑二도 잡아가고, 또 장가라는 놈도 데려간 모양입니다. 그 장가란 놈이 전에 고소한 적이 있었다는 걸 보면 도찰원까지도 관련이 있는 것 같습니다."

가정은 설과의 말을 다 듣기도 전에 발을 동동 굴렀다.

"이거 큰일 났구나! 이젠 다 틀렸어, 다 틀렸다구!"

가정은 땅이 꺼질 듯 한숨을 내쉬면서 눈물을 주르르 흘렸다.

설과는 가정에게 몇 마디 위로의 말을 하고는 소식을 알아보려고 밖으로 나갔다가 한참이 지나서야 돌아와서 가정에게 아뢰었다.

"일이 아무래도 잘 처리될 것 같지 않습니다. 제가 형과에 가서 알아보았는데, 두 군왕전하께서 폐하에게 보고 드렸다는 소식은 아직 듣질 못했습니다. 단지 이어사李御史 나리께서 오늘 아침에 평안주平安州의 장관이 경성에 있는 관원에게 잘 보이려고 상관과 한통속이 돼서 무고한 백성을 학대한 여러 건의 중죄를 탄핵하여 상주하였다고 합니다."

설과의 말에 가정은 허둥대며 말했다.

"이런 판에 남의 일까지 걱정할 겨를이 어디 있느냐? 도대체 우리 일이 어떻게 됐는지를 알아보기는 했느냐?"

"그게 아니라 평안주의 일이라면 우리하고도 관계가 있기에 말씀드리는 겁니다. 그 탄핵받았다는 경성의 관리가 바로 가사 대감님이시랍니다. 남의 소송사건마다 도맡아 처리했다니 불난 데다 기름 부은 꼴이 되고 만 겁니다. 지금 조정에서 함께 일하는 관원들은 몸을 사리지 못해서 야단인데 누가 소식을 전해주려고 하겠습니까? 방금 다녀간 친척과 친구분들만 하더라도 곧장 집으로 돌아가신 분들도 있지만 더러는 멀리 몸을 피해서 돌아가는 형편을 살피려는 이들도 있답니다. 정말 밉살스러운 것은 이 댁 친척분들이 길거리에서 '조상이 물려준 공덕이 이제는 물거품이 되게 생겼군. 앞으로 누구 머리 위로 불똥이 튈지 모르니 모두들 각별히 조심하자구'하고 다닌다는 겁니다."

가정은 설과의 말을 다 듣기도 전에 또다시 발을 동동 굴렀다.

"이건 다 큰 형님이 너무도 어리석은 탓이야! 동부의 가진이란 놈도 행실이 말이 아니고 말이야. 지금 어머님과 련이 안사람의 목숨이 어찌 되었는지 모르겠구나. 난 어머님한테 좀 가볼 테니, 너는 다시 나가서 알아보도록 해라. 무슨 소식을 듣거든 부리나케 와서 내게 알려다오."

이런 얘기를 나누고 있는데 안에서 사람들이 왁자지껄하게 떠드는 소리가 들려왔다.

"노마님께서 위독하십니다!"

그 소리에 가정은 새파랗게 질려서 허겁지겁 안으로 뛰어 들어갔다. 가모의 생사가 어찌 되었을지는 다음 회를 보시라.

王熙鳳
致福折羞
慚賈太君
禱天消災
萬

기도하는 사태군

왕희봉은 화를 불러 수치심을 느끼고
사태군은 무사평안 천지신명께 빌었네

王熙鳳致禍抱羞慚　賈太君禱天消禍患

가모가 위독하다는 소식에 가정이 급히 뛰어 들어가 보니, 가모는 놀란 나머지 기절했다가 왕부인과 원앙 등이 애타게 부르는 소리에 겨우 정신을 차리고 있었다. 즉시 의식을 회복하고 마음을 안정시키는 환약을 복용해서 좋아지기는 하였으나, 가모는 여전히 슬픔을 이기지 못하고 눈물을 흘리고 있었다. 가정은 가모 곁으로 다가가서 위로의 말을 하였다.

"저희들이 못나서 화를 빚었기 때문에 어머님까지 이런 고초를 겪게 되셨습니다. 마음을 너그럽게 가지고 계시면 저희들이 밖에서 어떻게 해서든지 일을 무마해 보겠습니다. 허나 만일 어머님께 무슨 불행한 일이라도 생기는 날에는 저희들의 죄를 씻을 수 없을 것입니다."

"나이 여든이 넘도록 살아오면서 나는 처녀 때부터 너희 아버지한테 시집와서까지 조상의 은덕을 입고 살아왔을 뿐 이런 일은 들어본 적조차 없었다. 그런데 내가 늘그막에 너희가 벌 받는 것을 보게 되었으니 어찌 견딜 수 있겠느냐? 차라리 죽어서 혼이라도 너희를 따라가는 편이 낫겠다."

가모는 이렇게 말하면서 또 눈물을 흘렸다. 그 말을 듣던 가정은 지금처럼 가슴이 아팠던 적이 없었다. 그때 밖에서 아뢰는 소리가 들렸다.

"대감님 어서 나오십시오. 대궐에서 소식이 왔습니다."

가정이 급히 밖으로 나와 보니 북정왕부의 집사우두머리가 와 있었다. 그는 가정을 보자마자 아뢰었다.

"대감님, 축하드립니다."

가정은 고맙다는 인사를 하고 그에게 자리를 권했다.

"군왕전하께서 어떤 유지를 내리셨습니까?"

"저희 군왕전하께서는 서평군왕 전하와 더불어 참내하셔서 이곳 사정을 폐하께 아뢰시면서, 대감님이 진심으로 죄를 뉘우치고 계시다는 것과 천은에 감격해 마지않으신다는 사실을 모두 대신 주달하셨답니다. 그랬더니 폐하께서는 몹시 측은해 하시면서 귀비마마께서 붕어하신 지 얼마 되지 않은 것을 생각하사 차마 죄를 물을 수 없다고 하셨답니다. 그러시면서 각별히 은총을 내리시어 여전히 공부원외랑으로 근무하라는 분부를 내리셨답니다. 그리고 봉인한 가산에 대해서는 가사대감의 재산만 몰수하고 그 외의 것은 모두 돌려주라고 하시면서, 앞으로는 더욱 전심전력하여 직무에 임하라고 당부하셨답니다. 단지 차압한 차용증서만은 저희 군왕전하께서 맡아 조사해서 확인한 후, 만일 법을 어기고 높은 이자를 받은 것이 있으면 법에 따라 관에서 몰수하고, 정해진 법대로 이자를 받은 것은 토지문서, 가옥문서와 함께 죄다 돌려주라고 하셨답니다. 그리고 가련에 대해서는 관직을 박탈하는 대신 처벌을 거두고 석방하라고 하셨답니다."

가정은 급히 일어나서 머리를 땅에 조아리고 천은에 사례하였으며, 또한 군왕전하께도 절을 올려 은혜에 고마움을 표했다.

"돌아가거든 부디 저를 대신해서 감사의 말씀을 올려주십시오. 저는 내일 아침 입궐하여 천은에 감사하는 절을 올린 다음, 군왕전하께도 사례 드리러 가겠습니다."

집사우두머리가 돌아가고 난 뒤 얼마 지나지 않아서 정식으로 칙지가 날아들었다. 명령을 받고 온 관원이 칙지에 따라 일일이 조사하여 몰수할 것은 몰수하고 돌려줄 것은 돌려주었으며, 가련을 석방한 다음 가사에게 속해 있던 남녀 노비들은 명부를 만들어 모두 관으로 귀속시켰다.

가엾게도 가련의 방에 있던 물건 가운데 법에 따라 문서로 작성된 것 이외의 나머지는 비록 몰수당하진 않았지만 수사하러 온 관졸들에게 이미 깡그리 약탈당한 뒤였고, 남은 것이라고는 약간의 가구 따위뿐이었다. 가련은 처음에는 처벌이 무서워서 겁을 먹었는데, 지금 이렇게 석방이 되고 보니 천만다행이 아닐 수 없었다. 그러면서도 여러 해에 걸쳐서 모아놓은 물건과 적어도 칠팔만 냥이 넘는 희봉의 개인 돈을 하루아침에 날린 것이 여간 원통하지 않았다. 게다가 부친은 금의부에 갇혀 있고 희봉은 병으로 위독한 상태에 있으니, 그야말로 엎친 데 덮친 격이었다. 게다가 또 가정이 눈물을 글썽이며 가련을 불러서 따져 묻는 것이었다.

"나는 그동안 관직에 매인 몸이라 집을 통 돌볼 수 없었기에 너희 부부에게 집안일을 모두 맡겼었다. 너로서는 부친이 하시는 일에 충고하기는 어려웠을 것이다. 그러나 고리대를 놓아 양민을 수탈한 것은 도대체 누구의 소행이냐? 우리 같은 집안에서 어디 그게 할 짓이더냐? 이제 관가에 몰수를 당했으니, 그까짓 돈이 문제가 아니라 소문이 쫙 퍼질 것이다. 그러니 이 일을 어쩌면 좋단 말이냐!"

가련은 무릎을 꿇고 대답했다.

"저는 집안일을 보면서 한 치의 사심도 없었습니다. 금전출납장부는 모두 뇌대賴大, 오신등吳新登, 대량戴良 등이 맡아서 기록했으므로 그들을 불러다 물어보시면 아실 겁니다. 실은 몇 해 전부터 들어오는 돈보다 나가는 돈이 많아서, 그전보다 더 내어주는 게 없어도 여러 모로 빚을 많이 지고 있는 형편입니다. 그런 사실은 숙모님께 물으시면 아실 겁니다. 그리고 그 고리대를 놓은 돈에 대해서 저는 출처조차 전혀 모릅니다. 주서나 왕아에게 물으시면 아시게 될 겁니다."

"네 말대로라면 넌 네 집안에서 일어난 일도 모르고 있단 말이지? 그렇다면 집안의 아래위에서 일어나는 일들은 더욱 모르겠구나! 하여간 지금은 더 묻지 않겠다. 너는 이제 무사해진 몸이니까 빨리 가서 네 아버님과 진이형의 일을 알아보도록 해라."

가련은 억울한 생각에 눈물을 글썽이며 대답하고 나갔다.

가정은 연신 한숨을 쉬면서 말했다.

"조부님께서 나라 일에 몸 바쳐 세운 공훈으로 세습직을 둘씩이나 받으셨건만, 지금 두 집에서 모두 죄를 지어 죄다 빼앗기고 말았구나. 그런데다 아무리 생각해봐도 아들놈이나 조카놈들 가운데 한 놈도 장래가 밝은 놈이 없으니. 하늘도 무심하시지! 우리 가씨 집안이 어쩌다가 이 지경으로 망하게 되었단 말인가! 나는 비록 각별하신 성은을 입어서 재산을 도로 찾을 수 있었지만, 이제 두 집안의 먹고 쓰는 비용 전부를 혼자서 다 부담하게 되었으니 이를 어떻게 감당한단 말인가? 방금 련이란 놈이 하던 말을 들어보면 더욱 어이가 없질 않은가? 금고에 돈이 없는 건 고사하고 빚까지 지고 있다니, 요 몇 년 동안 겉모양만 번드르르하게 지낸 셈이 아니고 뭐란 말인가. 내가 그동안 왜 그렇게 어리석게 살았는지 한스러울 뿐이다. 가주賈珠녀석만 살아 있었더라도 내게 큰 힘이 되어 주었으련만, 보옥이란 놈은 비록 다 크기는 했지만 아무짝에도 쓸모가 없으니."

가정은 자기도 모르게 눈물이 옷깃을 적셨다. 그러다가 또 이런 생각이 들었다.

'어머님께서는 저렇게 연로하신데 자식들이 효성을 다하지는 못할망정 오히려 놀라서 사경을 헤매게 해드렸으니, 이게 다 내 죄가 아니고 뭐겠는가? 이 죄를 나 아닌 누구에게 미룬단 말인가?'

이렇듯 홀로 슬픔에 잠겨 있는데 하인이 와서 아뢰기를 여러 친척과 친구들이 위문을 왔다고 하였다. 가정은 그들을 만나 일일이 사례하였다.

"저희 집안이 그런 불행을 당하게 된 것은 모두 다 제가 아들놈과 조카놈들을 잘 가르치지 못했기 때문입니다."

그러자 그들 가운데 한 사람이 말했다.

"저는 오래전부터 형님이신 가사 대감의 소행이 옳지 못하다는 것과 가진이 한술 더 떠서 행한 오만방자한 행동에 대해서 잘 알고 있었습니다. 만일 나라 일을 하다가 잘못을 저지른 것이라면 양심에 거리낄 게 없지만, 이번 일은 해서는 안 될 짓을 하다가 그렇게 된 거라서 대감에게까지 누를 끼치게 된 겁니다."

그런가 하면 또 다른 사람은 이렇게 말했다.

"다른 집안에도 이런 일들이 많건만 어사가 탄핵했다는 소리는 들어보질 못했습니다. 가진 나리가 친구들한테 미움을 사지 않았다면 어찌 이런 일이 일어났겠습니까?"

그러나 의견이 다른 사람도 있었다.

"어사를 탓할 수는 없습니다. 저희들이 듣기로는 이 댁의 하인들이 몇몇 불량배들과 어울려서 항간에 소문을 퍼뜨렸기 때문이라고 하더군요. 어사는 탄핵하여 상주했다가 혹시라도 사실이 아닐까 봐 이 댁의 하인 놈들을 구슬려서 알아봤더니 모두 실토했답니다. 제가 알기로는 이 댁처럼 하인들에게 관대하게 대해주는 곳도 없는 것 같던데, 어쩌다가 이런 일이 일어났는지 모르겠군요."

어떤 사람이 또 이어서 말했다.

"대체로 노비들이란 참으로 다루기 어려운 놈들입니다. 오늘 이 자리에 계신 분들은 모두 친한 친척과 친구분들이니 허물없이 말씀드리겠습니다. 대감께서 지방관으로 계실 때 밖에서 떠돌던 소문이 좋지 못했던 것도 다 그 하인 놈들 때문인 것 같습니다. 대감께서 금전을 탐하시지 않는다는 것은 다 알고 있는 사실이질 않습니까? 그러니 대감께서는 앞으로도 조심하시지 않으면 안 됩니다. 이번만큼은 대감의 재산에 손을 대지 않았지만, 만일 다시 폐하의 의심을 사는 날에는 정말 끝장이 날 겁니다."

가정은 그 말을 듣고 놀라서 물었다.

"여러분들이 들었다는 저에 대한 소문은 어떤 것들이었습니까?"

"확실한 근거가 있는 건 아닙니다만 항간에 떠도는 소문에 의하면 대감께서 양도의 직에 계실 때 문지기를 시켜 백성들로부터 돈을 뜯어냈다는 겁니다."

가정은 너무도 억울했다.

"하늘에 맹세합니다만, 저는 지금까지 돈을 수탈하려는 생각은 감히 해본 적도 없습니다. 다만 하인 놈들이 제 이름을 걸고 무슨 못된 짓을 했나 본데, 제가 그런 일까지 책임질 수야 없질 않겠습니까?"

"이제 와서 걱정한들 무슨 소용이 있겠습니까? 그저 지금 있는 집사들을 단단히 조사해서 상전에게 거스르는 자가 있다면 색출하여 엄하게 처단하시는 게 좋겠습니다."

그 말에 가정은 머리를 끄덕였다. 그때 문지기가 들어와서 아뢰었다.

"손소조 서방님께서 일이 있어서 오지는 못하고 대신 사람을 시켜 문안을 보내왔습니다. 그리고 큰 대감님께서 그쪽에 돈을 갚을 게 있으니 그것을 대감님께서 대신 갚아주셔야겠다고 하셨답니다."

가정은 그 소리에 몹시 불쾌했지만 내색은 하지 않고 대답했다.

"알았다."

주위 사람들은 모두 냉소를 흘렸다.

"사람들이 모두 이 댁의 조카사위 손소조라는 이가 비열한 인간이라고 하더니만 과연 틀린 말이 아니군요. 지금 장인댁이 차압당해 있는 판에, 달려와서 돕기는 고사하고 오히려 빚 독촉을 하다니요. 정말 경우가 없는 인간입니다."

"이제 와서 그 인간에 대해 말한들 무슨 소용이 있겠습니까? 그 혼사는 애초부터 우리 형님이 잘못 정해주신 거지요. 조카딸 애를 그렇게도 못살게 굴더니만 이젠 나까지 들볶으려 드는군요."

그런 얘기들을 나누고 있는데 설과가 들어와서 아뢰었다.

"제가 알아보니 금의부의 조대감은 반드시 어사가 탄핵한 대로 처벌하겠다고 하는 모양입니다. 그렇게 되면 큰 대감님과 진이 형님에게도 큰 화가 미칠 것 같습니다."

친척과 친구들이 그 소리를 듣고 가정에게 권했다.

"대감, 아무래도 대감께서 친히 군왕전하를 찾아가서 간청해보는 게 좋을 것 같습니다. 어떻게든 손을 써야지 그렇지 않았다가는 두 집이 다 망하고 맙니다."

가정은 그렇게 하겠다고 대답하며 고맙다고 인사를 하였다. 이윽고 위문하러 찾아왔던 사람들은 모두 돌아갔다.

등불을 켤 때가 되었으므로 가정은 안으로 들어가서 가모에게 문안인사를 올렸는데, 보아하니 가모의 상태가 어느 정도 안정된 것 같아서 자기 방으로 돌아왔다. 가정은 가련 내외가 사리분별을 하지 못하고 고리대를 놓아서 모두를 곤경에 빠뜨린 걸 생각하니 괘씸하기 그지없었으며, 희봉의 소행을 생각하면 화가 나서 견딜 수가 없었다. 그러나 희봉은 지금 중병을 앓고 있는 데다가 재물을 깡그리 몰수당하여 울화병이 났을 것이므로, 당장은 내놓고 나무랄 수도 없는 노릇이니 꾹 참는 수밖에 없었다. 그날 밤은 아무 일 없이 지나갔다.

다음 날 아침 가정은 입궐하여 황제께서 베푸신 은혜에 감사드리는 절을 올린 다음, 북정왕부와 서평왕부 두 곳을 찾아가서 머리를 조아리고 감사를 표했다. 그리고 나서 두 군왕에게 형님과 조카의 일을 잘 봐 달라고 간청하였는데 두 군왕은 흔쾌히 승낙하였다. 가정은 그 길로 친분 있는 동료들을 찾아가서 도와달라는 부탁을 해두었다.

한편 가련은 부친과 종형의 일이 난감하게 되었다는 소식을 듣고도 어찌해 볼 도리가 없어서 하는 수 없이 집으로 돌아왔다. 돌아와 보니 평아는 희봉의 곁을 지키고 앉아 울고 있었으며, 추동은 옆방에서 희봉을 원망하고 있었다. 가련이 다가가보니 희봉은 실낱같은 숨을 몰아쉬고 있었다. 원망스런 마음이 태산 같았지만 그런 희봉을 보니 차마 아무 말도 할 수가 없었다. 평아는 가련을 보자 울면서 애원했다.

"서방님, 사정이 이미 이렇게 되었으니 몰수해 간 물건들을 다시 돌려받기는 틀린 것 같아요. 그렇지만 아씨께서 저렇게 앓고 계시므로 의원을 불러다가 다시 한 번 진찰받아 보도록 하는 게 좋겠어요."

그러자 가련이 툴툴거리며 말했다.

"내 목숨도 부지하기 어려운 판에 그 사람 걱정까지 할 정신이 어딨어?"

그 소리를 듣자 희봉은 눈을 번쩍 뜨고 가련을 힐끗 쳐다보았다. 희봉은 비록 아무 말도 하지 않았지만 눈물이 쉴 새 없이 흘러내렸다. 가련이 나가자 희봉은 평아에게 말했다.

"그런 눈치 없는 얘기는 하지도 마라. 지금 이 지경이 되었는데 내 걱정은 해서 뭐 하겠느냐? 난 지금이라도 당장 죽었으면 좋겠구나. 네가 마음속으로 진정 나를 생각해 준다면 내가 죽은 뒤에 우리 교저를 잘 길러다오. 그래만 준다면 난 저승에 가서라도 네 은공을 잊지 않을게."

평아는 그 소리에 큰소리로 목 놓아 울었다.

"너도 사리에 밝은 사람이니 모르진 않겠지? 저 사람들이 드러내놓고 나한테 뭐라고 하지는 않지만 틀림없이 나를 원망하고 있을 거야. 일은 밖에서 터졌으나 내가 돈놀이로 욕심만 부리지 않았어도 아무 일 없었을 텐데. 그동안 아등바등 했던 것도 이젠 다 수포로 돌아가고 말았어. 한평생 남한테 지지 않으려고 무던히도 애썼건만, 이제는 도리어 남보다 못한 신세가 되었구나. 사람을 잘못 부린 것이 한스럽기만 하다. 그런데 얼핏 듣자니 큰댁 시아주버님 사건은 여염집 아낙을 억지로 첩으로 삼으려다 안 되니까 그 여자를 핍박해서 죽게 만들었기 때문이라고 하더구나. 그 사건에 장씨 성을 가진 자가 연루되어 있다던데, 네 생각에 누가 또 연관되어 있을 것 같으냐? 만일 이 사건을 조사하여 진상이 밝혀지는 날에는 우리 집 양반도 꼼짝없이 걸려들고 말 거야. 그리되면 내가 어찌 낯을 들고 다닐 수 있겠느냐? 그러니 난 지금 당장이라도 죽고만 싶다. 금붙이를 삼키거나 독약을 먹고 죽을 수 없는 게 한스러울 뿐이야. 그런데도 넌 또 의원을 불러달라고 한단 말이냐. 그건 나를 위하는 게 아니라 오히려 나를 괴롭히는 거야."

평아는 들으면 들을수록 마음이 아팠지만 자기로서는 이러지도 저러지도 못할 형편이었다. 그녀는 그저 희봉이가 생각을 잘못 먹고 스스로 목숨이라도 끊으면 어쩌나 싶어서 잠시도 희봉이 곁을 떠나지 않았다.

다행히도 가모는 자세한 내막은 모르고 있었다. 요즘은 몸도 어느 정도 나아진 데다 가정도 무사하고 보옥과 보차가 하루도 빠짐없이 곁에 붙어 있었으므로 가모는 다소 마음이 놓였다. 평소부터 희봉을 남달리 귀여워했던 가모는 원앙을 불러놓고 분부하였다.

"내가 가지고 있는 물건 중에서 얼마쯤 가져다가 희봉에게 갖다 주고, 평아에게도 돈을 좀 줘서 희봉의 시중을 잘 들라고 해라. 그러면 앞으로도 더 생각해 줄 거라는 말도 전하렴."

그리고 왕부인에게는 형부인을 잘 돌봐주라고 당부했다. 이때 녕국부는 저택만 관가에 몰수된 것이 아니라 모든 재물이며 가옥과 전답, 그리고 하인들까지 모조리 대장에 등록된 채 몰수된 상태였다. 이에 가모는 가마를 가지고 가서 우씨 고부를 데리고 오라고 하였다. 가련하게도 그렇게나 위세가 당당하던 녕국부에 지금은 우씨 고부 두 사람에 패봉佩鳳, 해란偕鸞 두 사람만 남아있을 뿐, 하인 한 명 보이지 않았다. 가모는 그들에게 집을 한 채 내주었는데, 그 집은 석춘이 살고 있는 곳과 벽 하나를 사이에 두고 있었다. 그리고 또 시중들 할멈 넷과 시녀 둘도 보내 주었다. 먹는 것 일체는 큰 주방에서 나눠서 갖다 주기로 하고, 옷가지며 일용기물은 가모가 보내주었으며, 자질구레한 비용은 영국부에서 매달 각 사람에게 주는 액수대로 회계방에서 내주기로 하였다. 그렇지만 가사, 가진, 가용 등이 금의부에서 쓸 비용은 사실상 회계방에서 내줄 형편이 못되었다. 이제는 희봉도 빈털터리가 되었으며, 가련도 빚을 태산같이 짊어지고 있는 처지였다. 그런데 집안사정에 어두운 가정은 다른 사람에게 부탁해 놓았으니 어떻게든 될 거라는 말만 할 뿐이었다. 속수무책이 된 가련은 친척들의 도움을 받아볼까도 생각해보았지만, 설씨 댁도 이미 몰락한 처지였고 왕자등도 벌써 이 세상 사람이 아니었으며, 비록 다른 친척들이 있기는 했지만 돌봐줄 만한 사람은 아무도 없었다.

그래서 하는 수 없이 가련은 암암리에 사람을 시골로 내려 보내 그곳 전답을 수천 냥에 팔아서 옥바라지 비용에 충당하기로 했다. 가련이 이런 수단까지 동원하자 눈치 빠른 하인들은 상전의 가세가 돌이킬 수 없는 지경까지 기울었다는 것을 알아채고는 틈을 타서 저마다 잇속을 차리기에 바빴다. 급기야 동쪽 장원의 소작료마저 주인의 이름을 도용해서 가로채기까지 하였는데, 이것은 물론 후에 생긴 일이므로 그 이야기는 잠시 접기로 하겠다.

한편 가모는 조상 대대로 물려 내려오던 세습직을 삭탈당한 데다가 아들과 손자는 감옥에 갇혀 문초당하고 있으며, 형부인과 우씨 등은 밤낮없이 눈물로 세월을 보내고 있고 희봉은 병으로 위독한 상황에 있었으므로, 비록 보옥과 보차가 늘 곁에 붙어 있었지만 다소 위로가 될 뿐 근심 걱정을 풀 길이 없었다. 가모는 밤낮 불안한 가운데 이 생각 저 생각으로 한시도 눈물이 마를 때가 없었다.

그러던 어느 날 저녁 무렵, 가모는 보옥을 돌려보낸 뒤 몸이 불편한 것도 무릅쓰고 일어나서 원앙 등에게 각처의 불당에 향을 피우게 하고, 자기 처소의 뜨락에도 두향〔斗香: 특별히 만든 불향(佛香)〕을 피우게 한 다음 지팡이를 짚고 뜨락으로 나왔다. 호박은 가모가 예불하려 한다는 것을 알아차리고 얼른 붉은 모포로 된 방석을 바닥에 깔았다. 가모는 향을 사르고 나서 꿇어앉아 몇 번이고 절을 하며 한차례 염불을 하더니 눈물을 글썽이면서 천지신명께 빌었다.

"하늘에 계시는 황천보살이시여, 가씨 가문의 사史씨가 보살님의 자비를 구하려 삼가 고하나이다. 저희 가씨 가문은 수대를 내려오면서 흉악무도한 짓을 한 적이 없습니다. 저는 남편을 섬기고 자식을 도와오면서 이렇다 할 선행을 베풀지는 못했지만 그렇다고 악한 짓도 한 적이 없습니다. 허나 후대의 자손들이 교만하고 사치하며 난폭하고 방종하여 물건을 아낄 줄 모르고 함부로 사용함으로써 온 집안의 가산을 차압당하는 지경에까지 이르게 했습니다. 지금 아들과 손자가 옥에 갇혀 있으므로 당연히 흉은 많고 길은 적을 것이오니, 이 모두는 자손들을 잘 가르치지 못한 저 한 사람의 죄업 때문에 초래된 것입니다. 이에 간절하게 황천보살님의 보우하심을 구하노니, 옥에 갇힌 아들과 손자에게는 화를 복으로 바꿔 주옵시고, 앓는 자에게는 하루속히 병이 낫도록 은총을 내려주시옵소서. 만일 온 집안이 죄를 받아야 한다면 저 한 몸에게 내리시고, 부디 자손들만큼은 용서해 주시옵소서. 황천보살님께서 제 정성을 가상히 여겨

주신다면 하루속히 제 목숨을 거둬 주시고, 대신 자손들의 죄를 너그럽게 용서해 주옵소서."

묵묵히 여기까지 기도드리던 가모는 마침내 슬픔을 이기지 못하고 목 놓아 흐느껴 울기 시작했다. 원앙과 진주는 가모의 마음을 달래며 부축하여 방 안으로 모셨다.

때마침 왕부인이 보옥과 보차를 데리고 저녁문안을 올리러 왔다가, 가모가 구슬프게 우는 것을 보고 그들도 따라서 울기 시작했다. 그중에서도 보차의 설움은 한결 더 컸다. 친정 오빠는 외지의 옥에 갇혀 판결을 기다리고 있는데 감형이 될지 여부는 알 수 없는 일이고, 시부모님은 비록 무사하지만 집안은 이미 몰락하였으며, 남편인 보옥은 여전히 아무런 기개도 없이 멍한 상태였기 때문이었다. 앞으로 한평생을 어떻게 살아가야 하나 하는 생각에 가모나 왕부인보다 더 서럽게 울었다. 보차가 그렇게 서글프게 울자 보옥 역시 슬픔에 잠기지 않을 수 없었다.

'연로하신 할머님은 한시도 마음 편하실 날이 없고, 아버님이나 어머님도 이 광경을 보고 비감해 하실 것이며, 그 많던 자매들도 바람에 구름이 흩어지듯 나날이 줄어만 간다. 돌이켜 보면 지난날 원내에서 시사를 세우고 시를 지으며 얼마나 즐거웠던가? 나는 대옥이가 죽은 뒤로 지금까지 울적함 속에서 지내왔지만, 보차가 늘 곁에 있어 마음 놓고 울 수조차 없었다. 그렇지만 보차도 오빠 걱정과 어머니 생각에 밤이나 낮이나 얼굴에 웃음이 피어날 때가 없구나.'

이런 생각으로 슬픔에 차 있던 보옥은 보차가 기절할 정도로 서럽게 우는 것을 보자, 더 이상 참을 수가 없어서 자기도 그만 엉엉 소리를 내며 울었다. 원앙, 채운, 앵아, 습인 등도 그 광경을 보고 저마다 설움에 겨워 따라 울기 시작했고, 그 밖의 시녀들도 남들이 울자 덩달아 울음을 터뜨렸다. 그러다 보니 말리는 사람은 아무도 없게 되고 급기야

온 방 안은 마치 천지가 진동하듯 울음소리로 가득 찼다.

그러자 밖에서 숙직을 서고 있던 할멈들이 그 소리에 놀라 급히 가정에게 알렸다. 울적하게 서재에 앉아있던 가정은 가모가 부리는 할멈이 기별하자, 놀라서 허둥대며 나는 듯이 안으로 뛰어 들어왔다. 멀리서부터 사람들의 울음소리가 들려왔으므로 가정은 가모가 잘못된 것이 아닌가 싶어서 놀란 가슴에 넋이 빠진 채로 부리나케 뛰어 들어갔는데, 들어가 보니 의외로 가모는 멀쩡하게 앉아서 그저 슬피 울고만 있는 것이었다. 가정은 그제야 마음을 놓으면서 사람들을 꾸짖었다.

"할머님께서 상심하고 계시면 곁에서 위로해 드리지는 못할망정, 어쩌자고 모두들 따라서 울고만 있는 게냐?"

가정이 나무라자 모두들 얼른 눈물을 그치고 움찔하며 서로의 얼굴을 바라보았다. 가정은 가모 앞으로 다가가 위로하고 나서 모여 있던 사람들에게 또 몇 마디 타일렀다. 이에 사람들은 모두 속으로 후회하였다.

'우리는 노마님께서 슬퍼하실까 봐 위로해 드리러 온 건데, 어쩌자고 그걸 잊고 모두 따라서 울기만 했단 말인가?'

그러고 있는데 할멈 하나가 사후史侯 댁에서 온 어멈 둘을 데리고 들어왔다. 그 어멈들은 가모에게 문안 인사를 드리고 나서 방 안에 있는 다른 사람들에게도 인사하며 말했다.

"저희 댁 대감님과 마님, 그리고 아가씨께서 저희를 보내 말씀을 전하셨습니다. 이 댁에 일어난 일은 별로 큰일이 아니라 그저 잠시 놀라셨을 뿐이라고 들으셨지만, 그래도 대감님과 마님께서 근심하고 계실 것이므로 저희들을 보내셨습니다. 이 댁 둘째 서방님은 별일 없으실 거랍니다. 저희 댁 아가씨께서 실은 직접 오시려고 했는데 며칠 안 있으면 출가해야 하는 몸이므로 오실 수가 없었습니다."

가모는 그 말을 듣고 감사하다는 말을 하기도 뭣하고 해서 그저 이렇게 말했다.

"돌아가서 안부를 전하여라. 이런 일을 당하게 된 것은 우리 집안의 피치 못할 운명이랄 수밖에 없구나. 너희 댁 대감님과 마님께서 염려해주신 것은 다음에 기회를 봐서 인사드리겠다고 말씀드리고. 그런데 너희 아가씨가 결혼하게 되었다니, 사위될 사람이야 보나마나 이를 데 없겠지만 그 집안 살림살이는 어떻고 하더냐?"

"집안 형편은 그다지 넉넉하지 못하지만 사위되시는 분이 아주 잘생겼고 인품도 훌륭하시답니다. 저희들도 몇 번 뵌 적이 있는데 얼핏 보기에 이 댁의 보옥 도련님과 비슷하더군요. 그리고 듣자니 재주와 학문이 모두 뛰어나시답니다."

가모는 그 말을 듣고 무척 기뻐하였다.

"우리는 모두 남방 사람들이라 비록 이곳에 오래 살았지만 큰일을 치를 때는 아직도 남방의 예법을 따르고 있어서 아직 아무도 사위될 사람을 만나보지 못했구나. 난 이전부터 친정식구들을 생각하면 그래도 너희 집 아가씨가 제일 사랑스러웠다. 일년 삼백육십일 가운데 이백 일이 넘게 내 곁에서 지냈기에 더욱 각별한 것 같구나. 그런데 벌써 이렇게 장성하다니. 진작부터 그 애한테 좋은 신랑을 얻어줘야겠다고 생각했는데, 그 애의 숙부가 집에 없고 나도 나서서 주관하기가 어려웠다. 그런데 그 애가 복이 있어서 좋은 신랑을 만났다니 나도 이젠 안심이 되는구나. 이달 안으로 혼례를 올린다면서? 나도 가서 잔치 술 한잔 얻어 마시고 싶건만 뜻밖에도 우리 집에 이런 일이 생겨서 내 속이 다 타버린 심정이니 어디 가볼 형편이 되겠느냐? 돌아가거든 나 대신 인사를 전해주고 이곳 사람들도 모두 안부와 인사를 전한다고 말씀드려라. 그리고 너희 집 아가씨께는 내 걱정 말라는 얘기를 각별히 전해주기 바란다. 난 여든도 넘은 사람이니 이제 당장 죽는다 해도 박복하다고는 할 수 없지. 그저 그 애가 시집가서 내외간에 화목하게 백년해로 할 수 있다면 나도 걱정을 덜겠구나."

가모는 이렇게 말하면서 자기도 모르게 눈물을 주르륵 흘렸다. 그러자 그 어멈이 가모를 위로했다.

"노마님, 그렇게 슬퍼하지 마세요. 아가씨께서 혼례를 올리고 나서 아흐레 만에 근친을 오시게 되면, 반드시 새 서방님과 함께 노마님께 문안드리러 오실 겁니다. 그때 반갑게 만나보시면 되잖아요?"

가모는 그 말에 고개를 끄덕였다. 어멈들이 돌아가고 난 뒤 다른 사람들은 그 일에 대해 그다지 신경 쓰지 않았지만, 보옥만은 그녀들의 말을 듣고 넋이 나간 채 생각에 잠겼다.

'요즘 들어 하루하루 지내기가 너무 울적해. 왜 사람들은 여자아이를 낳아 키워서는 꼭 시집을 보내려고 하는지 모르겠어. 시집만 갔다하면 딴사람처럼 변해버리는 것을. 상운이 같은 사람도 숙부의 강압에 못 이겨 시집가게 되었구나. 그 누이도 앞으로 나를 만나면 분명 아는 체도 하지 않을 거야. 사람이 아무도 상대해 주지 않는 지경에 처한다면 더 이상 살아서 무엇 하겠는가?'

생각이 여기에 미치자 보옥은 다시 서글퍼졌다. 그러나 가모가 이제 겨우 안정되었는데 자기가 울 수는 없었으므로 그저 울적한 마음으로 있을 따름이었다.

그때 가정이 안심이 되질 않았던지 다시 가모를 보러왔다가, 가모의 상태가 다소 좋아진 것을 보고 밖으로 나가 뇌대를 불렀다. 가정은 뇌대를 시켜 양쪽 부중에서 일을 맡아보는 하인들의 이름이 등록된 명부를 가져오게 해서 하나하나 점검했다. 가사에게 딸려 있다가 관가에 몰수된 자를 제외하고도 아직 삼십여 호가 남아 있었는데, 남녀 합해서 모두 이백스물한 명이나 되었다. 가정은 지금 부중에서 일을 맡아보는 남자하인 스물한 명을 불러다가 요 몇 년 동안의 일상경비에서 수입이 전부 얼마였으며 지출해야 했던 것은 얼마였는지를 물었다. 그것을 총괄하던 집사가 최근 몇 년간의 출납 장부를 가져다 바쳤다. 가정이 보니 수입보다 지출이 많았음은 물론이요 해마다 궁중에 관계되는 일로 밖에서 빌려다 쓴 비용도 적지 않았다. 또한 동성東省에서 거둬들이는 소작료를 살펴보니, 근년에 받은 것은 조상 때의 절반도 안 되건만 들어간 비용은 그때보다 열 배가 넘었다. 이런 형편을 알지 못했다면 몰라도, 이미 알게 된 이상 가정은 기가 막혀서 발을 구르며 화를 냈다.

"이거 정말 야단났구나! 가련이 놈이 집안일을 맡아보면서 살림을 야무지게 해나가는 줄로만 여겼는데, 벌써 몇 해째 다음 해에 쓸 돈을 미리 끌어다 쓰면서 이렇게 번지르르하게 겉치레만 하고 있었다니 기가 막힐 노릇이군. 세습직으로 받는 봉록까지도 대수롭지 않게 마구 써버렸으니 어찌 망하지 않을 수 있겠는가? 내가 이제부터 아무리 절약해서 쓴다 해도 이미 때는 늦었질 않은가."

가정은 뒷짐을 지고 왔다 갔다 하며 생각에 잠겼지만 도무지 뾰족한 수가 없었다. 여러 하인들은 가정이 집안 살림살이를 잘 모르기 때문에 공연히 걱정하며 속만 태우는 것이라고 여겼다.

"대감님, 그렇게 걱정하실 건 없습니다. 어느 집이나 다 마찬가지인 걸요. 통틀어서 말할 것 같으면 군왕 댁조차도 비용이 모자라는 형편이라고 합니다. 그럭저럭 견디면서 그저 체면치레나 하며 지내는 거랍니다. 이번에 대감께선 뭐니 뭐니 해도 주상 폐하의 은덕을 입으셨기에 이만한 재산이라도 남게 된 셈인데, 만일 모두 관가에 차압당했더라면 한 푼인들 쓰실 수 있었겠습니까?"

하인들의 말에 가정은 벌컥 화를 냈다.

"망할 놈들, 헛소리 작작해라! 너희 종놈들이야말로 이 세상에서 제일 양심 없는 것들이다. 상전의 형편이 좋을 때는 거기 기대서 제멋대로 써 제끼더니, 거덜 나고 나니까 상전이야 죽든 말든 갈 놈은 가고, 도망갈 놈은 도망가는 것들이 너희들 아니냐! 지금 네놈들은 내 집이 몰수당하지 않아서 다행이라고 하지만 항간에 떠도는 소문이 어떤지나 알고 주둥이를 놀리는 거냐? 지난날의 명성은 이미 뿌리째 흔들리는데도 네놈들은 바깥에서 허풍이나 떨고 큰소리나 쳐가며 남들을 속여먹고 있으니 우리가 어찌 견뎌낼 수 있겠느냐? 그러다가도 말썽이 생기면 네놈들은 모든 책임을 상전에게 덮어씌우기 일쑤지. 이번에 큰 대감님과 가진의 일만 해도 그렇다. 듣자니 우리 집 종놈 포이란 놈이 허튼 소리를 퍼뜨리고 다녔기 때문이라고 하던데, 이 명부에는 그 포이란 놈의 이름이 없으니 도대체 어찌 된 영문이냐?"

"그 포이란 자는 명부에 올라있지 않습니다. 전에는 녕국부의 명부에 올라있었는데 가련 서방님께서 그가 성실하다고 하시면서 그들 내외를 이쪽으로 불러왔습니다. 그랬다가 그의 여편네가 죽자 다시 녕국부로 되돌아갔습니다. 후에 대감님께서는 관청의 일로 바쁘시고, 노마님, 마님, 서방님들께서 국상으로 능에 가시게 되었을 때, 가련 서방님께서 대신 집안일을 맡아보시면서 또다시 데려왔다가 바로 되돌려 보냈습니다. 대감님께서는 지난 몇 해 동안 집안일은 도통 관여하지 않으셨으니, 이런 일들을 어찌 다 아실 수 있으시겠습니까? 대감님께선 지금 명부에 이름이 없는 자가 포이 하나뿐이라고 생각하시지만, 사실은 한 사람의 이름 아래 친척이 또 얼마나 붙어 있는지 모릅니다. 말하자면 하인 밑에 하인이 붙어있는 셈이지요."

"정말 큰일이로구나!"

가정은 기가 막혔지만 당장에 어떻게 해 볼 도리가 없었으므로 우선 하인들을 물러가게 한 후 속으로 단단히 다짐을 하였다. 잡혀간 가사 등에게 어떤 판결이 내려지는가를 보고 난 뒤에 손을 대도 델 참이었다.

하루는 가정이 서재에서 이 궁리 저 궁리를 하는데 별안간 하인 하나가 뛰어 들어와서 아뢰었다.

"대감님, 어서 빨리 입궐하시랍니다."

그 소리에 가정은 무슨 일인가 하고 불안에 떨며 입궐하였다. 좋은 일인지 나쁜 일인지 아직 알 수 없으니, 알고 싶으면 다음 회를 보시라.

散餘資賈母明大義
復歪職政老沐天恩

세습관직 회복한 가정

가모는 대의 지켜 남은 재물 나눠주고
가정은 천은 입어 세습관직 회복했네

散餘資賈母明大義　復世職政老沐天恩

가정은 입궐하여 추밀원의 여러 대신들을 만나보고, 또 여러 군왕들께도 인사를 드렸다. 북정왕이 가정에게 말했다.

"오늘 우리가 대감을 부른 것은 다름이 아니라 칙지에 따라 몇 가지 물어볼 일이 있어서 그런 겁니다."

그 말에 가정이 급히 무릎을 꿇었다. 그러자 여러 대신들이 가정에게 물었다.

"대감의 형님이 지방관과 결탁해서 세도를 믿고 백성들을 괴롭혔을 뿐만 아니라, 자제들의 도박을 방임하고 양민의 아내를 강제로 빼앗으려다가 뜻대로 되지 않자, 그 여자를 핍박하여 죽게 했다는 사실을 다 알고 계셨습니까?"

"이 죄인은 주상폐하의 은덕을 입어 학정으로 임명되었다가 임기가 끝난 후에는 난민구제 상황을 조사하는 일을 맡아본 뒤, 지난해 말에서야 집으로 돌아왔습니다. 그랬다가 또 공부에서 공사감독을 맡으라는 명을 받고 외지에 나갔으며, 그 후에는 강서양도로 임명되어 나갔다가 탄핵을 받고 경성으로 돌아와서 종전대로 공부에 출사하여 밤낮없이 정성을 다하고 있습니다. 그러다 보니 집안일에 대해서는 일체 신경을 쓰지 못했으므로 아무것도 아는 바가 없습니다. 자식들과 조카들을 제대로 가르치지 못하였으니 이 어찌 성은을 저버린 것이 아니겠습니까? 부디 주상 폐하께서는 이 죄인에게 중벌을 내려주시옵소서."

북정왕은 가정의 말을 그대로 상주하였다. 조금 있으려니 칙지가 하달되었고 북정왕은 그것을 받아서 가정에게 들려주었다.

"주상폐하께서는 가사가 지방관과 결탁하여 권세를 믿고 약한 자를 능욕했다는 어사의 탄핵 상주를 들으셨습니다. 처음에 어사는 가사가 평안주 장관과 서로 왕래하며 남의 소송사건을 도맡았음을 적발했다고 했는데, 가사를 엄하게 심문한 결과 그가 자백한 바에 의하면 평안주 장관과는 본래 친척관계에 있었기 때문에 왕래한 것이지 결코 관의 일에 간여한 적은 없다고 하셨습니다. 그 어사 또한 확실한 증거를 대지 못하였다고 합니다. 다만 가사가 권세를 믿고 석石씨 성을 가진 멍청이의 낡은 부채를 강제로 빼앗은 것만은 사실이나, 그 또한 한낱 노리개에 불과하니 양민의 물건을 강탈했다고는 보기는 어렵다고 하셨습니다. 그 바보가 나중에 비록 자살했다고는 하나 그것은 어디까지나 제광기 때문에 죽은 것이니, 핍박하여 죽음으로 내몰았다는 것과는 거리가 멀기 때문에 관대하게 처리하여 가사를 대참臺站[1]에 보내 힘써 속죄하게 하라고 하셨습니다.

다음으로 가진이 여염집 유부녀를 첩으로 삼으려다가 말을 듣지 않자 핍박하여 죽게 했다고 하였는데, 도찰원의 원안에 의하면 우이저尤

---

[1] 청나라 때 변방에 설치하였던 역참으로, 군사정보를 보고하고 공문을 전달하거나 죄인을 압송하는 등의 일을 맡아보았음.

二姐는 본시 어미의 뱃속에 있을 때 장화라는 자와 정혼하였는데, 장화가 가난한 탓에 스스로 원해서 파혼한 것이고 그 후 우이저의 어미가 가진의 아우에게 주어 첩으로 삼게 한 것이니 결코 강탈한 것은 아니라고 하셨습니다. 다음으로 우삼저尤三姐가 자살한 후 사사로이 매장한 일을 관에 보고하지 않은 죄는, 조사에 의하면 우삼저는 원래 가진의 처제였는데 가진이 그녀에게 배필을 골라주려고 했으나, 약혼자가 납채를 돌려달라고 요구한 데다 뭇사람들로부터 음란하다는 평판을 듣게 되자, 그녀 자신이 수치와 분을 이기지 못하여 자살한 것이지 가진이 죽음으로 몰아넣은 것은 아니라고 하셨습니다. 그러나 가진이 세습직에 있는 몸으로 법규를 무시하고 사사로이 시체를 매장한 죄는 마땅히 중벌에 처해야 한다고 하셨습니다. 단 그가 공신의 후예인 만큼 차마 죄를 물을 수 없기에 관대하게 처분하여 세습직을 삭탈하고 해변지역으로 보내 복역하며 속죄하게 하라고 하셨습니다. 그 다음 가용은 나이도 어리고 관련이 없으므로 석방한다고 하셨고, 끝으로 가정은 사실상 다년간 외직에 있었을 뿐만 아니라 벼슬자리에 있으면서 성실하고 근면하게 공무에 임했으므로 집안을 잘 다스리지 못한 죄를 면한다고 하셨습니다."

가정은 그 칙지를 전해 듣고 감격에 겨운 나머지 눈물을 흘리며 연신 엎드려 절하였다. 그리고는 주상께서 내려주신 은혜에 감격한 마음을 대신 상주해 주십사고 북정왕에게 머리를 조아리며 간청하였다.

"천은에 감사드렸으면 됐지, 그 이상 무엇을 또 상주하겠습니까?"

"죄인이 황공하옵게도 성은을 입어 큰 죄를 사면 받고 가산까지 돌려받게 되고 보니, 실로 부끄럽고 송구하여 몸 둘 바를 모르겠습니다. 그러므로 조상에게 물려받은 후한 봉록과 여태까지 모아온 재산을 모두 관에 바치고자 합니다."

"그렇지만 주상폐하께서는 아랫사람들에게 인자하시고, 형벌을 내림에 있어서도 공명정대하고 신중하시며, 상벌을 내림에도 차별을 두는 일이 없으시질 않습니까? 이번에 대감이 막대한 은혜를 입어 가산을 돌려받았는데 구태여 다시 상주할 필요가 있겠습니까?"

북정왕의 말에 다른 관원들도 모두 그럴 필요가 없다며 동의했다. 이에 가정은 천은에 사례하고 군왕에게 머리를 조아려 감사드린 후 궁궐에서 물러나왔다. 그는 가모가 얼마나 걱정하고 계실까 염려되어 급히 집으로 돌아왔다.

온 집안에서는 남녀노소를 막론하고 가정이 대궐에 불려들어 간 일이 길한 일인지 흉한 일인지 알 수 없어서 모두들 밖에서 소식을 알아보고 있었다. 가정이 집으로 돌아온 것을 보자 다들 다소 안심은 되었지만 아무도 감히 어떻게 되었는지는 묻지 못했다. 가정은 얼른 가모에게 가서 성은을 입어 죄를 사면 받게 된 연유를 자세히 말씀드렸다. 가모는 비록 마음이 놓이기는 했지만 세습직 두 자리를 잃은 데다가 가사가 대참으로 복역하러 가게 되고, 가진 또한 바닷가 변방지역으로 가게 되었다는 소식을 듣자 또다시 슬픔이 밀려왔다. 형부인과 우씨도 그 말을 듣고 서럽게 울기 시작했다.

이에 가정은 가모를 위로하였다.

"어머님, 안심하십시오. 형님은 비록 대참에서 복역하게 되었으나 그 역시 나라 일을 보는 것이니 그다지 고생스럽지는 않을 것입니다. 착실하게 근무를 잘하기만 하면 다시 복직이 될 수도 있습니다. 진이는 한창 젊을 때이므로 마땅히 나라를 위해 온 힘을 바쳐야 할 것입니다. 그러지 않고서는 조상들의 여덕餘德도 오래 누리지 못할 겁니다."

가모는 평소부터 가사를 별로 마음에 들어 하지 않았고, 동쪽 부중의 가진은 한 치 건너 두 치라고 아무래도 거리가 있는 셈이었으므로 잠시 후 마음을 가라앉혔다. 그러나 형부인과 우씨만은 통곡을 그치지 않았다. 그러면서 형부인은 생각했다.

148

'재산은 하나도 남김없이 몰수당한 데다 남편마저 늙은 몸으로 멀리 귀양 가는 신세가 되었구나. 슬하에 비록 가련이 있다고는 하나 평소부터 제 숙부의 말만 따르고 있던 차에, 이제는 숙부의 도움 없이는 살 수 없게 되었으니 그들 내외는 더욱더 그쪽에 가서 붙을 것이다. 이제 나 혼자만 외톨이가 되었으니 장차 이 일을 어쩌면 좋단 말인가?'

우씨는 본래 녕국부의 살림살이를 도맡아 하고 있었기에 가진을 제외하고는 자기가 제일 어른인 셈이었으며 가진과 부부간의 금슬도 아주 좋았었다. 그런 우씨는 우씨대로 이런 생각을 했다.

'지금 남편은 죄를 짓고 멀리 귀양 가게 되었고 가산은 모조리 몰수당하여 영국부에 얹혀사는 신세가 되었구나. 비록 노마님께서 아껴주신다고는 하나 어쨌든 남의 신세를 지고 사는 셈이다. 해란과 패봉이까지 데리고 있는 형편이고, 용이 내외도 집안을 일으켜 세울 만한 것들이 못된다.'

그러면서 또 이런 생각도 들었다.

'이저와 삼저의 일은 모두 가련이 때문에 일어났는데도 가련네는 지금 아무 일 없이 여전히 두 부부가 한 지붕 아래 살고 있고 우리 몇 사람만 이렇게 남겨졌으니 앞으로 어떻게 살아가야 한단 말인가!'

이런 생각을 하니 우씨는 통곡하지 않을 수 없었다.

가모는 차마 그냥 보고만 있을 수 없어서 가정에게 물었다.

"네 형과 진이는 이미 판결이 내려졌다니 이제 집으로 돌아올 수 있질 않겠느냐? 용이는 죄가 없다니 곧 풀려 나오게 될 것이고."

"규정에 따르면 형님은 집으로 돌아올 수 없습니다. 그렇지만 제가 중간에 사람을 넣어서 형님과 진이가 집으로 돌아와서 길 떠날 차비를 할 수 있게 해달라고 하였더니 관에서 허락해주었습니다. 용이는 아마도 조부와 부친을 모시고 나오려는 모양입니다. 그러니 어머님께서는 안심하십시오. 제가 알아서 하겠습니다."

"나도 요 몇 해 째 늙어서 사람구실을 못하는 바람에 집안일은 통 문지도 않고 지냈구나. 이번에 동쪽 댁이 전부 수사를 당해 가산을 몰수당한 것은 말할 나위도 없고, 네 형과 련이의 재산도 모두 몰수당하질 않았느냐? 그런데 넌 우리 집 금고와 동성東省의 토지가 도대체 얼마나 남아 있는지 알고 있느냐? 네 형과 진이가 떠나는데 아무래도 수천 냥쯤 쥐어 보내야 할 것 같구나."

가정은 그렇지 않아도 걱정하고 있었는데, 가모가 묻자 내심 난감했다.

'사실대로 말씀드리자니 어머님께서 크게 걱정하실 테고, 말씀드리지 않자니 앞으로는 고사하고 지금 당장의 일은 어찌 한단 말인가?'

그러다가 가정은 마침내 사실대로 말씀드리고자 마음을 정했다.

"어머님께서 묻지 않으셨다면 소자는 감히 말씀드릴 엄두도 내질 못했을 겁니다. 그렇지만 지금 어머님께서 물으셨고 련이도 이 자리에 있으니 사실대로 말씀드리겠습니다. 어제 소자가 벌써 조사해 봤는데 금고는 진작부터 비어 있었습니다. 게다가 돈을 다 써버린 것은 물론이고 남의 빚까지 얻어 썼더군요. 이번 형님의 일은 비록 주상 폐하의 은혜가 내려진 것이라고는 하나, 돈을 써서 부탁하지 않으면 형님과 진이는 대접받지 못할 것입니다. 문제는 그 돈을 마련할 길이 막막하다는 겁니다. 동성의 소작료는 이미 다음 해 것까지 앞당겨 받았으니 당장은 거기서 얻어 낼 것이 없는 형편입니다. 그러니 어쩔 수 없이 성은을 입어 몰수당하지 않은 옷가지며 장신구들을 돈으로 바꿔 형님과 진이의 노자를 마련해 주는 수밖에 없습니다. 앞으로 살아갈 일에 대해서는 차차 생각해 보기로 하겠습니다."

가모는 그 말을 듣자 억장이 무너지고 눈물이 비 오듯 흘러내렸다.

"어쩌면 좋으냐? 우리 집안이 어쩌다가 이 지경에 이르렀단 말이냐! 나는 비록 겪어보진 않았으나 내 친정집도 이전에는 여기보다 열 배나 잘 살았지만, 몇 년 허세를 부리다 보니 이런 일이 없었는데도 가세가 기울어서 일이 년 내 몰락할 지경에 이르렀다. 그런데 네 말대로라면 우리 집안도 이젠 한두 해밖에 더 지탱할 수 없겠구나."

"만일 세습직 두 자리의 봉록이 그대로 들어온다면 그래도 밖에서 어느 정도 변통할 수 있겠으나, 지금은 그것도 없으니 누가 돈을 빌려주려고 하겠습니까?"

가정은 눈물을 줄줄 흘리며 다시 말을 이었다.

"친척들도 두루 생각해 보았지만 우리에게 돈을 빌려갔던 사람들은 모두 어려운 형편이고, 빌려가지 않았던 사람들은 아예 아무도 도와줄 생각을 않고 있습니다. 어제 소자가 하인들의 명부를 대충 훑어보았는데 앞으로 저희들 쓸 돈이 나올 구멍이 없는 것은 말할 것도 없으니 하인도 예전처럼 많이 부릴 수는 없을 것 같습니다."

가모가 한창 수심에 잠겨 있는데 가사, 가진, 가용이 함께 들어와서 문안 인사를 올렸다. 가모는 그들이 들어오는 것을 보고 한 손으로는 가사의 손을 잡고, 다른 한 손으로는 가진의 손을 잡고 대성통곡하기 시작했다. 그렇지 않아도 가사와 가진은 부끄럽기 그지없었는데 가모가 울자 모두 마룻바닥에 무릎을 꿇고 눈물을 흘렸다.

"저희들이 어리석고 못난 탓에 조상님이 쌓으신 공훈을 무너뜨리고 어머님까지 이토록 상심하게 해드렸으니, 죽어도 묻힐 곳이 없을 겁니다!"

방 안에 모여 있던 사람들은 그 광경을 보고 또 한바탕 울음을 터뜨렸다. 그러나 가정은 그들을 만류하지 않을 수 없었다.

"진정하십시오. 지금은 무엇보다도 형님과 진이에게 필요한 경비를 마련하는 일이 시급합니다. 집에 머물 수 있는 날이 아마 하루이틀밖에 되지 않을 겁니다. 그 이상은 관아에서 허락하지 않을 거예요."

그제야 가모는 눈물을 거두고 가사와 가진에게 말했다.

"너희 둘은 각자 자기 방으로 돌아가서 집안 식구들과 얘기를 나누도
록 해라."

그리고는 가정에게 분부를 내렸다.

"이 일은 지체할 것이 못된다. 생각해 보니 다른 데서 빌려봤댔자 융
통이 될 것 같지도 않은데, 그러다가 주상폐하께서 정해주신 날짜까지
어기면 큰일이 아니겠느냐? 아무래도 내가 마련해 주는 수밖에 없을 것
같구나. 이렇게 집안에 앉아서 걱정만 해봤자 소용없는 일이다."

가모는 그렇게 말하면서 원앙을 불러 무엇인가를 시켰다.

한편 가사 등은 가모의 처소에서 물러 나온 후 가정과 마주앉아 또 한
차례 울면서 지금까지 제멋대로 살았던 것을 후회하고 이제는 서로 이
별할 수밖에 없는 슬픔을 나누었다. 그런 다음 각자 자기 방으로 가서
아내와 함께 이별의 슬픔을 달랬다. 가사는 이미 나이가 많았으므로 그
래도 아내와 이별해서 지낼 수 있겠지만, 젊디젊은 가진과 우씨는 어찌
이별을 견딜 수 있겠는가! 가련과 가용 두 사람도 각자 자기 아버지를
붙잡고 슬프게 울었다. 비록 변방의 군대로 수자리하러 가는 것에 비해
감형이 되었다고는 하나 어쨌든 생이별인 것만은 틀림없었다. 그렇지
만 일이 이 지경에 이른 이상 모두들 독한 마음을 먹고 참을 수밖에 없
는 노릇이었다.

한편 가모는 형부인과 왕부인을 불러서 원앙과 함께 상자와 바구니
등을 열게 하여, 시집와서부터 지금까지 모아두었던 물건들을 모두 꺼
내서 가사, 가정, 가진 등을 불러다 일일이 나누어주었다.

"지금 여기 있는 돈에서 큰사람한테 3천 냥을 줄 것이니, 그 가운데 2
천 냥은 네가 노자로 쓰고 1천 냥은 네 댁에게 줘서 용돈으로 쓰게 해
라. 진이에게도 3천 냥을 줄 테니 너는 1천 냥만 가지고 떠나고 2천 냥
은 네 댁에게 줘서 생활하게끔 해라. 그래서 전과 같이 각자 딴 살림을
하도록 해라. 집은 함께 쓰지만 식사만은 따로 하는 거야. 앞으로 있을

석춘의 혼사도 내가 맡겠다. 불쌍한 건 희봉이로구나. 한평생 잘살아보겠다고 노심초사하더니만 이제는 빈털터리가 되고 말았으니, 그 애한테도 3천 냥을 줄 테니 잘 간수하라고 해라. 런이는 절대 손대지 못하게 하고 말이다. 희봉인 여전히 병중이라 맥을 놓고 있으니 평아더러 가지고 가라고 해라. 이것은 네 조부께서 남기신 옷이고, 또 이건 내가 젊었을 때 입었던 옷가지며 장신구들이다. 이젠 나한테 쓸모가 없으니 조부의 옷은 큰 사람과 진이, 런이, 용이가 각각 나눠 갖도록 하고 내 옷과 장신구들은 큰며느리와 진이댁, 그리고 희봉이가 각기 나눠 갖도록 해라. 그리고 이 5백 냥은 런이에게 맡길 테니 내년에 대옥의 영구를 남방으로 옮겨 갈 때 쓰도록 해라."

가모는 이렇게 다 나눠주고 나서 가정에게 말했다.

"네 말을 들으니 아직 바깥에 빚이 있는 모양이더구나. 그것도 갚지 않으면 안 될 것이니 이 금덩이를 팔아서 갚도록 해라. 이 모두가 다 저 애들이 저질러 놓은 일들을 뒤치다꺼리 하는 건데, 너도 내 자식인 이상 차별을 두고 싶진 않다. 보옥이도 이미 장가를 들었으니 그 애에게 이 금은붙이를 모두 주도록 하겠다. 아마 팔면 수천 냥은 족히 될 것이다. 큰손부는 여태까지 내게 효성을 다했고 난이도 착한 애니까 그 애들 모자에게도 조금 나누어주도록 하겠다. 자, 그러면 이걸로 내 일은 끝난 셈이다."

가정은 모친이 이렇듯 사리가 분명하게 일을 처리하는 것을 보고, 그곳에 있던 다른 이들과 함께 꿇어 엎드려 울면서 말했다.

"어머님께서 이렇게 연로하시도록 자손들이 아무런 효도도 하지 못했는데, 거꾸로 이런 은혜까지 베풀어주시니 저희들은 정녕 몸 둘 바를 모르겠습니다."

"그런 쓸데없는 소린 그만두어라. 이런 난리만 없었더라면 내가 그냥 지니고 있었을 게다. 그건 그렇다 치고, 지금 우리 집엔 하인들이 너무 많은 것 같구나. 벼슬을 살고 있는 분은 둘째 대감 한 사람뿐이니까 몇 명만 남겨두면 되질 않겠느냐? 너는 당장 집사에게 하인들을 전부 불러다 적당하게 처리하도록 분부해라. 집집마다 부릴 사람만 있으면 될 테니 말이다. 그때 모조리 차압을 당했더라면 정말 어쩔 뻔했느냐? 우리 안식구들한테 딸린 시녀들도 사람을 시켜 줄이도록 해야겠다. 짝을 지어줄 건 짝을 지어주고, 남에게 줘서 내보낼 건 내보내도록 해라. 이 집은 관에 몰수당하지 않았다만, 아무래도 대관원만은 나라에 바치는 게 좋을 것 같구나. 그리고 저 동성의 전답은 원래대로 가련이에게 맡겨 정리하게 해서 팔 것은 팔고 남길 것은 남기도록 해라. 앞으로는 절대 허영을 부려서 겉치레만 번드르르하게 해서는 안 되느니라. 그리고 이왕 말이 났으니 하는 말이다만 강남의 진씨 댁으로부터 얼마쯤 받아둔 돈이 있는데 지금 둘째 댁네가 맡아두고 있을 테니까, 그것도 이참에 사람을 시켜 보내도록 해야겠다. 만일 앞으로 또 무슨 일이라도 생기는 날에는 그야말로 그 사람들은 비를 피하려다 폭풍을 만나는 격이 되고 말 테니까 말이다."

가정은 본래 살림살이에는 깜깜한지라 가모의 말을 하나하나 새겨들으면서 속으로 감탄해 마지않았다.

'어머님께서는 참으로 살림살이 수완이 좋으신 분이 아닐 수 없다! 다 우리 자손들이 못나서 집안을 이 꼴로 만들고 말았구나.'

가정은 가모가 피곤해 하는 것을 보고 좀 쉬시라고 권했다. 그러나 가모는 말을 계속 이었다.

"이제 내게 남은 것은 얼마 되지 않으니 내가 죽거든 장례비용으로 쓰도록 하여라. 그리고도 남는 게 있으면 내 시중을 들던 시녀들에게 주어라."

가정 등은 그런 말까지 듣자 더욱 슬픔에 겨워 모두들 무릎을 꿇었다.

"어머님, 부디 마음을 편히 잡수십시오. 어머님 덕분으로 이 어려운

시기를 잘 넘기고 주상폐하의 은총을 받게 되는 날에는 저희들이 전심전력으로 집안을 일으켜서 지난날의 허물을 벗고 백세까지 장수하시도록 효성을 다하겠습니다."

"그렇게 될 수만 있다면 얼마나 좋겠느냐? 그럼 죽어도 조상님들 대할 면목이 서겠다만. 너희는 내가 호강만 할 줄 알지 가난은 견디지 못하는 사람이라고 여기지 마라. 지난 몇 년간은 너희가 흥청망청 즐겁게 지내기에 나는 일체 상관하지 않고 희희낙락하면서 내 몸 챙기는 데만 신경을 썼다. 그런데 가세가 이렇게까지 기운 줄은 정말 몰랐구나. 겉은 번지르르 하지만 속이 비었다는 것을 진작부터 눈치는 채고 있었다. 다만 '환경에 따라 기질이 달라지고, 양생에 따라 체질도 달라진다'는 말도 있듯이 체면상 갑자기 씀씀이를 줄일 수 없기에 그대로 놔뒀던 거야. 그러니 이번 기회에 잘 수습해서 가문을 지켜나가야겠다. 그렇지 않다간 남의 웃음거리가 되고 말 게다. 너희는 날 아직 잘 모를 것이다. 가난뱅이가 된 걸 알면 내가 견디지 못하고 죽을 거라고 생각하겠지만 난 그런 사람이 아니야. 나는 늘 마음속으로 조상님들의 크나큰 공훈을 생각하면서, 어느 하룬들 장차 너희가 조상님들보다 더 훌륭하게 돼서 그 공훈을 지켜나갈 수 있기를 바라지 않은 날이 없다. 그런데 저 큰사람과 진이, 둘이서 이런 일을 저지를 줄이야 어찌 알았겠느냐!"

가모가 이렇게 일장 훈계를 하고 있을 때, 풍아가 허둥지둥 뛰어 들어와서 왕부인에게 아뢰었다.

"오늘 아침 저희 아씨께서 바깥소식을 전해 들으시고 한바탕 우시더니, 지금은 숨도 제대로 쉬지 못하고 계십니다. 평아 언니가 급히 마님께 아뢰라고 해서 달려왔어요."

풍아의 말이 채 끝나기도 전에 가모가 물었다.

"도대체 어떻게 된 일이냐?"

왕부인이 대신 여쭈었다.

"지금 희봉의 상태가 아주 안 좋은 모양이에요."

그러자 가모가 몸을 일으키며 말했다.

"아이고, 이 원수들이 기어코 나를 말려죽일 셈이로구나!"

그러면서 가모는 직접 가보겠다며 부축해달라고 하였다. 가정이 그런 가모를 급히 말리고 나섰다.

"어머님께서는 오랫동안 상심하고 계셨던 데다가 또 적지 않은 일들을 지시하시느라고 피곤하실 테니까 이제는 좀 쉬셔야 합니다. 손부한 테 무슨 일이 생겼다 해도 제 안사람더러 가보라고 하시면 되질 않습니까? 몸소 가보실 필요까진 없으십니다. 만일 가보셨다가 더욱 상심하셔서 병환이라도 나시면 자식 된 저희들은 어쩌란 말씀입니까?"

"너희는 이제 그만 물러갔다가 나중에 다시 오도록 하여라. 할 얘기가 아직 더 있으니까."

가정은 더 이상 아무 말 하지 못하고 물러 나와서 형님과 조카가 행장 꾸리는 것을 도와주고, 또 가련에게 그들을 따라갈 하인을 골라놓으라고 분부했다. 그제야 가모는 원앙 등에게 일러서 희봉에게 줄 물건들을 시녀에게 들려서 희봉을 보러 갔다.

희봉은 숨도 제대로 쉬지 못하고 할딱이고 있었다. 너무 울어서 눈이 새빨개졌던 평아는 가모가 왕부인과 보옥, 보차를 데리고 온다는 소리에 급히 마중을 나왔다.

"지금은 좀 어떠냐?"

가모가 묻자 평아는 놀라게 해드리면 안 된다는 생각에 우선 대답했다.

"지금은 좀 나아졌어요. 이렇게 오셨으니 안으로 들어가서 좀 보세요."

그러면서 평아는 얼른 한 걸음 앞서서 살며시 휘장을 걷어 올렸다. 인기척이 나자 희봉이 눈을 떴다. 가모가 온 것을 본 희봉은 부끄러운 마음을 금할 수가 없었다. 희봉은 가모 등이 자기가 저지른 일을 괘씸하게 여겨 이전처럼 아껴주기는커녕 죽든 살든 상관하지 않을 거라 생각했는데, 이렇게 뜻밖에도 몸소 찾아주시니 가슴이 갑자기 탁 트이는 것 같고 막혔던 숨도 어느 정도 뚫리는 것 같아서 억지로 몸을 가누며 일어나 앉으려고 했다. 그러자 가모는 평아더러 일어나지 못하게 하라고 일렀다.

"일어나지 마라. 그래, 좀 나아졌느냐?"

희봉은 눈물을 흘리며 대답했다.

"제가 어려서 이 댁에 온 이후로 할머님이나 숙모님께서 얼마나 저를 사랑해 주셨는지 모릅니다. 그런데 제가 복이 없는 건지 아니면 도깨비에게 홀려 제정신이 아니었는지, 할머님께 효성을 다하지 못했을 뿐만 아니라 시부모님도 기쁘게 해드리질 못했습니다. 그런데도 저를 사람대접 하셔서 집안 살림살이를 맡겨 주셨는데, 제가 그만 집안을 이렇게 엉망진창으로 만들어 놓았으니 무슨 염치로 할머님과 숙모님의 얼굴을 대할 수 있겠습니까! 오늘 이렇게 할머님과 숙모님께서 찾아와 주시니 몸 둘 바를 모르겠습니다. 정말이지 사흘 살 목숨이 이틀로 줄어드는 것만 같습니다."

이렇게 말하면서 희봉은 흐느껴 울었다.

"이번 소동은 바깥에서 일어난 건데 너하고 무슨 상관이 있다고 그러느냐? 네 재물을 몽땅 몰수당하기는 했지만 그게 뭐 그리 대수로운 일이겠느냐. 자, 여기 네게 주려고 가지고 온 물건들이 많으니 좀 보려무나."

그러면서 가모는 물건들을 가져오게 하여 희봉에게 보여 주었다.

희봉은 본래 욕심이 한정 없는 여자였기에 이번에 재산을 깡그리 몰수당하고 보니 마음의 고통이 이루 말할 수가 없었다. 게다가 다른 사람들의 원망까지 듣게 되었으므로 살고 싶은 생각이 눈곱만큼도 없던 차에, 가모가 여전히 자기를 아껴줄뿐더러 왕부인도 책망하지 않고 찾아와 위로해주었으며 가런도 아무 일 없이 무사한 것을 생각하고는 어느 정도 마음이 안정되었다. 그래서 누운 채 베개 위에서 가모에게 절을 하였다.

"할머님, 부디 안심하세요. 만일 할머님 덕분에 제 병이 낫게 된다면 저는 허드렛일 하는 시녀가 돼서라도 있는 힘을 다해 성심성의껏 할머님과 숙모님을 모시겠어요."

가모는 희봉의 말을 듣고 가슴이 아픈 나머지 눈물을 흘리지 않을 수 없었다. 보옥은 여태까지 이런 풍파를 겪어본 적 없이 안락함만 알았지 근심 걱정 따위는 모르고 살아왔었다. 그런데 지금은 여차하면 울 일뿐이므로 등신 중에도 상등신이 되어서 우는 사람을 보기만 하면 공연히 자기도 따라 울기 시작했다.

희봉은 모두가 수심에 잠겨있는 것을 보자 제 편에서 도리어 가모를 위로하는 말 몇 마디를 건넸다.

"할머님과 숙모님께서는 부디 안심하시고 돌아가세요. 제가 좀더 나아지면 인사드리러 가겠어요."

그러면서 머리를 쳐들었다. 그러자 가모가 평아에게 일렀다.

"정성껏 시중들도록 해라. 무엇이든 부족한 게 있으면 나한테 와서 달라고 하고."

이렇게 말하면서 가모가 왕부인을 데리고 자기 처소로 돌아가려고 하는데 두어 군데에서 울음소리가 들려왔다. 가모는 차마 들을 수가 없어서 왕부인더러 돌아가라고 말하고 보옥에게 일렀다.

"가서 큰아버지와 큰형님께 작별인사 올리고 곧바로 돌아오너라."

그리고는 침상에 드러누워 눈물을 흘렸다. 다행히 원앙 등이 여러 가지 말로 위로했기 때문에 가모는 그런대로 진정할 수 있었다.

가사 집안의 이별은 실로 비통하기 그지없었다. 그들을 따라가는 하인들도 누가 원해서 가는 것이겠는가? 그러니 원망이 가득해서 불평이 끊이질 않았다. 생이별이란 사별보다 더 쓰라리고, 떠나는 사람보다 보내는 사람의 마음이 더욱 아픈 법. 천하에 떵떵거리던 영국부가 지금은 이렇듯 울음바다가 되고 만 것이다.

법도를 유달리 잘 지키며 예절에도 밝은 가정은 손을 잡고 석별의 정을 나눈 후, 먼저 말을 타고 성 밖까지 나가서 이별주를 마시며 전송하였다. 그러면서 공신을 불쌍히 여겨 기회를 준 것이니 전심전력으로 나라에 이바지해야 한다면서 신신당부를 하였다. 가사 등은 눈물을 뿌리며 제각기 떠나갔다.

가정이 보옥을 데리고 집으로 돌아오니, 집 안에 들어서기도 전에 문앞에 숱한 사람들이 모여서 와글와글 떠들고 있는 것이 보였다.

"오늘 칙지가 내려와서 영국공의 세습직을 가정 대감이 이어받게 되셨다는군."

그들은 그렇게 떠들어대면서 축하금을 내라고 하였기 때문에 문지기들이 그들과 한창 실랑이를 벌이고 있었다.

"본래부터 이어 받은 세습직을 우리 대감께서 물려받으신 것뿐인데 그게 무슨 기쁜 소식이라고 그래?"

"그 세습직의 영예는 무엇보다도 얻기 어려운 거야. 당신네 큰 대감께서 잘못을 저질러서 그걸 잃었으니 두 번 다시 얻기는 그야말로 어려운 일이 아닐 수 없지. 그런데 지금 하늘같이 은혜가 높으신 천자께서 죄를 용서하시고 둘째 대감님께 세습하게 하셨으니, 실로 천년에 한번 있을 경사인데 어찌 축하금을 안 낸다는 거야?"

이렇게 실랑이를 벌이고 있을 때 가정이 당도하였으므로 문지기가 이 사실을 가정에게 아뢰었다. 가정은 비록 기쁘기는 하였으나 어디까지나 이것은 형이 죄를 지은 데서 벌어진 일이므로 만감이 교차하여 눈물이 흘렀다. 그렇지만 가정은 얼른 안으로 들어가서 가모에게 이 사실을 알렸다. 가모가 상심해 있을까 봐 건너와서 위로하던 왕부인도 세습직이 복원되었다는 소식을 듣고 기뻐한 것은 말할 것도 없었다. 가정이 들어오자 가모는 가정의 손을 잡고 더욱 충성을 다해 황은에 보답하라는 말을 하였다. 그 소식을 듣고 형부인과 우씨만은 오히려 슬픔이 북받쳐 올랐지만 그런 내색을 할 수는 없었다.

한편 권세에 아부하는 외부의 친척과 친구들은 얼마 전 가씨 부중에 말썽이 생겼을 때는 모두들 멀찌감치 피해서 얼씬도 안 하더니, 이번에 가정이 세습직을 이어받게 되자 천자의 은총이 아직 두텁다는 것을 알고 축하인사를 하러 우르르 몰려들었다. 그러나 워낙 천성이 순박하고 온후한 가정은 자기가 형의 세습직을 물려받은 것이 마음에 걸려서 내심 괴로워하였다. 그렇지만 천자의 은혜에 대해서만은 감격해 마지않았다.

가정은 이튿날 입궐하여 황은에 감사를 올린 다음, 돌려받은 집과 대관원을 모두 관아에 바치겠다고 상주하였다. 그러나 내정內廷에서 그럴 필요 없다는 칙지가 내려왔으므로 그제야 가정은 안심을 하였다. 집으로 돌아온 가정은 앞으로 더욱 본분을 지키고 직무에 충실해야겠다고 마음먹었다. 그러나 가계가 궁색해져 나가는 것은 많고 들어오는 것은 적었으며, 이렇게 되고 보니 가정은 밖에서 교제조차 제대로 할 수가 없게 되었다.

가정이 고지식한 데다가 희봉은 병이 나서 집안 살림을 맡아보지 못하게 되고, 가련은 하루하루 늘어가는 결손을 이기지 못하자 집을 전당 잡히고 전답을 팔아버리게 되었다. 형편이 이렇게 되자 하인들 가운데 돈푼이나 있는 몇몇은 가련이 돈을 빌려달라고 성가시게 굴까 봐 모두 궁색한 체하며 피해 다니는가 하면, 심지어 어떤 자는 휴가를 얻어서 나오지도 않은 채 저마다 살길을 찾고 있었다.

그런데 유독 포용包勇만은 영국부에 온 지 얼마 되지 않아서 불상사가 나는 것을 보았지만, 그럴수록 성심껏 일했으며 상전을 속이는 자들을 보면 분개하곤 했다. 그렇지만 그는 새로 온 하인이기 때문에 한마디도 끼어들 처지가 못 되었으므로 화를 이기지 못하고 매일같이 밥만 먹으면 드러누워서 자기가 일쑤였다. 다른 하인들은 포용이 자기들과 한패가 되지 않는 것을 못마땅하게 여긴 나머지, 그가 하루 종일 나쁜 짓만 일삼고 제 할 일도 하지 않는다고 고자질했다.

그러나 가정은 그런 말에 귀를 기울이지 않았다.

"제멋대로 하게 그냥 내버려둬라. 진씨 댁에서 천거해 보낸 사람이므로 내 맘대로 하기가 쉽질 않구나. 기껏해야 먹는 입 하나가 더 붙어있는 셈인데 비록 궁색해졌다고는 하나 그놈 하나 더 있다고 어찌 되는 건 아니잖느냐."

그러면서 가정은 그를 내쫓지 않았다. 일이 마음대로 되지 않자 여러 하인 놈들은 이번에는 가련에게 가서 포용의 험담을 늘어놓으며 고자질을 했다. 그렇지만 가련도 이전처럼 권세를 부릴 처지가 아니었으므로 그저 듣기만 할 뿐이었다.

그러던 어느 날, 포용이 울분을 참다못해 술을 몇 잔 마시고 영국부 거리를 한가롭게 거닐고 있다가 마침 웬 사람 둘이서 주고받는 이야기를 듣게 되었다.

"이봐, 이렇게 큰 대갓집이 지난번에 몰수당했는데 지금은 어찌 되었는지 모르겠는걸?"

"저런 댁이 그렇게 쉽게 망하겠어? 듣자니 궁중의 어느 황후마마가 저 댁 따님이셨대. 비록 지금은 돌아가셨다지만 그래도 그 뿌리만은 남아있는 법 아니겠어? 게다가 보아하니 저 댁에 드나드는 분들은 모두 왕공이 아니면 후백 같은 귀족들이니 뒤를 봐주지 않을 리가 있어? 이전에 병부의 장관을 지냈던 지금의 부윤도 그 댁과는 친척간이라면서, 그런 분들이 어찌 그 댁을 보호해 주지 않겠어?"

"자넨 여기서 살았다면서 아무것도 모르는군! 다른 사람은 몰라도 그 부윤이라는 사람만큼은 정말 매몰찬 사람이야! 난 그가 양쪽 부중에 드나드는 것을 노상 봐왔었어. 지난번에 어사가 탄핵했을 때 천자님께선 그 부윤에게 다시 조사하라고 명하셨대. 그런 다음 처리하려고 하신 거지. 그런데 그 부윤이라는 자가 어떻게 했는지 알아? 그는 원래 양쪽 부중 덕분에 출세한 사람인데 자기가 친척을 비호한다는 말을 들을까 봐 모질게 발로 차버렸다는 거야. 그래서 양쪽 부중이 마침내 철저하게 몰수당했지 뭐야. 그러니 요즘 세상인심이 얼마나 사나운지를 알겠지?"

그들 두 사람은 무심코 한담을 나누고 있었기에 곁에서 누군가 엿듣고 있다는 것은 까맣게 모르고 있었다. 그 얘기를 죄다 엿들은 포용은 속으로 이런 생각을 하였다.

'천하에 그런 배은망덕한 인간이 또 어디 있단 말인가? 그런데 그놈은 우리 주인님과 어떤 사이인지 모르겠구나. 내가 그놈을 만나기만 하면 단번에 때려죽이고 말 테다. 그 다음 일은 내가 책임지면 될 게 아닌가.'

포용이 술 한잔 마신 김에 이런저런 허튼 생각을 하고 있는데 별안간 저쪽에서 길을 비키라는 호령이 들려왔다. 포용이 멀찌감치 비켜서 있으려니까 아까 그 두 사람이 나지막하게 수군거리는 것이었다.

"저기 오는 자가 바로 그 가부윤이라네."

포용은 그 말을 듣고 화가 치밀어 올라서 술기운을 빌어 냅다 큰소리를 질러댔다.

"양심도 없는 개자식 같으니라고! 어떻게 우리 가씨 댁 은혜를 그렇게 저버릴 수 있단 말이냐?"

가우촌은 가마 안에서 '가賈'라는 한마디를 듣고 유심히 살펴보니 웬 주정뱅이였으므로 아랑곳하지 않고 지나쳤다. 포용은 술에 취해 뭐가 뭔지도 모르면서 득의양양하게 집으로 돌아와서 함께 있는 동료에게 조금 전에 지나간 사람이 누군지를 물었다. 그랬더니 그가 바로 이 댁의 천거로 출세한 사람이라는 것이었다. 그래서 자랑삼아 큰소리를 쳤다.

"그자는 받은 은혜를 잊지 않는 것은 고사하고 도리어 이 댁을 걷어찬 놈이야. 그래서 내가 욕을 몇 마디 퍼부었더니 끽소리도 못하던걸."

그런데 그 동료라는 자는 본디 포용을 못마땅하게 여기고 있었다. 하지만 상전이 가만히 놔두고 있었기 때문에 어쩔 수 없었는데, 오늘 포용이 밖에 나가서 말썽을 부린 것을 알자 일러바치지 않을 리가 없었다. 그는 가정이 한가한 틈을 타서 포용이 술을 마시고 거리에서 행패를 부렸노라고 고자질하였다. 가정은 그렇지 않아도 또 무슨 풍파라도 일어날까 봐 조심하던 차에 하인이 고하는 소리를 듣고 벌컥 화를 냈다. 그는 포용을 불러다 몇 마디 욕을 하고는 대관원지기로 보내면서 앞으로는 밖으로 나다니지 말라고 단단히 단속해두었다. 포용은 원래 성미가 대쪽 같은 사람인지라 일단 이쪽 상전을 섬기러 온 이상 일편단심으로 섬기느라고 그랬던 것이다. 그런데도 가정이 다른 사람의 말만 듣고 자기를 나무랄 줄은 생각지도 못했다. 그러나 감히 아무런 말도 할 수 없었으므로 짐을 꾸려 대관원으로 들어가서 그곳을 지키며 정원에 물주는 일을 맡아보았다. 그 후의 일이 어떻게 되었는가는 다음 회를 보시라.

強歡笑蘅蕪慶生辰
死纏綿瀟湘聞兔哭

사무치게 그리운 임대옥

억지 흥을 돋우어 설보차의 생일을 축하하고
죽어도 못 잊는 마음 소상관의 귀곡성을 듣네

强歡笑蘅蕪慶生辰　死纏綿瀟湘聞鬼哭

가정은 가옥과 대관원을 관아에 바치겠다고 상주하였으나 궁중에서
허락하지 않은 데다가, 이제는 아무도 살고 있지 않았으므로 대관원을
봉쇄하는 수밖에 없었다. 그런데 대관원이 우씨와 석춘의 처소와 인접
해 있고 인적도 없이 너무나 넓고 허전하게 텅 비어 있었으므로 포용에
게 벌주는 셈치고 황폐해진 그곳을 지키게 하였던 것이다. 가정은 집안
살림을 맡아보면서 가모의 명을 받들어 점차 사람을 줄이고 매사에 절
약하느라고 하기는 했지만 여전히 지탱하기가 어려웠다.

한편 희봉으로 말할 것 같으면 비록 왕부인이 그다지 마음에 들어 하
지는 않았으나, 다행히도 가모의 총애를 받고 있을 뿐만 아니라 살림살
이 수완이 뛰어났으므로 안의 일은 여전히 그녀에게 맡겨져 있었다. 그
러나 최근 몰수당하고 난 후로는 만사가 잘 풀리지 않고 옹색해지기만
했다. 각 방의 하인들은 원래 넉넉한 살림에 습관이 된 데다가, 지금은
그전에 비해 열에 일곱은 줄어든 상태이므로 일마다 제대로 돌아갈 리

가 없었다. 그렇게 되고 보니 불평불만이 그치질 않았다. 희봉은 일을 맡기가 내키지 않았지만 싫다고 할 수도 없어서 병을 무릅쓰고 기꺼이 가모의 뜻을 따랐다.

얼마 후 가사와 가진은 각기 배정받은 곳으로 떠났다. 그들은 돈을 넉넉하게 가지고 있는 덕분에 당분간은 편히 지낼 수 있었으므로 아무 탈 없이 잘 있으니 부디 걱정하지 말라고 집으로 소식도 전해왔다. 비로소 가모는 안심하게 되었고, 형부인과 우씨도 어느 정도 근심을 덜었다.

그러던 어느 날 시집간 상운이 근친을 왔다가 가모에게 인사 올리러 왔다. 가모가 그녀의 신랑에 대해 칭찬의 말을 건네자, 상운도 시집에서 평안하게 잘 지낸다고 말했으므로 가모는 마음을 놓았다. 그러다가 화제가 대옥의 죽음으로 옮겨가자 모두들 눈물을 흘리며 슬퍼했다. 가모는 영춘의 고초도 떠올라서 마음이 더욱 슬퍼졌다. 상운은 가모 곁에서 한참 위로한 후, 여러 집을 찾아다니며 인사하고 난 뒤 다시 가모의 처소로 돌아와 쉬었다. 이런저런 얘기를 하던 끝에 설씨 댁 이야기가 화제에 올랐다.

"설씨 댁 같은 집안도 반이 하나 때문에 패가망신하게 되었구나. 올해는 판결이 늦춰졌지만 내년에 감형이 될 수 있을지는 모르는 일이다."

그러면서 가모는 계속 말을 이었다.

"참, 너는 모르고 있겠구나. 지난번에 반이댁〔하금계〕이 영문 모를 죽음을 당하는 통에 하마터면 큰 소동이 벌어질 뻔했단다. 다행히 부처님께서 무심치 않으셔서 그 며느리가 데리고 있던 시녀애가 제 입으로 실토하는 바람에 그 애의 친정 어미도 난동을 부리지 못하고 자진해서 검시를 막았지. 그래서 반이 어머니도 가까스로 그 시체를 처리할 수 있었지 뭐냐. 너도 좀 생각해 보렴. 육친은 한 운명이라더니 그 말이 맞지 않니? 설씨 댁에서는 지금 이모님이 설과와 함께 지내고 있단다. 그런데 설과는 정말 참한 아이더라. 제 형이 아직 판결나지 않은 채 감옥에 있으므로 그 일이 끝나기 전에는 장가들지 않겠다고 했다는구나. 그 통에 수연이도 큰머느리〔형부인〕한테 얹혀 있으면서 고생이 말이 아니란다. 그리고 또 보금이는 시아버지 될 분이 세상을 뜬 후 아직 탈상하지 않았기에 매씨梅氏 댁에서는 신부를 맞으러 올 생각도 못하고 있단다. 그런가 하면 둘째 며느리 왕부인의 친정에서는 보옥의 외삼촌〔왕자등〕이 세상을 뜨고, 희봉의 오빠란 사람은 개망나니인 모양이며, 둘째 삼촌〔왕자승〕이란 양반도 도량이 좁은 사람인지 관에 진 빚을 갚지 못해서 쩔쩔매는 것 같더구나. 그리고 진씨 댁에서는 가산을 몰수당하고 난 이후로 아무런 소식이 없단다."

"탐춘 언니는 그리로 시집간 다음에 편지라도 왔나요?"

"아범이 돌아와서 탐춘인 해변지역에서 잘 지내고 있다고 말해 주었지만, 소식 한 자 없어서 나도 밤낮으로 걱정이 끊이질 않는구나. 그렇지만 우리 집안에 연달아 좋지 않은 일만 생기는 바람에 그 애 걱정할 겨를도 없었단다. 그리고 지금은 석춘의 혼사 같은 것도 생각할 형편이 못되고, 환이의 일은 더구나 입에 올리는 사람이 있을 리 없구. 이제는 우리 집 형편이 네가 전에 와 있을 때보다 말할 수 없이 궁색해졌단다. 그저 가엾은 건 네 보차 언니란다. 시집온 이래 단 하루도 마음 편할 날이 없었으니 말이다. 그런 데다가 네 보옥 오라비는 여전히 저렇게 정신이 나가 있으니, 대체 이 일을 어쩌면 좋단 말이냐?"

"저는 어릴 적부터 여기서 자라서 여기 계시는 분들의 성격을 모두 알고 있어요. 그런데 이번에 와보니까 다들 딴사람처럼 변해 있질 않겠어요? 그래서 제가 하도 오랜만에 와서 서먹서먹하게 대하나 보다 하고 생각했는데, 다시 잘 보니까 그런 것도 아니었어요. 저를 만나면 누구나 이전처럼 떠들썩한 분위기를 만들려고 애를 쓰기는 하는데, 어찌 된 영문인지 얘기를 나누다 보면 이내 슬픈 기색을 띠더군요. 그래서 전 잠시 앉았다가 바로 할머니한테 다시 온 거예요."

"나 같은 늙은이야 지금의 살림형편이 그래도 참을 만하지만, 젊은 사람들한테는 여간 힘든 게 아닐 것이다. 난 어떻게 해서든지 저 애들을 하루라도 즐겁게 해주고 싶은데 도무지 그럴 경황이 없구나."

"아, 제게 좋은 생각이 있어요! 보차 언니 생일이 모레가 아니던가요? 제가 하루만 더 묵으면서 언니에게 생일잔치를 열어주는 거예요. 모두들 모여서 하루 재미있게 놀면 좋지 않겠어요? 할머니 생각은 어떠세요?"

"아이고, 내가 이젠 망령이 들었나 보다. 네가 얘기해 주지 않았더라면 아예 잊을 뻔했구나. 모레가 그 애 생일이지! 그럼 내일 내가 돈을 내서 그 애 생일상을 차려줘야겠다. 그 애가 정혼하기 전에는 그래도 내가 여러 번 생일상을 차려줬는데, 정작 시집온 뒤로는 아직 한 번도 차려주질 않았구나. 보옥이도 전에는 영리하고 장난기도 많더니 요즈음 집안 형편이 좋지 않은 후로는 점점 더 말수가 줄었단다. 그래도 주아珠兒 댁은 참 기특하기만 하구나. 그 앤 살림형편이 좋을 때건 쪼들릴 때건 언제나 한결같이 난이를 데리고 소리 없이 지내고 있으니 말이다. 아무튼 참 고마운 일이지."

"다른 사람들은 몰라도 희봉 언니만은 모습까지 몰라보게 변했고, 말하는 것도 이전처럼 재치가 있질 않더군요. 내일 제가 모두를 한바탕 웃기면서 다들 어쩌는가 보겠어요. 그렇지만 모두들 입 밖으로 말은 안 해도 속으로 저를 나무라겠죠. 남편이 있는 사람이…."

여기까지 말하던 상운은 얼굴을 확 붉혔다. 가모가 얼른 눈치를 채고 말했다.

"뭘 그런데 까지 신경 쓰고 그러느냐? 이전부터 자매간에 한데 어울려서 즐겁게 지내곤 하지 않았니? 정답게 얘기하고 즐겁게 놀면 그만이

168

니 그런 쓸데없는 생각일랑 하지 말도록 해라. 무릇 사람이란 있든지 없든지 간에, 부귀를 누릴 줄도 알고 가난을 이겨낼 줄도 알아야 한다. 보차는 천성이 대범한 애라서 이전에 저희 집이 그렇게 부유할 때도 조금도 건방진 데가 없었고, 나중에 집안이 몰락해서도 여전히 태연했지. 그리고 지금 우리 집에 와서도 보옥이가 잘 대해주면 잘 대해 주는 대로 평온하게 지내고, 어쩌다 잘 대해주지 않더라도 섭섭한 내색 하나 안 비치니 보면 볼수록 복 받을 애가 아닐 수 없구나. 거기 비한다면 대옥은 발끈하는 성미에 지나치게 걱정이 많아서 결국 오래 살지 못한 게 아니겠니? 희봉이도 세상물정을 좀 아는 사람이건만 이만한 풍파에 몰골까지 변하다니, 그래서야 쓰겠니? 만일 그 애한테 그만한 소견이 없다면 그릇이 작아서 그렇다고 할 수밖에 없겠지. 모레 보차의 생일에는 내가 따로 돈을 낼 테니 오랜만에 떠들썩하게 잔치를 벌여서 그날 하루만이라도 그 애를 기쁘게 해주자꾸나."

"할머님 말씀이 지당하세요. 이왕이면 다른 자매들도 모두 불러서 함께 노는 게 어떨까요?"

"당연히 모두 불러야지."

가모는 모처럼 기분이 좋아져서 분부를 내렸다.

"원앙이더러 돈 1백 냥만 꺼내다 바깥에 있는 사람들한테 주라고 해라. 내일하고 모레 이틀 동안의 주연을 마련하라고 말이야."

원앙은 분부대로 할멈에게 그 돈을 줘서 보냈다. 그리고 그날 밤은 별일 없이 지나갔다.

이튿날 가모의 분부대로 사람을 보내 영춘을 데려오도록 하였으며, 설부인과 보금도 청하고 향릉도 같이 오도록 했다. 그리고 이부인도 청했더니 반나절도 안 되서 이문과 이기도 함께 왔다. 보차는 아무것도 모르고 있는데 가모의 시녀가 와서 말을 전했다.

"설부인댁 마님께서 오셨다고 어서 건너오시래요."

보차는 기쁜 마음에 옷도 갈아입지 않은 채 어머니를 만나러 달려갔다. 가보니 동생인 보금이뿐만 아니라 향릉도 함께 왔고, 이부인과 자매들도 모두 와 있었다. 그래서 보차는 속으로 생각했다.

'이 사람들은 아마도 우리 집 일이 해결되었기에 인사차 왔나보다.'

그러면서 보차는 이부인에게 다가가서 문안 인사를 하고 가모에게도 인사올린 다음, 자기 어머니와 몇 마디 주고받고 나서 이씨 자매들에게도 인사했다. 그러자 상운이 곁에서 제의를 했다.

"마님들께서는 모두 자리에 앉아 주세요. 이제 저희 자매들이 보차 언니에게 생일축하 인사를 올리겠어요."

보차는 그 말을 듣고 무슨 소린가 하고 잠시 어리둥절해 있다가 그제야 생각이 났다.

'아, 내일이 내 생일이로구나.'

그러면서 보차는 단호하게 말했다.

"여러 자매들이 할머님께 문안드리러 찾아뵙는 것은 당연한 일이지만, 제 생일 때문에 이렇게 모인 거라면 전 절대 축하받을 수 없어요."

보차가 이렇게 사양하는데 보옥이 들어와서 설부인과 이부인에게 문안 인사를 올렸다. 보옥은 보차가 사양하는 소리를 듣고 다들 보차의 생일을 축하하러 모였다는 것을 알게 되었다. 실은 보옥도 보차의 생일 잔치를 해주고 싶었지만 그동안 집안형편이 말이 아니었으므로 감히 가모에게 말조차 꺼낼 수가 없었다. 그랬던 것인데 오늘 상운을 비롯한 여러 사람들이 축하해주러 모인 것을 보고 보옥은 너무도 기뻤다.

"내일이 바로 저 사람의 생일이에요. 그렇지 않아도 할머님께 여쭈려던 참이었어요."

그러자 상운이 웃으면서 말했다.

"허튼 소리 말아요. 그래, 할머님께서 오빠가 와서 말할 때까지 기다리고 계시는 분인 줄 아셨어요? 이분들께서 왜 오셨는지 알기나 해요?

할머님께서 청해서 오신 거예요."

그 말을 듣고도 보차는 믿을 수가 없었다. 그런데 가모가 자기 어머니에게 이런 얘기를 하는 것이었다.

"가엾게도 보차는 시집온 지 일 년이나 되었는데, 집안에 연달아 불상사가 생기다 보니 여태까지 생일 한 번 차려주지 못했어요. 그래서 내가 오늘 저 애의 생일상을 차리고 사돈마님과 마님들을 모셔다 이야기나 나누고자 한 겁니다."

설부인이 감사의 마음을 표했다.

"노마님께선 요즈음 겨우 안정이 되신 터이고, 저 애는 아직 노마님께 이렇다 할 효도도 하지 못했는데 오히려 이렇게 저 애를 위해 마음 써주시니 황송할 따름입니다."

그러자 상운이 끼어들었다.

"할머님께서 제일 귀여워하시는 손자가 바로 보옥 오빠이니, 그런 보옥 오빠의 안사람을 어찌 사랑하시지 않겠어요? 게다가 보차 언니는 할머님으로부터 생일잔치를 받을 만한 사람인 걸요."

보차는 머리를 수그린 채 아무 말이 없었다.

그런데 보옥은 상운의 말을 들으면서 이런 생각을 했다.

'난 상운이가 시집간 뒤로는 영 딴사람처럼 되었을 거라고 생각했어. 그래서 감히 친하게 대하지도 못했고, 상운이도 나를 본체만체하는 것 같았지. 그런데 오늘 그녀가 하는 말을 들으니 그전과 조금도 다름이 없잖아? 그런데 왜 보차 저 사람은 시집온 뒤론 갈수록 부끄럼만 타고 말조차 제대로 하지 못하는 걸까?'

이런 생각을 하고 있을 때 어린 시녀가 들어와서 아뢰었다.

"둘째 새아씨께서 돌아오셨어요."

영춘의 뒤를 이어 이환과 희봉도 들어와서 서로들 인사를 나누었다. 영춘은 자기 아버지가 변방으로 떠난 이야기를 꺼내면서 죄송스러워했다.

"실은 그때 바로 와서 아버지를 뵈려고 했는데 우리 그이가 보내주질 않았어요. 너희 친정에 지금 운수 사나운 일이 생겼는데 공연히 갔다가 그런 나쁜 운수를 묻혀갖고 오면 어쩌냐면서 말이지요. 그이 마음을 돌릴 수가 없어서 결국 오지 못하고 사흘 밤낮을 눈물로 보냈어요."

희봉이 물었다.

"그런데 오늘은 어떻게 보내줬어요?"

"이젠 숙부님께서 다시 세습직을 이어 받으셨으니 다녀와도 무방하다면서 이제야 보내준 거예요."

영춘이 그러면서 울기 시작하자 가모가 언짢아했다.

"실은 내가 너무 울적해서 오늘 너희를 불러다 손부의 생일도 축하해주며 웃고 떠들면서 시름을 잊으려고 했던 거다. 그런데 너희가 다시 그런 속상한 얘기를 꺼내서 내 마음을 괴롭히는구나."

영춘 등은 그 소리에 더 이상 아무 말도 하지 못하였다. 희봉이 억지로 우스갯소리 몇 마디를 해서 흥을 돋우려고 했으나, 예전처럼 재치 있게 사람들을 웃기지는 못했다. 가모는 보차를 기쁘게 해주려고 일부러 희봉에게 뭐라도 이야기 하도록 부추겼다. 희봉도 가모의 심사를 알아차리고 있는 힘껏 장단을 맞췄다.

"오늘은 할머님께서 무척 기쁘시겠어요. 자, 보세요. 오랫동안 서로 한자리에 모이질 못했는데 오늘은 몽땅 다 모였네요."

희봉은 그러면서 주위를 둘러보다 자기 시어머니와 우씨가 없는 것을 보자 얼른 입을 다물었다. 가모도 '몽땅'이란 두 글자에 형부인 등이 생각나서 그들을 불러오라고 사람을 보냈다. 형부인과 우씨, 그리고 석춘 등은 가모가 부른다는 소리에 오지 않을 수는 없었지만 속으로는 영 내키질 않았다. 그도 그럴 것이 집안이 망해서 이 지경이 되었는데 뭐가 좋다고 보차를 위해 생일잔치를 해준단 말인가 하는 생각이 들었고, 아무래도 가모가 편애하는 마음이 있어서 그럴 거라는 생각이 들었기 때문이다. 그래서 오기는 왔지만 풀이 죽은 채 한쪽에 가만히 앉아 있었다. 가모가 수연이 왜 오지 않았느냐고 묻자, 형부인은 아파서 오지 못했다고 둘러댔다. 가모도 설부인과 한자리에 있기가 거북해서 오지 않았다는 것을 알아차리고 더 이상 묻지 않았다.

이윽고 술과 다과가 나왔다.

"바깥에는 내가지 않아도 된다. 오늘은 우리 안사람들끼리만 즐겨보자꾸나."

보옥은 비록 장가든 남자지만 가모가 각별히 귀여워하는 터라 예외로 이 자리에 낄 수 있었다. 그렇지만 상운이나 보금과는 같이 앉지 않고 가모 옆에 따로 자리를 마련하고 앉아서 보차를 대신하여 사람들에게 차례로 술을 권했다.

"자, 이제 다들 앉아서 술이나 마시자. 인사는 저녁나절에 각처를 돌며 하도록 하고. 지금 했다가는 모두들 예의를 차리느라고 법석을 떨 텐데, 그렇게 되면 난 흥이 깨져서 재미가 없을 것 같구나."

가모의 말에 보차도 자리에 앉았다. 가모는 또 사람을 불러 일렀다.

"우리 오늘은 체면이고 뭐고 차리지 말고 거리낌 없이 놀아보자. 시중들 아이는 한두 명만 남겨도 될 것 같구나. 원앙이더러 채운, 앵아, 습인, 평아 등을 데리고 뒷방으로 가 자기들끼리 술 마시며 놀라고 해야겠다."

그러자 원앙 등이 말했다.

"저희들은 아직 새아씨께 절도 드리지 않았는데 어떻게 술부터 마실 수 있겠어요?"

"방금 내가 말하지 않았니? 어서 가서 놀기나 해라. 필요하면 부를 테니 그때 오도록 하구."

가모의 말에 원앙 등은 뒷방으로 갔다. 가모는 그제야 설부인 등에게 술을 권했다. 그런데 모두들 그전과는 달리 흥겨워하는 기색이라곤 없었으므로 가모는 심드렁해졌다.

"다들 왜 그러고 있는 게냐? 모두들 신나게 한바탕 놀아보자꾸나."

"이렇게 먹고 마시면 충분한데 그 이상 뭘 더 하겠어요?"

상운이 이렇게 말하자 희봉이 끼어들었다.

"자매들이 어릴 적에는 왁자지껄 수선을 피우며 놀았지만, 지금은 체면을 차리느라고 아무 말이나 함부로 하지 않아서 그래요. 그래서 할머님께서 썰렁하게 느끼시는 거예요."

그때 보옥이 살그머니 가모의 귀에 대고 소곤거렸다.

"할 얘기도 별로 없어요. 뭐라고 얘기해 봐야 금세 재미없는 얘기로 넘어가고 마는걸요. 그러니 할머님께서 차라리 주령을 놀자고 해 보세요."

가모는 귀를 기웃하며 듣더니 웃으면서 말했다.

"주령을 놀 것 같으면 원앙을 불러와야 해."

그러자 보옥은 다음 말을 기다리지도 않고 얼른 자리에서 일어나 뒷방으로 원앙을 찾으러 갔다.

"할머님께서 주령을 노시겠다고 누나더러 오라고 하셔."

"아이 참, 서방님두. 우리끼리 편하게 술 한 잔 마시고 있는데 왜 훼방 놓고 그러세요?"

"정말 할머님께서 원앙누나를 불러오라고 하신 건데, 왜 날더러 뭐라고 그래?"

그 말에 원앙은 하는 수 없이 자리에서 일어났다.

"너희끼리 마시고 있어. 갔다가 바로 올게."

그러면서 원앙은 가모한테로 왔다.

"왔구나. 우리 주령을 한 번 놀까 한단다."

"노마님께서 저를 찾으신다니 감히 오지 않을 수가 있나요? 그런데 무슨 주령을 노시려고 그러세요?"

"글쎄, 너무 고상한 건 따분해서 싫고, 너무 법석대는 것도 좀 그렇구나. 그러니 네가 새롭고 재미있는 걸로 한번 생각해 보렴."

원앙은 잠깐 생각에 잠기더니 의견을 냈다.

"이제 설부인 마님께서도 연세가 드셔서 너무 복잡한 건 좋아하지 않으실 거예요. 그러니 주령그릇과 주사위를 가져다가 여럿이서 곡패曲牌의 이름을 던져서 승부를 정하는 게 어떻겠어요? 거기에 따라 술을 마시는 거예요."

"그거 괜찮을 것 같구나."

가모는 주사위와 주령그릇을 탁자 위에 내놓게 했다. 그러자 원앙이 방법을 설명했다.

"그럼 이제부터 주사위 네 개를 던져서 곡패의 이름이 나오지 않으면 벌주를 한 잔 마시고, 곡패의 이름이 나오면 각 사람이 몇 잔을 마실지는 그때 가서 정하겠어요."

원앙의 설명을 듣고 모두들 그렇게 하자고 하였다.

"별로 어렵지 않겠네. 그럼 하라는 대로 한 번 해봅시다."

원앙이 순서를 정하는 주사위를 던졌다. 일동은 원앙에게 먼저 술한 잔을 마시게 하고 나서, 그녀로부터 세어보니 마침 설부인이 맨 처음 주사위를 던져야 했다. 설부인이 주사위를 던지니 일—이 네 개가 나왔다.

"이건 곡패 이름이 있어요. '상산사호商山四皓[1]'예요. 연세 많으신 네 분이 한 잔씩 드셔야겠어요."

원앙의 말에 가모, 이부인, 형부인, 왕부인 이렇게 네 사람이 마시게 되었다. 가모가 잔을 들어 마시려고 하는데 원앙이 다시 한마디 하

---

1 진말(秦末)에 상산(商山)에 숨어산 네 사람의 노인.

였다.

"설부인 마님께서 던지셨으니까 마님께서 마땅히 곡패 이름 하나를 말씀해 주셔야 하고, 그 아래 앉으신 분이 《천가시千家詩》[2] 한 구절로 그 뒤를 이어주셔야 해요. 만일 그렇게 하지 못하시면 벌주 한 잔을 드셔야 해요."

"너는 또 나를 골탕 먹이는구나. 내가 어찌 그런 걸 알 수 있겠느냐?"

설부인이 꽁무니를 빼려고 하자 가모가 말했다.

"아무 말씀도 안 하시면 재미가 없으니까 아무거나 한마디 하시지요. 다음은 제 차례니까 만일 못하시게 되면 제가 함께 마셔드리면 되질 않겠습니까?"

그제야 설부인이 한마디 하였다.

"그럼 말해보지요. '임로입화총[臨老入花叢: 늙은 몸이 꽃떨기 속으로 들어가다]'입니다."

그러자 가모도 머리를 끄덕이며 다음을 이었다.

"'장위투한학소년[將謂偸閑學少年: 어린아이들처럼 놀기 좋아한다고 이야기될 것이다]'라."

이번에는 주사위와 주령그릇이 이문에게로 옮겨갔다. 이문이 주사위를 던지니 사四가 둘에 이二가 둘이 나왔다.

"이것도 곡패 이름이 있어요. '류완입천태'[劉阮入天台: 후한 때의 류신(劉晨)과 완조(阮肇)가 천태산에 들어가다]입니다."

이문이 바로 이어서 곡패 이름을 말했다.

"'이사입도원[二士入桃源: 두 선비가 도원으로 들어가다]'이라."

다음 차례는 이환이었으므로 그 뒤를 이었다.

---

2 이전에 널리 유행되었던 아동들의 교육서 가운데 하나. 당송시기의 시가 이백 여 수가 실려 있음.

"'심득도원호피진〔尋得桃源好避秦: 도화원을 찾아서 진의 세상을 피하다〕'으로 하지요."

모두들 또 한 모금씩 마셨다. 이번에는 주사위와 주령그릇이 가모 앞에 놓여졌다. 가모가 주사위를 던지니 이二가 둘에 삼三이 둘 나왔다.

"이렇게 되면 벌주를 마셔야 하니?"

가모가 원앙에게 물었다.

"이것도 곡패 이름이 있어요. 이건 '강연인추〔江燕引雛: 강 위를 나는 제비가 새끼를 거느리다〕'라는 곡으로, 여러분이 다 같이 한 잔씩 드셔야겠어요."

"새끼는 새끼지만 이미 다 날아가 버렸잖아?"

희봉이 이렇게 말했다가 주위의 따가운 눈총에 그만 입을 다물었다.

"그럼, 난 뭘 대나? '공령손〔公領孫: 할아버지가 손자의 손을 이끈다〕'로 할까?"

다음 차례인 이기가 얼른 가모의 뒤를 이어 시구를 말했다.

"'한간아동착류화〔閑看兒童捉柳花: 한가롭게 아이들이 버들 꽃 꺾으며 노는 것을 구경하다〕'라."

모두들 그 시구를 듣고 잘 이었다고 입을 모았다.

보옥은 아까부터 자기도 한마디 하고 싶었으나 좀처럼 주령그릇이 자기 앞으로 와주질 않았다. 생각이 굴뚝같던 차에 마침 주령그릇이 자기 앞으로 왔으므로 보옥은 얼른 주사위를 집어서 던졌다. 그랬더니 이二가 하나에 삼三이 둘, 그리고 일一이 하나 나왔다.

"이건 뭐야?"

보옥이 묻자 원앙이 웃으면서 말했다.

"곡패 이름이 없으니 지신 거예요. 먼저 벌주 한 잔 드시고 다시 던지도록 하세요."

보옥은 하는 수 없이 벌주를 한 잔 마시고 나서 주사위를 다시 던졌더니, 이번에는 삼三이 둘에 사四가 둘이 나왔다.

"됐어요. 이번엔 곡패 이름이 있어요. 이건 '장창화미〔張敞畵眉: 한조의 장창이 아내에게 눈썹을 그려주다〕'라는 거예요."

보옥은 원앙이 자기를 놀리려는 것임을 알았고, 보차도 부끄러워서 얼굴이 새빨개졌다. 그러나 희봉은 그런 눈치를 채지 못하고 재촉했다.

"보옥 서방님, 꾸물거리지 말고 빨리 곡패 이름 하나를 대요. 그 다음 사람이 누구지요?"

보옥은 말하기가 거북해서 아예 벌을 받기로 자청했다.

"차라리 벌을 받을래요. 제겐 다음 사람도 없는걸요."

그러면서 주령그릇을 돌리니 이환의 차례가 되었다. 이환이 주사위를 던지자 원앙이 말했다.

"큰아씨께서 던진 건 '십이금차十二金釵'예요.

그 소리를 듣고 보옥이 이환 옆으로 가보니 붉은 점과 푸른 점이 동수로 나와 있었다.

"아주 보기 좋네요!"

보옥은 그렇게 감탄하다가 문득 십이차의 꿈이 생각나서 멍하니 생각에 잠겨 자기 자리로 돌아와 앉았다. 그리고는 속으로 이런 생각을 했다.

'저 십이차는 금릉의 여자들이라던데, 어째서 우리 집의 그 많던 자매들이 뿔뿔이 흩어지고 이제는 겨우 이 몇 사람만 남게 되었을까?'

그러면서 둘러보니 상운과 보차는 여전히 이곳에 있건만 대옥이만은 보이지 않았으므로, 감정이 북받쳐 오르면서 왈칵 눈물이 솟았다. 그러나 남들 앞에서 눈물을 보여서는 안 될 것 같기에 더워서 옷을 벗고 오겠다는 핑계를 대면서 잠시 빠진다는 표시를 해두고 자리에서 일어났다. 상운은 보옥이 던진 주사위가 다른 사람보다 잘 나오지 않자 기분이 상해서 나가버린 거라고 생각했다. 실은 상운도 주령이 재미없어서 싫증이 나있던 터였다. 그런데 이환도 홍미가 없다는 듯 말했다.

"전 말하지 않겠어요. 사람들이 다 모여 있는 것도 아니고 말예요. 그 대신 저는 벌주나 마시겠어요."

그러자 가모가 말했다.

"이 주령도 시들해지는 모양이구나. 그럼 그만두는 게 낫겠다. 그러기 전에 원앙이더러 한번 던져보라고 하자. 뭐가 나오는지 보게 말이다."

어린 시녀들이 주령그릇을 원앙이 앞에다 갖다 놓았다. 원앙이 분부대로 주사위를 던지자 이二가 둘에 오五가 하나 나오고, 나머지 하나는 그릇 안에서 뱅글뱅글 돌기만 하였다. 그러자 원앙은 애원하듯 소리쳤다.

"제발 오五만은 나오지 말아다오."

그런데 그 주사위는 공교롭게도 뱅뱅 돌다가 오五에서 멈췄다.

"아이고, 야단났네. 제가 졌어요."

그러자 가모가 물었다.

"이건 아무것도 아닌 게냐?"

"이름이 있기는 하지만, 곡패 이름을 말할 수 없어서 그래요."

"그럼 이름만 대도록 해라. 내가 꾸며대 볼 테니까."

"이건 '낭소부평〔浪掃浮萍: 물결이 부평초를 쓸어내다〕'이라는 거예요."

"그렇다면 별로 어렵지도 않구나. 내가 대신 말해주지. '추어입릉과〔秋魚入菱窠: 가을 물고기 마름풀 덤불로 들어가네〕'로 하마."

원앙의 다음 차례는 상운이었다.

"'백평음진초강추〔白萍吟盡楚江秋: 흰 마름풀 초강의 가을을 읊조리네〕'라."

이에 모두들 찬사를 보냈다.

"그 시구가 썩 잘 어울리는군요."

"자, 이제 주령은 그만 하기로 하고 다 같이 두어 잔씩 마시고 나서 식사나 해볼까?"

가모는 그러면서 보옥이 아직 돌아오지 않았기에 물었다.

"보옥이는 어딜 갔기에 아직도 안 들어오는 게냐?"

"옷 갈아입으러 가셨어요."

원앙이 대답하자 가모가 다시 물었다.

"누가 따라갔느냐?"

이번에는 앵아가 앞으로 나서며 대답했다.

"서방님께서 나가시는 걸 보고 습인 언니더러 따라가라고 했어요."

그 소리에 가모와 왕부인은 비로소 마음을 놓았다.

한참을 기다리다가 왕부인이 보옥을 찾으러 사람을 보냈다. 어린 시녀가 보옥의 새 집으로 가보니 오아가 촛대에 초를 꽂고 있었으므로 그녀에게 물었다.

"보옥 서방님께선 어딜 가셨어요?"

"노마님 방에서 약주를 잡수시고 계셔."

"제가 지금 거기서 오는 길이에요. 마님께서 찾아오라고 하셔서 왔는 걸요? 거기 계신다면 뭐 하러 저한테 찾아오라고 하셨겠어요?"

"그렇다면 나도 모르겠다. 다른 데 가서 찾아보렴."

오아가 하는 말을 듣고 어린 시녀는 하는 수 없이 발길을 돌렸는데, 가는 길에 추문을 만났으므로 그녀를 붙잡고 물었다.

"보옥 서방님께서 어디 가셨는지 혹시 보지 못했어요?"

"나도 찾고 있는 중이야. 마님들께서 진지 드시려고 기다리시는데 도대체 어딜 가신 거야? 넌 빨리 돌아가서 노마님께 말씀드리도록 해라. 집에 안 계신다는 말은 하지 말고 그저 술을 드셨더니 몸이 좀 불편해서 식사는 하지 않겠다더라고 전하고, 좀 누웠다가 갈 테니까 노마님과 마님들께선 먼저 드시라고 했다고 말씀 올리렴."

어린 시녀는 시키는 대로 돌아가서 진주珍珠에게 알렸고, 진주는 다시 그대로 가모에게 아뢰었다.

"그 애는 원래 많이 먹지 못하는 편이니 먹기 싫다면 그냥 내버려두고 푹 쉬도록 하게 해라. 그리고 오늘은 다시 오지 않아도 된다고 일러라. 저희 댁만 여기 있으면 되니까 말이다."

가모의 분부에 진주는 어린 시녀에게 물었다.

"잘 알아들었지?"

어린 시녀는 대답을 하고 물러 나왔지만 그 말을 전할 수 있는 형편이 아니었으므로, 엉뚱한 곳을 한 바퀴 빙 돌다가 되돌아와서는 그렇게 전했다고 아뢰었다. 사람들은 더 이상 보옥에게는 신경 쓰지 않고 식사를 마치고 나서 편안하게 둘러앉아 이야기를 나눴다. 여기에 대해서는 더 이상 이야기하지 않겠다.

한편 보옥은 서글픈 마음을 억누를 길이 없어 밖으로 뛰쳐나오기는 했지만, 정작 어찌해야 좋을지 몰라 망설이고 있으려니까 습인이 뒤쫓아 나와서 왜 그러느냐고 물었다.

"아무것도 아니야. 그저 속이 좀 답답해서 그래. 안에서 다들 술 마시고 있는 동안 우리 둘이서 진이 형님 댁 형수한테 놀러가지 않을래?"

"아니, 그 마님은 여기 계시는데 누구를 찾아가신다는 거예요?"

"꼭 누구를 찾아가겠다는 게 아니고, 그저 그 형수가 지금 살고 있는 방이 어떤가 한 번 가보자는 얘기야."

습인은 하는 수 없이 보옥을 따라나서며 말동무를 해주었다. 우씨의 처소에 이르니 작은 문이 반쯤 열려 있었지만 보옥은 들어가려고는 하지 않았다. 보옥은 대관원 문지기 할멈 둘이 문지방에 걸터앉아 이야기를 나누고 있는 것을 보고 물었다.

"이 작은 문은 늘 열려 있느냐?"

"날마다 여는 건 아니에요. 안에서 심부름하는 이가 와서 노마님께서 오늘 원내의 과일을 가져오라고 하실지도 모르니까 준비하고 있으라고 해서 문을 열어놓고 기다리는 중이에요."

보옥은 천천히 그쪽으로 가봤다. 그랬더니 과연 중문이 반쯤 열려 있었으므로 안으로 들어가려는데 습인이 기겁을 하며 말렸다.

"들어가시면 안돼요. 대관원 내의 기가 좋지 않아서 요즈음은 아무도 들어가지 않는데, 갔다가 공연히 부정이라도 타면 어쩌려고 그러세요?"

보옥은 술기운을 빌려 큰소리를 쳤다.

"난 그런 것 따윈 겁나지 않아."

그러면서 고집을 피우자 습인은 보옥의 소매를 붙잡고 한사코 말렸다. 그러자 할멈들이 다가와서 말했다.

"요즈음은 원내가 조용해졌어요. 지난번에 도사들이 귀신을 잡아간 뒤부터 저희들은 꽃을 꺾거나 과일을 딸 때 늘 혼자 다녀요. 서방님께서 들어가 보고 싶으시다면 저희들이 모시고 가겠어요. 이렇게 사람들이 많은데 뭐가 겁나겠어요?"

할멈들의 말을 듣고 보옥은 무척 기뻤다. 습인도 더 이상 말릴 수 없어서 하는 수 없이 뒤따르기로 하였다.

대관원 안으로 들어서자 보옥의 눈에 보이는 것마다 처량하기 그지없었다. 꽃과 나무들은 죄다 시들었고 시야에 들어오는 몇 군데의 정자와 누각들은 오래전에 색이 벗겨지고 퇴락한 채 방치되어 있었으며 멀리 바라다 보이는 대숲만이 무성했다. 보옥은 생각에 잠겼다가 입을 열었다.

"내가 병 때문에 대관원을 나가서 안채에서 지낸 이후 몇 달 동안이나 여기 들어오지 못했는데, 그동안 순식간에 이렇게 황량하게 변했구나. 저기 저 몇 그루의 참대만 푸를 뿐이네. 저기가 바로 소상관이지?"

"아이 참, 서방님도! 몇 달 와보시지 않았다고 그새 방향까지 잊으셨어요? 우리가 이야기에만 정신이 팔려있는 사이에 어느새 이홍원을 지나왔어요."

그러면서 습인은 고개를 돌려 손가락으로 가리켜 보였다.

"바로 저기가 소상관이잖아요."

보옥은 습인이 가리키는 곳을 바라보았다.

"정말 지나쳐 버렸구나! 그럼 우리 되돌아가 보자꾸나."

"날이 저물었어요. 노마님께서 같이 진지 드시려고 기다리고 계실 텐데 어서 돌아가도록 해요."

그러나 보옥은 아무 말도 하지 않고 그저 옛 길을 따라 앞으로 걸어갔다. 보옥이 대관원을 떠난 지 일 년이 되었다고는 하나 어찌 길을 잃을 수 있겠는가? 습인은 보옥이 소상관을 보면 대옥이 생각이 나서 또다시 슬퍼하지나 않을까 염려되어, 그곳을 지나지 않고 얼렁뚱땅 넘어가려 했던 것이다. 습인은 보옥이 그쪽으로 걸어가고 있는 데다가 날까지 저물자 그가 나쁜 기운이라도 맞을까 봐 걱정스러웠다. 그래서 보옥이 물었을 때 소상관에 가지 못하게 하려고 벌써 지나쳤다고 말했던 것이다. 습인으로서는 보옥의 온 정신이 소상관에만 쏠려있다는 것을 알 리가 만무했다.

보옥이 급한 발걸음으로 소상관을 향해 걸어갔으므로 습인도 하는 수 없이 따라갈 수밖에 없었다. 그런데 갑자기 보옥이 멈춰 섰다. 무엇을 본 것처럼, 또 무엇을 들은 것처럼 귀를 기울이는 모습에 습인이 물었다.

"뭘 듣고 계세요?"

"소상관에 누가 살고 있는 게 아냐?"

"아무도 살고 있지 않을 거예요."

"아니야, 안에서 누가 흐느끼는 소리를 분명히 들었는걸. 그런데 왜 아무도 살지 않는다는 거야!"

"그건 서방님께서 혹시나 하는 생각이 들어서 그러신 거예요. 그전에 서방님께서 여기 오시기만 하면 늘 대옥 아가씨께서 슬퍼하는 것을 보셨기 때문에 지금도 그런 착각이 드는 거라고요."

그러나 보옥은 그 말을 곧이듣지 않고 안으로 들어가서 확인해 보겠다고 했다. 그러자 할멈들이 나서며 말렸다.

"서방님, 어서 돌아가세요. 날이 꽤 저물었어요. 다른 곳이라면 저희들도 마음 놓고 다닐 수 있지만 여긴 길이 너무 으슥해요. 게다가 듣자니까 대옥 아가씨가 세상을 뜬 뒤로는 여기서 늘 사람의 울음소리가 들린다고 해서 아무도 오는 사람이 없어요."

보옥과 습인은 그 말을 듣고 둘 다 깜짝 놀랐다.

"역시 그랬구나!"

보옥은 그렇게 말하면서 눈물을 주르르 흘렸다.

"대옥 누이! 대옥 누이! 정말 미안해. 멀쩡하던 누이를 내가 죽게 만들었어. 그렇지만 날 원망하지는 마. 부모님께서 그러신 거지 내가 배반한 건 절대 아니야."

보옥은 말을 하면 할수록 설움이 북받쳐서 끝내 엉엉 소리를 내며 통곡했다. 습인이 어쩔 줄 몰라 쩔쩔매고 있는데 저쪽에서 추문이 시녀 몇 명을 데리고 달려왔다.

"언니도 참, 간이 크기도 하네요. 어쩌자고 서방님을 여기 모시고 온 거예요! 노마님과 마님께선 안절부절 못하시면서 사방으로 사람을 보내 서방님을 찾고 계시는데, 방금 중문을 지키던 할멈이 와서 언니가 서방님과 함께 이곳으로 들어갔다고 전하는 소리를 들으시고 펄쩍 뛰셨어요. 그래서 저를 꾸짖으시며 사람들을 데리고 가보라고 하셔서 이렇게 온 거예요! 그러니 어서 돌아가도록 해요."

그렇지만 보옥은 여전히 구슬프게 울었다. 습인은 보옥이야 울든 말든 추문과 함께 억지로 그를 잡아끌었다. 습인이 눈물을 닦아주면서 노마님께서 몹시 걱정하고 계신다고 하자, 보옥은 하는 수 없이 그들 둘을 따라서 발길을 돌렸다.

습인은 가모가 마음을 놓지 못하고 있다는 것을 알고 보옥을 가모가 있는 곳으로 데리고 갔다. 사람들은 그때까지도 흩어지지 않고 기다리고 있었다. 가모는 습인을 보자 호되게 꾸짖었다.

"습인아! 난 평소에 네가 속이 깊은 것 같아서 보옥을 맡겼던 건데, 어쩌자고 오늘은 그 애를 데리고 대관원엘 들어갔단 말이냐? 이제 겨우 병이 조금 나을 만한데 만일 무엇인가를 접해서 병이 도지기라도 한다면 어찌 되겠느냐?"

습인은 변명조차 할 수 없어서 그저 고개를 숙이고 묵묵히 듣고만 있었다. 보차는 보옥의 안색이 좋지 않은 것을 보고 속으로 여간 놀랍지 않았다. 그런데 보옥은 습인이 자기 때문에 더 꾸지람을 들을까 봐 짐짓 아무 일도 아니라는 듯이 말했다.

"벌건 대낮에 무섭긴 뭐가 무서워요? 하도 오랫동안 대관원에 가보질 못해서 오늘 술 한 잔 한 김에 잠깐 가보고 온 것뿐인데, 접하긴 뭐에 접한다고 그러세요."

희봉은 대관원에서 크게 한 번 놀란 적이 있었기 때문에 그 소리를 듣자 온몸에 소름이 쫙 끼쳤다.

"도련님은 정말 담이 크기도 하네요!"

희봉이 그렇게 말하자 이번에는 상운이 보옥을 놀렸다.

"담이 커서 그런 게 아니라 간절한 마음이 있어서 그런 거예요. 부용신芙蓉神을 만나러 가셨나요? 아니면 무슨 선녀를 찾아가셨나요?"

보옥은 그 말에 아무런 대꾸도 하지 않았다. 왕부인만은 옆에서 애가 타서 죽을 지경이었지만 한마디도 하지 않았고 가모가 보옥에게 이렇게 물었다.

"원내에 들어가서 놀라지나 않았니? 이번 일은 그냥 넘어가겠다만 다음부터 대관원에 놀러가겠으면 사람들을 좀더 많이 데리고 가도록 해라. 네가 이렇게 소동을 일으키지 않았더라면 모두들 벌써 헤어졌을 거다. 그럼 돌아가서 푹 쉬고 내일 아침 일찍 건너오도록 해라. 난 오늘 일을 벌충할 걸 찾아서 내일 하루 동안 너희를 즐겁게 해줘야겠다. 보옥이 때문에 또 무슨 탈이 나서야 되겠니?”

모두들 가모의 말에 하직인사를 올리고 물러 나왔다. 설부인은 왕부인 방에서 자고, 상운은 이전처럼 가모의 방에서 잤으며, 영춘은 석춘한테 가서 밤을 보냈다. 그리고 나머지는 각자 자기 처소로 돌아갔다. 여기에 대해서는 더 이상 이야기하지 않겠다.

보옥은 자기 방으로 돌아와서도 한숨만 푹푹 내쉬었다. 보차는 그가 왜 그러는지 알고 있었지만 아무런 내색도 하지 않았다. 다만 그가 너무 상심한 나머지 병이 도지기라도 하면 안 되겠다는 생각이 들어서, 안으로 들어가 습인에게 보옥이 원내에 들어갔을 때 무슨 일이 있었는지를 자세하게 캐물었다. 습인이 어떻게 대답했는지 알고 싶으면 다음 회를 보시라.

候芳魂五兒承錯愛
還孽債迎女反真元

불쌍하게 요절한 영춘

대옥을 그리다 보옥은 오아에게 사랑을 쏟고
이승의 죄업을 갚고 영춘은 하늘로 돌아갔네

候芳魂五兒承錯愛 還孽債迎女返眞元

보차가 습인을 불러 대관원에서의 일을 물은 까닭은 보옥이 슬픔에
휩싸여 있다가 병이라도 도질까 봐 걱정이 되었기 때문이었다. 그래서
일부러 대옥이 임종할 때의 이야기를 화제로 삼아 한담을 나누는 것처
럼 해서 이렇게 말했다.

"사람이란 이 세상에 살아있을 적에는 마음이니 정이니 하는 것이 있
지만 죽고 난 후에는 각자 다른 길로 가는 법이므로, 생전에 이런 사람
이었으니까 죽어서도 그런 사람이거니 생각하면 안 되는 거야. 아무리
산 사람이 일편단심 그리워해도 죽은 사람은 그걸 모른단 말이지. 더구
나 대옥 아가씨는 선녀가 되었다고들 하니, 그녀의 눈에 인간은 참을
수 없을 만큼 추잡한 물건일 텐데 어찌 아직도 속세에 미련을 둘 수 있
겠어? 다만 사람들이 그런 줄도 모르고 자기 생각에서 벗어나질 못해서
악마나 귀신에게 사로잡히는 거야."

보차는 지금 습인에게 얘기하고 있지만 실은 보옥이더러 들으라고

하는 소리였다. 습인도 눈치를 채고 맞장구를 쳤다.

"그럼요, 당치도 않은 얘기죠. 만일 대옥 아가씨의 혼이 아직도 대관원에 남아 있다면 우리와도 사이가 좋았는데 왜 꿈에라도 한번 나타나지 않겠어요?"

바깥방에서 그 말을 듣던 보옥은 곰곰이 생각에 잠겼다.

'하긴 이상한 일이기는 해. 대옥이가 죽었다는 것을 알게 된 뒤부터 난 단 하루도 대옥이를 잊고 지낸 적이 없는데, 어째서 대옥인 꿈에라도 한번 나타나주지 않았던 걸까? 생각해보니 대옥이는 하늘로 올라갔기 때문에 나 같은 범속한 인간과는 함께 어울릴 수 없어서 꿈에 나타나지 않나 보다. 오늘밤엔 바깥방에서 자봐야겠다. 혹시 내가 대관원에 다녀왔으니까 대옥이도 이 내 마음을 알고 꿈에 나타나줄지도 몰라. 꿈에라도 나타나준다면 난 대옥에게 가 있는 곳을 물어봐서 때마다 제사를 지내줄 테야. 그런데 만약 대옥이가 나 같은 추잡한 인간을 꺼려해서 꿈에마저 나타나주지 않는다면, 나도 이제부터는 더 이상 대옥이 생각을 하지 않을래.'

이렇게 마음을 정한 보옥은 안에다 대고 말했다.

"난 오늘 밤에 밖에서 잘 테니까 나한테는 신경 쓰지 않아도 돼."

보차도 억지로 말리려고 하지 않았다.

"그렇지만 이런저런 쓸데없는 생각일랑 마세요. 당신이 대관원에 들어갔을 때 어머님께서 너무 놀라셔서 말씀도 제대로 하지 못하시던 걸 당신도 보셨지요? 당신이 아직도 자기 몸을 돌보지 않는다는 것을 할머님께서 아시게 되는 날에는 저희들이 세심하게 보살피지 못했다고 또 얼마나 꾸중하시겠어요?"

"실은 그냥 해본 소리야. 잠시 앉았다가 들어갈 테니까 피곤할 텐데 당신 먼저 자도록 해."

보차는 보옥이 틀림없이 들어오리라고 생각하면서도 일부러 한마디 덧붙였다.

"그럼 먼저 잘 테니 습인더러 시중들어 달라고 하세요."

보옥은 그 말을 듣고 마침 잘되었다고 생각했다. 그래서 보차가 잠들기를 기다렸다가 습인과 사월에게 이부자리 한 채를 따로 내다가 깔게 하고, 보차가 잠들었는지를 여러 번 살펴보고 오게 했다. 보차는 일부러 자는 척하였으나 사실은 그날 밤 내내 한숨도 자지 못하였다.

그러나 보옥은 보차가 정말 잠든 줄로만 알고 습인에게 말했다.

"너희도 그만 가서 자도록 해. 나도 이제 마음이 많이 가라앉았어. 못 믿겠으면 내가 잠들 때까지 옆에 있다가 들어가렴. 그저 나를 귀찮게 하지만 말고 말이야."

습인은 보옥의 말대로 그가 잠들기를 기다렸다가 찻물을 준비해 놓은 다음 문을 닫고 안으로 들어갔다. 그리고는 다른 일을 좀 하다가 되는대로 잠시 누웠다. 보옥에게 무슨 기척이라도 있으면 바로 일어나서 나갈 참이었던 것이다. 보옥은 습인이 안으로 들어가자 밤 당번을 서는 할멈 둘도 밖으로 내보내고 나서, 살그머니 일어나 앉아서 남몰래 축문을 외운 뒤 꿈에라도 선녀가 된 대옥을 만날 수 있기를 고대하며 도로 자리에 누웠다. 처음에는 도무지 잠이 오질 않았지만 차차 마음이 안정되면서 어느새 사르르 잠이 들었다.

그날 밤 푹 잔 보옥은 날이 밝은 후에야 일어나서 눈을 비비며 생각해 보았지만 간밤에 꿈을 꾼 기억은 도무지 나질 않았다. 그는 허전한 마음에 한숨을 푹 내쉬었다.

"정말 이거야말로 '아아, 저 세상으로 간 이와 헤어진 지 몇 해런가. 그대의 혼백은 꿈에조차 와주질 않는구나〔悠悠生死別經年, 魂魄不曾來入夢〕'[1]라는 시구 그대로구나."

---

[1] 당대 시인 백거이(白居易)의 시 〈장한가(長恨歌)〉의 한 구절. 당 현종이 양귀비

밤새 뜬눈으로 새운 보차는 보옥이 밖에서 이 두 구절을 읊는 것을 듣자 핀잔을 주었다.

"그 시구를 읊는 것은 경솔한 일이에요. 대옥이가 옆에 있었더라면 틀림없이 또 화를 냈을 거예요."

보옥은 보차의 말을 듣고 무안한 생각이 들어서 자리에서 일어나 머뭇거리며 안방으로 들어갔다.

"난 원래 안에 들어와서 자려고 했는데 깜빡 잠이 드는 바람에 내쳐 자고 말았어."

"당신이 들어와서 자든 아니든 저와 무슨 상관이에요?"

습인 등도 간밤에 잠을 이루지 못하다가 둘이 하는 얘기를 듣고 얼른 들어와서 차를 따랐다. 그때 벌써 가모의 처소에서 어린 시녀 하나가 와서 물었다.

"보옥 서방님께서는 간밤에 편히 주무셨나요? 편히 주무셨으면 일찌감치 세수하고 새아씨님과 함께 건너오시랍니다."

"돌아가서 노마님께 간밤에 보옥 서방님께선 편히 주무셨다고 말씀 올리고, 곧 그리로 갈 거라고 아뢰어라."

습인의 말에 어린 시녀는 바로 돌아갔다.

보차는 일어나서 세수하고 난 뒤 앵아와 습인을 데리고 먼저 가모의 처소로 가서 문안 인사를 올린 다음, 왕부인의 처소로부터 희봉의 처소에 이르기까지 돌아다니면서 일일이 인사올린 후 다시 가모의 처소로 되돌아왔다. 와보니 자기 어머니도 이미 도착해 있었다.

"보옥이는 간밤에 별일 없었느냐?"

모두들 보차에게 물었다.

"돌아가서 바로 잠들었기 때문에 별일 없었어요."

에 대한 그리움이 사무쳐서 꿈속에서라도 죽은 양귀비를 보고 싶어 함을 읊은 것.

보차의 말을 듣고 모두들 안심하며 다시 한담을 나누었다. 그때 어린 시녀가 들어와서 아뢰었다.

"영춘 아씨께서 시댁으로 돌아가신대요. 손 서방님 댁에서 사람이 와서 큰마님께 무슨 말씀을 전하신 모양이에요. 그래서 큰마님께서 석춘 아가씨 방으로 사람을 보내서서 더 있으라고 붙잡을 수 없는 형편이므로 돌아가도록 하라고 하셨답니다. 지금 영춘 아가씨께선 큰마님한테 와서 울고 계세요. 아마 곧 노마님께 인사드리러 오실 겁니다."

가모를 비롯한 여러 사람들은 그 말을 듣고 마음이 언짢아졌다.

"영춘이같이 저렇게 참한 아이가 왜 저런 사내를 만나 한평생 헤어나지 못하는 팔자를 타고났는지 모르겠군요. 이를 어쩌면 좋아요!"

이런 얘기를 나누고 있는데 영춘이 들어왔다. 영춘의 얼굴은 온통 눈물투성이였다. 영춘은 보차의 생일잔치를 하는 중인지라 소리 내어 울지도 못하고 그저 눈물만 머금은 채 모두에게 작별인사를 하고 돌아갈 차비를 하였다. 가모도 영춘의 처지를 알기에 굳이 더 이상 만류하지 않았다.

"그럼 돌아가 보아라. 그렇지만 슬퍼해서는 안 되느니라. 그런 사내를 만난 것도 팔자려니 생각해야지 어쩌겠느냐? 며칠 있다가 내가 다시 사람을 보내 네가 또 다녀갈 수 있도록 할 테니 그리 알렴."

"할머니께선 지금까지 저를 너무도 사랑해주셨지만 이젠 그 사랑도 더 이상 받을 수 없을 것만 같아요. 가슴 아프게도 저는 두 번 다시 뵈러 올 수 없을지도 몰라요."

영춘은 눈물을 비 오듯 흘렸다. 모두들 곁에서 영춘을 위로했다.

"왜 다시 오질 못하겠어? 탐춘이처럼 저렇게 멀리 떨어져 있어서 만나기 어려운 것도 아닌데."

그 말끝에 가모 등은 또 탐춘이 생각나서 어느새 모두들 눈물을 주르륵 흘렸다. 그러나 곧 보차의 생일날이란 것을 깨닫고 억지로 슬픔을 참으며 기쁜 표정을 지었다.

"그 애도 아주 만날 수 없는 건 아니야. 이제 해변지대가 평온해지기만 하면 그 사돈댁도 경성으로 전임해 온다니까 그때가 되면 자주 만날 수 있을 게다."

가모의 말에 모두들 맞장구를 쳤다.

"그렇고말고요."

이윽고 영춘은 슬픔에 잠긴 채 작별을 고했다. 모두들 문밖까지 전송을 하고 다시 가모의 처소로 돌아와서 아침부터 저녁까지 또 한바탕 떠들썩하게 놀았다.

모여 있던 사람들은 가모가 피곤해 하는 기색을 보이자 그제야 흩어졌으며, 설부인만은 가모에게 인사드리고 나서 보차의 처소로 왔다.

"네 오라비는 올해가 지나고 천자님께서 다음번 대사령을 내려 감형해주셔야만 사면을 받을 수 있단다. 그러니 이 몇 년을 나 혼자 어찌 외롭고 쓸쓸하게 지낼 수 있겠느냐? 그래서 둘째 오라비〔설과〕를 혼인시켰으면 하는데 네 생각은 어떠냐?"

"어머니께서는 큰오빠를 장가들이고 혼이 나서서 둘째오빠의 일도 망설이시는군요. 제 생각으로는 어서 혼례를 올리는 것이 좋겠어요. 어머니도 아시다시피 수연이는 지금 저쪽 댁에서 여간 고생스럽게 지내는 게 아니에요. 시집오면 우리 집이 비록 가난해지긴 했지만 그래도 남의 집에 얹혀사는 것보단 한결 나을 거예요."

"그럼 네가 적당한 기회를 봐서 노마님께 여쭈어라. 우리 집에 사람이 없으니 하루빨리 날을 받았으면 한다고 말이지."

"그러는 것보다 어머니께서 작은오빠하고 상의하셔서 길일을 택한 다음, 여기로 오셔서 할머님과 어머님께 말씀드리고 혼례를 올리는 것이 좋겠어요. 큰마님께서도 하루라도 빨리 데려가기를 바라고 계시니까요."

"오늘 듣자니까 상운 아가씨도 돌아가는 모양이더라. 그래서인지 노마님께서 보금이를 여기 며칠 더 머물게 하고 싶어 하시기에 그 애더러 더 있다가 오라고 했다. 그 애도 이제 조만간 시집가게 될 테니 며칠만이라도 자매간에 정담을 나누며 지내도록 하렴."

"네, 정말 그렇게 해야겠어요."

설부인은 잠시 더 앉아 있다가 그곳을 나와 모두에게 인사를 하고 돌아갔다.

한편, 저녁 무렵 자기 방으로 돌아온 보옥은 어젯밤 꿈에 대옥이 나타나지 않은 것을 떠올리며 이런 생각에 잠겼다.

'대옥 누이가 이미 선녀가 되었기 때문에 나 같은 속물은 찾아오려고 하지 않은 건지도 몰라. 아니면 내가 너무 조급하게 굴어서 그랬나?'

그러다가 문득 한 가지 생각이 떠올라서 보차에게 말해 보았다.

"어젯밤에 생각지도 않게 바깥방에서 자보니까 안방에서 자는 것보다 훨씬 잠이 더 잘 오던걸. 아침에 일어나서도 기분이 아주 상쾌했어. 그래서 한 이틀 밤쯤 바깥방에서 자볼까 하는데, 그렇게 한다고 하면 당신네들이 나를 또 말리겠지?"

보차는 아침에 보옥이 읊조리던 시구가 대옥이 때문이라는 것을 알아차렸다. 보아하니 보옥의 이런 멍청한 생각은 아무리 말해도 가시게 할 수 없을 것 같아서, 차라리 이틀 밤쯤 원하는 대로 바깥방에서 자게 한 다음 스스로 단념하게 하는 게 낫겠다는 생각이 들었다. 게다가 어젯밤에는 아주 잘 잤다고까지 하질 않는가.

"그러지 못할 이유라도 있나요? 바깥방에서 주무시고 싶으면 얼마든지 그러세요. 우리가 뭐 하러 말리겠어요? 그 대신 쓸데없는 생각을 해서 귀신에게 잡히지나 않도록 주의하셔야 해요."

"누가 무슨 생각을 한다고 그래?"

보옥이 웃으면서 말하자 습인이 끼어들었다.

"제 생각엔 서방님께서 아무래도 안방에서 주무시는 게 좋겠어요. 바깥방에서 주무시면 잘 보살펴 드리지 못하니까 그러다가 감기라도 걸리시면 큰일이잖아요."

보옥이 미처 대꾸도 하기 전에 보차가 습인에게 눈짓을 하였다. 습인은 이내 눈치를 채고 말머리를 슬쩍 돌렸다.

"그렇지만 정 원하신다면 할 수 없죠, 뭐. 그럼 밤중에 차나 물을 따라드리도록 누구든지 곁에서 시중들게 해야겠어요."

그러자 보옥이 웃으면서 말했다.

"그렇다면 습인이가 곁에 있어 줘."

보옥의 말에 습인은 쑥스러운 생각이 들어서 금세 얼굴이 빨개지며 아무 말도 할 수가 없었다. 그러나 보차는 평소부터 습인이 진중하다는 것을 잘 알고 있었으므로 서슴없이 이렇게 말했다.

"습인은 나하고 있는 게 습관이 되었으니 그대로 내 곁에 있도록 하는 게 좋겠어요. 그 대신 사월이와 오아를 불러다 시중들게 하면 어때요? 게다가 습인은 하루 종일 내 시중을 드느라고 피곤했을 테니까 좀 쉬게 해야겠어요."

보옥은 하는 수 없이 웃으면서 바깥방으로 나왔다. 보차는 사월과 오아에게 어제처럼 바깥방에다 자리를 펴게 하고, 두 사람 모두 깨어 있으면서 보옥이 차나 물을 찾으면 얼른 갖다 드리라고 분부하였다.

사월과 오아가 대답하고 바깥방으로 나와 보니 보옥이 침상 위에 단정하게 앉아서 눈을 감고 합장하고 있었다. 그 모습이 마치 중과 같았으므로 두 사람은 아무 말도 못 하고 그저 쳐다보고 웃기만 할 뿐이었다. 보차는 또 습인에게도 나가서 보살펴주라고 하였다. 습인도 나와서 그 광경을 보고 웃으면서 나지막한 목소리로 보옥을 불렀다.

"주무실 때가 되었는데 왜 또 좌선을 하시는 거예요?"

그러자 보옥이 눈을 뜨고 습인을 바라보았다.

"상관 말고 너희나 먼저 자렴. 난 좀더 앉아 있다가 잘 테니까."

"서방님께서 어제 그러시는 바람에 아씨께선 밤새 한잠도 못 주무셨는데, 오늘 또 이러시면 어떡해요?"

보옥은 자기가 자지 않으면 아무도 자려하지 않을 것 같기에 옷을 벗고 자리에 누웠다. 습인은 사월과 오아에게 재차 몇 마디 당부를 하고 그제야 안으로 들어가서 문을 닫고 누웠다. 이쪽에서는 사월과 오아 두 사람도 자리를 펴고, 보옥이 잠드는 것을 기다렸다가 각자 자리에 누웠다.

그런데 보옥은 아무리 자려고 해도 잠이 오질 않았다. 사월과 오아 두 사람이 저쪽에서 자리를 펴고 있는 것을 보고 별안간 어느 해인가 습인이 집에 없을 때 청문과 사월이 자기 시중을 들어줬던 일이 떠올랐다. 그날 밤 사월이 밖으로 나가는 것을 보고 청문이 그녀를 놀래주려고 옷도 제대로 걸치지 않은 채 따라 나갔다가 감기에 걸려서 결국 그 병 때문에 죽지 않았던가. 생각이 여기에 미치자 보옥의 마음은 온통 청문에게로 옮아갔다. 그러다가 또 문득 오아가 청문을 닮았다는 희봉의 말이 생각나자, 청문을 생각하는 마음이 이번에는 다시 오아에게로 옮아갔다.

보옥은 일부러 자는 척하면서 살짝 곁눈으로 오아를 훔쳐봤다. 그런데 보면 볼수록 오아는 청문을 닮았으므로 자기도 모르게 다시 또 어리석은 생각이 도졌다. 가만히 귀 기울이고 들어보니 안방에서는 아무 소리도 들리지 않았다. 아마도 이미 잠든 모양이었다. 그렇지만 사월이 잠이 들었는지 알 수 없기에 일부러 두어 번 사월을 불러보았다. 그러나 아무 대답이 없었다.

오아가 보옥이 부르는 소리를 듣고 다가와서 물었다.

"서방님, 뭘 갖다 드릴까요?"

"응, 양치질 좀 했으면 좋겠어."

오아는 사월이 이미 잠든 것을 보고 하는 수 없이 일어나서 촛불의 심지를 새로 자른 다음, 차를 한 종지 따라 들고 다른 한 손으로는 양치할 그릇을 받쳐 들고 들어왔다. 그런데 오아는 급히 일어난 것이었으므로 몸에 분홍색 짧은 비단적삼 하나만을 걸쳤고 머리도 느슨하게 말아 올린 채였다. 그 모양이 보옥의 눈에는 영락없이 청문이 다시 살아난 것만 같았다. 불현듯 청문이 "누명쓸 줄 알았더라면 진작 실속이라도 차릴 걸 그랬어요"라고 하던 말이 생각나서 넋을 잃고 멍하니 바라만 볼 뿐, 차를 받아들 생각도 하지 못하였다.

오아는 방관이 나간 후로는 안으로 들어올 마음이 없었다. 그러나 그로부터 얼마 안 있어 희봉이 자기를 불러들여서 보옥의 시중을 들게 해주겠다는 말을 들은 다음부터는 보옥이 오아가 들어오기를 학수고대하는 것보다 더 간절한 마음으로 들어갈 수 있기를 바랐다. 그러나 정작 들어와 보니 보차나 습인은 한결같이 기품 있고 점잖은 사람들이라 저절로 우러르는 마음이 솟아났지만, 보옥은 정신이 온전치 못해서인지 이전과 같은 풍취라고는 찾아볼 수 없었다. 또한 왕부인이 보옥과 장난을 쳤다는 이유로 시녀 아이들을 쫓아냈다는 말을 들었으므로, 그 사건을 가슴에 새기면서 남녀지간의 사사로운 정 따위는 아예 염두에 두지도 않았다. 그런데 이 멍청해진 서방님은 오늘밤 따라 자기를 청문으로 여기고는 자꾸 엉뚱한 수작을 부리고자 하는 게 아닌가. 오아는 부끄러워서 그만 두 볼이 발그레해졌다. 그렇다고 큰 소리로 말할 수도 없고 해서 그저 나지막하게 말을 건넸다.

"서방님, 어서 양치질하세요."

보옥은 웃는 낯으로 차를 손에 받아들더니 양치질할 생각은 하지도 않은 채 히죽히죽 웃으며 묻는 것이었다.

"넌 청문이하고 친한 사이였지?"

오아는 무슨 영문인지 알 수 없어서 건성으로 대답했다.

"자매간인데 사이가 나쁠 것도 없지요, 뭐."

보옥이 또 낮은 목소리로 물었다.

"청문의 병이 위독했을 때 난 그 애를 보러 간 적이 있었는데 그때 너도 갔었지?"

오아가 미소를 지으며 고개를 끄덕이자 보옥이 다시 물었다.

"그 애가 무슨 말 하는 걸 듣지 못했니?"

오아는 고개를 내저었다.

"못 들었는데요."

그때 보옥은 이미 제정신이 아니었으므로 오아의 손을 덥석 잡아버렸다. 오아는 어찌나 놀랐던지 얼굴이 확확 달아오르고 가슴이 마구 두방망이질 쳤다. 그래도 소리를 낮춰서 보옥을 타일렀다.

"서방님, 하실 말씀이 있으시면 말로 하세요. 이렇게 손을 잡지 마시고요."

보옥은 그제야 잡았던 손을 놓고 말했다.

"그 앤 나를 보고 이런 말을 했어. '누명쓸 줄 알았더라면 진작 실속이라도 차릴 걸 그랬어요'라고. 그런데 왜 너는 못 들었니?"

오아는 그 말이 분명 청문의 이름을 빌려서 자기를 끌어들이려는 뜻임을 알았지만 감히 뭐라고 할 수도 없는 노릇이었다.

"그건 그 언니가 체면이고 뭐고 없어서 한 소리예요. 저희 같은 애들은 입에 담지도 못할 소리예요."

그 말에 보옥은 애가 탔다.

"어째서 너마저 그런 도덕선생 같은 말을 한단 말이냐! 난 네 얼굴이 청문이와 하도 닮았기에 말해본 건데, 넌 어떻게 그런 말로 그 애를 헐뜯을 수 있어?"

이쯤 되자 오아는 보옥의 심사를 알아차릴 수가 없었다. 그래서 이렇게 권했다.

"밤도 깊었으니 어서 주무세요. 이렇게 꼼짝 않고 앉아 계시다간 감기 걸리기 십상이에요. 방금 전에 새아씨와 습인 언니가 뭐라고 당부하시던가요? 잊으셨어요?"

"난 춥지 않은걸."

이렇게 말하면서 보옥은 문득 오아가 겉옷을 입고 있지 않다는 것에 생각이 미치자, 혹시라도 청문처럼 감기에 걸리면 어쩌나하고 걱정이 되었다.

"넌 왜 겉옷도 걸치지 않고 왔니?"

"서방님께서 그렇게 급하게 부르시는데 옷 입을 겨를이 어디 있었어야죠. 이렇게 한참 동안 말씀하실 줄 알았더라면 옷을 입고 왔을 거예요."

보옥은 얼른 자기가 걸친 옅은 남색 비단 솜저고리를 벗어서 오아에게 내밀며 입으라고 했다. 그러나 오아는 한사코 받으려 하지 않았다.

"서방님이나 걸치세요. 저는 춥지 않아요. 추우면 제 옷을 입겠어요."

오아는 그렇게 말하며 자기 침상으로 돌아가서 긴 저고리를 어깨에 걸쳤다. 그리고는 사월이 달게 자고 있는 것을 귀를 갖다 대고 확인하고 나서야 다시 살그머니 보옥에게 다가왔다.

"서방님께서는 오늘밤 정신을 좀 가다듬으시겠다고 하지 않으셨어요?"

그러자 보옥이 웃으며 말했다.

"정신을 가다듬긴 뭘 가다듬어? 난 선녀를 만나볼 생각이었어."

오아는 듣고도 무슨 말인지 몰라 부쩍 궁금해졌다.

"무슨 선녀를 만나신다는 거예요?"

"그걸 말하자면 얘기가 길어. 자, 내 곁에 와서 앉으렴. 그럼 내가 얘기해줄게."

오아가 얼굴을 붉히며 말했다.

"서방님께서 누워 계신데 제가 어떻게 거기 앉겠어요?"

"그러면 어때? 어느 해던가 추운 겨울날 사월과 청문이 장난을 쳤는데, 난 청문의 몸이 얼면 어쩌나 싶어서 그 애를 내 이불 속에 넣고 몸을 녹여준 적이 있어. 그게 뭐 대수야! 자고로 사람이란 쓸데없이 점잖은 체해서는 못 쓰는 법이라고."

오아에게는 보옥의 한마디 한마디가 자기를 희롱하는 말로 들렸다. 그러나 보옥의 말은 구구절절이 모두 진심이었다. 오아는 그 자리를 뜨기도 난처하고, 그대로 서 있기도 거북하고, 그렇다고 권하는 대로 앉을 수도 없었다. 어쩔 도리 없이 오아는 미소 지으며 보옥에게 말했다.

"그런 실없는 말씀은 하지 마세요. 남들이 들으면 뭐라고 하겠어요? 서방님께서 여자애들한테만 정신이 팔려있다고 사람들이 그러는 것도 괜한 소리가 아니네요. 서방님께선 선녀 같은 새아씨와 습인 언니를 제쳐두고 왜 자꾸 다른 여자들과 어울리시려는 거예요? 이제 또 그런 말씀을 하시면 새아씨께 일러바치겠어요. 그럼 서방님께선 낯을 들고 다니지도 못하실 걸요."

한창 이런 얘기를 나누고 있는데 갑자기 밖에서 '쿵' 하는 소리가 들려왔으므로 두 사람은 깜짝 놀랐다. 그러던 차에 이번에는 안방에서 또 보차의 기침소리가 들려왔다. 그 소리에 보옥은 얼른 오아에게 아무 소리 말라며 입 시늉을 해보였다. 눈치를 챈 오아는 급히 촛불을 끄고 살그머니 제자리로 가서 누웠다.

사실 보차와 습인은 어젯밤에 한숨도 못 잔 데다가 낮 동안 줄곧 피곤했으므로 눕자마자 곯아떨어졌기 때문에 그들이 하는 말을 하나도 듣지 못했다. 그러다가 별안간 뜰에서 무슨 소리가 나는 바람에 깜짝 놀라 귀를 기울여 보았지만 아무런 동정이 없자 도로 잠이 들었다.

이때 침상에 누운 보옥은 의혹이 들었다.

'혹시 대옥 누이가 다녀간 것이 아닐까? 대옥 누이가 와서 내가 오아하고 얘기하는 걸 보고 일부러 우리를 놀라게 한 게 아닐까?'

보옥은 그러면서 엎치락뒤치락하며 온갖 잡생각을 다하다가 오경이 지나서야 겨우 선잠이 들었다.

한편 오아는 거의 밤새도록 보옥에게 시달린 데다가 보차의 기침소리까지 듣고 보니 도둑이 제 발 저린다고 혹시 보차가 자기들의 말소리를 듣지나 않았는지 걱정된 나머지 이 생각 저 생각에 거의 한잠도 자지 못했다. 그러다가 새벽녘에 일찍 일어나서 살펴보니 보옥이 아직도 곤하게 자고 있었으므로 소리를 죽여 가며 조심스레 방 청소를 하였다. 그때 사월이 깨서 오아에게 물었다.

"왜 벌써 일어났어? 설마 밤새 안 자고 있었던 건 아니겠지?"

오아는 그 말을 듣고 사월이 간밤의 일을 알고 있을지도 모르겠다는 생각이 들어서 그저 겸연쩍게 웃기만 할 뿐 아무 말도 하지 않았다. 이윽고 보차와 습인도 모두 일어났다. 문을 열고 보니까 보옥이 아직 자고 있었으므로 의아한 생각이 들었다.

'어찌 된 까닭에 바깥방에서 이틀 밤이나 저렇게 편하게 잘 수가 있단 말인가?'

보옥은 다들 일어나 있었으므로 자기도 급히 일어났다. 눈을 비비며 곰곰이 생각해 보았지만 대옥은 어젯밤 꿈에도 나타나 주지 않았기에 그야말로 신선과 속인의 길은 다른 건가 하는 생각이 들었다. 보옥은 느릿느릿 침상에서 내려오다가 간밤에 오아가 보차와 습인이 모두 선녀 같다고 했던 말이 떠올랐다. 그 말이 과연 옳은 것 같다는 생각이 들어서 보옥은 물끄러미 보차를 바라다보았다. 보차는 보옥이 멍하니 있는 것을 보고 대옥의 일로 그런다는 것은 알고 있었지만 꿈을 꾸지 못해 그러는 것까지는 알지 못했다. 보차는 보옥이 자기를 뚫어지게 바라보자 쑥스러운 마음에 뜬금없이 물었다.

"서방님, 간밤에 정말 선녀라도 만나셨나요?"

보옥은 그 말을 듣자 보차가 어젯밤에 자기가 오아와 나눈 이야기를 들었나보다 라는 생각이 들어서 웃으며 대충 얼버무렸다.

"그건 또 무슨 소리야?"

그런데 오아는 그 소리를 듣자 더욱 가슴이 두근거려서 견딜 수가 없었다. 그렇다고 뭐라고 말을 할 수도 없는 처지라 그저 보차의 거동만 살피고 있었다. 그런데 이번에는 보차가 웃으면서 오아에게 묻는 것이었다.

"넌 서방님께서 잠결에 누구와 얘기하는 걸 못 들었니?"

보옥은 그 소리를 듣자 더 이상 그 자리에 있을 수가 없어서 머뭇거리다가 밖으로 나가 버렸다.

오아는 얼굴이 홍당무가 되어서 더듬거리며 대답했다.

"한밤중이 되기 전에는 뭐라고 몇 마디 하시던데 저도 똑똑하게 듣진 못했어요. 무슨 '누명을 썼다' 느니, 또 무슨 '실속을 차리지 못했다' 느니 하는 말씀을 하셨던 것 같은데, 무슨 소린지 모르겠어서 어서 주무시라고만 했어요. 나중엔 저도 잠이 들었기 때문에 서방님께서 무슨 말씀을 더 하셨는지는 모르겠어요."

보차는 고개를 숙이고 생각했다.

'그 말은 분명 대옥이를 두고 한 말임에 틀림없다. 그렇다면 저 사람을 계속 바깥방에서 자게 해서는 안 되겠다. 그러다가 정신이 흐려져서 꽃이나 달에 깃든 요망한 귀신들에게 홀리기라도 하면 어찌한단 말인가? 하물며 저 사람의 병은 자매들에 대한 각별한 정 때문에 생긴 것이 아닌가? 그러니 무슨 방법을 써서라도 그의 마음을 돌려놓지 않으면 안 되겠다.'

여기에 생각이 미치자 보차는 얼굴이 화끈거리고 귀가 달아올라서,

무안해진 나머지 세수하러 안방으로 들어갔다.

한편 가모는 이틀 동안이나 즐겁게 지냈지만 과식한 탓으로 그날 밤 속이 편치 않았다. 이튿날에는 명치끝이 뻐근한 게 답답하기까지 했다. 원앙 등이 가정에게 알리려고 했으나 가모가 말렸다.

"내가 이틀 동안 입맛이 당겨서 너무 많이 먹었구나. 한 끼쯤 굶으면 괜찮아질 게다. 그러니 아무 소리들 마라."

그래서 원앙 등은 아무에게도 말하지 않았다.

그날 밤 보옥은 자기 방으로 돌아왔다. 그때 마침 보차가 가모와 왕부인에게 저녁문안을 올리고 돌아왔으므로 보옥은 아침의 일 때문에 민망하여 얼굴을 붉혔다. 보차는 그런 모습을 보고 겸연쩍어서 그럴 거라고 눈치를 챘다. 그러면서 속으로 이런 생각을 했다.

'서방님은 치정에 얽매인 사람이야. 그이의 병을 고치려면 치정으로 치정을 다스리는 수밖에 없어.'

그러면서 보차는 보옥에게 물었다.

"오늘 밤도 바깥방에서 주무시지 그러세요?"

보옥은 쑥스러워 하며 대답했다.

"안이나 밖이나 다 마찬가지야."

보차는 한마디 더 하려다가 어쩐지 말을 꺼내기가 거북하게 느껴졌다. 그러자 습인이 끼어들었다.

"그만두세요. 세상에 어디 그런 법이 있어요? 전 바깥방에서 편히 주무실 수 있다는 게 믿어지질 않아요!"

듣고 있던 오아도 얼른 습인의 말을 받았다.

"서방님께서 바깥방에서 주무신다고 해도 별로 달라지는 건 없어요. 그렇지만 자꾸 잠꼬대를 하시는데 도무지 무슨 소린지 알 수가 있어야죠. 그렇다고 물어볼 수도 없고요."

그러자 습인이 말했다.

"그럼 오늘밤엔 내가 바깥방에 나가 자면서 정말 잠꼬대가 나오는지 아닌지를 두고 볼 테야. 그러니 너희는 서방님 자리나 안에다 펴드리도록 하렴."

보차는 듣고 나서 아무 말도 하지 않았다.

보옥은 부끄러워 죽을 지경이었으므로 더 이상 고집을 부리지 못하고 시키는 대로 안으로 자리를 옮겼다. 보옥은 미안한 마음에 보차의 마음을 풀어주려고 했고, 보차는 보옥이 울적한 심사를 품고 있다가 혹시라도 병이 날까봐 염려스러웠다. 그래서 자신이 살갑게 굴어서 보옥이 가까이 다가오게 해야겠다는 마음이 들었던 것이다. 말하자면 '꽃을 옮겨 심거나 나무를 접붙인다'는 계책이었다.

그날 밤 습인은 자기가 말한 대로 바깥방으로 옮겨갔다. 보옥은 보차에게 미안한 마음이었고 보차는 보차대로 보옥의 마음을 달래주려는 바람이 간절했으므로, 보차가 시집온 이후 처음으로 두 사람은 운우의 정을 마음껏 나눴고 부부간의 사랑을 한껏 맛보았다. 이른바 '이오二五의 정精이 하나로 합쳐진다'[2]는 것이 바로 이를 두고 하는 말이니, 이에 대해서는 다음에 다시 이야기하도록 하겠다.

이튿날 아침 보옥과 보차는 함께 일어났다. 보옥은 세수하고 나서 먼저 가모에게로 갔다. 가모는 원래 보옥을 몹시 귀여워했었고 보차도 성심껏 효성을 다하는 것을 보고 흐뭇해하던 중, 문득 한 가지 물건이 생각났으므로 원앙에게 상자를 열어 조상님이 물려준 한대漢代의 옥결玉玦을 꺼내오도록 했다. 이 옥결은 비록 보옥의 통령보옥과는 비교도 안 되지만 그래도 몸에 차고 다니는 것으로는 아주 진귀한 물건이었다.

---

2 이는 음양(陰陽)을, 오는 오행(五行)을 말하는 것으로, 생명을 잉태한다는 것을 은근히 가리키는 것임.

원앙이 그것을 꺼내다 가모에게 드리면서 말했다.

"이건 제가 여태까지 한 번도 보지 못한 물건이네요. 노마님께서는 연세가 많으신데도 어떻게 이것이 어느 상자, 어느 갑 속에 들어있는지를 똑똑하게 기억하시나요? 노마님께서 일러 주신대로 찾아보니 정말 거기 있던걸요. 그런데 노마님께선 이걸 꺼내다 무엇에 쓰시려고 그러세요?"

"네가 그걸 알 까닭이 없지. 이 옥은 내 증조부님께서 우리 할아버님께 주신 거란다. 그런데 우리 할아버님께서는 나를 귀여워하셔서 내가 출가할 때 손수 이걸 건네주시면서 이렇게 말씀하셨지. '이 옥은 한나라 사람이 몸에 차던 물건으로 아주 귀중한 것이니, 네가 지니고 있으면서 나를 보듯 하려무나.' 난 그때 아직 철이 없었기 때문에 이걸 가지고는 왔지만 그게 무슨 가치가 있는 건지도 모르고 그냥 상자 안에 처박아 뒀었어. 이 댁에 와보니까 여기도 귀한 물건이 많기에 난 이런 건 아무것도 아니라고 여겨서 지금까지 한 번도 차지 않은 채 육십여 년 동안 내버려 두었단다. 그런데 지금 보옥이가 저토록 효성이 극진하고 또 제가 찼던 옥을 잃어버렸으니 이걸 그 애한테 줄 생각이다. 할아버님께서 내게 주셨던 것과 같은 의미라고 할 수 있지."

그런 얘기를 하고 있을 때 마침 보옥이 문안을 왔으므로 가모는 무척 기뻐하였다.

"이리 와 보아라. 내가 너한테 보여줄 물건이 있다."

보옥이 침상 앞으로 다가가자 가모는 그 한옥漢玉을 보옥에게 주었다. 보옥이 받아서 보니 그 옥은 직경이 세 치쯤 되고 모양은 참외같이 생겼으며 붉은빛이 도는 것이 여간 정교한 것이 아니었다. 보옥은 입에 침이 마르도록 감탄을 금치 못했다.

"맘에 드니? 이건 우리 할아버님께서 나한테 주신 건데, 이젠 네게 주마."

보옥은 싱글벙글하며 가모에게 감사의 인사를 올리고 나서 그것을 어머니한테 보이러 가겠다고 했다. 그러자 가모가 보옥을 말렸다.

"네 어미가 보면 곧바로 아비한테 말할 텐데, 그럼 아들보다 손자를 더 사랑한다고 그러질 않겠느냐? 네 부모도 여태까지 이걸 본 적이 없단다."

보옥은 웃으면서 돌아갔고, 보차 등은 몇 마디 얘기를 더 나누다가 그곳에서 물러나왔다.

이날부터 가모는 이틀 동안 식사를 하지 않았는데도 명치끝이 여전히 꽉 막혀서 현기증이 나고 눈앞이 어질어질했으며 기침까지 났다. 형부인, 왕부인과 희봉 등이 문안 와서 살펴보니 정신만은 아직 괜찮아 보였으나 그래도 안심이 되질 않아서 가정에게 사람을 보내 즉시 문안드리러 오라고 기별하였다. 가정은 와 보더니 바로 의원을 부르도록 했다. 얼마 지나지 않아 의원이 와서 진맥해 본 후 연로하신 분이 체한 데다 감기까지 걸려서 그런 것이니 체증을 내리고 감기처방을 하면 곧 나아질 거라고 했다. 가정이 약 처방을 보니 일반적인 약품들이었으므로 잘 달여서 드시게 하라고 분부하였다. 그 후부터 가정은 아침저녁으로 병문안을 왔는데 연 사흘이 지나도록 차도가 없자 가련을 불러서 일렀다.

"어서 용한 의원을 수소문해서 할머님 병환을 보이도록 해라. 우리 집에 단골로 다니는 몇몇 의원들은 의술이 그다지 신통한 것 같지 않더구나. 그래서 너더러 다른 용한 의원을 청해 오라는 거다."

가련은 잠시 생각해보더니 입을 열었다.

"어느 해던가 보옥이 앓았을 때 별로 이름 없는 의원을 불러다 보였더니 뜻밖에도 효험이 있질 않았습니까? 이번에도 그 의원을 청해 보면 어떨까요?"

"의술을 닦기란 워낙 어려운 일이므로 소문나지 않은 의원이 오히려 더 용한 경우가 있지. 그럼 얼른 누굴 시켜서 그 의원을 청해오도록 해라."

가련이 냉큼 대답하고 밖으로 나갔다가 돌아와서 아뢰었다.

"성이 류씨라고 하는 그 의원은 요즈음 글을 가르치러 외지로 갔는데, 한 열흘쯤 지나면 한 번 다니러 올 거라는군요. 그때까지 기다릴 수 없어서 대신 다른 의원 한 사람을 청했는데 곧 올 겁니다."

가정은 하는 수 없이 그 의원을 기다렸다. 이 이야기는 그만 하기로 하겠다.

한편 가모가 앓아누운 동안 온 집안의 안식구들은 하루도 빼놓지 않고 문병을 왔다. 어느 날 그들이 모두 가모의 처소에 모여 있는데 대관원의 중문을 지키는 노파가 와서 아뢰었다.

"대관원안의 농취암에 계시는 묘옥 스님이 노마님께서 편찮으시다는 말을 듣고 특별히 문병 오셨습니다."

그곳에 있던 사람들이 입을 모아 말했다.

"그 스님은 좀처럼 오지 않는 분인데 오늘 일부러 어려운 걸음을 하셨으니 어서 안으로 모시도록 해라."

희봉이 침상 앞으로 가서 가모에게 묘옥이 왔다고 알렸다. 수연은 묘옥과 이전부터 친한 사이였기에 먼저 밖으로 나가서 그녀를 맞아들였다. 묘옥은 머리는 묘상계妙常髻[3]로 틀어 올리고 몸에는 연한 남색 비단 저고리 위에 검은 비단에 선을 두른 바둑무늬 긴 배자를 입었는데 옅은 황녹색 명주끈이 매여 있었으며, 허리에는 연한 묵으로 그림이 그려진 흰 능라치마를 둘렀고, 손에는 먼지 털이〔塵尾〕[4]와 염주를 들고 있었다.

---

3 머리를 자르지 않은 채 수행하는 비구니가 틀어 올리는 머리 모양으로 위에 두건을 덮어씀.

4 스님이나 도사가 번뇌 따위를 떨어버리려고 들고 다니는 총채.

그녀가 시녀 하나를 데리고 하늘하늘 걸어 들어오는 것을 보고 수연이 인사를 건넸다.

"원내에서 지낼 때는 그래도 자주 뵐 수 있었는데 요즈음은 원내에 사람이 적으니 혼자서 쉽게 갈 수가 없네요. 게다가 이곳으로 통하는 중문이 늘 잠겨있기 때문에 근자에는 통 뵙지를 못했습니다. 오늘 이렇게 만나게 되서 정말 반가워요."

"그전에 이 댁이 한창 홍성했을 때는 아가씨들이 비록 바깥 원내에 살고 계셨지만 제가 자주 찾아가서 친근하게 지낼 처지가 못 되었지요. 그런데 듣자니 지금은 이 댁 형편이 좋지 못한 데다가 노마님께서 병환 중에 계신다는 소릴 들었고, 수연 아가씨 일도 궁금할뿐더러 또 보차 아가씨도 뵈올 겸해서 이렇게 왔습니다. 그까짓 문이야 닫혀있든 말든 제겐 상관이 없어요. 아무 때나 제가 오고 싶으면 오고, 오기 싫으면 아무리 청해도 오지 않을 테니까요."

묘옥의 말에 수연이 웃었다.

"스님의 성격은 여전하시군요."

두 사람은 얘기를 나누며 가모의 방으로 들어섰다. 모두들 묘옥을 보고 인사했다. 묘옥은 가모의 침상으로 다가가서 문안 인사를 올린 후 몇 마디 위로의 말을 건넸다. 그러자 가모가 물었다.

"스님은 보살이시니까 알겠군. 그래 내 병이 나을 것 같소?"

"노마님같이 자비로우신 분은 반드시 장수하실 거예요. 잠시 감기에 걸리신 거니까 약을 몇 첩 잡수시면 곧 나으실 겁니다. 연세 많으신 분들은 무엇보다도 마음을 편히 가지셔야 해요."

"내 병은 마음을 편히 가지지 못해서 생긴 게 아니야. 난 언제나 유쾌하고 즐겁게 지내는 편이거든. 이 병도 그리 심한 건 아니고 그저 가슴이 콱 막힌 것같이 답답할 뿐이야. 방금 의원이 속을 많이 태워서 병이 난 거라고 하던데, 스님도 알다시피 우리 집에서 누가 감히 내 화를 돋우겠어? 그러니 그 의원이 진맥을 제대로 하지 못한 게 틀림없어. 그래서 내가 련이에게 말해두었지. 처음에 왔던 의원이 감기와 체증 때문에 그런 거라고 한 말이 맞는 것 같으니 내일 그 의원을 다시 불러 오라고 말이지."

그러면서 가모는 원앙에게 주방에다 일러서 소찬을 한 상 정갈하게 차려내어 이곳에서 묘옥이 식사를 들 수 있게 하라고 시켰다.

그러나 묘옥은 사양했다.

"전 점심을 먹고 왔어요. 더 먹을 생각이 없습니다."

이에 왕부인이 한마디 하였다.

"정 그렇다면 먹지 말고 우리 같이 앉아서 이야기나 나눕시다."

"전 오랫동안 여러분들을 뵙지 못했기 때문에 오늘은 마음먹고 인사 드리러 온 겁니다."

묘옥은 한동안 이야기를 나눈 후 돌아가려고 자리에서 일어났다. 그러다가 고개를 돌려 석춘이 서 있는 것을 보고 말했다.

"넷째 아가씬 왜 그렇게 수척해지셨나요? 너무 그렇게 그림 그리기에만 열중하시면 안돼요."

"그림 그리기를 그만둔 지는 오래 되었는걸요. 지금 살고 있는 방은 원내의 방보다 밝지 못해서 그림 그릴 생각이 영 나질 않아요."

"지금은 어디 거처하시는데요?"

"아까 스님이 들어오시던 그 문 동쪽에 있는 방이에요. 스님이 오시자면 아주 가깝지요."

"마음 내킬 때 찾아뵙도록 하지요."

석춘 등은 이런 말을 주고받으며 묘옥을 배웅하였다. 돌아오다가 가모의 처소에 의원이 와 있다는 시녀의 말을 전해 듣고, 모두들 일단 헤어져서 각자 자기 처소로 돌아갔다.

가모의 병은 날이 갈수록 더욱 위중해져갔다. 의원을 갈아들이며 치료해보았지만 낫기는커녕 나중에는 설사까지 하게 되었다. 가정은 속이 바짝바짝 타들어갔다. 가모의 병이 쉽게 나을 것 같지 않았으므로 관아에 사람을 보내 못 나간다는 사정을 전한 뒤, 밤낮으로 왕부인과 함께 손수 약 수발을 들었다.

그러던 어느 날 가모가 식사를 좀 하는 것을 보고 왕부인은 다소 마음을 놓고 있었다. 그런데 웬 할멈이 문밖에서 방 안을 기웃거리고 있기에 왕부인은 채운에게 누군지 알아보라고 하였다. 채운이 나가보니 다름 아닌 영춘을 따라 손씨 댁으로 갔던 할멈이었다.

"무슨 일로 왔어요?"

"온 지가 한참 되었는데 아가씨들을 한 분도 만날 수 없어서 이러고 있었어요. 그렇다고 함부로 들어갈 수도 없고 해서 얼마나 애를 태웠는지 몰라요."

그러자 채운이 물었다.

"뭐가 그리 애가 탄다는 거예요? 또 그 댁 서방님이 아가씨를 못살게 굴었나요?"

"아가씨께서 지금 위독하세요. 그저께 서방님이 또 한바탕 난리를 부리시는 바람에 아가씨께서 밤새도록 우셨는데, 어제부터는 그만 담이 꽉 막혀서 숨도 제대로 쉬질 못하시는 거예요. 그런데도 그 댁에선 의원도 불러다 주질 않아서 오늘은 병이 더 심해졌어요."

"노마님께서 병중에 계시니까 너무 호들갑 떨지 말아요."

안에서 그 말을 다 들은 왕부인은 가모가 알게 되면 크게 근심할 것 같았으므로 채운에게 밖으로 데리고 나가서 이야기하라고 일렀다. 그런데 가모는 병중에 있으면서도 정신만은 맑아서 이 소리를 전부 듣고 말았다.

"영춘이가 죽어간단 말이냐?"

왕부인이 얼른 대답하였다.

"아니에요. 할멈들이 분별이 없어서 하는 소리예요. 그 애가 이삼일 전부터 앓는 모양인데 쉽게 나을 것 같지 않다면서 용한 의원이 없는가 물어보러 온 것 같아요."

"나를 봐준 의원이 용한 것 같으니 어서 그 의원을 보내주도록 해라."

왕부인은 채운을 불러서 그 할멈더러 큰마님한테 가서 말씀드리도록 하라고 일렀다. 그 할멈은 형부인을 찾아갔다.

그 소식을 들은 가모는 슬프기가 이만저만이 아니었다.

"내게는 시집간 손녀가 셋이 있는데 하나는 복을 한껏 누리다가 세상을 떠났고, 셋째는 먼 곳으로 시집가서 만나볼 수조차 없구나. 영춘인 비록 고생은 한다지만 어떻게든 견뎌낼 줄 알았는데 그 젊은 나이에 죽게 될 줄은 꿈에도 몰랐구나. 그러니 나같이 늙은 게 더 살아서 무엇 하겠느냐!"

왕부인과 원앙 등은 한참 동안 가모를 위로하느라고 애를 썼다. 이때 보차와 이환은 그 방에 없었고 희봉도 자기 방에서 몸져누워 있었으므로, 왕부인은 가모가 슬픔에 겨워서 병이 더해질 것이 염려되어 사람을 시켜서 그들을 불러다 가모의 곁을 지키게 했다. 그리고 자기는 방으로 돌아와서 채운을 불러놓고 그 할멈이 참으로 소견머리도 없다고 나무랐다.

"앞으로 내가 노마님 방에 있을 때는 무슨 일이 있더라도 알리러 오지 마라."

시녀들은 분부대로 하겠다고 대답하였다.

그런데 그 할멈이 막 형부인의 처소에 들어서려고 할 때, 밖에 있던 사람이 급히 들어와서 형부인에게 아뢰었다.

"영춘 아씨께서 돌아가셨답니다."

그 소식에 형부인은 한바탕 통곡을 하였다. 지금은 영춘의 아버지가 집에 없는 처지였으므로 하는 수 없이 가련더러 속히 가보라고 하였다.

그러나 가모에게만은 병이 중한 만큼 아무도 그 소식을 알리지 않았다. 가엾게도 그 꽃같이 아름답고 달같이 어여쁘던 아가씨가 시집간 지 겨우 일 년 남짓 만에 손가에게 짓밟히다 못해 끝내 이 세상을 하직하고 만 것이었다. 마침 공교롭게도 가모의 병세가 위중한 때라 아무도 그 곁을 떠날 수 없었으므로, 영춘의 시신마저 손가네 사람들에 의해 대충 아무렇게나 처리되었다.

가모는 병세가 날로 악화되자 손녀들을 더욱 보고 싶어 했다. 그러던 어느 날 문득 상운이 생각나서 시녀더러 상운에게 가보라고 했다. 심부름 다녀온 시녀는 가만히 원앙을 찾아서 말하려고 했지만, 원앙은 가모의 곁에 붙어 있었고 왕부인 등도 모두 안에 있었으므로 들어갈 수가 없었다. 그래서 뒤로 돌아가서 호박에게 말했다.

"노마님께서 상운 아씨가 보고 싶으셔서 나더러 가서 소식을 알아오라고 하셨어. 그런데 글쎄 아씨께서는 한참 울고 계시질 않겠어? 아씨가 말씀하시길 서방님이 급한 병에 걸렸는데 의원들이 한결같이 나을 가망이 없다고 하면서 만일 폐병으로 번지면 앞으로 사오 년을 더 견디기 힘들 거라고 했대. 그래서 상운 아씨는 지금 제정신이 아니셔. 그러니 노마님께서 위중하시다는 소식을 듣고도 문병 와볼 형편이 아니지. 아씨께선 절대로 노마님께는 말씀드리지 말라고 당부하셨어. 그러니까 만일 노마님께서 물으시거든 무슨 말로라도 꾸며대서 말씀드리도록 해."

호박은 그 말을 듣고는 한숨만 내쉬면서 아무 말도 하지 못하더니 한참 만에 비로소 입을 열었다.

"알았으니까 그만 돌아가렴."

그러나 호박으로서도 자기가 직접 말씀드리기가 뭣해서 원앙에게 말해서 적당히 꾸며대게 해야겠다고 마음먹고 가모의 침상 곁으로 다가갔다. 그런데 가모의 기색이 더욱 안 좋게 변하자 마루에 서 있던 사람들이 모두 아무래도 가망이 없겠다며 수군거리고 있었다. 그 바람에 호박은 말을 꺼낼 수가 없었다.

한편 가정은 슬그머니 가련을 곁으로 불러다 몇 마디 귓속말을 하였다. 그러자 가련이 나지막하게 대답하고는 밖으로 나가서 집안에 있는 하인들을 모두 불러 모아놓고 분부를 내렸다.

"아무래도 노마님의 후사를 미리 마련해 놓아야겠다. 그러니 너희는 각각 분담하여 자기가 맡은 일을 하도록 해라. 무엇보다도 먼저 관을 내어다 안쪽에 칠을 하고 천을 댈 수 있도록 살펴봐야 한다. 그리고 서둘러서 곳곳을 다니며 사람들의 옷 치수를 잰 다음 천을 가져다 재단해서 침모들에게 상복을 만들라고 해라. 그리고 천막을 치거나 의장儀仗을 마련하는 것도 다 미리 약조해두도록 하고, 주방에도 몇 사람 더 보내야 할 것이다."

그러자 뇌대 등이 아뢰었다.

"서방님, 그런 일들일랑 염려하지 마십시오. 저희들도 이미 다 생각해 두었으니까요. 그런데 거기 드는 돈은 어떻게 마련하나요?"

"그 돈에 대해서는 걱정할 필요 없다. 노마님께서 일찌감치 마련해 두셨어. 방금 대감님 말씀이 어떻게 해서든지 이 장례만큼은 훌륭하게 치르겠다고 하셨다. 내 생각에도 버젓하게 치러야 할 것 같구나."

가련의 말대로 뇌대 등은 하인들에게 각각 일을 분담시켰다. 가련은 그 길로 자기 방으로 돌아와서 평아에게 물었다.

"아씨는 오늘 좀 어떠시니?"

평아는 안방을 향해 입을 삐죽 내밀며 말했다.

"직접 들어가 보세요."

가련이 안으로 들어가 보니 희봉은 마침 옷을 입으려다가 힘이 드는지 몸을 가누지 못한 채 구들 위에 있는 작은 탁자에 잠시 기대고 있었다.

"당신도 이제 몸조리만 하고 있을 처지가 못 될 것 같구려. 할머님 일이 당장 오늘내일 중이라도 일어날지 모르는데 어찌 당신이 가만히 있을 수 있겠어? 그러니 어서 사람을 시켜서 방 안에 있는 물건들을 잘 챙겨놓은 다음 몸이 괴롭더라도 건너가 봅시다. 정작 일이 일어나면 당신이나 나나 집으로 돌아오지 못할 테니까."

"우리 집에 챙겨놓을 게 뭐가 있다고 그러세요? 남은 거라곤 고작 이런 것들뿐인데 무슨 걱정이에요! 대감님께서 찾으실지 모르니까 당신 먼저 가세요. 전 옷 좀 갈아입고 곧바로 가겠어요."

가련은 먼저 가모의 방으로 돌아와서 가정에게 가만히 아뢰었다.

"모든 일을 빈틈없이 지시해 두었습니다."

가정이 고개를 끄덕였다. 이때 밖에서 태의가 왔다는 전갈이 들려왔으므로 가련이 나가서 맞이했다. 태의는 한차례 진맥하고 나서 밖으로 나와 가련에게 나지막한 목소리로 말했다.

"노마님의 맥이 좋질 않습니다. 아무래도 준비를 해두셔야 할 것 같습니다."

가련은 태의의 말뜻을 알아차리고 이를 왕부인에게 알렸다. 왕부인은 얼른 눈짓으로 원앙을 불러서 가모의 수의를 준비해 놓으라고 했다. 원앙은 시키는 대로 준비하러 갔다.

그때 가모가 눈을 뜨더니 차를 마시고 싶다고 했다. 형부인이 인삼탕을 한 잔 올리자 가모는 입을 대고 마시려고 하다가 잔을 밀어냈다.

"이것 말고 차를 한 잔 다오."

사람들은 그 말을 거역할 수 없어서 얼른 차를 가져다 드렸다. 가모는 한 모금을 마시더니 다시 달래서 또 한 모금을 더 마시고는 말했다.

"좀 일어나 앉아야겠다."

그러자 가정 등이 말렸다.

"어머님, 필요하신 게 있으시면 뭐든지 말씀하세요. 일어나 앉으시는 것만큼은 안 하시는 게 좋겠어요."

"차를 좀 마셨더니 속이 시원해졌다. 잠시만 기대고 앉아서 너희하고 얘기를 좀 나누고 싶구나."

진주 등이 두 손으로 조심스럽게 가모를 안아 일으켰는데 가모의 정신이 퍽 맑아 보였다. 가모의 생사가 어찌 될 것인지 알고 싶으면 다음 회를 보시라.

史太君壽終
歸狀府
王熙鳳力拙
失人心

제110회

천수를 다한 사태군

사태군은 천수 다해 이승을 떠나고
왕희봉은 기운 부쳐 인심을 잃었네

史太君壽終歸地府　王鳳姐力詘失人心

가모는 부축을 받으며 일어나 앉아서 말했다.

"내가 이 집안에 들어와서 살아온 지가 벌써 육십여 년이 되었구나. 젊어서부터 이 나이 먹도록 복이란 복은 다 누려왔다. 대감으로부터 아들 손자에 이르기까지 다들 훌륭하다고 할 수 있지. 보옥이만은 내가 각별히 사랑해 왔지만…."

가모는 여기까지 말하고는 주위에 서 있는 사람들을 둘러보았다. 그러자 왕부인은 얼른 보옥을 가모의 침상 앞으로 밀었다. 가모는 이불 속에서 손을 꺼내더니 보옥의 손을 잡고 말했다.

"애야, 넌 아무쪼록 훌륭한 사람이 되기 위해 더욱 정진해야 한다!"

보옥은 대답하면서 가슴이 찢어지고 눈물이 쏟아질 것만 같았다. 그러나 눈물을 보일 수가 없었으므로 꾹 눌러 참으면서 그대로 가모의 곁에 서서 하시는 말씀을 귀담아 들었다.

"너한테서 증손자를 봤더라면 안심이 되었을 텐데. 그런데 우리 난이는 어디 있느냐?"

이환이 가란을 밀어서 가모 곁에 세웠다.

가모는 보옥의 손을 놓더니 이번에는 가란의 손을 잡고 말했다.

"네 어미는 내게 효성이 지극했단다. 앞으로 네가 크거들랑 네 어미를 기쁘게 해드려라. 그런데 희봉인 어디 있느냐?"

희봉은 아까부터 가모의 곁에 서 있었으므로 얼른 눈에 보이는 쪽으로 나섰다.

"저 여기 있어요."

"얘야, 넌 너무 영리하구나. 그러니 앞으로는 복을 좀 쌓도록 해라. 나도 별로 복을 쌓은 건 없지만 마음이 진실하고 참을성은 있는 편이지. 정진결재精進潔齋나 염불 같은 것도 별로 하지 않았어. 고작해야 지난해에 《금강경》을 베껴서 사람들한테 나눠준 정도지. 그런데 참 그걸다 나눠주기는 했느냐?"

"아직 다 나눠주지 못했어요."

"빨리 다 나눠주도록 해라. 우리 집 큰 대감과 진이는 멀리 객지에서 잘 지내고 있는지 모르겠구나. 그런데 제일 밉살스러운 건 양심도 없는 저 상운이로구나. 내가 앓아누웠는데도 어쩌면 한 번도 와보질 않는 게냐?"

원앙 등은 그 까닭을 알고 있지만 아무 말도 할 수가 없었다. 가모가 이번에는 보차를 바라보고는 한숨을 푹 내쉬더니 이내 얼굴에 붉은빛이 감도는 것이 아닌가. 가정은 그것이 임종 직전에 잠시 생기가 돌아오는 것임을 알아차리고 황급히 인삼탕을 올리게 했다. 그러나 가모는 어느 새 이를 악물고서 눈을 잠시 감았다가 다시 뜨더니 온 방 안을 빙 둘러보는 것이었다. 왕부인과 보차가 얼른 다가가서 가모를 부축하였으며, 형부인과 희봉은 서둘러서 수의를 입혀드렸다. 마루에 서 있던 할멈들은 진작부터 침상을 따로 마련해 놓고 그 위에 이부자리를 깔아

놓았었다. 목에서 가랑가랑한 소리가 몇 번 들리는가 싶더니, 가모는 얼굴에 웃음을 띠며 마침내 숨을 거두었다. 향년 83세였다. 할멈들은 급히 새로 마련한 침상에 가모의 시신을 안치했다.

가정을 비롯한 남자들은 바깥에서 꿇어앉고, 형부인을 비롯한 안식구들은 안에서 꿇어앉아 일제히 곡을 했다. 바깥에서는 하인들이 만반의 준비를 다 갖춰놓고 있었다. 안에서 기별이 오자 하인들은 영국부의 대문에서부터 안채에 이르기까지 문이란 문은 죄다 활짝 열어놓고 문마다 흰 종이를 발라놓았으며, 뜰 안에 높다랗게 장례용 천막을 치고 대문 앞에는 높은 패루를 세워놓았다. 그리고 집안의 상하사람들 모두는 즉시 상복으로 갈아입었다.

가정이 친상을 당했다는 보고를 올리자 예부에서 곧바로 천자에게 상주하였다. 인자하고 너그러우신 천자께서는 가씨 가문 선대의 공훈을 생각하고 또 가모가 원비의 조모인 점을 고려하여 은 천 냥을 하사하고 예부에서 제를 지내주라는 어명을 내렸다. 집안 식구들은 여러 곳에 다 부고를 띄웠다. 많은 친척과 친구들은 가씨 가문이 비록 쇠락하기는 했으나 여전히 두터운 성은을 입고 있기에 모두들 문상을 왔다. 가부에서는 좋은 시각을 택해서 입관하고 영구는 정침正寢에 안치했다.

가사가 집에 없으므로 가정이 상주가 되었고 보옥, 가환, 가란 등의 친손자들은 나이가 어렸기 때문에 모두 영구를 지켰다. 가련도 친손자이긴 하지만 가용을 데리고 하인들에게 일을 지시하지 않으면 안 되었다. 일손이 모자라는 곳은 여러 남녀 친척들에게 거들어 달라고 부탁했다. 안에서는 형부인과 왕부인, 그리고 이환, 희봉, 보차 등이 영구 앞에서 곡을 했다. 우씨는 일을 거들어 줄 수 있는 처지에 있었지만 가진이 귀양을 떠난 후부터 영국부의 신세를 지고 있었으므로 줄곧 앞에 나서질 않았을 뿐만 아니라 영국부의 사정에도 그다지 밝지 못했다. 가용의 아내는 더 말할 것도 없었다. 석춘은 이곳에서 자라기는 하였으나 아직 나이가 어린 데다 집안일에 대해서는 도무지 깜깜했다. 그러다 보니 안에서 일을 맡아볼 사람이 아무도 없었고, 집안일을 능히 처리할 수 있는 사람은 희봉이 한 사람뿐이었다. 게다가 가련이 바깥일을 맡아 보고 있으니, 부부가 안팎으로 손을 맞춰 해나갈 수만 있다면 여간 잘 된 일이 아닐 수 없었다.

그러지 않아도 희봉은 자기의 수완을 믿고서 가모가 별세하기만 하면 크게 한번 자기 능력을 펼쳐 보여야겠다고 벼르고 있었다. 형부인과 왕부인 등은 희봉이 이전에 진가경의 장례 때 일을 맡아 본 적이 있었으므로 반드시 잘할 수 있으리라는 생각에, 이번에도 그녀에게 안의 일을 모두 맡겨서 총괄하게끔 하였다. 희봉은 처음부터 사양할 마음이 없었기에 두말없이 그렇게 하겠다고 승낙하면서 속으로 이렇게 생각했다.

'이 집안의 일은 본래 내가 맡아서 해왔고, 더구나 부리는 하인들도 모두 내 수하에 있던 사람들이다. 큰 마님이나 동부 댁 형님에게 딸렸던 하인들은 워낙 부리기가 만만치 않았지만 지금은 모두 나가고 없질 않은가? 돈을 지불하는 것은 이미 패쪽을 사용할 수 없게 되었지만 장례에 드는 비용은 이미 다 마련되어 있는 터이고, 게다가 바깥일은 우리 집 양반이 주관하고 있으니 비록 지금 내가 몸이 좀 불편하기는 하지만 남의 손가락질을 받을 만큼 일을 잘못 처리하지는 않을 것이다. 반드시 녕국부에서 해냈던 것보다 더 잘할 수 있을 것이다.'

이렇게 마음을 정한 희봉은 주서댁에게 내일의 접삼接三[1]이 끝나면 모레 아침 일찍 하인들의 명부를 가져오게 하라고 시켰다.

희봉이 명부를 일일이 들여다보니 모두 해서 남자 하인은 스물한 사람이요, 여자 하인은 겨우 열아홉 사람밖에 되지 않았다. 나머지는 전

1 사람들은 사람이 죽은 지 사흘째 되는 날 망령(亡靈)이 되돌아온다고 여겼으므로 둘째 날 스님을 청하여 독경하고 제사지냄으로써 망령을 맞이하였음.

부 시녀들뿐으로, 여러 방에 속해 있는 시녀들을 다 합친다 해도 삼십여 명밖에 되지 않았다. 그 정도의 하인을 가지고는 일을 분담해서 해내기가 쉬운 노릇이 아니었다.

'이번 노마님의 장례에는 이전 동부 댁의 장례 때보다 일손이 많질 않구나.'

희봉은 이런 생각에 시골 장원에 있는 사람을 몇 사람 데려다 쓸까도 했지만 그래도 부족하기는 마찬가지일 것 같았다. 희봉이 한창 이 궁리 저 궁리를 하고 있는데 어린 시녀가 와서 아뢰었다.

"원앙 언니가 아씨를 잠시 뵙고 싶답니다."

희봉이 무슨 일인가 하고 나가 봤더니, 원앙이 눈물범벅이 되어서 희봉을 부여잡고 말했다.

"아씨, 이쪽으로 앉으세요. 아씨께 절을 올리고 싶어요. 상중에는 절을 하지 않는 법이지만 아무래도 이 절만은 하지 않을 수가 없어요."

원앙이 그러면서 절을 하려고 꿇어앉자 당황한 희봉은 얼른 그녀를 붙잡으며 말했다.

"무슨 절을 한다고 그래? 할 말이 있으면 말로 하면 되질 않겠니?"

그래도 원앙이 계속 꿇어앉아 있자 희봉이 그녀를 붙잡아 일으켰다.

"노마님의 장례에 관해서는 안팎에서 하는 일 모두 가련 서방님과 아씨께서 맡아서 하신다죠? 그 비용은 노마님께서 마련해 두셨던 거고요. 노마님께서는 평생토록 한 푼도 헛되게 쓰신 일이 없으셨어요. 그러니 이번 대사만큼은 부디 아씨께서 성대하게 치러주시길 부탁드려요. 조금 전에 대감님께서 무슨 《시경》이 어쩌고, 공자님 말씀이 어쩌고 하시며 말씀하시는 걸 들었는데 무슨 말인지 하나도 모르겠고요, 또 '장례는 호화롭게 하기보다는 애통함을 다해야 한다'라고 하시는 말씀도 들었지만 도통 무슨 말인지 알 수가 없었어요. 그래서 제가 보차 아씨께 그 말씀이 무슨 뜻이냐고 여쭤봤더니, 대감님께서 그렇게 말씀하신 건 노마님의 장례식을 치름에 있어서 마음으로 슬퍼하는 것이 참다운 효심이므로 공연히 돈만 많이 들여서 남들 눈에 번지르르하게 보이려는 생각을 해서는 안 된다는 뜻이래요. 그렇지만 노마님 같은 분을 보내드리는데 어떻게 체면을 차리지 않을 수 있겠어요? 물론 저 같은 종년이 이러니저러니 말씀드릴 주제가 못되지만, 노마님께서 아씨와 저를 그토록 사랑해 주셨던 걸 생각한다면 돌아가신 마당에 장례식이라도 호화롭게 해드려야 하질 않겠어요. 전 아씨께서 이런 큰일을 한치의 어긋남도 없이 해내실 수 있는 분이라고 생각했기 때문에 일부러 이렇게 와서 부탁을 드리는 거예요. 이날까지 오직 노마님만을 모시고 살아온 저는 노마님께서 세상을 뜨신 뒤에도 노마님을 따를 거예요. 그런데 노마님의 장례가 성대하게 치러지는 걸 보지 못한다면 나중에 어떻게 노마님을 대할 수가 있겠어요?"

희봉은 원앙의 말에 이상한 생각이 들었지만 내색하지 않고 말했다.

"안심하렴. 장례를 훌륭하게 치르는 건 어려운 일이 아니야. 대감님께서 말씀으로는 검소하게 하라고 하셨지만 필요한 만큼의 격식은 반드시 차릴 것이다. 게다가 장례비용은 노마님께서 마련해 주신 거니까 그 돈을 전부 장례에 써야 하는 건 당연한 일이고."

"노마님께서 유언하시길 남은 물건은 저희들한테 준다고 하셨는데, 아씨께서 비용이 부족하시거든 얼마든지 그걸 바꿔다 써주세요. 대감님께서 설사 뭐라고 하시더라도 노마님의 유언을 어기는 건 아니니까요. 노마님께서 돈을 나눠주시면서 유언하실 때 대감님께서도 옆에서 듣고 계셨잖아요."

"넌 평소에는 누구보다도 사리가 분명하더니 오늘은 어째서 이렇게 조급하게 구느냐?"

"조급하게 구는 게 아니에요. 큰마님께서는 매사에 관심이 없으시고 대감님께서는 남의 입에 오르내릴까봐 염려하고 계시잖아요. 만일 아씨께서도 대감님과 마찬가지로 차압당한 집에서 장례를 호화롭게 치렀다가 앞으로 또 차압당하는 일이 생기면 어쩌나 하는 생각에서 노마님의 장례를 아무렇게나 해치운다면 어떻게 되겠어요? 저 같은 건 한낱 시녀에 불과하니까 아무래도 상관없지만 이건 가문의 명성에 관계되는 일이 아니겠어요?"

"알았으니 염려 말아라. 내가 알아서 할 테니까."

원앙은 수도 없이 감사하다는 말을 하면서 희봉에게 간곡하게 부탁했다. 희봉은 그 자리에서 물러나오며 속으로 이런 생각을 했다.

'원앙이 년이 아무래도 이상하다. 무슨 생각으로 저러는 걸까? 사실대로 말하자면 할머님 장례는 성대하게 해드리는 게 도리지. 에이, 어쨌든 그 애는 상관 말고 우리 집의 전례대로 처리하도록 하자.'

희봉은 왕아댁을 불러서 가련을 모셔오라고 했다. 얼마 지나지 않아서 가련이 들어왔다.

"무슨 일로 날 찾았어? 당신은 안의 일만 보면 되잖아. 이번 일은 대감님이 주관하시니까 그분이 시키는 대로 하기만 하면 되고 말이야."

"당신도 그런 말씀을 하시는 걸 보니 원앙이 하던 말이 틀린 게 아니군요."

"원앙의 말이라니?"

희봉은 가련에게 원앙이 자기에게 부탁했던 말을 모두 들려주었다.

"그까짓 것들이 하는 소리에 신경 쓸 게 뭐 있어? 방금 대감님께서 나를 불러서 이렇게 말씀하셨어. '할머님의 장례는 물론 정중하게 해드려야 마땅하다. 하지만 사정을 아는 사람들이야 노마님께서 생전에 자신의 장례비용을 미리 남겨두고 가셨다는 것을 알겠으나, 사정을 모르는 사람들은 우리가 재산을 빼돌렸기 때문에 그렇게 여유 있게 쓰는 거라고 할 게 뻔하구나. 할머님의 그 돈을 지금 쓰지 않는다고 해서 누가 손을 대겠느냐? 그 돈은 어차피 할머님을 위해 써야 하는 돈이다. 할머님은 남방태생이라 거기에 묘지는 있어도 무덤은 없어. 할머님의 영구를 남방으로 모셔가야 하므로 그 돈을 남겼다가 선조의 묘소에 집을 짓고, 그러고도 남는 돈이 있으면 제전祭田을 얼마간 사는 게 좋을 것 같구나. 우리가 그곳으로 돌아가게 되도 그렇게 하는 게 좋고, 돌아가지 못하게 되더라도 가난한 일가 가운데 누구라도 살게 해서 철따라 아침저녁으로 향촉을 올리고 자주 벌초도 하고 제사도 지내게 하잔 말이다'라고 말이지. 당신도 한번 생각해 봐. 얼마나 지당한 말씀이야? 당신 말대로 하자면 그 돈을 다 써버리자는 얘기가 아니고 뭐야?"

"어쨌든 돈은 받아놨어요?"

"돈은 구경도 못 했어! 어머님께서 대감님의 말씀을 들으시고 나더니 그것 참 좋은 생각이라고 하시면서 대감님과 숙모님을 부추기시는데 난들 어쩌겠어? 지금 당장 밖에선 장막 치는 데 드는 비용만 해도 수백 냥이나 되는데 아직 한 푼도 내주질 않고 있다구. 내가 돈을 가지러 가면 모두들 있다고는 하면서도 우선 어디서 변통해서 쓰면 나중에 다 계산해 준다는 거야. 당신도 알다시피 저 하인 놈들 가운데 돈푼이나 있는 것들은 일찌감치 다 내뺐고, 명부에 적힌 대로 부르러 보내면 어떤 놈은 병이 나서 나오지 못하겠다고 하고, 어떤 놈은 장원으로 내려가서 지금 없다는 거야. 운신도 못하는 놈들만 몇 명 남아 있는데 그놈들도 제 주머닛돈을 챙기는 재주만 있지 돈을 마련해 주는 놈은 한 놈도 없는 형편이야."

가련의 말을 듣고 희봉은 한동안 멍하니 있다가 힘없이 말했다.

"그럼 도대체 무슨 일을 할 수 있겠어요?"

두 내외가 이런 얘기를 하고 있는데 시녀 하나가 들어와서 아뢰었다.

"큰마님께서 아씨께 물어보고 오라고 하셨어요. 큰마님께서는 '오늘이 초상난 지 사흘째 되는 날인데 안에선 어째서 아직도 우왕좌왕하는 거냐? 밥 한 상 차려내는데도 친척들을 기다리게 하고 있으니 말이다.

아까부터 독촉했건만 반찬만 겨우 내오고 밥은 아직도 내오지 못하고 있으니, 도대체 일들을 어떻게 하고 있는 거야!'라고 하셨어요."

희봉은 황급히 안으로 들어가서 사람들에게 고함을 치면서 일일이 지시를 내린 끝에 그럭저럭 아침상을 들여보냈다. 공교롭게도 그날따라 사람들이 많이 왔는데 안에서는 모두 맥을 놓고 앉아 있었다. 희봉은 하는 수 없이 거기서 잠시 감독하다가 하인들에게 일을 나눠서 시켜야겠다는 생각이 들었다. 그래서 서둘러 그곳에서 나와 왕아댁에게 집안의 어멈들을 모두 한자리에 불러 모으라고 분부했다. 그리고는 일일이 할 일을 나누어주었다. 그러나 어멈들은 대답만 할 뿐 꼼짝도 하지 않았다.

"지금이 어느 때라고 아직 밥상도 안 내가고 있었던 게냐?"

"밥상을 내보내는 건 어려운 일이 아니에요. 그런데 안에서 그릇을 내주셔야 음식을 담아내지요."

"멍청한 것들 같으니라고! 일을 맡긴 이상 그릇을 내주지 않을 리가 없잖아."

어멈들은 마지못해 알았다고 대답하고 물러갔다. 희봉은 즉시 필요한 그릇을 내오기 위해 안채로 가서 형부인과 왕부인에게 허락을 받으려고 하였으나 사람들이 너무 많아서 말을 꺼내기가 어려웠다. 해는 이미 서산으로 기울고 있었으므로 희봉은 하는 수 없이 원앙을 찾아가서 가모가 생전에 지니고 있던 그릇들을 좀 빌려달라고 했다.

그러자 원앙이 의아해하며 물었다.

"아니 아씨, 그걸 왜 저한테 와서 찾으세요? 어느 해던가 가련 서방님께서 가져다가 전당포에 잡히질 않으셨어요? 다시 찾아오셨던가요?"

"그런 금 그릇이나 은 그릇을 말하는 게 아니라 그저 보통으로 쓸 수 있는 그릇이면 돼."

"그럼, 저 큰마님 댁과 진서방님 아씨 댁에서 쓰는 그릇들은 어디서 난 건가요?"

희봉이 생각해 보니 과연 원앙의 말이 옳았으므로 하는 수 없이 왕부인 처소로 가서 옥천玉釧과 채운彩雲을 찾았다. 희봉은 거기서 겨우 한 벌을 빌려서 즉시 채명彩明에게 장부에 올리게 한 다음 사람들에게 나눠주었다.

원앙은 희봉이 그처럼 당황하는 것을 보자, 불러서 까닭을 물어 볼 수도 없는 노릇이라 혼자서 이런 생각을 했다.

'그전에는 무슨 일이나 척척 해내던 희봉 아씨가 지금은 왜 어찌할 바를 모르고 저 모양이 되었을까? 요 이삼일간 하는 양을 볼 것 같으면 도무지 두서가 없으니. 그러고 보면 노마님께서 희봉 아씨를 아껴주셨던 것도 공연한 노릇이었나 보다.'

형부인은 가정의 생각이 앞으로 집안 살림이 어려워질 것을 염려했던 자기 생각과 꼭 맞아 떨어졌으므로, 어떻게 해서든지 조금이라도 남겨서 훗날에 대비하고자 했다. 게다가 가모의 장례는 원래 장남의 일인지라 비록 가사가 지금 집에 없다고는 하지만 워낙 융통성이 없는 가정은 무슨 일이든지 형부인의 의견을 물었다. 형부인은 진작부터 희봉이 워낙 손이 큰 데다가 가련은 속여먹기를 잘한다는 것을 잘 알고 있었기 때문에 돈을 꽉 움켜쥔 채 절대로 내놓으려고 하지 않았다.

원앙은 그 돈이 이미 나와 있는 것으로 알고 있었으므로 희봉이 그 모양으로 일을 제대로 처리하지 못하는 걸 보자 성의를 다하지 않아서 그럴 거란 의심이 들었다. 그래서 원앙은 가모의 영전에 엎드려서 불만을 터뜨리며 하염없이 울었다.

형부인 등은 원앙이 넋두리를 한다는 소리를 듣고 필시 무슨 곡절이 있을 거라고 짐작했지만, 자기 때문에 희봉이 일을 제대로 처리하지 못해서 그런다고는 생각지도 못하고 오히려 희봉이 정말 성의가 없어서 그러는 거라고 여겼다. 밤이 되자 왕부인이 희봉을 불러다 앉혔다.

"지금 우리 집 형편이 곤란하기는 하지만 체면만은 차려야 하질 않겠니? 요 이삼일 동안 손님들이 많이 다녀가셨는데 내가 보기에 대접이 영 소홀한 것 같구나. 네가 감독을 잘했더라면 그랬었겠느냐? 그러니 앞으로는 우리를 대신해서 더욱 신경을 써줬으면 좋겠다."

희봉은 왕부인의 말을 듣고 한동안 멍해졌다. 돈이 손에 들어오지 않아서 그렇다는 말을 하고 싶었지만, 돈은 바깥에서 관리하고 있는 터이고 왕부인이 나무라는 것은 접대가 소홀했다는 것이었으므로 희봉은 변명도 못한 채 그저 아무 말 없이 듣고만 있었다.

그러자 이번에는 형부인이 옆에서 거들었다.

"경우대로 하자면 우리 며느리들이 맡아서 할 일이지 손주며느리가 나설 일은 아니지만, 우리는 몸을 뺄 수가 없으므로 네게 맡긴 것이다. 그러니 책임감 없이 일을 처리해서는 안 되느니라."

희봉은 너무도 억울해서 얼굴빛이 붉다 못해 자줏빛으로 변했다. 아무래도 참을 수가 없어서 변명하려는 찰나, 밖에서 악기를 연주하는 소리가 들려왔다. 황혼에 지전 사르는 시간이 되었던 것이다. 그래서 모두들 곡을 하기 시작하였으므로 그만 말할 기회를 놓치고 말았다.

희봉은 곡이 끝나는 대로 변명하려고 하였으나 왕부인이 어서 나가서 일을 보라고 재촉하는 바람에 그러지도 못했다.

"여긴 우리가 있으니까 넌 나가서 내일 준비나 하도록 해라."

왕부인의 분부에 희봉은 더 이상 무슨 말을 할 수가 없어서, 마음이 상한 나머지 울음이 터져 나오려는 것을 억지로 참고 밖으로 나왔다. 그곳에서 물러 나온 희봉은 사람을 시켜서 어멈들을 모두 불러 모은 후 거의 사정하다시피 하며 일을 맡겼다.

"아주머니들, 나를 좀 가엽게 여겨줘! 방금 웃어른들한테 얼마나 꾸중을 들었는지 몰라. 이게 다 아주머니들이 일을 제대로 해주지 않아서 그렇게 된 거야. 그러니 내일부터는 힘들더라도 애를 좀 써줬으면 좋겠어."

"아씨께서 일을 맡아보신 게 이번이 처음도 아닌데 저희들이 어찌 감히 말을 듣지 않겠어요? 단지 이번 장례 일은 안에서 지나치게 간섭이 많아요. 밥상을 내가는 일만 해도 그래요. 여기서 잡수시겠다는 분이 계시는가 하면 집에 가서 잡수시겠다는 분도 계시고요, 이쪽 마님을 오시게 해놓았는데 저쪽 마님은 또 오시질 않는단 말이지요. 매사가 다 이 모양이니 어떻게 일을 잘해나갈 수 있겠어요? 그리고 이왕 말이 나왔으니 드리는 말씀인데, 아씨께서 제발 저 시녀아가씨들한테 저희들 일에 잔소리 좀 하지 말라고 해주세요."

"알기는 알겠는데 우선은 나로서도 할머님 방에 있던 시녀들은 상대하기가 어렵고, 마님들 방에 있는 시녀들도 말하기가 어려우니 누구를 나무랄 수 있겠어?"

"그전에 아씨께서 동부 댁 장례 일을 맡아보실 때는 때릴 건 때리고 꾸짖을 건 꾸짖으시면서 얼마나 매섭게 다루셨어요? 그러니 어느 한 사람 감히 말을 듣지 않을 수가 있었겠어요? 그런데 지금은 왜 그까짓 시녀아가씨들조차 제대로 다루질 못하시나요?"

그러자 희봉이 한숨을 푹 쉬며 말했다.

"동부 댁의 장례일은 내가 부탁받고 대신 봐준 거였기 때문에 비록 마님께서 계시긴 했지만 내가 하는 일에 뭐라고 간섭하시기가 거북하셔서 아무 말씀도 하지 않으셨던 거야. 그렇지만 지금은 우리 집 일인 데다 큰 집과 작은 집이 같이 하는 일이라서 저마다 한마디씩 참견하고 있단 말이야. 게다가 돈마저 제때 타내지 못하는 형편이야. 이를테면 장막 쳐놓은 곳에 물건 하나가 필요해서 가져오라고 하면 아무리 기다려도 가져오는 법이 없으니, 이런 판국에 난들 무슨 재주가 있어서 제대로 일을 처리할 수 있겠어?"

"서방님께서 바깥일을 보고 계시는데 왜 돈을 지불해 주시지 않나요?"

"그 얘기도 하자면 길어. 그 양반도 거기서 여간 애를 먹고 있는 게 아니야. 우선 돈이 그 양반 수중에 없어. 뭐 하나를 사려고 해도 일일이 허락 받아야 하는 판국이니 무슨 돈이 있겠어?"

"그럼, 노마님께서 남기신 돈을 서방님이 갖고 쓰시는 게 아닌가요?"

"못 믿겠으면 나중에 집사한테 물어보면 알 게 아니야?"

"그렇다면 사람들이 불평하는 것도 무리가 아니군요. 저희들은 밖에서 일하는 남정네들이 '이렇게 큰일을 하면서 국물 한 방울 생기기는커녕 죽도록 고생만 한다니까'하면서 구시렁거리는 소리를 들었어요. 그러니 어떻게 사람들이 합심해서 일을 할 수 있겠어요?"

"지금 그런 말을 해봐야 소용이 없어. 눈앞의 일이나 모두들 정신 바짝 차리고 잘해주었으면 해. 만일 무슨 실수라도 해서 윗분들에게 꾸중을 듣는 날에는 나도 자네들을 가만두지 않겠어."

"아씨께서 어떤 처분을 내리신다 해도 저희들이 감히 어찌 불평을 하겠어요? 다만 윗분들이 제각기 다른 말씀들을 하시니 저희들로서는 맞춰드리기가 정말 어려워요."

희봉도 별달리 뾰족한 방법이 없었기에 그저 사정하는 수밖에 없었다.

"아주머니들! 내일 하루만이라도 나를 좀 도와줘. 시녀 애들한테는 내가 알아듣도록 잘 얘기해 둘 테니까."

어멈들은 그제야 알았다고 대답하고 돌아갔다.

희봉은 생각하면 생각할수록 울화가 치밀어 올랐지만 날이 밝으면 또 안으로 들어가지 않으면 안 되었다. 각처의 사람들을 따끔하게 혼찌검을 내줄까도 생각해 보았으나 그랬다가 형부인이 화를 낼까 봐 그것이 염려되었다. 왕부인에게 하소연을 하고 싶어도 형부인이 곁에 붙어서 이간질을 해대므로 그것 또한 쉬운 일이 아니었다. 시녀 애들마저 형부인이 희봉의 권위를 세워주지 않는 것을 보고 더욱 애를 먹였으나,

다행히 평아만은 희봉을 감싸주었다.

"희봉 아씨는 이번 일을 잘해내려고 굳게 마음먹고 계셔. 그렇지만 대감님과 마님들이 밖에서 일보는 사람들에게 돈을 함부로 쓰지 말라고 명하셨기 때문에 우리 아씨도 어떻게 해볼 도리가 없어서 속만 태우고 계신단 말이야."

평아가 여러 차례 나서서 이런 말을 하고서야 시녀들의 태도가 점차 나아졌다.

중들이 경을 읽고 도사들이 참회문을 외우며 장막을 치고 법사를 올리는 등 여러 가지 일들이 계속되었지만 돈을 쓰지 않았으므로 아무도 성의껏 일하지 않고 얼렁뚱땅 해치우기 일쑤였다. 연일 왕비와 작위를 하사받은 부인들이 적지 않게 문상 왔지만 희봉은 자기가 나가서 접대할 형편이 아니었으므로 그저 아랫사람들만 감독하고 있을 수밖에 없었다. 저것을 불러다 놓으면 이것이 뺑소니쳐 버리고, 화를 내야 하는가 하면 사정을 해야 하기도 했으며, 한 가지 일을 얼렁뚱땅 넘기고 나서 또 다른 일을 되는대로 처리하기도 하였다. 원앙 등이 보기에도 꼴이 말이 아님은 말할 것도 없고, 희봉조차 내심 견디기가 힘들었다.

형부인은 비록 맏며느리이긴 했지만 '슬퍼하는 것이 효성이다'라는 말을 빙자하여 아무 일도 아랑곳 하려 들지 않았다. 왕부인조차 형부인이 하는 대로 따르고 있으니 다른 사람들이야 더 말할 것도 없었다. 오로지 이환만이 희봉의 고충을 잘 알고 있었지만 자기가 대신 나서서 말해줄 만한 처지 또한 아니었으므로 남몰래 한탄만 할 뿐이었다.

"속담에 '모란이 고운 것도 푸른 잎이 받쳐주기 때문'이라 했듯이 마님들이 희봉의 편을 들어주지 않는 한 아랫것들이 말을 잘 들을 리가 만무하다. 탐춘 아가씨라도 집에 있었더라면 좀 나았으련만, 지금은 희봉 동서의 심복 몇 명만 나서서 두서없이 돕고 있는 형편이 아닌가. 하지만 그들마저도 뒤에서는 돈 한 푼 만져볼 수 없으니 체면이 말이 아니라고 불평들을 해대고 있다. 대감님께서는 효성을 다한다는 생각에만 골몰해 계실 뿐, 집안 돌아가는 일은 거의 모르고 계신다. 이렇게 큰일을 치르는 데 어떻게 돈을 풀지 않고 제대로 되기를 바랄 수 있겠는가? 가엾게도 희봉 동서는 몇 해 동안 애쓴 보람도 없이 이번 할머님의 장례로 인해 체면이 땅에 떨어지고 말았구나."

그래서 이환은 짬을 내서 자기에게 딸린 시녀들을 불러다 일렀다.

"너희는 남들이 그런다고 해서 희봉 아씨한테 함부로 굴어서는 안돼. 상복을 입고 영구나 지키고 있으면 그만이라고 생각해서도 안 된다. 그럭저럭 며칠만 더 고생하면 끝나질 않겠니? 남들이 희봉 아씨의 시중을 제대로 들어드리지 못하는 걸 보면 좀 거들어 주도록 해라. 이 일은 두 집안에서 함께 해야 하는 일인 만큼 모두들 힘을 합쳐야 한다."

평소부터 이환에게 순종해왔던 시녀들은 이환의 말에 알았노라고 대답하였다.

"아씨 말씀이 지당하세요. 저희들은 절대 말을 안 듣거나 그러지 않아요. 그런데 원앙 언니의 말투를 들어보면 뭔가 희봉 아씨를 못마땅해하는 것 같아요."

"원앙이한테도 내가 일러뒀다. 희봉 아씨가 할머님 장례에 성의가 없어서 그러는 게 아니라 수중에 돈이 없어서 그러는 거라고 말이지. 아무리 재간 있는 며느리라도 쌀 없이 죽을 쑬 수야 없질 않겠니? 원앙이도 지금은 그 사정을 다 알고 있으니 더 이상 희봉 아씨를 원망하지는 않을 거다. 그렇지만 원앙의 태도가 그전과 많이 달라진 것만큼은 사실이야. 이건 아주 이상한 일이 아닐 수 없어. 그전에는 노마님으로부터 그렇게 귀여움을 받으면서도 그것을 믿고 위세를 부리거나 그러지 않았는데, 이제 노마님께서 돌아가셔서 뒷심이 되어줄 곳도 없는 마당에 오히려 더 태도가 고약해졌으니 말이야. 난 그전부터 그 애의 일로 은근히 걱정했는데 다행히 큰 대감님께서 지금 집에 계시질 않으니까 화를 피할 수 있게 되었어. 그렇지 않았더라면 그 애인들 무슨 수가 있었 겠어?"

이환이 그런 얘기를 하고 있을 때 가란이 들어왔다.

"어머니, 이제 그만 주무세요. 아침부터 저녁 늦게까지 손님들을 접 대하느라고 얼마나 고단하시겠어요? 좀 쉬도록 하세요. 전 요 며칠 동 안 통 책을 볼 수가 없었는데 할아버지께서 오늘은 집에 돌아가서 자라 고 하시기에 얼마나 좋았는지 몰라요. 책 한두 권이라도 좀 들춰봐야겠 어요. 그러지 않았다가는 장례가 끝나고 나면 죄다 잊어버리겠어요."

"참 착하기도 하지. 공부하는 건 물론 좋은 일이다만 오늘만큼은 너 도 좀 쉬도록 해라. 할머님 장례가 끝나고 나서 하도록 하렴."

"어머니께서 자라고 하시면 가서 자겠어요. 이불 속에 들어가서 외워 볼게요."

곁에 있던 사람들이 그 소리를 듣고 모두들 칭찬하였다.

"도련님은 정말 기특하세요. 어떻게 저 어린 나이에 틈만 나면 공부 생각을 하실까요? 장가까지 드셨으면서도 여전히 어린애같이 구는 저 보옥 서방님하고는 아주 딴판이에요. 보옥 서방님은 요 며칠째 대감님 옆에 꿇어앉아서 얼마나 고통스러워하는지 몰라요. 대감님께서 잠시 자리라도 비우시면 부리나케 새아씨한테 달려가서 뭐라고 그렇게 소곤 거리시는지요. 그러다가 보차 아씨마저 성가신 나머지 상대해주지 않 으면 보금 아가씨를 찾아가세요. 그렇지만 보금 아가씨도 멀리 피하기 만 하시고, 수연 아가씨도 별로 말씀을 나누려고 하질 않으세요. 다만 이쪽의 친척 되시는 희란喜鸞아가씨나 사저아四姐兒 같은 분들이 '오빠, 오빠' 하면서 가까이 할 뿐이에요. 저희들이 보기에 보옥 서방님께서는 아씨나 아가씨들하고 장난치고 노는 것 외에는 아무 생각이 없는 사람 같아요. 노마님께서 그렇게 귀여워하시면서 오늘까지 길러오셨는데 아무 보람도 없게 되었어요. 가란 도련님과는 비교도 안 되는 것 같아

234

요. 아씨께선 앞으로 아무 걱정 안 하셔도 될 거예요."

"아무리 철이 들었다고 해도 아직 어린 걸 뭐. 그리고 이 애가 장성했을 때 집안 형편이 어떨지 그것도 걱정이야. 그런데 너희들 보기에 환이는 어떻더냐?"

"그 도련님이야 더 말할 것도 없죠. 두 눈을 마치 팔팔한 원숭이 마냥 둥글둥글 굴리면서 이 눈치 저 눈치 보기에 정신이 없어요. 저쪽에서 곡을 하고 있다가도 아씨나 아가씨들이 나타나기만 하면 장막 틈으로 훔쳐보기 바쁜걸요."

"하긴 그 도련님도 이제 어린 나이가 아니지. 얼마 전에 듣자니 혼인을 시켜야겠다고 하시던데 이번 일 때문에 늦춰야 하겠구나. 참, 한 가지 생각나는 일이 있다. 우리 집 사람들에 대해서는 뭐라고 딱 부러지게 말할 수 없는 게 있는 것 같으니 그런 얘기는 그만두도록 하고, 모레가 발인인데 각 방에서 쓸 수레는 준비가 되었니?"

"희봉 아씬 며칠째 눈코 뜰 새 없이 바빠서 아직 거기에 대해선 분부를 내리지 않으신 것 같아요. 어제 저희 바깥양반이 하는 소리를 들으니까 가련 서방님께서 장薔 도련님한테 준비를 시키셨나 봐요. 집에 있는 수레만으로는 부족하고 마부도 모자라기 때문에 친척들 집에서 빌려와야 한다는 것 같았어요."

이환이 웃으면서 말했다.

"수레 같은 것도 빌려서 쓰나?"

"아씨께선 농담도 잘하시네요. 수레를 왜 못 빌려 쓰겠어요? 다만 그날 친척 분들도 모두 수레를 타고 가실 것이기 때문에 빌리기 어려울까 봐 그게 걱정이지요. 그러니 아무래도 더러는 세를 내서 써야 할 것 같아요."

"아랫사람들이 타고 갈 수레는 그렇게 하더라도 윗사람들이 타고 갈 백거〔白車: 상중에 쓰는 흰 장막을 덮은 수레〕까지 빌려주는 데가 있어?"

"지금 저 큰마님과 동부 댁 진 서방님 아씨, 그리고 용 서방님 아씨도 수레가 없으신데, 세를 내지 않으면 어쩌겠어요?"

이환은 그 소리를 듣고 한숨을 내쉬었다.

"예전에 우리 일가 마님과 아씨들이 세 낸 수레를 타고 집에 오면 흉을 보곤 했었는데 이젠 우리가 그 신세가 되었구나. 내일은 너희 바깥 사람한테 말해서 우리가 타고 갈 수레와 말들을 미리미리 준비해 두라고 해라. 그때 가서 허둥대지 않게 말이다."

사람들은 대답하고 나갔다. 그 이야기는 더 이상 하지 않기로 하겠다.

한편 사상운은 자기 남편이 병으로 누워있었기 때문에 가모가 세상을 뜬 뒤에도 한 번밖에 와보질 못했다. 그런데 손을 꼽아 보니 모레가 발인 날이었으므로 와보지 않을 수가 없었다. 남편의 병도 이미 폐병으로 넘어간 터라 한동안은 큰일이 날 것도 아니어서, 영구를 지키며 밤을 새우려고 발인 하루 전에 찾아왔다. 상운은 가모가 생전에 자기를 특별히 사랑해 주셨던 것을 떠올렸다. 그리고 그것과 함께 지금의 고달픈 자기 신세에 생각이 미쳤다. 재주와 인물을 두루 갖춘 데다가 마음씨까지 착한 남편을 만난 지 얼마 되지 않았건만, 어쩌자고 저런 몹쓸 병에 걸려서 앞으로 내내 고생스런 나날을 보내야 한단 말인가. 이런 생각에 휩싸이자 상운은 슬픔이 북받쳐서 밤이 깊도록 목 놓아 울었다. 원앙 등이 그런 상운을 간곡하게 위로하며 달랬다.

보옥도 그런 상운의 모습을 보고 여간 슬픈 것이 아니었지만 다가가서 위로해줄 처지도 못되었다. 그래서 바라만 보고 있노라니까 화장기 없는 얼굴에 소복 차림인 상운의 모습은 연지와 분을 안 발라서 그런지 시집가기 전보다 훨씬 더 청초해 보였다. 그렇게 생각하고 보니까 소복 차림인 보금이 등도 자연스러운 것이 그렇게 우아해 보일 수가 없었다. 그중에서도 특히 보차는 하얀 소복을 차려 입은 모습이 평소 화려한 의

상을 입었을 때보다 훨씬 고상해 보였다.

　그 모습을 보고 보옥은 속으로 이런 생각을 했다.

　'아, 그래서 옛사람들이 천홍만자千紅萬紫 가운데서도 매화가 단연 으뜸이라고 하였구나. 그건 매화꽃이 제일 먼저 핀다는 의미에서만이 아니라 매화를 형용하는 '결백청향〔潔白淸香: 눈같이 희고 향기가 맑음〕'이라는 네 글자의 의미를 따를 수 없다는 뜻일 것이다. 만일 대옥 누이가 지금까지 살아 있었다면 역시 저렇게 소복을 입고 있었을 텐데, 그럼 그녀는 또 얼마나 아름다웠을까!'

　생각이 여기에 미치자 보옥은 또다시 가슴이 쓰려서 눈물이 주르륵 흘러내렸다. 마침 가모를 위해 곡을 하던 참이었으므로 보옥은 마음 놓고 목 놓아 울 수가 있었다.

　여럿이서 한창 상운을 달래고 있는데 바깥방에서 또 방 안이 떠나갈 듯 우는 소리가 들려왔다. 사람들은 보옥이 가모가 생전에 자기를 각별히 사랑했던 것을 생각하며 그렇게 구슬피 우는 것이라고 여겼지만 사실 상운과 보옥 두 사람은 각각 자기 설움에 겨워 울고 있었던 것이다. 그러나 어쨌든 두 사람의 통곡소리에 온 방 안에 있던 사람들 모두 눈물을 흘리지 않는 이가 없었다. 그러자 설부인과 이부인이 나서서 사람들을 달랬다.

　다음 날은 발인을 앞두고 밤을 새는 날이었으므로 더욱 번잡했다. 희봉은 이제 몸이 고달파서 더 이상 견딜 수 없는 지경에까지 이르렀지만 그래도 있는 힘을 다해서 버텼다. 심지어 목소리까지 쉬어 가면서 가까스로 반나절을 넘겼다. 오후가 되자 찾아오는 문상객들이 줄을 이었고, 할 일도 더 많아지자 도무지 두서가 없는 것이 정신을 차릴 수가 없었다. 그래서 허둥대고 있는 참에 어린 시녀애가 뛰어 들어오면서 말했다.

　"여기 계시군요. 그래서 큰마님께서 그런 말씀을 하셨나 봐요. 안에서는 손님이 많아서 제대로 접대도 못하고 있는데 아씨께선 제 몸 편하자고 어디 숨었나보다 라고 하시던 걸요."

그 말에 희봉은 갑자기 속에서 주먹만 한 것이 치밀어 오르는 것 같았
다. 그렇지만 꾹 참고 목구멍으로 넘기자 눈물이 주르륵 흘러내렸다.
그랬는데 갑자기 눈앞이 캄캄해지면서 목구멍에서 비릿한 맛이 나더니
그만 새빨간 피를 왈칵 쏟아내며 그 자리에 서 있지 못하고 그대로 땅바
닥에 주저앉고 말았다. 다행히 평아가 달려와서 안아 일으켰지만 희봉
은 자꾸 왈칵 왈칵 피를 토해냈다. 희봉의 생명이 어찌 될지는 다음 회
를 보시라.

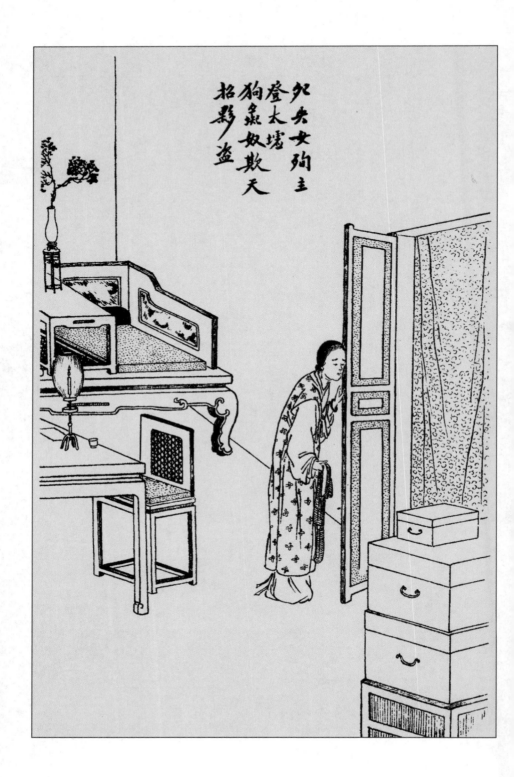

死共女殉主
登太塊
狗氣奴欺天
招影盜

제111회

도적을 끌어들인 종놈

원앙은 이승 떠난 주인 따라 태허경에 오르고
종놈은 은혜를 저버리고 도적들을 끌고 왔네

鴛鴦女殉主登太虛　狗彘奴欺天招夥盜

희봉은 어린 시녀의 말에 화가 나기도 하고 애가 타기도 했으며 또한 속이 상하기도 해서 자기도 모르게 왈칵 피를 토하고는 정신을 잃고 마룻바닥에 쓰러졌다. 평아는 희봉을 급히 안아 일으킨 뒤 사람들에게 부축하라고 해서 천천히 자기 방으로 옮긴 다음 조심스럽게 희봉을 구들 위에 눕혔다. 그리고는 얼른 소홍에게 더운물을 가져오게 해서 희봉의 입에 떠 넣었다. 희봉은 한 모금 받아 마시는가 싶더니 다시 혼수상태에 빠져들었다. 추동秋桐이 와서 들여다보는 척하더니만 이내 나가버리자 평아도 잡지 않고 가게 내버려두었다.

평아는 곁에 서 있는 풍아에게 얼른 형부인과 왕부인에게 가서 둘째 아씨가 피를 토하고 쓰러져서 인사불성이 되었기 때문에 일을 볼 수 없게 되었다고 전하라고 시켰다. 형부인은 희봉이 아프다는 핑계로 일을 하지 않으려는 것이라고 여겼다. 그러나 주위에 친척들이 많이 와있었으므로 다른 말은 할 수가 없기에, 내심 그 말을 믿지 않으면서 마지못

241

해 한마디 하였다.

"그럼, 잠시 쉬라고 해라."

다른 사람들도 별다른 말은 하지 않았다. 그날 밤 친척과 친구들이 끊임없이 찾아왔지만, 다행히 친척 몇 사람이 거들어 주었으므로 고비는 넘길 수 있었다. 그렇지만 하인들은 희봉이 없자 게으름을 부리며 농땡이를 치면서 왁자지껄하게 떠들어대기만 할 뿐, 제대로 일을 하지 않았으므로 도무지 체계라곤 서질 않고 뒤죽박죽이 되었다.

이경이 좀 지나서 먼 데서 오신 손님들이 하나 둘 돌아가자, 곧 사령辭靈[1]의 준비를 하게 되었다. 상막 안의 여자들은 일제히 울음을 터뜨렸다. 그중에서도 원앙은 너무나도 서럽게 울다가 아예 기진맥진하여 쓰러지고 말았다. 사람들이 그런 원앙을 안아 일으켜서 한참 동안 두드리고 주물러서야 겨우 정신을 차렸다. 원앙은 정신이 들자마자 이런 소리를 했다.

"노마님께서 생전에 저를 그토록 사랑해 주셨으니, 전 노마님을 따라가겠어요."

그러나 사람들은 누구나 슬픔에 겨우면 그런 소리도 할 수 있는 거라는 생각에 원앙이 하는 소리를 대수롭지 않게 여겼다. 사령할 시각이 되자 상전과 하인을 망라해서 백여 명쯤 되는 사람들이 모였으나 원앙이만은 보이질 않았다. 그러나 모두들 정신없이 바빴으므로 아무도 그 사실에 주의를 기울이지 못했다. 호박 등 몇몇 시녀들이 제전에 절할 차례가 되어서야 원앙이 보이지 않는다는 사실을 알았지만, 그녀가 울다 지쳐서 잠시 어디서 쉬고 있을 거라는 생각이 들어서 아무 말도 하지 않았다.

사령이 끝나자 바깥채에서는 가정이 가련을 불러다 발인에 대한 준

---

1 출관(出棺) 하기 전에 망자의 친속들이 영구에 작별을 고하는 의식.

비상태를 묻고 나서, 상여가 떠나고 난 뒤 누구한테 집을 보라고 하면 좋겠느냐 물었다.

"상전으로는 운薹이에게 영구를 따를 필요 없이 집안을 살피라고 말해 두었습니다. 그리고 하인으로는 임지효네 일가를 남겨서 장막도 헐고 다른 일도 정리해 놓으라고 했습니다. 그런데 안에다는 누구더러 남아서 지키라고 할까요?"

"너희 어머님 말씀이 네 아내가 지금 병중에 있어서 영구를 따를 수 없다고 하니, 그 사람더러 집에 있으라고 하면 되질 않겠느냐? 그리고 진이댁 말이 네 아내의 병이 좀 심한 편이니까 석춘이를 남겨서, 네 아내도 보살피고 시녀와 할멈들을 데리고 안채도 지키게 하면 좋겠다고 하더구나."

가련은 그 말을 듣고 속으로 생각했다.

'진형님 댁 형수는 본래부터 석춘이와 마음이 잘 맞지 않았기 때문에 일부러 그 애를 안 보내려고 그런 말씀을 드렸나보다. 그렇지만 상전으로 안채를 지키기에는 석춘이가 합당치 않고, 집 사람도 앓아누워 있으므로 그 사람 또한 일하기가 어려운 처지 아닌가.'

가련은 잠시 생각하다가 가정에게 말했다.

"숙부님께선 잠시 쉬도록 하십시오. 제가 안에 들어가서 의논하고 나서 다시 말씀드리겠습니다."

가정이 고개를 끄덕이자 가련은 바로 안으로 들어갔다.

그런데 한바탕 서럽게 울고 난 원앙이 이런 생각을 하고 있을 줄이야 그 누가 알았으랴.

'한평생 노마님을 모셔온 나로서는 이제 몸 하나 의지할 곳조차 없는 신세가 되었다. 지금은 비록 저 큰 대감님이 집에 없어서 다행이지만 큰마님이 하시는 행동은 내가 보기에도 역겹다. 게다가 둘째 대감님은 모든 일에 상관하려 하시질 않으니, 앞으로 난세에 힘센 놈이 왕 노릇

할 건 뻔한 이치다. 그렇게 되면 우리 같은 것들은 그런 강한 자의 손아귀에서 놀아날 수밖에 없을 것이다. 누가 상전의 첩이 되어 갈지, 누가 하인들의 짝이 될지 알 수 없는 일이 아닌가? 난 절대로 그런 수모는 당할 수 없다. 차라리 죽어버리는 게 오히려 깨끗할 것이다. 그렇지만 어떻게 목숨을 끊어야 한단 말인가?'

원앙은 이런 생각을 하면서 가모가 쓰던 안쪽의 작은 방으로 들어갔다. 원앙이 막 방 안으로 들어서려는데 어둠침침한 등불 아래 어렴풋하게 웬 여자가 허리띠로 목을 매는 시늉을 하고 있는 것이었다. 그렇지만 원앙은 조금도 놀라지 않고 속으로 생각했다.

'저 사람은 누구일까? 어쩌면 지금 내 마음과 그렇게도 똑같을까? 그런데 나보다 한 걸음 먼저 와 있구나.'

그러면서 원앙은 그 여자에게 물었다.

"거기 누구세요? 우리 두 사람의 마음이 똑같군요. 그러니 죽을 거면 함께 죽어요."

그러나 그 사람은 아무 대답도 하지 않았다. 원앙이 앞으로 다가가서 봤더니 가모의 방에 있던 시녀는 아니었다. 그래서 다시 자세히 살펴보려는데 갑자기 한기가 엄습하더니 그 여자는 어느새 사라지고 없었다. 원앙은 잠시 멍해 있다가 그곳에서 물러 나와 구들 가장자리에 걸터앉아 곰곰이 생각해 보았다.

'아, 맞다! 그 사람은 동부 댁 가용 서방님의 전처〔진가경〕였어. 그렇지만 그분은 진즉에 돌아가셨는데 왜 이곳에 와 계셨을까? 나를 부르러 오신 게 틀림없어. 그런데 그 아씨께선 왜 또 목을 매려 하신단 말인가?'

원앙은 또다시 생각에 잠겼다.

'그렇구나! 나한테 죽는 방법을 가르쳐 주려고 그러셨던 거야.'

이런 생각이 들자 음습한 기운이 골수에까지 스며들었다. 원앙은 자리에서 일어나 울면서 화장함을 열고 어느 해던가 잘라 놓았던 머리카락 한 묶음을 꺼내 품 안에 집어넣었다. 그리고는 몸에 둘렀던 허리띠를 풀어서 방금 진씨가 서 있던 곳에다 비끄러맸다. 그러고 나서 또 한참을 울고 있노라니 밖에서 손님들이 돌아가는 소리가 들려왔다. 혹시라도 누가 들어올까 봐 얼른 문을 걸어 잠그고 발받침을 가져다가 그 위에 올라섰다. 그리고는 비끄러맸던 허리띠로 고리 모양을 만들어서 그 안에 목을 집어넣기가 무섭게 발받침을 걸어찼다. 그 순간 목이 콱 졸리면서 가엾고 아름다운 영혼은 마침내 육신을 벗어났다. 육신을 벗어난 원앙의 영혼이 갈 곳을 몰라 방황하고 있는데 저 앞에 진가경의 모습이 어렴풋하게 보였다. 원앙의 혼백은 급히 진가경을 따라갔다.

"가용 서방님 아씨! 제발 저를 좀 기다려주세요."

"난 가용 서방님의 아씨가 아니라 경환선녀의 동생인 가경可卿이라고 해요."

"무슨 말씀이세요? 가용 서방님 아씨가 분명한데 어째서 아니라고 그러시는 거예요?"

"거기에는 그럴 만한 까닭이 있어요. 이제 제가 얘기해 드리면 알게 될 거예요. 전 원래 경환궁에서 종정鍾情의 맨 윗자리에 있으면서 풍월로 빚어진 채무를 맡아보고 있었어요. 그러다가 인간세상으로 내려가서 세상에서 제일가는 정인情人이 되었는데, 치정에 얽매여 원한 서린 여자들을 하루속히 정사情司로 인도하는 일을 해야 했으므로 대들보에 목을 매고 죽을 수밖에 없었어요. 그런데 제가 범속한 정을 간파하고 정해情海를 뛰쳐나와 정천情天으로 돌아왔기 때문에 태허환경에서 치정사癡情司의 일을 맡아볼 사람이 없게 되었지요. 그래서 이번에 경환선녀께서 당신을 그리로 보내 제 대신 그 일을 맡아보게 하려고 하신답니다. 그래서 저를 시켜서 당신을 데려오게 하신 거예요."

그러자 원앙의 혼백이 물었다.

"그렇지만 저는 누구보다도 무정한 사람이에요. 그런 사람을 어떻게 유정한 사람으로 치시는 거예요?"

"그건 당신이 아직 잘 몰라서 하는 소리예요. 세상 사람들은 모두 음욕을 정으로 여기고 있기 때문에 풍속을 문란하게 하는 일을 해놓고도 스스로 풍월다정하다고 여기며 별로 문제 삼질 않죠. 그러나 사람들이 '정'의 의미를 잘 몰라서 그러는 거예요. 희로애락이 아직 피어나지 않은 때는 성性이며, 희로애락이 이미 피어나게 되면 그때는 정이 되는 겁니다. 당신이나 나의 이 정은 아직 피어나지 않은 정이므로 마치 꽃봉오리와도 같아요. 그런데 만약 그것을 피어나게 하려고 한다면 그 정이란 것은 이미 진정한 정이 될 수 없답니다."

원앙의 혼백은 그 말에 고개를 끄덕이며 진가경의 뒤를 따라갔다.

한편 사령의식을 끝낸 호박은 형부인과 왕부인이 집을 지킬 사람을 고르고 있다는 말을 듣고, 원앙을 찾아가서 내일 수레를 어떻게 타고 가야 할지를 물어보려고 하였다. 그래서 가모가 거처했던 곳의 바깥방으로 가서 찾아보았지만 보이지 않자 다시 안쪽에 있는 방으로 가보았다. 그 방 문 앞에 가보니 문이 잠겨 있었으므로 문틈으로 안을 들여다봤다. 그런데 등불이 어슴푸레하게 비치는 것이 왠지 등골이 오싹해지는 데다가 방 안에서는 아무런 동정도 없었으므로 호박은 그곳에서 도로 나오고 말았다.

"이 계집애가 도대체 어디로 간 거야?"

그때 바로 앞에 진주가 보였으므로 호박은 그녀에게 물었다.

"너 원앙 언니 혹시 못 봤니?"

"저도 찾고 있는걸요. 마님들께서 하실 말씀이 있다고 찾아오라고 하셨어요. 보나마나 저쪽 안에 있는 방에서 자고 있을 거예요."

"내가 찾아봤는데 그 방에는 아무도 없어. 촛불심지를 잘라줄 사람도 없는지 방 안이 어둠침침해서 무서운 생각이 들기에 들어가지도 않았는걸. 그럼 진짜 있는지 없는지 우리 둘이 들어가서 찾아보자."

호박 등이 들어가서 촛불심지를 자르려고 하는데 진주가 말했다.

"누가 발받침을 여기다 갖다 놨을까? 하마터면 걸려서 곤두박질 칠 뻔했네."

그러면서 진주는 무심코 고개를 쳐들었다가 그만 '으악' 하고 비명을 지르면서 선 자리에서 그대로 꽈당 하고 호박의 몸 위로 나자빠졌다. 그 순간 호박도 그것을 보고 기겁하며 소리를 질렀지만 두 다리가 마치 얼어붙은 것처럼 움직여지질 않았다.

밖에 있던 사람들이 비명소리를 듣고 안으로 뛰어 들어왔다가, 다들 그 광경을 보고 소리를 지르면서 허겁지겁 형부인과 왕부인에게 알렸다. 왕부인과 보차는 그 소식을 듣자 울면서 원앙을 보려고 달려가고, 형부인은 옆에 있던 사람에게 분부를 내렸다.

"난 원앙이란 애가 그렇게까지 마음이 모질 줄 몰랐구나. 어서 사람을 보내 대감님께 이 사실을 알리도록 해라."

그런데 보옥은 그 소식을 듣고 너무도 놀란 나머지 두 눈이 휘둥그레졌다. 습인 등은 당황해서 얼른 보옥을 부축했다.

"서방님, 울고 싶으면 실컷 우세요. 그렇게 참지 마시고요."

보옥은 안간힘을 쓰다가 그제야 울음을 터뜨렸다.

'원앙 같은 사람이 어떻게 이렇게 죽을 수가 있단 말인가?'

그러면서 또 이런 생각도 들었다.

'참으로 천지간의 영기란 모두 이런 여자들한테만 서려 있나 보구나. 원앙인 과연 죽을 자리를 찾았다고 할 수 있다. 원앙에 비한다면 우리 같은 것들은 쓰레기에 불과해. 명색이 할머님의 자손이건만 어느 누가 원앙에게 비할 수 있단 말인가?'

원앙이 참으로 훌륭한 사람이라는 생각이 들자 보옥은 이내 기분이 좋아졌다. 보차가 보옥의 울음소리를 듣고 밖으로 나와 보니 뜻밖에도 보옥이 웃고 있었다.

습인 등이 다급해하며 보차에게 말했다.

"아씨, 큰일 났어요. 서방님께서 또 제정신이 아니신 것 같아요."

"괜찮아. 서방님께선 서방님 나름대로의 생각이 있으셔서 그래."

보옥은 보차의 말에 더욱 기분이 좋아졌다.

'역시 이 사람이 내 마음을 알아주는구나. 다른 사람들이 어찌 그걸 알겠어!'

보옥이 이렇게 허튼 생각을 하고 있는데 가정 등이 들어와서 탄복해 마지않았다.

"원앙인 정말 훌륭한 애가 아닐 수 없구나. 어머님께서 생전에 이 아이를 그토록 사랑해 주시더니 과연 헛된 일이 아니었어!"

가정은 즉시 가련에게 사람을 시켜서 그날 밤 안으로 관을 사서 입관 시키라고 하였다.

"내일 어머님의 영구가 떠날 때 함께 내보내도록 해라. 어머님 관 뒤에 안치해서 그 애의 소원을 풀어주도록 하구."

가련이 대답하고 밖으로 나가자 사람들은 원앙의 시체를 내려서 안쪽의 방에다 안치했다. 평아도 그 소식을 듣고 달려와서 습인, 앵아 등과 함께 목 놓아 울었다. 그중에서도 자견은 의지할 곳 없는 자기의 앞길이 막막하고 보니 이런 생각이 들지 않을 수 없었다.

'나도 대옥 아가씨가 죽었을 때 따라 죽었더라면 주종간의 의리도 다 할 수 있고 죽을 자리도 제대로 찾았을 것이다. 그러나 지금은 그저 보옥 서방님 방에 빌붙어 있는 신세가 되고 말았다. 비록 보옥 서방님께서 여전히 잘 대해주고 계시기는 하지만 결국에는 그것이 무슨 의미가 있겠는가?'

그러면서 자견은 더욱 애절하게 울었다.

왕부인은 즉시 사람을 시켜서 원앙의 올케를 불러와 원앙의 입관을 지켜보게 하였다. 그리고 형부인과 상의하여 가모가 남긴 돈 중에서 1백 냥을 원앙의 올케에게 주면서, 언제든지 틈날 때 와서 원앙의 물건을 모두 챙겨가라고 했다. 원앙의 올케는 몇 번이나 절을 하고 나오면서 좋아서 어쩔 줄을 몰랐다.

"정말이지 우리 시누이는 마음도 갸륵하고 복도 많은 사람이에요. 이렇게 좋은 명성도 얻고 장례비용까지 두둑하게 받았으니 말예요."

그러자 곁에 있던 할멈 하나가 면박을 주었다.

"이 사람아, 그만 좋아하게나. 멀쩡한 시누이를 돈 1백 냥과 바꾸고도 그렇게 좋아하는 걸 보면, 이전에 큰 대감님한테 줬더라면 얼마나 더 좋아했을까? 그랬다면 훨씬 더 많은 돈을 손에 넣을 수 있었을 텐데 말이야."

그 말에 양심이 찔린 원앙의 올케는 얼굴이 새빨개져서 줄행랑을 쳤다. 그러나 막 중문까지 왔을 때 마침 임지효와 관을 들고 오는 일행을 만났으므로 하는 수 없이 뒤따라 들어와서 입관하는 것을 거들어 주었다. 그러면서 마음에도 없는 울음을 조금 울었다. 가정은 원앙이 가모를 위해 죽었다는 것을 고맙게 느꼈으므로 향을 가져오라고 하여 세 가치를 분향하고 나서 절을 한 뒤 말했다.

"이 애는 주인을 따라 죽었으니 보통 시녀로 취급해서는 안 된다. 한 세대 아래인 너희는 모두 원앙의 영전에 절을 하도록 해라."

보옥은 그 말을 듣고 뛸 듯이 기뻐하며 원앙의 영전으로 다가와서 경건한 마음으로 몇 번이나 절을 했다. 가련은 평소 원앙이 자기에게 잘해주었던 것을 생각하고 자기도 영전에 절하고자 하였다. 그러나 형부인이 그런 가련을 말렸다.

"상전 가운데 한 사람만 절했으면 됐다. 과분하게 너무 많은 사람이 절을 해서 다음 세상에서 환생하는 데 지장이 있게 해서는 안 되느니라."

보차는 그 말을 듣고 마음이 언짢았으므로 한마디 하였다.

"저도 그 애 영전에 절을 해서는 안 된다는 걸 잘 알고 있습니다. 그러나 할머님이 돌아가셨음에도 저희들은 아직 끝내지 못한 일들이 많아서 이 세상의 인연을 끊지 못했지만 그 애는 저희들을 대신해서 효도를 다 했습니다. 그러니 원앙에게 저희들을 대신해서 할머님을 서방정토까지 잘 모셔 가 달라고 부탁하면서 부족하나마 성심을 다해야 하질 않겠습니까?"

보차는 이렇게 말하고 나서 앵아에게 의지하여 영전으로 나아가서 술을 올리며 하염없이 눈물을 줄줄 흘렸다. 술을 다 올린 보차는 절을 몇번 하고 난 뒤 다시 한바탕 대성통곡하였다. 사람들은 이런 모습을 보고 보옥 부부는 둘 다 바보라고 하는 사람이 있는가 하면, 두 사람 다 마음씨가 곱다고 하는 사람도 있었고, 또 보차를 가리켜 예의를 아는 사람이라고 하는 이도 있었다. 아무튼 가정만은 내심 매우 흡족해 했다.

이런 일이 있는 동안 한쪽에서는 집 지킬 사람을 정했는데, 역시 생각했던 대로 희봉과 석춘을 남기기로 했으며 나머지는 모두 영구를 따르기로 했다. 그날 밤은 밤새도록 아무도 자지 못했다. 오경이 되자 밖에서는 벌써 사람들이 모여드는 소리가 들려왔다. 진시초〔辰時初: 아침 7시경〕의 발인시간이 되자 가정은 가장으로서 상복을 입고 곡을 하며 아들로서의 예를 갖췄다. 영구가 문을 나서니까 길에는 여러 집에서 차린 노제路祭가 마련되어 있었는데, 도중에 있었던 여러 가지 일들은 자세히 언급하지 않겠다. 장례행렬은 반나절이 지나서야 철함사에 도착하여 영구를 안치하였다. 상주들이 모두 절에 머물면서 밤을 새워야 했음은 두말할 것도 없다. 여기에 대해서는 더 이상 이야기하지 않겠다.

한편 장례행렬이 떠나고 난 뒤, 집에서는 임지효가 하인들을 대동하여 장막을 철거하고 문과 창문들을 모두 걸어 잠근 뒤 안뜰을 깨끗하게 청소하였으며, 밤에는 야경꾼을 정해 야경을 돌면서 밤새 집을 지키게 했다. 그런데 영국부의 규칙으로는 이경이 지나면 삼문三門을 닫고 남자들의 출입을 금하였으므로 안에서는 여자들이 숙직을 서야 했다. 희봉은 하룻밤 내내 누워있었기에 점점 기력을 회복해가고는 있었지만 그래도 몸을 가눌 수는 없는 형편이었다. 그래서 평아가 석춘과 함께 각처를 돌아다니면서 숙직을 서는 여자들에게 단단히 주의를 시킨 다음 각기 자기 방으로 돌아가 쉬었다.

한편 주서의 양아들 하삼은 작년에 가진이 집안일을 맡고 있을 때, 포이와 싸움을 해서 가진에게 매를 맞고 쫓겨난 이후 날마다 노름판에서 세월을 보내고 있었다. 그러다가 가모가 죽었다는 소식을 듣고 그전처럼 무슨 일거리라도 생기겠거니 하며 바라고 있었다. 그러나 며칠째 기다려 봐도 아무런 기미가 보이질 않았다. 실망한 하삼은 한숨을 내쉬면서 다시 노름판으로 와서 시무룩하게 한 귀퉁이에 주저앉아 있었다.

사람들이 그런 하삼을 보고 한마디 했다.

"하삼이 자네 어떻게 된 일이야? 왜 본전 찾을 생각도 안 하고 그래?"

"본전 찾고 싶은 마음이야 굴뚝같지만, 어디 돈이 있어야 말이지."

"아니, 자넨 며칠째 주 영감한테 갔다 오질 않았었나? 그럼 영국부의 돈깨나 뜯어왔을 텐데 어디서 그런 우는 소릴 하는 거야?"

"그런 소릴랑 하지도 말게. 그 댁엔 돈이 몇 백만 냥이나 있을 텐데도 꼭꼭 숨겨놓고 한 푼도 쓰려고 하질 않는 거야. 그렇게 움켜쥐고 있다가 불이 나든가 도둑을 맞고서야 진작 쓰지 못한 걸 한탄하겠지."

"자넨 또 실없는 소릴 하는군. 차압당한 집에 어디 그런 돈이 있겠어?"

"그건 자네들이 모르는 소리야. 지난번에 차압당한 것들은 죄다 값도 제대로 나가지 않는 처치하기 곤란한 것들뿐이었어. 이번에 노마님이 돌아가시면서 꽤 많은 돈을 남기셨다고 하는데 그놈들은 한 푼도 안 쓰고 고스란히 노마님 방에 남겨뒀다지 뭐야. 장례가 끝나면 분배한다나."

그들 가운데 한 사내가 그 소리를 유심히 듣고 있다가 주사위를 몇 번 던지더니 말했다.

"난 오늘 돈을 몇 푼 잃었지만 본전은 나중에 찾도록 하지. 졸려서 가서 자야겠어."

그 사내는 일어나 나가면서 하삼의 소매를 잡아끌었다.

"하삼이, 자네한테 할 말이 있어."

하삼이 그 사내를 따라 나왔다.

"자네같이 영리한 사람이 왜 이렇게 궁상맞게 살고 있나? 곁에서 보기가 딱하네그려."

"가난하게 살 팔자를 타고 나서 그런 걸 난들 별 수 있겠나?"

"방금 자네가 영국부에 돈이 아주 많다고 하질 않았나? 왜 그 돈을 좀 가져다 쓰지 않는 건가?"

"아이고, 이 사람아! 그 댁에 돈이 아무리 많기로서니 우리 같은 사람이 한두 푼만 줍쇼 한들 줄 성싶은가?"

그러자 그 사람이 웃으며 말했다.

"주지 않는다고 갖다 쓰지 못하라는 법 있겠는가?"

하삼은 그 말속에 무슨 뜻이 담겨져 있음을 눈치채고 물었다.

"그래 자네 말대로라면 어떻게 돈을 챙길 수 있단 말인가?"

"자네가 수완이 없어서 그렇지, 나 같았으면 벌써 한 밑천 잡았을 걸세."

"그럼 자네한테 무슨 수라도 있다는 건가?"

그 사내는 목소리를 낮췄다.

"돈을 챙기고 싶으면 자네가 앞장을 서게. 내겐 재주가 보통이 넘는 친한 친구들이 많다네. 그 댁은 지금 죄다 장례 치르러 나가고 집안에는 여자들밖에 없질 않은가? 사내들이 몇 놈 있기는 하지만 그까짓 것들은 겁낼 것도 없어. 다만 자네가 담이 작아서 해낼 수 있을지 그게 걱정일세."

"누가 겁을 낸다고 그래? 내가 저 양아버지란 작자를 두려워하는 줄 아는 모양인데, 난 그저 양어머니에 대한 인정상 그자를 양아버지로 치고 있는 것뿐이야. 그자가 어디 사람 축에라도 끼는 줄 알아? 그런데 방금 자네의 말대로 했다가 성공하지 못해서 공연히 낭패만 보면 어쩔 텐가? 그 댁에선 관가란 관가에는 모두 줄이 닿아있단 말일세. 돈을 훔쳐내오기가 힘든 건 고사하고 훔쳐낸다 하더라도 발각되고 말 거야."

"자네가 마음만 먹는다면 자네한테도 행운이 찾아온 거나 다름없어. 내 친구들 가운데는 해변가에 사는 자들도 있는데, 실은 그자들이 지금 이곳에 와서 한탕하려고 여기저기 노리는 중이야. 그러니 돈을 손에 넣은 후에는 자네나 나나 여기 있어봤자 좋을 게 없으니까 바닷가로 가서 신나게 살아보자고. 어때? 그리고 만일 양어머니가 마음에 걸린다면 아예 함께 모시고 가면 될 게 아닌가. 그래서 다 같이 즐겁게 사는 거야."

"술 취해서 하는 소린 아니겠지? 그런 얘길 함부로 하면 어떻게 해."

하삼은 그렇게 말하면서 그 사내를 으슥한 곳으로 끌고 가서 한참 머리를 맞대고 의논하였다. 그러고 나서 두 사람은 각각 제 갈 길로 갔는데 이 일에 대해서는 잠시 그만 이야기하기로 하겠다.

한편 포용은 가정의 꾸중을 듣고 대관원의 정원지기로 지내고 있었는데, 가모가 별세해서 모두들 정신없이 바빴으나 그에게는 아무 일도 맡겨지질 않았다. 그렇지만 그는 조금도 아랑곳하지 않고 맡은 일을 하며 밥이나 먹으면서, 심심하면 낮잠이나 자다가 깨어서는 원내에서 칼이나 몽둥이를 휘두르며 세월을 보냈다. 그야말로 아무데도 구속되지 않는 자유로운 생활을 하고 있었던 것이다. 그날도 포용은 가모의 영구가 아침 일찍 나간다는 것을 알고는 있었지만, 그에게는 아무 일도 시키지 않았으므로 마음대로 돌아다니며 한가롭게 거닐고 있었다. 그런데 한 여승이 도파를 데리고 대관원의 중문 앞에 와서 문을 두드리고 있기에 포용이 다가가서 말했다.

"스님, 어딜 가시려고 그러십니까?"

그러자 도파가 대답했다.

"노마님의 장례가 오늘 끝난다고 들었는데 영구를 따르는 행렬에 석춘 아가씨가 보이지 않기에 남아서 집을 지키고 계실 거라는 생각이 들었지요. 그래서 저희 스님께서 적적해 하실까 봐 뵈러 오신 겁니다."

"주인님들이 한 분도 안 계셔서 저는 이 문을 지켜야 하니까 오늘은 돌아가십시오. 꼭 오셔야 할 것 같으면 주인님들이 돌아오신 후에 다시 오시구요."

그러자 도파가 발끈 화를 냈다.

"아니, 이 얼굴 시꺼먼 건 도대체 어디서 굴러먹던 개뼈다귀야? 어디다 대고 가라마라 하는 거야?"

"난 당신네 같은 사람들 딱 질색이야. 내가 들여놓지 않으면 어쩔 건데?"

그 도파는 화가 나서 펄펄 뛰면서 소리쳤다.

"내 원 참 기가 막혀서! 노마님께서도 생전에 우리가 오고가는 걸 막지 않으셨는데, 어디 순 날강도 같은 놈이 이렇게 무법천지로 날뛰고 있어? 비켜라, 난 기어코 들어가고야 말 테다."

도파는 그러면서 문고리를 잡고 세게 흔들어댔다. 묘옥은 이미 화가 머리끝까지 나서 아무 말도 하지 않고 발길을 돌렸다. 마침 안에서 중문을 지키던 할멈이 사람들이 다투는 소리를 듣고 문을 열어보니 묘옥이 되돌아가고 있는 것이 아닌가. 분명 포용이 기분을 상하게 해서 그럴 거라는 생각이 들었다. 할멈들은 근자에 묘옥 스님이 마님들이나 석춘 아가씨와 매우 가깝게 지낸다는 것을 잘 알고 있었기에, 나중에라도 문지기가 묘옥 스님을 안으로 들이지 않았다는 얘기가 상전들의 귀에 들어가면 어떤 꾸지람을 들을지 몰라서 급히 묘옥에게 달려갔다.

"스님이 오신 걸 모르고 문 열어드리는 게 늦었어요. 저희 석춘 아가 씨께선 안에 계시면서 스님을 여간 보고 싶어 하시는 게 아니에요. 그러니 어서 안으로 드시지요. 대관원을 지키는 자가 요새 새로 왔기 때문에 이곳 사정을 잘 몰라서 그랬나 봅니다. 나중에 마님께 말씀드려서 실컷 두들겨 팬 후 내쫓도록 하겠어요."

할멈의 말을 듣고도 묘옥은 들은 체 만 체하였다. 중문을 지키는 할멈은 묘옥을 뒤따르며 여러 번 간곡하게 사정해 보았으나, 그래도 안될 것 같은지 이번에는 스님이 이렇게 가버리면 나중에 자기가 어떤 벌을 받게 될지 모른다고 통사정하면서 무릎을 꿇다시피 했다. 묘옥은 하는 수 없이 그 할멈을 따라 안으로 들어갔다. 포용은 더 이상 막을 수 없게 되자 화가 나서 눈을 부라리며 씩씩거리면서 돌아갔다.

그리하여 묘옥은 도파를 데리고 석춘의 처소로 와서 조문한 다음 이런 저런 이야기를 주고받았다. 그러던 중 석춘이 이런 말을 했다.

"집을 지키고 있자면 며칠 밤을 꼬박 새워야 할 텐데, 희봉 형님이 아파서 누워 계시니까 혼자 적적하기도 하고 무섭기도 해요. 누군가가 함께 있어준다면 마음이 놓이겠는데요. 지금 안에는 남정네라곤 한 사람도 없으니 오늘 이렇게 왕림해 주신 김에 하룻밤만 저와 함께 지내주시면 안될까요? 둘이 같이 바둑도 두고 얘기도 하면 좀 좋아요?"

묘옥은 처음엔 그럴 마음이 없었으나 석춘이 딱하다는 생각이 들었다. 게다가 바둑 두자는 소리를 하는 바람에 순간 마음이 끌렸다. 그래서 도파를 보내 자기 찻잔과 옷가지며 이불 따위를 시녀에게 들려 보내라고 이르고는 석춘과 함께 정담을 나누면서 하룻밤을 보내기로 하였다.

석춘은 뛸 듯이 기뻐하며 좋은 차를 대접하겠다면서 채병에게 작년에 모아둔 빗물을 끓이라고 하였다. 그런데 묘옥은 자기 찻잔은 따로 쓰는 사람이었기에 아무 찻잔에다 대접할 수는 없는 노릇이었다. 도파가 가고 나서 조금 있으려니까 시녀가 묘옥의 일용품들을 가지고 왔다. 석춘은 직접 차를 끓였다. 두 사람은 의기가 투합하여 한참 동안이나 이야기를 나눴다. 그러다 보니 어느새 초경이 되었다. 채병이 바둑판을 차려주었으므로 두 사람은 마주앉아 바둑을 두기 시작했다. 석춘은 두 판을 연달아 지다가, 묘옥이 넉 점을 깔아주고 나서야 겨우 한 집을 이길 수 있었다.

그렇게 바둑을 두는 동안 시간이 벌써 사경이나 되었다. 드넓은 하늘과 땅 사이에 삼라만상이 모두 잠이 들었는지 아무 소리도 들리지 않았다.

그러자 묘옥이 석춘에게 말했다.

"전 오경이 되면 좌선을 해야 해요. 제겐 딸린 시녀가 있으니 아가씨께선 먼저 주무시도록 하세요."

석춘은 같이 더 놀고 싶었지만 묘옥이 좌선을 해야겠다니 어쩔 수 없었다. 그래서 석춘이 막 쉬러가려고 하는데 갑자기 동편 안채에서 숙직서던 사람의 고함소리가 들려왔다. 그러더니 이어서 석춘의 방에 있는 할멈들도 소리를 질러댔다.

"크, 큰일났어요! 수상한 놈들이 나타났어요!"

석춘과 채병은 그 소리를 듣고 어찌나 놀랐는지 간이 콩알만 해졌다. 그때 또 밖에서 숙직을 서던 하인들의 외치는 소리가 들려왔다.

"야단났어요. 도둑놈들이 들어온 게 분명해요."

묘옥은 감히 문을 열어 볼 엄두도 내지 못한 채 급히 등불을 가리고 창문 틈으로 바깥 동정을 살폈다. 보자니까 몇 명의 남정네들이 뜰 안에 떡 버티고 서 있는 것이 아닌가! 묘옥은 놀란 나머지 아무 소리도 내지 못하고 손을 내저으며 안쪽으로 기어갔다.

"정말 큰일이로구나. 밖에 웬 건장한 사내들이 몇 명 서 있어."

그 말이 채 끝나기도 전에 이번에는 지붕 위에서 계속 달그락거리는 소리가 들려왔으며, 뒤미처 밖에서 숙직 서는 사람들이 뛰어 들어오며 저 도둑놈 잡으라고 소리소리 질러댔다.

그중의 한 사람이 말했다.

"안채에 있던 물건들이 죄다 없어졌는데 거기엔 한 놈도 보이질 않아. 동쪽으로 누가 갔으니까 우린 서쪽으로 가보자구."

석춘의 방에 있는 할멈은 그 소리가 자기네 사람이 하는 소리란 걸 알고는 바깥방에서 외쳐댔다.

"여기 숱한 놈들이 지붕 위에 올라가 있어요."

그 소리에 숙직 서던 사람들이 말했다.

"저기 좀 봐. 정말 그놈들이 저기 올라가 있네."

그러자 모두들 저놈들을 잡으라며 소리를 질렀다. 그러나 지붕 위에서 기왓장들이 마구 날아왔으므로 아무도 접근할 엄두를 내지 못하였다.

이렇게 도둑놈을 눈앞에 두고도 어찌할 바를 몰라 쩔쩔 매고 있는데, 대관원의 중문이 덜커덩 소리를 내며 활짝 열리더니 기골이 장대한 사내 하나가 손에 몽둥이를 들고 달려들어 왔다. 사람들은 모두 겁을 집어먹고 벌벌 떨기만 할 뿐 피할 엄두도 내지 못하고 있었다. 그때 그 사내가 집이 떠나갈 듯 호령을 하였다.

"저놈들을 한 놈도 놓치면 안 됩니다. 자, 모두들 나를 따르시오."

그 소리에 하인들은 더욱 놀랐다. 오금이 저리고 두 발이 땅에 얼어붙은 것 같아서 꼼짝도 할 수가 없었다. 그런데 그 사내는 뜰 한복판에 서서 여전히 호령을 해대고 있었다. 하인들 가운데 눈썰미가 있는 자가 마침내 그가 누구인지를 알아보았다. 그 사내는 다름 아닌 진씨 댁에서 천거해 왔던 포용이었다. 그가 포용인 것을 알고서야 사람들은 얼마간 용기가 생겨서 부들부들 떨면서 입을 뗐다.

"한 놈은 이미 내뺐고, 나머지는 아직 저 지붕 위에 있소."

포용은 힘차게 땅을 구르더니 휙 하고 지붕으로 날아올라 도둑들을 추격했다. 도둑들은 영국부에 사람이 없다는 것을 알고 먼저 안뜰에서 석춘의 방을 훔쳐보았는데, 방 안에 웬 절색의 여승이 앉아있는 것을 보자 그만 음탕한 마음이 일었다. 그들은 안채에 겁을 잔뜩 집어먹은 여자들만 있다는 것을 알고 거리낌 없이 문을 걷어차고 쳐들어가려고 하다가 밖에서 누군가가 뒤쫓아 오는 소리가 들려왔으므로 엉겁결에 지붕으로 올라갔던 것이다. 하지만 몰려온 사람들이 많지 않았으므로 그들은 한번 맞붙어 싸워볼 태세였다. 그때 별안간 웬 사내가 지붕 위로 날아올라 자기들을 추격하는 것이었다. 그런데 보아하니 한 놈뿐이었으므로 그들은 얕잡아보고 칼을 빼서 덤벼들었다. 하지만 뜻밖에도 포용이 휘두르는 몽둥이에 도둑놈 하나가 맞아서 그만 지붕 위에서 떨어지고 말았다. 그러자 나머지 도둑놈들은 걸음아 날 살려라 하며 대관원 담장을 넘어서 줄행랑을 쳤고 포용은 그들을 놓칠세라 지붕을 타고 뒤쫓았다.

그런데 도둑놈들 가운데 일부는 진작부터 훔친 물건을 운반하기 위해 대관원 안에 숨어 있다가 이미 꽤 많은 물건들을 빼돌려 놓고 있었는데 자기 패거리들이 허겁지겁 도망쳐 나오는 것을 보자 모두 무기를 집어 들고 동료들을 보호하러 나섰다. 그러다가 추격해오는 자가 단 한 사람인 것을 보고 여럿이서 한 놈을 못 당하겠는가 싶어서 반격할 자세를 취하였다.

포용이 그들을 향해 호통을 쳤다.

"요런 좀도둑놈들 같으니라고! 감히 나와 겨뤄보겠다는 거냐?"

그러자 도적패 가운데 한 놈이 말했다.

"우리 패거리 가운데 하나가 저놈한테 맞아서 쓰러졌는데 살았는지 죽었는지 모르겠어. 어서 저놈을 때려눕히고 동료를 구해내도록 하세."

포용은 그 소리를 듣자마자 몽둥이를 휘둘렀다. 도둑들은 무기를 단단히 움켜쥐고 너덧이 포용을 포위하여 마구 덤벼들었다. 그때 바깥에서 숙직 서던 사람들도 모두 용기를 내어 뒤쫓아 왔다. 도둑들은 포용을 당해내지 못하겠다는 것을 알고 도망치기 시작했다. 포용은 그들을 놓치지 않으려고 계속 뒤쫓다가 땅바닥에 놓여있던 궤짝에 발이 걸려 그만 넘어지고 말았다. 벌떡 일어나서 추격하려던 포용은 가만히 생각해보니 그들이 훔쳐낸 물건들은 그대로 있고 도둑떼는 이미 멀찌감치 도망갔을 터였으므로 더 이상 뒤쫓지 않기로 하였다.

포용은 사람들에게 불을 밝히게 해서 주위를 살폈으나 있는 거라고는 빈 궤짝 몇 개뿐이었으므로, 그것들을 치우라고 이르고는 자기는 얼른 안채로 달려갔다. 그러나 길을 잘 모르는 포용이 가느라고 간 곳이 희봉의 처소였다. 방 안에 촛불이 환하게 밝혀져 있기에 포용이 안에다 대고 물었다.

"여긴 도둑이 안 들었습니까?"

그러자 안에서 평아가 벌벌 떨면서 말했다.

"여기선 문을 꼭 걸어 잠그고 있다가 상방 쪽에서 도둑이야 하고 외치는 소리만 들었어요. 그러니 그쪽으로 가보세요."

포용이 길을 몰라 서성거리고 있는데 마침 숙직 서는 하인 하나가 다가왔다. 포용이 그 사람을 따라 겨우 상방으로 와보니 문이란 문은 전부 열려 있고, 숙직 서는 어멈들이 모두 한데 모여 울고 있었다.

조금 있으려니까 가운과 임지효 등이 달려와서 도둑맞은 것을 보고는 다들 당황하여 안으로 들어가서 조사하기 시작했다. 가모의 방문이 활짝 열려 있기에 등불로 비춰보니 자물쇠가 비틀린 채 부서져 있었으며, 안으로 들어가서 살펴본즉 농이나 궤짝들은 모조리 열려 있었다. 이 광경을 본 그들은 숙직 서는 어멈들을 몰아세웠다.

"너희는 모두 죽어 나자빠진 송장이었더냐? 도둑이 들어온 것도 몰랐단 말이냐?"

숙직 섰던 어멈들이 울면서 변명을 하였다.

"저희들은 교대로 야경을 서는데 이경에서 삼경까지는 저희 몇 명의 차례였어요. 저희들은 잠시도 쉬지 않고 앞뒤를 돌았지요. 그리고 사경부터 오경까지는 저희 다음 차례인 저 사람들이 당번이었어요. 저희들이 저 사람들과 막 교대를 하고 돌아섰는데 저들이 막 소리를 질러대질 않겠어요. 그러나 사람은 하나도 보이질 않았어요. 저희들이 급히 달려가서 등불로 비춰봤더니 글쎄 어느 틈엔가 물건이 온데간데없이 사라져 버린 게 아니겠어요. 그러니 나리님들! 저희들 다음 당번들한테나 물어봐 주세요."

그러자 임지효가 호통을 쳤다.

"너희들 하나같이 다 죽을 줄 알아라. 나중에 두고 보자. 우선은 다른 곳에 별일 없나 두루 돌아다녀 봐야겠다."

임지효가 숙직 서는 하인들을 앞세우고 우씨의 처소로 가보니, 문이 굳게 닫혀 있는데 안에서 몇 사람이 얘기하는 소리가 들려왔다.

"정말 놀라서 죽을 뻔했네."

임지효가 밖에서 물었다.

"여긴 잃어버린 물건이 없습니까?"

안에 있던 사람이 그제야 문을 열고 대답했다.

"여긴 아무것도 도둑맞은 게 없어요."

임지효는 다시 사람들을 이끌고 이번에는 석춘의 처소로 갔다. 그런데 안에서 다급한 소리가 들려왔다.

"이 일을 어쩌면 좋담! 아가씨가 너무 놀라서 정신을 잃으셨어. 아가씨! 정신 좀 차리세요."

임지효는 급히 문을 열라고 해서 어떻게 된 일이냐고 물었다. 안에 있던 할멈이 문을 열어 주면서 대답했다.

"여기서 도둑놈들과 싸움이 벌어져서 아가씨께선 너무 놀란 나머지 까무러치셨어요. 다행히 묘옥 스님과 채병이가 깨어나시게 했습니다. 그렇지만 물건은 잃어버린 게 없어요."

"도둑놈들과는 어떻게 싸웠는지 말해 보게."

임지효가 묻자 숙직 섰던 하인이 대답했다.

"다행스럽게도 포용아저씨가 지붕 위로 올라가서 도둑놈들을 쫓아버렸어요. 그리고 그중 한 놈은 맞아서 죽었다는 소리가 있어요."

그 말에 포용이 끼어들었다.

"그놈은 대관원 문 쪽에 뻗어 있을 겁니다."

가운 등이 그리로 가보니 과연 한 놈이 쓰러져 죽어 있었는데, 자세히 보니 주서의 양아들 같았다. 사람들은 모두 이상하게 생각하지 않을 수 없었다. 임지효는 한 사람에게 시체를 지키게 하고, 두 사람을 시켜 앞뒷문을 잘 살펴보도록 했는데 그 문들은 전과 다름없이 자물쇠가 잠겨있었다.

임지효는 문을 열라고 해서 영관〔營官: 경성의 치안을 맡아보는 무관〕에게 가서 보고하였고, 보고받은 영관이 즉시 와서 조사를 벌였다. 도적들이 들어왔다가 나간 경로는 뒤편에 있는 샛길에서 지붕으로 올라간 뒤 그 지붕을 타고 서쪽 뜰의 지붕으로 올라갔던 모양이었다. 지붕의 기와들이 형편없이 깨져 있는 것으로 봐서 거기서 바로 후원으로 도망친 것 같았다. 숙직 섰던 하인들이 한결같이 말했다.

"그놈들은 보통 도둑떼가 아니고 강도들이었습니다."

그러자 영관이 나무랐다.

"무기를 들고 날강도짓을 한 것도 아닌데 어떻게 강도라고 단정하는 게냐?"

그러니까 숙직 섰던 하인 하나가 말했다.

"아닙니다. 저희들이 도둑놈들을 뒤쫓으니까 그놈은 지붕으로 올라가서 기와를 마구 집어던졌습니다. 그래서 접근을 못하고 있는데 다행히 저희 집에 있는 포씨 성을 가진 자가 지붕 위로 쫓아 올라가서 그놈들을 추격해냈습니다. 저희들이 또 대관원 안에까지 쫓아 들어가 보니까 거기서도 여러 놈이 있다가 포씨를 에워싸고 덤벼드는 게 아니겠습니까? 그러다가 포씨를 당해낼 수 없게 되자 나중엔 도망치고 말더군요."

"또 그따위 소리를 하는구나. 그놈들이 정말 강도였다면 어떻게 너희를 당해내지 못했겠느냐? 허튼 소리 그만 하고 어서 도난당한 물건이나 조사해서 목록을 만들어 가져오도록 해라. 그래야 위에다 보고할 테니까."

그리하여 가운 등이 안채로 와보니까 희봉이 병중임에도 불구하고 나와 있었고 석춘도 함께 나와 있었다. 가운은 희봉에게 인사하고 석춘에게도 안부를 물었다. 다 같이 잃어버린 물건들을 조사했지만 원앙은 이미 죽고 호박 등도 영구를 따라갔기 때문에 그들로서는 도무지 제대로 알아낼 수가 없었다. 도난당한 물건들은 모두 가모의 것이었는데 무엇 무엇이 있었는지는 지금까지 꺼내서 헤아려본 적이 없었다. 그 물건들은 그대로 궤짝 안에 넣어둔 채 자물쇠를 채워둔 것이었으므로 어디서부터 어떻게 손을 대야 할지 막막할 뿐이었다.

"농이나 궤짝 안에 물건들이 꽤 많이 들어있었을 겁니다. 그런데 이렇게 깨끗하게 비워낸 것을 보면 시간도 제법 오래 걸렸을 것 같군요. 숙직 섰던 자들은 그동안 도대체 뭘 했단 말입니까? 게다가 포용에게 맞아죽은 자가 주서의 양아들놈이고 보면, 이건 분명히 안팎으로 짜고 한 짓이 틀림없습니다."

사람들은 둘러서서 그저 이런 소리나 했다. 희봉은 그 말을 듣고 화가 머리끝까지 나서 눈을 부릅뜨며 호통을 쳤다.

"당장 숙직 섰던 저 여편네들을 모조리 잡아서 묶도록 해라. 관청에 넘겨서 심문받도록 해야겠다."

그러자 어멈들은 울고불고 하며 땅에 꿇어앉아 살려달라고 손이 발이 되도록 빌었다. 과연 그 어멈들에게 어떠한 처분이 내려질 것인지, 또한 도난당한 물건들의 행방을 알아낼 수 있을 것인지 등이 알고 싶으면 다음 회를 보시라.

活冤尊妙尼
遭大叔
死儭仇趙妾赴冥曹

납치당한 묘옥

전생의 업보로 묘옥은 납치되어 업혀가고
철천지원수 조이랑은 저승으로 끌려갔네

活冤孽妙尼遭大劫　死讐仇趙妾赴冥曹

희봉이 숙직 섰던 어멈들을 관아로 보내 심문받게 하라고 명을 내리
자, 어멈들은 땅바닥에 꿇어 엎드려서 살려달라고 애원하였다. 그러자
임지효와 가운이 말했다.

"아무리 빌어도 소용없어. 대감님께서 우리더러 집을 잘 지키고 있으
라고 하셨는데 아무런 문제가 없었으면 좋았겠지만, 지금 이런 사고가
일어났으니 윗사람이건 아랫사람이건 모두 책임져야할 판에 누가 너희
를 구해줄 수 있겠느냐? 만일 그놈이 주서의 양아들이 틀림없다면 마님
을 비롯해서 안팎으로 모두 혐의를 받게 될 판국이란 말이다."

그 말을 듣고 희봉이 가쁜 숨을 몰아쉬며 말했다.

"이건 모두 타고난 운명이라 그렇게 된 일인데 이것들한테 그런 말은
해서 뭐 해? 그저 잡아다 관아에다 넘기면 되질 않겠어? 그리고 잃어버
린 물건들에 대해서는 관아에 가서 이렇게 말하도록 하게. 그 물건들은
노마님 물건이라 대감님들한테 물어봐야 알 수 있으니 우선 신고한 다

음 그분들이 돌아오시는 대로 목록을 만들어서 올리겠다고 말이지. 그리고 문관아문文官衙門[1]에도 그렇게 보고하도록 하게."

가운과 임지효가 대답하고 나갔다. 석춘은 한마디도 하지 않고 있다가 울면서 말했다.

"전 어릴 때부터 이런 일은 들어본 적도 없는데 어쩌다가 하필 우리 두 사람한테 이런 횡액이 생겼을까요? 내일 대감님과 마님께서 돌아오시면 무슨 낯으로 뵐 수 있겠어요? 대감님께선 '집안일을 너희한테 맡겼는데 이 지경을 만들어놨으니 그러고도 아직 살 생각을 하느냐'고 말씀하실 게 뻔해요."

"그렇지만 우리가 일부러 그렇게 만든 건 아니잖아요. 그리고 지금 숙직 섰던 어멈들이 잡혀갔잖아요."

희봉이 이렇게 말하자 석춘이 흐느끼며 말했다.

"형님은 그래도 변명할 말이 있어요. 워낙 앓고 계신 중이었으니까요. 그렇지만 저는 아무 말도 할 수 없는 처지예요. 이건 모두 우리 집 올케가 나를 함정에다 밀어 넣은 거예요. 그 올케가 마님께 말씀드려서 저한테 집을 보게 한 거니까요. 이제부터 어찌 얼굴을 들고 다닐 수 있겠어요?"

"아가씨, 그런 생각일랑 마세요. 면목이 없는 것으로 말하자면 누구나 다 마찬가지예요. 아가씨가 만일 그렇게 어리석은 생각을 한다면 전 더욱 견딜 수가 없어요."

두 사람이 이런 얘기를 하고 있을 때 바깥뜰에서 누군가가 떠들어대는 소리가 들려왔다.

"저 삼고육파三姑六婆[2]란 것들은 죄다 고약한 년들이라고 하지 않을

---

1 경성의 사무를 관할하는 지방 정부.
2 삼고란 니고(尼姑: 비구니), 도고(道姑: 여도사), 괘고(卦姑: 점치는 여자)를 말하고, 육파란 아파(牙婆: 인신매매업자), 매파(媒婆: 중매쟁이), 무파(巫婆:

수 없어. 그러기에 우리 진씨 댁에서는 여태까지 저런 것들을 집안에 들이지 않았지. 그런데 이 댁에서는 어째서 도무지 신경 쓰지 않았는지 모르겠어. 어제 노마님의 영구가 막 떠나갔을 때 무슨 암잔가 하는 데 사는 여승이 기어코 이 안엘 들어오려고 하는 게 아니겠어? 내가 고함 치며 못 들어오게 했지만 중문을 지키는 할멈들이 도리어 나를 욕하면 서 애원하다시피 하여 그 여승을 안으로 끌어들였지 뭐야. 그러면서 뭐 하느라고 그러는지 그 중문이 몇 번인가 열렸다 닫혔다 하는 게 아니겠 어? 난 도무지 마음이 놓이질 않아서 잠도 자지 못하고 있는데 사경쯤 되었을 때 여기서 고함치는 소리가 들리는 거야. 그래서 내가 급히 달 려와서 문을 두드렸지만 열어주지는 않고 안에서는 더욱 소란스럽게 외쳐대기에 하는 수 없이 문을 박차고 들어왔지. 그랬더니 서쪽 안뜰에 웬 놈 하나가 버티고 서 있기에 대뜸 쫓아가서 몽둥이로 쳐 죽였어. 난 오늘에서야 여기가 넷째 아가씨 방인 걸 알았는데 그 여승이란 것이 바 로 여기 있었지 뭐야. 날이 새기 전에 이곳을 빠져나간 모양인데, 그 여 승이 도둑떼를 끌어들인 게 분명해."

평아 등이 안에서 그 소리를 듣고 큰 소리로 뭐라고 했다.

"저건 도대체 누구기에 저렇게 무례하게 굴고 있어? 아가씨와 아씨께 서 여기 계시는데 감히 어떻게 그따위 소리를 함부로 지껄여대는 거 야?"

희봉이 옆에서 말했다.

"저놈이 '진씨 댁' 어쩌고 하는 소리를 너도 들었겠지? 진 대감 댁에서 추천해 온 바로 그 밉살스런 놈인가 보구나."

석춘은 그 사내가 지껄이는 소리를 듣고 더욱 마음이 불안해졌다. 그 런데 희봉이 묻는 것이었다.

무당), 건파(虔婆: 기생어미), 약파(藥婆: 여의원), 온파(穩婆: 산파)를 말함.

"저놈이 방금 무슨 여승이 어쩌고저쩌고하며 헛소릴 지껄이던데, 혹시 아가씨 처소에 여승을 불러다 재우기라도 했나요?"

석춘은 묘옥이 자기를 찾아왔기에 하룻밤 같이 지내자고 붙들어서 함께 바둑을 두며 밤을 새웠다는 얘기를 했다.

"아니, 그 스님이셨어요? 그 스님이 어떻게 그러겠다고 하셨을까? 정말 뜻밖이군요. 그렇지만 저 불한당 같은 놈이 떠들어대는 소리를 대감님께서 들으시는 날에는 좋을 게 없을 것 같아요."

석춘은 생각할수록 점점 더 두려운 마음이 들었으므로 그만 그 자리에서 일어나서 돌아가려고 하였다. 희봉은 더 있기가 고통스러웠지만 석춘이 겁이 나서 무슨 일이라도 저지르면 어쩌나 싶어서 가지 못하게 만류하였다.

"잠시 더 있으면서 미처 훔쳐가지 못한 물건들이 다 정리되고 난 뒤, 지킬 사람들을 정해 놓고 가는 게 좋겠어요."

그러자 평아가 말했다.

"그렇지만 우리 마음대로 손댈 수는 없어요. 관가에서 나와 조사한 다음에 정리해야 할 것 같아요. 그러니까 저희들은 그저 이렇게 지키고 있을 수밖에요. 그런데 대감님한테는 이 소식을 알리러 누구를 보냈나요?"

"네가 할멈을 보내서 알아보도록 해라."

평아가 할멈 하나를 보냈는데 얼마 지나지 않아서 그 할멈이 돌아와서 아뢰었다.

"임지효는 여기를 떠날 수 없답니다. 관에서 조사 나오면 이 집 사람 누군가가 시중을 들어야 한다면서요. 다른 사람을 보내려 해도 똑똑하게 말할 사람이 마땅치 않아서 결국 가운 서방님이 가셨답니다."

희봉은 고개를 끄덕이며 석춘과 함께 수심이 가득한 채 앉아 있었다.

그 도둑떼는 하삼 등이 끌어들인 것이었다. 가모의 방에서 많은 금은 보화를 훔쳐낸 도둑놈들은 사람들이 추격해 오는 것을 알았지만 죄다 겁날 것 없는 놈들이었으므로 다시 서쪽에 있는 안채를 털러 들어갔었다. 방 안을 들여다보니까 촛불 아래 기가 막히게 아름다운 미인 둘이 앉아 있는 것이 아닌가? 그 가운데 하나는 아가씨요, 다른 하나는 여승이었다. 그녀들의 미색에 홀려 그들은 지금 목숨을 보존해야 하는 처지임에도 불구하고 음탕한 생각이 솟구쳐서 문을 박차고 안으로 들어가려고 하였다. 그때 뜻밖에도 포용이 뒤쫓아 왔으므로 훔친 물건만 챙겨서 도망쳤던 것이다. 그런데 도망쳐 나와 보니 하삼이 보이질 않았다. 그래서 놈들은 우선 은닉처로 숨어들었다가 그 다음 날 염탐해 봤더니 하삼은 집안 하인에게 맞아죽었고, 이 사실이 문무 두 관청에 이미 보고되었다는 것이었다. 더 이상 이곳에 숨어 있을 수 없다고 생각한 도둑놈들은 상의한 끝에 빨리 해적두목에게 의탁해야겠다고 작정했다. 우물쭈물하다가 자기네들을 잡는 방문이 나붙기라도 하는 날에는 관문이나 나루터를 빠져나가기가 쉽지 않을 것이었기 때문이었다.

그런데 그 가운데 유달리 담이 큰 놈 하나가 이런 말을 했다.

"가기는 가겠소만, 난 아무래도 그 여승을 놔두고 가기가 아까운걸. 어쩌면 그렇게도 어여쁘게 생겼을까? 그렇지만 도대체 어느 암자에 있는 계집인 줄 알아야 말이지."

그러자 또 다른 사내가 말했다.

"옳지, 이제야 생각이 나는군. 그 계집은 틀림없이 대관원 안에 있는 농취암인가 뭔가 하는 암자의 여승일 거야. 몇 해 전인가 그 계집이 그 집에 있는 보寶뭔가 하는 도련님과 그렇고 그런 일이 있었던 모양인데, 그 후로 어찌 된 영문인지 상사병이 나서 의원의 약을 먹고 있다는 소문이 나돈 적이 있었잖아."

그 소리에 아까 그 사내의 귀가 번쩍 띄었다.

"오늘 하루만 몸을 숨기고 있으면서 저 형님한테 돈을 빌려서 행상에 필요한 물품들을 사다 달라고 부탁하자구. 그리고 내일 새벽 종소리가 울리면 전부 관문을 빠져나가기로 하세. 자네들은 관문 밖의 이십리파 二十里坡에서 나를 기다려주게."

도둑들은 이렇게 의논하고 나서 훔친 물건을 나눠 갖고 제각기 흩어졌다. 여기에 대해서는 더 이상 이야기하지 않겠다.

한편 가정 등은 영구를 모시고 철함사에 이르러 안치했다. 영구의 안치가 끝나자 친척과 친구들은 다들 돌아가고 가정 등은 바깥 곁채에서 영구를 지켰으며, 형부인과 왕부인 등은 안채에서 생전의 고인을 생각하며 울음으로 밤을 지새웠다.

다음 날 다시 제사를 지내려고 한창 제물을 차리고 있는데 느닷없이 가운이 들어와서 먼저 가모의 영전에 절을 올린 다음, 급히 가정에게 달려가서 무릎을 꿇고 문안 인사를 올렸다. 그런 다음 숨을 헐떡이면서 간밤에 도둑이 들어서 가모의 방에 있던 물건들을 죄다 도둑맞았고, 포용이 도둑을 쫓다가 한 놈을 때려죽였으며 이 사건을 이미 문무관청에 보고했다는 이야기를 모두 아뢰었다. 가정은 그 소리를 듣고 넋이 나갔으며, 형부인과 왕부인 등도 안에서 그 소리를 듣고 너무도 놀란 나머지 혼비백산하여 말없이 그저 울기만 할 뿐이었다.

가정은 한참 뒤에 정신을 가다듬고 도난품 목록을 어떻게 작성했는지 물었다.

"집에 있는 사람들은 아무도 어떤 물건들이 있었는지 모르기 때문에 아직 목록을 만들지 못했습니다."

"음, 그건 다행이구나. 우리 집은 몰수처분을 당했기 때문에 만일 값나가는 물건으로 목록을 써내면 오히려 그런 물건들을 감췄다고 죄명을 뒤집어쓰게 될지도 모른다. 그럼 어서 가서 련이를 불러오너라."

그때 가련은 보옥 등을 데리고 다른 곳으로 제사지내러 가서 아직 돌아오지 않았으므로 가정은 사람을 보내 급히 돌아오게 했다. 가련은 그 소식을 듣더니 화가 나서 펄펄 뛰면서 가운을 보자마자 가정의 면전임에도 불구하고 마구 욕을 퍼부었다.

"망할 자식 같으니라고! 네놈을 믿고 그만큼 중요한 일을 맡긴 건데, 그런 줄 알면 하인들을 잘 감독해서 물샐 틈 없이 야경을 잘 돌게 할 일이지그래 네놈은 죽은 송장이었더냐? 무슨 낯짝으로 알리러 왔단 말이냐?"

가련은 가운의 얼굴에다 침을 퉤퉤 뱉었다. 가운은 두 손을 모은 채 고개를 떨구고 아무 말도 하지 못했다. 가정이 듣고 있다가 한마디 하였다.

"그 애를 나무랬자 무슨 소용이 있느냐?"

그러자 가련이 무릎을 꿇고 물었다.

"숙부님, 이 일을 어떻게 하면 좋겠습니까?"

"별다른 방법이 있겠느냐? 관아에 신고해서 도둑을 잡아 달라고 하는 수밖에. 다만 한 가지, 우린 어머님께서 남기신 돈에 일체 손을 대지 않았었는데 그게 걱정이구나. 네가 돈이 필요하다고 했을 때도 난 돌아가신 지 며칠도 안됐는데 어찌 거기다 손을 대랴 싶어서 주지 않았던 거다. 원래 생각으로는 장례가 끝나면 총결산을 해본 후에 우선 남한테 빌린 돈을 갚고, 남는 것으로는 이곳하고 남방에다 묘지를 살 작정이었다. 그 밖의 물건에 대해서는 수량조차 알 수가 없는 노릇이구. 지금 문무관청에서 도난품 목록을 내라고 하는데 만일 너무 귀한 물건을 써넣었다간 낭패가 될지도 모르겠고, 금은붙이와 의복 등이 얼마인지 써넣으려고 해도 확실한 수량을 모르니 아무렇게나 써넣을 수도 없질 않느냐? 그런데 참 이상하게도 넌 요즈음 아주 딴사람이 된 것 같구나. 왜 그렇게 일처리 하는 게 변변치 못하단 말이냐. 여기 이렇게 꿇어앉아 있기만 하면 어쩌자는 거냐?"

가정의 꾸지람에 가련 역시 아무 말도 하지 못하고 일어나서 물러가려고 하였다. 그러자 가정이 불러 세웠다.

"어딜 가려는 거냐?"

가련이 다시 무릎을 꿇고 대답했다.

"집으로 돌아가서 어떻게 된 일인지 자세히 알아보고 오겠습니다."

가정이 못마땅한 듯 "흥", 하고 냉소를 흘리자 가련은 면목이 없어서 고개를 떨궜다.

"안에 들어가서 네 어머님한테 할머님 밑에 있던 시녀 한둘을 불러달라고 말씀드려라. 그리고 그 애들을 데리고 가서 찬찬히 기억해내게 하여 목록을 만들도록 해라."

가련은 속으로 가모의 물건은 모두 원앙이 보관하고 있었는데 그 애가 죽고 없는 지금 누구한테 물어보란 말인가 하고 생각했다. 설사 진주한테 물어본다 한들 그 애가 어떻게 자세하게 알 수 있겠는가? 그렇지만 가정에게는 아무 말도 할 수 없어서 그저 "예, 예"하고 대답만 하고 일어나서 안으로 들어갔다. 형부인과 왕부인도 가련을 보고 한바탕 원망을 늘어놓더니, 빨리 집으로 돌아가서 집을 지키던 사람들에게 무슨 낯으로 우리들을 볼 거냐고 전하라고 했다.

가련은 할 수 없이 그곳을 물러 나와서 호박 등을 집으로 데리고 가기 위해 마차를 준비하라고 시킨 다음, 자기는 나귀를 타고서 몇 명의 시동과 함께 부랴부랴 집으로 향했다. 가운도 가정에게 다시 아뢸 염치도 없어서 슬그머니 물러 나와 말을 타고 가련의 뒤를 따랐다. 그들은 집으로 돌아가는 내내 아무 말도 하지 않았다.

가련이 집에 이르자 임지효가 나와서 인사를 올렸다. 그리고 그들은 곧바로 함께 안으로 들어갔다. 가련이 가모의 정방에 이르러 보니 희봉과 석춘이 그곳에 있었다. 그들을 보는 순간 가련은 화가 머리끝까지 치밀어 올랐지만 아무 말도 하지 않고 임지효에게만 물었다.

"관아에서 조사하러 나왔더냐?"

임지효는 지은 죄가 있는지라 무릎을 꿇고 아뢰었다.

"네, 문무관청에서 조사를 나왔었습니다. 도둑놈들이 어디로 들어와서 어디로 나갔는지 그 종적도 조사했고 시체도 검시를 마쳤습니다."

그러자 가련이 깜짝 놀라면서 물었다.

"무슨 시체를 검시했다는 거냐?"

임지효는 포용이 때려죽인 놈이 주서의 양아들 같더라는 얘기를 했다. 그 소리를 듣고 가련이 소리를 질렀다.

"어서 운이를 불러오너라."

가운은 들어와서 무릎을 꿇고 처분만 기다렸다.

"넌 왜 대감님께 주서의 양아들놈이 도둑이 되어 들어왔다가 포용에게 맞아죽었다는 얘기를 하지 않았느냐?"

"숙직 섰던 자들이 그놈 같다고 하였지만 혹시라도 잘못 본 걸지도 몰라서 말씀드리지 않았어요."

"이런 멍청한 놈 같으니라고! 진작 나한테 말했더라면 주서를 데리고 와서 확인시켰을 테고, 그럼 당장 알 수 있었을 게 아니냐?"

그러자 임지효가 한마디 끼어들었다.

"지금 관아에서는 시체를 네거리에다 갖다 놓고 아는 사람을 찾고 있는 중입니다."

"멍청한 자들이 또 있군그래. 어느 놈이 자기 식구가 도둑질하다가 맞아죽었는데 맞다고 확인시켜 주겠어?"

"남들더러 확인해 달라고 할 필요도 없습니다. 제가 보기에 그놈이 틀림없습니다."

가련은 임지효의 말에 생각난 듯 말했다.

"옳아! 기억이 나는구나. 어느 해던가 가진 형님이 때려주려고 했던 자가 바로 주서네 양아들 아니었더냐?"

"그놈이 그때 포이와 싸움을 했었습죠. 서방님께서도 아마 보신 적이 있으실 겁니다."

그 말을 듣자 가련은 더욱 화를 내며 숙직 섰던 하인들을 때리려고 하였다. 그러자 임지효가 간곡하게 말렸다.

"서방님, 부디 노여움을 푸세요. 저 숙직꾼들이야 밤에 집을 지키는 것이 자기들 소임인데 어찌 감히 게으름을 피웠겠습니까? 다만 이 댁의 규칙이 세 번째 중문 안으로는 어떤 사내도 들어가지 못하게 했기 때문에 어쩔 수 없었습니다. 소인들이라 할지라도 안에서 부르시지 않으면 들어갈 수 없는 걸요. 소인은 밖에서 가운 서방님과 함께 시시각각 점검하며 돌아다녔습니다만 세 번째 중문은 굳게 닫혀 있었고, 바깥의 문들도 단단히 잠겨 있었습니다. 그 도둑놈들은 뒤편의 샛길로 해서 들어왔습죠."

"그럼, 안에서 숙직 섰던 여편네들은 뭐 하고 있었단 말이냐?"

임지효는 희봉의 명령에 따라 시간별로 숙직 섰던 어멈들을 묶어놓고 윗분들의 심문을 기다리고 있다고 아뢰었다. 가련이 다시 물었다.

"포용은 지금 어디 있느냐?"

"다시 대관원으로 돌아갔습니다."

"가서 그자를 불러오너라."

시동들이 포용을 불러왔다.

"다행히 네가 있었기에 망정이지 그렇지 않았더라면 온 집안의 물건을 몽땅 털릴 뻔했구나."

가련이 칭찬을 했으나 포용은 아무 말도 하지 않았다. 석춘은 포용이 아까 했던 그 말을 다시 할까 봐 가슴이 조마조마했다. 희봉도 거기에 대해서는 아무 말도 하지 않았다. 그때 밖에서 아뢰는 소리가 들려왔다.

"호박 언니들이 돌아왔어요."

모두들 서로 얼굴을 마주하자 또 한바탕 울음바다가 되었다.

가련이 사람들을 시켜서 훔쳐가고 남은 물건들을 조사하게 했더니 일부 옷가지와 옷감, 그리고 돈궤만 건드리지 않았을 뿐이고 나머지는 아무것도 남아있지 않았다. 가련은 속으로 이만저만 애가 타는 게 아니었다.

'밖에다 세웠던 장막 비용과 주방에서 쓴 비용들을 아직 하나도 지불하지 않았는데 앞으로 무슨 돈으로 그걸 청산한단 말인가!'

가련이 멍하니 이런 걱정을 하고 있는데 호박 등이 들어왔다. 한바탕 울고 나서 보니 농과 궤짝들이 죄다 열려 있는데, 그 안에 들었던 그 많은 물건들을 일일이 기억해 낼 수는 없는 노릇이었다. 하는 수 없이 아무렇게나 추측해서 도난품 목록 한 장을 날조해 가지고 급히 사람을 시켜서 문무아문에 올렸다. 그리고 나서 가련은 새로 숙직 설 사람을 뽑아서 야경을 돌게 했다. 희봉과 석춘도 그제야 제 숙소로 돌아갔다. 그러나 가련은 집에서 쉬지도 못하고 희봉을 원망할 겨를도 없이, 그 길로 말을 타고 성 밖으로 나갔다. 한편 희봉은 석춘이 또 무슨 경솔한 생각이라도 하지 않을까 걱정되어 풍아를 보내서 위로해주도록 했다.

어느덧 시각은 이경이 되었다. 소 잃고 외양간 고치는 격으로 사람들은 전에 없이 더욱 조심하면서 아무도 눈 붙일 생각조차 하지 않았다. 한편 묘옥에게 반해 있는 저 도둑놈들 가운데 하나는 묘옥이 있는 암자가 인적이 드문 곳에 위치해 있는 데다가 여자들만 있는 것을 알고 있었으므로 묘옥을 손에 넣는 것은 누워서 떡먹기라고 생각했다. 삼경이 되어 주위가 고요해지자 그는 칼을 몸에 품고 마취향을 지니고는 높은 담장을 훌쩍 뛰어넘었다. 멀리 농취암의 불빛이 유난히 밝아 보였다. 그는 몸을 낮추고 살그머니 몰래 들어가서 어느 담장 아래 후미진 곳에 숨었다. 농취암에는 사경이 되자 방 안의 등불이 거의 다 꺼지고 불단의 촛불 하나만 밝혀져 있었으며, 묘옥 혼자 부들방석에 앉아 좌선하고 있었다. 좌선하던 묘옥은 이윽고 한숨을 내쉬면서 혼잣말을 하였다.

"내가 원묘에서 경성으로 올라온 것은 실은 이름을 날려보고자 함이었는데, 이 댁에서 같이 있자고 청하는 바람에 다른 곳으로는 갈 수가 없었어. 어제는 내가 호의로 석춘 아가씨를 찾아갔건만 불한당 같은 문지기한테 그런 모욕을 당했고, 또 밤중에는 도둑놈들 때문에 크게 놀라질 않았는가. 오늘은 돌아와서 이 부들방석 위에 앉았건만 어쩐지 마음이 불안한 것이 가슴이 자꾸 뛰고 떨리기만 하니 웬일일까?"

묘옥은 평소부터 혼자서 좌선하는 습관이 있었으므로 이날 역시 곁에는 아무도 없었다. 그런데 오경 무렵이 되자 갑자기 한기가 들면서 온몸이 오싹해졌다. 그래서 시녀를 부르려고 하는데 창밖에서 바스락하는 소리가 들려왔다. 묘옥은 간밤의 일이 생각나서 더럭 겁이 났으므로 소리를 지르며 사람을 불렀다. 그런데 어떻게 된 일인지 도파들은 아무도 대답하지 않았다.

두려운 마음으로 혼자 앉아 있노라니까 어디선가 난데없는 향기가 정수리로 스며드는 것 같았다. 그러더니 손발이 마비되면서 꼼짝도 할 수가 없었고 입을 벌려봤지만 소리가 나오질 않았다. 묘옥이 겁이 나서 어쩔 줄 모르고 있는데, 웬 사내 하나가 날이 시퍼렇게 선 칼을 들고 들어오는 것이었다. 묘옥은 비록 몸은 움직일 수 없으나 정신만은 또렷했다. 자기를 죽이려고 한다는 생각이 들자 아예 모질게 마음을 먹으니 두려운 마음이 가셨다. 그런데 그 사내는 뜻밖에도 손에 들었던 칼을 도로 허리 뒤춤에 넣더니, 손을 뻗어 묘옥을 가볍게 안아서는 한참 그녀에게 못된 짓을 하더니만 그녀를 등에다 들쳐 업는 것이었다. 그러는 동안 묘옥은 이미 향내에 취해서 몽롱해진 상태였다. 가엾게도 순결하기 그지없던 한 여인이 강도의 마취향에 정신을 잃고 이렇게 소리 소문도 없이 끌려갔던 것이다.

도적은 묘옥을 업고 대관원의 뒤쪽 담장 밑으로 와서 줄사다리를 타고 기어올라 담장 밖으로 뛰어내렸다. 담밖에는 이미 한패거리가 준비해 놓은 수레가 기다리고 있었으므로, 그 사내는 묘옥을 수레에 던져 넣기가 무섭게 관아의 표시가 있는 등불을 버젓이 내걸고 수레를 몰았다. 그들이 거리에 쳐놓은 울타리를 열게 하여 성문까지 질풍처럼 달려가니 때마침 성문을 열 시각이 되었다. 성문을 지키던 관원들은 공무로 나가는 수레인 줄만 알고 별달리 조사할 생각도 않고 그대로 내보내 주었다. 성문을 벗어난 도적들은 달리는 말에 채찍질을 해가며 부리나케 이십리파로 가서 다른 도적들과 합류하였고, 그곳에서 다시 몇 명씩 짝을 지어 남쪽 바다로 향했다. 그런데 유괴당한 묘옥이 그 욕을 감수했을까 아니면 스스로를 지키기 위해 죽음을 택했을까 하는 것은 이후의 종적이 묘연하므로 함부로 단정하기가 어렵다.

　농취암에서 묘옥의 밑에 있던 여승 하나는 늘 정실靜室 뒤편에서 생활했는데, 잠을 자고 있다가 오경 무렵에 앞쪽에서 누군가가 부르는 소리를 들었다. 그러나 그 여승은 그 소리가 묘옥이 좌선을 하다가 마음이 잡히질 않아서 그러는 것으로만 여겼다. 그러다가 조금 뒤에 남자의 발소리와 문소리가 들려왔으므로 일어나서 그쪽으로 가보려고 하였다. 그런데 어떻게 된 일인지 몸이 나른해지면서 입조차 벌리기가 싫어졌다. 그런 데다 묘옥이 아무 말도 하지 않고 있었으므로 그저 눈만 멀뚱멀뚱 뜬 채 귀를 기울이고 있었다.

　그러다가 날이 밝자 여승은 정신이 한결 맑아진 것 같았다. 여승은 옷을 걸쳐 입고 묘옥이 마실 찻물을 준비하라고 도파에게 이르고는 앞채로 갔다. 그런데 묘옥의 모습은 온데간데없고 문과 창문은 모두 활짝 열려 있는 것이 아닌가. 그 여승은 간밤의 인기척이 몹시 의아스러웠다.

　"이렇게 일찍 어딜 가셨을까?"

여승은 이렇게 중얼거리면서 마당을 나서 문밖으로 나가봤더니, 담장에 줄사다리가 걸쳐져 있고 그 아래 바닥에는 칼집 하나와 전대錢袋 하나가 떨어져 있었다.

"큰일이로구나! 간밤에 도적이 들어서 마취향을 태웠었어."

그러면서 급히 사람을 시켜 조사해 보았지만 암자의 문은 여느 때와 다름없이 굳게 닫혀 있었다. 그런데 도파와 시녀들이 한결같이 푸념을 늘어놓았다.

"간밤에 석탄 태우는 냄새를 맡았더니 도무지 아침에 일어날 수가 없네요. 그런데 이렇게 일찍 불러다 뭐 하시려고요?"

"스님이 어디로 가셨는지 몰라서 그래."

"관음당에서 좌선하고 계시겠지요."

"너희는 아직도 잠꼬대를 하는 게냐? 어디 들어가서 한번 보렴."

사람들은 뭐가 뭔지 모르면서도 모두 부랴부랴 암자의 문을 열고 대관원 안을 샅샅이 뒤졌다. 그러나 묘옥의 모습은 어디에도 보이질 않았다.

"석춘 아가씨한테 가셨을지도 몰라."

이렇게 생각하고는 중문 쪽으로 갔다. 여럿이서 중문에 이르러 문을 두드리자 포용이 또 욕설을 퍼부었다. 그러자 모두들 간곡하게 부탁했다.

"우리 묘옥 스님께서 간밤에 어디로 가셨는지 알 길이 없어서 찾으러 가는 길이에요. 그러니 아저씨께서 문 좀 열어주세요. 석춘 아가씨 처소에 오셨는지 안 오셨는지 물어보기만 하면 돼요."

"너희들 스님이란 년이 도적을 끌어들여서 이 댁의 물건을 훔쳐낸 게 틀림없어. 훔칠 만큼 훔쳐냈으니 이제부턴 호강하려고 도적들을 따라갔을 테지 뭐."

"나무아미타불! 그런 끔찍한 말씀을 하시다가 혀 잘리는 지옥에 떨어지면 어쩌려고 그러세요?"

그 소리를 듣고 포용이 벌컥 화를 냈다.

"허튼 소리 작작하고 썩 꺼져. 더 이상 귀찮게 굴었다간 나한테 맞을 줄 알아."

그러자 모두를 웃는 얼굴로 사정사정 하였다.

"아저씨, 제발 저희들이 한 번 찾아보게 문 좀 열어주세요. 만약 저희 스님이 안 계시면 다시는 나리한테 성가시게 굴지 않을게요."

"내 말을 못 믿겠다면 들어와서 직접 찾아보시지. 그러나 만약 없는 날에는 내가 너희를 가만두지 않을 테다."

포용이 그러면서 중문을 열어주자 다들 석춘의 처소로 달려갔다. 석춘은 그렇지 않아도 묘옥 때문에 걱정하던 중이었다.

'묘옥 스님이 아침 일찍 돌아갔는데, 가는 길에 포용이란 자한테 무슨 말이라도 듣지 않았는지 모르겠구나. 만일 그분의 기분을 상하게 했다면 앞으로는 절대 나를 보러 오지 않으려 할 거야. 그렇게 된다면 내게는 지기知己가 한 사람도 없게 되는 셈이다. 게다가 나는 집을 잘못 지킨 죄로 사람들을 대할 면목이 없게 되었다. 부모님은 일찍 돌아가셨고 올케는 나를 싫어한다. 이제까지는 그래도 할머님이 계셔서 나를 사랑해 주셨지만, 돌아가시고 안 계신 지금 나는 외로운 몸이 되었으니 앞으로 어떻게 될지 모르는 일이다.'

그러면서 또 이런 생각도 들었다.

'영춘 언니는 남편한테 구박받다 못해 죽었으며 상운언니는 병든 남편 곁에서 고생하고 있고 탐춘 언니는 만리타향으로 시집갔다. 이는 모두 타고난 운명 탓이니 마음대로 되는 것이 아니다. 그렇지만 단 한 사람 묘옥 스님만은 한가롭게 하늘에 떠도는 구름이나 들판에 노니는 학처럼 아무데도 구속되지 않고 자유롭다. 나도 묘옥 스님처럼 그렇게 살 수만 있다면 얼마나 좋을까? 그렇지만 나는 명문대가의 딸로 태어났으니 어찌 마음 가는 대로 할 수 있으랴. 이번에 집 지키는 일을 맡았다가 엄청난 잘못을 저질렀으니 무슨 낯으로 사람들을 대한단 말인가. 마님들도 나의 이런 심사를 아실 리 없으니, 앞으로 나는 누굴 의지하고 살아야 하나?'

여기까지 생각하던 석춘은 가위를 집어 들더니 자기의 검은 머리채를 싹둑 잘라버렸다. 중이 되려는 것이었다. 채병 등이 그 소리를 듣고 허둥지둥 달려와 보니 석춘의 머리채는 이미 반이나 잘려나가 있었다.

채병은 더욱 난감해진 상황에 어쩔 줄 몰라 쩔쩔맸다.

"한 가지 일이 채 끝나기도 전에 또 다른 일이 터졌으니 이 일을 어찌 하면 좋단 말인가!"

이렇게 한창 소란을 피우고 있는데 농취암의 도파들이 묘옥을 찾으러 왔다. 그들이 찾아온 까닭을 들은 채병은 두 눈이 휘둥그레지면서 어제 아침에 돌아간 뒤로는 다시 오지 않았다고 하였다. 안에 있던 석춘도 그 소리를 듣고 놀라서 뛰어나왔다.

"묘옥 스님이 어디로 가셨단 말이냐?"

도파들은 간밤에 인기척이 났던 것과 숯내를 맡았다는 것, 아침에 묘옥이 보이지 않는다는 것과 암자 안 담벼락에 줄사다리가 걸쳐있고 그 밑에 칼집과 전대가 떨어져 있더라는 이야기를 대충 들려주었다. 석춘은 이만저만 놀라는 것이 아니었다.

'그러고 보면 어제 포용이가 지껄여대던 것처럼 그 도둑놈들이 묘옥 스님을 보고 반한 나머지 어젯밤에 납치해 간 것이 아닐까? 그렇지만 그분은 고고하고 순결하기 그지없는 분이라 목숨을 아껴 몸을 더럽힐 사람이 아니다.'

석춘은 이런 생각을 하면서 도파에게 물었다.

"그런데 너희는 어떻게 아무 소리도 듣질 못했단 말이냐?"

"왜 아무 소리도 듣지 못했겠어요? 그렇지만 저희들은 눈을 뻔히 뜨고 있으면서도 그놈들이 마취향을 피웠기 때문에 말도 한마디 할 수가 없었어요. 혼자 계시던 묘옥 스님도 아마 마취향에 취해서 아무 말씀도 하지 못하셨을 거예요. 게다가 도적들이 여럿이서 무기까지 들고 위협했을 것이므로 소리를 질러서 부를 수도 없었을 거예요."

이런 얘기들을 하고 있는데 포용이 또 중문 밖에서 소리를 질러댔다.

"저 돼먹지 못한 도파들을 얼른 쫓아내세요. 이제 중문을 닫아걸어야겠어요."

채병은 그 소리를 듣고 더 지체했다가는 자기가 나중에 무슨 소리를 들을지 모르겠다는 생각이 들어서 도파들을 서둘러 내보내고 중문을 닫아걸게 하였다.

석춘은 이 일로 해서 마음이 더욱 괴로웠지만, 채병 등이 재삼재사 간곡하게 말렸으므로 하는 수 없이 반쯤 남은 머리를 빗어서 틀어 올렸다. 시녀들은 상의 끝에 이 일을 일체 입 밖에 내지 않기로 하고 묘옥 스님이 납치되어 간 사실도 모른 체하고 있다가 대감님과 마님들이 돌아오시면 말씀드리기로 하였다. 석춘은 더욱더 출가할 마음을 다졌지만 그 이야기는 잠시 미뤄두기로 하겠다.

한편 철함사로 돌아간 가련은 집에 돌아가서 숙직 섰던 이들을 불러다 조사한 일과 도난품 물목을 만들어서 관아에 제출한 일들을 가정에게 고했다.

"도난품 물목은 어떻게 적었느냐?"

가정이 묻자 가련은 호박이 기억을 더듬어가며 만든 물목을 꺼내놓고 설명하였다.

"첫 머리에 있는 원춘 귀비님으로부터 하사받은 물품들에 대해서는 그 내력을 소상히 밝혔으나, 다른 집에는 별로 없는 물품들은 써넣기가 뭣해서 빼버렸습니다. 탈상하고 난 뒤에 사람들을 풀어서 수소문하면 찾을 수 있을 테니까요."

가정은 가련의 말이 자기 생각과도 같았으므로 별말 없이 고개를 끄덕였다. 가련은 안으로 들어가서 형부인과 왕부인에게 의논을 드렸다.

"대감님께서 되도록 빨리 집으로 돌아가시도록 말씀 좀 드려주세요. 그러지 않았다간 집안일이 엉킨 실타래같이 꼬이겠어요."

"맞는 말이다. 우리도 여기 그대로 있자니 도무지 조마조마해서 견딜 수가 없구나."

형부인의 말에 가련이 다시 못을 박았다.

"그렇지만 저희들이 감히 그런 말씀을 드릴 수가 없으니 아무래도 어머님께서 말씀드리셔야 숙부님께서 응하실 것 같아요."

그러자 형부인은 왕부인과 머리를 맞대고 이모저모 상의를 하였다.

하룻밤이 지나고 나자 가정도 불안해서 견딜 수 없었던지, 보옥을 안으로 보내서 말을 전하도록 했다.

"큰어머님과 어머님께서는 오늘 집으로 돌아가셨다가 이삼일 지난 다음 다시 오시랍니다. 바깥 하인들에겐 이미 일을 나눠서 맡겨놓았으니, 안의 일에 대해서는 어머님들께서 알아서 사람들을 골라 맡기라고 하셨어요."

형부인은 앵가鸚哥 등에게 영구를 모시고 있게 하고, 주서댁 등에게 총감독을 명한 다음 그 밖의 사람들은 상하를 막론하고 모두 집으로 돌아가도록 했다. 그러자 타고 갈 수레를 준비하느라고 절 안이 갑자기 부산해졌다. 가정 등은 가모의 영구 앞에서 작별을 고하며 모두들 한바탕 또다시 대성통곡을 하였다.

이윽고 모두들 떠날 준비를 마쳤는데 조이랑만은 땅바닥에 엎드린 채 일어날 생각을 않고 있었다. 주이랑은 그녀가 아직도 곡을 하고 있는 줄로만 알고 다가가서 일으켜 세우고 보니, 조이랑은 입에 게거품을 물고 두 눈을 치켜뜬 채 혀를 길게 늘어뜨리고 있는 것이었다. 그 모습을 보고 집안사람들 모두 기겁을 했으며 가환은 달려와서 발버둥 치며 울었다.

조이랑은 한참 만에 정신을 차리더니 이번에는 이상한 소리를 하는 것이었다.

"나는 돌아가지 않을 테야. 난 노마님을 모시고 강남으로 갈래."

"노마님께서 어디 당신 같은 사람을 데리고 가신다고 하겠어?"

사람들이 그렇게 말했지만 조이랑은 계속 헛소리만 해대는 것이었다.

"난 평생토록 노마님을 모셔왔단 말이야. 그런데도 저 큰 대감님께선 그걸 몰라주시고 늘 나를 못 잡아먹어서 야단이셨지. 그래서 난 마도파馬道婆에게 부탁해서 분을 풀려고 돈도 적잖게 써봤지만 허사였어. 한 놈도 저승으로 잡아가질 못했는걸. 그러니 이번에 내가 집으로 돌아가면 누가 나를 잡아먹으려고 할지 모른단 말이야."

사람들은 처음에는 죽은 원앙의 혼이 옮아가서 저러나 보다 하고 생각했으나 그런 것도 아닌 것 같았다. 조이랑이 그러는 것을 보고 형부인과 왕부인은 아무 말 없이 노려보기만 할 뿐이었다. 채운이 등만이 조씨를 대신해서 빌었다.

"원앙 언니, 언니가 죽은 건 언니 자신이 원해서 그런 건데, 이 작은 마님과 무슨 상관이 있다고 그래요. 그러니 제발 이분은 그냥 놔줘요."

채운은 형부인이 옆에 있었기 때문에 그 이상 다른 말은 할 수가 없었다. 그러자 조이랑은 계속 이런 소리를 했다.

"난 원앙이 아니야. 그 애는 벌써 선계로 갔어. 그런데 지금 염라대왕의 사자가 와서 나를 데려가려고 해. 어째서 마도파 년하고 짜고 주술을 써서 사람을 죽이려고 했냐면서 데려다 벌을 주려고 한단 말이야."

그러더니 이번에는 또 고래고래 소리를 질렀다.

"그렇게도 잘난 희봉 아씨! 당신도 이 염라대왕 앞에선 얼마쯤 말씀을 삼가는 게 좋을걸. 나 같은 년도 천 날 나쁜 짓을 해도 하루는 좋은 일을 할 때가 있는 법이에요. 아씨, 아씨, 우리 희봉 아씨, 난 당신을 죽일 생각까지는 없었는데 잠시 제정신이 아니어서 저 몹쓸 늙은 창부 년의 꼬임에 넘어가서 그랬던 거예요.”

이렇게 한창 소동을 벌이고 있는데 가정이 보낸 심부름꾼이 가환을 부르러 왔다. 그러자 할멈들이 가정한테 가서 사정을 아뢰었다.

“작은 마님께서 귀신한테 씌었기 때문에 환이 도련님이 지금 간호하는 중이에요.”

“신경 쓸 것 없으니 우리 먼저 떠나기로 하자.”

그러면서 남자들이 먼저 집으로 돌아갔다. 그들이 돌아가고 난 후에도 조이랑은 여전히 헛소리를 지껄여대고 있었지만 어떻게 손을 쓸 수가 없었다. 형부인은 조이랑의 입에서 또 무슨 말이 튀어 나올까 염려되어 사람들에게 이렇게 일렀다.

“몇 사람을 더 남겨서 간호하게 하고 우린 먼저 돌아가도록 하자. 성안으로 가서 의원을 보내줄 테니 진찰 받아보게 해라.”

왕부인은 원래부터 조이랑을 싫어했기 때문에 여기에 대해선 전혀 끼어들지 않았다. 그러나 보차만은 인정이 많은 사람이었기에 그가 보옥을 죽이려고 했던 것을 모르는 바는 아니지만, 보고 있자니 가엾다는 생각이 들어서 남몰래 주이랑에게 남아서 간호해 줄 것을 당부했다. 주이랑은 마음씨가 착한 사람이었으므로 그렇게 하겠다고 선뜻 대답했다.

그러자 이환이 말했다.

“저도 여기 남겠어요.”

“그럴 것 없다.”

왕부인은 이환의 말을 잘랐다. 이렇게 해서 다들 떠나려고 하자 가환이 다급한 목소리로 말했다.

"저도 여기에 남아 있어야 하나요?"

그 소리에 왕부인이 호되게 꾸짖었다.

"빌어먹을 자식! 제 어미가 지금 죽느냐 사느냐 하는 판에 어미를 놔두고 어디를 가겠다는 거냐?"

가환은 아무 말도 하지 못하였다. 그런 가환을 보옥이 위로했다.

"환아, 너는 여기 남아 있어야 한다. 성안에 들어가서 보살펴줄 사람을 보내줄 테니 걱정 말고 있거라."

이렇게 하여 모두들 수레에 올라 집으로 향하였고, 철함사에는 조이랑, 가환, 앵무 등 몇 사람만 남게 되었다.

가정과 형부인 등은 앞서거니 뒤서거니 집에 도착하자 상방으로 가서 곡부터 하였다. 그러고 나자 임지효가 집안에 있는 하인들을 이끌고 와서 문안을 드린 다음 꿇어앉았다. 그들을 보자 가정이 호통을 쳤다.

"이놈들아! 썩 꺼져라. 내일 단단히 죄를 물을 것이다."

희봉은 그날 몇 번이나 현기증이 나서 가정 일행을 마중할 수가 없었다. 혼자 마중나온 석춘은 면목이 없어서 낯도 제대로 들지 못하였다. 형부인은 그런 석춘에게 말 한마디 걸지 않았다. 왕부인은 평소와 다름없이 석춘을 대했으며 이환과 보차도 석춘의 손을 잡고 몇 마디 위로의 말을 해주었다. 그런데 유독 우씨만은 대놓고 비아냥거리는 것이었다.

"아가씨, 수고 많았어요. 여러 날째 집을 보느라고 말이죠."

석춘은 아무 대꾸도 하지 못한 채 얼굴만 새빨개졌다. 그러자 보차가 우씨의 소매를 잡아당기며 그러지 말라고 눈짓했다. 그제야 우씨 등은 자기 방으로 돌아갔다.

가정은 도적맞은 상황을 잠시 살피더니 한숨만 내쉬면서 아무 말도 하지 않았다. 그러다가 서재로 가서 바닥에 초석을 깔고 앉아 가련, 가용, 가운 등을 불러서 몇 마디 분부를 내렸다. 보옥이 서재에 머물면서 시중을 들려고 하였으나 가정이 그만두라고 하였다.

"넌 여기 있을 필요 없다."

그래서 보옥은 자기 방으로 돌아갔고 가란은 여전히 어머니 곁에 머물렀다. 그리고 그날 밤은 별다른 일 없이 지나갔다.

다음 날 아침 임지효가 일찌감치 가정의 서재로 와서 무릎을 꿇자, 가정은 도둑맞은 전후의 상황에 대해 자세히 물었다. 임지효는 주서의 양아들 일도 아뢰면서 이렇게 덧붙였다.

"관아에서 포이를 잡아갔는데 그놈의 신변을 수색해 보니 도난품 목록에 있던 물건이 나왔답니다. 지금 엄하게 심문 중에 있으니까 그 도둑떼의 일이 곧 드러날 겁니다."

가정은 그 말을 듣고 크게 화를 냈다.

"은혜를 원수로 갚아도 분수가 있지. 그래, 도적을 끌어들여 주인의 물건을 훔치다니, 정말 배은망덕한 놈이로구나!"

가정은 즉시 성 밖으로 사람을 보내서 주서를 잡아다가 관아에 넘기라고 하였다. 그러나 임지효는 그냥 꿇어 엎드린 채 일어날 생각을 하지 않고 있었다.

"넌 왜 아직도 꿇어 엎드려 있는 게냐?"

"소인이 죽을죄를 지었습니다. 부디 용서해 주십시오."

그러고 있는데 뇌대 등의 집안일을 맡아보는 집사들이 문안 인사를 올리러 와서 장례 때 쓴 비용의 명세서를 바쳤다.

"그런 건 가련 서방님한테 보여서 확실하게 계산이 끝나거든 내게 가져오도록 해라."

그러면서 가정은 임지효를 꾸짖으며 어서 물러가라고 하였다. 이윽고 가련이 들어오더니 가정의 옆으로 가서 한쪽 다리를 꿇고 낮은 목소리로 뭐라고 소곤거렸다. 그러자 가정이 눈을 부릅뜨고 소리를 꽥 질렀다.

"그게 무슨 허튼 소리냐! 노마님의 장례비용을 도둑맞았다고 해서 하인들을 벌주면 없어졌던 돈이 다시 나온다더냐?"

가련은 얼굴이 벌개져서 아무 말도 못하고 처분만 기다렸다.

"그래, 네 댁은 좀 어떻더냐?"

가련이 다시 무릎을 꿇었다.

"아무래도 가망이 없을 것 같습니다."

가정이 무겁게 한숨을 내쉬었다.

"가운이 이렇게까지 기울어질 줄은 꿈에도 몰랐구나. 지금 저 환이의 어미도 병이 나서 절에 남아 있다만 도대체 무슨 증세인지 알 수가 없구나. 너희는 알고나 있느냐?"

가련은 역시 아무 대답을 하지 못하였다.

"사람을 시켜 의원을 데리고 가서 진찰을 받아보게 해라."

가련은 급히 하인을 시켜 의원을 데리고 철함사로 가서 조이랑을 진찰하게 했다. 조이랑의 생사가 어떻게 될지 알고 싶으면 다음 회를 보시라.

懺宿怨鳳姐託村記釋舊憾情哋痴郎

제113회

교저를 맡은 유노파

희봉은 참회하며 유노파에게 교저를 부락하고
자견은 원한 풀고 가보옥의 마음을 이해하네
懺宿冤鳳姐托村嫗 釋舊憾情婢感癡郎

절에서 갑자기 병이 든 조이랑은 사람이 적어지자 더욱 까닭 모를 말
들을 지껄여댔다. 사람들은 모두 겁이 나서 어쩔 줄을 몰랐다. 어멈들
이 양쪽에서 부축해 일으키려고 하였지만 소용이 없었다. 조이랑은 두
무릎을 꿇고 뭔가 중얼거리며 울다가는 또 땅에 엎드려서 용서를 빌기
도 하였다.

"아이고, 날 때려죽이시려나요. 붉은 수염의 나리님, 다시는 안 그
럴 테니 제발 한 번만 살려주세요."

그러면서 조이랑은 두 손을 한데 모으고 마치 매를 맞아서 그러는
것처럼 아파 죽겠다고 소리를 질렀다. 조이랑의 두 눈은 툭 불거져 나
오고 입에서는 붉은 피가 품어져 나왔으며 머리는 수세미같이 헝클어
져 있었으므로 사람들은 무서워서 아무도 가까이 가려고 하질 않았다.

해가 기울자 조이랑의 목소리는 아주 쉬어 버려서 마치 귀신 울음소
리 같았다. 여자들은 아무도 그 옆에 가려고 하지 않았기 때문에 하는

수 없이 담이 큰 남자들을 불러다 지키게끔 하였다. 조이랑은 금방이라도 숨이 끊어질 듯하다가 다시 살아나곤 하면서 밤새 소동을 부렸다.

이튿날이 되자 조이랑은 아예 말까지 못하면서 귀신 몰골을 해가지고 제 손으로 자기 옷을 쥐어뜯으며 가슴팍까지 드러냈는데, 마치 다른 사람이 그녀의 옷을 찢고 벗기고 하는 것만 같았다. 입으로는 아무 소리 못하고 있지만 조이랑의 얼굴에는 고통을 참지 못하는 표정이 역력했다.

이제는 더 이상 가망이 없다고 생각하고 있을 때 의원이 들어왔다. 조이랑의 꼴을 본 의원은 맥을 짚어볼 생각도 하지 않고 말하는 것이었다.

"뒷일 준비나 해두시오."

그리고는 그대로 돌아가려고 하였다. 그러자 의원을 데려온 하인이 거듭 사정하였다.

"제발 맥을 한 번만 짚어봐 주십시오. 그래야 소인이 대감님께 무슨 말씀이라도 여쭐 수 있질 않겠습니까?"

그러니까 의원은 하는 수 없다는 듯이 맥을 짚어보았으나 이미 조이랑의 맥은 끊어지고 난 뒤였다. 가환은 의원의 말을 듣더니 천지가 떠나갈 듯 통곡하였다. 사람들은 가환만 달랠 뿐, 아무도 조이랑을 거들떠보지 않았다. 오로지 주이랑만이 그 광경을 보고 가슴 아파했다.

'첩의 말로란 바로 이런 것이로구나. 자식이 있는 처지도 이렇거늘 나같이 소생도 없는 인간이야 앞으로 어떤 꼴로 죽을지 모를 일이다.'

주이랑은 이런 생각에 잠겨 비참한 마음이 들면서 자기도 모르게 주르륵 눈물을 흘렸다.

의원을 모시고 왔던 하인이 집으로 돌아가자 발 없는 소문이 한 사람의 입에서 열 사람의 입으로, 다시 열 사람의 입에서 백 사람의 입으로 빠르게 번져갔다. 조이랑이 악심을 품고 남을 해치려 하였기 때문에 염라대왕 앞에 불려가서 고문 받고 죽었다는 소문이 좌악 퍼졌던 것이다.

그리고 또 이런 소문도 빠르게 퍼져나갔다.

"희봉 아씨도 아마 무사하진 못할 거야. 조이랑의 죄를 발설한 사람이 다름 아닌 희봉 아씨였다는군."

이런 소문들이 꼬리에 꼬리를 물고 퍼져서 마침내 평아의 귀에까지 들어갔다. 평아는 여간 걱정이 되는 게 아니었다. 희봉의 병세를 보면 좀처럼 좋아질 것 같지가 않은 데다, 요즈음 들어 가련조차 그전처럼 희봉에게 애정을 쏟고 있지 않았기 때문이었다. 워낙 일이 많아서도 그렇겠지만 어쨌든 희봉을 외면하는 것만은 틀림없는 사실이었다. 그래서 평아는 정성을 다해 희봉을 위로했다. 형부인과 왕부인은 집으로 돌아온 지 며칠이나 되었건만 사람을 보내서 문병하기만 할 뿐, 한 번도 몸소 찾아주지 않았다. 그것이 희봉을 더욱 슬프게 했다. 남편인 가련역시 집에 돌아와서도 다정한 말 한마디 해주지 않았다.

희봉은 이제 하루라도 빨리 죽고 싶은 마음뿐이었다. 그런 마음을 먹은 때문인지 눈만 감으면 온갖 귀신들이 달려들었다. 그러던 중 우이저가 방 구석에서 나타나더니 천천히 침상 앞으로 다가와서 말을 걸었다.

"언니, 참 오래간만이군요. 난 동생으로서 한 번도 언니를 잊은 적이 없어요. 보고 싶은 생각이 간절했지만 어디 그럴 수 있어야지요? 그러다가 오늘은 겨우 이렇게 와서 뵙게 되었네요. 그런데 와서 보니까 언니도 이제 있는 재주를 다 써버린 것 같군요. 그런데 서방님은 왜 그렇게 똑똑지 못하세요? 언니에게 고맙다는 마음을 먹기는커녕 오히려 언니가 일처리 하는 것이 너무 가혹하기 때문에 자기 전도를 망쳐놨다면서, 얼굴도 들 수 없게 만들어 놓았다고 원망하고 있으니 말예요. 그래서 난 언니를 위해 분개하고 있어요."

희봉은 혼미한 가운데 이렇게 대꾸했다.

"나도 지금은 내 생각이 너무 좁았다고 후회하고 있어. 동생이 이전의 원한을 잊고 이렇게 찾아와 주니 얼마나 고마운지 모르겠어."

평아가 옆에서 그 소리를 듣고 놀라서 물었다.

"아씨, 지금 무슨 말씀을 하시는 거예요?"

희봉은 그 순간 제정신이 들었다. 그러면서 우이저는 이미 저 세상 사람이므로 자기 목숨을 빼앗아 가려고 찾아온 것이 틀림없다는 생각이 들었다. 평아가 부르는 소리에 정신을 차린 희봉은 속으로 무서운 생각이 들었지만 입 밖에는 내지 않았다. 그래서 억지로 이렇게 얼버무렸다.

"정신이 혼미해서 잠꼬대를 한 모양이야. 내 등이나 좀 두들겨다오."

평아가 구들 위로 올라가서 등을 두들겨 주고 있는데 어린 시녀가 들어와서 알렸다.

"유할머니께서 오셨어요. 할멈들이 지금 데리고 와서 아씨께 문안드리고자 한답니다."

평아가 급히 구들에서 내려오며 물었다.

"지금 어디 계시니?"

"그런데 글쎄 그 할머니가 자기 마음대로 들어올 수 없다면서 아씨의 분부를 기다리고 있어요."

평아는 희봉이 지금 병중에 있으므로 사람들을 만나기가 괴로울 거란 생각이 들었다.

"아씨께선 지금 쉬고 계시는 중이니까 잠시 더 기다리라고 해라. 그리고 무슨 일로 오셨는지 그것부터 물어보도록 하렴."

"그러지 않아도 물어봤는데 별다른 일은 없답니다. 그저 노마님께서 돌아가셨는데 소식을 늦게 들어서 이제야 오게 되었다고 하더랍니다."

시녀의 말을 듣고 있던 희봉이 평아를 불렀다.

"평아야, 이리 좀 와 보아라. 남이 호의로 인사를 왔다는데 냉대해서야 되겠느냐? 나가서 할머니를 모셔오도록 해라. 내가 할머니하고 얘기나 좀 나눠보게 말이야."

평아는 하는 수 없이 유노파를 데리러 밖으로 나갔다.

그런데 희봉이 잠깐 눈을 감고 있는 사이에 웬 사내와 계집이 나타나서 구들 위로 올라오려고 하는 것이었다. 희봉은 화들짝 놀라면서 다급하게 평아를 불렀다.

"평아야, 웬 사내놈이 이리로 뛰어들고 있어."

희봉이 계속해서 두 번이나 평아를 부르자 풍아와 소홍이 달려왔다.

"아씨, 왜 그러세요?"

희봉이 퍼뜩 눈을 떠보니 눈앞에는 아무도 없었다. 희봉은 또 헛것을 봤구나 하는 생각이 들었지만, 그런 내색을 하고 싶지 않아서 그저 풍아에게 물었다.

"평아는 도대체 어딜 간 거야?"

"아씨께서 유할머니를 데려오라고 보내셨잖아요."

희봉은 잠시 정신을 가다듬느라고 아무 말도 하지 않았다. 이때 평아가 유노파와 어린 계집애 하나를 데리고 들어왔다.

"희봉 아씨는 어디 계시죠?"

"저기 누워 계세요."

평아가 유노파를 구들 앞으로 안내하자 유노파가 문안 인사를 올렸다.

"아씨, 그동안 안녕하셨어요?"

눈을 뜨고 유노파를 바라보던 희봉은 문득 서글픈 생각이 들었다.

"할머니, 그동안 무고하셨어요? 왜 진작 좀 오시지 그랬어요? 외손녀가 벌써 이렇게 컸군요."

유노파는 희봉이 바짝 말라서 뼈에 가죽만 붙어있는 데다가 정신마저 흐려있는 것을 보자 가슴이 아팠다.

"아씨, 못 뵌 지가 겨우 몇 달밖에 안 됐는데 어쩌다가 이 지경에 이르셨나요? 일찌감치 문병오지 못하고 이제야 왔으니 저 같은 인간은 정말이지 죽어야 마땅해요."

그리고는 데리고 온 청아靑兒더러 아씨께 인사 올리라고 시켰다. 그러나 청아는 부끄러운지 그저 웃고만 있었다. 희봉은 그 모습이 어찌나 귀엽던지 소홍을 불러서 데리고 나가 먹을 것도 주고 잘 보살펴 주라고 일렀다. 그러자 유노파가 말했다.

"우리 시골 사람들은 별로 앓는 일이 없어요. 혹시 병이 들었다 하더라도 신령님한테 빌기만 할 뿐 약은 쓰는 일이 없답니다. 제가 보기에는 아씨의 병이 꼭 무슨 귀신한테 씌워서 난 것 같다는 생각이 드는군요."

평아는 유노파가 하는 소리가 말도 안 된다는 생각이 들어서 슬그머니 노파의 소매를 잡아당겼다. 유노파도 그 눈치를 채고 얼른 입을 다물었다. 그런데 뜻밖에도 유노파의 말이 희봉의 마음을 끌었으므로 희봉은 괴로움을 무릅쓰고 유노파를 보고 입을 열었다.

"할머니, 할머니는 연세가 많으신 분이라서 하시는 말씀이 옳은 것 같군요. 할머니도 언젠가 한번 본 적이 있는 조이랑이 죽었는데 그 사실을 알고 계시나요?"

유노파는 못 믿겠다는 표정을 지었다.

"나무아미타불! 그렇게 멀쩡하던 분이 어떻게 갑자기 돌아가셨나요? 제 기억에 그분 슬하에 아드님이 한 분 계셨는데, 그럼 그 아드님은 앞으로 어떻게 되는 건가요?"

"그거야 무슨 걱정이겠어요. 그 도련님한테는 대감님도 계시고 마님도 계시는걸요."

평아가 이렇게 말하자 유노파가 대꾸했다.

"그건 아가씨가 모르고 하는 말씀이에요. 세상에 뭐니 뭐니 해도 낳아준 부모를 잃는 것이 가장 큰 불행이지요. 배가 다르고 보면 다 소용없답니다."

294

이 말이 또 희봉에게 창자를 끊어내는 듯한 설움을 안겨주었으므로, 희봉은 마침내 흐느껴 울기 시작했다. 그러자 사람들이 모두 희봉의 곁으로 가서 위로했다.

교저는 자기 어머니가 우는 것을 보자 구들 앞으로 달려가더니, 희봉의 손을 잡고 따라 울기 시작했다. 희봉은 울먹이면서 교저에게 물었다.

"너 이 할머니께 인사드렸니?"

"아니오."

"네 이름도 지금 이 할머니가 지어주신 거란다. 그러니 양어머니나 다름없는 셈이다. 어서 인사드리도록 해라."

교저가 인사 올리려고 유노파에게 다가가자 유노파는 얼른 교저를 말렸다.

"나무아미타불! 정말 이러시면 전 천벌을 받을 거예요. 교저 아가씨, 전 일 년 넘게 이 댁에 오질 못했는데 아직도 절 기억하시나요?"

"왜 알아보지 못하겠어요? 여러 해 전에 대관원에서 만났을 땐 제가 너무 어렸지만, 재작년에 할머니를 만났을 때는 기억이 나는걸요. 제가 다음에 오실 때 여치를 잡아다 달라고 부탁드렸었죠. 그런데 안 가져다 주셨잖아요. 잊으신 게 틀림없어요."

"아이고, 영특하기도 하셔라. 전 이제 노망이 들어서 그런지 이렇게 잊어버리는 게 많답니다. 여치라면 우리 시골에 얼마든지 있지만 아가씨께서 우리 집에 오실 수가 있어야죠? 만약 오실 수만 있다면 한 수레쯤 잡아드리는 건 식은 죽 먹기지요."

"그럼 이 애를 한 번 데려가 봐 주세요."

희봉이 이렇게 말하자 유노파가 웃으면서 대꾸했다.

"아가씨는 천금의 귀하신 몸이라 비단 옷에 귀한 음식만 먹고 자랐을 텐데, 우리 집같이 누추한 데 오시면 제가 무엇으로 기쁘게 해드리고 무엇으로 대접할 수 있겠어요? 그야말로 저를 구덩이에 묻어 죽이려고 하시나요?"

유노파는 그러다가 제 풀에 또 웃으면서 말했다.

"그렇다면 제가 아가씨한테 중매를 서 드리지요. 저희들 사는 곳이 시골이긴 하지만 제법 큰 부자들도 있답니다. 그런 부자들은 수천 마지기나 되는 전답에 수백 마리의 가축도 있고 돈도 굉장히 많이 가지고 있죠. 물론 이 댁처럼 금이나 옥 같은 보물들이 있는 건 아니지만 말이죠. 아씨께선 당연히 그런 사람들이 눈에 차지 않으시겠지만 저희 같은 농사꾼의 눈에는 그런 부자들이 모두 천상에 사는 사람들처럼 높이 보인답니다."

"그럼 할머니가 좋은 자리를 하나 구해 주세요. 내가 보고 괜찮으면 그리로 시집보내죠, 뭐."

"제가 드린 말씀은 농담이었어요. 아씨 댁 같은 이런 집안에서야 벼슬살이하는 대갓집에도 웬만해선 시집보내려고 하지 않으실 텐데, 어찌 그런 시골 사람한테 보내실 수 있겠어요? 또 설사 아씨께서 그럴 생각이 있다손 치더라도 윗전에 계시는 마님들께서 허락하실 리가 없지요."

교저는 그런 이야기를 듣고 있기가 쑥스러워서 청아에게로 가서 이야기를 하며 놀았다. 두 소녀는 마음이 맞아서 점점 더 친숙해져 갔다.

한편 평아는 유노파의 말이 점점 더 많아지는 걸 보고, 희봉이 귀찮아하면 어쩌나 하는 생각이 들어서 또다시 유노파의 소매를 잡아끌며 말했다.

"마님 말씀을 하셨으니 말인데 아직 마님께 인사드리지 않으셨지요? 제가 나가서 사람을 하나 불러드릴 테니까 인사드리고 오세요. 그래야 오신 보람이 있지요."

유노파가 그 말을 듣고 일어서려고 하자 희봉이 말렸다.

"서두를 게 뭐 있어요? 조금 더 앉았다 가세요. 그래, 요즈음 할머니네는 살기가 좀 어떤가요?"

그러자 유노파는 천만 번 사례하며 말했다.

"만일 아씨께서 베푸신 은혜가 아니었더라면…."

그러면서 청아를 가리키며 말을 이었다.

"저 애의 아비와 어미도 다 굶어 죽었을 거예요. 지금도 농사꾼으로 살기가 고달프긴 하지만 전답도 얼마간 장만했고 우물도 하나 파서 야채랑 오이, 과일 같은 것도 심어서 내다 판답니다. 그렇게 일 년 동안 모이는 돈도 제법 되고요. 아무튼 우리 식구들이 먹고사는 데는 걱정이 없습니다. 게다가 요 이삼 년 동안 아씨께서 철따라 옷이며 옷감 등을 보내주셔서 저희 마을에선 우리 집이 제법 잘사는 축에 들지요. 나무아미타불! 그런데 지난번에 저 애의 아비가 성안엘 들어왔다가 아씨 댁이 차압당했다는 소식을 듣질 않았겠어요? 저는 놀라서 기절할 뻔했답니다. 그러다가 나중에 또 차압당한 집이 이 댁이 아니라는 이야기를 듣고 얼마나 안심이 되었던지 모릅니다. 그 후에 이 댁 대감님께서 승진하셨다는 소식을 듣고 너무도 기쁜 나머지 축하드리러 오려고 했는데 그만 밭일이 너무 바빠서 오질 못했습니다. 그러다가 어제 또 노마님께서 돌아가셨다는 소문을 듣지 않았겠어요? 그때 저는 밭에서 콩을 따고 있었는데 그 소식을 듣고 어찌나 놀랐던지 그냥 밭 한가운데 주저앉아 통곡을 했답니다. 전 사위에게 너희 일을 도와 줄 겨를이 없다면서, 그 소식이 사실이든 아니든 성안으로 들어가서 내 눈으로 직접 확인해야겠다고 말했습죠. 우리 딸년과 사위 놈도 그리 나쁜 인간이 아니기 때문에 그 소식을 듣더니 한바탕 통곡하더군요. 오늘 날이 밝기도 전에 성안으로 들어왔으나 아는 사람이 아무도 없다 보니 물어볼 데가 있어야지요. 그래서 곧장 이 뒷문으로 왔던 건데, 문이란 문에는 온통 백지를 발라놓은 게 아니겠어요. 그래서 전 돌아가신 게 틀림없구나 하는 생각에 눈앞이 깜깜해지는 것 같았어요. 문 안에 들어서는 길로 주서댁을 찾았지만 보이질 않기에 지나가던 어린 시녀 아이를 붙들고 물어봤더니 주서댁은 잘못을 저질러서 쫓겨났다고 하더군요. 그래서 하는 수 없이 한참 동안 기다렸다가 겨우 아는 사람 하나를 만나서 들어온 거예요. 그런데 아씨께서 이렇게 앓고 계시는 줄은 꿈에도 몰랐어요."

유노파는 그러면서 눈물을 흘렸다. 평아 등은 당황해하며 유노파의 말이 다 끝나기도 전에 그의 팔을 잡아끌었다.

"할머니, 그렇게 말씀을 많이 하시면 목마르지 않으세요? 이제 그만하고 차나 한잔 마시러 가십시다."

평아는 유노파를 아랫방으로 데리고 가서 의자에 앉혔다. 청아는 그곳에서 교저와 같이 놀고 있었다.

"평아 아씨, 차는 그만두세요. 대신 부탁이 있는데 마님께 문안 인사도 올리고 노마님 영전에 곡을 할 수 있도록 누구 한 사람을 붙여 주세요."

"할머니, 그렇게 급하게 서둘 필요 없어요. 오늘은 아무래도 시간이 늦어서 성 밖으로 나가긴 어려울 테니까요. 아까는 할머니가 무심코 말하다가 혹시 아씨를 울리기라도 하면 어쩌나 하고 걱정 돼서 나오자고 한 거예요. 다른 뜻은 조금도 없으니 언짢게 생각지 마세요."

"나무아미타불! 그건 평아 아가씨가 지나치게 신경 쓰는 거예요. 나도 그만한 눈치쯤은 있답니다. 그런데 아씨께서 저렇게 편찮으시니 어쩌면 좋습니까?"

"그래, 할머니 보시기엔 어떻던가요? 별일 없을까요?"

"이런 말을 하면 벌 받을지도 모르겠지만 제가 보기에는 아무래도 가망이 없을 것 같아요."

이런 얘기를 나누고 있을 때 희봉이 안에서 부르는 소리가 들렸다. 평아가 얼른 침상 곁으로 달려갔지만 희봉은 또 여전히 아무 말도 하지 않았다. 평아가 풍아에게 어떻게 된 일이냐고 묻고 있는데 가련이 들어왔다. 가련은 구들 쪽을 한번 힐끗 쳐다본 후 아무 말도 하지 않은 채 안방으로 들어가더니 씩씩거리면서 의자에 앉는 것이었다. 추동이 급히 뒤따라 들어가서 차를 따라주며 은근하게 무슨 말인가를 소곤거렸다.

그러더니 가련이 조금 있다가 평아를 불렀다.

"너희 아씨는 약을 안 잡수시느냐?"

"약을 안 잡수시면 어떻게 해요?"

"내가 알 게 뭐냐! 잔소리 말구 그 궤짝 열쇠나 가지고 와."

평아는 가련이 화가 나 있는 것을 보고 아무 말도 물을 수가 없었다. 그래서 그대로 물러 나와 희봉의 귀에다 대고 그 말을 전했다. 희봉이 아무 말도 하지 않자 평아는 열쇠를 넣은 작은 갑을 가련에게 갖다 주었다.

그랬더니 가련이 버럭 소리를 질렀다.

"웬 귀신이 널 부르기라도 한다더냐? 열쇠만 놓고 가면 누구더러 열라는 거야?"

평아는 화를 꾹 참고 작은 갑을 열어서 열쇠를 꺼내 궤짝을 열었다.

"뭘 꺼낼까요?"

"우리 집에 뭐라도 남은 게 있다던?"

그 말에 평아는 마침내 참지 못하고 울먹이면서 말했다.

"하실 말씀이 있으면 대놓고 하세요. 그럼 저 같은 건 죽어도 원이 없겠어요."

"더 말해줘야 알겠어! 집안일은 너희가 죄다 망쳐놨잖아. 이번 할머님 장례 때 쓴 비용이 아직도 사오천 냥이나 모자란단 말이야. 대감님께선 나더러 우리 문중의 공동전답을 처분해서 돈을 마련해 보라고 하시는데 지금 그런 게 어디 있느냐 말이다. 다른 데서 얻어 쓴 빚도 그대로 남아 있는데 그것도 갚지 않으면 못 배기는 판국이야. 도대체 누가 나한테 이런 멍에를 뒤집어씌웠단 말이냐! 어쩔 수 없으니 할머님께서 나한테 남기신 물건이라도 팔아서 돈을 만드는 수밖에 없다. 그런데 넌 그게 그렇게 못마땅하다는 거냐?"

듣고 있던 평아는 아무 말 없이 궤짝 안에 있는 물건들을 끄집어냈다.

그때 소홍이 헐레벌떡 뛰어 들어왔다.

"평아 언니, 빨리 와 봐요. 아씨께서 심상치 않아요."

평아는 가련을 돌아볼 겨를도 없이 급히 안으로 달려 들어갔다. 희봉은 두 손으로 허공을 내저으며 몸부림치고 있었다. 평아는 달려가서 희봉의 두 손을 꼭 잡고 울부짖었다. 가련도 그 소리를 듣고 달려와서 발을 동동 굴렀다.

"당신이 죽어야 한다면 차라리 내 목숨을 가져가라고 해."

그러면서 가련은 눈물을 흘렸다. 그때 풍아가 들어와서 아뢰었다.

"대감님께서 서방님을 찾으십니다."

그 소리에 가련은 하는 수 없이 밖으로 나갔다.

희봉의 병이 점점 더 악화되자 풍아 등은 엉엉 울기 시작했다. 교저가 울음소리를 듣고 달려왔고, 유노파도 허둥지둥 구들 앞으로 와서 연신 염불하면서 귀신을 쫓았다. 그래서 그런지 과연 희봉은 다소 정신을 차리는 듯했다. 조금 있으려니까 왕부인도 시녀의 기별을 듣고 건너왔는데 희봉이 얼마간 안정되어 있는 것을 보고 다소 마음을 놓았다. 그러다가 옆에 유노파가 있는 것을 보고 인사를 건넸다.

"유노파 아니신가? 그동안 별고 없었나요? 그래, 언제 오셨소?"

유노파는 얼른 왕부인에게 문안 인사를 올렸다.

"마님, 그동안 안녕하셨습니까?"

그리고는 시시콜콜하게 다른 이야기를 할 때가 아니어서 희봉의 병에 대한 이야기만 나누었다. 그때 채운이 들어와서 전했다.

"대감님께서 마님을 부르십니다."

왕부인은 평아에게 몇 마디 신신당부를 하고 자기 처소로 돌아갔다.

희봉은 한참을 괴로워하다가 얼마쯤 진정이 되는 듯했다. 희봉은 곁에 유노파가 있는 것을 보고 유노파라면 신령님께 잘 빌 수 있을 것이라고 생각했다. 그래서 풍아더러 나가 있으라고 해놓고, 유노파를 머리맡에 앉히고는 자신이 지금 정신이 혼미해서 자꾸 귀신같은 것이 보인다고 했다. 그랬더니 유노파가 자기 마을의 무슨 보살이 영험하다는 둥, 무슨 절에 가서 기도를 올리면 효험이 있다는 둥 하면서 희봉에게 이런 저런 얘기를 들려주었다.

"그렇다면 할머니가 나를 대신해서 치성을 드려주세요. 불전에 올릴 돈이 필요할 테니 이걸 받으시고요."

그러면서 희봉은 끼고 있던 금팔찌를 풀어서 유노파에게 주었다.

"아이고, 아씨. 이런 건 필요 없어요. 저희 시골 사람들은 치성을 드려봐서 소원이 성취되면 그저 몇 백 문 정도만 갖다 바칩니다. 이렇게 많은 돈은 필요하지 않아요. 제가 아씨 대신 치성을 드릴 테니 아씨께서 병이 다 나으시거든 그때 가서 손수 주고 싶은 만큼 주세요."

희봉은 유노파의 호의가 진심이라는 것을 알았으므로 굳이 주는 것이 도리어 민망할 것 같아서 도로 집어넣었다.

"할머니, 제 목숨은 할머니께 맡긴 셈이에요. 그리고 우리 교저도 액운이 많이 긴 애이므로 함께 할머니께 맡기겠어요."

유노파는 선선히 대답하고 나서 말했다.

"그럼, 이렇게 하지요. 아직 성문 닫을 시간이 안 된 것 같으니 서둘러서 돌아가겠습니다. 내일이라도 아씨께서 나으시게 되면 친히 가셔서 불공을 드리도록 하세요."

그러지 않아도 희봉은 갖가지 귀신들이 달라붙어서 괴롭히는 것이 두려웠으므로 한시바삐 유노파가 가서 빌어주기를 바라는 마음이었다.

"할머니가 저 대신 빌어주신 덕에 제가 편안하게 잠잘 수 있다면 얼마나 고맙겠어요. 그런데 할머니의 외손녀는 이곳에 두고 가세요."

"시골 아이라 본데없이 자라서 사람들의 웃음거리가 될 게 뻔해요. 그러니 제가 데리고 가는 게 낫겠어요."

"그런 쓸데없는 생각일랑 마세요. 우린 한집안 식구나 마찬가진데 무슨 걱정이에요. 비록 우리 집이 궁해졌다고는 하나 그 애 하나 먹일 밥이 없겠어요?"

유노파는 희봉의 말이 진심이라고 느껴져서 청아를 며칠 더 남겨두기로 했다. 그러면 집의 양식도 절약될 수 있을 테지만 청아가 싫다고 하면 안 되겠기에 먼저 청아에게 물어봤다. 청아는 교저와 놀면서 그동안 친해졌으므로 기꺼이 남겠다고 했다. 교저도 청아가 가는 것을 싫어했다. 그래서 유노파는 청아에게 여러 가지로 주의를 준 다음 평아에게 작별인사를 하고 급히 성을 빠져나갔다. 이 이야기는 그만 하기로 하겠다.

한편 농취암은 본래 가씨 부중의 소유지로서 원비의 성친省親을 위해 대관원을 만들 때 이 암자도 그 안에 포함시켰던 것이지만, 지금까지 식량이나 향화香火 등의 비용은 가부의 회계 안에 들어있지 않았었다. 그러던 것을 이번에 묘옥이 납치되자 농취암의 여승들이 이 사실을 관아에 고해바쳤다. 그 이유는 첫째로 관아에서 도적을 잡아주길 바랐기 때문이며, 둘째로는 묘옥이 닦아놓은 암자의 토대를 이대로 무너뜨릴 수는 없었기 때문이었다. 그래서 그들은 여전히 암자에서 살아가고 있었으며 가씨 부중에도 이 사실을 알렸다.

그때 가씨 부중에서는 모두 이 사실을 알고 있었지만 가모의 장례를 끝마친 지가 얼마 되지 않은 데다가 도둑맞은 사건으로 심란한 상황이었고, 또 이 일이 그다지 대단한 일이 아니었으므로 가정에게는 아직 알리지 않고 있었다. 그러나 석춘만은 날마다 불안한 마음으로 지냈다. 그러는 동안 그 소문은 보옥의 귀에까지 들어가서, 묘옥이 도적에게 붙잡혀 갔다는 얘기가 들리기도 하고 묘옥이 바람이 나서 어떤 사내를 따라갔다는 얘기가 들리기도 하였다.

보옥은 그런 뜬소문을 듣고 여간 답답한 것이 아니었다. 아무래도 강도한테 끌려간 것이 틀림없는데 묘옥 같은 사람이 호락호락 굴복했을 것 같지는 않고, 분명 맞서다가 죽음으로 자기의 지조를 지켰을 거라는 생각이 들었다. 그러나 도무지 종적을 알 수 없었으므로 마음을 놓지 못하고 매일같이 한숨으로 세월을 보냈다.

'자기를 함외인檻外人이라고까지 자처하던 사람이 어쩌다가 종국에는 그런 꼴을 당하게 되었던 말인가!'

그러면서 보옥은 또 이런 생각도 들었다.

'지난날 대관원에서의 생활은 얼마나 흥성했던가? 그러던 것이 둘째 누나〔영춘〕가 시집가면서부터 죽는 사람은 죽고, 시집갈 사람은 시집가 버렸지. 그렇지만 묘옥 스님만은 마음 가운데 티끌 한 점 묻히지 않고 영원히 결백하게 살 줄 알았는데, 별안간 불어 닥친 풍파에 대옥 누이보다 더욱 기이한 죽음을 당하게 될 줄을 어찌 알았으랴.'

이렇게 하나에서 둘로, 둘에서 다시 셋으로 생각이 이어지면서 《장자》에 나오는 말이 생각났다. '인생이란 허무해서 흔적도 없이 사라지는 것이니, 한평생 살면서 바람처럼 구름처럼 흩어지지 않을 수 없다'는 생각이 들자 자기도 모르게 눈물이 주르르 흘러내렸다. 습인 등은 보옥의 병이 다시 도진 줄만 알고 이런 저런 말로 따뜻하게 달래주었다.

보차는 처음에는 무슨 까닭에 그러는지 알 수 없으면서도 보옥을 달랬다. 그러나 보옥은 울적한 마음을 풀 길이 없자 점차 정신이 몽롱해졌다. 보차는 아무리 생각해 봐도 영문을 알 수 없다가 재삼 물어보고서야 묘옥이 웬 놈에게 납치되어서 행방조차 알 수 없기 때문에 그러는 것임을 알고 자기도 슬픔에 빠져들었다. 그러나 보옥의 일이 걱정되었으므로 바른 소리를 해서 정신이 들게 해야겠다고 생각했다.

"서방님, 난이는 장례식에서 돌아온 뒤로 비록 서당에는 가지 않지만 밤낮없이 공부에만 열중하고 있답니다. 그 애는 할머님의 증손자입니다. 생전에 할머님께서는 당신이 훌륭한 사람이 되기를 얼마나 바라셨나요? 그리고 아버님께서도 당신을 위하여 밤낮없이 근심하고 계시질 않습니까? 그런데 당신은 쓸데없는 일에만 마음을 써서 스스로를 망치고 계시다니요. 저희들은 오로지 당신 한 분만 섬기고 있는데, 당신이 이러시면 저희는 장차 어찌 되겠습니까?"

보차의 말에 보옥은 아무 할 말이 없었다. 한참을 그러고 있고서야 보옥은 이런 소리를 했다.

"내가 무슨 할 일이 없어서 남의 일을 걱정하고 있겠어? 나는 단지 우리 집 가운이 기운 걸 한탄하고 있었던 거야."

"또 그런 말씀을 하시는군요. 대감님이나 마님께서는 언제나 당신이 훌륭한 사람이 돼서 선조의 업적을 이어가기만을 바라고 계시는데 당신께서는 그걸 깨닫지 못하고 노상 헤매고 있으니 이 일을 어찌하면 좋나요?"

그러나 보옥의 귀에 그런 말들이 들어올 리가 만무했다. 보옥은 건성으로 듣고 있다가 탁자에 기대어 잠이 들었다. 보차도 보옥을 그대로 내버려 둔 채 사월 등에게 시중을 들도록 하고 자기는 안으로 들어가서 잠자리에 들었다.

보옥은 방 안에 사람이 적어진 것을 보고 이런 생각이 들었다.

'자견이 여기 온 뒤로 난 한 번도 마음을 터놓고 그 애와 얘기해 본 적이 없었구나. 그저 쓸쓸하게 한쪽 구석에 놔두고 있었으니 얼마나 미안한 일인가? 사월이나 추문이라면 몰라도 자견에게만은 그럴 수 없지 않은가. 언젠가 내가 병을 앓고 있을 때 그 애는 아주 오랫동안 내 곁에서 병간호를 해준 적도 있었어. 그 애의 작은 손거울도 아직 내게 있는걸. 그런 걸 봐서도 그 애의 정도 결코 얕은 게 아니었어. 그런데 요즈음 그 애는 어째서 나를 보기만 하면 그렇게 쌀쌀맞게 구는 걸까? 우리 저 사람만 하더라도 대옥 누이와 제일 친한 사이였기 때문에 자견에 대해서도 친절하게 대해주는 것 같았어. 내가 집에 없을 때는 저 사람과 얘기도 곧잘 하는 것 같던데, 그러다가도 내가 나타나기만 하면 휙 하니 다른 곳으로 피해 버리니 왜 그러는지 모르겠어. 아무래도 대옥 누이가 죽자마자 내가 저 사람과 혼인한 것 때문에 그러는 걸 거야. 아아, 자견아! 너같이 총명한 애가 어째서 나의 이 괴로운 마음을 몰라준단 말이냐!'

그리고 이어서 이런 생각을 했다.

'오늘 밤엔 다들 제각기 잘 사람은 자고 일할 사람은 일하고 있으니, 이 기회에 그 애를 찾아가서 무슨 말을 하는지 들어보도록 하자. 만일 내게 아직도 잘못이 있다면 사과하면 되지 않겠어?'

이렇데 작정한 보옥은 살그머니 방문을 열고 나와서 자견을 찾아갔다.

자견이 묵고 있는 방은 서쪽 곁채의 안쪽에 있었다. 보옥은 살금살금 그 방의 창 밑으로 갔다. 방 안에는 아직도 불이 켜져 있었으므로 보옥은 손가락에 침을 발라 창호지를 뚫고 안을 들여다보았다. 자견은 촛불의 심지를 골라가며 하는 일 없이 혼자서 멍하니 앉아 있었다.

보옥은 안에다 대고 가만히 자견을 불렀다.

"자견 누나, 아직 안 자?"

그 소리에 자견은 깜짝 놀라 한참을 어리둥절해 있다가 물었다.

"누구세요?"

"나야, 나"

자견이 들어 보니 보옥의 목소리인 것 같아서 다시 물었다.

"보옥 서방님이세요?"

그러자 보옥이 밖에서 나지막하게 대답했다.

"여긴 무슨 일로 오셨어요?"

"맘속에 품고 있던 얘기를 좀 하려고 왔어. 어서 문 좀 열어 줘. 잠시만 앉아 있다 갈게."

자견은 잠시 말없이 있더니 그냥 돌아가라고 했다.

"서방님, 하실 말씀이 있더라도 지금은 밤이 깊었으니 돌아가셨다가 내일 날이 밝거든 하세요."

보옥은 맥이 탁 풀리는 것 같았다. 안으로 들어가자니 자견이 문을 열어주지 않을 것 같고, 그렇다고 그대로 돌아가자니 가슴속에 꽉 차오르는 말로 다할 수 없는 심정이 자견의 말 한마디에 더욱 간절해졌다. 그래서 하는 수 없이 또다시 사정을 하였다.

"길게 할 말이 있어서 그러는 게 아니야. 그저 한마디만 물어볼게."

"한마디만 하실 거면 거기서 하세요."

그 소리에 보옥은 한참 동안 말없이 서 있었다. 자견은 방 안에서 보옥이 아무 말 않고 있는 것을 보고 속으로 걱정이 되었다. 원래 멍청해지는 병이 있는 보옥에게 너무 야박하게 굴었다가 행여 병이 도지는 날에는 큰일이란 생각이 들었다. 그래서 일어나 바깥의 동정을 살피면서 물었다.

"가셨나요? 아니면 아직도 여전히 서 계시나요? 하실 말씀이 있다면서 왜 하지는 않고 그렇게 서서 남의 애를 태우시는 거예요? 벌써 한 사람을 애태워서 죽이셨잖아요. 그것도 모자라서 또 한 사람마저 애태워 죽이실 작정이세요? 도대체 왜 그러시는 거예요?"

자견은 그렇게 말하면서 보옥이 창호지에 뚫어 놓은 구멍으로 바깥을 내다봤다. 그랬더니 보옥이 우두커니 서서 자기의 말을 듣고 있는 것이었다. 자견은 더 이상 말하기도 뭣해서 다시 제자리로 돌아와서 촛불의 심지를 잘랐다.

그러자 별안간 밖에서 보옥이 땅이 꺼질 듯 한숨을 쉬면서 말했다.

"자견 누나, 누나는 지금까지 그렇게 냉혹하고 무정한 사람이 아니었는데, 어째서 요즘은 내게 정다운 말 한마디조차 걸어주지 않는 거야? 내가 비록 속물이라 누나들이 거들떠볼 가치도 없지만 내게 무슨 잘못이 있으면 속 시원하게 말해줘야 할 게 아냐. 그렇게만 된다면 누나가 평생토록 나를 외면한다고 해도 영문이라도 알고 죽으니 여한은 없을 거야!"

자견은 그 말을 듣고 냉소를 머금었다.

"서방님이 하시겠다던 말씀이 그거였어요? 그것 말고 다른 말씀은 없으신가요? 만일 그런 말씀뿐이라면 전 대옥 아가씨가 살아계실 때 옆에서 귀에 못이 박히게 들었어요. 만일 제게 잘못된 점이 있다면 마님께서 저를 이리로 보내셨으니까 서방님께서 직접 마님한테 가서 일러바치도록 하세요. 어쨌든 저희 같은 시녀들은 사람 축에도 못 끼니까요."

거기까지 이야기하던 자견은 목이 메어 마침내 흐느껴 울기 시작했다. 자견이 상심해서 우는 소리를 밖에서 듣던 보옥은 속이 타서 발만 동동 굴렀다.

"그건 또 무슨 소리야? 나에 대한 일이라면 누나가 이리로 온 지 몇 달이나 됐으니 모르는 게 뭐 있겠어? 다른 사람이 나 대신 누나에게 말해주지 않는데, 나까지도 못하게 한다면 나더러 어떻게 견디란 말이야?"

보옥은 그러면서 훌쩍이며 울기 시작했다. 보옥이 한창 슬픔에 빠져 있는데 갑자기 등 뒤에서 누군가가 자기가 한 말을 받아서 이야기하는 것이었다.

"누구더러 서방님을 대신해서 말해주라는 거예요? 그 누구란 누구와 어떻게 되는 사이인가요? 자기가 미안한 일을 했으면 자기 입으로 사과하는 게 떳떳하지 않나요? 남이 체면을 세워주고 말고는 그 사람한테 달린 거예요. 그런 걸 왜 우리같이 하찮은 인간까지 끌어다 분풀이하려고 그러시는 거예요?"

그 소리에 안에 있던 자견과 밖에 있던 보옥은 둘 다 깜짝 놀랐다. 그 사람이 누구였겠는가? 다름 아닌 사월이었다. 보옥이 멋쩍어서 어쩔 줄 모르고 있는데 사월이 다시 말을 이었다.

"도대체 어떻게 된 일이에요? 한 사람은 빌고 있는데 또 한 사람은 상대도 안 해주고 있으니 말이죠. 서방님, 하실 말씀이 있으면 어서 해버리세요. 그런데 자견 언니도 참 마음이 모질군요. 이렇게 날씨가 추운데 사람이 밖에 서서 한참 동안 애원해도 꿈쩍도 않고 있으니 말예요."

그러면서 또 보옥을 보고 말했다.

"방금 아씨께서 시간이 많이 되었는데 서방님께선 지금 어디 가 계시냐고 하셨어요. 그런데 혼자 이 방 처마 밑에 서서 뭐 하시는 거예요!"

방 안에서 듣고 있던 자견이 그 말을 받았다.

"아니, 그건 또 무슨 뜻으로 하는 소리야? 난 진작부터 서방님더러 돌아가셨다가 하실 말씀이 있으면 내일 하시라고 했어. 그런데 어째서 나까지 걸고넘어지는 거야?"

보옥은 더 말하고 싶은 마음이 간절했지만 사월이 곁에 있었으므로 무슨 말을 하기도 거북했다. 그래서 하는 수 없이 사월과 함께 발길을 돌리면서 말했다.

"그만둬, 다 그만둬! 내가 이 세상에 살아있는 동안은 이 가슴속을 헤쳐 보일 수가 없게 되었어. 오직 하느님만이 내 맘을 알아주실 거야!"

거기까지 말하던 보옥의 두 눈에서는 어디서 그렇게 많이 나오는지 눈물이 끊이지 않고 줄줄 흘러내렸다.

"서방님, 이제 그만 하세요. 헛되이 눈물을 흘려봤자 아깝기만 한 걸요."

사월이 이렇게 말하자 보옥은 아무 대꾸도 하지 않고 그대로 방으로 들어갔다. 보차는 잠자리에 들어있었지만 그저 자는 체하고 있다는 것을 보옥도 알고 있었다.

습인이 한마디 꼬집었다.

"무슨 말씀이 있으시면 내일 하실 일이지 늦은 밤에 일부러 거기까지 가서 시끄럽게 하실 게 뭐예요. 그러다가 만일….'

습인은 거기까지 말하다가 아차 싶었는지 잠시 입을 다물었다. 그리고는 어물어물 딴소리를 하였다.

"몸은 괜찮으세요?"

보옥은 말 대신 고개만 끄덕였다. 습인은 곧 보옥의 잠자리를 봐주었다. 그러나 보옥이 이날 밤을 뜬눈으로 지새웠음은 두말할 나위도 없다.

한편 보옥의 성화를 받고 난 자견은 마음이 점점 더 괴로워져서 온 밤을 울음으로 보냈다. 그러는 사이에 이런저런 생각이 스치기도 했다.

'보옥 서방님의 혼인은 자기가 원해서 했던 것이 아니라 병중이라 아무것도 모르는 틈을 타서 윗분들이 온갖 수단을 다해 농간을 부린 게 틀림없어. 그 후에 서방님이 그 사실을 알았기 때문에 다 나았던 병이 다시 도졌던 것이고, 그래서 걸핏하면 울면서 대옥 아가씨 생각을 하고 계셨던 거야. 그러고 보면 보옥 서방님은 결코 애틋한 정을 저버리거나 의리가 없는 사람은 아니야. 오늘밤의 그 절절한 하소연은 정말이지 내 가슴을 찌르는구나. 다만 가엾게도 우리 대옥 아가씨는 그분과 한평생 행복하게 지낼 복을 타고나지 못했나 보다. 그런 걸 보면 사람의 연분이란 이미 정해져 있는 게 아닐까? 끝까지 가보지 않고서는 모두들 어리석은 망상에 빠지기 마련이야. 그러나 어쩔 수 없는 상황에 이르러서도 어리석은 인간들은 아무것도 모르고 지내기가 일쑤지. 설사 정이 깊고 의리가 중한 사람이라 할지라도 바람이 불거나 달이 밝은 밤이면 눈물을 흘리거나 비탄에 빠지는 것이 고작이야. 가엾게도 죽은 이는 알

리가 없고, 산 자는 상심과 고뇌가 그칠 날이 없구나. 생각해보면 우리
네 인생은 아무 생각이나 감정이 없는 저 초목이나 돌보다 못한 것 같
다. 초목이나 돌은 오히려 마음이 홀가분하지 않겠는가!'

　여기에 생각이 미치자 자견의 쓰라리고 뜨거웠던 마음이 갑자기 싸
늘하게 식었다. 그래서 자리에 누워 겨우 눈을 좀 붙이려는데 별안간
동쪽 뜰에서 시끄럽게 떠드는 소리가 들려왔다. 무슨 일인지 알고 싶으
면 다음 회를 보시라.

王熙鳳歷劫
返金陵
甄應嘉蒙
恩還
玉闕

허망한 생을 마친 왕희봉

왕희봉은 허망한 삶을 마쳐 금릉으로 돌아가고
진응가는 주상의 은혜 입어 관직으로 돌아가네
王熙鳳歷幻返金陵　甄應嘉蒙恩還玉闕

　　보옥과 보차는 희봉이 위독하다는 소리를 듣고 자리에서 벌떡 일어
났다. 시녀가 촛불을 들고 앞길을 밝혔다. 막 뜰을 나서려는데 왕부인
이 보낸 시녀가 와서 아뢰었다.

　　"희봉 아씨께서 매우 위중하시답니다. 그런데 아직 운명하신 건 아니
므로 서방님과 아씨께선 좀더 계시다가 오시랍니다. 희봉 아씨의 병이
여간 이상한 게 아니에요. 삼경부터 사경까지 쉴 새 없이 헛소리를 하
시는데, 배를 타야 하느니 가마를 타야 하느니 하시면서 금릉의 무슨
책자에 들어가야 한다고 하시는 거예요. 아무도 무슨 말인지 알아듣지
못하니까 아씨는 자꾸 우시면서 그런 소리를 외쳐대시는 거예요. 가련
서방님께선 하는 수 없이 종이배와 종이 가마를 만들러 가셨는데 아직
가지고 오지 않으셨어요. 희봉 아씨께선 지금 가쁜 숨을 몰아쉬면서 그
걸 기다리고 계세요. 그래서 마님께선 희봉 아씨께서 운명하거든 건너
오시라고 전하라고 하셨어요."

"그것 참 이상한데? 금릉엔 뭐 하러 가겠다는 거야?"

보옥이 이렇게 말하자 습인이 목소리를 낮추며 이야기했다.

"어느 해던가 서방님께서 꿈을 꾸신 적이 있잖아요. 그때 꿈속 어딘가에 책이 많이 있었다고 말씀하셨던 게 기억나요. 어쩌면 희봉 아씨께서도 그리로 가신다고 하는 게 아닐까요?"

보옥은 그 소리를 듣더니 고개를 끄덕였다.

"참, 그랬었지! 그런데 아쉽게도 거기 쓰여 있던 말들이 하나도 생각이 나질 않아. 그러고 보면 사람에겐 모두 정해진 운명이 있는 것 같아. 그런데 그럼 대옥이는 어디로 갔을까? 난 지금 습인이 하는 말을 듣고서 얼마간 깨달았어. 만약 다시 그 꿈을 꾸게 된다면 똑똑히 봐둬야겠어. 그래야 점을 치지 않고도 미래의 일을 알 수 있을 테니까 말이야."

"그런 소릴 하시니까 서방님 같은 분하고는 아무 말도 할 수가 없는 거예요. 제가 어쩌다가 한마디 한 건데 서방님께선 그걸 곧이들으시니 말예요. 그런데 가령 앞일을 미리 안다손 치더라도 무슨 소용이 있겠어요?"

"미리 알 수가 없어서 그렇지, 만일 알 수만 있다면 나도 너희 때문에 공연한 걱정을 안 해도 되질 않겠어?"

두 사람이 이런 얘기를 나누고 있는데 보차가 들어와서 물었다.

"무슨 얘기들을 하고 있어요?"

보옥은 보차가 캐묻기라도 하면 귀찮아질 것 같아서 대강 얼버무렸다.

"우린 희봉 형수 얘기를 하고 있던 참이야."

"남은 지금 숨이 끊어지려고 하는 판에 아직도 이러쿵저러쿵 말만 하고 있군요. 지난해 당신은 저더러 남의 운수를 놓고 불길한 말을 한다고 하셨는데 그 점괘가 맞았나 보세요."

그 말에 보옥은 한참 생각해 보더니 손뼉을 치며 말했다.

"그래, 그랬었지! 그러고 보니까 당신이야말로 앞일을 미리 알 수 있는 사람이네. 그럼 이참에 당신한테 물어보지. 내가 장차 어떻게 되겠어?"

그러자 보차가 웃으면서 말했다.

"또 그런 허튼 소리를 하시는군요. 전 그저 그분이 뽑은 점대의 말을 아무렇게나 풀이한 것뿐이에요. 그런 걸 당신은 또 정말로 여기시는군요. 그리고 보면 당신은 둘째 올케하고 똑같아요. 당신이 옥을 잃었을 때 둘째 올케는 묘옥 스님한테 점을 치러 갔어요. 그렇지만 거기 나온 점괘를 아무도 풀지 못했지요. 그런데도 둘째 올케는 나한테 묘옥 스님이 어떻게 미래의 일을 알 수 있다는 둥, 어떻게 참선해서 도를 깨닫는다는 둥 하는 말을 남몰래 들려주는 거예요. 그렇지만 묘옥 스님이 그런 끔찍한 일을 당했는데 어째서 자기가 그런 일을 당할 거라는 걸 몰랐을까요? 그러니 어찌 앞일을 안다고 할 수 있겠어요? 제가 우연히 희봉 아씨의 일을 맞히기는 했지만 사실 그분이 어찌 될 줄 알아서 그런 건 아니에요. 제 자신의 일조차 알 수 없는 걸요. 이렇게 되는 것 자체가 허망한 일인 것을 그런 걸 믿어서 뭐 하겠어요?"

"묘옥 스님 얘기는 그만 하고 이제 수연 누이 얘기 좀 해봐. 그동안 우리 집에 연달아 큰일이 생겼었기 때문에 수연 누이의 일을 까맣게 잊고 있었어. 그런데 당신 집에서는 그렇게 큰 경사를 어째서 소리 소문도 없이 해치워 버린 거야? 친척이나 친구도 청하지 않고 말아."

"그건 당신이 모르고 하시는 말씀이에요. 저희 친정집의 친척이라야 이 댁하고 왕씨 댁이 가장 가까운데, 왕씨 댁엔 별로 청할 만한 분이 없고 우리 이 댁에선 할머님 초상이 났으니 어떻게 청한단 말입니까? 그래서 런이 시아주버님 혼자서 애를 써주셨어요. 다른 친척도 한두 집 오기는 했으나 당신이 가보시질 않았으니 어떻게 아시겠어요? 생각해 보면 둘째 올케의 팔자도 저와 비슷한 것 같아요. 우리 둘째 오빠가 좋은 혼처를 정했으므로 어머님께선 처음부터 성대하게 혼례를 치러주려고 벼르셨는데 그게 뜻대로 되질 않았어요. 무엇보다도 큰오빠가 옥중에 있으므로 작은 오빠는 요란하게 잔치벌이는 것에 반대했고, 다음으로는 이 댁 일 때문에 그랬으며, 그 다음으로는 둘째 올케가 큰마님 댁에서 고생하며 지내고 있던 터에 집안이 몰수당한 데다가 큰마님께서 모질게 대하셨기 때문에 더는 그 댁에 그대로 눌러 있을 수가 없었어요. 그래서 제가 어머님께 말씀드려서 아쉬운 대로 간소하게 혼례를 올리자고 한 거예요. 제가 보기에 둘째 올케는 지금 만족해하면서 어머님께 극진하게 효성을 다하는 것이 친며느리보다 열 배는 나아요. 작은 오빠에 대해서도 아내의 도리를 다하고 있고요, 향릉이와도 아주 잘 지내고 있어요. 작은 오빠가 집에 없을 때면 그들 두 사람은 아주 화기애애하게 지낸답니다. 지금 살림은 비록 어려워졌지만 어머니께서는 요즘 들어 오히려 편안하게 지내고 계세요. 다만 큰오빠 생각에 근심 걱정을 떨칠 수는 없으시지만요. 지금도 큰오빠는 늘 사람을 보내서 감옥에서 쓸 돈을 보내달라고 성화예요. 다행스럽게도 작은 오빠가 밖에서 빚을 내서 그 돈을 보내주곤 하나 봐요. 듣자니까 성안에 있던 몇 채의 집도 벌써 다 저당 잡히고 이젠 한 군데밖에 남지 않았다던데, 아마도 그 집으로 이사 갈 모양이에요."

"이사는 왜 간다는 거야? 그대로 여기서 지내면 당신이 친정집을 오가기가 편할 게 아냐? 만일 멀리 이사 가면 당신이 가는 데도 하루가 걸릴걸."

"아무리 친척간이라 하더라도 역시 따로 사는 게 좋은 거예요. 어떻게 한평생 친척집 신세를 질 수 있겠어요?"

보옥이 그래도 이사 가지 말라고 우기려고 하는데 왕부인이 사람을 보내왔다.

"희봉 아씨께서 돌아가셨어요. 다들 그리로 모이셨다면서 서방님과 아씨께서도 건너오시랍니다."

316

그 소리를 듣자 보옥은 슬픔을 참지 못하고 발을 구르며 울었다. 보차도 슬프기는 마찬가지였지만 보옥이 상심할까 봐 그것이 먼저 염려되었다.

"여기서 울기보다는 거기 가서 울도록 하세요."

그래서 두 사람은 급히 희봉의 처소로 달려갔다. 거기에는 벌써 많은 사람들이 희봉을 둘러싸고 울고 있었다. 보차가 앞으로 비집고 들어가 보니 희봉은 이미 다른 침상에 안치되어 있었다. 그 광경을 보고 보차는 대성통곡하였다. 보옥도 가련의 손을 잡고 엉엉 큰 소리로 울었다. 그러자 가련도 또다시 울음을 터뜨렸다. 아무도 울음을 말리는 사람이 없자, 평아 등은 가까스로 슬픔을 참아가며 그들을 달랬다. 사람들은 모두 슬픔에 잠겨 눈물을 그칠 줄 몰랐다.

가련은 이 상황에서 어찌해야 좋을지 몰랐으므로 뇌대를 불러다 장례에 관한 일을 맡겼다. 그리고 자기는 가정에게 희봉의 죽음을 고하고 나서 일을 처리하기로 하였다. 그러나 돈이 딸려서 매사가 궁색하기만 했다. 그런 가운데 생전에 희봉의 좋았던 점이 생각나서 슬픔을 주체할 수가 없었으며, 게다가 딸 아이 교저가 세상이 떠나갈 듯 우는 것을 보니 그야말로 창자가 끊어질 듯 슬펐다. 이렇게 하룻밤을 울음으로 지새운 가련은 날이 밝기가 무섭게 사람을 보내서 맏처남인 왕인을 불러왔다.

왕인이라는 자는 왕자등이 죽은 뒤로 그의 동생 왕자승이 무능하다 보니 제멋대로 놀아났고 그런 탓에 어느 친척과도 사이가 나빴다. 지금도 누이동생이 죽었다는 소식을 듣고 달려와서 한바탕 곡을 하기는 했지만, 이쪽 집안의 장례준비가 소홀하다는 생각이 들자 여간 불만스러워 하는 것이 아니었다.

"내 동생은 자네 집에 와서 온갖 고생을 다해가며 여러 해 동안 집안 살림을 맡아왔어. 그러면서도 별로 잘못한 일도 없었네. 그러니 이 댁에서는 정성을 다해 저 애를 보내주는 게 도리가 아니겠나? 그런데 아직까지 아무 준비도 되어 있지 않으니 이게 도대체 어떻게 된 일인가?"

가련은 원래 왕인과 사이가 좋지 못했으므로 그가 이렇게 트집을 잡자 아무것도 모르고 하는 소리인지라 상대도 하지 않았다. 그러자 왕인은 생질녀인 교저를 불러서 말하는 것이었다.

"너의 어머닌 생전에 일을 처리하는 데 좀 문제가 있었어. 노마님 눈에만 들려고 애를 썼지, 우리 같은 사람은 도무지 거들떠보지도 않았어. 애야, 너도 이제 다 컸으니 잘 알겠지만 내가 언제 너희 집 신세를 진 적이 있었더냐? 이제 네 어머니가 돌아가셨으니 앞으로는 무슨 일이든 이 외삼촌 말을 들어야 한다. 너의 외가쪽 친척으로는 나와 작은 외할아버지밖에 안 계시잖니. 네 아버지의 사람됨은 진작부터 알고 있었다만 다른 이들만 귀하게 여기는 사람이란다. 어느 해던가 우이랑인가 뭔가 하는 사람이 죽었을 때 비록 나는 경성에 있지 않았지만 듣자니까 상당히 많은 돈을 썼다는구나. 그런데 지금 네 어머니가 죽었는데도 이 꼴로 대강 해치우려고 하다니! 그러니 어서 네 아버지한테 말씀드리지 않고 뭐 하는 거냐?"

"아버지께선 어머니 장례를 성대하게 치러드리려고 무척 애를 쓰고 계세요. 그렇지만 지금 저희 집 형편이 그전과는 달라서 손에 쥔 돈이 없기 때문에 매사에 절약하지 않으면 안 된답니다."

"그렇지만 네 몫으로 받은 것도 꽤 되질 않느냐?"

"작년에 몽땅 차압당했는데 언제 받았다고 그러세요?"

"너까지 그런 소릴 하는구나? 듣자니까 노마님께서 너한테 많은 물건을 주셨다고 하던데, 그럼 그거라도 내놔야 할 게 아니냐?"

교저는 아버지가 벌써 써버렸다는 말을 할 수가 없어서 그저 끝까지 모른다고만 했다.

"흥, 알 만하다! 넌 그걸 따로 간직해 뒀다가 시집갈 때 쓰겠단 말이지."

교저는 그 소리를 듣자 대꾸도 하지 못하고 기가 막혀서 소리 없이 흐느껴 울기 시작했다. 그러자 곁에 있던 평아가 보다 못해 화를 냈다.

"아저씨, 하실 말씀이 있거든 우리 집 서방님이 돌아오시거든 하세요. 나이 어린 아가씨가 뭘 안다고 자꾸 그러세요?"

"그래, 너희는 아씨가 빨리 죽기를 바라고 있었던 게 틀림없어. 그래야 너희 세상이 될 테니까 말이다. 난 뭘 바라고 그러는 게 아니야. 장례를 번듯하게 치르면 너희 체면도 설 게 아니냐?"

그러면서 왕인은 잔뜩 화가 나서 자리에 앉았다. 교저는 가슴 가득 울분이 차올랐다.

'우리 아버지는 결코 몰인정한 분이 아니야. 어머니가 살아계실 때 외삼촌은 얼마나 많은 물건을 뜯어갔는지 몰라. 그런데도 지금 와선 저렇게 시치미를 떼고 있구나.'

이런 생각이 든 교저는 이제 그를 외삼촌이라고 여기고 싶지도 않았다. 그러나 왕인은 왕인대로 속으로 생각하는 바가 있었다. 그는 누이동생이 생전에 꽤나 많은 재물을 모아두었을 거라는 생각이 들어서, 비록 차압을 당했다고는 하지만 그래도 방 안에 있는 돈이 결코 적은 액수가 아닐 거라고 짐작했다.

'틀림없이 내가 와서 들러붙을까 봐 제 아비 편을 들며 그렇게 말하는 걸 거다. 조그만 계집애가 아주 못쓰겠구나.'

그래서 이때부터 왕인도 교저를 미워했다.

그러나 가련은 그런 줄도 모르고 장례비용을 변통하기 위해 바쁘게 돌아다니고 있었다. 바깥의 큰일은 모두 뇌대에게 맡겨 놓았지만, 안에서도 돈 쓸 일이 여간 많지 않았는데 도무지 마련해 볼 방법이 없었다.

평아는 가련이 다급해하는 것을 보고 그를 불러서 말했다.

"서방님, 너무 무리해서 건강을 해치시면 안돼요."

"이런 판국에 건강이 다 뭐란 말이냐? 지금은 하루하루 꾸려가기도 어려운데 이런 큰일을 어떻게 치러내야 할지 모르겠구나. 게다가 저런 망나니까지 와서 사람을 귀찮게 구니 무슨 방법이 없겠느냐?"

"서방님, 너무 마음 졸이지 마세요. 쓸 돈이 없어서 그러신다면 제가 가지고 있는 게 조금 있어요. 다행히 작년에 차압당하지 않고 남은 게 있는데, 필요하시거든 우선 그거라도 저당 잡혀서 쓰도록 하세요."

가련은 그 말을 듣고 속으로 이렇게 고마울 데가 있나 하는 마음이 들어서 만면에 웃음을 띠며 말했다.

"그렇게만 해준다면 얼마나 좋겠어. 궁상맞게 돌아다니면서 남들한테 손을 벌리지 않아도 되고 말이야. 그럼, 우선 가져다 쓰고 돈이 생기는 대로 갚아주마."

"제 것이라고는 하지만 그것 역시 아씨께서 주신 건데 갚아주고 말고 할 게 뭐 있어요. 장례를 번듯하게 치러드릴 수만 있다면 전 그걸로 족해요."

가련은 진심으로 고맙게 생각하면서 평아의 물건을 가지고 가서 돈으로 바꿨다. 그리고 매사를 평아와 의논해서 처리하였다. 그것을 본 추동은 마음이 몹시 언짢아서 말끝마다 평아를 헐뜯었다.

"평아는 아씨께서 돌아가시니까 제가 그 자리에 올라서려는 모양이지? 그렇지만 난 큰 대감님 쪽 사람이니 제가 어떻게 나를 제칠 수 있겠어?"

평아도 그 눈치를 챘으나 아랑곳하지 않았다. 그러나 가련은 그 소리를 듣고 더욱 추동을 싫어하게 되었다. 그래서 뭔가 화나는 일이 생기면 추동에게 화풀이하곤 하였는데, 형부인이 이 사실을 알고 나무랐지만 가련은 꾹 참고 아무 말도 하지 않았다. 여기에 대해서는 더 이상 이야기 하지 않겠다.

한편 희봉의 시체는 십여 일 동안 안치했다가 출상했다. 가정은 가모의 상을 입고 있는 몸이었으므로 그저 바깥 서재에 거처하고 있었다. 그즈음 문객들은 하나 둘 돌아가고 마지막엔 정일홍程日興 한 사람만 남아서 가정의 말동무가 되어 주고 있었다.

"가운이 기우니까 식구들 여럿이 잇달아 세상을 떠나고, 형님과 진이 조카도 외지에 귀양 가 있는 마당에 집안 살림은 하루하루 못해져만 가고 있소. 저 동성에 있는 장원의 토지도 어떻게 되었는지 알 수가 없구려!"

가정이 이렇게 탄식하자 정일홍이 말했다.

"제가 여러 해 동안 이 댁의 신세를 지고 있어서 잘 알고 있습니다만, 이 댁에 있는 사람치고 제 배를 불리지 않는 자가 하나도 없습니다. 해가 갈수록 물건들을 자기 집으로 더 빼돌리고 있으니 이 댁의 살림살이가 한 해 한 해 줄어드는 건 당연하지요. 게다가 큰 대감님과 가진 나리에게 보내는 비용까지 감당해야 하고 바깥에 진 빚도 상당히 많질 않습니까? 지난번엔 또 꽤 많은 재산을 도둑맞았습니다만 관아에서 도둑을 잡아주거나 도난당한 물건을 찾아주길 기대하기란 어려운 일입니다. 대감께서 만일 이참에 집안일을 정돈해 보실 의향이 있으시다면 우선 집사들을 불러 모은 다음, 그 가운데 믿을 만한 사람 하나를 골라서 각처로 보내 자세하게 조사해 오도록 하십시오. 그래서 없앨 것은 없애고 남길 것은 남기도록 하시고, 결손이 있는 것은 당사자에게 배상하도록 하십시오. 그렇게만 하셔도 집안 살림을 다소 일으켜 세우실 수 있을 겁니다. 그리고 저 넓은 대관원으로 말하자면 누구도 선뜻 사려고 달려들지 않을 겁니다. 그곳에서 나는 수입도 결코 적지 않건만 관리할 사람을 아직 아무도 배치해 놓지 않으셨질 않습니까? 대감님께서 댁에 계시지 않았던 지난 몇 해 동안 아랫것들이 귀신이니 도깨비니 하는 소리들을 지어내는 바람에 어느 누구도 원내로 들어가려 하질 않습니다. 이것도 모두 이 댁 하인들의 농간이지요. 이제라도 하인놈들을 철저하게 조사하셔서 괜찮은 놈들만 쓰고, 그렇지 않은 것들은 모두 쫓아내십시오. 그렇게 생각하시는 게 상책입니다."

가정은 그의 말을 듣고 고개를 끄덕였다.

"그런데 선생이 아직 모르는 것이 있소. 하인들은 말할 것도 없거니와 조카조차 믿을 수가 없단 말이오. 그렇다고 내가 조사한다고 한들 어떻게 일일이 다 살필 수 있겠소? 나는 상중에 있는 몸이라서 그런 일을 할 수도 없는 처지요. 거기다가 나는 평소부터 살림에는 관심이 없었기 때문에 뭐가 있는지 없는지 통 모르고 있는 형편이오."

"대감님께선 참으로 어지신 분이라 그렇지만, 다른 집에서 만일 이만한 살림살이에 궁색해지기 시작했다면 오 년이나 십 년쯤은 겁날 게 없을 겁니다. 다른 건 둘째 치고 집사들한테 얻는 돈만 가지고도 넉넉할 테니까요. 듣자니 이 댁 하인 가운데 지현이 된 사람까지 있다면서요?"

"그렇지만 하인들의 돈까지 얻어 쓰게 된다면 끝장난 게 아니고 뭐겠소? 그러니 스스로 절약하며 사는 수밖에 없지요. 장부에 적혀있는 재산이라도 제대로 있으면 좋으련만, 적혀만 있고 실제로는 없다면 정말 큰일이 아닐 수 없습니다."

"대감님 말씀이 지당하십니다. 그래서 소생이 조사해봐야 한다고 말씀드린 게 아니겠습니까?"

"선생이 필시 무슨 소문을 들으신 게 있는 듯하군요."

"저 집사들의 묘한 솜씨에 대해서는 저도 들은 바가 있기는 합니다만 저로서는 감히 말씀드리기가 거북하군요."

가정은 그 말 가운데 무슨 곡절이 있다는 것을 짐작하고 탄식을 했다.

"우리 집안은 조상 때부터 대대로 인자하고 후하여 여태까지 아랫사람들에게 각박하게 대하지 않았는데 요즘 들어 이놈들이 하루하루 나빠져만 가니 웬일인지 모르겠소. 그렇다고 지금 와서 내가 엄하게 주인

행세를 한다면 남들의 웃음거리가 되질 않겠소?"

두 사람이 이런 대화를 나누고 있는데 문지기가 와서 아뢰었다.

"강남의 진 대감님께서 오셨습니다."

"뭐라고! 진 대감께서 오셨다구? 무슨 일로 상경하셨을까?"

"성은을 입어 다시 벼슬자리에 오르셨답니다."

"꾸물대지 말고 어서 안으로 모시도록 해라."

문지기가 나가더니 곧 진 대감을 모셔 들였다. 이 진 대감인즉 다름 아닌 진보옥甄寶玉의 부친으로 이름은 응가應嘉이고 자는 우충友忠이며, 역시 금릉사람이자 공신의 후예였다. 이 가씨 댁과는 친척간이어서 전부터 교제가 있었던 사이였다. 그는 몇 해 전에 일을 잘못 처리하여 삭탈관직되고 재산을 몰수당했으나, 이번에 주상께서 공신의 후예임을 감안하사 박탈했던 세습직을 돌려주고 상경해서 알현하는 은혜를 내리셨던 것이다. 그래서 상경했던 진 대감은 가모가 별세했다는 소식을 듣고 특별히 제물을 갖춘 다음, 날을 받아 영구를 모셔놓은 곳에 가서 제사를 지내기로 하고 그에 앞서 먼저 가부를 찾아온 것이었다.

가정은 상중에 있었으므로 멀리 마중 나가지 못하고 바깥 서재의 문 앞에서 기다렸다. 가정은 진 대감을 보자 기쁨과 슬픔이 교차하였으나 상중에 있는 몸이라 예는 드리지 못하고 손만 잡은 채 그저 오랫동안 만나지 못했던 정을 잠시 나누었다. 그리고 난 뒤 자리를 권하면서 자기도 자리를 잡았다. 가정은 차를 대접하며 피차간에 그동안 헤어져 지냈던 이야기들을 나누었다.

"대감은 언제 폐하를 알현하셨는지요?"

"그저께입니다."

"주상께선 성은을 베푸셔서 따뜻한 말씀도 내려 주셨겠지요?"

"폐하의 은덕은 참으로 하늘보다 높아서 여러 가지 고마운 말씀을 많이 내리셨습니다."

"어떤 말씀을 내리셨는지요?"

"요즈음 월지방[1]에 도적이 창궐해서 연해일대의 백성들이 편안한 날이 없답니다. 그래서 폐하께서는 안국공安國公을 파견하여 도적들을 토벌하기로 하셨는데, 제가 그곳 사정을 잘 안다고 하여 거기로 가서 백성들을 보살피라시며 즉시 출발하라고 하셨습니다. 그런데 어제 대감님의 자당께서 별세하셨다는 소식을 접했기에, 향불을 갖춰 삼가 영전에 제사라도 드림으로써 다소나마 제 성의를 표하고자 이렇게 찾아온 것입니다."

그 소리에 가정은 얼른 일어나서 절을 하며 사의를 표했다.

"대감께서 이번에 가시면 반드시 위로는 폐하의 마음을 편하게 해드리고 아래로는 백성들의 마음을 안심시킬 것으로 믿습니다. 이번에 연해지방으로 가시게 된 것은 참으로 큰 공을 세울 좋은 기회라고 생각됩니다. 그러나 저는 유감스럽게도 대감의 뛰어난 수완을 제 눈으로 직접 보지 못하고 이렇게 멀리서 소식을 들을 수밖에 없군요. 그런데 지금 진해통제로 있는 이가 저의 친척이오니, 만나시거든 잘 보살펴주시기를 부탁드리옵니다."

"아니, 대감과 통제는 어떤 친척관계신가요?"

"제가 몇 해 전에 강서양도로 재직하고 있을 때 제 딸아이를 통제의 아드님과 혼인시켰지요. 그 애들이 결혼한 지도 벌써 3년이 되었군요. 그런데 연해지방의 일이 아직도 미진한 데가 있고 또 해적들의 발호가 그치질 않아서 소식이 전혀 통하질 않고 있습니다. 딸아이가 걱정되어서 그러니 대감께서 백성들을 안정시키는 일이 끝나시거든 틈을 내서 한번 찾아가 봐 주셨으면 합니다. 제가 곧 편지를 몇 자 적겠사오니 대감께서 수고스러우시겠지만 딸아이에게 전해주시면 감사하겠습니다."

---

1 절강(浙江)의 동쪽지역을 일컬음.

"자식에 대한 정이야 누구나 다 마찬가지지요. 그런데 실은 저도 대감께 부탁드릴 일이 있습니다. 제가 이번에 성은을 입고 경성으로 올라올 때, 자식 놈의 나이는 아직 어리고 집안에 사람은 없고 해서 가족을 전부 데리고 경성으로 오기로 했습니다. 그런데 폐하께서 정해주신 시간이 급하다 보니 제가 먼저 주야로 달려서 경성에 왔고, 나머지 식구들은 뒤에서 천천히 오는 중입니다. 경성에 도착하자면 아직도 며칠 더 걸릴 것입니다. 그렇지만 저는 또 폐하의 성지를 받들어야 하므로 여기 오래 머물 수 없는 형편이라 대감께 부탁드리고자 하는 겁니다. 앞으로 저의 가족이 경성에 도착하면 당연히 이 댁에 인사드리러 올 텐데, 그때 제 자식 놈을 꼭 좀 불러봐 주시면 고맙겠습니다. 그래서 만일 그 녀석이 사람구실을 할 것 같아 보이시면 앞으로 적당한 혼처가 나실 때 부디 염두에 둬주시기를 바랍니다."

가정은 일일이 알았다고 대답하였다. 진응가는 다른 이야기를 몇 마디 더 하다가 자리에서 일어났다.

"내일 성 밖에서 다시 뵙도록 하겠습니다."

가정은 그가 바쁜 몸인 것을 알고 있었으므로 더 붙들지 못하고 하는 수 없이 서재 밖으로 나와 전송하였다.

가련과 보옥은 진작부터 가정을 대신하여 진응가를 전송하려고 문밖에서 대기하고 있었는데, 가정이 부르지 않았으므로 안으로는 들어가지 않았다. 이윽고 진응가가 나오자 두 사람은 앞으로 나서며 인사를 올렸다. 진응가는 보옥을 보는 순간 멍해졌다.

'이 아이는 어쩌면 우리 보옥이하고 이렇게도 똑같이 생겼을까? 다른 것이라곤 상복을 입고 있는 것뿐이잖아?'

진응가는 속으로 이런 생각을 하면서 입을 열었다.

"가까운 친척인데도 오랫동안 왕래가 없고 보니 두 사람 다 몰라보겠군요."

그 소리에 가정이 얼른 가련을 가리키며 말했다.

"이 아이는 제 형님의 아들인 련이입니다."

그리고 이번에는 보옥을 가리켰다.

"이 아이는 저의 둘째 놈인데, 보옥이라고 합니다."

그러자 응가는 손뼉을 탁 치면서 희한한 일이라며 말했다.

"제가 집에 있을 적에 대감 댁에서 입에다 옥을 물고 태어난 아드님이 한 분 있어서 이름을 보옥이라고 하였다는 얘기를 들은 적이 있습니다. 그런데 제 아들놈과 이름이 같아서 참으로 이상하다고 생각했습니다. 그렇지만 후에 생각해 보니 이름이 같은 건 흔히 있을 수 있는 일이라서 별로 대수롭지 않게 여겼지요. 그런데 오늘 이렇게 직접 만나보니 얼굴도 같을 뿐만 아니라 행동거지도 똑같으니 더욱 기이한 일이 아니고 뭐겠습니까?"

이어서 응가는 보옥의 나이를 묻더니 자기 아들이 한 살 아래라고 말하는 것이었다. 가정도 그제야 포용이 천거를 받고 왔을 때 그로부터 진응가의 아들이 자기 아이와 이름이 같다는 말을 들은 적이 있다고 했다. 그러나 진응가는 보옥에게 정신을 빼앗기고 있었으므로 포용이 일을 잘하고 있느냐고 물어 볼 겨를도 없이 연신 같은 소리만 되풀이했다.

"정말 희한한 일이로군!"

그러면서 보옥의 손을 꼭 잡고 매우 정답게 대하는 것이었다.

그러다가 안국공이 급히 떠날 것이 염려되고 자기도 부지런히 행장을 준비해야 했으므로 섭섭한 마음을 안고 작별한 후 천천히 걸어나갔다. 가련과 보옥이 문밖까지 전송하였는데 그러는 중에도 진응가는 보옥에게 또 이런저런 말들을 물었다. 응가가 수레에 올라 떠나자 가련과 보옥은 가정에게 와서 그가 묻던 말을 낱낱이 아뢰었다.

가정은 그 말을 다 듣고 나서 두 사람더러 물러가 있으라고 하였다. 가정의 방에서 나온 가련은 희봉의 장례비를 계산하러 가고, 보옥은 자기 방으로 돌아와서 보차에게 이렇게 말했다.

"내가 늘 말하던 진보옥이라는 도련님 있잖소? 한번 봤으면 했는데 통 기회가 없더니 오늘 뜻밖에도 그의 부친을 먼저 만났지 뭐야. 듣자니까 그 보옥이도 며칠 내로 경성에 도착해서 우리 아버님을 뵈러 온다는구려. 그리고 사람들마다 그가 나와 똑같이 생겼다고들 하는데 나는 도무지 믿어지지가 않아. 만일 그 보옥이가 우리 집에 인사드리러 오거든 당신네들도 모두 가서 그가 과연 나와 똑같이 생겼는지 봐줬으면 좋겠어."

보차가 그 소리를 듣고 핀잔을 주었다.

"아니, 당신은 점점 더 당치도 않은 소리만 하시는군요. 어떤 남자분이 자기와 똑같이 생겼다느니 어쩌니 하시더니만, 그것도 모자라서 우리더러 가보라고까지 하시다니요."

보옥이 듣고 보니 자기가 실언을 했으므로 금세 얼굴이 새빨개졌다. 그래서 얼른 뭐라고 변명을 하려고 하였다. 그가 무슨 말을 했는지 알고 싶으면 다음 회를 보시라.

歲偏私
惜春
矢意志
謹同
類宓
玉夫
知相

깨우치고 출가한 석춘

사사로운 정을 끊어 석춘은 소신을 이루고
닮은 이를 시험하여 보옥은 지기를 잃었네

惑偏私惜春矢素志　證同類寶玉失相知

보옥은 자기가 실언한 것을 보차에게 추궁 당하자 어물어물 덮고 넘어가려고 하는데 추문이 들어와서 말을 전했다.

"대감님께서 서방님을 찾으세요."

보옥은 마침 잘되었다 싶어서 얼른 가정에게로 갔다. 가정은 보옥을 보자 분부를 내렸다.

"너를 오라고 한 것은 다름이 아니다. 지금 너는 상중이라 서당에 다닐 수 없으니 집에서라도 지금까지 배운 것을 잘 복습하도록 해야 한다. 나도 요 며칠간은 다소 한가한 편이니까, 이삼 일에 한 번씩 몇 편의 글을 지어서 내게 보이도록 해라. 요즈음 네 글공부가 늘었는지 한번 봐야겠다."

보옥은 마지못해 대답하였다. 그러자 가정이 또 이렇게 말했다.

"네 동생 환이와 조카 난이에게도 복습하라고 일러두었다. 만일 네가 지은 글이 형편없어서 그 애들보다 못하다면 그땐 혼쭐이 날 줄 알아라."

　보옥은 이번에도 감히 다른 말은 하지 못하고 그저 "네" 하고 대답하고는 꼼짝도 못하고 서 있었다.

　"그만 가 보아라."

　가정이 이렇게 말하자 보옥은 그제야 물러 나오다가 장부를 들고 들어오는 뇌대 등과 마주쳤다.

　보옥은 뒤도 돌아보지 않고 쏜살같이 자기 방으로 돌아왔다. 보차는 보옥이 가정으로부터 글을 지어오라는 분부를 받고 왔다는 걸 알고 내심 기뻐했다. 보옥으로서는 내키지 않았지만 그렇다고 게으름을 부릴 수도 없는 노릇이었다.

　보옥이 막 책상 앞에 앉아 마음을 진정시키고 있는데 여승 둘이 안으로 들어왔다. 보옥이 보니 그들은 지장암의 여승들이었는데, 들어오자 보차에게 인사를 올렸다.

　"아씨, 그동안 무고하셨습니까?"

　보차는 냉담하게 인사를 받았다.

　"스님들도 잘 지내셨나요?"

　그리고는 시녀들에게 분부를 내렸다.

　"이 스님들에게 차를 따라 드리도록 해라."

　보옥은 은근히 이 여승들과 이야기를 나누고 싶었으나 보차가 그들을 싫어하는 눈치여서 차마 어쩌지 못하고 있었다. 여승들은 보차가 냉정한 사람임을 알고 있었으므로 오래 앉아 있지 않고 바로 일어섰다.

　"더 앉았다 가시지그래요."

　보차가 인사치레로 이렇게 말했다.

　"저희들은 철함사에서 공덕을 쌓느라고 오랫동안 마님들과 아씨들께 문안 올리지 못했습니다. 오늘 이렇게 와서 아씨와 마님들을 뵈었으니, 이제 석춘 아가씨를 뵈러 가도록 하겠습니다."

보차는 고개를 끄덕이며 가도록 내버려뒀다. 그 여승들은 석춘의 처소로 가서 채병을 보고 물었다.

"아가씨는 어디 계시나요?"

그러자 채병이 대답했다.

"말도 마세요. 아가씨는 요 며칠째 밥도 안 드시고 누워만 계세요."

"왜 그러시는데요?"

"말하자면 길어요. 아가씨를 만나보시면 무슨 말씀이 계실 거예요."

안에서 그들의 얘기를 듣던 석춘은 벌떡 자리에서 일어났다.

"두 분 스님들께선 그동안 안녕하셨어요? 우리 집 형편이 못해졌다고 이젠 발길도 끊으실 모양이죠?"

"나무아미타불! 이 댁의 형편이 기울어지든 안 기울어지든 시주는 시주가 아니겠어요? 저희들이 댁의 암자에 있는 것은 둘째 치고라도 생전에 노마님으로부터 얼마나 많은 은혜를 입었는지 모르는걸요. 이번 노마님 일로 해서 마님들과 아씨들은 모두 뵈었는데 아가씨만 뵙질 못해서, 그동안 어떻게 지내셨는지 궁금하기에 오늘 일부러 이렇게 온 겁니다."

석춘은 수월암 여승의 일을 물었다.

"그 수월암에서는 한동안 불미스러운 일이 생겨서 지금은 문지기들이 별로 사람을 들여놓으려 하질 않아요."

그러면서 그 여승은 석춘에게 물었다.

"요전에 들은 얘기입니다만 농취암의 묘옥 스님께서 웬 사내를 따라 어디론가 가셨다지요?"

"그건 말도 안 되는 소리예요! 그런 말을 하는 것들은 모두 혓바닥이 잘리지 않을까 걱정해야 한다니까요. 남은 강도한테 잡혀갔는데 어떻게 그런 험한 말을 할 수 있느냔 말예요."

"묘옥 스님은 워낙 괴팍한 사람이라 그럴듯하게 꾸미기 위해서 그랬는지도 모르죠. 아가씨 앞에서 그분 말을 하기가 좀 그렇습니다만 그런 생각이 듭니다. 사실 그분은 저희 같은 우둔한 인간과는 다른 분이십니다. 저희들이야 그저 경이나 읽고 염불이나 외면서 시주님들을 위해 참회하고 또 자기를 위해 선과善果나 닦을 줄밖에 모르니까 말입니다."

"그런데 어떻게 하면 선과를 닦을 수 있습니까?"

"이 댁같이 선덕을 쌓은 댁에서는 별로 두려울 게 없지만, 다른 집의 경우에는 아무리 귀한 지위에 있는 마님들이나 아가씨들이라 할지라도 한평생 영화를 누린다고 보장할 수는 없는 일입니다. 일단 고난이 닥쳐오면 그땐 이미 늦어서 헤어 나올 수가 없지요. 그런 경우에는 오직 대자대비하신 관세음보살님만이 인간이 고난 속에서 허덕이는 것을 보시고 자비심을 베풀어서 구제해 주시죠. 왜 사람들이 모두들 '대자대비하셔서 우리를 고난으로부터 구원해 주시는 관세음보살님'이라고 하겠어요? 저희같이 수행하는 사람들은 비록 마님들이나 아가씨들에 비해 고생스럽기는 하지만 고난만은 겪지 않는답니다. 비록 성불하거나 조사祖師[1]님이 될 수는 없어도, 수행을 잘해서 내세에 혹시 남자로 태어날 수 있다면 그 또한 얼마나 다행스러운 일이겠습니까? 지금처럼 여자의 몸으로 태어나서 온갖 굴욕과 어려움을 당해도 아무 소리 한 마디 못하고 사는 것보다 낫질 않겠습니까? 아가씨께선 아직 모르실 거예요. 아가씨들은 일단 시집만 가면 그때부터 한 평생 남정네한테 매여 살 수밖에 없답니다. 그런데 수행하자면 단지 참마음만 있으면 됩니다. 저 묘옥 스님은 스스로 자기의 재능이 저희들보다 훨씬 뛰어나다고 여기면서 저희들이 속되다고 업신여기셨지요. 그렇지만 속된 인간이야말로 좋은 인연을 얻게 된다는 걸 알지 못하셨어요. 묘옥 스님은 지금 저렇게 큰 재난을 당하고 말았지 않습니까? 그런 걸 보면 아실 겁니다."

---

1 학파나 종파의 창시자.

석춘은 여승이 장황하게 하는 얘기가 자기 맘에 꼭 들어맞았는지라, 시녀들이 곁에 있는 것도 아랑곳하지 않고 우씨가 자기한테 모질게 굴었던 일이며 며칠 전 집을 지킬 때의 일들을 여승들에게 다 얘기하고 나서 자기 머리채를 보이면서 말했다.

"스님들은 제가 아무런 생각도 없이 이 인간세계에 미련을 두고 있는 사람인 줄 아셨지요? 저는 진작부터 이런 마음을 품고 있었지만 단지 그 길을 생각해내지 못했을 뿐이에요."

그 여승은 일부러 놀라는 시늉을 했다.

"아가씨, 제발 그런 말씀은 마세요! 진 서방님 댁 아씨께서 그런 말씀을 들으셨다간 저희들을 호되게 꾸짖으시는 건 물론이고 아마 암자에서도 쫓아내실 거예요. 아가씨는 그러한 인품에 이런 대갓집에서 태어나셨으니, 장차 훌륭한 배필을 만나서 한평생 부귀영화를 누리실 거예요."

석춘은 그 말이 채 끝나기도 전에 낯을 붉혔다.

"그럼 진 서방님 댁 아씨만 스님들을 쫓아낼 수 있고, 난 스님들을 쫓아낼 수 없다는 말인가요?"

여승들은 석춘이 진심에서 그러는 것인 줄 알면서도 한 번 더 충동질을 했다.

"아가씨, 저희가 함부로 지껄인 말을 가지고 너무 고깝게 생각하지 마세요. 마님들이나 아씨들께서 어찌 아가씨께서 하려는 대로 내버려두시겠어요? 그때 가서 시끄러워지면 오히려 처음부터 말을 꺼내지 않은 것만 못하겠기에, 저희들은 아가씨를 생각해서 드린 말씀이었어요."

"두고 보면 알게 아니에요."

채병 등은 그 소리를 듣자 분위기가 좋지 않음을 눈치채고 여승들에게 어서 돌아가라고 눈짓했다. 여승들은 채병의 의중을 금세 알아챘다. 그러지 않아도 속으로 은근히 겁이 나던 터라 여승들은 더 이상 석춘을 건드리지 않고 작별인사를 올린 후 일어섰다. 석춘 역시 여승들을 만류하지 않고 차갑게 웃으면서 말했다.

"이 세상에 암자가 당신네 지장암 하나밖에 없답니까?"

여승들은 아무 대꾸도 하지 않고 나가 버렸다.

채병은 일이 심상치 않게 돌아가는 것을 보고 행여나 자기가 덤터기를 쓸까 봐 살그머니 우씨에게 가서 이 사실을 알려 주었다.

"석춘 아가씨는 머리를 깎고 중이 될 생각을 아직 버리지 않고 계세요. 요즈음 아가씨가 누워 계시기만 하는 건 병 때문이 아니라 자기 신세를 한탄해서 그러는 거예요. 그러니까 아씨께선 큰일이 나지 않도록 미리 조처를 해두세요. 일이 터지고 나면 저희들만 나무라실 게 아녜요."

"그 아가씨가 어디 중이 되려고 그러는 줄 알아? 오빠가 집에 안 계시니까 일부러 나를 괴롭히려는 거야. 저 하고 싶은 대로 하라고 해!"

채병 등은 우씨가 그렇게 나오자 하는 수 없이 그저 석춘이 마음을 돌리도록 권할 뿐이었다. 그러나 석춘은 날이 갈수록 밥도 잘 먹지 않고 삭발할 생각에만 골몰해 있었다. 채병 등은 그대로 보고 있을 수가 없어서 여기저기 다니면서 이 사실을 알렸다. 형부인과 왕부인 등도 여러 차례 달랬지만 석춘의 뜻은 좀처럼 꺾이지 않았다.

형부인과 왕부인이 이 사실을 가정에게 말하려고 하는데 밖에서 하인이 들어와 아뢰었다.

"진 대감 댁 마님께서 그 댁 보옥 도련님을 데리고 오셨습니다."

그 소리를 듣고 사람들이 모두 급히 마중을 나가서 진씨 댁 부인을 왕부인 처소로 맞아들였다. 서로 인사와 안부를 물었음은 두말할 나위도 없다. 인사를 나눈 뒤 왕부인은 진보옥이 자기네 보옥이와 쏙 빼닮았다는 소리를 들었다면서 불러다가 한 번 만나보고 싶다고 했다. 그 말을 전하러 갔던 심부름꾼이 돌아와서 아뢰었다.

"진 도련님은 바깥 서재에서 대감님과 말씀을 나누고 계신데 여간 말씀을 잘하시는 게 아닙니다. 조금 있다가 보옥 서방님과 셋째 도련님 그리고 난이 도련님까지 불러서 밖에서 같이 식사를 하시겠다고 하셨습니다. 식사가 끝나는 대로 이리로 오실 겁니다."

그래서 안에서도 함께 식사를 했다. 여기에 대해서는 더 이상 이야기하지 않겠다.

한편 가정은 진보옥의 생김새가 과연 보옥이와 똑같은 것을 보고 신기하게 생각하면서 그의 글재주를 시험해 봤는데, 척척 대답하는 것이 마치 물 흐르는 것같이 거침이 없었다. 가정은 속으로 탄복하면서 보옥을 비롯한 아이들 셋을 불러다 자극을 줘야겠다는 생각과 함께, 보옥이와 글재주를 한번 겨루게 해봐야겠다는 생각이 들었다. 보옥은 가정의 부름을 받자 상복을 입고 동생과 조카를 데리고 서재로 나왔다. 보옥은 진보옥을 만나자 마치 이전부터 잘 알던 사람을 만난 것 같았다. 두 사람이 서로 인사를 나누자 가환과 가란도 그에게 인사하였다.

상중이라 바닥에 초석을 깔고 앉아 있던 가정이 진보옥에게 의자에 앉으라고 권하자 그는 자기가 아랫사람인지라 상좌에 앉으려고 하지 않았다. 그래서 하는 수 없이 바닥에 방석을 깔고 앉았다. 그런데 지금 보옥 등이 들어오고 보니 가정과 한 자리에 앉을 수도 없고, 또 진보옥은 보옥보다 한 살 어리므로 손위인 보옥을 서 있게 할 수도 없었다. 가정은 난처했으므로 일어서서 몇 마디하고는 하인들에게 식사를 내오게 했다. 그러면서 진보옥에게 말했다.

"그럼 나는 이만 실례하고 접대는 아이들에게 맡기기로 하겠네. 그러니 같이 앉아 이야기나 나누면서 우리 애들을 잘 가르쳐 주게나."

진보옥은 겸손하게 사례를 하였다.

"숙부님께선 제게 신경 쓰지 마십시오. 저야말로 이분들께 가르침을 받고자 하옵니다."

가정은 또 몇 마디 대꾸를 하고는 안쪽 서재로 건너가려고 하였다. 진보옥이 그를 배웅하고자 하였으나 가정이 손을 내저었다. 보옥 등은 한 걸음 먼저 서재 문 앞에 나와 서 있다가 가정이 안쪽 서재로 들어가는 것을 보고서야 다시 들어와서 진보옥에게 자리를 권했다. 그리하여 그들은 서로 간에 진작부터 꼭 한 번 만나보고 싶었다는 등의 이야기를 나누었는데, 여기에 대해서는 자세히 이야기하지 않겠다.

한편 가보옥은 진보옥을 만나자 언젠가 꿈에서 본 광경이 생각나는 데다 평소부터 진보옥의 사람됨을 들어왔기에, 그의 마음도 자기와 같으리란 생각에서 지기知己를 얻은 것만 같았다. 그러나 처음으로 만난 자리인 만큼 경솔하게 굴 수도 없었고, 환이와 난이도 곁에 있었으므로 그저 칭찬하는 말만 늘어놓았다.

"귀하의 방명芳名은 진작부터 들어왔으나 직접 가르침을 받을 기회를 얻지 못하여 못내 아쉬웠답니다. 그런데 오늘 이렇게 만나고 보니 그야말로 적선謫仙[2]과 같은 인물이십니다."

진보옥도 오래전부터 가보옥의 인품에 대해 들어서 알고 있었는데 오늘 직접 만나고 보니 과연 자기가 듣던 바와 틀림없었다. 그러면서 진보옥은 속으로 이런 생각을 하였다.

'저 사람은 나와 함께 공부할 수는 있어도 나와 같은 길을 걷기는 어렵지 않을까? 저 사람은 나와 이름도 같고 생김새도 같으니 역시 삼생석三生石 상의 옛 정령精靈일 것이다. 나는 지금 얼마간 이치를 깨달은 바가 있으니 저 사람에게 이야기를 좀 해줘도 좋지 않을까? 그렇지만

---

2 천상에서 인간 세상으로 쫓겨 내려온 신선이란 뜻으로, 이전에 재주와 학식이 출중하고 풍모가 뛰어난 자에 대하여 자주 사용하던 찬사임.

초면인지라 이 사람의 마음이 내 마음과 같은지 어떤지 알 수 없으니 천천히 기회를 볼 수밖에 없겠다.'

그래서 진보옥은 보옥을 보고 이렇게 말했다.

"귀하의 재주와 명성은 오래전부터 들어서 알고 있는 바입니다. 귀하는 수만 명 가운데 하나 있을까 말까 할 정도의 청아한 분이시고, 저는 너무도 평범하고 속된 우둔한 인간이건만 귀하와 같은 이름을 쓰고 있으니 실로 보옥이라는 두 글자를 더럽히고 있는 셈이지요."

가보옥은 그 말을 듣고 속으로 이런 생각을 했다.

'이 사람은 과연 나와 같은 마음이로구나. 그렇지만 저 사람이나 나나 다 남자가 아닌가? 그러니 저 여자들의 청아함에 비할 수는 없는 일이다. 그런데 어찌 저 사람은 나를 여자처럼 보는 것일까?'

그러면서 보옥은 진보옥에게 겸양의 말을 건넸다.

"귀하로부터 분에 넘치는 칭찬을 받으니 실로 몸 둘 바를 모르겠습니다. 사실 저는 지극히 못나고 어리석은 존재라서 한낱 막돌에 지나지 않습니다. 어찌 감히 귀하의 고아한 품덕에 비할 수 있으며, 보옥이란 두 글자로 불릴 수 있겠습니까?"

"제가 어릴 적엔 분수를 모르고 그래도 노력하면 뭔가 될 수 있을 거라고 생각했습니다. 그러나 가세가 기울다 보니 몇 해 만에 그만 기와장이나 자갈보다도 더 천한 신분이 되어 버렸습니다. 이만한 것을 가지고 이 세상의 단맛과 쓴맛을 다 맛보았다고는 말씀드릴 수 없지만 세상의 이치와 인정에 대해서만은 조금이나마 깨달은 바가 있습니다. 귀하는 호의호식하면서 어느 것 하나 뜻대로 되지 않는 것이 없을 것이며, 필시 문장과 경륜 면에서도 남보다 훨씬 뛰어나시리라 믿습니다. 그래서 숙부님의 총애를 받고 계시는 것이며 장차 자리 위의 보배[席上之珍][3]

---

3 현명한 재주와 아름다운 품성을 형용함.

가 되실 겁니다. 그래서 저는 그 이름이 귀군에게 아주 적합하다고 말씀드리는 바입니다.”

가보옥은 진보옥의 말이 국록을 도적질해 먹는 무리들이 노상 읊어대는 소리와 비슷한 것 같아서 어떻게 대답해줄까 생각 중이었다. 가환은 진보옥이 자기와는 말 한마디 하지 않는 것이 진작부터 불쾌했다. 그렇지만 가란만은 진보옥의 말이 자기 마음과 아주 잘 맞는 것 같아서 한마디 끼어들었다.

“지금 하신 말씀은 물론 지나친 겸손의 말씀이십니다만, 문장과 경륜으로 말할 것 같으면 확실히 실제적인 체험 가운데서 얻어진 것이라야 진정한 재능과 학문이라고 할 수 있을 것입니다. 저는 아직 어려서 문장이 무엇인지 잘 모릅니다만 지금까지 배운 것을 자세하게 음미해 본 바로는 잘 먹고 잘 사는 것보다 이름을 천하에 떨치는 것이 백배 더 값진 일이라고 생각됩니다.”

진보옥이 미처 대답도 하기 전에 가보옥은 가란의 말을 듣고 내심 더욱 불쾌해졌다.

‘얘는 언제부터 이렇게 고리타분한 이론가가 되었담?’

그러면서 말을 이었다.

“제가 듣기로는 귀하도 세속적인 부류를 철저하게 배격하는 분이라고 하니까 틀림없이 마음속으로 따로 독자적인 견해를 갖고 계실 줄로 압니다. 오늘은 제가 귀하의 가르침을 받을 좋은 기회입니다. 귀하에게 범속한 것을 초월하여 신성한 경지에 이르는 도리를 배워서, 앞으로는 속된 마음을 버리고 새롭게 시야를 열고 싶었습니다. 그런데 뜻밖에도 귀하께서는 제가 우둔한 인간이라 그러신지 처세에 관한 이야기로만 응대해주시는군요.”

진보옥은 그 말을 듣고 마음 가운데 느끼는 바가 있었다.

‘이 사람은 나의 어릴 적 성정을 잘 알고 있기에 내가 일부러 그러는 거라고 의심하고 있구나. 차라리 속 시원하게 다 털어놔 버리자. 그래서 나와 서로 지기로서 사귈 수 있다면 얼마나 좋겠는가!'

이런 생각을 하면서 진보옥은 말문을 열었다.

"귀하의 고견은 과연 지당하십니다. 저도 어릴 적에는 진부하고 케케묵은 생각들을 아주 싫어했습니다. 그러다가 한 해 두 해 성장해 갔고, 또 아버님께서 벼슬을 그만두시고 집안에 계심에 따라 사람들과의 교제를 싫어하셔서 객을 접대하는 일까지 제게 맡기셨지요. 그래서 그 후로 여러 훌륭한 어른들을 만나볼 수 있게 되었는데, 그분들은 모두 부모의 이름을 드높이고 자기의 명성을 드날리는 분들이셨습니다. 책을 저술하여 자기의 주장을 펼침에 있어서도 반드시 충과 효를 말함으로써 덕을 세우고 말을 세우는 큰일을 이룩하였으니, 그럼으로써 성대聖代에 태어난 보람이 있고 부친과 스승으로부터 가르침을 받은 은혜도 저버리지 않게 되는 것이 아니겠습니까. 그래서 저는 어릴 때 지녔던 그런 잘못된 생각들과 치정을 점점 버리게 되었지요. 지금도 훌륭한 스승과 벗을 찾아 우둔함을 깨우치려는 생각에는 변함이 없습니다. 그런데 다행히 오늘 이렇게 귀하를 만났으니, 반드시 많은 가르침을 내려 주시리라 믿습니다. 방금 드린 말씀은 결코 거짓이 아닙니다."

보옥은 들을수록 짜증이 났지만 그렇다고 내색도 할 수 없었으므로 그럭저럭 얼버무렸다. 그런데 마침 안에서 전갈이 왔다.

"식사가 다 끝나셨거든 진 대감님 댁 도련님께선 안으로 드시랍니다."

그 소리를 듣고 보옥은 다행이다 싶어서 얼른 진보옥을 데리고 안으로 들어가고자 하였다.

진보옥이 청하는 소리를 듣고 일어나서 안으로 가자, 보옥 등도 그와 함께 왕부인 처소로 갔다. 보옥은 진부인이 상좌에 앉아 있는 것을 보고 인사부터 드렸으며 가환과 가란도 인사를 올렸다. 진보옥도 왕부인에게 인사를 드렸다. 이리하여 두 어머니와 두 아들은 서로 대면하게 되었던 것이다. 보옥이 비록 장가를 들기는 했지만 진부인은 이미 나이가 많고 오랜 친척인 데다가, 보옥의 생김새와 체격이 자기 아들과 똑같은 것을 보고 여간 정답게 대해주는 것이 아니었다. 그런 점에서 왕부인은 더 말할 것도 없었다. 왕부인은 진보옥의 손을 잡고 이것저것 물어보면서 자기 집 보옥이보다 훨씬 더 철이 들었다고 생각하였다. 그러면서 난이를 돌아다보니 비록 두 보옥이보다는 못하지만 역시 남달리 빼어난 것이 그들을 따라갈 만했다. 그러나 가환만은 우둔해 보이는지라 편애하지 않으려 해도 그러지 않을 수가 없었다.

사람들은 두 보옥이 같이 있다는 말을 듣고 모두들 보러 왔다.

"정말 희한하네! 이름이 같은 건 그렇다 치고 어쩌면 생김새와 체격까지 저렇게 똑같을 수가 있을까? 우리 집 보옥 서방님이 상복을 입으셨기 망정이지, 그렇지 않고 똑같은 옷을 입었더라면 누가 누군지 분간할 수 없겠어요."

그러는 가운데 자견은 갑자기 턱없는 생각이 들면서 대옥을 떠올렸다.

'돌아가신 대옥 아가씨가 가엾구나! 살아만 계셨더라면 저 진보옥 도련님과 혼인해도 좋았을걸. 아가씨도 싫어하지 않으셨을 거야.'

자견이 이런 생각을 하고 있는데 진부인이 왕부인에게 말했다.

"지난번에 우리 집 대감이 이 댁을 다녀와서 하시는 말씀이, 우리 보옥이도 이제 나이가 들었으니 이 댁 대감님께 적당한 혼처를 구해달라고 부탁드렸다고 하더군요."

왕부인은 진보옥이 무척 마음에 들었으므로 곧바로 이렇게 말했다.

"저도 댁의 아드님에게 중매 설 생각이었어요. 저희 집엔 딸애가 넷이나 되지만 그 가운데 셋은 죽거나 시집갔으므로 이미 얘기가 안 되고요, 진이 조카의 여동생이 하나 남아 있긴 하지만 그 애는 아직 너무 어려서 어울릴 것 같지 않군요. 그보다 우리 집 큰며느리한테 사촌 동생이 둘이나 있는데 둘 다 인물이 그만하면 괜찮답니다. 큰동생은 이미 정혼하였지만 작은 동생은 아직 혼처를 정하지 않았으니 댁의 아드님과 좋은 짝이 될 것 같습니다. 그럼 다음 날 제가 한번 중매를 서보겠습니다. 그런데 요즈음 그 집안 살림살이가 넉넉지 못해서 그것이 좀 걸립니다."

"천만의 말씀을 다 하십니다. 그렇게 말씀하신다면 지금 저희 집엔 뭐가 있나요? 남들은 되레 저희 집이 옹색하다고 꺼릴지도 모르겠는 걸요."

"그렇지만 지금 댁에서는 대감께서 복직되어 임지로 가셨질 않습니까? 그러니 앞으로 이전처럼 회복할 수 있을 뿐만 아니라 반드시 전보다 훨씬 더 흥성해지실 겁니다."

그러자 진부인이 웃으면서 말했다.

"마님 말씀대로만 된다면야 오죽 좋겠습니까? 어쨌든 중매나 좀 서주십시오."

진보옥은 그들이 자기의 혼담에 대해 이야기하는 것을 듣고, 그곳에 그대로 있기가 거북해서 인사하고 물러 나왔다. 가보옥 등이 다시 서재로 안내하니 가정이 벌써 그곳에 나와 있었다. 가정이 선 채로 진보옥에게 또 몇 마디 하고 있는데 진씨 댁에서 따라온 하인이 아뢰는 소리가 들렸다.

"마님께서 돌아가신다고 합니다. 도련님께서도 돌아가시잡니다."

그리하여 진보옥은 하직인사를 올리고 물러갔으며, 가정은 보옥과 환이, 난이에게 바래다주라고 시켰다. 여기에 대해서는 더 이상 이야기하지 않겠다.

한편 보옥은 진보옥의 아버지를 만나 그가 경성으로 온다는 소리를 들은 이후부터 밤낮없이 만나기를 고대하고 있었다. 그러다가 오늘 만나게 되었으므로 지기를 하나 얻겠다 싶었건만, 막상 만나서 한동안 이야기를 나누고 보니 마치 얼음과 숯처럼 서로 생각하는 것이 정반대로 어울리질 않는 것이었다. 몹시 우울해져서 자기 방으로 돌아온 보옥은 말도 하지 않고 웃지도 않은 채 멍하니 있었다.

그 모습을 보고 보차가 물었다.

"그 진보옥이란 분이 정말 당신을 닮았던가요?"

"생김새만은 똑같았어. 그런데 하는 말을 들어보니 아무것도 모르는 인간이더군. 그저 국록을 축내는 버러지에 불과할 뿐이야."

"당신도 참, 또 남을 중상하시네요. 뭘 보고 국록을 축내는 버러지라는 거예요?"

"그 사람은 제법 말을 많이 했지만 마음 가운데 있는 진심은 하나도 이야기하질 않았어. 그저 무슨 문장이요 경륜이니, 충이요 효니 하는 것들만 잔뜩 늘어놓고 있으니 그런 사람이 국록을 축내는 버러지가 아니고 뭐겠어! 그런 잘생긴 얼굴을 하고 태어난 것이 아까울 뿐이야. 그런 사람이라고 생각하니 그와 똑같이 생긴 내 모습까지 갖고 싶지 않은 걸."

보차는 그가 또 이런 멍청한 말을 하는 것을 보고 타일렀다.

"당신은 정말 사람들이 들으면 웃을 소리만 하는군요. 자기 모습을 어떻게 가지고 싶지 않다고 하시는 거예요. 게다가 그분이 하신 말씀은 이치에 맞기만 하네요. 사내대장부로 태어난 이상 입신양명해야 마땅하질 않겠어요? 누가 당신처럼 한사코 그렇게 사사롭고 살뜰한 감정에만 사로잡혀 있겠어요? 당신은 자기가 남자다운 강직함이 없는 것은 생각지 않고 오히려 남더러 국록을 축내는 버러지라고 비난하는군요."

보옥은 그러지 않아도 진보옥의 말을 듣고 잔뜩 기분이 언짢았던 터에 또 이렇게 보차에게 핀잔까지 받고 보니 더욱 비위가 상해서 가슴이 답답하고 머리가 어지러워졌다. 그러더니 마침내 지병이 다시 도져서 아무 말도 하지 않고 그저 바보같이 웃기만 했다.

　보차는 그런 줄도 모르고 말했다.

　"내가 말을 잘못해서 냉소를 흘리시는군요."

　그러면서 보차는 보옥을 상대도 하지 않고 그대로 내버려뒀다. 그런데 그날부터 보옥은 더욱 멍청해져서 습인 등이 일부러 놀려대도 아무말도 하지 않았다. 하룻밤을 자고 다음 날이 되자 보옥은 이전의 증세로 되돌아가서 아주 바보가 되어버리고 말았다.

　어느 날 왕부인은 석춘이 한사코 머리를 깎고 중이 되겠다고 고집을 부린다는 말을 들은 데다가, 우씨는 우씨대로 도저히 말릴 수 없다고 하기에 직접 석춘을 보러왔다. 와서 보니 석춘은 자기가 하고자 하는 대로 내버려 두지 않았다가는 꼭 자살할 것만 같이 보였다. 밤낮으로 감시하는 사람이 붙어있기는 하지만 예사 일이 아니었으므로 마침내 가정에게 이 사실을 알렸다. 가정은 그 소리를 듣고 발을 구르며 탄식을 하였다.

　"동부에서는 뭘 하고 있었기에 일이 이 지경에 이르기까지 놔뒀단 말이오?"

　그러면서 가용을 불러다 한바탕 꾸짖은 다음 그의 어머니 우씨더러 잘 타일러보게 하라고 했다.

　"그래도 고집을 부린다면 우리 집안 딸자식이 아니라고 해라!"

　그러나 우씨가 가만히 있는 편이 오히려 나았을 뻔했다. 우씨가 가서 달래자 석춘은 그럼 죽어버리겠다고 더욱 고집을 부렸다.

　"여자로 태어난 이상 한평생 제 집에만 있을 순 없잖아요. 만일 둘째 언니〔영춘〕처럼 된다면 대감님과 마님들께 걱정만 끼치게 되겠지요. 그러다가 죽기라도 하면 어쩌겠어요? 그러니 지금 제가 죽었다 치고 출가를 허락해서 일생 동안 깨끗하게 지낼 수 있도록 해주세요. 그것이 바로 저를 사랑해 주시는 거예요. 게다가 저는 집을 떠나는 것도 아니에

요. 농취암은 원래 우리 집 땅이니까 전 거기서 수행하려고 해요. 제게
만일 무슨 일이라도 생기면 집에서 돌봐주실 수도 있잖아요. 지금 거기
에는 묘옥 스님이 부리던 여승들도 아직 그대로 있어요. 제 말을 들어
주신다면 제 목숨을 건지게 되는 것이고, 만일 들어주시지 않는다면 저
도 어쩔 수 없어요. 그냥 죽어버리고 말 거예요. 만일 제 소원대로 된다
면 오빠가 돌아오셨을 때 저는 결코 식구들이 저를 핍박해서 그렇게 된
거라고 말하지 않겠어요. 그러나 제가 죽어버린다면 오빠가 돌아왔을
때 식구들이 저를 받아주지 않아서 그렇게 되었다고 하실 게 틀림없어
요."

우씨는 원래 석춘과 사이가 좋지 않았지만 석춘의 말을 듣고 보니 일
리가 있는 것 같아서 하는 수 없이 왕부인에게 그 말을 전하러 갔다.

그런데 그때 왕부인은 보차한테 가 있었다. 왕부인은 보옥이 얼이 빠
져있는 것을 보고 다급해져서 습인 등을 나무랐다.

"너희는 도대체 정신을 어디다 두고 있는 거냐? 서방님의 병이 이 지
경이 되도록 왜 나한테 알리지도 않았단 말이냐?"

"서방님의 저 병은 원래부터 있었던 것이고, 때에 따라서 심해졌다
덜해졌다 하므로 알리지 않았던 거예요. 요새는 날마다 멀쩡하게 마님
께 문안드리러 다니셨고 어제까지만 해도 아무렇지도 않으셨어요. 그
런데 오늘부터 갑자기 멍해지셨어요. 새아씨께서 마님께 말씀드리려
고 하기는 했으나, 대단치도 않은 일을 가지고 소란을 피운다고 꾸중하
실까 봐 그대로 있었던 거예요."

보옥은 왕부인이 습인 등을 꾸짖는 소리를 듣고 잠시 제정신으로 돌
아와서, 그들이 추궁당할 것이 염려되어 왕부인을 안심시켰다.

"어머니, 걱정 마세요. 저는 아무 병도 없어요. 그저 가슴이 좀 답답
해서 그러는 거예요."

"네겐 그 병의 뿌리가 깊다는 걸 알아야 한다. 진작 알았더라면 의원

을 청해다 보이고 약이라도 두어 첩 지어 먹을 걸 그랬구나. 그랬으면 나았을 것을. 그전에 옥을 잃었을 때처럼 병이 악화된다면 그야말로 큰 일이 아니겠느냐?"

"어머니께서 그렇게 안심이 안 되시면 의원을 불러다 보이세요. 약을 지어주는 대로 먹겠습니다."

그 말을 듣고 왕부인은 시녀를 시켜서 의원을 청해 오도록 했다. 왕부인은 생각이 온통 보옥에게만 가 있었으므로 석춘의 일은 까맣게 잊고 있었다. 이윽고 의원이 와서 진찰을 마치고 보옥이 약 먹는 것까지 보고 나서야 왕부인은 처소로 돌아갔다.

그러나 며칠이 지나도록 보옥은 더욱 멍청해져만 갔다. 심지어 밥조차 입에 대지 않았으므로 모두들 애가 타서 어쩔 줄을 몰랐다. 그런데 마침 탈상 날이 닥쳐서 모두들 분주하였으므로 집안에 일손이 부족해서 또 가운을 불러다 의원을 대접하게 하였다. 가련도 집안에 사람이 없자 왕인을 청해다 바깥 일 처리를 도와달라고 부탁했으며, 교저는 밤낮없이 어머니 생각을 하며 울다가 끝내 병이 들고 말았다. 이렇게 영국부는 온통 아수라장이 되었다.

탈상을 하고 집으로 돌아오던 날 왕부인은 몸소 보옥을 보러 갔다. 보옥은 인사불성 상태였고 다급해진 사람들은 어찌할 바를 몰라 쩔쩔매고 있었으므로, 왕부인은 울며불며 가정에게 이 사실을 알렸다.

"의원 말이 이젠 더 이상 약을 쓸 수도 없으니 뒷일이나 준비하라고 하더랍니다."

가정은 연거푸 한숨만 내쉬다가 직접 보옥의 처소로 가보았다. 보옥의 상태는 과연 듣던 대로 돌이킬 수 없을 것 같아 보였으므로 가정은 가련에게 뒷일을 준비하라고 시켰다. 가련은 가정의 분부를 거역할 수가 없어서 하는 수 없이 하인들을 불러서 일을 맡겼다.

가련이 준비하는 데 필요한 돈이 없어서 난감해하고 있을 때 하인 하나가 뛰어 들어오면서 아뢰었다.

"보옥 서방님이 저 지경이신데 또 큰일이 하나 벌어졌어요."

가련은 뭔지는 모르겠으나 예사 일이 아닌 것 같아서 겁부터 집어먹고 눈이 휘둥그레졌다.

"대체 무슨 일이냐?"

"문간에 웬 중 하나가 보옥 서방님이 잃어버리셨다는 옥을 들고 와서 돈 만 냥을 내라는 게 아니겠어요?"

그 말을 듣고 가련은 하인 놈 얼굴에다 침을 탁 뱉으며 욕을 퍼부었다.

"난 또 무슨 큰일이라도 났나 했지! 왜 그렇게 호들갑을 떨고 야단이야? 지난번에 웬 놈이 가짜 옥을 들고 왔던 일을 벌써 잊었느냐! 설사 그게 진짜라 하더라도 지금 그 옥의 주인이 다 죽어가는 판에 이제 와서 그까짓 게 무슨 소용이란 말이냐?"

"소인도 그렇게 말했습죠. 그랬더니 그 중이 돈만 주면 병이 곧 낫는다고 하질 않겠어요?"

이때 밖에서 왁자지껄하게 떠드는 소리가 들리면서 사람들이 몰려들어왔다.

"글쎄 이 중놈이 행패를 부리면서 제멋대로 밀고 들어오는 게 아니겠어요. 저희들이 아무리 말려도 막무가내지 뭡니까."

"어디 그런 가당치도 않은 일이 있단 말이냐. 그놈을 당장 내쫓지 못할까!"

막 이런 소동이 벌어지고 있는데 가정은 그 소리를 듣고도 어떻게 해야 할지 몰라 망설이고 있었다. 이때 안에서 또 울음소리와 함께 다급한 목소리가 들려 왔다.

"보옥 서방님이 이젠 아주 가망이 없겠어요."

가정은 그 소리를 듣고 눈앞이 깜깜해졌다. 이때 그 중이 떠들어대는 소리가 들려왔다.

"살리고 싶으면 돈을 가져오라니까!"

가정은 퍼뜩 떠오르는 생각이 있었다. 그전에도 보옥의 병을 중이 고쳐준 적이 있었는데, 이번에도 중이 나타난 것을 보면 혹시라도 정말 구해주러 온 은인일지도 모르겠다는 생각이 들었다. 그렇지만 그 옥이 진짜라서 정말로 돈을 내줘야 한다면 어쩌면 좋단 말인가 하는 걱정도 되었다. 가정은 생각을 좀 해보더니 다른 건 둘째 치고 우선 사람을 살려놓고 보자고 마음을 정했다.

이렇게 마음을 정한 가정은 하인을 시켜서 그 중을 안으로 들어오게 하였다. 그러나 그 중은 들어오라는 말이 미처 떨어지기도 전에 벌써 들어와서는, 인사도 하지 않고 말 한마디 없이 곧장 안으로 뛰어 들어 갔다.

이에 놀란 가련이 그 중의 소매를 잡아당기며 소리쳤다.

"안에는 전부 여인네들뿐인데, 이놈이 어디를 함부로 뛰어드는 거야!"

그러자 그 중이 말했다.

"늦으면 목숨을 구할 수가 없단 말이오."

성질 급한 가련은 급히 안으로 쫓아 들어가면서 소리를 질렀다.

"안에 계신 분들은 울음을 멈추고 자리를 비켜주십시오. 중놈이 들어 갑니다."

그러나 울기에 여념이 없던 왕부인 등의 귀에는 이 소리가 들릴 리 없었다. 안으로 들어선 가련이 또다시 큰 소리를 지르자, 그제야 왕부인 등은 난데없이 기골이 장대한 중 하나가 버티고 서 있었으므로 기겁을 하였으나 미처 피할 겨를이 없었다. 그 중이 곧장 보옥이 누워있는 구들 앞으로 가자, 보차는 한쪽으로 피해 섰고 습인은 왕부인이 그대로 서 있었으므로 혼자서만 피할 수도 없었다. 그러자 그 중이 말하는 것이었다.

"시주님들, 전 옥을 갖다 드리러 왔습니다."

그러면서 그 중은 옥을 꺼내 보이며 말했다.

"자, 내가 이 사람 목숨을 구해 드릴 테니 어서 돈을 가져오시오."

왕부인 등은 놀라고 당황스러워서 어찌할 바를 몰라 하며, 진짜인지 가짜인지 가려볼 새도 없이 대답하였다.

"목숨만 구해주신다면 돈이야 드리고말고요."

그러자 그 중이 웃으면서 말했다.

"어서 돈부터 가져오시오."

"그건 염려 마세요. 뭐가를 팔아서라도 마련해 드리리다."

왕부인이 그렇게 말하자 그 중은 하하 웃으면서 옥을 가져다가 보옥의 귀에 대고 크게 소리쳤다.

"보옥이, 보옥이! 자네의 '보옥寶玉'이 돌아왔네."

왕부인 등이 보니까 이 말 한마디에 보옥이 눈을 번쩍 뜨는 것이었다. 이 광경을 보고 습인이 소리를 질렀다.

"서방님께서 이젠 나으셨어요."

눈을 뜬 보옥이 옥을 찾았다.

"어디 있어요?"

그 중은 지니고 온 옥을 보옥의 손에 쥐어 주었다. 보옥은 처음에는 그 옥을 손으로 꽉 움켜쥐더니 다시 천천히 자기 눈앞으로 가져다가 자세히 들여다보면서 말하는 것이었다.

"아아! 정말 오랜만이로구나!"

방 안팎에 있던 사람들은 그 소리를 듣더니 모두들 기뻐하며 염불을 했다. 보차조차도 옆에 중이 있다는 사실을 잊은 채 기뻐했으며, 가련도 다가와서 보더니 과연 보옥이 정신이 들었으므로 무척 기뻐하며 급히 피하듯 밖으로 빠져나갔다.

가련이 나가는 것을 본 중은 아무 말 없이 따라 나와서 가련을 잡아끌면서 발걸음을 재촉하는 것이었다. 하는 수 없이 그 중을 따라 앞채로 나온 가련은 가정에게 이 사실을 고했다. 가정은 그 이야기를 듣고 크게 기뻐하며 그 중에게 절을 하면서 감사의 예를 올렸다. 그 중도 답례를 하고 자리에 앉았다. 곁에 있던 가련은 속으로 애가 탔다.

'저 중이 돈을 안 받고는 절대 돌아가지 않을 텐데 어쩌면 좋단 말인가?'

가정이 그 중을 자세히 살펴보니 지난번에 만났던 중이 아니었으므로 몇 마디 물어보았다.

"지금 스님이 계시는 절은 무슨 절이며 법명은 어떻게 쓰십니까? 그리고 이 옥은 어디서 나셨습니까? 어떻게 아들놈이 그 옥을 보자마자 곧 살아날 수 있었는지요?"

그러나 그 중은 미소를 지으며 이렇게만 대답하는 것이었다.

"소승도 잘 모릅니다. 하여간 돈 만 냥만 주시면 되는 일입니다."

가정은 그 중이 매우 우락부락하게 생겼으므로 화를 돋워서는 안 되겠다 싶었다.

"돈이야 드리지요."

"그럼, 어서 주십시오. 소승은 돌아가야 합니다."

"잠시만 앉아 계십시오. 안에 들어가 보고 오겠습니다."

"빨리 들어갔다 오셔야 합니다."

가정은 안으로 들어가서 다른 말은 할 겨를도 없이 곧장 보옥이 누워 있는 구들 앞으로 다가갔다. 보옥은 부친이 온 것을 보고 일어나 앉으려고 하였으나 너무 쇠약해진 탓에 몸을 일으킬 수가 없었다. 왕부인이 일어나지 말라고 손으로 보옥을 누르며 말했다.

"움직이지 말아라."

보옥은 웃으면서 그 옥을 가정에게 내보이며 말했다.

"보옥이 돌아왔어요."

그 옥을 힐끗 보고 난 가정은 이 일에는 반드시 무슨 곡절이 있다는 생각이 들어서, 더 이상 자세히 들여다보지도 않고 왕부인에게 말했다.

"보옥이 나은 건 다행이지만 그 돈은 어떻게 하면 좋겠소?"

"제가 가지고 있는 것을 몽땅 팔아서 주면 되지 않을까요."

그러자 보옥이 끼어들었다.

"그 중은 돈을 바라고 온 사람이 아닌 것 같아요."

가정이 고개를 끄덕였다.

"나도 이상하다는 생각은 들었어. 그렇지만 말끝마다 돈을 달라고 하질 않니?"

이에 왕부인이 자기 생각을 얘기했다.

"대감께서 가셔서 우선 좀더 머무르게 한 다음 다시 얘기해 보세요."

가정이 밖으로 나가자 보옥은 배가 고프다면서 죽 한 공기를 다 비우고 나더니 또 밥을 달라고 하는 것이었다. 할멈들이 보옥의 요구대로 밥을 가져왔지만, 왕부인이 아직 먹지 않는 게 좋겠다고 하자 보옥이 말했다.

"괜찮아요. 전 이제 다 나았는걸요."

그러면서 보옥은 엎드려서 밥 한 그릇을 다 먹더니 거짓말처럼 원기를 회복하여 일어나 앉으려고 하였다. 사월이 구들 위로 올라가서 조심스럽게 보옥을 안아 일으켰다. 그러면서 기쁨에 겨운 나머지 앞뒤 생각 없이 주절거렸다.

"정말 보배로군요! 잠깐 보는 것만으로도 병이 씻은 듯이 나았으니 말예요. 그전에 내던졌을 때 깨지지 않은 게 얼마나 다행인지 모르겠어요."

그런데 보옥은 그 말을 듣기가 무섭게 얼굴색이 변하면서 옥을 내던지더니 벌렁 뒤로 나자빠졌다. 보옥의 생사가 어찌 될지 궁금하면 다음 회를 보시라.

浮靈幻悟仙送慈故鄉孝
通境緣枢
道全

다시 본 태허환경

옥 되찾은 보옥은 태허환경에서 선계인연 깨닫고
영구 모시고 고향 간 가정은 자식도리 다하였네
得通靈幻境悟仙緣 送慈柩故鄉全孝道

보옥이 사월의 말을 듣기가 무섭게 뒤로 나자빠지면서 다시 정신을 잃
자, 다급해진 왕부인 등은 통곡을 그칠 줄 몰랐다. 사월은 자기가 말실
수를 하여 이런 화를 불렀으므로 어찌할 바를 몰랐지만 왕부인 등은 그
녀를 꾸짖고 어쩌고 할 경황이 없었다. 사월은 울면서 속으로 이런 결심
을 하였다.

'만일 보옥 서방님이 돌아가시는 날에는 나도 목숨을 끊어 서방님을
따라갈 것이다.'

사월의 결심에 대해서는 말하지 않기로 하겠다. 왕부인 등은 아무리
불러 봐도 보옥의 의식이 돌아오지 않자, 그 중에게 목숨을 구해달라고
매달려야겠다는 생각이 들어서 급히 사람을 찾으러 보냈다. 그런데 어
찌 된 일인지 가정이 안으로 왔다가 다시 서재로 가보니 그 중은 어느새
자취를 감추고 온데간데없었다. 가정은 이상하게 생각하고 있다가 안
에서 또 소란스러운 소리가 들리기에 급히 되돌아와 봤더니, 보옥이 다

시 이전처럼 이를 악물고 있고 맥도 전혀 뛰지 않는 것이었다. 가슴에다 손을 대보니 아직은 온기가 그대로 남아 있었다. 가정으로서는 급히 의원을 불러다 약을 먹이고 치료해 보는 수밖에 별다른 도리가 없었다.

그러나 보옥의 혼백은 이미 육신을 떠나 있었다. 그렇다면 보옥은 정말 죽은 것일까? 보옥의 혼백은 몽롱한 가운데 앞채로 건너가고 있었다. 보옥은 옥을 가져다 준 그 중이 그곳에 앉아 있는 것을 보고 그에게 절을 하였다. 그런데 그 중은 일어나더니 보옥의 손을 잡고 밖으로 나가는 것이었다. 중을 따라나선 보옥의 몸은 마치 나뭇잎처럼 가벼워져서 대문을 나서지도 않았는데 어디로 나왔는지 둥둥 떠서 어느새 밖으로 나와 있었다. 한참을 가다 보니까 황량한 들판이 나오고 저 멀리 패루가 하나 눈에 들어오는데 마치 언젠가 한 번 와본 듯한 느낌이 들었다. 그래서 그 중에게 물어보려는데 어렴풋하게 저쪽에서 웬 여자 하나가 다가오는 것이 보였다.

보옥은 마음속으로 이런 생각이 들었다.

'이런 황량한 들판에 어떻게 저런 아리따운 여인이 있을까? 아마도 선녀가 하강한 게 틀림없어.'

이런 생각을 하면서 가까이 다가가서 자세히 살펴보니 어딘가 모르게 낯이 익었으나 갑자기 생각이 나질 않았다. 그 여자는 중과 서로 인사를 나누는가 싶더니 이내 보이질 않았다. 보옥이 곰곰이 생각해보니 그 여자가 꼭 우삼저인 것만 같았다. 그런 생각이 들자 보옥은 더욱 궁금해졌다.

'어째서 그 사람이 여기 있을까?'

그래서 다시 좀 물어보려고 하는데 그 중은 보옥을 끌고서 패루를 지나쳤다. 보니까 패액牌額에는 '진여복지眞如福地[1]'라는 네 글자가 쓰여

---

1 진실하고 영원한 선경(仙境)이자 행복의 땅이란 의미.

있었으며, 양쪽에 걸려있는 대련에는 이렇게 쓰여 있었다.

가짜가 가고 진짜가 오니 진짜가 가짜를 이기고,　　假去眞來眞勝假,
없음은 본시 있음이요 있음은 없음이 아니다.　　無原有是有非無

패방을 돌아드니 궁문이 나타났는데 문 위에는 '복선화음福善禍淫[2]'이
라는 커다란 네 글자가 씌어 있었으며 양옆에는 역시 큰 글씨의 대련이
걸려 있었다.

과거와 미래를,　　　　　　　　　　過去未來,
지혜와 현명함으로
극복할 수 있다고 말하지 말라.　　　莫謂智賢能打破;
원인과 결과는,　　　　　　　　　　前因後果,
친한 이도 만날 수 없게 하느니라.　須知親近不相逢

그것을 읽고 난 보옥은 속으로 이런 생각이 들었다.
'원래 이런 것이었구나. 그럼 원인과 결과, 과거와 미래에 대해서 물
어봐야겠다.'
보옥이 이런 생각을 하고 있는데 원앙이 저쪽에서 손짓을 하며 자기
를 불렀다.
'난 한참 동안 걸었다고 생각했는데 아직 대관원도 벗어나지 못했다
는 말인가? 그런데 대관원이 왜 이렇게 변했을까?'
이런 생각을 하면서 보옥이 얼른 원앙에게 달려가서 말을 걸려고 하
는 순간, 어찌 된 영문인지 눈 깜짝할 사이에 그녀는 어디론가 사라져
버렸다. 보옥이 참 이상하다는 생각을 하면서 원앙이 서 있던 곳으로

---

2 선함에는 복이 있고 음란함에는 화가 있음.

다가갔더니, 그곳에는 배전配殿[3]들이 늘어서 있었으며 각각의 전각마다 모두 편액이 걸려 있었다. 그러나 보옥은 그런 것들에는 흥미가 없어서 그저 원앙이 서 있던 곳의 배전으로만 가봤다. 가서 보니 그 배전의 문이 반쯤 열려 있었으나 함부로 들어가면 안 되겠다 싶어서 그 중에게 물어보려고 고개를 돌렸다. 그러나 그 중도 이미 어디론가 사라지고 없었다. 보옥은 어리둥절해하며 그 전각을 바라보았는데 우뚝 솟아있는 것이 결코 대관원의 모습이 아니었다. 그래서 걸음을 멈추고 고개를 들어보니 편액에는 '인각정치引覺情癡[4]'라는 네 글자가 씌어 있었으며 양쪽의 대련에는 이런 글이 씌어 있었다.

기쁨과 슬픔은 모두 허망한 것이요,   喜笑悲哀都是假,
욕심과 사랑은 언제나 어리석은 것.   貪求思慕總因痴.

보옥은 그것을 읽고 고개를 끄덕이며 탄식하였다. 안으로 들어가서 원앙에게 여기가 어디냐고 물어보려던 보옥은 다시 곰곰이 생각해보니 어쩐지 아주 눈에 익은 집이라는 생각만 들어서 대담하게 문을 밀고 안으로 들어갔다. 그러나 온 방 안을 둘러보아도 원앙은 보이질 않고 방안이 어두컴컴한 게 무서운 생각만 들었다. 그래서 그곳을 빠져 나오려는데 문득 여남은 개나 되는 큰 궤짝이 눈에 들어왔다. 그 궤짝들은 모두 반쯤 열려있었다. 보옥은 갑자기 생각이 떠올랐다.
'내가 어렸을 때 이곳에 왔던 꿈을 꾼 적이 있었다. 그런데 오늘 이렇게 직접 와 볼 수 있게 되었으니 얼마나 큰 행운인가!'
보옥은 몽롱한 가운데 원앙을 찾으려는 생각마저 잊은 채 큰맘 먹고

---

3 정전 양옆에 늘어서 있는 전각.
4 어리석은 정에서 벗어나 깨닫게 함.

맨 위에 있는 큰 궤짝의 문을 열어보았다. 그랬더니 그 안에 여러 권의 장부가 들어 있었으므로 여간 기쁜 게 아니었다.

'대체로 꿈이란 허황된 것이라고들 하지만 꿈에 본 것이 실제로 이렇게 나타나게 될 줄을 어찌 알았으랴? 나는 늘 그 꿈을 다시 한 번 꾸고 싶었지만 그럴 수는 없을 거라고 여겼는데 뜻밖에도 오늘 그것을 실제로 보게 되었구나. 그런데 저 책들이 그때 꿈에서 본 그 책들일까?'

그러면서 보옥은 손을 뻗어 위에 있는 책 한 권을 집어 들었는데, 그 책 위에는 '금릉십이차정책金陵十二釵正冊'이라고 씌어 있었다. 보옥은 그 책을 집어 들고서 잠시 생각에 잠겼다.

'어렴풋하게 이 책이었던 것으로 기억되기는 하는데 안타깝게도 확실하지는 않구나.'

보옥은 그 책을 펴서 첫 장을 보았다. 첫 장에는 그림이 그려져 있었지만 너무 희미해서 잘 알아 볼 수가 없었다. 그 뒷면에는 글자가 몇 줄 씌어 있었으나 그 역시 흐릿해서 잘 알아 볼 수가 없었다. 그렇지만 그런 대로 알아볼 수는 있을 것 같아서 자세하게 들여다보니, 무슨 '옥대〔玉帶: 옥으로 만든 띠〕'라는 글자가 보이는 것 같았고 그 위에 '림林'자 같은 것이 보이는 듯도 했다. 그래서 보옥은 속으로 이런 생각이 들었다.

'그럼 이건 대옥이를 두고 하는 얘기가 아닐까?'

보옥이 다시 찬찬히 들여다보니 그 아래 또 '금잠설리〔金簪雪裡: 금비녀가 눈 속에 묻혀 있도다〕'라는 네 글자가 눈에 띄기에 보옥은 의아한 생각이 들었다.

'이건 또 우리 집사람 이름 같은걸.'

보옥은 앞뒤 네 구절을 합쳐서 읽어보고는 속으로 중얼거렸다.

'그다지 특별한 의미가 있는 것 같지는 않구나. 그저 그들 두 사람의 이름을 암시할 뿐이지 특별히 기이할 것까진 없는 듯하다. 다만 저 가엾다는 '련憐'자와 탄식한다는 '탄嘆'자가 마음에 걸리는데, 이건 어떻게

해석해야 하나?'

여기까지 생각하던 보옥은 스스로를 책망하며 말했다.

"지금 나는 몰래 훔쳐보고 있는 건데 이렇게 멍하니 생각만 하고 있다가 누구한테 들키기라도 한다면 끝까지 다 보지도 못할 게 아닌가?"

그래서 보옥은 계속 뒤를 봐나갔다. 그렇지만 그림 같은 건 자세히 볼 겨를이 없었으므로 처음부터 대강만 훑어보았다. 끝까지 봐나가다 보니 몇 구절의 사가 눈에 띄는데 무슨 '상봉대몽귀〔相逢大夢歸: 서로 만나면 꿈으로 돌아간다〕'라는 구절이었으므로 보옥은 문득 깨우치는 바가 있었다.

'아, 그랬었구나! 과연 딱 들어맞는걸. 이건 원춘 누나의 운명을 적어 놓은 게 분명해. 만일 모두 이렇게 분명하다면 이걸 베껴가서 차근차근 읽어봐야겠다. 그럼 자매들의 수명이나 행복과 불행 등을 미리 다 알 수 있을 게 아니겠는가? 그리고 돌아가선 나 혼자만 이 비밀을 알고 있으면서 점을 치지 않고도 앞일을 아는 사람이 돼야지. 그렇게만 된다면 얼마나 많은 쓸데없는 걱정을 덜게 되겠는가?'

그러면서 사방을 둘러보았지만 붓과 벼루는 보이지 않았다. 이러다가 누구라도 오면 어쩌나 하는 마음에서 보옥은 급히 그 뒤를 봐 내려갔다. 이번에는 희미하게 누군가가 연을 날리고 있는 그림이 보였는데, 보옥은 그 그림에는 별로 관심이 없어서 거기에 있는 열두 수의 시사를 부리나케 주욱 읽어 내려갔다. 한 번 봐서 알 수 있는 것도 있었고, 좀 생각해 보면 알 만한 것도 있었으며, 아무리 봐도 알 수 없는 것도 있었다. 그렇지만 보옥은 어쨌든 모두 머릿속에 단단히 기억해 두었다.

보옥은 한숨을 내쉬면서 이번에는 '금릉우부책金陵又副冊'을 집어 들고 펼쳐 보았다. 그 책에 씌어 있는 것을 읽다 보니까 '감선우령유복, 수지공자무연堪羨優伶有福, 誰知公子無緣'5라는 구절이 눈에 띄었다. 처음에는 그게 무슨 말인지 몰랐으나 그 위에 꽃방석〔花席: 습인을 가리킴〕 그

358

림이 있는 것을 보고 보옥은 깜짝 놀라 통곡을 했다.

보옥이 다시 다음 장을 읽어보려는데 누군가의 목소리가 들려왔다.

"아니, 왜 또 이렇게 정신을 놓고 있는 거예요? 대옥 아가씨가 부르고 있잖아요."

원앙의 목소리 같아서 고개를 돌려봤지만 아무도 보이질 않았다. 마음속으로 이상하다는 생각을 하고 있었는데 문득 원앙이 문밖에서 손짓하는 모습이 눈에 들어왔다. 보옥은 그 모습을 보고 너무도 기뻐서 얼른 원앙에게로 달려갔다. 그러나 앞에서 걷고 있는 원앙의 모습은 보였다 안 보였다 하는 것이 아무리 따라잡으려 해도 그럴 수가 없었다.

"원앙 누나! 날 좀 기다려 줘!"

보옥이 아무리 불러도 원앙은 들은 체도 하지 않고 그저 앞만 보고 가는 것이었다. 하는 수 없이 보옥은 있는 힘을 다해 뒤쫓아 갔다. 그런데 별안간 눈앞에 딴 세상이 펼쳐졌다. 누각들이 하늘 높이 솟아있고 전각들은 눈부시게 아름다웠으며, 그 안에 많은 궁녀들이 언뜻언뜻 보이는 것이었다. 보옥은 그 황홀한 광경을 구경하느라고 원앙의 일은 까맣게 잊고 말았다. 보옥은 발길 닿는 대로 어느 궁문 안으로 들어갔다. 거기에는 기이한 꽃과 풀들이 자라고 있는데 모두 알지 못하는 것들뿐이었다. 그 가운데서도 흰 돌난간에 둘러싸여 있는 푸른 풀 한 포기가 유난히 눈에 띄었는데 이파리 끝은 약간 붉은색을 띠고 있었다. 보옥은 도대체 무슨 풀이기에 저렇게 진귀할까 하고 생각했다.

그런 생각을 하면서 들여다보고 있노라니까 불어오는 산들바람에 그 풀은 쉴새없이 한들거렸다. 꽃송이도 달려있지 않은 작은 풀 한 포기에 불과하건만, 그 사랑스럽고 고운 자태는 사람의 마음을 설레게 하고 혼을 빼는 것만 같았다. 보옥이 한창 그 풀에 정신이 팔려 있는데 별안간

---

5 복 많은 그 배우 부럽기 한량없네, 귀공자와 연분이 없을 줄을 그 누가 알았으랴.

옆에서 누가 매섭게 꾸짖는 소리가 들렸다.

"어디서 온 추물인데 여기서 선초仙草를 훔쳐보고 있는 거냐?"

그 소리에 보옥이 깜짝 놀라 뒤를 돌아다보니, 웬 선녀 하나가 거기서 있었다. 보옥은 얼른 그 선녀에게 인사하고는 말했다.

"전 원앙 누나를 찾고 있었어요. 그러다가 잘못해서 이 선경仙境에 들어온 것이니 저의 무례함을 용서해 주십시오. 그런데 선녀님께 한 가지 물어보겠사옵니다. 여기가 도대체 어딘가요? 어째서 원앙 누나가 여기와 있으며, 대옥 누이가 저를 찾고 있다는 건 또 무슨 말인지요? 좀 알려주시면 고맙겠습니다."

"당신의 누나니 누이니 하는 이들을 내가 알게 뭐예요? 난 선초를 맡아보고 있는데, 속인들은 여기 들어와서 돌아다니면 안 됩니다."

보옥은 바로 나가려다가 아무래도 그대로 떠나기가 아쉬워서 다시 간청을 하였다.

"선녀누나는 선초를 맡아보고 있다고 했으니 분명 화신花神 누님일 겁니다. 그런데 이 풀은 무슨 좋은 점이 있는지 모르겠군요."

"이 풀에 대해서 알고 싶다는 건가요? 그렇지만 얘기하자면 무척 길답니다. 이 풀은 본시 영하 기슭에서 자라던 강주초絳珠草라는 풀입니다. 그때는 몹시 시들시들 했는데, 다행히 신영시자神瑛侍者란 분이 그걸 보시고 날마다 감로〔甘露: 단 이슬〕를 뿌려준 덕에 다시 영원한 생명을 얻게 되었답니다. 그 뒤 강주초는 인간세계로 내려가 온갖 고난을 겪으면서 이슬로 자기를 키워준 그 은혜에 보답하였으므로 이제 다시 이렇게 선경으로 되돌아와 있는 거예요. 그래서 경환선녀께서 제게다 이 풀을 지키는 소임을 맡기셔서 벌이나 나비가 덤벼들지 못하게 하셨답니다."

보옥은 그 소리를 듣고도 도무지 무슨 말인지 알 수가 없었다. 그렇지만 이 선녀가 반드시 화신일 거라는 생각이 들었으므로, 오늘만큼은 무슨 일이 있어도 이 기회를 놓치지 않으리라 다짐하며 물었다.

"이 풀을 관리하는 분이 선녀님이라고 하셨지요? 그런데 이밖에도 진기한 화초들이 많을 텐데, 그럼 그 화초들을 맡아보는 선녀님들도 모두 계시겠군요. 번거롭게 이것저것 묻지 않고 딱 한 가지만 묻겠습니다. 부용꽃을 맡고 계시는 선녀님은 누구신가요?"

"나도 모릅니다. 그건 우리 주인님밖에는 아무도 모르는걸요."

"선녀님의 주인은 누구십니까?"

"제 주인님은 소상비자瀟湘妃子십니다."

"아! 그렇습니까? 선녀님은 잘 모르시겠지만 소상비자는 바로 제 고종사촌 누이동생 임대옥입니다."

그러자 그 선녀가 보옥을 나무랐다.

"허튼 소리 말아요! 여기는 하늘나라의 선녀들이 사는 곳이에요. 그분을 소상비자라고는 하지만 아황娥皇이나 여영女英[6] 같은 그런 인간의 부류와는 다른데 어찌 속세의 인간과 친척이 될 수 있겠어요? 다시는 그런 말도 안 되는 소릴랑 하지 말아요. 그러지 않았다간 역사力士[7]를 불러다 쫓아낼 테니까요."

그 소리에 겁을 먹은 보옥은 비로소 자기가 속세의 더러운 추물임을 깨닫고 그곳에서 나오려고 하였다. 그런데 그때 누군가가 달려오며 말하는 것이었다.

"안에서 신영시자님을 모셔오랍니다."

"난 분부를 받고 한참 동안이나 기다렸지만 도무지 그 신영시자님이

---

6 전설상의 인물로 요임금의 두 딸이자 순임금의 두 아내. 순임금이 남순(南巡)하면서 구의산(九嶷山)에서 죽자, 그녀들은 그곳까지 따라가서 통곡하다 죽었다고 함. 그녀들은 죽어서 상수(湘水)의 여신이 되었다고 하는데, 상부인(湘夫人) 또는 상비(湘妃)라고도 일컬어짐.

7 신화와 전설에 나오는 천상계를 지키는 장수.

나타나주시질 않는군요. 그런 걸 나더러 어디 가서 모셔오라는 건가
요?"

먼저 와 있던 선녀가 이렇게 말하자 방금 달려 온 시녀가 물었다.

"지금 나가신 분이 바로 그분이 아니세요?"

그러자 그 선녀는 황급히 쫓아가면서 소리를 질렀다.

"신영시자님 이리 돌아와 주세요."

보옥은 다른 사람을 보고 그러는 거라고 여겼으며, 자기는 혹시라도
누가 뒤쫓아 올까 봐 비틀거리며 허겁지겁 도망을 쳤다. 보옥이 한창
도망치고 있는데 웬 사람이 손에 보검을 들고 앞을 막아섰다.

"어딜 도망치는 거야!"

기겁한 보옥은 어찌할 바를 몰랐지만 마음을 굳게 먹고 머리를 들어
그 사람을 쳐다보았다. 그런데 그 사람은 다름 아닌 우삼저였다. 보옥
은 그 사람이 우삼저인 것을 보자 다소 마음이 놓여서 그녀에게 사정을
하였다.

"누님, 누님까지 왜 저한테 으름장을 놓는 거예요?"

그랬더니 우삼저가 이렇게 말하는 것이었다.

"당신네 형제치고 사람 같은 건 하나도 없더군요. 남의 명예와 절조
를 망가뜨리거나 남의 혼인을 파탄시켰죠. 오늘 당신이 여기 온 이상
절대로 용서하지 않을 거예요!"

보옥은 우삼저의 말이 심상치 않았으므로 마음을 졸이고 있었는데
뒤에서 누군가가 소리를 지르며 달려왔다.

"언니, 어서 그분을 붙드세요. 놓치면 안돼요."

"난 비자妃子의 명을 받고 오래전부터 여기서 당신을 기다리고 있었
어요. 그러다가 마침 오늘 만났으니 필히 단칼에 당신의 속세의 인연을
끊어버리겠어요."

보옥은 그 소리를 듣고 더욱 당황했으며, 그 말이 무슨 의미인지 도

무지 알 수가 없어서 도망치려고 하였다. 그런데 뜻밖에도 뒤에서 쫓아왔던 사람은 다름 아닌 바로 청문이었다. 보옥은 청문을 보자 희비가 교차했다.

"나는 혼자서 길을 잃고 헤매다가 원수를 만났어. 도망치려고 했지만 누나들이 아무도 따라와 주질 않는 거야. 그렇지만 이젠 안심이야. 청문누나, 어서 나를 좀 집으로 데려다 줘."

"신영시자님, 너무 놀라실 필요 없어요. 그리고 저는 청문이 아니에요. 저는 비자님의 명을 받고 시자님을 모셔가려고 온 거예요. 결코 시자님을 난처하게 하려는 게 아니에요."

보옥은 잔뜩 의심이 들었으나 묻지 않을 수 없었다.

"누나가 말하기를 비자님께서 나를 찾는다고 했는데, 그 비자님은 도대체 누구야?"

"지금은 물어도 소용없어요. 그곳에 가면 자연히 알게 될 거예요."

보옥은 하는 수 없이 그 시녀를 따라 나섰다. 그런데 그녀를 따라가면서 자세히 살펴보니 뒷모습과 행동거지며 얼굴 생김새와 목소리까지 영락없는 청문이었다.

'그런데 왜 자기는 청문이 아니라는 걸까? 지금은 도저히 종잡을 수 없으니 일단 따지지 말기로 하자. 그 대신 비자님이 계신 곳에 가서 꾸중을 듣게 되면 그때 가서 도와달라고 해보자. 여자들은 아무래도 자비심이 많으니까 틀림없이 내 무례함을 용서해줄 거야.'

보옥은 이런 생각을 하면서 걷다가 어느덧 어떤 곳에 이르렀다. 그곳의 전각은 아주 정교했으며 채색도 휘황했다. 뜰 한가운데는 푸른 대나무가 한 무더기 서 있었고 집 밖에는 푸른 소나무가 몇 그루 있었다. 낭하의 처마 밑에는 몇 명의 시녀들이 서 있었는데 모두들 궁녀의 차림새였다. 그들은 보옥이 들어오는 것을 보고 소리를 낮춰 말했다.

"이분이 바로 신영시자님이신가요?"

보옥을 안내했던 시녀가 말했다.

"네, 그래요. 어서 안에 들어가서 기별해 주세요."

시녀 하나가 보옥을 보고 웃으면서 손짓하였으므로 보옥은 그녀를 따라 안으로 들어갔다. 집을 몇 채 지나니 정방이 나타났는데 문에는 구슬로 엮은 주렴이 높게 걸려 있었다.

그 시녀가 보옥을 보고 말했다.

"여기서 기별을 기다리세요."

보옥은 그 말을 듣고 아무 소리도 못한 채 밖에서 기다렸다. 그 시녀는 들어간 지 얼마 안 되어 바로 나왔다.

"시자님, 이제 들어가 보도록 하세요."

그러자 또 다른 시녀가 주렴을 걷어 주었다. 안을 들여다보니 머리에 화관을 쓰고 수놓은 비단 옷을 입은 여자 하나가 단정하게 앉아 있었다. 보옥이 머리를 살짝 들어 바라보았더니 그녀는 다름 아닌 대옥이었다. 보옥은 자기도 모르게 소리를 질렀다.

"대옥 누이, 여기 있었네! 얼마나 보고 싶었는지 몰라."

그러자 주렴 밖에 서 있던 시녀가 낮은 소리로 꾸짖었다.

"시자님, 참으로 무례하시군요. 어서 나가도록 하세요."

그 말이 채 끝나기도 전에 또 다른 시녀 하나가 주렴을 도로 내려놓았다. 보옥은 안으로 들어가자니 그럴 수도 없고, 그렇다고 그냥 가자니 발길이 떨어지질 않았다. 누구한테 속 시원하게 물어보기라도 했으면 좋으련만, 시녀들 가운데 한 사람도 아는 사람이 없는 데다가 쫓겨난 몸인지라 하는 수 없이 그곳에서 물러 나오고 말았다. 청문에게나 물어봐야겠다는 생각에 사방을 둘러보았지만 어디에도 청문은 보이지 않았다. 보옥은 의구심이 가득한 채 개운치 않은 마음으로 문밖으로 나왔으나, 안내해 주는 사람도 없었으며 처음 오던 길로 되돌아가려 해도 어디가 어딘지 분간할 수가 없었다.

한창 어리둥절해 하고 있는데 희봉이 어느 집 처마 밑에서 자기한테 손짓을 하는 것이 보였다. 보옥은 희봉을 보자 뛸 듯이 기뻤다.

'아, 이제 됐구나! 알고 보니 난 집에 돌아와 있는 거였어. 내가 왜 한동안 그렇게 얼떨떨해 있었을까?'

이런 생각을 하면서 보옥은 급히 희봉에게 달려갔다.

"누님! 여기 계셨어요? 나는 저 사람들한테 말할 수 없이 구박을 당했어요. 대옥이마저 나를 만나려고 하지 않으니 도대체 무슨 까닭인지 모르겠어요."

보옥은 이렇게 말하면서 희봉이 서 있는 곳까지 가서 자세히 보니, 그 사람은 희봉이 아니라 가용의 전처인 진씨秦氏였다. 보옥은 멈칫하고 서서 물었다.

"희봉 누님은 어디 계세요?"

그러나 진씨도 아무 대답하지 않고 휙 하니 방 안으로 들어가 버리는 것이었다. 보옥은 어리둥절하여 따라 들어가지도 못하고 그저 멍하니 서서 한숨만 내쉬었다.

"내가 무슨 잘못을 저질렀기에 사람들마다 모두 나를 외면하는 걸까?"

그러면서 보옥은 큰 소리로 울음을 터뜨렸다. 그러자 별안간 누런 두건을 쓴 역사 몇 사람이 손에 채찍을 들고 달려왔다.

"어디서 온 사내놈이 무엄하게도 우리의 이 천선복지天仙福地에 뛰어들었느냐? 어서 썩 꺼지지 못할까!"

보옥은 그 소리를 듣고 아무 말도 할 수가 없었다. 그가 한창 나가는 길을 찾고 있는데 멀리서 한 무리의 여자들이 웃으면서 뭔가 재미있는 얘기를 나누며 다가오고 있는 것이 보였다. 자세히 보니까 마치 영춘 등이 걸어오는 것 같아 보였다. 그래서 기쁜 나머지 보옥은 그들을 불렀다.

"난 여기서 길을 잃었어요. 빨리 좀 와서 날 구해줘요!"

보옥이 이렇게 소리를 지르고 있는데 뒤에서 역사들이 쫓아왔다. 보옥은 기겁하며 앞을 보고 무조건 뛰었다. 그런데 이번에는 그 여자들까지 별안간 귀신의 모습으로 변하더니 자기에게 달려드는 것이었다.

보옥이 다급해져서 어쩔 줄 모르고 있는데, 난데없이 옥을 가져왔던 그 중이 나타나서 손에 거울을 들고 비추며 말하는 것이었다.

"난 원비마마의 명을 받들고 특별히 그대를 구하러 왔네."

그러자 순식간에 귀신들은 전부 사라지고 황량한 들판만이 눈앞에 펼쳐졌다. 보옥은 그 중의 소매를 잡아끌며 말했다.

"제 기억엔 스님께서 절 이곳으로 데리고 오셨던 것 같은데 갑자기 저만 두고 어디로 가셨나요? 전 그동안 식구들을 많이 만났는데 어찌 된 영문인지 아무도 저를 상대해 주질 않더니만 또 갑자기 귀신으로 변해 버리는 거였어요. 이것이 도대체 꿈인지 생시인지, 제발 좀 가르쳐 주세요."

"그대는 여기 와서 무엇인가를 훔쳐보지 않았는가?"

보옥은 그 소리를 듣고 속으로 생각해 보았다.

'이 스님이 나를 이 천선복지에 데려왔으니 틀림없이 신선일 것이다. 그러니 내가 어떻게 이 스님을 속일 수 있겠는가? 하물며 나는 이 스님한테 분명하게 물어서 알아내야 할 게 있는 처지가 아닌가?'

그런 생각에서 보옥은 사실대로 대답했다.

"네, 저는 꽤 여러 권의 장부책을 보았습니다."

"그런데도 아직 그 모양이로군. 그대는 그 책들을 보고도 아직 이해하지 못한단 말인가? 이 세상 남녀 간의 정분이란 모두 마장魔障[8]에 불과한 거야. 어쨌든 그대는 그것을 단단히 기억해 두게. 앞으로 내가 자

---

8 불도(佛道)의 수행에 장애가 되는 것.

세히 설명해 주겠네.”

그러면서 그 중은 보옥을 있는 힘을 다해 떠밀며 말했다.

“자, 이제 그만 돌아가게나!”

보옥은 그 중이 떠미는 바람에 몸을 가누지 못하고 넘어지면서 외마디소리를 질렀다.

“아악!”

왕부인 등은 세상이 떠나갈 듯 울고 있다가 보옥이 깨어나는 것을 보자 정신없이 보옥을 불러댔다. 보옥이 눈을 떠보니 자기는 여전히 구들 위에 누워 있었고, 왕부인과 보차 등은 얼마나 울었던지 눈 주위가 벌겋게 부어있었다.

보옥은 정신을 가다듬으며 속으로 생각해 보았다.

‘그렇다. 내가 죽었다가 살아난 것이로구나.’

그러면서 보옥은 방금 자기의 영혼이 선계를 돌아다니며 겪었던 일들을 자세히 떠올려 보았다. 다행스럽게도 대부분 아직 기억이 생생해서 보옥은 큰 소리로 웃으며 말했다.

“하하하. 그래, 그랬었지!”

그 모습을 본 왕부인은 그전에 앓았던 병이 또 도진 것으로만 여기고, 의원을 청해다 보이기 위해 시녀와 할멈들을 급히 가정에게 보내서 이런 사정을 전하도록 했다.

“보옥 서방님께서 살아나셨어요. 처음에는 혼미한 상태였으나 지금은 말도 하실 수 있습니다. 그러니 장례준비는 하지 않으셔도 된답니다.”

가정이 그 말을 듣고 급히 안으로 들어와 보니 과연 보옥이 살아났으므로, 자기도 모르게 눈물을 주르르 흘리면서 말하는 것이었다.

“이런 못난 녀석아! 누굴 놀래켜서 죽일 작정이었더냐?”

그러면서 가정은 한숨을 푹 내쉬더니 사람을 시켜서 의원을 청해다 진맥한 후 약을 먹이도록 했다.

스스로 목숨을 끊으려고 작정하던 사월도 보옥이 되살아난 것을 보고 마음을 놓았다. 왕부인이 시녀에게 계원탕을 가져오라고 해서 몇 모금 먹였더니 보옥은 차츰 마음의 안정을 되찾았다. 왕부인 등은 그제야 안심하고 사월을 꾸짖을 생각도 하지 않았다. 다만 사람을 시켜 그 옥을 보차에게 보내서 보옥에게 달아주라고 하였다.

"그 중이 옥을 어디서 찾아왔는지 생각할수록 이상한 일이 아닐 수 없구나. 처음에는 돈을 달라고 그렇게 성화더니 또 감쪽같이 사라져 버렸으니, 혹시 신선이 아닐까?"

그러자 보차가 말했다.

"그 중이 갑자기 찾아온 걸로 보든지 또 어느 틈엔가 사라진 것으로 본다면 그 옥은 어디서 찾아온 게 아닌 것 같아요. 처음에 옥을 잃었던 것도 그 중이 가져가서 그런 게 분명해요."

"옥은 집안에 있었는데 어떻게 가져갈 수 있었겠느냐?"

"가져올 수 있다면 가져갈 수도 있는 게 아니겠어요?"

그러자 습인과 사월이 끼어들었다.

"지난해에 옥을 잃었을 때 임지효 아저씨가 글자 점을 쳐온 적이 있잖아요. 그 후 새아씨께서 시집오셨을 때 제가 그 글자 점에서 나온 글자가 상을 준다는 '상賞'자였다고 말씀드렸는데, 기억나세요?"

"그래, 그랬었지. 그래서 너희가 나보고 그건 전당포에 가서 찾아보라는 뜻이라고 했던 게 기억나는구나. 그런데 이제야 알겠구나. 화상〔和尙: 중을 이르는 말〕의 '상尙'자가 그 '상賞'자 위에 있으니 중이 가져갔다는 말이 아니고 뭐겠느냐?"

이에 왕부인이 말했다.

"그 중은 처음부터 좀 이상했었다. 언젠가 보옥이 병났을 때도 그 중이 찾아와서 하는 말이 우리 집에 그 병을 고칠 수 있는 보배가 있다고 하질 않겠니? 그건 바로 그 옥을 두고 하는 말이 아니고 뭐겠느냐? 그 중이 그것을 알고 있는 걸 보면, 그 옥에는 필시 어떤 내력이 있는 게 분명하구나. 더구나 네 남편은 날 때부터 입에다 옥을 물고 태어났질 않았느냐? 너희는 고금을 막론하고 이런 일을 또 들어본 적이 있느냐? 그렇지만 이 옥이 종국에는 어떻게 될지 알 수 없는 일이다. 그럼, 우리 이 아이도 어떻게 될지 모르는 일이 아니겠느냐? 병이 난 것도 이 옥 때 문이요, 병을 고친 것도 이 옥 때문이며, 태어날 적에도 이 옥을 ···."

여기까지 말하던 왕부인은 얼른 입을 다물면서 그만 참지 못하고 눈물을 주르르 흘렸다. 그 말을 듣던 보옥은 마음속에 분명하게 짚이는 게 있었으며, 또한 자기가 죽어갔던 데는 더욱 그럴 만한 이유가 있었다는 생각이 들었지만 아무 소리하지 않고 마음속으로만 자세하게 기억해 두었다.

그때 잠자코 있던 석춘이 말했다.

"언젠가 옥을 잃어버렸을 때 묘옥 스님한테 점을 쳐달라고 한 적이 있었잖아요? 그때 나왔던 글귀가 '청경봉 아래 늙은 소나무에 의지해 있다〔靑埂峰下倚老松〕'라는 것과 또 '내 문으로 들어오면 웃음으로 맞으리〔入我門來一笑逢〕'였는데, '내문으로 들어오면〔入我門〕'이라는 세 글자를 생각해보면 각별한 의미가 있는 것 같아요. 불교의 법문法門은 아주 크지만 오빠 같은 분은 들어갈 수 없을 거예요."

석춘의 말에 보옥은 몇 차례 냉소를 흘렸다. 보차는 보옥이 그러는 것을 보고 미간을 찌푸리며 움찔했다. 그러자 우씨가 석춘을 나무랐다.

"아가씨 입만 벌렸다하면 불문에 관한 얘기만 하는군요. 출가하려는 생각을 아직도 버리지 못했나요?"

"형님한테 사실대로 이야기하자면 전 오래전부터 비린 음식을 안 먹고 있어요."

그 말을 듣고 왕부인이 나무랐다.

"나무아미타불! 얘야 그런 생각을 하면 못쓴다."

석춘은 왕부인의 말을 듣고 아무 소리도 안 했다. 보옥은 '청등고불전〔靑燈古佛前: 푸른 등불 아래 부처님 모시고 앉았네〕'이라는 시구가 생각나서 자기도 모르게 연거푸 한숨을 내쉬었다. 그러다가 갑자기 초석과 꽃이 그려져 있는 그림과 시구가 생각나서 습인에게 눈길을 보내면서 자기도 모르게 또 눈물을 떨구었다. 사람들은 그가 갑자기 울었다 웃었다 하는 것을 보고 도무지 영문을 알 수가 없어서 그저 또 앓던 병이 도진 것으로만 생각했다.

그러나 보옥으로서는 부딪치는 일마다 모두 예사로 보이질 않았다. 꿈에서 훔쳐 본 책 속의 시구들이 생생하게 떠올랐지만 입 밖으로 내지는 않았다. 단지 마음속으로만 훤히 알고 있었을 뿐이었다. 이 이야기는 잠시 그만두기로 하겠다.

한편 여러 사람들이 보기에 보옥은 죽었다가 다시 살아났을 뿐만 아니라 정신도 말짱해졌고 또 연일 약을 쓴 덕분인지 하루가 다르게 회복되어 가고 있었다. 가정이 보기에도 보옥이 이미 다 나은 것 같아서 마음이 놓였다. 가정은 지금으로서는 상중이라 별로 하는 일 없이 지내고 있었다. 그런데 가사가 언제 풀려날지 알 수 없는 상황에서 가모의 영구를 오랫동안 절에다 안치해 놓고 있자니 아무래도 마음이 놓이질 않았으므로 차라리 이 기회에 영구를 모시고 남방으로 가서 안장을 해야겠다는 생각이 들었다. 그래서 가련을 불러다 상의하자 가련이 이렇게 말하는 것이었다.

"숙부님 생각이 아주 지당하십니다. 상복을 입고 있는 이 기회에 대사를 치르는 것이 좋을 것 같습니다. 앞으로 숙부님께서 상복을 벗으시게 되면 그때는 혹시 숙부님의 뜻대로 안 될 수도 있질 않겠습니까? 그

렇지만 지금 아버님께서 집에 안 계시기 때문에 저로서는 주제 넘는 말
씀은 드리기가 어렵습니다. 숙부님의 생각은 매우 지당하십니다만 이
일을 치르자면 적어도 몇천 냥의 돈이 들 것입니다. 관아에서는 도난당
한 물품을 찾아주려고 애는 쓰고 있는 모양이나 찾을 가망은 거의 없어
보입니다."

"내 생각은 이미 정해졌다. 다만 형님이 지금 집에 안 계시기 때문에
너와 어떻게 하면 좋을지를 좀 의논해보자는 것뿐이야. 너는 집을 떠날
수 없는 몸이다. 지금 집에는 아무도 없질 않느냐. 난 여러 채의 관을
모두 가지고 갈 생각인데, 그러자면 나 혼자서는 감당하기 어려울 것
같구나. 그래서 생각한 건데 이번에 갈 때 용이를 데려가면 어떻겠느
냐? 더욱이 그 애의 아내인 진씨의 관도 그 속에 들어있으니까 말이다.
그리고 또 대옥의 것도 있질 않니? 어머니께선 당신의 영구를 강남으로
모셔갈 때 대옥이도 함께 데려가 달라고 유언하신 터이니까. 여기에 드
는 비용은 몇천 냥 정도면 될 것 같은데 어디서 좀 빌려 쓸 수밖에 없을
것 같구나."

"그렇지만 요즘 같은 인심에선 그것이 쉽지 않을 것 같습니다. 숙부
님께선 지금 상중에 계시지, 또 아버님께선 먼 곳에 계시질 않습니까?
그러니 잠시 빚을 낸다는 건 어려운 일입니다. 아무래도 토지나 가옥문
서를 잡히는 수밖에 없을 것 같습니다."

"지금 살고 있는 집을 저당 잡히려 해도 이 집은 관에서 지은 것이니
어찌 손을 댈 수 있겠느냐?"

"물론 이 집은 손을 댈 수가 없지요. 그러나 밖에 있는 몇 채는 저당
잡혀도 상관없질 않겠습니까? 그랬다가 숙부님께서 다시 관에 나가 일
하시게 되면 그때 다시 찾아와도 되고, 아니면 앞으로 아버님께서 돌아
오셔서 만일 다시 복직이 되실 수 있다면 역시 그때 가서 다시 찾아와도
되질 않겠습니까? 다만 숙부님께서 연로하신데 이런 일로 수고하시게

되는 것이 저희들로서는 마음이 편칠 않습니다. "

"어머님의 일인 만큼 자식으로서 당연히 해야 할 일이 아니겠느냐? 다만 네가 집에 남아서 매사에 정신을 똑바로 차리고 일처리를 단단히 잘해야 할 것이다. "

"숙부님, 그건 염려하지 마십시오. 제가 비록 영민하진 못하지만 결코 매사를 소홀하게 처리하진 않겠습니다. 게다가 숙부님께서 이번에 강남으로 가실 적에 적지 않은 사람들을 데리고 가실 게 아닙니까? 그러면 집에는 몇 사람만 남게 될 테니 그 비용이야 그럭저럭 충당할 수 있을 것입니다. 만일 숙부님께서 가시는 길에 비용이 부족하시게 되면, 뇌상영賴尙榮의 임지를 지나실 때 반드시 그 사람에게 도움을 받도록 하십시오. "

"그렇지만 자기 부모에 관한 일로 어떻게 남의 도움을 받겠느냐?"

"그도 그렇기는 합니다. "

가련은 그렇게 말하고 물러 나와서 돈을 마련하러 다녔다.

가정은 왕부인에게 이 사실을 알리고 나서 그녀에게 집안일을 맡긴 다음, 발인할 날을 택해서 곧 떠날 작정이었다. 그즈음 보옥은 몸이 완전히 회복되고 가환과 가란도 열심히 공부에 몰두하고 있었으므로 가정은 가련에게 모두 일임하면서 동생과 조카들을 잘 감독하라고 일렀다.

"올해는 향시鄕試9가 있는 해이다. 환이는 상중이라 응시할 수 없겠지만 난이는 손자니까 상복을 벗는 대로 응시할 수 있을 것이다. 무슨 일이 있어도 보옥이와 난이가 함께 시험을 치르게 해야 한다. 그 중 하나만이라도 급제하게 된다면 우리 가문의 죄명도 얼마쯤은 씻을 수 있질 않겠느냐?"

---

9 명청 양대에 걸쳐 매 삼 년마다 한 번씩 경성을 포함한 각성의 성도에서 거행되었던 과거시험으로, 8월에 치러졌으며 여기에서 합격한 사람을 거인(擧人)이라고 함.

가련 등은 명심하겠노라고 대답하였다. 가정은 또 집에 남아 있는 사람들에게 여러 가지로 분부를 내린 다음 사당에 하직인사를 올리고 나서 성 밖으로 나가 며칠간 경을 읽었다. 가정은 경을 읽은 후 바로 발인하여 임지효 등을 거느리고 배에 올랐다. 번거로움을 피하기 위하여 친척과 친구들에게는 알리지 않았으므로 자기 집 남녀 식구들만 나가서 전송하고 돌아왔다.

보옥은 가정으로부터 과거에 응시하라는 엄명을 받은 데다가 왕부인한테도 시도 때도 없이 공부에 관해 감시와 재촉을 받고 있었다. 보차와 습인이 수시로 간곡하게 권면하였음은 말할 것도 없다. 그런데 보옥은 앓고 난 이후 비록 기력은 날로 회복되었지만 생각만큼은 점점 더 괴팍해져서 영 딴사람같이 되어 버렸다. 입신출세 따위를 헌신짝같이 여길 뿐만 아니라 여자들과의 정분에 대해서도 상당히 냉담해졌다. 그러나 다른 사람들은 그러한 변화를 눈치채지 못했으며 보옥 자신도 그런 내색을 조금도 하지 않았다.

하루는 자견이 임대옥의 영구를 전송하고 돌아와서 혼자 방 안에 앉아 실컷 울다가 이런 생각이 들었다.

'보옥 서방님은 어쩌면 저렇게 무정할까? 대옥 아가씨의 영구가 떠나는 것을 보고도 조금도 슬퍼하지 않고 눈물 한 방울 흘리지 않으니 말이야. 내가 이렇게 서럽게 울고 있는데도 위로를 해주기는커녕 날 보면서 씨익 웃기까지 하는 게 아닌가. 저렇게 의리 없는 사람이 이전에는 또 얼마나 달콤한 말로 우리의 환심을 사려고 했던가! 요전 날 밤만 해도 다행히 내가 생각을 잘했기 망정이지 그렇지 않았더라면 거의 그의 꾀임에 넘어갈 뻔했다. 그런데 한 가지만은 아무래도 모르겠어. 요즈음 서방님께서 습인 등을 대하는 태도 역시 냉랭해졌으니 말이야. 새아씨는 워낙 다정하게 구는 걸 좋아하지 않으니까 그렇다손 치더라도 사월이 같은 애들은 섭섭해하지 않겠는가? 여자애들이란 대체로 어리석기

짝이 없어서 그동안 그렇게 마음을 써왔건만 앞으로 어떤 신세가 될지 알 수 없는 일이야.'

이런 생각을 하고 있는데 오아가 놀러 와서 자견의 얼굴에 눈물자국이 있는 것을 보고 말했다.

"언니는 또 대옥 아가씨를 생각하고 울고 있었지요? 제 생각에는 누구든지 소문으로만 듣기보다 직접 보는 게 맞는 것 같아요. 처음에는 보옥 서방님께서 여자아이들한테 아주 잘 대해주신다고 들었어요. 그래서 우리 어머니께서도 재삼 부탁을 해서 나를 여기 들어와 있게 해주신 거고요. 그런데 제가 들어온 이후로 정성을 다해서 몇 차례의 병수발을 들어드렸건만, 보옥 서방님께서는 병이 다 낫고서도 다정한 말 한마디 해주시질 않는 거예요. 게다가 요즈음 와서는 눈길 한 번 주려고 하질 않으세요."

자견은 오아가 하는 소리가 가소로워서 키득키득 웃으며 오아에게 면박을 주었다.

"흥! 요런 맹랑한 계집애를 봤나. 넌 보옥 서방님이 너한테 어떻게 대해 줬으면 좋겠다는 거냐? 계집애가 돼가지고 그런 소리를 다 하다니 부끄럽지도 않니? 자기 정실부인조차 달갑지 않게 여기시는 터에, 너 같은 걸 상대하실 겨를이 어디 있겠어?"

그러면서 또 웃으며 손가락으로 오아의 뺨을 콕 찌르며 물었다.

"넌 도대체 보옥 서방님의 뭐라고 생각하는 거야?"

그제야 오아는 자기가 말실수를 했다는 것을 알고 얼굴이 새빨개졌다. 오아는 보옥이 자기에게 어떻게 대해주기를 바라서가 아니라 요즈음 보옥이 아랫사람들에게 친절하게 대해주지 않는다는 걸 말하려고 했을 뿐이라고 변명할 참이었다. 그런데 갑자기 안뜰 문밖에서 누군가가 떠들어대는 소리가 들려왔다.

"지금 밖에 지난번에 왔던 중이 또 찾아와서 돈 만 냥을 어서 내놓으라고 야단입니다. 마님께선 당황하셔서 가련 서방님더러 밖에 나가 그 중과 얘기해 보라고 하셨는데 하필 서방님께선 지금 집에 안 계시지 뭡니까? 그 중은 밖에서 온갖 말도 안 되는 소리를 떠들어대고 있어요. 그래서 마님께서는 새아씨를 불러다 상의하시려나 봐요."

그 중을 어떻게 돌려보냈는지 알고 싶으면 다음 회를 보시라.

阻趑兄佳
人燮
護玉欣聚
堂惠
子猷承萬

제117회

집안 망치는 못된 자

초월한 이 가로막아 두 가인이 옥 지키고
못된 놈들 떼를 지어 집안에서 독판치네
阻超凡佳人雙護玉 欣聚黨惡子獨承家

왕부인이 사람을 보내 보차를 불러다 의논을 하려는데 보옥이 중이
와있다는 소리를 듣고 급히 혼자서 달려 나가며 소리쳤다.

"스님, 어디 계십니까?"

한참을 불러보았으나 중이 보이지 않으므로 보옥은 밖으로 나가 보
았다. 그랬더니 이귀李貴가 중을 가로막고 안으로 들어가지 못하게 하
는 것이 아닌가. 그래서 보옥은 이귀에게 소리를 질렀다.

"마님께서 스님을 모셔 오라고 하셨어."

그제야 이귀는 잡고 있던 손을 놓았으며 그 중은 거드름을 피우며
안으로 걸어들어 왔다. 보옥은 그 중의 모습이 자기가 거의 죽어있는
상태였을 때 본 모습과 똑같았으므로 마음속으로 그가 분명하다는 생
각이 들었다. 그래서 앞으로 나서며 절을 올리면서 이어서 사죄를 하
였다.

"스님, 그만 접대가 늦었습니다."

"난 당신들의 접대 따윈 바라지 않소. 돈만 가지고 오면 나는 곧 돌아 갈 것이오."

보옥은 그 말을 듣자 수행하는 중의 말투가 아니라는 생각이 들었다. 그래서 다시 그 중의 행색을 살펴보니 머리엔 온통 부스럼투성이고 온 몸은 땟국에 절어 있었으며 옷은 마치 누더기처럼 너덜너덜하였다.

보옥은 속으로 이런 생각이 들었다.

'예로부터 "진인은 모습을 드러내지 않고, 모습을 드러낸 것은 진인 이 아니다[眞人不露相, 露相不眞人]"라는 말이 있으므로 절대 이 기회를 놓 쳐서는 안 될 것이다. 우선 사례금을 준다고 대답해 놓고 나서 찬찬히 그의 본색을 살펴야겠다.'

그래서 보옥은 그 중을 보고 말했다.

"스님, 급하실 게 뭐 있겠습니까? 지금 어머님께서 돈을 마련하고 계 시는 중이니까 잠시만 앉아서 기다려 주십시오. 그런데 제가 스님께 한 가지 여쭙고 싶은 것이 있습니다. 스님께서는 혹시 저 '태허환경'에서 오시지 않았는지요?"

"환경이고 뭐고 난 모르네. 그저 오던 곳에서 왔고 가는 곳으로 가는 것일 뿐일세! 나는 자네에게 옥을 가져다주러 왔단 말이야. 그럼 내가 거꾸로 자네한테 물어보겠네. 자네의 그 옥은 어디서 온 건가?"

보옥이 금세 대답을 하지 못하자 그 중이 웃으면서 말했다.

"자기가 온 곳도 모르면서 도리어 나더러 어디서 왔느냐고 묻는단 말 인가?"

보옥은 워낙 총명한 데다가 또 계시까지 받은 터라 진작부터 이 풍진 속세를 간파하고 있었으나 자기의 내력에 대해서는 전혀 모르고 있었 다. 그러다 그 중이 옥에 대하여 이렇게 묻자 마치 무엇에라도 머리를 얻어맞은 것 같았다. 그래서 이렇게 말을 받았다.

"스님께선 돈도 필요 없으실 테니 저도 그 옥을 돌려드리겠습니다."

그러자 그 중이 웃으면서 말했다.

　　"마땅히 나에게 돌려줘야지."

　　보옥이 아무 대답도 하지 않고 안으로 뛰어 들어가서 자기 집 뜰 안으로 와보니 보차와 습인 등은 모두 왕부인 처소에 가고 없었다. 그래서 얼른 자기 침상으로 가서 옥을 들고 곧바로 나왔다. 그러다가 마침 밖으로부터 들어오던 습인과 딱 마주쳤다. 습인이 깜짝 놀라면서 말했다.

　　"마님께서 말씀하시기를 서방님께서 그 중과 진득하게 앉아서 얘기하고 계신다면서, 그러는 동안 그 중에게 줄 돈을 마련해야겠다고 하시던데 서방님은 지금 뭐 하러 여기 와 계시는 거예요?"

　　"빨리 가서 어머님께 말씀드려줘. 돈은 마련하실 필요가 없다고 말이지. 내가 이 옥을 그 중한테 돌려주면 그만이야."

　　습인은 그 말을 듣고 황급히 보옥의 팔을 붙잡았다.

　　"그건 절대로 안돼요! 그 옥은 서방님 명줄이에요. 만일 그 중이 그걸 가져가 버린다면 서방님께서는 또 병이 나실 거예요."

　　"이젠 병 따윈 다시 나지 않아. 난 이미 마음을 굳혔는데 이따위 옥은 가져서 뭘 해!"

　　그러면서 보옥은 습인을 뿌리치며 나가려고 하였다. 다급한 습인은 보옥의 뒤를 따르면서 소리를 질렀다.

　　"서방님, 돌아오세요. 제발 제 말씀 한 마디만 들어보세요."

　　그 소리에 보옥은 고개를 돌리며 말했다.

　　"무슨 할 말이 있다고 그래?"

　　습인은 아무것도 돌볼 겨를이 없이 보옥을 뒤쫓아 가면서 외쳐댔다.

　　"지난번에 옥을 잃어버렸을 때도 저까지 죽다 살아나질 않았던가요? 이제 그 옥이 겨우 돌아온 마당에 그걸 중한테 돌려준다면 서방님도 돌아가시게 될 것이고 저도 살지 못할 거예요. 서방님께서 기어코 그 옥을 돌려주시겠다면 저부터 먼저 죽이고 가세요."

습인은 그러면서 보옥을 붙잡고 놔주질 않았다. 그러자 보옥은 벌컥 화를 냈다.

"난 네가 죽는대도 돌려줄 것이고, 죽지 않는대도 돌려줄 거야!"

보옥은 매몰차게 습인을 뿌리치고 몸을 빼서 다시 가려고 하였다. 그러나 습인은 두 손으로 보옥의 허리를 꽉 붙잡은 채 울며불며 땅바닥에 주저앉았다. 안에 있던 시녀가 그 소리를 듣고 밖으로 나와 보니 두 사람의 기색이 말이 아니었다. 습인은 울면서 그 시녀에게 소리를 질렀다.

"빨리 마님한테 가서 알리도록 해! 보옥 서방님께서 지금 옥을 그 중에게 돌려주려고 하신단 말이야."

시녀는 부리나케 왕부인에게 달려갔다. 그러자 보옥은 더욱 화를 내며 습인의 손을 떼어내려고 용을 썼다. 그러나 다행히도 습인은 아픔을 참아가며 절대로 손을 풀지 않았다. 이때 자견은 안에서 보옥이 옥을 다른 사람에게 준다는 말을 듣고 누구보다도 가슴이 철렁했다. 보옥에게 냉담하게 대하려던 평소의 마음은 이미 구만 리 밖으로 도망가고, 허둥지둥 뛰쳐나온 자견은 습인을 도와 둘이 함께 보옥을 붙들었다. 보옥이 제아무리 남자의 힘으로 떼어내려 해도 두 사람이 죽을힘을 다해 붙잡고 놔주질 않았으므로 도저히 몸을 뺄 수가 없었다. 그러다 보옥은 마침내 한숨을 내쉬며 말했다.

"이따위 옥 하나 때문에 죽을힘을 다해 놓질 않으니, 만일 내가 어디로 가버리면 어쩔 셈들이야?"

습인과 자견은 그 소리를 듣더니 그만 큰 소리로 울부짖기 시작했다.

이렇게 옥신각신하고 있는데 왕부인과 보차가 헐레벌떡 뛰어 들어왔다. 왕부인은 그 광경을 보자 울면서 꾸짖었다.

"보옥아, 네가 지금 제정신이 아니로구나!"

보옥은 왕부인이 온 것을 보고 이제는 틀렸다는 생각에 웃으면서 변명을 했다.

"별일도 아닌 걸 가지고 어머님께 걱정을 끼쳐드렸군요. 이 사람들은 언제나 이렇게 하찮은 일에도 크게 놀라곤 한답니다. 그런데 그 중은 인정이라곤 조금도 없어서 만 냥에서 한 푼이라도 모자라면 안 된다는 거예요. 그래서 제가 홧김에 들어와서 이 옥을 가져다가 그 중에게 돌려주려고 했던 거예요. 이 옥이 가짜라서 아무 쓸모가 없다고 하면서 말이지요. 그럼 그 중도 우리가 이 옥을 대수롭지 않게 여기는 것으로 알고, 돈을 주는 대로 받아 갈 게 아닙니까?"

"그런 걸 나는 네가 정말로 그 옥을 돌려주려는 줄 알았다. 네 말대로 그런 거라면 됐다. 그런데 왜 저 애들에게 사실대로 얘기해 주지 않았느냐? 울고불고 난리를 부리게 만들었으니, 대체 이게 무슨 꼴이란 말이냐?"

그러자 보차가 말을 이었다.

"그렇게 된 일이라면 괜찮겠지만, 정말로 그 옥을 그 중에게 줘서는 안 될 것 같아요. 그 중은 좀 괴상한 데가 있어서 만일 그에게 주었다가 가족들에게 변고라도 생기면 그야말로 큰일이 아니겠어요? 그 중이 달라는 돈은 제 머리장식을 팔아서 마련하면 충분할 거예요."

"알았다. 그렇게라도 해보도록 하자."

왕부인의 말에 보옥이 아무 소리도 못하고 있는데, 보차가 보옥에게로 다가오더니 그의 손에서 옥을 가져가면서 말했다.

"당신은 나가실 필요 없어요. 제가 어머님과 함께 나가서 그 중에게 돈을 주면 되질 않겠어요?"

"옥은 돌려주지 않겠지만 난 그 스님을 다시 만나봤으면 좋겠어."

습인 등은 여전히 보옥의 허리를 붙잡고 있던 손을 놓지 않고 있었다. 그러나 보차가 단호하게 결단을 내렸다.

"손을 놔줘요. 하고 싶은 대로 하시라고 해요."

습인이 하는 수 없이 손을 풀자 보옥이 웃으며 말했다.

"이제 보니 너희는 옥만 소중히 여기고 사람은 중히 여기질 않는구나! 나를 이렇게 놓아준 이상, 난 이제 그 스님을 따라갈 테야. 그러고 나서 너희가 그 옥을 신주단지같이 모시고 어쩌는가 두고 볼 테다!"

그 소리에 습인 등은 또 불안해져서 보옥을 다시 붙잡고 싶었지만 왕부인과 보차의 면전이라 너무 경박하게 굴 수도 없는 노릇이었다. 보옥은 자기를 붙잡고 있던 손이 풀리자 휙 하니 밖으로 나가버렸다.

습인은 얼른 어린 시녀를 시켜서 삼문 입구에 있는 배명 등에게 당부하라고 했다.

"밖에 가서 보옥 서방님을 잘 보살펴드리라고 전하도록 해라. 서방님께서 지금 제정신이 아닌 것 같다고 하면서 말이야."

왕부인과 보차 등은 안으로 들어와 앉으며 습인에게 방금 무슨 일로 그랬느냐고 물었다. 습인은 보옥이 했던 말들을 하나도 빼놓지 않고 자세하게 아뢰었다. 왕부인과 보차는 그 말을 듣고 몹시 불안해하며 사람을 밖으로 내보내서 하인에게 잠시도 보옥의 곁을 떠나지 말라고 이르도록 시켰다. 그러면서 또 그 중이 무슨 말을 하는지 잘 듣고 있다가 와서 알리라고도 하였다. 조금 있다가 심부름 갔던 어린 시녀가 돌아와서 왕부인에게 아뢰었다.

"보옥 서방님께선 정말 제정신이 아닌 것 같았어요. 밖에 있는 하인들이 하는 말을 들으니 서방님께서는 안에서 옥을 내주지 않으므로 하는 수 없다고 하시면서, 지금 자기 몸이 빠져 나왔으니 자기를 데려가 달라고 중에게 말씀하시더래요."

그 소리를 듣고 왕부인은 가슴이 철렁했다.

"이거 정말 큰일이로구나! 그래, 그 중은 뭐라고 했다더냐?"

"그 중은 옥이 필요할 뿐이지 사람은 필요 없다고 하더랍니다."

그러자 보차가 물었다.

382

"돈 달라는 얘기는 없었다더냐?"

"그런 말은 못 들었어요. 그 후 중과 보옥 서방님 두 사람은 웃어가면서 많은 이야기를 나누신 모양인데, 바깥에 있는 하인들은 대부분 무슨 말인지 통 알아들을 수가 없었대요."

"머저리 같은 것들! 무슨 뜻인지 못 알아들었더라도 그대로 옮길 수는 있을 것 아니냐?"

그러면서 왕부인은 어린 시녀를 다시 밖으로 내보냈다.

"어서 가서 하인 녀석을 이리로 불러오너라."

어린 시녀는 급히 나가서 하인 녀석을 불러왔다.

"너희가 그 중과 서방님께서 나누는 얘기를 들었다고 하던데, 무슨 뜻인지는 모른다 해도 그대로 옮길 수는 있겠지?"

"저희들은 그저 무슨 '대황산大荒山'이니, 무슨 '청경봉靑埂峰'이니 하는 말과 또 무슨 '태허경太虛境'이니 '속세의 인연을 끊는다'느니 하는 말밖에는 듣지 못했사옵니다."

왕부인은 그 소리를 듣고도 무슨 뜻인지 알 수가 없었다. 그러나 보차는 그 소리에 너무도 놀란 나머지 눈을 휘둥그레 뜬 채 아무 말도 못하였다.

왕부인이 막 사람을 시켜서 보옥을 불러오려고 하는데, 마침 보옥이 히죽히죽 웃으면서 걸어 들어오는 것이었다.

"이젠 됐어, 잘 됐고말고!"

보차는 여전히 얼이 빠져 있었고, 그런 보옥을 보고 왕부인이 물었다.

"넌 마치 미친 사람처럼 무슨 소릴 혼자 지껄이는 거냐?"

"전 사실대로 이야기하려는데 어머니께선 왜 저더러 미쳤다고 하십니까? 그 스님과 저는 원래부터 알던 사이였는데 그 스님은 저를 만나러 오신 거였어요. 그 스님이 어디 정말로 돈을 받으러 오신 줄 아세요? 돈을 달라고 하신 건 그저 보시를 좀 청하고자 했던 것뿐이에요. 제가 나가서 사정을 잘 말씀드렸더니 그대로 휙 하니 가버리셨답니다. 그러니 잘된 일이 아니고 뭐겠어요?"

왕부인은 보옥의 말이 잘 믿어지지가 않아서 창문 밖에 서 있는 하인 녀석에게 물었다. 그 하인 녀석은 얼른 밖으로 나가 문지기에게 물어보고 와서 아뢰었다.

"그 중은 정말 돌아갔답니다. 그런데 가면서 하는 말이 마님들께선 안심하시라고 하면서 자기는 원래 돈을 원한 게 아니고 보옥 서방님이 자주 자기한테 놀러오기만 하면 되는 거였다고 하더랍니다. 그리고 만사는 모두 인연에 따라야 하는 것이고, 거기에는 처음부터 정해진 이치가 있는 법이라는 말도 했답니다."

"그렇다면 그 중은 본시 좋은 사람이었구나. 그런데 어디 사느냐고 물어보지는 않았더냐?"

"소인이 물어봤습죠. 그랬더니 둘째 서방님께서 잘 알고 계신다고 하던걸요."

왕부인이 다시 보옥에게 물었다.

"그 중은 도대체 어디 살고 있느냐?"

그러자 보옥이 웃으며 대답했다.

"그곳은 멀다면 멀고 가깝다면 가깝다고 할 수 있지요."

보차는 그 말이 끝나기도 전에 보옥의 말을 가로챘다.

"제발 정신 좀 차리세요. 언제까지 그런 혼미한 생각에만 사로잡혀 계실 거예요? 지금 아버님이나 어머님께선 당신 한 사람만 바라보고 계시잖아요. 더구나 아버님께선 당신에게 입신출세를 위해 정진하라고 분부까지 하시질 않았어요?"

"내가 말하는 게 바로 출세가 아니고 뭐겠어? 아직 모르나 본데, '일자출가, 칠조승천一子出家, 七祖升天[1]'이라는 말도 있잖아."

왕부인은 그 말을 듣고 크게 상심하였다.

"우리 집의 가운이 이러다 어찌 될지 모르겠구나. 석춘이 말끝마다 출가하겠다고 하더니만 이젠 하나가 더 늘었으니 말이다. 이럴 바에야 내가 더 살아서 무엇 하겠느냐!"

왕부인은 그러면서 통곡하였다. 보차는 왕부인이 슬픔에 잠겨 있는 것을 보고 다가가서 갖은 위로를 다하였다. 그러나 보옥은 대수롭지 않다는 듯이 웃으며 말하는 것이었다.

"농담 한 마디 했을 뿐인데 어머님께선 정말로 곧이들으셨군요."

그제야 왕부인은 울음을 그쳤다.

"농담을 하다니! 그 소리도 기가 막히는구나!"

이렇게 한창 법석을 떨고 있는데 시녀가 들어와서 아뢰었다.

"가련 서방님께서 돌아오셨어요. 그런데 안색이 아주 안 좋으십니다. 마님께 여쭐 말씀이 있으시답니다."

왕부인은 그 전갈을 듣고 또 깜짝 놀랐다.

"들어오긴 좀 뭣하겠지만 괜찮으니까 들어오시라고 해라. 사촌제수는 원래 친척간이니까 서로 피하지 않아도 된다."

가련이 들어와서 왕부인에게 문안 인사를 올리자, 보차도 가련을 맞으며 인사했다.

인사가 끝나자 가련이 왕부인에게 말씀을 올렸다.

"방금 아버님의 편지를 받았는데 병으로 매우 위독하시다면서 저더러 다녀가라고 하십니다. 더 늦었다가는 다시 볼 수 없을지도 모른다고 하시면서요."

이렇게 말하는 가련의 눈에서는 눈물이 주르르 흘러내렸다.

"편지에 무슨 병이라고 쓰셨더냐?"

---

1 아들 하나가 중이 되면 일곱 대의 조상이 승천함.

"처음엔 감기로 앓으셨는데 지금은 폐병으로 넘어갔답니다. 상태가 위독하셔서 사람을 보내 밤낮으로 달려오게 한 건데, 만일 하루이틀이라도 지체된다면 다시 못 뵐 수도 있답니다. 그래서 숙모님께 여쭈러 온 겁니다. 제가 아무래도 가봐야 할 것 같습니다. 그런데 집에 일 볼 사람이 아무도 없는 게 걱정입니다. 장薔이와 운芸이가 비록 똑똑지는 못하지만 그래도 남자들이니만큼, 밖에서 무슨 일이 생기면 그 애들에게 일을 시키실 수는 있을 겁니다. 저희 집에는 별다른 일은 없습니다. 추동이 날마다 울고불고 하며 이런 집에 있기 싫다고 하기에 제가 그 애 식구를 불러다가 데려가게 했습니다. 그럼 평아도 성가시지 않고 나을 거예요. 교저는 돌봐 줄 사람이 없지만 그래도 마음씨 좋은 평아가 있으니 염려하지 않으셔도 될 겁니다. 교저도 알 건 다 알고 있고요. 다만 성질이 제 어미보다 더 강한 데가 있으니 숙모님께서 예의범절을 잘 좀 가르쳐주십시오."

이렇게 말하면서 가련은 또 눈언저리가 붉어지더니 얼른 허리춤에 차고 있던 빈랑주머니에서 손수건을 꺼내 눈물을 닦았다.

"그 애 친할머니가 계신데 어쩌자고 내게 부탁을 하는 게냐?"

왕부인이 이렇게 말하자 가련은 소리를 낮추며 다시 부탁했다.

"숙모님께서 그렇게 말씀하신다면 전 맞아죽어야 마땅하겠지요. 그러나 더 이상 말씀드리지 않겠어요. 숙모님, 부디 이 조카를 한결같이 아껴주시길 부탁드려요."

가련이 그러면서 무릎을 꿇자, 왕부인도 눈시울을 붉혔다.

"어서 일어나라. 숙모와 조카지간에 이야기를 나누면서 이게 뭐란 말이냐? 다만 한 가지 네게 물어봐야 할 게 있구나. 교저도 이제 저만큼 컸질 않느냐? 혹시라도 네 아버님께 불상사라도 생기는 날에는 넌 바로 돌아오지 못하게 될 터인데, 웬만한 집안에서 혼담이라도 오게 되면 네가 돌아오도록 기다려야 하니? 아니면 네 어머님께 맡기도록 할까?"

"지금 어머님들께서 집에 계시니까 당연히 어머님들께서 알아서 하셔야지요. 저를 기다리실 필요는 없습니다."

"네가 아무래도 떠나야 할 형편이라면 즉시 숙부님께 편지로 기별해 드리도록 하렴. 집안을 돌볼 사람이 아무도 없고 또 네 아버님도 어떻게 되실지 모르는 상황이므로, 할머님의 일을 가능하면 빨리 끝마치고 속히 돌아와 주십사고 전해 올리도록 해라."

"네, 알겠습니다."

가련은 대답하고 나가려다가 다시 되돌아와서 아뢰었다.

"지금 집에 있는 하인들은 그만하면 부족한 편은 아닙니다. 다만 대관원만은 아무도 없이 텅 비어 있어요. 포용이도 원래 주인한테로 돌아갔고, 설부인 마님께서 사시던 곳도 설과가 살고 있다가 자기 집으로 이사했기 때문에 지금은 비어 있습니다. 이렇듯 대관원 안의 집들이 전부 비어 있어서 도무지 돌볼 수가 없으므로, 아무래도 숙모님께서 사람을 시켜서 자주 살펴봐 주셔야겠습니다. 저 농취암은 원래 우리 집 소유인 데다 지금 묘옥 스님도 행방이 묘연하므로 그곳에 있는 모든 재산들에 관해서는 묘옥을 수발했던 여승들도 함부로 어쩌지 못하는 형편입니다. 그래서 그들이 우리 집에서 누구 한 사람을 보내 관리해 달라고 하더군요."

"자기 집 일만 해도 골치가 아파 죽겠는데 남의 일까지 걱정 할 겨를이 어디 있겠느냐? 그리고 이 얘기가 절대 석춘의 귀에 들어가게 해서는 안 된다. 만일 그 애가 알게 되면 또다시 출가하겠다고 소동을 부릴 테니까 말이다. 너도 생각 좀 해보렴. 우리 집안이 어떤 집안인데 이런 훌륭한 집안에서 귀하게 자란 아가씨가 머리를 깎고 중이 되겠다고 한단 말이냐? 그게 어디 말이나 되느냐?"

"숙모님께서 말씀을 꺼내시지 않는 한 저도 절대로 입 밖에 내지 않겠습니다. 그렇지만 석춘이는 어쨌든 동부댁 사람이 아닙니까? 게다가 부모님도 모두 돌아가시고 하나밖에 없는 오빠도 지금 외지에 나가 있는 형편인데, 올케라는 사람과는 그다지 사이가 좋질 않은가 봅니다. 제가 듣기로도 몇 번씩이나 죽네 사네하며 소동을 벌였다고 하더군요. 그 애가 그와 같은 마음을 먹고 있는 이상, 너무 억누르기만 했다가 정말 자살이라도 하는 날에는 출가하는 것보다 더 큰 낭패가 아니겠습니까?"

왕부인은 가련의 말을 듣고 고개를 끄덕였다.

"이 일은 정말 나로서는 감당하기 어렵구나. 나도 마음대로 할 수 없는 일이니, 그 애의 올케한테 맡길 수밖에 없을 것 같다."

가련은 왕부인과 몇 마디 더 이야기를 나누다가 물러 나와서 하인들을 불러다 집안일을 단단히 일러 놓았다. 그러고 나서 편지를 쓰고 행장을 꾸렸다. 평아 등에게도 잘 부탁한다고 신신당부했음은 말할 것도 없다. 그러나 교저만은 슬픔에 차서 울음을 그칠 줄 몰랐다. 가련은 또 왕인에게도 돌봐달라는 부탁을 하려고 했지만 교저가 한사코 말렸다. 교저는 바깥일을 가운과 가장에게 부탁했다는 말을 듣고 속으로 몹시 못마땅하게 생각했으나 아무런 내색도 하지 않았다. 그녀는 아버지를 전송하고 나서 평아와 함께 조심스럽게 하루하루를 보냈다.

풍아와 소홍은 희봉이 죽고 나자 하나는 휴가를 받고 하나는 병을 핑계로 모두 집으로 돌아갔다. 평아는 집안에서 누구든 시녀 아이를 하나 데려오고 싶었다. 그 이유는 첫째로 교저의 말동무를 얻어주기 위해서였고, 둘째로는 자기의 의논 상대로 삼기 위함이었다. 그러나 아무리 생각해봐도 그럴 만한 사람이 없었다. 다만 가모가 생전에 아끼던 희란과 사저아가 있기는 한데, 공교롭게도 사저아는 얼마 전에 시집갔고 희란도 혼처가 정해져서 조만간 시집가게 되었다기에 평아는 아예 단념하고 말았다.

한편 가운과 가장은 가련을 전송한 후 안으로 들어와서 형부인과 왕부인에게 인사를 올렸다. 그들 두 사람은 번갈아 가며 바깥 서재에 묵으면서 낮에는 하인들과 회회낙락 떠들어대다가, 때로는 몇몇 친구들을 끌어들여서 돌려가며 술판을 벌이거나 심지어는 노름까지 했다. 그러나 안에서는 그런 줄을 까맣게 모르고 있었다.

하루는 형부인의 동생과 왕인이 찾아왔는데 가운과 가장이 그곳에 머물면서 진탕 먹고 마시며 노는 것을 본 다음부터, 일을 도와준다는 핑계로 노상 바깥 서재로 와서 판을 벌이고 노름을 하거나 술을 마셔댔다. 집안의 성실한 하인들은 가정이 몇 명을 데려 가고, 또 가련도 몇 명을 데려 갔기 때문에 지금 집에 남아 있는 사람이라고는 뇌대, 임지효 등의 아들과 조카뿐이었다. 그런데 이 젊은것들은 부모 덕분에 먹고 마시는 데만 이골이 나 있었을 뿐으로, 살림살이에 대해서는 아무것도 아는 것이 없었다. 게다가 지금은 어른들이 모두 외지로 나가고 없었으므로 그야말로 고삐 풀린 망아지나 다름없었다. 또한 임시로 주인격인 두 사람이 부추겨 대자, 그들은 신이 난 나머지 못하는 짓이 없었다. 그 바람에 영국부는 위아래의 구별도 없고 안팎의 구별도 없이 그야말로 난장판이 되고 말았다.

그 와중에 가장은 보옥이까지 꼬드겨낼 생각을 하였다. 그러나 가운이 이를 말렸다.

"보옥 아저씨는 운이 없는 사람이니 아예 건드릴 생각을 말자구. 언젠가 내가 그 아저씨에게 아주 좋은 혼처 하나를 소개한 적이 있었어. 규수 아버지는 외지에서 세무관으로 있고 집에는 전당포가 몇 개나 있었지. 그리고 그 규수는 선녀보다 예쁘게 생겼다거든. 그래서 내가 특별히 자세하게 편지 한 통을 써서 그 아저씨한테 주었건만, 그 아저씨한테 그런 복이 없어서…."

여기까지 말하던 가운은 좌우를 살피더니 주위에 아무도 없자 다시 말을 이었다.

"그 아저씨는 진작부터 우리 저 새 숙모님〔보차〕에게 반해 있었던 거야. 자네는 듣지도 못했나? 이 댁엔 저 숙모님 말고 또 임대옥이라는 아가씨가 있었는데, 그 아가씨는 상사병에 걸린 나머지 죽고 말았어. 이건 누구나 다 알고 있는 사실일세. 그러나 그건 할 수 없는 일 아니겠어? 남녀간의 연분이란 따로 있는 거니까. 그런데 그 보옥 아저씨는 그일이 있은 다음부터 날 보고도 못 본 체한단 말이야. 내 원 참, 어처구니가 없어서. 그 아저씨는 누가 자기 덕을 보려고 그랬는줄 알았던 모양이지?"

가장은 그 말을 듣고 고개를 끄덕였다. 그리고는 그제야 보옥을 꼬드기려는 생각을 단념했다.

그들 두 사람은 보옥이 그 중을 만난 뒤부터 속세와의 인연을 끊으려한다는 것을 알 까닭이 없었다. 보옥은 왕부인 앞에서는 아직 그런 내색을 하지 않았지만, 보차나 습인 등 모두에게는 이미 다정하게 대하지 않고 있었다. 시녀 애들이 그 사실을 알지 못하고 보옥을 유혹해 보려고 하였지만 보옥은 거들떠보지도 않았다. 보옥은 또한 집안일에도 도무지 무관심하였다. 왕부인과 보차가 늘 공부하라고 권하였기 때문에 그저 건성으로 책을 읽는 척하고 있었지만, 마음은 언제나 그 중에게 이끌려서 가보았던 그 천상의 신비로운 세계에 가 있었다. 보옥에게는 보이는 사람마다 모두 속인으로만 여겨졌다. 그러다 보니 집안에 있는 것조차 견디기 힘들었으므로, 한가할 때마다 석춘을 찾아가서 한담을 나누었다. 그들 두 사람은 이야기가 잘 통했고 그럴수록 출가할 결심은 더욱 굳어만 갔다. 그러니 가환과 가란을 보살필 마음이 어디 있었겠는가?

가환은 지금 아버지가 집에 안 계시고 생모인 조이랑도 이미 세상을 떠났으며 왕부인은 자기를 안중에도 두지 않았으므로 자연 가장네 패거리에 휩쓸리게 되었다. 오로지 채운만은 진심으로 그를 말렸으나 도리어 가환에게 욕만 얻어먹기 일쑤였다. 옥천아는 보옥의 실성한 증세가 날로 더해가는 것을 보고, 일찌감치 자기 어머니에게 말해서 영국부를 나가 버렸다.

지금 보옥과 가환 두 형제는 제각기 다른 형태로 집안을 떠들썩하게 만들고 있었으므로 사람들은 모두 그들을 상대하지도 않았다. 유독 가란만은 어머니 슬하에서 열심히 공부하여 때때로 글을 지어서는 서당에 가지고 가서 가대유에게 가르침을 받곤 하였다. 그러다가 요즈음 들어서는 가대유가 노환으로 자리에 누웠으므로 하는 수 없이 혼자서 공부에 매진하였다. 이환은 본래 조용한 성격이어서 왕부인에게 문안을 드리거나 보차를 만나 몇 마디 주고받는 것을 제외하고는, 일체 바깥출입을 하지 않고 오로지 가란의 곁에서 공부만 챙겨주며 지내고 있었다.

이렇게 되고 보니 영국부 안에 사는 사람들이 적지 않았건만 제각기 자기 일만 하고 지낼 뿐 아무도 남의 일에 간섭하려 들지 않았다. 사정이 이쯤 되자 가환과 가장은 갈수록 놀아나는 꼴이 가관이었다. 심지어 그들은 남몰래 집안의 물건들을 빼돌려서 저당잡히거나 팔아먹기까지 하는 등, 나쁜 짓을 한두 가지 일삼는 것이 아니었다. 가환은 한술 더 떠서 계집질에 노름질까지 못하는 짓이 없었다.

하루는 형부인의 동생과 왕인 등이 모두 모여서 바깥 서재에서 술을 마시고 있었는데, 거나하게 취해서 흥이 나니까 이번에는 기생까지 불러다 놓고 부어라 마셔라 하며 질펀하게 놀고 있었다. 그런 판에 가장이 말을 꺼냈다.

"당신들은 너무 속되게 놀고 있구려. 어디 주령이나 한 번 해보는 게 어떻겠소?"

"그거 좋지!"

모두들 찬성하였다.

"그럼 우리 '월자류상月字流觴'²을 하도록 합시다. 내가 먼저 '월月'자가 든 시구를 말하면 그 '월'자의 순서에 따라 세어 나가다가 거기에 맞는 사람이 술을 마시기로 하는 겁니다. 그리고 또 주면酒面³과 주저酒底⁴도 있어야 하는데, 그건 영관令官의 명에 따라야 합니다. 그러지 않는 사람은 벌로 큰 잔으로 석 잔을 마셔야 합니다."

가장의 말에 모두들 따르기로 하였다. 가장은 영관이 된 의미로 영주令酒 한 잔을 마시더니 시구를 읊었다.

"비우상이취월〔飛羽觴而醉月 : 깃털장식의 술잔을 날려 달빛에 취하다〕⁵이라."

이 시구를 따져보니 가환이 술을 마셔야 했다.

"주면으로는 계수나무 '계桂'자가 와야 해요."

가장이 말하자 기환이 다음과 같이 읊었다.

"냉로무성습계화〔冷露無聲濕桂花 : 찬 이슬은 소리 없이 계화를 적시네〕⁶라. 그리고 주저酒底는요?"

"향기로울 '향香'자를 넣으시오."

"천향운외표〔天香雲外飄 : 좋은 향기 구름 밖으로 흩어지네〕⁷라."

가장의 명에 가환이 또 읊었다.

그러자 형부인의 동생인 형덕전이 불만스럽게 말했다.

---

2 주령의 일종. 옛날에는 매년 3월 3일이면 물길이 구불구불한 강가에 모여서 상류에서 술잔을 띄워 물길 따라 잔을 내려 보내다가 술잔이 어떤 사람 앞에 멈추면 그 사람이 즉시 술을 마셨는데, 술잔이 물길 따라 흐른다 하여 이를 유상(流觴)이라고 하였음. 이후에는 술잔을 돌리며 주령을 행하는 놀이를 유상이라고 하였으며 주령 중에 반드시 '월(月)'자가 나오도록 정해놓았기에 '월자류상(月字流觴)'이라고 한 것임.
3 술잔을 가득채운 후 마시기 전에 먼저 주령을 행하는 것.
4 주령이 끝날 때마다 술잔을 비우는 것.
5 당대 이백의 글.
6 당대 왕건(王建)의 시구.
7 당대 송지문(宋之問)의 시구.

"이게 뭐야. 재미없어 죽겠네! 자넨 글을 얼마나 안다고 그렇게 고상한 체하는 게야! 이건 무슨 놀이가 아니라 사람을 괴롭히는 거잖아. 우리 그건 집어치우고 권拳[8]이나 하자구. 지는 사람이 술도 마시고 노래도 부르기로 하는 거야. 이런 걸 '고통 중의 고통'이라고 하는 거지. 노래 부를 줄 모르는 사람은 우스운 얘기를 해도 좋아. 그렇지만 반드시 재미있는 얘기라야 하네."

모두들 이 의견에 동의하였으므로 시끌벅적하게 주먹들을 내밀며 숫자를 외쳐댔다. 맨 처음엔 왕인이 져서 술을 한 잔 마시고 노래도 한 곡 불렀다. 모두들 잘한다고 소리를 치며 권을 놀았다. 이번에는 기생 하나가 져서 무슨 '아가씨, 아가씨, 너무 예뻐요〔小姐小姐多豐彩〕'라는 노래를 한 곡 불렀다. 그리고 그 다음엔 형부인의 동생이 졌으므로 사람들이 노래를 한 곡 부르라고 하자 그는 고개를 저었다.

"난 노래할 줄 모르니까 우스운 얘기나 하나 하지요."

"만일 우스운 얘기가 아니면 벌주를 받으셔야 합니다."

가장의 말에 형부인의 동생은 술을 한 잔 마시고 이야기를 시작했다.

"어느 마을에 원제묘〔元帝廟: 현제(玄帝)를 모셔놓은 사당〕가 하나 있었는데, 그 옆에는 또 토지사〔土地祠: 토지신을 모셔놓은 사당〕가 있었답니다. 그 원제는 늘 토지신을 불러다 이야기하며 놀았다나요. 그러던 어느 날 원제묘에 도둑이 들었기 때문에 원제는 토지신에게 이를 조사하라고 했답니다. 그랬더니 토지신이 '이 고장에는 도적이 없습니다. 그러니 이는 반드시 신장神將이 부주의해서 다른 고장의 도적에게 물건을 도둑맞았을 겁니다'라고 하더래요. 그러자 원제가 '허튼소리 마라! 넌 토지신이 아니더냐? 도적이 들었는데 너한테 묻지 않고 그럼 누구한테 물으란 말이냐? 넌 도적을 잡으러 갈 생각은 않고 도리어 나의 신장이 부주의

---

8 화권(劃拳) 놀이를 말함.

해서 그렇다는 소리만 늘어놓는구나!'라고 하더랍니다. 그래서 토지신이 다시 '부주의해서 그렇다고 말씀드리기는 했지만 사실은 묘의 풍수가 좋지 않아서 그렇게 된 것입니다'라고 했답니다.

이에 원제가 '그렇다면 넌 풍수를 볼 줄 아느냐?'라고 물었더니, 토지신이 '제가 한번 봐드리겠습니다'라고 하면서 여기저기를 돌아다녀 보더니만, '원제님께서 앉아 계시는 뒤쪽의 붉은 문이 허술합니다. 그런데 제가 앉아 있는 뒷면은 벽돌로 쌓은 담이므로 절대로 도둑맞을 염려가 없습니다. 그러니 이후로 원제님의 뒤쪽도 담으로 고치시는 게 좋겠습니다'라고 했답니다. 원제가 그 소리를 듣고 생각해보니 일리가 있는 것 같아서 신장들에게 사람들을 불러다 담벼락을 쌓으라고 했답니다. 그랬더니 신장들이 모두 한숨을 내쉬면서 '지금은 향불 한 개비 피워주는 사람도 없는데 어디 가서 벽돌 쌓는 사람들을 구한단 말입니까?'라고 하더랍니다. 원제는 하는 수 없이 여러 신장들에게 방법을 생각해보라고 했으나 모두들 뾰족한 수가 없었답니다. 그때 원제의 발밑에 있던 거북장군이 일어나면서 '내게 한 가지 방법이 있소. 당신네들이 먼저 저 붉은 문을 떼어 내시오. 그런 다음 내가 밤에 내 배로 그 입구를 막으면 그게 바로 벽이 아니고 뭐겠소?'라고 하더랍니다. 여러 신장들은 그 말을 듣고 '그러면 되겠군요. 돈도 안 들거니와 또 손쉽고 튼튼하기도 하니까 말이오'라고 하면서 모두들 좋아했답니다. 이렇게 거북장군이 이 일을 자진해서 맡았기 때문에 마침내 걱정을 덜게 되었다나요.

그런데 며칠이 안 가서 그 묘에 또 도적이 들었답니다. 여러 신장들은 토지신을 불러다 '당신이 벽만 쌓으면 도적을 막을 수 있다고 했는데 어째서 지금 벽을 쌓았는데도 도적이 들었단 말이오?'라고 따졌답니다. 그랬더니 그 토지신이 '그 벽이 튼튼하지 않은 모양이지요'라고 대답하자, 여러 신장들이 '그럼 직접 가보세'라고 하기에 토지신이 가보니 과연 훌륭한 담벼락이었으므로 왜 도적이 들었을까 하고 속으로 의아해

하며 손으로 그 담벼락을 만져보았답니다. 그러더니 '진짜 벽인 줄 알았더니 가짜 벽, 즉 가장假牆이었군요!'라고 하더랍니다."

이야기가 끝나자 모두들 배를 움켜잡고 웃어댔다.

가장도 참지 못하고 웃으면서 말했다.

"이 사람 좀 보게나! 너무 하는 거 아닙니까? 나는 지금까지 당신을 욕해본 적이 없는데, 당신은 어째서 이렇게 나를 욕보이는 겁니까? 어서 벌주나 큰 잔으로 한 잔 받으시지요."

형부인의 동생은 벌주로 한 잔을 마셨다. 그러자 취기가 확 돌았다. 사람들은 또 술을 몇 잔 더 마시고 나더니 모두들 취해서 횡설수설하기 시작했다. 형부인의 동생은 자기 누나가 못됐다고 욕을 퍼붓고, 왕인은 왕인대로 자기 누이동생〔왕희봉〕더러 나쁜 년이라면서 입에 거품을 물고 험담을 퍼부었다. 그 소리를 듣던 가환도 술김에 희봉이 얼마나 몹쓸 여자이며, 그동안 얼마나 자기들한테 모질게 굴었고 또 얼마나 자기들 머리를 짓눌렀었나 하는 애기를 욕설을 섞어가며 늘어놓았다. 그러자 다른 사람들도 덩달아 험구를 해댔다.

"대체로 인간이란 좀 후해야 하는 법이야. 저 희봉이란 여자는 노마님의 세력을 등에 업고 그렇게 오만하게 굴더니만, 대 이을 아들 하나 낳지 못하고 달랑 딸 아이 하나만 남겼지 뭐야. 그러니 이승에서 이승의 보복을 받은 셈이 아니고 뭐겠는가?"

가운도 희봉이 자기에게 잘 대해주지 않았던 것과 교저가 자기를 보기만 하면 울던 일이 생각나서 입에서 나오는 대로 마구 욕을 퍼부어 댔다. 그런데 가장이 웬일로 점잔을 뺐다.

"자, 술들이나 마십시다. 남의 애기 해봤자 무슨 소용이 있겠습니까?"

---

9 가장(賈薔)과 발음이 같기 때문에 가장을 빗대서 하는 말.

그러자 술 따르던 기생 둘이 물었다.

"그 아가씨는 몇 살이세요? 인물은 어떻고요?"

"인물이야 아주 잘났지. 나이는 열서너 살쯤이고."

가장의 말에 기생이 다시 입을 열었다.

"아깝게도 그런 아가씨가 왜 이런 댁에 태어났을까요? 만일 평범한 집안에 태어났더라면 부모형제가 모두 벼슬하고 굉장한 부자가 될 수 있었을 텐데요."

그 소리에 모두들 귀가 번쩍했다.

"어째서 그렇게 될 수 있다는 건데?"

"저쪽 변방지역을 다스리는 아주 너그러우신 왕이 한 분 계시는데 지금 왕비를 물색하고 계신답니다. 만일 합당한 여자만 나타난다면 부모형제들을 모두 데려간다니, 이보다 더 좋은 일이 또 어디 있겠습니까?"

기생이 떠벌이는 말을 다른 사람들은 대수롭지 않게 흘려들었으나 왕인만큼은 귀가 솔깃해졌다. 그러나 그런 내색은 하지 않고 남들처럼 여전히 술만 마셔댔다.

이때 밖에서 뇌대, 임지효의 아들과 조카가 문을 열고 들어왔다.

"나리들, 한바탕 재미나게 놀고 계시는군요!"

모두들 일어나서 그들을 맞았다.

"맏이와 셋째인가? 왜 이제야 오는 거야? 모두들 한참 기다렸잖아."

"실은 오늘 아침에 이상한 소문 하나를 들었습니다. 우리 영국부에 또 무슨 일이 일어났다는 거예요. 그래서 걱정이 되기에 성안에 들어가서 수소문해 봤더니 우리 집 일은 아니고 다른 집 일이었어요."

"우리 집 일이 아니면 그만이지 왜 바로 오질 않았어?"

"우리 집 일은 아니지만 아주 관계가 없는 건 아니지요. 누구네 일인 줄 아십니까? 바로 가우촌 대감의 일이랍니다. 저희가 오늘 성안에 들어가서 그 대감이 쇠사슬에 묶여 있는 걸 직접 봤어요. 듣자니까 삼법사三法司[10]의 관아로 심문받으러 압송되어 간답니다. 그 대감이 늘 우리 집에 다녀가곤 하는 걸 봤기 때문에 혹시라도 연루된 일이 있지 않나 해서 뒤따라가서 물어본 겁니다."

그러자 가운이 말했다.

"아무튼 자넨 생각이 깊은 사람이야. 물론 어찌 된 일인지 잘 알아봐야 하고말고. 자세한 이야기는 우선 앉아서 한잔 마시면서 나누도록 하세."

두 사람은 잠깐 사양하다가 곧 자리에 앉아 술을 마시며 이야기했다.

"그 우촌대감은 능력도 있고 권세에 빌붙기도 잘하며 높은 벼슬자리에 계신 적도 많지만 재물을 너무 탐하는 것이 탈입니다. 그래서 사람들이 수하 관원들의 재물을 갈취했다는 이유로 탄핵문을 여러 장 올렸던 모양입니다. 금상폐하께서는 지극히 현명하시고 자비로우시지만 '탐貪'이란 글자 하나를 들으시기만 해도 백성들을 괴롭혔거나 혹은 세도를 믿고 양민을 업신여긴 것이라 여기시고 진노하신답니다. 그래서 폐하께서는 즉시 체포하라는 엄명을 내리셨답니다. 만일 심문한 결과 그것이 사실이라고 판명되는 날에는 절대로 무사할 수 없을 것이고, 만일 사실이 아니라면 그 탄핵한 사람의 처지가 어렵게 될 것입니다. 하여튼 지금은 좋은 시절입니다. 운수가 터서 벼슬자리에 오르기만 하면 장땡이니까요."

사람들이 뇌대의 아들에게 물었다.

"자네 형님은 운이 텄질 않은가? 지금 지현 자리에 있으니 좀 좋은가 말일세!"

"저희 형님이 비록 지현으로 있다고는 하지만 그런 식으로 해나가다

---

10 형부(刑部), 도찰원(都察院), 대리사(大理寺). 중대한 안건들은 공동으로 심의하였음.

간 아마 얼마가지 못할 겁니다."

"왜, 손버릇이 나쁜가?"

뇌대의 아들은 고개를 끄덕이더니 잔을 들어 술을 들이켰다.

사람들이 또 그들에게 물었다.

"안에서 또 무슨 새로운 소식이라도 들은 게 있는가?"

"다른 건 별로 더 들은 게 없습니다. 단지 연해지역의 도적들을 꽤 많이 붙잡아서 법사아문으로 압송하여 심문하였답니다. 심문결과 더 많은 도적들이 밝혀졌다는데, 그 가운데 어떤 놈들은 경성에 숨어 있으면서 눈치를 살피다가 적당한 기회를 봐서 강도질을 했다지 뭡니까? 그렇지만 다들 알고 있다시피 지금 조정에 계시는 대감들은 모두 문무에 능하신 분들로서, 온 힘을 다해 충성을 바치고 있으므로 가는 곳마다 도적들을 일망타진하고 있답니다."

"이 장안에 숨어있던 도적들이 체포되었다는 소리를 들었다면, 혹시 우리 집에 도적이 들었던 사건이 밝혀졌는지에 대해서는 듣지 못했는가?"

"그런 소리는 못 들었습니다. 그런데 누군가가 하는 소리를 어렴풋하게 들자니까 내륙지방에서 온 어떤 사내 하나가 성안에서 죄를 저지르고는 웬 여자를 납치해서 연해지방으로 도망가려 했답니다. 그런데 그 여자가 말을 듣지 않자 죽여 버렸다나요. 그런 뒤에 그 도적은 관문을 빠져나가려다 관병에게 붙잡혀서 그 자리에서 처형당했답니다."

"우리 집 농취암에 있던 묘옥인가 뭔가 하는 여승도 어느 놈한테 납치당했다고 하던데, 그럼 혹시 그 여자가 아닐까?"

여러 사람들이 그렇게 이야기하자 가환이 말했다.

"틀림없이 묘옥일 거예요!"

"그걸 어떻게 알아?"

"그 묘옥이란 년은 정말 둘도 없는 못된 년이에요. 순결한 체하면서 언제 봐도 오만하기가 하늘을 찌르죠. 그러면서도 보옥이만 보면 생글생글 눈웃음을 치며 아양을 떤답니다. 그런데 그년은 나를 만나면 거들떠보지도 않았어요. 그게 정말 그년이라면 난 소원을 푼 셈이에요!"

"그렇지만 납치된 사람이 한둘이 아닐 텐데 그 여자라고 단정할 수야 없지."

사람들이 그렇게 말하자 가운이 끼어들었다.

"정말 그럴지도 몰라요. 요전 날 누구한테 들은 소린데 묘옥 스님이 살던 암자의 도파가 묘옥이가 맞아 죽는 꿈을 꿨다던걸요."

그러자 사람들이 모두 웃으며 말했다.

"꿈에 본 걸 가지고 뭘 그래요."

그때 형부인의 동생이 분위기를 바꿨다.

"남이야 꿈을 꾸든 말든 우리랑 무슨 상관이야? 우리 어서 밥이나 먹읍시다. 그리고 나서 오늘밤에 노름판이나 크게 벌려 보자구."

사람들은 그 말에 모두 좋아라하며 즉시 밥을 먹고 노름을 시작했다.

그들이 삼경이 넘도록 노름을 하고 있는데 갑자기 안에서 시끄러운 소리가 들려왔다. 들자니까 석춘이 가진의 아내 우씨와 말다툼을 하다가 자기 머리카락을 몽땅 잘라버렸다는 것이다. 그리고는 형부인과 왕부인한테 달려가서 중이 되는 걸 허락해 달라고 절을 하면서, 자기를 어디론가 보내달라고 애걸하였다는 것이다. 만일 허락하지 않는다면 당장 그 자리에서 죽어버리겠다고 하자, 형부인과 왕부인은 이 일을 어찌했으면 좋을지 몰라서 가장과 가운더러 안으로 들어오라고 했다는 것이다.

가운은 그 소리를 듣고 석춘이 그전에 도둑맞았을 때 작정했던 마음이 되살아나서 그러는 거라고 짐작하고는 말려봐야 소용이 없겠다고 생각하였다. 그래서 먼저 가장과 의논하였다.

"지금 마님께서 우리를 부르시지만 그 일은 우리가 나서서 처리할 수 없는 일이야. 게다가 나서서 처리해서도 안 되는 일이니 그저 말려보는 수밖에 없어. 말려도 막무가내인 경우에는 그분들의 처분에 맡겨 두자고. 그런 다음 우리 둘이 상의해서 가련 아저씨께 편지를 보내면 우리 책임은 면할 수 있질 않겠어?"

두 사람은 이렇게 의논한 끝에 안으로 들어가서 형부인과 왕부인에게 인사를 드린 다음, 건성으로 석춘을 말리는 체하였다. 그러나 석춘은 기어이 출가하겠다고 고집을 피웠으므로, 정 그렇게 하겠다면 집밖으로 나가지는 말고 깨끗한 방을 한두 칸 치워 줄 테니 그곳에서 경을 읽고 부처님을 모시라고 설득하였다. 우씨는 가장과 가운이 그 일 떠맡기를 꺼려한다는 걸 눈치챘고, 또 석춘이 자살이라도 하면 큰일이겠다 싶어서 강경한 어조로 자기주장을 폈다.

"일이 이렇게 된 죄는 다 제가 덮어쓰겠어요. 올케가 되어 가지고 시누이 하나 잘 대해주지 못해서 견디다 못해 출가하게 만들었다면 제가 무슨 할 말이 있겠어요. 아가씨 소원을 들어주기는 하겠지만 집밖으로 나가는 건 절대로 안돼요. 집 안에 그대로 있으면 마님들께서도 모두 곁에 계시니 안심이므로 제가 그렇게 하자고 했다고 하세요. 그러니 장도련님이 진이 아저씨와 련이 아저씨께 각각 편지를 써서 알리도록 해주세요."

가장 등은 우씨의 말에 그렇게 하겠노라고 대답하였다. 형부인과 왕부인이 과연 그 일을 허락할는지 알고 싶으면 다음 회를 보시라.

記微嫌舅兄
欺弱女
警謎語妻妾
諫痴人

교저를 팔아먹는 외삼촌

하찮은 일 앙심 품은 외숙은 어린 조카 기만하고
뜻 모를 소리에 놀란 처첩 멍한 보옥 타이르네

記微嫌舅兄欺弱女 驚謎語妻妾諫痴人

　　형부인과 왕부인도 우씨의 말을 듣고 석춘의 결심이 돌이킬 수 없이
확고한 것임을 알았다. 왕부인은 석춘에게 당부하였다.
　　"네가 불문에 들겠다고 하는 것도 전생의 인연일 것이니 우리가 막을
수는 없는 일이다. 다만 우리 같은 이런 가문에서 아가씨가 출가한다면
집안 체면이 뭐가 되겠느냐? 지금 네 올케가 수행을 허락한 것도 큰맘
먹고 그렇게 한 것이다. 그런데 네게 당부할 말이 있다. 머리채만은 자
르지 않았으면 좋겠구나. 자기 마음만 진심이라면 머리를 깎고 안 깎고
가 무슨 문제가 되겠느냐? 생각해 보렴. 너도 알다시피 묘옥도 머리를
기른 채 수행하질 않았느냐? 그 사람이 어쩌다 그런 범속한 마음이 일
어서 그 지경이 되었는지는 모르겠지만 말이다. 네 결심이 이렇게도 굳
으니 네가 살고 있는 그 집을 네 암자로 정해 주도록 하마. 그리고 네가
부리던 시녀들도 모두 불러다 물어봐야겠구나. 너와 함께 있겠다고 하
는 시녀들은 억지로 짝 지워줄 것 없이 네가 그대로 데리고 있고, 함께

있기 싫어하는 시녀들은 달리 생각을 해봐야겠다."

석춘은 이 말을 듣더니 눈물을 거두고 형부인과 왕부인을 비롯하여 이환과 우씨에게 감사의 절을 올렸다. 왕부인은 이렇게 말하고 나서 바로 채병 등에게 누가 석춘을 따라 수행하길 원하느냐고 물었다.

"저희는 마님들께서 분부하시는 대로 따르겠어요."

채병 등이 이렇게 대답하자, 왕부인은 그들이 별로 달가워하지 않는다는 것을 눈치채고 누가 적당할까 생각해봤다. 보옥의 등 뒤에 서 있던 습인은 보옥이 틀림없이 울고불고 난리부릴 것이라는 생각이 들어서, 병이 또 도질까 봐 걱정이 이만저만이 아니었다. 그런데 보옥은 오히려 탄복해 마지않는 것이었다.

"정말 어려운 결단을 내렸어!"

그 말을 듣고 습인의 마음은 더욱 서글퍼졌다. 보차는 비록 아무 말도 하지 않았지만 매사를 찬찬히 살피는 터라, 보옥이 이처럼 지금도 미궁에서 빠져나오지 못하는 것을 보고 남몰래 눈물을 흘렸다.

왕부인이 여러 시녀들을 불러다 물어보려고 하는데 갑자기 자견이 걸어 나오더니 왕부인 앞에 무릎을 꿇고 아뢰었다.

"방금 마님께서도 석춘 아가씨 방에 있는 아이들에게 물어보셨는데, 마님께선 누가 적당하다고 생각하시는지요?"

"이런 일을 어떻게 강요할 수 있겠느냐? 누구든지 원하는 아이가 있다면 스스로 말해줬으면 좋겠구나."

"석춘 아가씨께서 출가하시겠다고 하는 것은 아가씨께서 원해서 그런 것일 뿐이지, 결코 아가씨를 모시는 언니들의 의사는 아닐 거예요. 제가 마님께 한 말씀 올리겠습니다. 전 결코 언니들을 나쁘게 말하려는 것이 아닙니다. 그러나 사람이란 모두 제 나름대로의 생각이 있는 게 아니겠어요? 제가 대옥 아가씨를 모실 적에 아가씨가 저를 얼마나 아껴주셨는지는 마님들께서도 잘 알고 계실 겁니다. 태산 같은 은혜는 실로 갚을 길이 없습니다. 아가씨가 돌아가셨을 때 따라 죽지 못한 것이 천추의 한이에요. 그렇지만 아가씨는 이 댁 사람이 아닌 데다 저 또한 주인댁의 은혜를 입고 있는 몸이므로 함부로 따라 죽을 수도 없는 처지입니다. 마님들께 간청 드리옵건대 제가 석춘 아가씨를 따라서 한평생 모실 수 있도록 해주십시오. 허락해 주신다면 저로서는 그보다 더 큰 복은 없을 것이옵니다.”

형부인과 왕부인이 뭐라고 대답도 하기 전에 옆에서 듣고 있던 보옥은 대옥이 생각나서 가슴이 찢어지는 것만 같았다. 보옥의 두 눈에서는 어느새 눈물이 주르르 흘러내렸다. 사람들이 왜 그러느냐고 물으려는데 보옥은 갑자기 ‘하하하’하고 크게 웃으면서 앞으로 나서며 말하는 것이었다.

“이건 제가 상관할 일은 아니지만 자견이는 어머니께서 제 방에 보내주신 애이므로 제가 한 말씀 올리겠습니다. 어머님, 부디 자견의 청을 들어주십시오. 그래서 자기 정성을 다할 수 있도록 해주세요.”

“넌 그전에는 자매들이 시집가면 죽을 듯이 울고불고 하더니만 지금은 석춘이가 출가하겠다고 해도 말리기는커녕 도리어 장하다고 하니, 네가 요즘 들어 도대체 어떻게 된 건지 도무지 알 수가 없구나.”

“석춘의 출가에 대해서는 이미 허락하셨고 당사자 생각도 확고한 것 같군요. 만일 그 생각이 굳은 것이라면 드릴 말씀이 있지만, 그 생각이 확고한 것이 아니라면 저도 쓸데없는 소린 하지 않겠어요.”

“오빠는 말도 안 되는 소릴 다 하는군요. 결심도 하지 않고 마님들의 뜻을 거역했겠어요? 자견의 말처럼 허락해 주신다면 저로서는 복이지만, 허락해 주시지 않는다면 제겐 죽는 길밖에 없어요. 그러니 뭐가 겁날 게 있겠어요? 할 말이 있으면 뭐든지 해보세요.”

“이건 내가 천기를 누설하는 거라고는 볼 수 없어요. 그렇게 되도록 되어 있었으니까. 제가 여러분들께 시를 한 수 읊어 드리지요.”

그러자 사람들이 보옥을 나무랐다.

"남들은 괴로워서 죽을 지경인데 뚱딴지같이 시를 읊겠다니, 별일 다 보겠군요."

"제가 시를 지은 것이 아니라 어디선가 보고 온 겁니다. 하여튼 들어나 보십시오."

"그럼, 어디 읊어보세요. 입에서 나오는 대로 허튼 소리나 늘어놓으면 안돼요."

보옥은 그 소리에 해명은 하지 않고 곧바로 시를 읊었다.

삼춘의 좋은 경치 잠깐임을 깨달아,	勘破三春景不長,
분단장 버리고 검은 옷 걸쳤도다.	緇衣頓改昔年妝.
가엾어라 명문가의 지체 높은 규수,	可憐繡戶侯門女,
청등 아래 호올로 부처님 곁에 누웠네!	獨臥靑燈古佛旁!

이환과 보차는 그 시를 듣자 의아한 생각이 들었다.

"심상치가 않아요. 이분이 정말 뭔가에 홀린 것 같아요."

왕부인이 이 소리를 듣고 고개를 끄덕이며 한숨을 내쉬었다.

"보옥아, 넌 대체 어디서 그런 시를 보았다는 것이냐?"

그러나 보옥은 사실대로 이야기할 수 없어서 그냥 이렇게만 대답했다.

"어머님, 그것까지 묻진 마세요. 아무튼 제가 보고 온 곳이 있으니까요."

왕부인은 그전에 보옥이 하던 말이 떠올라서 다시 잘 생각해 보더니만 울음을 터뜨렸다.

"전에는 그 얘기가 농담이라고 하더니 왜 갑자기 그런 시를 읊고 그러느냐? 그만둬라. 나도 이제 알겠다. 나더러 어쩌라는 것인지 알겠단 말이다. 나도 더 이상 어쩔 도리가 없으니 너희가 하는 대로 내버려 둘 수

밖에 없다. 그러나 내가 눈을 감을 때까지만 기다려다오. 그런 다음 제
각기 하고 싶은 대로 하면 될 게 아니겠느냐."

보차는 왕부인을 위로하면서도 마음은 칼로 에이는 것보다 더 아팠
다. 그래서 그만 참지 못하고 큰소리로 통곡하기 시작했다. 습인도 진
작부터 숨이 넘어갈 듯 울면서 몸을 가누지 못했는데 다행히도 추문이
곁에서 부축해주고 있었다. 보옥은 그런 광경을 보고도 울지도 않고 달
래지도 않았으며, 그저 아무 말 없이 앉아 있기만 하였다. 가란과 가환
은 거기까지 듣고 있다가 각자 밖으로 나가버렸다.

오로지 이환만이 왕부인의 마음을 달래려고 무척 애를 썼다.

"보옥이 삼촌은 석춘 아가씨가 출가한다는 말에 너무도 가슴이 아파
서 앞뒤 가리지 않고 아무 말씀이나 함부로 한 걸 거예요. 그러니 그런
소릴랑 귀담아 듣지 마세요. 다만 자견의 일만은 직접 결정해 주셔야겠
어요. 그렇지 않으면 언제까지나 저렇게 꿇어 엎드려 있질 않겠어요?"

"허락하고 안 하고가 어디 있겠느냐? 어차피 당사자가 결심한 일이라
면 누가 그 생각을 바꿀 수 있단 말이냐? 그 역시 보옥이가 말한 것처럼
이미 정해진 일이 아니겠느냐?"

자견은 왕부인의 말을 듣고 이마를 땅에 조아리며 절했으며, 석춘도
왕부인에게 감사의 절을 하였다. 자견은 또 보옥과 보차에게도 절을 하
였다. 그러자 보옥이 입을 열었다.

"나무아미타불! 장하구나, 참으로 장해! 그런데 자견이 네가 나보다
먼저 잘될 줄은 미처 몰랐구나."

보차는 비록 자제력이 있는 사람이긴 하지만 그 말에는 참기가 어려
워서 억지로 견디고 있었다. 습인만은 왕부인이 옆에 있음에도 불구하
고 하염없이 울면서 말하는 것이었다.

"저도 석춘 아가씨를 따라서 출가하고 싶어요."

그러자 보옥이 웃으며 말했다.

"습인의 그 성의만은 알겠으나, 습인은 그렇게 유유자적하는 복을 누릴 수는 없을 거야."

그 말에 습인이 울면서 말했다.

"그렇게 말씀하신다면 전 죽고 말겠어요!"

보옥은 습인의 말을 듣고 마음이 아팠으나 아무 말도 할 수가 없었다.

어느덧 오경이 되었으므로 보옥은 왕부인에게 주무시도록 권했다. 이환 등도 제각기 흩어졌다. 채병 등은 한동안 석춘의 시중을 들다가 훗날 적당한 사내에게 시집갔다. 그리고 자견은 한평생 석춘을 모시며 처음 먹었던 마음을 조금도 굽히지 않았다. 그러나 이는 물론 훗날의 이야기다.

한편 가정은 가모의 영구를 모시고 곧장 남쪽으로 내려갔는데, 마침 귀환하는 군사를 실은 배가 많았으므로 운하가 매우 붐볐다. 그러다 보니 마음먹은 대로 속도를 낼 수 없어 여간 초조한 것이 아니었다. 그래도 다행스러운 것은 연해지방의 관원을 만나 사돈인 진해통제가 황제의 부르심을 받고 경성으로 돌아가게 되었다는 소식을 들은 것이었다. 그렇게 되면 탐춘도 집으로 돌아갈 수 있게 될 것이라는 생각에 얼마간 위로가 되었다. 하지만 도중에 길이 막혀서 언제 출발할지 모르는 상황이었으므로 마음이 여간 조급한 것이 아니었다. 생각해보니 여비도 부족할 것 같아서 가정은 부득이 뇌상영에게 은전 5백 냥을 빌려달라는 것과 연도까지 사람을 보내서 그 돈을 전해달라는 편지를 써서 뇌상영이 지현으로 부임해 있는 곳으로 보냈다.

하인이 편지를 가지고 떠난 뒤 며칠 동안, 가정이 탄 배는 겨우 십여 리를 더 내려왔을 뿐이었다. 하인이 돌아와서 뇌상영의 답장을 전했는데, 편지에는 구구절절 형편이 어렵다는 얘기와 함께 은전 50냥을 보낸다는 내용이 적혀 있었다. 가정은 그 편지를 읽고 불같이 화를 내면서 즉시 그 편지와 돈을 돌려주고, 자기가 보냈던 편지도 도로 찾아오라고 일렀다. 더불어 자기 걱정은 할 필요 없다는 말도 전하라고 하였다.

뇌상영은 자기가 보냈던 편지와 돈을 돌려받고 보니, 실수했다는 생각이 들면서 이만저만 걱정되는 것이 아니었다. 그래서 돈 1백 냥을 더 얹어주면서 그 돈을 가지고 돌아가서 잘 좀 말씀드려 달라고 부탁했지만, 하인은 돈을 받지 않고 그대로 돌아가 버렸다. 일이 이렇게 되자 뇌상영은 마음이 불안해서 견딜 수가 없었다. 그래서 즉시 집으로 편지를 보내서 부친인 뇌대賴大에게 이 사실을 이야기 한 다음, 무슨 수를 써서라도 종의 적에서 이름을 빼라고 하였다.

소식을 들은 뇌대는 가장과 가운에게 손을 써서 자기를 살려주는 셈 치고 종의 신세에서 벗어날 수 있도록 왕부인에게 잘 말씀드려 달라고 부탁하였다. 가장은 그 일이 불가능하다는 것을 뻔히 알고 있었기에 말도 꺼내보지 않고 하루를 보낸 다음, 왕부인이 허락하지 않는다고 거짓말을 하였다. 그러자 뇌대는 잠시 쉬겠다고 말미를 얻는 한편, 뇌상영의 임지에 사람을 보내서 병을 핑계대고 지현의 자리에서 사퇴하라고 일렀다. 그러나 왕부인은 그런 일이 있은 줄은 까맣게 몰랐다.

가운은 가장이 거짓말로 뇌대의 부탁을 거절했다는 것을 알았지만 그 일에 대해서는 별 관심이 없었다. 가운은 연일 노름으로 번번이 돈을 잃고 돌아와서는 저당 잡힐 게 없자 가환에게 돈을 빌려달라고까지 했다. 그렇지만 가환은 워낙 돈이 없었다. 그의 어머니 조이랑이 마련해 두었던 약간의 돈마저 다 써버린 지가 옛날이니, 꿔줄 돈이 남아있을 리 만무했다.

그런데 가환은 희봉이 생전에 자기에게 심하게 굴었던 것을 잊지 않고 있다가, 가련이 없는 틈을 타서 교저를 골탕 먹여야겠다고 마음먹었다. 그리고 그 일에 가운을 끌어들이려고 일부러 불평을 늘어놓았다.

"자네들은 나이도 먹을 만큼 먹었으면서 돈벌이가 될 일은 제쳐두고 왜 나처럼 돈 한 푼 없는 사람한테 꿔달라고 하는 거요?"

"아저씨도 참 이상한 소릴 다 하시네요. 우린 여태껏 떠들고 놀며 함께 지내질 않았습니까? 그런데 어디 돈벌이 할 일이 있었다고 그러십니까?"

"며칠 전에 누군가가 외번外藩의 왕이 첩을 사려고 한다는 얘기를 하질 않았소? 그런데 왜 자네들은 왕인 아저씨하고 의논해서 교저를 넘기려는 생각은 해보지도 않는 게요?"

"아저씨, 제가 이런 소릴 하면 화내실지도 모르겠지만 외번의 왕은 돈으로 사람을 사려는 건데 우리하고 거래할 맘이나 먹겠어요?"

그러자 가환은 가운의 귀에다 대고 뭐라고 소곤거렸다. 가운은 고개를 끄덕거리기는 하였지만 아직 철없는 어린애의 말이라고 생각되어 별로 귀담아 듣지 않았다. 그때 마침 왕인이 들어오면서 말했다.

"나만 따돌리고 무슨 얘기들을 그렇게 하는 거야?"

가운은 가환이 했던 얘기를 왕인에게 나지막하게 소곤거렸다. 그러자 왕인은 손뼉을 치며 좋아했다.

"그것 참 좋은 생각이로군. 한밑천 챙길 수 있겠는걸. 다만 자네들이 해낼 수 있을지 모르겠네. 만일 자네들이 해보겠다면 난 그 애 외삼촌이니까 나서줄 수 있지. 그럼, 환이 자네는 큰마님한테 가서 그렇게 여쭤주게나. 난 따로 큰마님의 동생을 찾아가서 말해보겠네. 마님들께서 물으시면 좋은 일이라고만 하세나."

이렇게 의논을 마치고 나서 왕인은 형부인의 동생을 찾아가고, 가운은 형부인과 왕부인한테 가서 그야말로 비단에 꽃을 수놓는 격이라고 입에 침이 마르도록 허풍을 떨어댔다.

왕부인은 그 말에 귀가 솔깃해지기는 하였으나 웬일인지 영 미덥지가 않았다. 그러나 형부인은 자기 동생도 이 일을 알고 있다는 말을 듣고 흡족한 마음이 들었다. 그래서 한 번 물어보려고 자기 동생을 불러

오라고 하였다. 형부인의 동생은 벌써 왕인으로부터 얘기를 들어서 알고 있는 데다가, 자기한테도 얼마쯤 돈이 돌아올 거라는 말도 들었으므로 있는 대로 좋은 얘기만 늘어놓았다.

"이 군왕郡王[1]으로 말할 것 같으면 아주 훌륭한 분이세요. 혼사를 승낙하시기만 한다면 비록 정실자리는 아니지만 교저가 시집가는 즉시 자형은 틀림없이 복직되실 것이고 또 이 댁의 명망도 높아지실 겁니다."

형부인은 워낙 주견이 없는 사람이라 친정 동생이 이렇게 한바탕 떠벌이는 거짓말에 속아 넘어갔다. 왕인을 청해다 물어보기도 했는데, 왕인이 더욱 부추겨댔음은 말할 것도 없다.

형부인은 가운으로 하여금 이 얘기를 그쪽에 전하도록 하였다. 왕인은 즉시 적당한 사람을 물색해서 외번의 공관으로 이 말을 전하러 보냈다. 외번의 왕은 이런 사정은 모른 채 선을 보려고 사람을 보내왔다. 가운은 선보러 온 사람에게 둘러댔다.

"실은 이 댁 분들에게는 그쪽 왕부에서 먼저 선을 보러 오는 거라고 속였습니다. 그렇지만 이 혼담이 성사되기만 한다면 그 아이의 조모가 혼사를 주관하고 외삼촌이 중매를 서는 것이므로 아무 염려 없습니다."

이 말에 선보러 온 사람도 만족해했다. 가운은 이 소식을 곧바로 형부인과 왕부인에게 알렸다. 이환과 보차는 내막도 모른 채 덩달아 기뻐했다.

선보는 날이 되자 과연 부인네 몇 사람이 영국부를 찾아왔다. 그 여자들은 모두 짙은 화장에 화려한 복장을 하고 있었다. 형부인은 그들을 안으로 맞아들여 잠시 몇 마디 한담을 나누었다. 그 부인들도 상대가 황제로부터 봉호를 받은 지체 높은 부인인 줄 알고 있었기 때문에 말과

---

1 종실의 근친에게 내리는 친왕 다음가는 작위.

행동을 삼갔다. 형부인은 혼사가 아직 결정된 것이 아니므로 교저에게
는 그저 친척들이 보러 왔으니 와서 인사드리라고만 하였다. 교저는 아
직 어린애인지라 그런 일인 줄은 꿈에도 모르고 유모를 따라 건너왔다.

어쩐지 마음이 놓이지 않은 평아도 교저를 따라 들어왔다. 궁녀 복색
을 한 두 여인이 교저를 머리끝부터 발끝까지 훑어보더니만, 다시 몸을
일으켜서 교저의 손을 잡고 또 한 번 찬찬히 살핀 후 잠시 더 앉았다가
돌아갔다. 자기를 그렇게 훑어보는 것이 몹시 부끄러웠던 교저는 방으
로 돌아오자 뭔가 의심쩍다는 느낌이 들었다. 아무리 생각해 봐도 그런
친척이 있는 것 같지 않아서 평아에게 물어 보았다.

평아는 그들의 거동으로 미루어봐서 십중팔구 선보러 온 것임을 짐
작하였다.

'련 서방님이 지금 집에 안 계시니까 큰 마님께서 주관해서 하시는 일
일 텐데 도대체 어느 댁에서 오신 분들일까? 만일 엇비슷한 처지에 있
는 집안과의 혼담이라면 저런 식으로 선을 보지는 않을 텐데 참 이상하
구나. 그 사람들의 거동을 보자면 황족 종실의 왕부王府사람들 같지는
않고 마치 다른 지방에서 온 사람들 같던걸. 그렇지만 지금은 우선 아
가씨한테 얘기하지 말고 자세히 알아본 다음에 말해야겠다.'

평아는 가만히 그 일을 알아보리라 마음먹었다. 시녀와 할멈들은 모
두 평아가 부린 적이 있던 사람들이었으므로 자기들이 바깥에서 보고
들은 소문을 평아에게 모두 알려주었다. 평아는 너무도 놀라서 어찌할
바를 몰랐다. 그녀는 교저한테는 말하지 않은 채 급히 이환과 보차에게
달려가서 이 사실을 알리고, 왕부인한테 말씀드려달라고 부탁하였다.
왕부인은 일이 잘못되어 간다는 것을 알아채고 즉시 형부인에게 알렸
다. 그러나 형부인은 친정 동생과 왕인의 말만 믿고 왕부인의 진의를
의심하였다.

"손녀 아이도 이제 저만큼 컸는데 련이가 지금 집에 없고 보니 아무래

도 이 일은 내가 주관해야겠어요. 게다가 이번 일은 내 친정동생과 그
애의 외삼촌이 알아보고 하는 일이니 다른 사람이 중매서는 것보다 훨
씬 믿음직하질 않겠어요? 나는 어쨌든 마음에 듭니다. 만일 무슨 안 좋
은 일이 생길지라도 나나 련이는 다른 사람을 원망하지 않을 거예요!"

왕부인은 그 말을 듣고 속으로 화가 치밀었지만 꾹 참고서 억지로 몇
마디 한담을 나누다가 그곳에서 나왔다. 왕부인은 그 길로 보차를 찾아
가서 눈물을 흘리며 이야기했다.

보옥은 그러는 왕부인을 위로했다.

"어머님, 너무 걱정하시지 마세요. 제가 보기에 이 혼담은 성사되지
못할 것 같아요. 그리고 어찌 되든 그건 교저의 운명이니 어머니께선
상관하지 않으시는 게 좋겠어요."

"넌 입만 벌리면 정신 나간 소리만 하는구나. 일이 결정되기만 하면
저쪽에서는 교저를 바로 데려가려고 한다는구나. 그러니 평아가 말한
대로라면 련이가 돌아와서 나를 얼마나 원망하겠느냐? 자기의 조카는
말할 것도 없거니와 친척집 딸이라 해도 시집을 잘 가야 기쁠 게 아니겠
느냐? 수연이는 우리가 중매해서 네 둘째 사촌 손위처남인 설과에게 시
집가서 지금 사이좋게 지내고 있으니 얼마나 좋으냐? 보금이도 매씨 댁
에 시집가서 풍족하게 지낸다니 그 또한 기쁜 소식이 아닐 수 없고. 단
지 상운이만은 제 숙부가 나서서 혼인시킨 건데 처음에는 금슬이 좋더
니만 지금은 남편이 폐병으로 죽어서 수절하고 지낸다니 고초가 심할
것이다. 그러니 만일 교저를 잘못 시집보냈다가는 내가 얼마나 속이 상
하겠느냐?"

이야기를 나누는데 평아가 보차를 찾아와서 형부인의 태도가 어떻더
냐고 물었다. 왕부인이 형부인이 했던 말을 평아에게 그대로 들려주었
다. 얘기를 들은 평아는 한동안 멍하니 있더니 두 무릎을 꿇고 애원하
였다.

"교저 아가씨의 일생은 오로지 마님 한 분께 달렸어요. 만일 남들의 말을 그대로 믿으셨다간 아가씨의 일생을 망치게 될 뿐만 아니라 련 서 방님이 돌아오시면 하실 말씀이 없으실 거예요."

"넌 사리가 밝은 사람이잖니? 그러니 일어나서 내 말 좀 들어봐라. 교저는 어쨌든 큰마님의 손녀가 아니냐? 그러니 그분께서 주관하시는 일을 내가 어찌 막을 수 있겠어?"

그러자 보옥이 곁에서 위로했다.

"별일 없을 겁니다. 그저 그런 줄 알기만 하세요."

평아는 보옥이 또 정신이 나가서 소란을 피울까 봐 겁이 났으므로, 아무 소리 하지 않고 왕부인에게 하직인사를 올린 뒤 돌아갔다.

이런 저런 걱정으로 마음을 끓이다가 갑자기 가슴에 통증을 느낀 왕부인은 시녀들의 부축을 받고 겨우 자기 방으로 돌아와서 자리에 누웠다. 그리고는 자고나면 괜찮아질 것이니 보차 부부에게 올 필요 없다고 일렀다. 그러나 왕부인은 혼자 누워있으면서 여전히 마음이 괴로웠으므로 이환의 숙모인 이부인이 왔다는 소리를 듣고도 접대하러 나가지 않았다. 그때 가란이 들어와서 문안 인사를 올렸다.

"오늘 아침에 할아버님께서 보내신 사람이 편지를 가지고 왔다고 바깥 하인이 전해왔어요. 어머니께서 할머님께 가지고 오시려다가 마침 외갓집 작은 할머니께서 오셨기 때문에 우선 저더러 가져다 보이라고 하셨어요. 조금 있다가 뵈러 건너오실 거예요. 외갓집 작은 할머니께서도 이곳으로 오시겠다고 하셨습니다."

그러면서 가란은 편지를 왕부인에게 드렸다.

왕부인은 편지를 받으면서 물었다.

"작은 할머니께서는 무슨 일로 오셨다고 하더냐?"

"저도 잘 모르겠습니다. 다만 외할머님께서 그러시는데 셋째 이모님

414

시댁 되실 댁에서 무슨 기별이 왔다나 봐요."

왕부인은 그 말을 듣고 지난번에 진보옥의 혼사얘기가 나왔을 때 이기李綺를 말해주었는데, 그 후에 약혼예물을 보냈다고 하더니 아마도 이번에 진가에서 새 며느리 맞는 일을 의논하려고 이환의 숙모가 오신 모양이로구나 하고 생각했다.

왕부인이 그런 생각으로 고개를 끄덕이며 편지를 뜯어보니, 다음과 같이 씌어 있었다.

나는 요즈음 연해지역으로부터 개선해서 돌아오는 병선들 때문에 뱃길이 혼잡해서 길을 재촉할 수가 없었소. 탐춘이 시부모와 남편을 따라 상경한다는 소문을 들었는데, 혹시 집으로 소식이 왔는지 모르겠구려. 전날 련이 편지에 형님 병환이 중하시다고 하던데 그 뒤로 확실한 정황을 알리는 편지가 왔었는지? 보옥이와 난이는 과거시험 날짜가 다가오고 있으니 공부를 게을리 하지 말고 전력을 다해 열심히 해야 할 것이오. 어머님의 영구가 고향에 닿으려면 아직도 시일이 걸릴 것 같소. 나는 몸 건강하게 잘 있으니 아무 걱정 마시오. 이 편지 내용을 보옥에게도 알려주기 바라오.
모월 모일 씀
용이는 따로 편지를 보낼 거요.

왕부인은 편지를 다 읽더니 다시 가란에게 되돌려주면서 일렀다.
"가져다가 보옥 숙부에게 보이고 나서 어머니께 갖다 드리도록 해라."

이런 얘기를 하고 있을 때 이환이 이부인을 모시고 들어왔다. 안부인사를 하고 나자 왕부인이 자리를 권했다. 이부인은 왕부인에게 진씨댁에서 이기를 데려가려고 한다는 얘기를 하였다. 세 사람은 이 일에 대하여 한동안 의논하였다. 그러고 나서 이환이 왕부인에게 물었다.
"아버님의 편지를 보셨는지요?"

"그래, 보았다."

그러자 가란이 들고 있던 편지를 자기 어머니에게 드렸다. 이환이 편지를 읽고 나서 말했다.

"셋째 아가씨는 시집간 지 몇 해가 되었어도 한 번도 집에 오질 못했는데 이제 경성으로 오게 되었군요. 어머님께서도 이제 안심되시겠어요."

"그렇지 않아도 조금 전까지 가슴이 결리고 아팠었는데, 탐춘이 온다는 소식을 들으니 어느새 좀 나아진 것 같구나. 그렇지만 언제쯤이나 올 수 있을지 모르겠다."

이부인은 가정이 도중에 무고한지 안부를 물었다. 이환이 이번에는 가란에게 말했다.

"얘야, 너도 이 편지를 읽었겠지? 시험 날짜가 멀지 않았다고 할아버님께서 여간 걱정하고 계시는 게 아니다. 어서 이 편지를 보옥 숙부님께 가져다 보여드려라."

그러자 이부인이 왕부인에게 물었다.

"이 두 숙질은 생원生員[2]의 자격도 얻지 못했는데 어떻게 과거시험을 칠 수 있나요?"

"이 애의 할아버님이 양도가 되어 떠나실 때 이 두 애들을 위하여 감생監生[3]의 자격을 사두셨습니다."

그 말을 들은 이부인이 고개를 끄덕였다. 가란은 편지를 가지고 보옥을 찾아갔다.

---

2 명청시대에 가장 낮은 단계의 과거시험에 합격하여 부학(府學)·현학(縣學)에서 공부할 수 있는 사람을 생원이라 하였는데, 생원이 되어야 향시(鄕試)에 응시할 자격이 있었음. 통칭 수재(秀才)라 하였으며 생원의 자격을 얻는 것을 진학(進學)이라고 하였음.
3 명청시대 국자감(國子監)의 학생을 감생이라고 하였는데, 당시에는 기부금을 내고 감생의 자격을 얻는 제도가 있었음.

한편 보옥은 왕부인을 보내드리고 나서 《장자》의 〈추수秋水〉⁴ 편을
자세히 음미하고 있었다. 보차는 안방에서 나와 보옥이 책 읽기에 파묻
혀 있는 것을 보고 다가가서 들여다보았다. 그랬더니 다름 아닌 《장
자》의 〈추수〉 편이었으므로 속으로 애가 타서 죽을 지경이었다. 보차
는 곰곰이 생각해보니 보옥이 이렇게 세상과 사람들의 무리를 떠나는
것만을 옳은 일로 여기고 있는 것 같기에, 이대로 놔둬서는 안 되겠다
는 생각이 들었다. 그렇지만 말린다고 해도 들을 것 같지 않아서 그저
보옥의 곁에 멍하니 앉아 있었다.

　보옥이 보차의 그런 모습을 보고 물었다.

　"당신은 또 왜 그러는 거요?"

　"저는 이렇게 생각해요. 당신과 저는 이미 이렇게 부부가 되었으니
당신은 제가 평생토록 의지할 기둥이지 정욕의 대상은 아니에요. 부귀
영화는 한낱 눈앞을 스쳐 지나가는 안개나 구름에 불과해요. 그러나 예
로부터 성현께서는 인품人品의 뿌리를 중히 여기셨어요."

　보옥은 보차의 말을 다 듣기도 전에 손에 들었던 책을 한쪽 옆으로 밀
어 놓으며 빙그레 웃으면서 말했다.

　"당신은 인품의 뿌리가 어떠니 옛 성현이 어떠니 하고 말하고 있는
데, 그럼 옛 성현이 말씀하신 '불실적자지심不失赤子之心'⁵이란 말을 알
고 있겠구려. 그러면 그 적자에게는 무슨 좋은 점이 있겠소? 무지하고,
무식하고, 탐내는 것이 없고, 꺼리는 것이 없음에 불과한 것이 아니겠
소? 우리는 이 세상에 나면서부터 이미 욕심과 분노와 어리석음과 사랑

---

4 철학적 이치가 풍부한 우언(寓言)들이 실려 있음. 가을의 강물이 넓고 아득한 바
다로 들어가는 경계를 통해 천도(天道)는 무궁무진하며 인간의 지혜는 유한할 수
밖에 없다는 것을 비유적으로 쓴 문장.
5 《맹자》에 나오는 말. 적자(赤子)는 갓난아이라는 뜻으로, 갓난아이처럼 순수한
마음을 잃지 않는다는 뜻.

에 탐닉하여 마치 더러운 진흙탕에 빠진 것과 같으니, 어찌 이러한 속세의 그물망에서 벗어날 수 있겠소? 나는 지금에서야 비로소 '취산부생聚散浮生'[6], 이 네 글자의 의미를 깨달았소. 옛 사람이 이미 말한 바 있지만 지금 사람들은 아직 한 사람도 깨달은 이가 없단 말이오. 지금 인품의 뿌리라는 이야기가 나왔는데, 과연 누가 태초의 경지에 도달했느냔 말이오?"

"'적자지심'이란 말을 하셨으니 말인데, 옛 성현들께서는 본래 충효를 적자지심이라고 하셨지, 속세를 떠나 모든 것에 무관심한 것을 적자지심이라고 하신 게 아니잖아요? 요임금, 순임금, 우왕, 탕왕, 주공, 공자께서는 어느 한시라도 백성을 구하고 세상을 건진다는 생각을 하지 않으신 적이 없었어요. 그러므로 이른바 적자의 마음이란 원래 '불인不忍'[7]이란 두 글자에 불과한 거예요. 그런데 당신이 방금 말씀하신 것처럼 모질게 천륜을 끊는다면 그게 어디 이치에 맞는 것이겠어요?"

보차의 말을 듣고 보옥이 고개를 끄덕이며 웃었다.

"그렇지만 요임금과 순임금은 소부巢父와 허유許由에게 자기주장을 강요하지 않았고, 무왕과 주공도 백이伯夷와 숙제叔齊에게 자기 생각을 강요하지 않았지."[8]

보차는 보옥의 말이 채 끝나기도 전에 반박하는 얘기를 꺼냈다.

"당신의 그 말씀은 더더욱 옳지 않아요. 옛날부터 소부, 허유, 백이, 숙제 같은 사람들만 옳다고 했다면 왜 오늘날 사람들이 요임금, 순임금, 주공, 공자를 성현으로 일컫겠어요? 더군다나 당신 스스로가 백이

---

6 모이고 흩어지고 하는 것이 마치 뜬구름 같다는 뜻.
7 《맹자》에 나오는 말로 차마 다른 사람에게 해를 입히지 못하는 마음을 가리킴.
8 소부와 허유는 둘 다 요임금 시기의 은사(隱士)로 요임금이 천하를 양도하고자 하였으나 이를 거절하고 은거하였음. 백이와 숙제는 무왕이 은나라를 멸망시키고 주나라가 천하를 평정하자, 주나라의 곡식을 먹을 수 없다고 하면서 수양산에 은거해 살다가 굶어죽었음.

나 숙제처럼 자처하는 것은 더욱 말이 안 되질 않겠어요? 백이와 숙제는 원래 상商나라 말기에 태어나서 온갖 어려움을 겪었기 때문에 세상을 등졌던 거예요. 그렇지만 지금은 그야말로 성세가 아닙니까? 우리 집안은 대대로 나라의 은혜를 입어 조상 때부터 금의옥식하는 생활을 누려왔습니다. 게다가 당신은 태어날 때부터 돌아가신 할머님을 비롯하여 아버님, 어머님으로부터 온갖 사랑을 다 받질 않았습니까? 그러니 방금 당신이 하신 말씀이 옳은지 그른지 다시 생각해 보세요."

보옥은 그 말을 듣더니 아무 대답 없이 고개를 쳐들고 미소만 지을 뿐이었다. 그러자 보차가 또다시 이렇게 권했다.

"말문이 막혀서 더 이상 할 말이 없으시다면 이제부터라도 마음을 다 잡고 공부에 전념해주세요. 이번 과거에만 급제하신다면 그날부터 공부를 그만두신다고 해도 폐하의 은혜와 조상님의 은덕을 저버리는 건 아닐 겁니다."

보옥은 고개를 끄덕이며 한숨을 지었다.

"과거에 급제하는 것쯤은 사실상 그렇게 어려운 일이 아니오. 다만 당신이 말한 것처럼 '그날부터 공부를 그만둔다 해도 폐하의 은혜와 조상의 은덕을 저버리는 것이 아니다'라고 한다면 나도 과히 근본에서 벗어나는 건 아니로군."

보차가 미처 대답도 하기 전에 이번에는 습인이 끼어들었다.

"방금 아씨께서 말씀하신 옛 성현에 대해서 저희들은 잘 알지 못해요. 그러나 제 생각은 이래요. 저희 같은 사람들은 어릴 때부터 서방님을 모셔오면서 고생도 많았고, 또 그동안 얼마나 마음을 많이 졸였는지 몰라요. 물론 도리대로 말하자면 당연한 일이겠지만 서방님만은 좀 헤아려 주셨으면 해요. 특히 아씨께서는 서방님을 대신해서 대감님과 마님께 얼마나 지성으로 효도하시는 줄 아세요? 서방님께서는 부부라는 걸 떠나서라도 남의 진정을 저버리시면 안 됩니다. 그리고 신선이라는 건 그야말로 황당무계한 것으로, 누가 인간세계에 내려온 신선을 본 적이 있답니까? 어디서 굴러 왔는지도 모르는 그 중이 지껄이는 허튼 소리를 서방님께서는 참말로 믿고 계시다니요! 서방님께서는 학문을 닦으시는 분인데 설마 그 중이 지껄이는 말이 대감님이나 마님의 말씀보다 더 중하다고 여기시는 건 아니겠죠?"

보옥은 그 말을 듣고 고개를 숙인 채 아무 대꾸도 하지 않았다. 습인이 무슨 말인가를 더 하려고 하는데 밖에서 인기척이 나더니, 창문 밖에서 보옥을 부르는 소리가 들려왔다.

"아저씨, 안에 계세요?"

보옥은 그것이 가란의 목소리임을 알고 얼른 일어나서 웃으며 맞았다.

"어서 들어오너라."

보차도 난이가 온 것을 보고 일어나서 맞았다. 가란은 방 안으로 들어와서 만면에 웃음을 띠며 보옥과 보차에게 인사하고, 또 습인에게도 인사하였다. 습인도 답례를 하였음은 말할 것도 없다. 가란은 인사를 마치고 나서 가정의 편지를 보옥에게 건넸다. 보옥이 편지를 읽고 나서 말했다.

"네 셋째 고모가 돌아온다는구나."

"할아버님께서 그렇게 써 보내셨으니까 물론 오시겠지요."

보옥은 고개를 끄덕이며 묵묵히 생각에 잠겼다.

"할아버님께서 편지 끝에 저희들더러 열심히 공부하라고 당부하신 말씀을 아저씨도 보셨지요? 그런데 아저씨께선 요즈음 통 글을 짓고 계시지 않는 것 같아요."

가란이 이렇게 묻자, 보옥이 웃으면서 말했다.

"나도 몇 편쯤은 숙달되게 연습해 두었다가 마음에는 없지만 그 공명인가 뭔가를 취해 볼 생각이다."

"아저씨께서 그런 생각이시라면 제목을 몇 개 내주세요. 저도 아저씨를 따라 지어보겠어요. 그래야 시험장에 들어가서 남의 눈가림이라도 하지요. 그때 가서 백지답안을 내서 남의 웃음을 사면 큰일이 아니겠어요? 그렇게 되면 제가 웃음거리가 될 뿐만 아니라 아저씨까지도 남들한테 체면이 깎일 거예요."

"염려 마라. 네게 그런 일은 없을 거다."

그들 둘이 이런 얘기를 나누고 있을 때 보차가 가란에게 앉으라고 자리를 권했다. 그들은 한동안 글에 관한 얘기를 더 나눴는데, 그러는 사이에 두 사람의 얼굴에는 희색이 감돌았다. 보차는 숙질간에 오순도순 재미있게 얘기하는 것을 보고 안으로 들어갔다.

보차는 마음속으로 요즈음 보옥의 태도로 봐서는 어느 정도 정신이 든 것 같다는 생각을 하였다. 그렇지만 방금 하던 말 가운데 "그날부터 공부를 그만 둔다"라는 말을 특히 강조했던 것을 보면, 그건 또 무슨 뜻인지 알 수가 없었다. 보차는 아무리 궁리를 해봐도 보옥의 속마음을 알 수가 없었으나, 습인만은 보옥이 글에 대한 이야기를 하고 또 과거시험에 대해 이야기하는 것을 보고 기뻐서 어쩔 줄 모르며 이런 생각을 했다.

'나무아미타불! 마치 《사서》를 강론하듯 열심히 타일렀더니 가까스로 마음을 돌리신 모양이로구나.'

보옥과 가란이 글에 대한 이야기를 나누는 동안 앵아가 차를 끓여 들어오자 가란이 일어나서 받았다. 가란은 한동안 더 시험장의 규칙에 관한 이야기와 진보옥을 청해다 함께 있었으면 좋겠다는 이야기 등을 하였다. 보옥도 크게 찬성하는 것 같아 보였다. 가란은 물러가면서 가정의 편지는 남겨두었다.

보옥은 편지를 들고 안으로 들어오더니 히죽히죽 웃으면서 잘 넣어두라고 사월에게 주었다. 그리고는 아까 읽던 《장자》와 지금까지 손에서 놓지 않고 즐겨 읽던 《참동계參同契》, 《원명포元命苞》, 《오등회원五燈會元》[9] 따위의 책들을 사월, 추문, 앵아 등을 시켜서 모두 다른 곳으로 치워 두라고 하였다.

보차는 보옥의 그러한 행동을 보고 의아한 나머지 속내를 떠보려는 심산으로 웃으면서 물었다.

"그런 책들을 안 보시는 게 옳은 일이긴 하지만, 그렇다고 구태여 치워버릴 것까진 없잖아요."

"난 이제야 겨우 깨달았소. 이런 책들은 아무 쓸모가 없으므로 아예 불에 태워버리는 게 속이 시원하겠어."

보차는 그 말을 듣고 더할 수 없이 기뻤다. 그런데 보옥은 들릴 듯 말 듯 작은 목소리로 시 한 수를 읊는 것이었다.

내전內典의 말속에 불성佛性이 없고,　　　　　　　內典語中無佛性,
금단金丹의 법밖에 선주仙舟가 있네.[10]　　　　　金丹法外有仙舟.

보차는 보옥이 읊는 시구를 다 알아듣지는 못하고 그 가운데 "불성이 없고"와 "선주가 있네"라는 몇 마디만 알아들었다. 그러자 마음에 다시 의심이 일기 시작하여 보옥이 어쩌는지 유심히 살펴보았다. 보옥은 사월과 추문을 시켜서 조용한 방 한 칸을 치우게 하더니, 어록이며 대가의 문장들, 그리고 응제시應制詩[11] 따위를 찾아내서 그곳에 가져다 놓게 했다. 그리고는 그 방에 조용히 들어앉아 공부에 전념하기 시작했다. 보차는 그제야 마음을 놓았다.

---

9 《참동계》는 도교의 경전으로 도가의 수련에 대해 강술한 책이며, 《원명포》는 고대 참위학자(讖緯學者)가 음양오행설로 《춘추》를 해석한 책이고, 《오등회원》은 선종의 원류와 본말을 기술한 불교서적임.

10 불가에서는 불교 서적을 내전으로, 불교 이외의 종파나 종교의 서적은 외전(外典)이라고 함. 금단은 도가에서 정련하여 얻어내는 이른바 불로장생약을 말하며 선주는 선도(仙道)를 찾아가는 과정에서의 수단을 비유한 것. 이 시의 뜻은 불전에는 부처님의 가르침이 들어있지 않고, 도가의 비법 외에도 신선이 될 수 있다는 것임.

11 천자의 명령을 받들어 지은 시.

갑자기 변한 보옥의 태도를 습인은 지금까지 보지도 듣지도 못했으므로 가만히 웃으면서 보차에게 말했다.

"아무튼 아씨께선 말씀하시는 게 참으로 사리가 분명하세요. 단지 한 차례 말씀하셨을 뿐인데 서방님을 설득해 내셨으니 말예요. 다만 시기가 좀 늦었다는 게 유감스러울 뿐이에요. 과거시험이 코앞에 닥쳤으니까요."

보차가 고개를 끄덕이며 미소를 지었다.

"공명이란 정해진 운수에 따라 얻을 수 있는 것이므로, 과거에 급제하고 못하고는 공부를 일찍 시작했느냐 아니냐에 달린 것은 아니야. 다만 앞으로는 오로지 한마음으로 바른 길만 걸어서 이전처럼 사악한 귀신에게 붙들리지만 않는다면 더 바랄 게 없겠어."

여기까지 말하던 보차는 방 안에 아무도 없는 것을 보고도 목소리를 낮추며 이런 얘기를 했다.

"이번에 저렇게 뉘우치고 깨달아 주신 것만 해도 정말 다행이야. 다만 한 가지 앞으로 또 이전의 병이 도져서 계집애들하고 어울리려고만 든다면 큰일이지."

"아씨 말씀이 백번 옳아요. 서방님께선 중의 말을 믿게 되면서부터 여러 자매들에게 냉담해지셨는데, 이제 중의 말을 믿지 않게 되셨으니 정말이지 다시 이전의 병이 도질지도 모르겠네요. 저는 이렇게 생각해요. 서방님께선 아씨나 제게 별로 정답게 대해 주시지 않는 것 같고, 자견이는 다른 데로 갔으니까 지금 남은 건 저희 네 사람밖에 없어요. 그중 오아가 서방님께 좀 알랑거리며 이상한 눈길을 보내지만 듣자니 그 애의 어머니가 이환 아씨와 아씨께 청을 드려서 그 애를 데려다가 시집 보내려 한다는군요. 그렇지만 아직 당분간은 여기 있을 게 아니겠어요? 사월이와 추문이는 별로 염려할 게 없지만 지난 몇 해 동안 서방님께서 그 애들과 장난도 치고 친하게 지내신 게 좀 걸리네요. 그렇게 치고 보면 서방님께서 별로 상대하지 않으신 애는 앵아뿐인 것 같아요. 앵아는 얌전하니까 이제부터 서방님의 차 시중과 물 시중은 앵아가 어린 시녀 애들을 데리고 하도록 하는 게 좋을 것 같아요. 아씨 생각은 어떠세요?"

"나도 그런 생각들을 했어. 습인의 생각대로 하는 것도 좋을 것 같군."

그 뒤로부터 보옥에 대한 시중은 앵아가 어린 시녀들을 데리고 도맡아 했다.

한편 보옥은 방 안에서 한 발자국도 나가지 않았다. 왕부인에 대한 문안 인사조차 날마다 다른 사람을 대신 보낼 정도였다. 왕부인이 보옥의 이러한 변화를 보고 매우 기뻐했음은 두말할 나위도 없다.

팔월 초사흗날은 돌아가신 가모의 생신날이었다. 보옥은 아침 일찍 건너와서 가모의 영전에 절하고는 바로 자기 방으로 돌아갔다. 식사를 끝내고 나서 보차와 습인 등은 자매들과 함께 형부인과 왕부인을 따라 앞쪽 방에서 한담을 나누고 있었다.

보옥은 혼자 자기 방에 단정히 앉아서 깊은 생각에 잠겨 있었다. 그때 앵아가 쟁반에다 과일을 담아 가지고 들어왔다.

"마님께서 서방님 잡수시라고 보내셨어요. 이건 노마님께 올렸던 제사 음식이에요."

보옥은 일어나서 답례하고 다시 제자리에 앉았다.

"거기다 놔둬."

앵아는 과일그릇을 내려놓으며 보옥에게 가만히 말했다.

"마님께선 서방님을 여간 칭찬하시는 게 아니세요."

그 소리에 보옥이 빙그레 미소를 지었다. 앵아가 다시 말을 이었다.

"마님께서 이렇게 말씀하셨어요. 서방님께서 이처럼 공부에 전념하시어 이번 시험에 급제하시고 또 내년에 다시 진사進士에 급제하셔서 벼슬자리에 오르시게 되면, 대감님과 마님께서 서방님께 걸었던 기대가 헛되지 않은 거라고 하셨어요."

보옥은 여전히 고개를 끄덕이며 웃기만 할 뿐이었다.

앵아는 문득 어느 해던가 보옥에게 꽃주머니를 엮어주었을 때 보옥이 하던 말이 생각났다.

"정말로 서방님께서 급제하신다면 그건 그야말로 우리 새아씨의 복인 셈이에요. 서방님께서 아직도 기억하고 계실지 모르겠지만 언젠가 대관원에서 서방님께서 저더러 매화꽃 주머니를 엮어 달라고 하시면서, 장차 아씨께서 누구한테 시집갈지 모르겠지만 그 사람은 참 복 받은 사람이라고 말씀하신 적이 있어요. 그러니까 지금 서방님께서 그 복 받으신 분이 아니고 뭐겠어요?"

그 소리를 들은 보옥은 잠재웠던 세속적인 생각이 되살아나서 애써 마음을 가다듬으며 웃었다.

"네 말대로라면 나는 물론 행복한 사람이고, 너희 아씨도 행복한 사람일 테지. 그럼 너는 어떠냐?"

앵아는 얼굴이 새빨개지면서 억지로 웃어 보였다.

"저희들이야 한평생 시녀로 지내야 하는 처지인데 복이고 뭐고 할 게 뭐 있겠어요?"

이에 보옥이 웃으면서 말했다.

"정말로 한평생 시녀로 지낼 수만 있다면, 네가 우리보다 훨씬 더 행복한 셈이지!"

앵아는 그 말이 또 정신 나간 소리처럼 들렸다. 그래서 자기가 또 보옥의 병을 도지게 한 것이나 아닐까 걱정된 나머지 급히 방을 나가려고 하였다. 그러자 보옥이 웃으면서 앵아에게 한마디 던지는 것이었다.

"이 바보야! 내가 너한테 해줄 말이 있어."

보옥이 과연 무슨 말을 했는지 알고 싶으면 다음 회를 보시라.

中鄉魁寶玉都塵緣沐皇恩賈家延世澤

제119회

과거보고 출가한 보옥

**과거에 급제한 보옥은 세상과 인연 끊고
황제의 은덕에 가부는 조상의 유업 잇네**

中鄉魁寶玉却塵緣 沐皇恩賈家延世澤

앵아는 보옥이 무슨 말을 할지 종잡을 수 없어서 얼른 방을 나오려고 하는데 보옥이 다시 말을 걸어왔다.

"바보 같으니라고. 너한테 할 말이 있다니까! 네 아씨가 복을 받게 되면 너도 따라서 복 받게 될 거야. 네 습인 언니는 믿기가 어려우니까 앞으로는 성심껏 아씨를 모시도록 하렴. 훗날 혹시 좋은 일이 생기면 고생하며 아씨를 섬긴 보람이 있을 거야."

앵아는 보옥의 말이 처음에는 일리가 있다고 느껴졌으나 끝까지 들어보니 그런 것 같지도 않았다.

"네, 알겠어요. 그럼 전 아씨께서 기다리고 계시니까 이만 가보겠어요. 과일 드시고 싶으면 어린 시녀 시켜서 저를 부르세요."

보옥이 머리를 끄덕이자 앵아는 그제야 밖으로 나갔다. 조금 있다가 보차와 습인이 돌아와서 각자 자기 방으로 갔는데, 그 이야기는 더 이상 하지 않기로 하겠다.

427

며칠이 지나 드디어 과거시험 날이 되었다. 다른 사람들은 모두 그들 숙질이 좋은 글을 지어서 과거에 급제하기만을 고대하고 있었다.

그러나 보차만은 보옥의 실력이 비록 뛰어나기는 하지만 뭔가 모르게 냉정한 기색이 느껴져서 여간 마음에 걸리는 것이 아니었다. 그러다 정작 그가 과거시험장에 들어가야 한다고 생각하니까 이번에는 또 다른 근심이 생겼다. 첫째로 보옥과 난, 숙질 두 사람이 처음으로 과거시험장에 들어가는 것이므로 사람과 말로 혼잡한 가운데 뜻밖의 사고라도 나지 않을까 하는 걱정이요, 둘째로는 보옥이 그 중이 떠난 뒤부터 두문불출하고 공부에만 전념한 것은 기쁜 일이긴 하지만 그의 변화가 너무 빠르고 너무 좋기만 한 것이 오히려 믿기 어려웠으므로 무슨 변고라도 생기지 않을까 하는 걱정이었다.

그리하여 보차는 시험장으로 떠나기 전날 습인을 시켜서 어린 시녀 몇을 데리고 숙질 두 사람의 소지품을 잘 정리해놓게 하고는 또다시 자기가 직접 살펴보는 등 만반의 준비를 갖춰줬다. 그러면서 한편으로는 이환과 함께 왕부인을 찾아가서 집안의 노련한 집사 몇 사람을 더 골라서 두 사람이 인마로 혼잡한 가운데 밀려 넘어지지 않도록 보살피게 하는 것이 좋겠다고 아뢰었다.

다음 날 보옥과 가란은 옷을 깨끗이 빨아 입고 흔연히 왕부인에게 와서 인사를 올렸다. 왕부인은 그들 두 사람에게 간곡하게 당부하였다.

"너희 숙질 두 사람은 처음으로 과거시험을 치르는 것이다. 그리고 이만큼 자라도록 단 하루도 내 곁을 떠나본 적이 없었다. 설사 내 곁에 있지 않았더라도 시녀나 어멈들이 둘러싸고 시중을 들어주었으므로 하룻밤도 혼자 자본 적이 없질 않느냐? 그런데 오늘 각각 시험장에 들어가게 되면 아무리 둘러봐도 시중들어줄 사람 없이 혼자서 외롭고 쓸쓸할 것이니 스스로 조심해야 할 것이다. 되도록 글을 빨리 짓고 나와서 하인들을 찾아가지고 속히 집으로 돌아오도록 하여라. 그래야 너희 어미와 아내가 안심할 게 아니겠느냐?"

이렇게 당부하는 왕부인의 마음이 왠지 모르게 구슬펐다. 가란은 말 끝마다 대답하였으나 보옥은 말없이 듣고만 있다가 왕부인의 말이 끝나자 그녀 앞으로 다가가서 무릎을 꿇더니 눈물을 비 오듯 흘리면서 절을 세 번 하였다.

"어머님께서 저를 이렇게 낳아주셨건만 저는 아무것도 보답해 드리지 못했습니다. 이번만이라도 시험장에 들어가서 있는 힘껏 좋은 글을 지어서 반드시 거인擧人에 급제하도록 하겠습니다. 그럼 어머님께서 기뻐하시겠지요. 그리되면 그것으로 제 일생의 큰일도 끝나는 것이고, 이제까지의 불효도 덮어지는 셈입니다."

왕부인은 그 말을 듣고 더욱 슬퍼졌다.

"네가 그런 결심을 하고 있다면 그 이상 갸륵한 일이 없구나. 다만 할머님께서 시험장으로 떠나는 네 얼굴을 보시지 못하고 돌아가신 게 한스럽기만 하다."

왕부인은 그러면서 보옥을 일으키려고 하였다. 그러나 보옥은 그대로 꿇어앉은 채 좀처럼 일어나려고 하지 않았다.

"할머님께서 친히 보시든 못 보시든 아무튼 다 알고 계시므로 기뻐하실 겁니다. 아시고서 기뻐해 주실 수만 있다면 보시나 안 보시나 마찬가지입니다. 다만 육신이 떨어져 있을 뿐이지 마음이 통하는 길은 결코 막혀 있지 않습니다."

이환은 왕부인과 보옥이 이런 대화를 나누고 있는 것을 보고 저러다가 보옥의 병이 도지기라도 하면 어쩌나 싶었고, 또 한편으로는 그 광경이 어쩐지 불길한 것 같아서 얼른 왕부인 앞으로 나서며 말했다.

"어머님, 이런 경사스런 날에 왜 그렇게 슬퍼하세요? 더구나 보옥 서방님이 요즈음 사리가 분명하고 효성도 지극하며 또 얼마나 열심히 공부하셨던가요? 그러니 이제 조카를 데리고 시험장에 들어가서 훌륭한 문장을 지은 후 빨리 집으로 돌아오기만 하면 되는 거예요. 그리고는 지어 올린 그 글을 옮겨 적어서 세교가 있는 노선생님들께 보이고 난 뒤, 숙질 두 사람이 급제했다는 기쁜 소식만 기다리면 되질 않겠어요?"

이환이 사람을 시켜서 보옥을 일으켜 앉히자 보옥은 이환에게 절을 하며 말했다.

"형수님, 부디 안심하십시오. 우리 두 사람은 꼭 급제할 겁니다. 난이는 앞으로 크게 출세할 테니 형수님께서는 봉관鳳冠[1]을 쓰고 하피霞帔[2]를 입게 되실 거예요."

이환이 웃으면서 말을 받았다.

"서방님 말씀대로만 되어준다면 돌아가신 이 애의⋯."

여기까지 말하던 이환은 왕부인이 다시 상심할까 봐 얼른 입을 다물었다. 그러나 보옥은 이환의 속내를 알아차리고 웃으면서 말했다.

"훌륭한 아들이 있어서 조상님의 가업을 이을 수만 있다면 형님께서 직접 보실 수 없다 하더라도 형님의 도리는 다하신 셈이지요."

이환은 시간이 많이 지체되었으므로 언제까지 이런 이야기만 하고 있을 수는 없다는 생각이 들어서 그저 고개만 끄덕였다.

그러나 보차는 그들의 대화를 듣고 벌써 정신이 아득해졌다. 보옥의 말뿐만 아니라 왕부인과 이환이 하는 말마다 구구절절이 불길하게만 들렸던 것이다. 그렇지만 그런 내색을 할 수도 없어서 그저 눈물을 삼키며 아무 말 없이 있을 뿐이었다.

그러자 이번에는 보옥이 보차 앞으로 와서 정중하게 절을 하는 것이었다. 사람들은 보옥의 기이한 행동에 영문을 몰라 어리둥절했지만 웃을 수도 없는 노릇이었다. 보차의 눈에서 눈물이 비 오듯 쏟아져 내렸

---

1 구품 이상의 봉호를 받은 부인들이 썼던 봉황 장식이 있는 예관(禮冠).
2 봉호를 받은 부인들만 입었던 웃옷 위에 걸치는 옷.

으므로 사람들은 더욱 이상한 생각이 들었다. 보옥이 보차에게 작별인사를 하였다.

"누나! 난 이제 가요. 부디 어머님과 함께 나의 기쁜 소식을 기다려 줘요!"

"벌써 가실 시간이 다 되었으니, 이제 그만하고 떠날 준비나 하세요."

"왜 그렇게 재촉이 심하오? 나도 떠나야 한다는 걸 잘 알고 있소."

그러면서 보옥은 고개를 돌려 방 안을 둘러보았다. 다른 사람들은 다 있는데 석춘과 자견만 보이질 않았다.

"넷째 누이와 자견 누나에게 못 보고 간다고 나 대신 인사말을 좀 전해 주오. 어쨌든 다시 만날 수 있을 테니까."

사람들은 보옥의 말이 그럴듯하게 들리는 것 같기도 하다가 또 어찌보면 정신 나간 소리같이 들리기도 한다고 생각했다. 모두들 보옥이 여태까지 아직 외출이라는 걸 해보지 않았기 때문에 어머니의 말을 듣고 저런 소리를 하나 보다 여기고는 빨리 보내는 것이 낫겠다고 생각했다.

"밖에서 사람들이 기다려요. 자꾸 지체하다간 시험시간에 늦겠어요."

그러자 보옥이 고개를 뒤로 젖히며 껄껄 웃는 것이었다.

"자, 이제 가자꾸나! 더 이상 그런 얘기들은 할 필요가 없지. 이제 모든 것이 끝났도다!"

사람들은 모두 웃는 낯으로 보옥을 전송했다.

"어서 떠나세요."

그러나 고부지간인 왕부인과 보차 두 사람만은 마치 생이별이라도 하듯 하염없이 눈물을 흘리다가 거의 목이 메도록 통곡하였다.

하지만 보옥은 마치 미치광이나 바보처럼 껄껄 웃으면서 대문을 걸어 나가는 것이었다. 그 모습은 그야말로,

명리名利만이 무성한 저곳으로 달려가나,　　走求名利無雙地,
조롱 속에 갇혔던 몸 첫 관문을 나서는 것.　　打出樊籠第一關.

보옥과 가란이 과거보러 간 이야기는 잠시 그만 하기로 하겠다.

한편 가환은 보옥과 난이 과거보러 가는 것을 보고 화도 나고 심술도
난 나머지, 집안에 남자들이 없는 틈을 타서 스스로 왕 노릇을 하려고
들었다.

'난 기어코 어머니의 원수를 갚고야 말 테다. 지금 집안에 남자들이
라곤 하나도 없으므로 위로 큰어머님만 구워삶으면 무서운 사람이 누
가 있겠는가?'

이렇게 마음먹고 형부인한테 가서 문안 인사도 올리는 등 온갖 아부
를 다 떨었다. 형부인이 흐뭇하게 생각했음은 두말할 나위도 없다.

"너도 그만하면 사리가 밝은 애라고 할 수 있겠구나. 교저의 일만 해
도 워낙 내가 주장해서 해야 할 일이 아니겠니? 그런데도 어리석은 네
련이 형은 이 친할머니를 제쳐두고 엉뚱하게 다른 사람한테 부탁하다
니 이럴 수가 있느냔 말이다!"

"저쪽 사람들도 우리 가문에 대해서 알고 있다면서, 이 혼담이 성사
되기만 한다면 큰어머님께 큰 선물을 보내드리겠답니다. 그리고 이제
큰어머님께 번왕과 같은 높은 지위의 손녀사위가 생긴다면 큰아버님께
서도 벼슬길에 오르실 건 뻔한 일이 아니겠습니까? 제가 제 어머님〔왕부
인〕에 대해서 이러쿵저러쿵 말하는 건 뭣하지만 어머님은 원비 누님의
어머니라고 얼마나 다른 사람들을 업신여겼습니까? 앞으로 교저도 그
런 양심 없는 사람이 되지 않도록 제가 가서 좀 단단히 일러둬야겠어
요."

"역시 그런 일은 미리 일러두는 게 좋겠구나. 그래야 그 애도 너의 호

의를 알 수 있지 않겠느냐? 설사 그 애 아버지가 집에 있었다 하더라도 이렇게 좋은 혼처는 구할 수 없었을 거다. 그런데도 저 멍청한 평아는 이 일이 옳지 않다고 하는구나. 네 어머니도 원하지 않는다고 그러면서 말이다. 아마 우리가 잘되는 게 배가 아픈 모양이지! 그런데 만일 어물어물 하다가 련이가 돌아와서 공연히 남의 말을 귀담아 듣게 되는 날에는 만사가 다 틀어지고 말지도 모를 일이다."

"저쪽에선 이미 다 결정이 나서 큰어머님께서 사주를 보내시기만 기다리고 있어요. 그쪽 왕부의 법도로는 사주를 보낸 뒤 사흘 만에 신부를 데려간답니다. 그런데 단 한 가지 염려가 되는 것은, 큰어머님께서 들으시면 언짢게 생각하시겠지만 저쪽에서는 나라에 죄를 범한 죄인의 손녀하고는 혼인을 못하게 되어 있으므로 조용히 데려갈 수밖에 없다고 하는군요. 그랬다가 큰아버님께서 죄 사함을 받으시고 벼슬길에 다시 오르시게 되면 그때 가서 성대하게 예식을 올리자고 합니다."

"그게 뭐 언짢은 일이라고 그러느냐? 예법상 당연한 일인걸."

"그러시다면 큰어머님께서 사주단자를 내주십시오. 그럼 일이 매듭지어지는 겁니다."

"바보 같은 소릴 하고 있구나. 안에는 모두 여자들뿐이니, 네가 가운이를 불러다 쓰게 하면 될 게 아니냐?"

그 소리에 가환은 뛸 듯이 기뻐서 가운에게 달려가서 그 말을 전했다. 그리고는 왕인을 청해다 함께 외번의 공관으로 가서 문서를 전해주고 돈을 받아먹을 심산이었다.

그런데 방금 형부인과 가환이 주고받는 얘기를 형부인의 시녀가 모두 엿듣게 되었다. 그 시녀는 마침 평아 덕분으로 채용된 아이였으므로 틈을 타서 평아에게 달려가 자기가 들은 얘기를 하나도 빼놓지 않고 모두 들려주었다. 평아는 진작부터 일이 잘못되어 간다는 것을 알고 이미 모든 내막을 교저에게 자세히 알려 두었다. 이야기를 전해들은 교저는 하룻밤을 꼬박 울음으로 지새우고 나서, 아버지가 돌아오시면 아버지 뜻에 따를 뿐이지 절대로 할머니가 시키는 대로는 하지 않겠다고 마음먹었다. 그런데 오늘 또 이런 얘기를 마저 듣게 되자, 울고불고 하면서 할머니한테 가서 그럴 수는 없다고 말한다는 것이었다.

그러자 평아가 황급히 말렸다.

"아가씨, 너무 서두르지 마세요. 큰마님께서는 아가씨의 친할머니이신 만큼 아버지께서 안 계시는 마당에 당신께서 주장해서 할 수 있다고 생각하실 거예요. 게다가 아가씨의 외삼촌께서 중매를 서셨잖아요. 그분들은 모두 한통속이 되어 있는데 아가씨 혼자서 어떻게 당해낼 수 있겠어요? 게다가 전 어디까지나 시녀 신분인 만큼 이런 일에 대해선 나설 수가 없는 처지예요. 그러니까 지금은 차분하게 방법을 생각해야지 절대로 경솔하게 행동해서는 안돼요."

"빨리 무슨 방법을 찾아보세요. 그러지 않았다가는 당장이라도 데려갈 것만 같아요."

형부인의 시녀는 이렇게 말하고는 바로 돌아갔다. 평아가 돌아다보니 교저는 방바닥에 쓰러져서 엉엉 울고 있었다. 그녀는 얼른 교저를 안아 일으키며 달랬다.

"아가씨, 운다고 해결될 일이 아니에요. 지금 같아서는 아버님께서 힘을 써주실 수 없는 형편이에요. 저분들이 하는 말을 들어보면⋯."

평아의 말이 채 끝나기도 전에 형부인이 보낸 심부름꾼이 들어섰다.

"아가씨께 경사가 났어요. 마님께서 평아 언니더러 아가씨 물건들을 전부 챙겨 놓으라고 하셨어요. 예단 같은 것은 서방님께서 돌아오신 후에 보내기로 했답니다."

평아는 어쩔 수 없이 그러마고 대답했다. 그때 마침 왕부인이 건너왔으므로 교저는 왕부인에게 달려가서 그녀의 품에 얼굴을 묻고 서럽게 울었다. 왕부인도 울면서 교저를 달랬다.

"애야, 너무 조급하게 생각지 마라. 나도 너 때문에 네 할머니한테 얼마나 싫은 소리를 많이 들었는지 모른다. 그렇지만 지금 형편으로는 도저히 돌이킬 수 없을 것 같구나. 그러니 우선 동의하는 것처럼 해서 시간을 끈 다음, 즉시 아버지한테 사람을 보내서 이 사실을 알리도록 하자."

"마님께선 아직 모르고 계시나요? 아침에 환 도련님이 큰마님께 말씀하시기를 외번의 무슨 법도에 따라 사주단자를 보내고 사흘 안에 신부를 데려가야 한다고 했답니다. 지금 큰마님께서는 벌써 운 도련님에게 사주단자를 써오라고 시키셨대요. 그러니 서방님을 기다릴 시간이 어디 있겠어요?"

왕부인은 가환이 그 일을 꾸며냈다는 소리를 듣고 화가 나서 말도 제대로 하지 못한 채 한참 동안 멍해 있었다. 그러더니 당장 환이란 놈을 불러오라고 호통을 쳤다. 그런데 환이를 찾으러 갔던 하인이 한참 만에 돌아와서 아뢰는 것이었다.

"환 도련님께서는 오늘 아침에 장 도련님이랑 왕인 아저씨와 함께 나가셨답니다."

"그럼 운이는 어디 있느냐?'

왕부인이 그렇게 묻자 모두들 잘 모르겠다고 대답했다. 교저의 방에 와 있던 사람들은 모두 눈만 멀뚱멀뚱 뜨고 서로 바라보기만 할 뿐, 아무도 신통한 방법을 생각해 내지 못했다. 왕부인도 형부인과 맞서기 어려운 형편이었으므로 모두들 머리를 싸매고 울 수밖에 없었다. 모두들 그렇게 걱정에 휩싸여 있는데 할멈 하나가 들어와서 아뢰었다.

"뒷문지기가 와서 그러는데 전에 왔던 유노파가 또 찾아왔답니다."

"지금 우리 집에 이런 일이 벌어진 판에 무슨 정신이 있어서 손님을 접대하겠느냐? 어떻게든 둘러대서 돌려보내라."

왕부인의 말에 평아가 나서서 자기 생각을 말했다.

"그렇지만 마님, 들어오라고 하는 게 좋겠어요. 그 할머니는 어쨌든 아가씨의 양어머니니까 이 사실을 알려는 줘야 하지 않겠어요?"

왕부인이 아무 말 않자, 할멈이 유노파를 데리고 들어왔다. 방 안에 있던 사람들은 서로 인사를 나누었다. 유노파는 다들 눈가가 벌겋게 부어 있는 것을 보고 영문을 몰라 잠시 머뭇거리다가 조심스럽게 물었다.

"왜들 그러세요? 희봉 아씨 생각이 나서 그러시나요?"

교저는 자기 어머니 얘기가 나오자 더욱 서럽게 울어댔다.

"할머니, 그런 쓸데없는 소린 그만두세요. 그렇지만 할머니는 아가씨의 양어머니인 만큼 이 일을 아셔야 할 건 같아요."

그러면서 평아는 유노파에게 자초지종을 낱낱이 들려주었다. 유노파도 그 소리를 듣고 크게 놀라서 한참 동안 멍해 있더니, 무슨 생각이 났는지 웃음을 띠며 말했다.

"아가씨같이 총명한 분이 고아사鼓兒詞[3]도 못 들어 보셨나요? 그 속에 멋진 방법들이 얼마나 많다고요. 그게 무슨 어려운 일이라고 걱정들을 하고 계십니까?"

평아가 얼른 유노파에게 다가가서 물었다.

"할머니, 무슨 방법이라도 있으면 어서 말해 보세요."

"별로 어려울 것도 없어요. 그 사람들 모르게 어디론가 피해 버리면 되질 않겠어요?"

"할머니도 참, 말도 안 되는 소릴 하시는 군요. 우리 같은 집안의 아가씨가 피할 데가 어디 있다고 그러세요?"

"피신하려는 마음을 먹지 않을까 봐 걱정이지, 그렇게 하실 생각만 있다면 저희 마을로 오시면 어떻겠어요? 그럼 제가 아가씨를 숨겨놓고 그 길로 제 사위더러 사람을 시켜서 아가씨께서 직접 쓰신 편지를 서방

---

3 북으로 장단을 맞추며 하는 이야기.

님 계시는 곳으로 보내라고 하겠어요. 그렇게 되면 서방님께서 바로 달려오실 게 아니겠어요. 그럼 되지 않겠어요?"

"하지만 큰마님께서 아시게 되면 어떻게 해요?"

"제가 온 걸 그분이 알고 계시나요?"

"큰마님께선 안채에 계시는데 사람들에게 너무 냉랭하게 대하시기 때문에 아무도 소식을 전해 드리는 사람이 없긴 해요. 할머니께서 앞문으로 오셨다면 몰라도 오늘은 뒷문으로 오셨기 때문에 아실 리가 없어요."

"그럼, 시간을 정하기로 하지요. 제가 사위를 시켜서 수레를 보내드리겠습니다."

"시간을 정하고 뭐 하고 할 시간이 지금 없어요. 할머니, 우선 잠깐만 앉아 계세요."

그러더니 평아는 허둥지둥 안으로 들어가서 사람들을 모두 내보낸 다음, 왕부인에게 유노파가 낸 꾀를 아뢰었다. 한참 생각하던 왕부인은 아무래도 마음이 내키지 않는 모양이었다.

"마님, 지금은 그 방법밖에 없어요. 전 마님을 위해서 이런 말씀을 드리는 거예요. 마님께선 모르는 체하고 계시다가 일이 터지면 되레 큰마님께 물어보도록 하세요. 저희들이 사람을 보내 소식을 전하도록 하겠어요. 그러면 서방님께서도 빨리 돌아오실 수 있을 거예요."

왕부인은 아무 말 없이 한숨만 내쉬었다. 옆에서 듣고 있던 교저가 왕부인에게 사정하였다.

"작은 할머님, 제발 저를 좀 구해주세요. 아버님께서도 돌아오시면 틀림없이 감사하게 생각하실 거예요."

평아가 서둘렀다.

"이제 더 이상 얘기할 시간도 없어요. 마님께선 어서 돌아가세요. 그리고 누구든 보내서 이 집을 지키도록 해주세요."

"절대 남의 눈에 띄지 않도록 조심해야 한다. 너희 옷가지랑 이부자리만은 가지고 가야 하지 않겠니?"

"그렇지만 지금은 한시라도 빨리 이곳을 피하는 게 급선무예요. 저 사람들이 얘기를 다 끝내고 돌아오면 곤란해져요."

평아의 그 말 한마디에 왕부인은 정신이 번쩍 들었다

"그렇구나! 그럼 어서 떠나도록 해라. 뒷일은 내가 알아서 할 테니까."

그 길로 왕부인은 일부러 형부인을 찾아가서 한담을 나누었다. 그렇게 해서 형부인의 발을 묶어 놓았던 것이다.

평아는 떠날 준비를 하면서 사람들에게 단단히 일러두었다.

"일부러 남의 눈을 피하진 말고, 누가 들어오다가 보거든 큰마님의 분부로 유노파를 수레에 태워 보내드리는 거라고만 말하도록 해라."

그런 다음 평아는 뒷문지기를 매수해서 수레 한 대를 빌려오게 했다. 평아는 교저를 마치 유노파의 손녀인 청아처럼 변장을 시켜서 유노파와 함께 급히 내보냈다. 그리고 자기는 전송하는 것처럼 따라 나오다가 남의 눈을 피해서 얼른 수레에 올라탔다.

근래에 와서 가부의 뒷문은 열려 있기는 해도 한두 사람만이 지키고 있을 뿐이었다. 그 밖의 하인들이 몇몇 더 있기는 하지만 집은 넓은데 사람은 적어서 텅 비어 있었으므로 세세한 데까지 눈길이 미치지 못하는 형편이었다. 더구나 형부인은 평소 하인들에게 따뜻하게 대하지 않았으며, 하인들도 이번 교저의 일이 옳지 못하다는 것을 잘 알고 있는데다가 늘 평아의 친절에 감사하게 생각하던 터라 서로 짜고 교저를 무사히 내보냈던 것이다. 왕부인과 한담을 나누던 형부인은 이런 일이 벌어지고 있는 줄은 꿈에도 몰랐다.

왕부인은 아무래도 마음이 놓이질 않아서 얼마 동안 이야기를 더 나누다가 슬그머니 보차의 방으로 와버렸다. 왕부인의 마음은 그저 불안

하기만 하였다. 보차는 왕부인의 얼굴에 근심이 어려 있는 것을 보고 물었다.

"어머님, 무슨 걱정거리라도 있으세요?"

왕부인은 교저의 일을 은밀하게 보차에게 들려주었다.

"정말 큰일 날 뻔했군요! 지금이라도 빨리 운 도련님을 그곳으로 보내서 중지시켜야 되질 않겠어요?"

"그런데 환이 놈을 찾을 수가 없구나."

"어머니께서는 그냥 모른 체하고 계세요. 제가 적당한 사람을 물색해서 큰마님 귀에 이 소식이 들어가도록 손을 써보겠어요."

왕부인은 고개를 끄덕이며 그 일을 보차에게 맡겼다. 이 이야기는 잠시 그만두기로 하겠다.

한편 외번의 왕은 원래 부릴 시녀를 몇 명 사올 생각이었는데, 적당한 사람이 있다는 중개인의 말을 듣고 사람을 보내서 선을 보게 했던 것이었다. 선보러 갔던 사람들이 돌아와서 번왕에게 아뢰자 번왕이 어떤 집 사람이냐고 물었다. 여인네들은 숨길 수가 없어서 사실대로 아뢰었다. 번왕이 듣고 보니 대대로 나라에 공을 세운 황제의 친척 집안 아가씨였으므로 크게 당황하였다.

"야단났구나! 이건 국법에도 금지되어 있는 일이다. 하마터면 큰일을 저지를 뻔했다. 황제폐하도 이미 알현하였으니 날을 잡아 돌아가야겠다. 만일 누가 와서 다시 그 말을 꺼내거든 당장 쫓아 보내도록 해라."

그런데 하필이면 그날 가운과 왕인 등이 사주단자를 가지고 그곳을 찾아갔던 것이다. 그랬더니 왕부의 집사가 벼락같이 호통을 치는 게 아닌가!

"전하께서 가부의 아가씨를 평민으로 속인 놈들을 붙잡아다 국법으로 다스리라는 엄명을 내리셨소. 지금 같은 태평성대에 어느 놈들이 감히 대담하게도 이런 일을 꾸민단 말이오?"

그 소리에 질겁한 왕인 등은 걸음아 날 살려라 줄행랑을 쳤다. 그들은 이 사실을 누설한 사람을 원망하며 맥이 빠져서 각기 흩어졌다.

집에서 소식을 기다리던 가환은 왕부인이 찾는다는 소리를 듣고 초조해서 견딜 수가 없었다. 그러다가 가운이 돌아온 것을 보고 부리나케 달려가서 물었다.

"일은 잘 마무리 되었나?"

가운은 겁을 잔뜩 집어먹은 기색으로 발을 동동 구르며 말했다.

"큰일 났어요, 큰일 났어! 누군가가 벌써 비밀을 누설했단 말예요."

그러면서 쫓겨 온 사정을 자세히 들려주었다. 가환은 화가 치밀어서 제정신이 아니었다.

"난 오늘 아침에 큰어머님께 그렇게 좋은 혼처는 다시없을 거라고 입에 침이 마르도록 말씀드려 놨는데 이제 이 일을 어쩌면 좋단 말인가? 이건 모두 자네들이 나를 함정에 빠뜨린 거야."

이렇게 한창 어떻게 해야 좋을지 몰라 쩔쩔매고 있는데, 안에서 소란스레 가환 등의 이름을 부르는 소리가 들려왔다.

"큰마님과 작은 마님께서 도련님들을 부르십니다."

가환과 가운 두 사람은 하는 수 없이 우물쭈물 안으로 들어갔다. 왕부인은 그들을 보자 불같이 화를 냈다.

"네놈들이 아주 장한 일을 했더구나! 기어코 교저와 평아를 죽음으로 몰아넣었으니, 시체라도 찾아다가 내 눈앞에 대령해야 하질 않겠느냐!"

두 사람은 무릎을 꿇었다. 가환은 감히 아무 말도 하지 못했으며 가운은 고개를 떨군 채 변명을 늘어놓았다.

"제가 어찌 감히 그런 일을 저지를 수 있었겠습니까. 전 그저 형씨 댁

외할아버지와 왕인 아저씨께서 교저 누이의 중매를 서준다고 하기에 할머님들께 말씀드렸던 겁니다. 그랬더니 큰할머께서 만족해하시면서 저더러 사주단자를 써가지고 오라고 하시기에 그걸 써드린 것뿐입니다. 그런데 지금 저쪽에선 도리어 싫다고 하는 걸 어째서 저희들이 교저 누이를 죽음으로 몰아넣었다고 하시는 겁니까?"

"환이 너는 큰어머께 말씀드리기를 사주단자를 보내면 사흘 안에 교저를 데려간다고 했다면서? 중매를 서고 혼담이 오가는데 그런 법이 어디 있느냐? 더 이상 추궁하지 않겠으니 어서 교저나 찾아다 놓도록 해라. 그리고 이번 일에 대해서는 대감님께서 돌아오시면 그때 가서 다시 얘기하도록 할 것이다."

형부인도 이제는 말 한마디 하지 못하고 눈물만 흘릴 뿐이었다. 왕부인은 다시 환이에게 욕을 퍼부었다.

"조이랑이란 년이 그렇게도 고약하더니만 낳아 놓은 종자 역시 비열하기 이를 데 없군그래!"

왕부인은 냅다 쏘아붙이고는 시녀를 불러 부축을 받으면서 자기 방으로 돌아갔다.

한편 가환과 가운, 그리고 형부인 세 사람은 서로 상대방을 원망했다. 그러다가 형부인이 이렇게 말했다.

"일이 이렇게 된 이상 서로 원망해봐야 무슨 소용이 있겠느냐? 어쨌든 죽지는 않았을 거다. 필경 평아란 년이 그 애를 데리고 친척 집 어딘가에 숨어있을 게다."

그러더니 형부인은 앞뒷문의 문지기들을 불러다 교저와 평아가 어디로 갔는지 알 게 아니냐면서 호통을 쳤다. 그러나 하인들은 이구동성으로 딱 잡아뗐다.

"큰마님, 저희들한테 물어보실 게 아니라 집안일을 맡아보던 서방님들께 물어보시면 되질 않겠습니까? 큰마님께선 그렇게 호통만 치실 일이 아닙니다. 저희들은 저희 마님께서 물으시면 드릴 말씀이 있습니다. 저희들은 매를 맞아도 같이 맞고, 벌을 받아도 같이 받겠습니다. 사실상 가련 서방님께서 출타하신 뒤로부터 바깥일은 그야말로 엉망진창입니다. 저희들은 지금 월비도 못 받는 형편입니다. 그런데도 서방님들은 노름을 하질 않나, 술판을 벌이질 않나, 여배우들을 사들이질 않나, 심지어는 거리 색시들까지 집 안으로 끌어들여서 놀아나고 있습니다. 그러니 어디 집안일을 맡아보는 서방님들이라고 할 수 있겠습니까?"

이 말에 가운 등은 말문이 막혀서 한마디도 하지 못하였다. 이때 왕부인의 처소에서 또 사람을 보내 재촉했다.

"서방님들, 빨리 사람을 찾아오라고 하십니다."

가환 등은 쥐구멍에라도 들어가고 싶은 심정이었다. 그렇다고 교저 방에 있는 사람들에게 캐물을 수도 없는 형편이었다. 틀림없이 사람들이 자기네들한테 원망을 품고 어디다 깊이 숨겨두었을 거라는 생각은 들었지만, 감히 왕부인 앞에서 이 말을 할 수는 없었다. 하는 수 없이 친척집마다 돌아다니며 수소문해 보았으나 도무지 종적을 알 길이 없었으므로 형부인은 안에서, 가환 등은 밖에서 며칠째 밤낮으로 애간장을 태웠다.

이윽고 시험이 끝나 돌아올 날짜가 되자 왕부인은 보옥과 난이가 집으로 돌아오기만을 손꼽아 기다렸다. 한낮이 지나도 돌아오지 않자 왕부인과 이환, 보차는 기다리다 못해 그들이 묵고 있던 곳으로 사람을 보내서 알아보게 하였다. 그러나 여러 사람이 갔는데도 소식을 전해오기는커녕 알아보러 갔던 사람들조차 돌아오질 않았다. 그래서 조금 있다가 또다시 꽤 여럿을 보냈으나 그들 역시 돌아오지 않았다. 세 사람은 속이 바짝바짝 타들어가기 시작했다.

저녁나절이 다 되어서야 누군가가 들어서는데, 보니 난이었다. 사람들은 반색하며 그에게 다가가서 물었다.

"보옥 삼촌은 같이 안 왔느냐?"

가란은 인사 올릴 겨를도 없이 울음부터 터뜨렸다.

"보옥 아저씨가 행방불명되셨어요."

왕부인은 그 소리를 듣자 멍해지면서 한참 동안 아무 말도 못하더니, 온몸이 꼿꼿해지며 그대로 정신을 잃고 침상 위에 쓰러졌다.

다행히 채운 등이 뒤에서 부축하여 애면글면하며 겨우 정신이 들게 하였으나 왕부인은 자꾸 울기만 하였다. 보차도 눈을 허옇게 뜬 채 제정신이 아니었으며, 습인 등은 하도 울어서 눈물범벅이 되어 있었다.

이환만은 울면서도 가란을 나무랐다.

"이런 멍청한 놈 같으니라고! 삼촌하고 같이 있었을 텐데 어쩌다가 없어지는 것도 몰랐단 말이냐?"

"아저씨하고 전 객사에서 식사도 함께 하고 잠도 같이 자면서 지냈어요. 과거 시험장에 들어가서도 서로 멀리 떨어져 있지 않고 언제나 함께 있었어요. 오늘 아침에도 아저씨는 답안을 일찌감치 쓰고는 저를 기다렸어요. 그랬다가 함께 답안을 제출하고 나왔는데, 시험장 문 입구에 사람들이 많아서 이리 밀리고 저리 밀리고 하다가 돌아다보니 그만 아저씨가 보이질 않는 거예요. 집에서 시험장으로 마중을 보낸 하인들도 모두 아저씨가 금세 어디 가셨느냐고 저한테 물었어요. 그리고 이귀도 아저씨를 봤다면서 저하고 몇 발자국밖에 떨어져 있지 않았는데 사람들한테 밀리더니 어느 틈엔가 보이질 않더라는 거예요. 전 이미 이귀 등에게 제각기 흩어져서 사방으로 찾아보라고 시켰고, 저 또한 사람들을 데리고 시험장 방마다 모두 찾아보았지만 그림자조차 찾을 수가 없었어요. 그렇게 찾다 찾다 이제야 집으로 돌아오는 겁니다."

왕부인은 울기만 할 뿐 한마디도 하지 못하였으며 보차는 속으로 사태를 십중팔구 짐작하였고 습인은 울음을 그치지 못했다. 가장 등은 분부도 기다리지 않고 사방으로 찾으러 나갔다. 이리하여 가엾은 영국부 사람들은 저마다 넋이 나갔으므로 시험이 끝났다고 차린 잔치도 헛수고가 되고 말았다.

가란 역시 시험 끝의 피곤함도 잊은 채 자기도 찾아 나서겠다고 하였다. 그러자 왕부인이 가란을 말렸다.

"애야, 네 아저씨를 잃어버린 판국에 너까지 없어지면 어쩌라는 것이냐? 내 말대로 아무 소리 말고 좀 쉬도록 하여라."

그러나 가란이 어찌 그러겠노라고 할 수 있겠는가? 우씨 등도 곁에서 간곡하게 가란을 말렸다. 사람들 중에서 석춘만은 마음에 짚이는 것이 있었으나 입 밖에 내지는 못하고 보차에게 물었다.

"오빠가 그 옥을 지니고 갔나요?"

"그건 늘 몸에 지니고 다니는 물건인데 왜 안 가지고 가셨겠어요?"

석춘은 그 말을 듣고 더 이상 아무 말도 하지 않았다. 습인은 언젠가 옥을 잃었던 생각이 나서 이번에도 그 중이 장난을 치는 게 아닌가 하는 마음이 들었다. 그러자 애가 끓은 나머지 눈물이 비 오듯 쏟아져서 목 놓아 흐느껴 울었다.

습인은 울면서 지난날 보옥이 자기에게 쏟아주었던 살뜰한 정을 떠올렸다. 이따금 화를 돋우면 벌컥 화를 내다가도 금세 사람 마음을 풀어주는 다정함이 있었고, 부드럽고 자상하게 돌봐주었음은 말할 것도 없었다. 그러다가도 너무 화가 나면 중이 되겠다고 입버릇처럼 말하곤 했는데 그 말이 오늘, 현실로 닥칠 줄은 정말 몰랐던 것이다.

밤이 깊어 사경이 넘도록 보옥에 대한 소식은 어디서도 들려오지 않았다. 이환은 왕부인이 상심 끝에 건강이라도 해치면 안 되겠다 싶어서 방으로 돌아가자고 애를 태우며 권하였다. 여러 사람들이 모두 왕부인 곁을 지키고 있었으므로 형부인은 혼자서 자기 처소로 돌아갔다. 가환은 뒤에 숨어서 감히 나오지도 못하였다. 왕부인은 가란을 가서 쉬라고 보낸 다음 하룻밤을 꼬박 뜬눈으로 지새웠다.

다음 날 새벽녘이 되자 하인들이 돌아왔으나 모두들 찾을 만한 곳은 하나도 빼놓지 않고 찾아보았지만 그림자조차 찾을 수 없었다는 말들만 하는 것이었다. 설부인, 설과, 사상운, 이부인 등이 잇달아 위로차 찾아와서 소식을 물었다.

이렇게 며칠이 지나는 동안 왕부인은 비통함에 빠진 나머지 식음을 전폐하여 생명까지 위태로워졌다. 그러고 있을 때 갑자기 하인 하나가 와서 아뢰었다.

"연해지방에서 웬 사람 하나가 찾아왔습니다. 통제대감께서 보내서 왔다면서 탐춘 아가씨가 내일 경성에 도착하신답니다."

왕부인은 탐춘이 경성으로 온다는 소식을 듣자 보옥에 대한 근심이 풀린 것은 아니지만 다소 마음이 놓였다. 다음 날이 되자 과연 탐춘이 돌아왔다. 모두들 멀리까지 마중 나갔는데 이전보다 훨씬 좋아 보였으며 옷차림도 더할 수 없이 고왔다. 탐춘은 왕부인의 얼굴이 수척해져서 모습이 말이 아닌 데다가 모두들 울어서 눈이 퉁퉁 부어있는 것을 보고 자기도 그만 통곡을 하였다. 한참을 울고 나서야 탐춘은 예를 갖춰 인사를 올렸다. 탐춘은 석춘이 여도사의 차림을 하고 있는 것을 보고 마음이 편치 않았다. 게다가 보옥이 무엇엔가 미혹되어 행방불명되었다는 것과 집안에 크고 작은 좋지 않은 일들이 있었다는 소식을 듣자 또다시 울음을 터뜨렸다. 그 바람에 다른 사람들도 모두 따라서 울기 시작했다.

그러다가 말도 잘할 뿐더러 견식도 높은 탐춘이 이런 저런 말로 차분하게 위로하자 왕부인 등의 기분도 얼마간 나아졌다. 다음 날 탐춘의 남편도 인사를 왔다. 탐춘의 남편은 처가에 그런 일이 있다는 것을 알고 탐춘더러 좀더 남아서 위로해 드리라고 말하고는 먼저 돌아갔다. 탐춘을 따라갔던 시녀와 할멈들도 오래간만에 여러 자매들과 만나 그동안의 회포를 풀었다. 그런 가운데 집안의 상하 사람들 모두는 밤낮으로 보옥의 소식만을 기다렸다.

그러던 어느 날 오경이 조금 지났을 무렵, 바깥 하인 몇이 중문 안으로 들어와서 기쁜 소식을 알렸다. 그 소식을 들은 어린 시녀들이 수선을 피우며 달려 들어왔다. 그들은 상급 시녀들에게 알릴 겨를도 없이 방 안으로 뛰어들며 아뢰는 것이었다.

"마님, 아씨! 큰 경사가 났어요."

왕부인은 보옥을 찾은 줄만 알고 기쁜 마음에 자리에서 벌떡 일어났다.

"어디서 찾았다더냐? 어서 이리로 데려오도록 해라."

"일곱 번째로 거인에 급제하셨답니다."

"보옥이를 찾았단 말이냐?"

왕부인이 다급하게 묻자 시녀는 아무 대답도 하지 못하였다. 그러자 왕부인은 자리에 털썩 주저앉았다.

"일곱 번째로 급제한 사람이 누구라더냐?"

탐춘이 묻자 시녀가 대답했다.

"보옥 서방님이랍니다."

그때 또 밖에서 떠들썩한 소리가 들려왔다.

"가란 도련님께서도 급제하셨답니다."

그 하인이 얼른 나가서 급제통지서를 받아들고 들어와서 전해 올렸는데, 그것을 보니 가란은 백서른 번째로 급제하였다고 되어 있었다. 이환은 속으로 뛸 듯이 기뻤으나 보옥이 실종된 형편이라 왕부인 앞에서 기쁜 내색을 할 수도 없었다. 왕부인도 가란이 급제한 것을 보고 무척 기뻤으나 한편으로는 안타까운 마음에 속으로 이런 생각을 했다.

'만일 보옥이가 돌아와 주기만 한다면 식구들이 얼마나 기뻐하겠는

446

가!'

　오로지 보차만은 비통함을 참기 어려웠으나 여러 사람들 앞에서 눈물을 보일 수는 없는 노릇이었다. 사람들은 모두 축하인사를 했다.

　"보옥 서방님께선 급제하실 운명을 타고났으니까 실종되셨을 리가 없어요. 이 세상에 어디 행방불명된 거인이 있답니까?"

　왕부인이 듣고 보니 맞는 소리 같기도 해서 얼굴에 잠시 웃음이 스쳤다. 사람들은 이때다 싶어서 왕부인 등에게 아무쪼록 많이 먹고 기운을 차려야 한다고 권했다.

　그때 삼문 밖에서 배명이 떠들어대는 소리가 들려왔다.

　"우리 서방님께서 거인에 급제하셨으니 절대로 실종되실 리 없어요."

　"그걸 네가 어떻게 안다고 그러느냐?"

　여러 사람이 묻자 배명이 대답했다.

　"'단번에 과거에 급제하여 이름을 날리면 천하가 다 알게 마련이다〔一舉成名天下聞〕'라는 말도 있질 않습니까? 그러니 지금 보옥 서방님께서 어디 계시든 그곳 사람들이 다 알아볼 텐데 누구라도 모시고 오질 않겠습니까?"

　안에 있던 사람들이 그 소리에 입을 모았다.

　"저 애가 원래 좀 덜 떨어졌는데 그 말만은 그럴듯한걸."

　그런데 석춘이 찬물을 끼얹었다.

　"그렇게 다 큰 어른이 어떻게 실종될 수 있겠어요? 어쩌면 오라버니가 인생무상을 느껴서 불문에 들었을지도 몰라요. 그렇다면 정말 찾기는 어려울 거예요."

　석춘의 말에 왕부인 등은 또다시 통곡하기 시작했다.

　그러자 이환이 이런 소리를 했다.

　"옛날부터 부처나 조사가 되거나 신선이 되는 사람들 가운데는 벼슬이나 부귀를 헌신짝처럼 내버리는 이들이 많다고 하던데요."

그 소리에 왕부인이 울면서 말했다.

"그 애가 만일 부모를 버렸다면 그야말로 불효가 막심한 건데, 어찌 부처나 조사가 될 수 있단 말이냐?"

그러자 탐춘이 그 말을 받았다.

"대체로 사람이란 남보다 다른 기이한 데가 있어도 좋지 않은 거예요. 둘째 오라버니가 날 때부터 옥을 물고 태어나자 모두들 이를 상서로운 일이라고 했지만, 지금 와서 보니까 그 옥을 가지고 태어난 것이 좋은 일이 아니었다는 생각이 들어요. 만일 며칠 더 기다려도 나타나지 않으면, 어머님의 화를 돋우려는 건 아니지만 아마도 무슨 곡절이 있는 것이 분명하니 아예 오라버니를 낳지 않으셨던 걸로 생각하고 단념하도록 하세요. 오라버니가 몸을 감춘 것이 정말로 그럴 만한 내력이 있어서 깨달음의 결과로 나타난 것이라면, 그것 역시 어머님께서 몇 대에 걸쳐 쌓으신 공덕이라고 할 수 있을 겁니다."

보차는 그 말을 듣고도 말없이 있었으나, 습인은 슬픔을 이겨내지 못하여 가슴이 아프고 머리가 어지럽던 끝에 그만 정신을 잃고 쓰러지고 말았다. 왕부인은 보기가 애처로워 사람을 시켜 방에 눕히라고 했다.

가환은 형과 조카가 과거에 급제한 데다가 교저의 일로 면목이 없었으므로 그저 가장과 가운 두 사람을 원망할 뿐이었다. 그러던 차에 탐춘이 돌아왔으므로 자기를 가만두지 않을 것이 뻔하다는 생각이 들었다. 그렇지만 어디로 숨을 수도 없는 노릇이어서 요 며칠은 그야말로 바늘방석에 앉아 있는 것 같은 심정이었다.

다음 날 가란은 하는 수 없이 급제한 사람들이 시험관을 초대하는 사은謝恩연회에 혼자서 참석했다. 가서 보니 진보옥도 급제하였으므로 모두 동년同年[4]의 대열에 들게 되었다. 진보옥은 가보옥이 미혹되어 실종

---

4 과거제도에서 같은 과에 합격한 사람을 일컫는 말인데, 명청 대에는 향시와 회시

되었다는 소식을 듣고 탄식하면서 위로의 말을 건넸다.

시험관이 급제한 이들의 답안을 천자에게 올렸더니 천자께서 그것을 하나하나 훑어보시더니 급제자들의 문장이 하나같이 논리가 정연하고 막힘이 없다고 칭찬하셨다. 그러던 중에 천자께서는 일곱 번째 가보옥의 관적이 금릉金陵인 것을 보시고 또 백서른 번째 역시 금릉의 가란이었으므로, 칙지를 내려 가씨 성을 가진 두 사람이 금릉 사람으로 되어 있는 것을 보니 혹시 가비賈妃의 일족이 아니냐고 하문하셨다.

대신이 어명을 받들고 나와서 가보옥과 가란을 불렀다. 가란은 보옥이 시험이 끝난 뒤에 실종되었다는 것과 조상 삼대의 이름을 아뢰었고, 대신이 그것을 천자께 상주하였다. 천자께서는 워낙 현명하고 어진 분이시라 가씨 집안의 공덕을 떠올리시며 대신에게 더 조사해서 아뢰라고 명하셨다. 대신이 즉시 자세하게 조사하여 이를 상주하니, 천자께서는 대단히 측은하게 생각하시면서 해당 관리에게 명하시어 가사의 범죄사유를 상세하게 조사해서 올리라고 하셨다.

그때 마침 천자께서는 연해지방의 해적들을 평정하고 개선한 데 대한 사후처리에 관한 상주문을 읽으셨는데, 거기에는 해적이 소탕되어 만민이 즐겁게 생업에 종사한다는 내용이 적혀 있었다. 천자께서는 크게 기뻐하시며 구경九卿⁵에게 명하여 공에 따라 상을 내리라고 명하시는 한편 천하에 대사령大赦令을 내리셨다.

가란은 조정의 신하들이 돌아간 후 시험관들에게 인사드리는 자리에서 대사령이 내렸다는 소식을 듣고 즉시 집으로 돌아와서 그 소식을 왕부인에게 전하였다. 그 바람에 온 집안에 다소나마 화기가 돌았으며 보옥이 돌아오기만을 더욱 학수고대하게 되었다. 설부인은 기뻐하며 설

(會試)에서 같은 합격자 명단에 이름이 오른 자들을 모두 동년이라고 하였음.
5 중앙 기구와 조정의 요원(要員)들을 두루 칭하는 말.

반의 속죄에 필요한 상납금 준비를 서둘렀다.

하루는 진 대감과 탐춘의 남편이 함께 축하하러 왔으므로 왕부인이 가란을 시켜 접대하게 하였다. 얼마 지나지 않아서 가란이 싱글벙글하며 들어와서 왕부인에게 아뢰었다.

"할머님들! 기쁜 소식이 있습니다. 큰할아버님이 면죄되시고, 또 큰집의 큰아버지께서는 면죄되셨을 뿐만 아니라 녕국공의 삼등세직까지 세습하게 되셨답니다. 그리고 영국공의 세직은 이전과 같이 우리 할아버님께서 이어 받으시는데, 증조할머님의 상을 벗으시는 대로 다시 공부낭중工部郞中으로 임명하시고 몰수되었던 가산도 전부 되돌려 주신답니다. 폐하께서는 보옥 아저씨의 문장을 보시고 대단히 기뻐하셨으며 그가 다름 아닌 원춘 귀비의 동생임을 아신 데다, 또 북정왕께서 인품 또한 훌륭하다는 말씀을 상주하셨기 때문에 만나보시겠다는 말씀을 하셨답니다. 여러 대신들이 보옥 아저씨가 시험장을 나오면서 실종되었으므로 지금 각처로 찾고 있다는 말씀을 올리자, 폐하께서는 오영五營[6]의 각 아문에 명령을 내리시어 힘써 찾아보도록 하라고 하셨답니다. 이런 성지가 내리셨으니 할머님들께서는 부디 안심하십시오. 폐하께서 이토록 성은을 베푸셨으니 못 찾아낼 까닭이 어디 있겠습니까?"

왕부인 등은 그제야 서로 축하의 인사를 나누며 기뻐했다. 그러나 가환만은 애를 태우며 사방으로 교저를 찾아다녔다.

한편 교저는 유노파를 따라 평아와 함께 무사히 성을 빠져나와서 시골에 도착했다. 유노파는 교저를 소홀히 대접할 수 없었는지라 윗방을 깨끗하게 청소하여 교저와 평아를 기거하게 하였다. 매일 내오는 식사도 비록 시골음식이었지만 매우 정갈하였다. 그런데다 유노파의 손녀인 청아가 늘 곁에 있어 주었으므로 교저는 잠시나마 마음을 편히 가질

---

6 청대 경성의 치안을 맡았던 최고 통치기구.

수 있게 되었다. 그 마을에도 부자들이 여럿 있었는데 유노파네 집에
가부의 아가씨가 와 있다는 것을 알고 앞다투어 보러왔다. 교저를 보고
는 모두들 하늘에서 내려온 선녀 같다면서 놀라움을 금치 못했다. 그러
면서 야채와 과일을 보내주는 사람들도 있고 사냥한 짐승을 보내주는
사람들도 있는 등 자못 흥성거렸다.

그 가운데 주周씨 성을 가진 큰 부자가 하나 있었는데 집안의 재물이
수만금에 달했고 천여 경의 전답도 소유하고 있었다. 그에게는 언행이
점잖고 용모가 빼어난 열네 살 난 아들이 하나 있었는데 부모가 덕망 높
은 선생을 초빙하여 공부를 시킨 결과 지난번 과거시험에 급제하여 수
재秀才가 되어 있던 터였다.

어느 날 교저를 보러왔던 그의 어머니가 교저에게 반하여 탐내는 마
음을 품게 되었다.

'그렇지만 우리같이 농사짓는 사람이 어떻게 저런 대갓댁 아가씨를
며느리로 맞을 수 있겠는가?'

주씨댁이 멍하니 이런 생각을 하고 있을 때 눈치 빠른 유노파가 그런
심사를 알아채고 그녀의 손을 잡으며 말했다.

"부인의 마음을 저도 안답니다. 제가 중매를 서볼까요?"

주씨댁이 웃으면서 대꾸했다.

"그런 말씀 마세요. 저쪽 댁이 어떤 가문인데 우리 같은 농사꾼에게
딸을 준답디까?"

"그렇지만 어쨌든 말이나 건네 봅시다."

두 사람은 이런 얘기를 나누고 헤어졌다.

유노파는 가부의 일이 걱정되어 판아板兒를 성안으로 들여보내 소식
을 알아오라고 하였다. 판아가 막 녕국부와 영국부가 들어서 있는 거리
에 도착해 보니, 집 앞에 수레와 가마가 수없이 늘어서 있었으므로 그
근방에 있는 사람들에게 무슨 일이냐고 물었다.

"녕국부와 영국부에서는 그전의 벼슬이 다시 회복되고 몰수되었던 가산도 전부 되돌려 받게 되었다오. 그러니 앞으로는 집안이 다시 일어서게 되었지요. 그렇지만 한 가지 안된 일은 거인에 급제한 보옥이라는 아드님이 어디론가 종적을 감췄다는 거지요."

그 소리를 들은 판아가 기뻐서 어쩔 줄 모르며 바로 돌아가서 이 소식을 알리려고 했다. 그때 마침 말 탄 사람들 여럿이 몰려오더니 대문 앞에서 내리는 것이었다. 그러자 문지기 하인들이 한쪽 무릎을 꿇고 절을 올렸다.

"서방님, 돌아오셨습니까? 축하드립니다. 큰 대감님 건강은 어떠십니까?"

그러자 그 서방님이라는 사람이 웃으면서 대답했다.

"대감님의 병환은 다 나으셨다. 게다가 이번에 천은을 입으셔서 곧 돌아오시게 되었단다."

그러면서 물었다.

"그런데 저 사람들은 뭐 하러 온 자들이냐?"

"네, 폐하께서 보내신 관리들인데 가산을 찾아가라는 칙지를 전하러 오신 겁니다."

그러자 그 사람은 기쁨을 감추지 못하며 안으로 들어갔다. 판아는 그 사람이 틀림없이 가련일 거라고 짐작했다. 그래서 더 이상 알아볼 것도 없이 급히 집으로 돌아와서 자기 외할머니에게 이 사실을 알렸다.

그 소식을 들은 유노파는 만면에 웃음을 지으며 교저에게 가서 축하한다는 말과 함께 판아에게서 들은 말을 죄다 들려주었다. 평아도 기쁨을 감추지 못하였다.

"정말 이건 모두 할머니 덕분이 아닐 수 없어요. 할머니께서 이렇게 도와주시지 않았더라면 우리 아가씨가 어찌 이런 기쁜 날을 맞을 수 있었겠어요?"

교저가 기뻐서 어쩔 줄 몰라 했음은 말할 것도 없다. 이런 얘기를 나누면서 모두들 기뻐하고 있을 때 얼마 전에 가련에게 편지를 전하러 갔던 심부름꾼이 돌아와서 말을 전했다.

"서방님께서는 대단히 고맙다고 하시면서 저더러 돌아가는 즉시 아가씨를 댁으로 모셔가라고 하셨습니다. 그러면서 제게 상으로 많은 돈을 주셨습니다."

유노파는 그 소리를 듣고 자기 일보다 더 기뻐하면서 즉시 마차 두 대를 불러다 교저와 평아를 태웠다. 교저와 평아는 유노파의 집에 기거하는 동안 정이 듬뿍 들었기 때문에 오히려 떠나기를 아쉬워했다. 더욱이 청아는 울면서 교저를 더 붙들어두지 못해 안타까워하였다. 유노파가 헤어지기 아쉬워하는 청아의 마음을 헤아려서 성안까지 함께 따라가도록 해주었다. 그들을 태운 마차는 그 길로 곧장 영국부로 달려갔다.

한편 가련은 가사의 병이 위독하다는 급보를 받고 유배지로 달려갔으며, 아버지와 아들은 서로 부둥켜안고 한바탕 통곡을 하였다. 그 후로 가사의 병은 점차 나아졌다. 그러던 어느 날 가련은 집에서 보내온 편지를 받고 집안에서 생긴 일을 알게 되었다. 그리하여 가사에게 사정 말씀을 올리고 집으로 돌아오던 중에 대사령이 내렸다는 소식을 듣고는, 다시 이틀 동안 길을 재촉하여 오늘 집에 당도한 것이었다. 그런데 집에 도착해보니 폐하께서 내린 황송스럽기 그지없는 칙지가 당도해 있었던 것이다.

안에서는 형부인 등이 칙지를 받을 사람이 없어서 한창 근심하던 중이었다. 가란이 있기는 하지만 아직 너무 어리기 때문에 애를 태우고 있던 차에 마침 가련이 돌아왔다는 소식을 듣고 여간 반가운 것이 아니었다. 서로 얼굴을 대하자 희비가 교차했지만 지금은 그런 얘기를 하고 있을 계제가 아니었으므로, 가련은 즉시 사랑채로 나가서 머리를 땅에 조아리고 칙사에게 예를 올렸다. 칙사는 그에게 가사의 안부를 물은 다음, 내일 내부內府로 들어와서 하사품을 받으라는 말과 함께 녕국부의 저택은 다시 돌려준다는 말도 전하였다.

칙지를 전하고 나서 그들은 곧바로 하직을 고했으며 가련은 문밖까지 전송하였다. 그런데 대문 앞에는 웬 시골에서나 탐직한 수레가 멈춰있었으며, 문지기들이 어서 썩 비키라고 호통 치면서 소란을 떨고 있었다.

가련은 대번에 교저가 타고 온 수레인 것을 알아차리고 하인들에게 욕을 퍼부었다.

"이런 멍청하고 못돼먹은 놈들 같으니라고! 내가 집에 없는 틈을 타서 주인을 해치려는 못된 맘을 먹고 교저를 쫓아내더니만, 지금 와선 집으로 보내준 사람마저 못 들어오게 한단 말이냐? 네놈들은 도대체 나와 무슨 원수가 졌기에 그러는 거냐?"

하인들은 가련이 돌아오면 가만두지 않으리라는 걸 알고 있었지만, 내막을 다 알자면 다소 시간이 걸릴 거라고 생각했다. 그런데 어찌 된 영문인지 가련은 이미 이 일을 소상히 알고 있는 것 같았으므로 어리둥절해 하면서 공손하게 아뢰었다.

"서방님께서 떠나신 뒤로 저희들은 병이 난 자도 있었고, 휴가를 얻은 자도 있었기 때문에 모든 일은 가환 도련님과 가장 도련님, 그리고 가운 도련님께서 주장해서 하셨습니다. 저희들은 이 일과는 아무 상관도 없습니다."

"이런 뻔뻔한 놈들 같으니라고! 볼 일을 다 본 다음 어디 두고 보자. 뭣들 하고 있느냐? 어서 수레를 들여보내지 않고!"

그리고 나서 가련은 안으로 다시 들어갔으나 형부인을 보고는 아무 말도 하지 않고, 바로 왕부인에게 가서 무릎을 꿇고 절을 올리며 말했다.

"교저가 돌아왔습니다. 이는 모두 숙모님께서 돌봐주신 덕분입니다. 환이에 대해서는 말씀하실 것도 없지만, 운이란 놈도 그전에 집을 맡겼을 때도 큰 소동을 일으키더니만 이번에 제가 몇 달 동안 집을 떠나 있는 사이에 또 이런 난장판을 벌여놓았군요. 숙모님께 말씀 올립니다만 이런 놈은 아예 쫓아내서 일체 왕래하지 못하도록 하는 게 좋겠습니다."

그러자 왕부인이 말했다.

"왕인이란 놈은 왜 또 그렇게 못돼먹었는지 모르겠구나!"

"숙모님께서 말씀 안 하셔도 제게 따로 생각이 있습니다."

얘기를 나누고 있을 때 채운 등이 들어와서 아뢰었다.

"교저 아가씨가 오셨어요."

왕부인은 비록 헤어져 있은 지는 얼마 되지 않지만, 그렇게 피난가야 했던 당시의 상황이 생각나서 눈물을 흘리지 않을 수가 없었다. 교저도 따라서 소리 내어 울었다. 가련은 유노파에게 감사하다는 말을 하였다. 왕부인은 얼른 유노파의 손을 잡아끌어 자리에 앉히고는 그날 겪었던 일들에 대해 이야기를 나누었다. 평아를 만난 가련은 겉으로는 별다른 말을 할 수 없었지만, 속으로는 감격한 나머지 자기도 모르게 눈물이 주르르 흘러내렸다. 이로부터 가련은 평아를 더욱 아끼게 되었으며, 가사가 돌아오면 평아를 정실로 맞아야겠다고 마음먹었다. 그러나 이것은 훗날의 일이므로 지금은 잠시 덮어두기로 하겠다.

한편 형부인은 가련이 교저가 없어진 것을 알게 되면 반드시 한바탕 소동을 일으킬 것이 뻔했으므로 마음이 여간 불안한 것이 아니었다. 게다가 가련이 지금 왕부인의 처소에 가 있다는 말을 듣고 더욱 애가 타서 시녀를 시켜 동정을 살피게 하였다. 그런데 시녀가 돌아와서 하는 말이 교저가 유노파와 함께 그곳에서 이야기를 나누고 있다고 하기에 형부인은 그제야 마치 꿈에서 깬 것만 같았다. 이게 다 저쪽에서 꾸민 일이라고 생각하니 왕부인이 원망스러웠다.

'우리 모자 사이를 그렇게 이간질시킬 게 뭐람! 그런데 도대체 누가 평아에게 그런 말을 해줬을까?'

이런 생각을 하고 있는데 교저가 유노파와 함께 평아를 데리고 앞서 들어오고 왕부인이 그 뒤를 따라 들어왔다. 왕부인은 들어오자마자 이번 일의 책임을 모두 가운과 왕인에게 뒤집어씌우면서 말했다.

"형님은 그놈들의 말만 듣고 그저 좋은 일로만 여겼을 뿐이에요. 그놈들이 바깥에서 그런 농간을 부렸을 줄이야 어찌 알았겠어요?"

형부인은 왕부인이 이렇게 덮어주자 부끄럽기 그지없었다. 생각해 보니 왕부인의 생각이 옳았으므로 마음속으로 탄복해 마지않았다. 이렇게 해서 형부인과 왕부인은 피차간에 맺혔던 감정이 풀렸다.

평아는 왕부인에게 인사올린 후 교저를 데리고 보차에게 가서 서로 간의 괴로웠던 일들을 이야기했다.

"폐하의 태산과도 같은 은혜를 입었으니 우리 집안도 이제 다시 흥성하게 될 거예요. 그러노라면 보옥 서방님께서도 반드시 돌아오실 겁니다."

이런 얘기를 하고 있는데 추문이 헐레벌떡 뛰어 들어왔다.

"습인 언니가 이상해요!"

무슨 일인지 알고 싶으면 다음 회를 보시라.

甄士隱詳説太虛情
賈雨村峰結紅樓夢

제120회

대황산으로 돌아간 여와석

진사은은 태허의 인연을 상세히 말하고
가우촌은 홍루몽의 사연을 귀결시켰네

甄士隱詳說太虛情　賈雨村歸結紅樓夢

추문으로부터 습인이 이상하다는 기별을 받은 보차는 급히 습인을
보러 갔다. 교저도 평아와 함께 보차의 뒤를 따라 습인이 누워 있는 구
들 앞으로 다가갔다. 습인은 가슴의 통증을 견디다 못해 갑자기 기절했
던 것이었다. 보차 등은 더운물을 먹여서 정신이 들게 한 다음 다시 부
축해서 자리에 눕혀놓고 의원을 불러오게 했다.

교저가 보차에게 물었다.

"습인 언니는 어쩌다가 저런 병이 들었어요?"

"그저께 밤에 너무 울어서 가슴이 아프던 끝에 그만 졸도했어. 그래
서 어머님께서 데려다 쉬게 하라고 하셔서 침대에 눕혀놓았는데, 밖에
있던 사람들이 분주했던 탓에 의원을 불러다 보이지 않았더니 글쎄 이
지경이 되었구나."

그때 마침 의원이 왔으므로 보차 등은 잠시 자리를 피했다. 의원은
맥을 짚어 보더니 너무 갑작스럽게 감정이 격해졌기 때문이라면서 처

방을 써주고 돌아갔다.

원래 습인은 보옥이 만일 영영 돌아오지 않는다면 그 방에 있던 시녀들을 모두 내보낸다는 말을 어렴풋이 들었던 것인데, 그 말에 충격을 받아 그만 병까지 앓게 된 것이었다. 의원에게 진찰받은 후 추문이 약을 달이고 있었으므로 습인은 혼자서 방 안에 누워 있었다. 몽롱한 가운데 마치 보옥이 자기 앞에 서 있는 것 같기도 하더니, 금세 또 중의 모습이 보이는 것 같기도 하였다. 보옥인 듯한 그 사람은 손에 책을 들고 책장을 넘기면서 말하는 것이었다.

"나에게 다른 생각을 품어서는 안 된다. 난 이제 너희를 알지 못해."

습인이 그에게 뭔가 말하려는데 추문이 들어와서 나지막하게 말했다.

"언니, 약이 다 달여졌으니 좀 마시도록 해요."

그 소리에 습인은 퍼뜩 눈을 떴다. 알고 보니 그것은 꿈이었다. 습인은 아무에게도 그 꿈 얘기를 하지 않았다. 약을 마시고 난 습인은 혼자서 곰곰이 생각해봤다.

'보옥 서방님은 틀림없이 중을 따라간 거야. 지난번에 옥을 가지고 나가려고 할 때 벌써 세상을 등지려고 했던 거야. 그때 내가 한사코 말리자 이전과는 딴판으로 사정없이 나를 밀쳐내는 모습이 인정이라곤 눈곱만치도 없었어. 그 뒤로는 새아씨를 대하는 태도도 여간 쌀쌀맞은 게 아니었어. 뿐만 아니라 다른 자매들도 전혀 친절하게 대해주질 않았지. 그야말로 도를 깨우친 사람의 태도가 아니고 뭐겠어? 그렇지만 아무리 도를 깨우쳤다 하더라도 새아씨를 그처럼 매정하게 버려둬선 안 되는 게 아닌가? 나는 마님께서 서방님을 모시라고 보낸 사람으로 월급도 그에 따라 받기는 하지만, 사실상 아직은 대감님이나 마님 앞에서 정식으로 서방님의 첩으로 인정받은 것도 아니다. 그러니 만일 대감님과 마님께서 나를 내보내겠다고 하시는데 내가 죽어도 안 나가겠다고 버틴다면 사람들의 웃음거리가 될 것이고, 그렇다고 그대로 나가자니

그동안 보옥 서방님이 나한테 베풀어주셨던 살뜰한 정을 어떻게 뒤로하고 나갈 수 있겠는가?'

이런 생각 저런 생각으로 습인은 마음이 괴로웠다. 그러다가 방금 전에 꾸었던 꿈 생각이 나면서 이런 생각이 들었다.

'마치 나와 연분이 없는 것처럼 말씀하셨으니 그렇다면 차라리 죽어버리는 게 깨끗하겠어.'

그런데 약을 먹고 나니 아팠던 가슴이 많이 나아졌다. 습인은 그대로 누워있기가 뭣했지만 억지로라도 몸조리를 하였다. 그러다가 며칠이 지나자 자리를 털고 일어나서 보차의 시중을 들었다. 보차는 보옥을 생각하며 남몰래 눈물을 흘리면서 자기의 운명을 한탄하였다. 그러나 자기 어머니가 아들 죄를 면하고자 돈을 마련하느라고 사방으로 애쓰고 있었으므로 도와드리지 않을 수가 없었다. 이 이야기는 잠시 그만 하기로 하겠다.

한편 가정은 가모의 영구를 모시고, 가용은 진씨와 희봉 그리고 원앙의 영구를 각각 호송하여 금릉에 이르러 마침내 안장하였다. 그러고 나서 가용은 대옥의 영구도 안장하였다. 가정은 그곳에서 묘소에 관한 일들을 처리하느라고 분주한 나날을 보냈다.

그러던 어느 날, 집에서 편지를 보내왔기에 한 줄 한 줄 읽어보니 보옥과 가란이 과거에 급제하였다는 소식이 적혀있었으므로 여간 기쁜 것이 아니었다. 그러나 그 아래 보옥이 실종되었다는 이야기를 읽고 그는 더할 수 없는 괴로움에 휩싸였다. 그래서 가정은 급히 귀로에 올랐는데 도중에 폐하의 은사가 내렸다는 소식을 접했으며, 또한 집에서 보내온 편지를 읽고 가사가 면죄되고 게다가 복직까지 되었다는 사실을 알게 되었으므로 다시금 기쁜 마음으로 밤낮 없이 길을 재촉하였다.

하루는 가정 일행이 비릉역毗陵驛이라는 곳에 이르렀는데, 갑자기 날이 추워지면서 눈이 내리기 시작하기에 일행은 한적한 곳에 배를 매어 두고 쉬어가기로 했다. 가정은 친구들에게 보내는 편지를 여러 하인에 게 들려서 뭍으로 오르게 했다. 배가 곧 떠날 것이므로 전송 나오는 수 고를 하지 말라는 내용의 편지였다. 배 위에는 시중들 하인 녀석 하나 만 남겨졌고, 가정은 배 안에서 홀로 집에 보낼 편지를 쓰고 있었다. 한 걸음 먼저 사람을 보내 소식을 전하고자 함이었다.

가정은 보옥에 대한 이야기까지 쓰고 나서 붓을 멈추고 문득 머리를 쳐들었는데, 눈발이 날리는 가운데 어렴풋하게 웬 젊은이 하나가 뱃머 리에서 자기에게 엎드려 절하는 것이 눈에 들어왔다. 그 젊은이는 머리 를 삭발하고 신도 신지 않은 채, 몸에는 털로 짠 새빨간 소매 없는 외투 를 걸치고 있었다. 가정은 그가 누구인지 알 수가 없었으므로 급히 배 위로 올라가서 누구냐고 붙잡고 물어보려고 하였다. 이때 그 젊은이는 이미 네 번째 절을 끝내고 일어서서 합장을 하며 머리를 숙이고 있던 참 이었다. 가정도 답례로 읍을 하고 나서 머리를 들어 그 젊은이를 바라 보니, 그는 다름 아닌 바로 보옥이었다.

가정은 소스라치게 놀라면서 다급하게 물었다.

"아니, 이게 누구냐? 보옥이가 아니냐?"

그러나 그 젊은이는 아무 대답도 하지 않은 채, 기쁜 듯하기도 하고 슬픈 듯하기도 한 표정을 지었다. 가정이 다시 물었다.

"네가 만일 보옥이라면 왜 그런 행색으로 여기까지 왔느냐?"

보옥이 그 말에 미처 대답도 하기 전에 뱃머리에 웬 중과 도사 두 사 람이 나타나더니 양쪽에서 보옥의 팔을 끼며 말하는 것이었다.

"속세의 인연은 이로써 모두 끝났으니 어서 돌아가도록 하자!"

그러면서 그들 세 사람은 표연히 뭍으로 오르는 것이었다.

가정은 땅이 미끄러운 줄도 모르고 정신없이 그들을 뒤쫓았다. 세 사 람의 모습이 줄곧 눈앞에 보이기는 하였지만 제아무리 기를 써도 그들을 따라잡을 수가 없었다. 다만 그들 가운데 누가 부르는지는 모르겠으나 이런 노랫소리가 들려올 뿐이었다.

내가 있는 곳은, 청경봉이요.　　　　　我所居兮, 靑埂之峰.
내가 노니는 곳은, 태초의 드높은 하늘.　　我所游兮, 鴻蒙太空.
누가 있어 나와 함께 노닐 것이며,　　　　誰與我游兮,
난 누구를 따를 것인가.　　　　　　　　吾誰與從.
한없이 넓고 아득하게 먼,　　　　　　　渺渺茫茫兮,
저 대황산으로 돌아가자꾸나.　　　　　　歸彼大荒.

가정은 그 노랫소리를 들으면서 계속 뒤쫓았다. 그러나 자그마한 언덕을 돌자 그들의 모습은 별안간 보이질 않았다. 숨을 헐떡이며 그들의 뒤를 쫓던 가정은 그만 놀라서 어리둥절해졌다. 뒤를 돌아다보니 하인녀석도 자기를 따라 뒤쫓아 오고 있었다.

"너도 방금 앞에 가던 세 사람을 보았느냐?"

"네, 보았어요. 소인은 대감님께서 그들을 쫓아가시기에 뒤따라 왔습죠. 그런데 어찌 된 영문인지 나중엔 대감님만 보이고 그 세 사람은 보이지 않던 걸요."

가정은 더 뒤쫓아 가보려고 하였지만 끝없이 펼쳐있는 눈 덮인 광활한 벌판에 사람 그림자라고는 하나도 보이질 않았다. 가정은 참으로 기이한 일이라고 생각하면서 하는 수 없이 발길을 돌렸다.

편지를 전하고 배로 돌아온 하인들은 가정이 배에 없자 어디 가셨느냐고 뱃사공에게 물었다.

"대감님께서는 두 사람의 중과 한 사람의 도사를 뒤쫓아서 뭍에 오르셨습니다."

뱃사공의 말을 듣고 하인들은 눈밭에 나 있는 발자국을 따라 가정을 찾아 나섰다. 마침 멀리서 가정이 걸어오고 있었으므로 모두들 얼른 달려가서 배로 모시고 왔다. 가정은 자리에 앉아 잠시 숨을 돌리더니 방금 보옥을 만났던 일을 소상히 하인들에게 들려주었다. 하인들은 그 말을 듣고 이 일대를 샅샅이 뒤져보겠다고 하였지만, 가정은 한숨만 내쉴 뿐이었다.

"너희는 모른다. 내 눈으로 똑똑히 봤는데 결코 유령이 아니었어. 게다가 노랫소리까지 들었는데 여간 현묘한 것이 아니더구나. 보옥이가 옥을 물고 태어난 것부터가 괴이한 일이었지. 난 진작부터 그것이 상서롭지 못한 징조라고 알고 있었지만 노마님께서 그토록 그 애를 애지중지하셨기 때문에 지금까지 길러온 거야. 그 중과 도사만 하더라도 지금까지 세 번이나 만나 보았다. 처음에는 그 중과 도사가 와서 그 옥의 효능에 대해 말해 주었고, 두 번째는 보옥이가 병으로 위독한 상태에 빠져 있을 때 나타나서 그 옥을 손에 들고 한차례 무엇인가를 외우니까 보옥의 병이 금세 나았으며, 세 번째는 옥을 돌려주러 와서 사랑채에 앉아 있었는데 내가 잠시 한눈을 파는 사이에 감쪽같이 사라져 버렸지. 난 그때 속으로 참으로 이상하다고 생각하면서도 보옥이가 정말 복이 있는 아이라서 저런 고매한 중과 도사가 보호해 주는구나 하는 마음이 들었다. 그러나 보옥이가 속세에 내려와 살면서 노마님을 십구 년 동안이나 속이고 갈 줄이야 어찌 알았겠느냐? 나는 이제야 비로소 그것을 깨닫게 되었구나!"

가정은 여기까지 말하더니 눈물을 흘렸다.

"보옥 서방님께서 정말로 인간 세상으로 내려온 중이었다면 거인에 급제하지도 말았어야 하는 게 아닙니까? 어째서 급제까지 해놓고 가버린 걸까요?"

"너희가 어찌 그것을 알겠느냐? 대체로 하늘의 별자리나 산중의 노승, 그리고 동굴 속의 정령도 모두 각각의 성정性情이란 것을 지니고 있는 법이다. 너희도 알다시피 보옥이가 어디 글공부를 하려고 하더냐?

그렇지만 그 애가 뭐라도 하려고만 들면 안 되는 일이 없었길 않느냐? 그리고 그 애의 기이한 성벽도 남다른 데가 있었고."

가정은 이렇게 말하고는 또다시 몇 번이나 한숨을 쉬었다.

"그렇지만 난 도련님께서 과거에 급제하셨으니, 앞으로 집안이 다시 흥성하게 될 것입니다."

하인들이 이런 말로 가정을 위로했다.

가정은 집에 보낼 편지를 계속 이어서 쓰면서 방금 겪었던 일을 적어 넣었다. 그러면서 이제는 보옥을 그리워하지 말라고 집안 식구들을 타일렀다. 편지를 다 써서 봉하고 난 뒤 가정은 하인을 시켜서 먼저 집으로 보내고 자기도 뒤이어 길을 재촉했다. 이 이야기는 잠시 그만두기로 하겠다.

한편 설부인은 대사령이 내렸다는 소식을 듣고 바로 설과에게 명하여 사방으로 돈을 빌리게 하는 한편, 자기도 속죄금을 모으기에 분주했다. 형부에서는 허가가 나서 속죄금을 받고 문서를 작성한 후 설반을 풀어주었다. 그들 모자와 형제자매가 다시 만난 것은 자세히 언급하지 않겠다. 슬픔과 기쁨이 교차되었을 것임은 두말할 필요도 없다.

설반은 이렇게 풀려나서 식구들을 다시 만나게 되자 굳게 맹세하였다.

"제가 만일 전과 같이 못된 짓을 저지른다면 능지처참을 당해도 달게 받겠습니다!"

설부인은 그 말을 듣고 얼른 손으로 설반의 입을 막았다.

"마음속으로만 각오하면 되지, 뭐 하러 그런 끔찍한 소리를 입 밖에 내는 거냐? 그건 그렇고 그동안 향릉이는 너 때문에 갖은 고생을 다 했고, 네 아내는 제 손으로 목숨을 끊었다. 비록 지금 우리 집이 가난해지긴 했지만 그래도 세끼 밥은 먹을 만하니 내 생각에는 향릉이를 며느리로 맞고 싶은데, 네 생각은 어떠냐?"

설반은 그러겠노라고 고개를 끄덕였다.

"그렇게 하는 게 옳아요."

보차 등도 옆에서 거들었다. 향릉은 얼굴이 새빨개지면서 몸 둘 바를 몰라 했다.

"서방님께 시중드는 일은 매한가지인데 굳이 그럴 필요가 있겠어요?"

그날부터 하인들은 향릉을 큰아씨라고 불렀으며 복종하지 않는 이가 아무도 없었다. 설반이 곧바로 가씨 댁에 인사하러 가고자 했으므로 설부인과 보차도 함께 건너왔다. 모두들 서로 만나 인사를 하고 나서 그동안에 있었던 이야기를 나누었다. 그때 마침 가정이 보낸 하인이 도착하여 편지를 올리며 아뢰었다.

"대감님께선 며칠 안으로 돌아오실 겁니다."

왕부인은 가란에게 편지를 읽어보라고 하였다. 가란이 편지를 읽어 내려가다가 가정이 보옥을 직접 만난 대목에 이르자, 모두들 통곡하기 시작했다. 왕부인과 보차, 그리고 습인이 더욱 서럽게 울었음은 두말할 것도 없다. 주위 사람들 모두가 가정이 편지에서 "보옥인 원래 태를 빌려 태어난 데 불과하니, 집안 식구들은 너무 슬퍼하지 말기 바란다" 라고 쓴 구절을 들어가며 그들을 위로했다.

"벼슬했다가 만일 운수가 사나워서 실수라도 하여 패가망신하고 재산을 다 날리면 도리어 낭패가 아니겠습니까? 그보다는 우리 집안에서 부처님 한 분을 내는 게 훨씬 낫고말고요. 그동안 대감님과 마님께서 공덕을 쌓으셨기 때문에 우리 집안에 그런 영광이 찾아온 것입니다. 앞뒤 모르고 하는 소리인지는 모르겠으나 애초에 동부의 대감님께서 십수 년 동안이나 수련하셨음에도 불구하고 신선은 못 되시질 않았습니까. 하물며 부처가 되기란 그보다 더 어려운 법입니다. 마님께서 그렇게 생각하신다면 마음이 편해지실 겁니다."

그러자 왕부인은 울면서 설부인에게 말했다.

"보옥이가 나를 버리고 간 것을 이제 와서 새삼스럽게 원망하진 않아. 내가 지금 한탄하는 것은 우리 며느리의 신세가 처량해졌기 때문이야. 결혼한 지 겨우 한두 해밖에 되지 않았는데 어찌 그렇게 매정하게 내동댕이치고 훌쩍 떠날 수가 있단 말이냐!"

그 소리를 들은 설부인의 마음은 더욱 찢어질 것만 같았다. 보차는 울다 못해 거의 인사불성이 되었다. 남자들이 모두 바깥방에 나가 있었으므로 왕부인은 조심할 것도 없이 이런 말을 했다.

"난 이날 이때까지 그 애 때문에 얼마나 가슴을 졸이고 살았는지 몰라. 그러다가 바로 얼마 전에 장가도 들고 또 거인에 급제한 데다가 며느리가 임신까지 했다기에 그제야 마음 놓고 기뻐했는데, 결국 이렇게 끝장이 날 줄을 누가 알았겠어? 진작 이럴 줄 알았더라면 장가나 보내지 말 걸 그랬어. 그랬더라면 남의 집 귀한 딸 신세는 망치지 않았을 텐데!"

"그렇지만 그것도 다 타고난 팔자인걸요. 우리 사이에 무슨 다른 말이 필요하겠어요? 다행히 임신이라도 했으니까 앞으로 외손자라도 낳아서 그 애가 훌륭하게 성장한다면 장차 좋은 날이 찾아올 거예요. 저 난이 어미를 보세요. 지금 난이는 거인에 급제했으니 내년이면 진사가 될 것이고, 그럼 바로 벼슬자리에 오르게 되질 않겠어요? 저 사람이 지금까지 해온 고생도 이젠 모두 끝난 셈이지요. 오늘날 이런 행운이 찾아온 것은 다 저 사람의 됨됨이가 좋았기 때문입니다. 우리 아이가 경박한 애가 아님은 언니도 잘 알고 있는 터이니까 걱정하실 필요 없습니다."

왕부인은 설부인의 말이 매우 일리가 있다고 여겨졌다. 그러면서 속으로 이런 생각이 들었다.

'보차는 어릴 때부터 성격이 조용하고 욕심이 없었으며 매사에 담담한 애였지. 그래서 이런 일을 겪는지도 모르겠구나. 그러고 보면 사람

에게는 태어날 때부터 정해진 팔자라는 게 있는 모양이다. 저 애는 그
토록 통곡하면서도 단정한 몸가짐은 조금도 흐트러짐이 없으며, 도리
어 나를 위로해주려고 애쓰고 있으니 얼마나 갸륵한가! 보옥이 같은 애
한테는 이 세상에서 누릴 수 있는 그런 복은 조금도 없나 보구나.'

이런 생각을 하는 동안 왕부인은 어느 정도 마음을 달랠 수가 있었
다. 그러면서 또 습인에 대해서 생각해 보았다.

'다른 시녀 애들로 말할 것 같으면 어려울 게 없다. 나이가 찬 아이는
짝 지어 내보내면 될 것이고, 아직 어린아이들은 보차의 시중을 들게
하면 될 것이다. 그렇지만 습인만은 아무렇게나 처리할 수도 없는 노릇
이니 이 일을 어찌하면 좋단 말인가!'

왕부인은 주위에 사람이 많았기에 이야기를 꺼내기가 어려웠으므로
밤이 되면 설부인과 의논해 보고자 마음먹었다.

그날 설부인은 보차가 너무 울면서 상심해 있을 것이 염려되어 집으
로 돌아가지 않고 보차와 함께 자면서 그녀를 위로했다. 그러나 보차는
지극히 사리가 밝고 앞뒤 분별을 잘할 줄 아는 사람이 아니던가.

"보옥은 원래 기이한 사람이며 전생의 인연으로 그렇게 된 것이니,
하늘을 원망하고 사람을 탓할 수는 없는 일입니다."

보차는 도리어 이렇게 대범한 말로 어머니를 위로해 드렸다. 설부인
은 크게 안심하고 곧바로 왕부인을 찾아가서 보차가 한 말을 그대로 들
려주었다. 왕부인은 고개를 끄덕이며 한숨을 쉬었다.

"내가 정말 덕이 없는 사람 같았으면 이렇게 좋은 며느리를 볼 수는
없었을 거야."

왕부인이 이렇게 말하면서 더욱 슬퍼하자 설부인은 또 한참 위로하
고 나서 습인 얘기를 꺼냈다.

"습인이 요즈음 퍽 야위었더군요. 그 애도 일편단심으로 보옥이만을
생각하고 있었으니 그럴 수밖에 없지요. 그러나 정실이라면 마땅히 수

절해야 하고 또 소실 가운데도 간혹 수절하는 경우가 있기는 하지만, 습인의 경우에는 비록 소실이라고 할 수는 있어도 어쨌든 보옥이와의 관계를 드러내 놓고 인정한 것도 아니질 않습니까?"

"그래, 나도 바로 그 점을 생각하고 동생한테 의논 좀 해보려던 참이 었어. 그 애를 내보내자니 안 나가겠다고 죽느니 사느니 하며 소란을 피울 것 같고, 그렇다고 그대로 남겨두자니 그래도 무방할 것 같기는 하나 대감님께서 허락하지 않으실 것 같구나. 그래서 참 난처하단다."

"내 생각에도 대감님께선 결코 그 애를 그냥 늙히려고 하지는 않으실 거예요. 게다가 대감님께선 습인에 대한 일을 모르고 계시므로, 그저 보통 시녀에 불과한 아이를 남겨두려고 하실 리 만무해요. 그러니 언니 가 그 애의 친가 사람들을 불러다 단단히 일러서 제대로 된 혼처를 구하 도록 하고 예물을 넉넉하게 마련해 주면 어떻겠어요? 그 애는 마음도 곱고 나이도 아직 어리질 않습니까? 그렇게만 된다면 그 애로서는 그동 안 언니를 섬겨온 보람도 있고, 또 언니로서도 그 애한테 박정하게 대 했다고는 할 수 없을 겁니다. 습인한테는 제가 잘 타일러 보도록 하겠 어요. 그렇지만 그 애의 친가 식구들을 불러오더라도 그 애한테는 우선 알리지 말라고 하세요. 그 애 친가에서 좋은 혼처를 물색해 오면 우리 가 다시 잘 알아보도록 합시다. 그래서 정말 먹고사는 것도 풍족하고 신랑감도 출중하면 맺어주도록 하잔 말이지요."

"네 생각이 정말 옳다. 그러지 않았다가 만일 대감님께서 아무렇게나 처리해 버리신다면 나로서는 그야말로 또 한 사람을 망치게 되는 셈이 니까 말이야!"

설부인도 고개를 끄덕이며 맞장구를 쳤다.

"그렇고말고요."

설부인은 몇 마디 더 이야기를 나누다가 왕부인의 처소를 나와서 다 시 보차한테로 건너갔다. 그런데 그곳에 가보니 습인이 눈물범벅이 되어 있었으므로 설부인은 이런 저런 말로 습인을 달랬다. 습인은 워낙 참한 데다가 재잘재잘 떠들어대는 사람이 아니어서, 설부인이 한마디 하면 그저 그 말에 겨우 대답하면서 이렇게 말하는 것이었다.

"저는 한낱 시녀에 지나지 않건만 설부인 마님께서 저를 아끼시기 때문에 제게 이런 말씀을 해주신다는 걸 잘 알고 있습니다. 전 지금까지 마님의 말씀을 한 번도 어긴 적이 없어요."

'정말 유순한 애로구나!'

설부인은 습인의 말을 듣고 이렇게 생각하며 속으로 무척 기뻤다. 보차도 곁에서 살아가는 도리를 이야기해 주었으며, 그런 후에 각자 편안한 마음으로 잠자리에 들었다.

그로부터 며칠 뒤에 가정이 돌아왔으므로 모두들 나가서 영접하였다. 가정은 가사와 가진이 모두 집에 돌아와 있는 것을 보고 형제와 숙질 간에 반갑게 인사를 나눈 뒤, 서로 헤어진 이후에 겪었던 일들에 대해서 이야기하였다. 그런 다음 안식구들과도 만났는데 서로 얼굴을 대하고 보니 자연 보옥이 생각이 나지 않을 수 없었으므로 모두들 또다시 슬픔에 젖어들었다. 그러자 가정이 큰소리로 꾸짖었다.

"그것은 다 그렇게 되기로 정해져 있던 것이오! 이제부터는 밖에서 우리가 집안일을 처리할 테니 안식구들은 안에서 돕도록 하시오. 절대로 이전처럼 방만해서는 안 될 것이오. 자기 집 일은 각자 알아서 하도록 하라고 하시오. 우리가 도맡아서 할 필요는 없소. 우리 집 일 가운데 안의 일은 당신한테 맡길 테니 알아서 처리하도록 하시오."

왕부인은 가정에게 보차가 임신한 사실을 알리고 앞으로 시녀들을 전부 내보내겠다는 말도 하였다. 가정은 고개를 끄덕일 뿐 아무 말도 하지 않았다.

다음 날 가정은 입궐하여 대신들에게 지시를 청했다.

"소인은 성은을 입사와 감격해 마지않고 있습니다. 그렇지만 아직 상중이므로 어떻게 감사의 예를 올려야 할지 모르겠사오니 가르침을 주십시오."

조정의 신하들이 가정의 말을 대신 상주하겠다고 하였다. 그랬더니 성은이 하해와 같으셔서 폐하께서는 직접 가정을 알현하고자 하셨다. 가정이 폐하를 알현하여 성은에 감사를 올리자, 폐하께서는 또 여러 가지 말씀을 내려주셨으며 보옥의 일도 물으셨다. 가정이 사실대로 아뢰자 폐하께서는 참으로 기이한 일이라고 하시면서, 보옥의 글이 남달리 청신하고 특별한 데가 있었는데 생각해 보니 그가 내력이 있는 사람이었기 때문에 그런 것이 아니었겠느냐고 말씀하셨다. 그리고 만일 조정에 있었더라면 중하게 썼을 텐데 굳이 작위를 안 받겠다고 하니 할 수 없는 일이라고 하시면서 '문묘진인文妙眞人'이라는 도호〔道號: 수도하는 사람의 별호〕를 내리셨다. 가정은 머리를 땅에 조아리며 절을 올리고 물러나왔다.

집으로 돌아온 가정을 가련과 가진이 맞았으며, 가정은 조정에서 있었던 일들을 모두 그들에게 들려주었다. 그 얘기를 듣고 온 집안 식구들이 기뻐하였다. 그러자 가진이 말했다.

"녕국부의 집은 손질이 모두 끝났으므로 숙부님께 말씀 올리고 이사할까 합니다. 그런데 농취암은 대관원 안에 있으므로 석춘 누이에게 내줘서 수련하도록 하면 좋겠습니다."

가정은 말없이 한참을 있다가 성은에 감사해야 한다는 말을 분부했다. 가련도 그 틈을 타서 가정에게 아뢰었다.

"교저의 혼사에 대해서는 아버님이나 어머님께서 모두 주씨 댁과 했으면 하십니다."

가정도 어젯밤에 교저의 일을 자초지종 다 들어서 잘 알고 있었다.

"형님과 형수님 뜻대로 하시면 되질 않겠느냐? 시골사람이라고 해서 꺼릴 필요는 없다. 가문이 청렴하고 당사자가 학문에 뜻을 두었다면 얼마든지 출세할 수도 있는 것이다. 조정의 관리들이 어디 다 성안 사람들이라고 하더냐?"

"네, 알겠습니다."

가련은 대답하고 나서 다시 이렇게 아뢰었다.

"아버님께선 연세도 많으신 데다가 천식증까지 있으시므로 몇 해 동안 정양하시는 게 좋을 것 같습니다. 그러니 모든 일은 종전대로 숙부님께서 주관해 주셨으면 합니다."

"시골에 내려가서 요양하는 것은 내 생각에도 좋을 것 같구나. 그렇지만 나는 두터운 성은을 입고도 아직 보답하지 못하고 있는 몸이니 그러고 싶어도 그럴 수는 없을 것 같다."

가정이 말을 마치고 안으로 들어가자, 가련은 유노파를 불러오라고 해서 주씨 댁과의 혼담을 수락하겠다는 말을 전했다. 유노파는 왕부인 등을 찾아뵙고 주씨 댁 자제가 앞으로 어떻게 출세할 것이며, 어떻게 집안을 일으킬 것이고, 또 어떻게 자손이 번창하게 되리라는 이야기를 한참 동안 늘어놓았다.

이런 얘기를 나누고 있을 때 시녀가 들어와서 아뢰었다.

"화자방花自芳의 아내가 문안 인사 올리러 왔습니다."

왕부인이 몇 마디 묻자 화자방의 아내는 친척의 중매로 성남城南에 있는 장蔣씨네와 혼담이 오가고 있는데, 그 집안은 집도 있고 땅도 있으며 게다가 점포까지 있다고 하였다. 그리고 신랑감은 습인보다 몇 살 위인데 아직까지 장가들지 않은 데다가 그 인물은 백 사람 중 하나로 뽑힐 만큼 훌륭하다고 했다.

왕부인은 그 소리를 듣고 흡족해 했다.

"그렇다면 승낙할 테니 며칠 뒤에 습인을 데려 가도록 하게나."

그러면서 왕부인이 따로 사람을 시켜 알아보았더니 다들 돌아와서 좋다는 전갈을 했다. 왕부인은 보차에게 이 일을 알리고, 또 설부인에게는 습인이 잘 알아듣도록 타일러 달라고 부탁했다.

습인은 그 소리를 듣고 슬프기 그지없었지만 상전의 명령이라 어길 수도 없었다. 그녀는 언젠가 보옥이 자기 집까지 찾아왔던 일이며, 다시 이곳으로 돌아와서는 죽어도 집으로는 돌아가지 않겠다고 했던 말을 떠올리며 마음이 착잡해졌다.

'지금 마님께서 이렇게 강권하시는데 만일 내가 수절하겠다고 한다면 사람들은 나더러 부끄러운 줄도 모른다고 할 테고, 그렇다고 이 댁에서 나가자니 정말이지 죽기보다 싫구나.'

이런 생각을 하면서 습인은 서럽게 흐느껴 울었으나 설부인과 보차가 여러모로 타일렀으므로 나중에는 생각을 고쳐먹었다.

'내가 만일 여기서 죽어버린다면 마님의 호의를 저버리게 되는 것이니, 죽더라도 집에 가서 죽어야겠다.'

이렇게 마음먹은 습인은 마침내 슬픔을 꾹 참고 여러 사람들과 공손하게 작별인사를 나누었다. 여러 자매들과 작별할 때의 슬픔이란 차마 말로 다 할 수 없는 것이었다.

습인은 죽을 각오를 하고 마차에 올라 집으로 돌아왔다. 오빠와 올케를 만나서도 그저 울기만 할 뿐 아무 말도 입 밖에 내지 않았다. 습인의 오빠 화자방은 장씨가 보낸 예물을 습인에게 전부 보여주고, 또 자기가 마련한 혼수품을 내보이면서 이것은 마님께서 주신 것이고 저것은 자기가 마련한 것이라며 일일이 알려주었다. 그러나 습인은 아무 말도 하지 않았다.

그렇게 이틀을 보낸 습인은 다시 곰곰이 생각해 보았다.

'오빠가 나를 위해 이렇게 정성껏 혼사준비를 해줬는데, 만일 내가 오빠 집에서 죽는다면 오빠가 얼마나 마음이 상할 것인가?'

아무리 천만 번 생각을 해봐도 진퇴양난이었으므로 습인은 창자가 끊어지는 듯한 슬픔을 억지로 참을 수밖에 없었다.

　그러는 사이에 어느덧 혼례 날이 다가오고야 말았다. 습인은 본래 결단력이 있는 성격이 아니었으므로 싫으면서도 가마에 올랐다. 그러면서 속으로는 그 집에 가서 다시 생각해 보자고 마음먹었다.

　그런데 정작 시집가서 보니 장씨네 집에서는 이번 혼사를 여간 정중하게 치르는 것이 아니었다. 모든 절차가 정실부인을 맞는 법도대로 진행되었으며, 습인이 대문 안으로 들어서자마자 시녀와 나이 많은 여종들이 모두 자기를 새아씨라고 부르는 것이었다. 습인은 본시 여기 와서 죽으려고 했던 것인데, 그렇게 되면 남에게 피해를 주고 또 베풀어준 호의를 짓밟는 것이 되므로 그 또한 걱정되지 않을 수 없었다.

　그날 밤 습인은 울면서 신랑의 말에 따르려고 하지 않았지만, 신랑은 지극히 부드럽고 너그러운 사람이라 결코 무리한 요구는 하지 않았다. 다음 날 새색시가 시집와서 처음으로 의장을 열어보는 의식을 치르다가 신랑은 그 안에 새빨간 땀수건이 하나 들어있는 것을 보고 비로소 습인이 보옥의 시녀였음을 알게 되었다. 그는 원래 신부가 가모를 모시던 시녀라는 말만 들었을 뿐, 그녀가 보옥의 시녀인 습인일 거라고는 꿈에도 생각지 못했던 것이다.

　그러자 장옥함蔣玉菡은 지난날 보옥이 자기에게 베풀었던 우정을 생각하고는 온통 황공하고도 부끄러운 마음이 들어서 습인에게 더욱 극진하게 대했다. 그리고 보옥과 바꾼 황록색 땀수건을 꺼내서 보여주었다. 습인은 그 땀수건을 보고 비로소 장씨 성을 가진 신랑이 다름 아닌 장옥함이었다는 것을 알게 되었으며, 인연이란 정말 전생에 이미 정해진 것임도 깨닫게 되었다.

　그래서 습인은 서슴없이 자기가 품고 있던 생각을 장옥함에게 털어놓았다. 장옥함도 깊이 탄복하여 조금도 무리한 행동을 하지 않았으며, 더욱 부드럽고 자상하게 습인을 보살펴 주었다. 이렇게 되고 보니 습인은 죽기로 굳게 결심했던 마음을 접을 수밖에 없었다.

독자들도 들어서 알고 있다시피 세상일이란 이미 전생에 정해졌으므로 어쩔 수 없는 것이기는 하지만, 천대받는 서자와 망국의 신하, 그리고 의로운 남편과 절개를 지키는 부인들도 '부득이不得已'라는 이 세 글자에 모든 책임을 전가할 수는 없는 것이다. 그런 까닭에 습인은 '금릉십이차우부책金陵十二釵又副冊'에 기록되어 있는 것이다.

그야말로 옛사람들이 도화묘桃花廟[1]를 지나며 읊었던 시 그대로라고 할 수 있겠다.

천고의 어려움은 오로지 죽음뿐이니,	千古艱難惟一死,
상심이 어찌 식부인息夫人[2]에게만 있으랴!	傷心豈獨息夫人!

이렇게 돼서 습인에게 또 하나의 새로운 세계가 열리게 된 이야기는 여기서 그만두기로 하겠다.

한편 가우촌賈雨村은 재물을 탐하여 갈취한 사건으로 인해 조사 끝에 유죄판결을 받았으나, 이번에 대사령이 내렸으므로 삭탈관직 되어 평민의 신분으로 떨어졌다. 우촌은 식구들을 먼저 고향으로 보낸 뒤 자신은 심부름꾼 하나에 짐 실은 수레를 끌고서 급류진急流津의 각미도覺迷渡라는 나루터에 이르렀다.

그런데 이때 도사 한 사람이 나루터의 자그마한 초가집에서 나오더니 우촌의 손을 잡고 반갑게 맞는 것이었다. 우촌은 그 도사가 진사은甄

---

1 도화부인(桃花夫人)이라고도 불리는 식부인(息夫人)의 사당.
2 식부인은 춘추시기 식(息)나라 군주의 부인. 초나라가 식나라를 멸망시키자 초문왕(楚文王)에게 잡혀 첩이 되었으며, 아들 둘을 낳았지만 끝내 초문왕과 말을 하지 않기에 그 이유를 묻자 "나는 두 지아비를 섬겼으니 설령 죽지는 못할지라도 어찌 말을 할 수 있으리오?"라고 대답하였다고 함.

土隱임을 알아보고 얼른 허리를 굽혀 절을 하였다.

그러자 진사은이 말을 건넸다.

"가선생, 헤어진 이후로 별고 없으셨습니까?"

"도사께선 역시 진선생이셨군요! 그런데 지난번엔 어째서 보고도 모르는 체하셨습니까? 후에 초막암자에 불이 난 것을 알고 얼마나 걱정했는지 모릅니다. 그런데 오늘 이렇게 다시 만나고 보니 선생께서 닦으신 도의 깊이와 고매함에 더욱 감탄할 따름입니다. 어리석은 저는 제 버릇을 고치지 못하여 오늘날 이런 꼴이 되고 말았습니다."

"지난번에는 대인께서 높은 관직에 계셨으므로 빈도貧道[3]가 어찌 감히 아는 체를 할 수 있었겠습니까? 그렇지만 오랜 정분을 생각해서 한마디 충고를 해드렸던 것인데, 뜻밖에도 대인께선 그 말을 받아들이지 않으시더군요. 그러나 부귀와 궁통窮通 또한 우연한 것이 아닙니다. 오늘 우리가 또다시 이렇게 만나게 된 것도 정말 기이한 인연이군요. 제가 머물고 있는 암자가 여기서 멀지 않으니, 잠시 들러서 무릎을 맞대고 얘기라도 나누지 않으시렵니까?"

우촌이 흔쾌히 그러겠노라고 하였으므로 두 사람은 손을 잡고 암자로 향하였으며, 심부름꾼은 마차를 끌고 그들의 뒤를 따랐다. 암자에 이르자 사은은 우촌에게 들어가서 앉으라고 권하였고 시동은 차를 내왔다. 차를 마시면서 우촌은 사은에게 속세를 떠나게 된 내력을 물었다.

사은이 웃으면서 말했다.

"지극히 짧은 순간에도 세상은 금세 변하는 법입니다. 선생은 번화한 곳에서 오셨으니까 온유하고 부귀한 곳에 살던 보옥을 모르진 않겠군요?"

"왜 모르겠습니까? 요즈음 풍문에 들려오는 소식을 들으니 그 사람도

---

3 출가하여 수행하는 사람을 통틀어 일컫는 말.

불문에 귀의했다고 합니다. 저도 그전에 그 사람을 몇 번 만나본 적이 있는데, 그렇게 결단성이 있는 사람인 줄은 미처 몰랐습니다."

"그런 게 아닙니다. 저는 그 기이한 인연에 대해서 진작부터 알고 있었지요. 옛날에 저와 선생이 인청항仁淸巷에 있던 옛집 문 앞에서 얘기를 나눈 적이 있었는데, 그전에 저는 벌써 그를 본 적이 있답니다."

그 말을 듣고 우촌은 깜짝 놀랐다.

"경성은 선생의 고향에서 아주 먼데, 어떻게 만나셨다는 겁니까?"

"오래전부터 정신적으로 교감이 있었지요."

"그렇다면 지금 보옥의 행방에 대해서도 당연히 아실 수 있겠군요?"

"보옥은 곧 보배로운 옥이지요. 지난날 영국부와 녕국부가 가산을 몰수당하기 전, 그리고 보옥과 대옥이 분리되던 날, 그 옥은 이미 이 세상을 떠났던 겁니다. 첫째로는 화를 피하기 위해서였고, 둘째로는 서로 만나기 위함이었죠. 이로써 전생에 맺어진 인연이 끝났고, 그 옥은 형체와 본질이 하나로 합쳐진 것입니다. 그러면서도 어느 정도 신령함을 드러내서 과거에 급제하고 귀한 자식 하나를 이 세상에 남겼지요. 그럼으로써 이 옥은 저 신성하고 영험한 천상에서 단련 받은 보배인 까닭에 범속한 인간 세상에는 비할 것이 없다는 것을 말해주고 있는 것입니다. 이전에 망망대사茫茫大士와 묘묘진인渺渺眞人이 그 옥을 인간 세상에 데리고 내려 왔었는데, 이제 속세의 인연이 다했으므로 다시 두 사람이 그 옥을 가지고 제 고향으로 돌아간 것입니다. 이것이 바로 보옥의 행방입니다."

우촌은 그 말을 듣고 무슨 소리인지 다 알아듣지는 못했으나, 대충은 알 것 같았으므로 고개를 끄덕이며 탄식하였다.

"알고 보니 그렇게 된 일이었군요! 전 그런 줄은 전혀 몰랐습니다. 그렇지만 보옥에게 그런 내력이 있었다면 어째서 그렇게 정情에 미혹되었다가, 또 어째서 그렇게 확연히 깨닫게 되었을까요? 가르침을 주십시오."

사은이 빙그레 웃으면서 말했다.

"이 일에 대해서는 말씀드려도 선생께선 잘 아실 수 없을 겁니다. 태허환경이란 곳은 진여眞如⁴의 복지福地⁵입니다. 보옥이 그곳에서 책을 펼쳐 보면서, 시작을 밝히고 마지막을 종결짓는 이치와 낱낱이 쓰여 있는 한평생을 보고 어찌 깨닫지 못했겠습니까? 강주絳珠의 선초가 본래의 자태로 돌아갔으니, 통령通靈의 옥이 제자리로 돌아가지 않을 리가 있겠습니까?"

우촌은 듣고도 무슨 소리인지 알 수가 없었다. 그러나 신선세계의 기밀이라는 생각에 더 이상 묻지 않고 화제를 돌렸다.

"보옥에 대한 일은 잘 들었습니다. 그런데 저의 일족 가운데 규수들이 그렇게 많았건만 원비를 제외하고는 모두 평범하게 일생을 끝마쳤으니 그건 또 왜 그런가요?"

그러자 진사은은 한숨을 내쉬었다.

"선생께선 용렬한 제 말씀을 허물치 마십시오. 선생네 친척 여자분들은 모두 정천얼해情天孽海⁶에서 왔습니다. 대체로 고금의 여자들은 저 '음淫'이란 것을 범해서는 절대로 안 되며, '정情'이란 것에도 물들어서는 안 됩니다. 그러므로 최앵앵과 소소소〔蘇小小: 육조시기의 명기〕는 선녀 같으면서도 속된 생각에 젖은 인간에 지나지 않았으며, 송옥〔宋玉: 초나라의 시인〕과 사마상여〔司馬相如: 전한의 작가〕는 헛되이 남녀 간의 애정묘사를 일삼았던 문인이라고 크게 비난받았던 것입니다. 그러므로 대체로

---

4 불교용어로서 영원불변을 의미함.
5 신선이 사는 곳.
6 태허환경의 편액에 '정천얼해'라고 쓰여 있는데, '정천'이란 정애(情愛)의 경지를 말하는 것이고 '얼해'란 인간들이 정욕으로 인한 죄악에 빠져서 헤어나지 못하는 것을 비유함. 불교에서는 정욕을 죄악과 고난의 근원으로 보고 있음.

애정에 얽매인 자들의 종말은 물을 것도 없이 뻔한 것입니다."

여기까지 듣고 있던 우촌은 자기도 모르게 수염을 쓰다듬으며 길게 한숨을 내쉬면서 또다시 물었다.

"한 가지만 더 여쭙겠습니다. 저 영국부와 녕국부 두 댁은 이전처럼 번성할 수 있을까요?"

"착한 일에 복이 있고 음란한 일에 재앙이 있는 것은 고금을 통하여 정해진 이치입니다. 지금 영국부와 녕국부 두 댁에서는 착한 자는 선연 善緣을 쌓고 악한 자는 죄를 뉘우치고 있으므로, 장차 난초蘭草와 계화桂 花가 함께 피어나서[7] 집안이 이전처럼 흥하게 되리라는 것은 자연스런 이치가 아닐 수 없습니다."

우촌은 한참 동안 고개를 숙이고 있다가 갑자기 웃으면서 말했다.

"그 말씀이 옳은 것 같습니다. 지금 그 댁에는 난蘭이라고 하는 사람이 있어서 이미 거인에 급제했으니, 지금 말씀하신 '난초'라는 말과 딱 들어맞질 않습니까? 그리고 방금 '난초와 계화가 함께 피어난다'라고 하신 말씀과 또 보옥이 '높은 성적으로 과거에 급제하고 귀한 자식 하나를 남겼다'라고 말씀하셨는데, 이는 보옥에게 유복자가 있고 그 아이가 장차 크게 출세할 거라는 말씀이 아니신지요?"

그러자 진사은은 빙그레 미소를 지었다.

"그건 앞으로의 일이므로 미리 말할 수 없습니다."

우촌이 다시 무엇인가를 물으려고 했지만 사은은 더 이상 대꾸하지 않고, 사람을 시켜서 음식을 내오게 하더니 우촌에게 권하며 함께 식사를 하였다. 식사를 다 마치고 나서 우촌은 또 자기의 신수에 대하여 물으려고 하였으나 사은이 먼저 말을 꺼냈다.

---

7 후손이 창성하리라는 의미. 여기서 난초는 가란(賈蘭)을 암시하고 계화는 가보옥의 유복자가 가계(賈桂)일 것임을 암시하고 있음.

"선생께선 잠시 이 암자에서 쉬고 계십시오. 제겐 아직 속세와의 인연을 끝맺지 못한 일이 하나 있는데, 마침 오늘 그것을 끝맺게 되었습니다."

우촌이 의아해하며 물었다.

"선인께선 이런 경지까지 도를 닦으셨는데 아직도 무슨 속세의 인연이 남아있다는 말씀이십니까?"

"다른 게 아니라 딸자식과의 사사로운 정입니다."

우촌은 더욱 의구심이 들었다.

"아니, 선인께 어찌 그런 일이 있을 수 있단 말입니까?"

"선생께선 아마 모르실 겁니다. 제 딸아이 영련이가 어렸을 적에 사람도적에게 붙잡혀 갔었는데, 선생께서 처음 부임하셨을 때 그 애의 일을 판결하신 적이 있습니다. 그 애는 지금 설씨 댁에 시집갔는데 난산으로 인하여 겁을 마치고, 설씨 가문에 아들 하나를 남겨 대를 잇게 하였습니다. 지금이 바로 속세와의 인연에서 벗어나는 때이므로 제가 가서 인도해줘야 합니다."

사은은 그렇게 말하면서 소매를 털고 자리에서 일어났다. 우촌은 어찌 된 영문인지 정신이 몽롱해지면서 이 급류진의 각미도 나루터의 초막 암자에서 잠이 들고 말았다.

한편 사은은 향릉을 속세의 고난에서 벗어나게 하여 태허환경으로 데리고 왔다. 그리고는 그녀를 경환선녀에게 넘겨서 장부와 대조하게 하였다. 그런 뒤 막 패방을 돌아서는데 예전에 만났던 그 중과 도사가 보일 듯 말 듯 멀리서 걸어오고 있는 것이 보였다.

사은은 그들을 맞으며 인사를 했다.

"대사, 진인 두 분께 정말 축하드립니다! 애정의 연분이 다해서 모두 깨끗하게 매듭을 지으셨나요?"

그러자 중이 말했다.

"아닙니다. 정연情緣이 아직 다하지도 않았는데 그 어리석은 것이 벌써 돌아오질 않았겠습니까? 그래서 그것을 원래 있던 자리에 데려다 놓고, 그가 이후에 겪었던 일들을 분명하게 적어두도록 해야겠습니다. 그래야 그것이 속세에 내려갔던 보람이 있을 게 아닙니까?"

사은은 그 말을 듣고 두 손을 앞으로 모아 인사한 뒤 그들과 작별했다.

그 중과 도사는 옥을 청경봉 아래로 가지고 가서 여와가 돌을 구워 하늘에 난 구멍을 메우던 곳에 놓아두고는 각자 어디론가 떠도는 구름처럼 사라졌다.

이로부터,

하늘 밖의 책은 하늘 밖의 일을 전하고,	天外書傳天外事,
두 세상 사람은 한 세상 사람이 되었네.	兩番人作一番人.

바로 그날 공공도인空空道人이 다시 청경봉 앞을 지나다 보니까 여와女媧가 하늘을 메우다 쓰지 않고 남긴 돌이 여전히 그곳에 버려져 있었으며, 돌 위에 새겨진 글자도 옛날 그대로였다. 그래서 공공도인은 처음부터 끝까지 다시 자세히 읽어보았다. 그런데 뒤쪽의 게문偈文[8] 뒤에 또 새로운 여러 인연의 결과가 적혀있었으므로 고개를 끄덕이며 감탄하였다.

'내가 이전에 이 돌에 쓰인 기이한 이야기를 읽고 그만하면 세상에 읽을거리로 전할 만하다고 생각해서 베껴두었는데, 다시 본래 모습으로 돌아와 있는 것은 알지 못했구나. 어느새 또 이런 재미있는 이야기가 보태졌을까? 이를 보니 이 돌이 인간 세상에 한차례 내려가서 단련 끝

---

8 불경의 노래가사를 게(偈)라고 하는데, 주로 어떤 일에 대한 견해를 개괄적으로 표현하는 형식을 말함.

에 빛을 발하고, 도를 깨우쳐 성불하였음을 알 수 있으니 더 이상 유감은 없다고 할 수 있겠다. 다만 세월이 오래되어 글씨가 희미해졌으므로 뜻밖의 착오가 있을지도 모르겠다. 그러니 내 손으로 다시 한 번 베낀 다음 누구든 한가한 사람을 찾아서 그 사람에게 부탁하여 이 이야기를 세상에 널리 전하게 한다면, 사람들이 기이하면서도 기이하지 않고, 속되면서도 속되지 않으며, 진실하면서도 진실하지 않고, 거짓이면서도 거짓이 아닌 이 이야기를 알게 될 것이다. 혹은 속세의 환몽은 사람을 번뇌하게 만드는 것이니 사람들로 하여금 두견새의 울음소리에 망상에서 깨어나 안식처를 찾아가게 하거나,[9] 산신령이 손님을 좋아하므로 돌로 화하여 그곳으로 가게 할지도 모르겠다.'[10]

이렇게 생각한 공공도인은 그것을 다시 베껴서 소매 안에 넣어 가지고, 저 번화하고 창성한 인간 세상을 두루 돌아다니며 베껴줄 만한 사람을 찾아다녔다. 그러나 대부분 공명을 세우기에 혈안이 된 사람들이 아니면 먹고살기에 바쁜 사람들뿐이어서, 한가롭게 돌과 잡담이나 늘어놓을 사람은 찾으려야 찾을 수가 없었다.

그러다가 급류진의 각미도 나루터에 이르러 초막 암자에서 자고 있는 사람 하나를 발견하고는, 그가 바로 찾고 있던 한가한 사람이라는 생각이 들어서 베껴 가지고 왔던 《석두기石頭記》를 꺼내서 보여주려고 하였다. 그런데 그 사람은 아무리 깨워도 도무지 일어날 생각을 하지 않았다. 하는 수 없이 공공도인이 있는 힘껏 흔들어 깨우자, 그 사람은 그제야 마지못해 눈을 뜨더니 일어나 앉았다. 그 사람은 공공도인이 내미는

---

9 두견새의 울음소리는 마치 '불여귀거[不如歸去: 돌아가는 것만 못하다]'라고 하는 듯하다고 함.
10 비래봉(飛來峰)에 얽힌 이야기. 비래봉은 절강성 항주의 영은산(靈隱山) 동남쪽에 있는 산인데, 동진 시기의 인도승 혜리(慧理)가 이 산에 올라 감탄하면서 이 봉우리는 중천축국(中天竺國) 영취산(靈鷲山)의 작은 고개인데 언제 여기로 날아왔는지 모르겠다고 하여 비래봉이라 부르게 되었다고 함.

《석두기》를 받아서 대강 훑어보더니 휙 내던지며 말하는 것이었다.

"이 이야기라면 나는 직접 보아왔기 때문에 다 알고 있소. 당신이 베낀 것은 한 치의 틀림도 없구려. 내가 한 사람을 소개해 드릴 테니, 그 사람한테 부탁해서 세상에 전하게 한다면 이 희한한 사건을 결말지을 수 있을 것이오."

공공도인이 얼른 그게 누구냐고 다그쳐 물었다.

"당신은 모년 모월 모일 모시에 도홍헌悼紅軒이란 곳에 가서 조설근曹雪芹선생을 찾으시오. 그 사람을 만나거든 가우촌의 말이라고 하면서 이러이러하게 부탁하면 될 것이오."

그 사람은 말을 마치자 다시 누워서 잠들어 버렸다.

공공도인은 그 말을 명심하고 있다가 그로부터 몇 겁의 세월이 흐른 뒤에 도홍헌이란 곳을 찾아갔다. 그랬더니 과연 조설근 선생이 도홍헌에서 역대의 역사책을 펼쳐보고 있었다. 공공도인은 가우촌의 말을 전하면서 《석두기》를 꺼내 보여주었다. 그러자 설근 선생이 웃으며 말했다.

"과연 '가우촌언賈雨村言'[11]이로세!"

이에 공공도인이 물었다.

"선생께서는 어떻게 그분을 알고 계십니까? 그분의 안면을 봐서라도 이 이야기를 세상에 전해주실 수 있겠습니까?"

"당신의 이름이 공空 어쩌고 하더니만 정말 뱃속까지 텅 비었나 보구려. 어차피 가어촌언假語村言이라면 노어해시魯魚亥豕[12]나 모순되는 곳이 없는 이상, 두세 명의 친구와 더불어 술이나 밥을 배불리 먹은 뒤 비

---

11 제1회에서 이야기되었던 바와 같이 '가어촌언(假語村言)'의 해음(諧音).

12 고대의 전서(篆書) 가운데 노(魯)와 어(魚), 해(亥)와 시(豕)는 글자 모양이 비슷해서 베껴 쓸 때 착오가 생기기도 하였으므로 후세 사람들은 글자 모양이 비슷해서 다르게 쓰게 된 것을 노어해시(魯魚亥豕)라고 하였음.

내리는 밤 등불 켠 창 밑에서 함께 읽으며 심심풀이나 할 일이지, 굳이 대인선생의 붓을 빌려 세상에 전할 필요가 어디 있겠소? 당신처럼 이렇게 꼬치꼬치 따지고 드는 것은 각주구검이요 교주고슬[13]이 아니고 뭐겠소."

그러자 공공도인은 머리를 쳐들고 크게 웃으면서 베껴왔던 책을 내던지고 어디론가 훌쩍 가버렸다.

공공도인은 가면서 이렇게 중얼거렸다.

"과연 한낱 부질없고 황당한 얘기로다! 지은 사람도 모르고, 베낀 사람도 모르며, 독자도 알 수 없구나. 결국 붓장난으로 사람의 마음을 기쁘게 해준 데 불과한 것을!"

후세 사람이 이 기이한 이야기를 읽고 네 구절의 게偈를 써놓았는데, 이는 작자가 이 책을 쓰게 된 까닭을 밝힌 것보다 한층 더 인생의 허무함을 간파한 것이라고 할 수 있겠다.

이야기가 슬픈 곳에 이르면,　　　　説到辛酸處,
황당할수록 더욱 서글프다.　　　　荒唐愈可悲.
원래부터 모두가 꿈인 것을,　　　　由來同一夢,
세인들이 어리석다 비웃지 말라!　　休笑世人痴!

(끝)

---

13 '각주구검(刻舟求劍)'은 옛날 초나라 사람이 강을 건너다가 물속에 칼을 빠뜨리자, 빠뜨린 자리를 배에다 표시한 뒤 배가 정박한 후에 칼을 찾으려 했다는 고사에서 유래하여 융통성이 없음을 비유하며, '교주고슬(膠柱鼓瑟)'은 기러기발을 아교로 붙여놓고 비파를 탄다는 뜻으로 역시 융통성이 없음을 빗대서 하는 말.

등장인물

가교저(賈巧姐)　　가련과 왕희봉의 딸로 금릉십이차 중 한 명이다. 처음에는 대저大姐로 불리다가 유노파가 교저라는 이름을 지어준 후로 교저로 불린다. 가부賈府가 몰락한 뒤, 가운, 가환 등이 몰래 팔아버리려고 하나 유노파의 도움으로 위기를 벗어난다. [6]

가란(賈蘭)　　가주와 이환의 아들이며 가모의 증손이다. 나이가 어리기 때문에 작품 속에서 자주 언급되지 않는다. 부친인 가주가 요절하여 유복자로 태어나 이환의 정성어린 교육을 받으며 자란다. 후에 삼촌인 가보옥과 함께 과거에 응시하여 130위로 급제한다. [2]

가련(賈璉)　　가사의 장남이고 왕희봉의 남편이다. 임기응변에 능한 편이지만 재주나 영리함이 왕희봉보다 훨씬 못하다. 글공부는 멀리하면서 여인들과 어울려 다니는 데만 관심을 가지며, 왕희봉 몰래 우이저를 첩으로 들였다가 들통 나 곤욕을 치르기도 한다. 희봉이 죽자 시녀였던 평아를 아내로 맞이한다. [2]

가모(賈母)　　가씨 집안의 최고 어른으로 가대선의 부인이다. 금릉의 귀족 사후가史侯家의 딸로 사태군史太君이라 부르기도 한다. 가보옥의 조모이고 임대옥의 외조모이다. 적손자인 가보옥을 끔찍이 총애하고 귀하게 여긴다. 가부가 번성하던 시기의 부와 영예의 향유자이다. [2]

* 〔 〕안의 숫자는 해당 인물이 처음 나오는 회를 뜻한다.

가보옥(賈寶玉)　입에 옥을 물고 태어나 이름을 보옥이라고 한다. 영국부의 적손으로 가정과 왕부인 사이에서 난 아들이다. 임대옥과는 고종사촌지간이고 설보차와는 이종사촌지간이다. 귀족가문의 자제이지만 자유분방하고 전통적인 예교에 반하는 행동을 일삼는다. 괴팍한 성격과 독특한 정신세계를 지닌 인물이기도 하다. 목석전맹木石前盟의 임대옥과 결혼하기를 원하지만 가모와 왕희봉의 계략으로 설보차와 결혼하게 된다. 인생무상을 느낀 가보옥은 과거장에서 사라지고 훗날 나루터에서 가정을 만나지만 목례만 남긴 채 스님과 도사와 함께 눈 덮인 광야로 사라진다. [2]

가석춘(賈惜春)　가경의 딸이고 가진의 누이로 금릉십이차 중 한 명이다. 가보옥과는 사촌지간이고 가부賈府의 네 자매 중 가장 어리다. 회화繪畵에 소질이 뛰어나다. 평소 수월암水月庵의 어린 비구니 지능과 자주 어울렸는데 훗날 가부가 몰락한 뒤 비구니가 된다. [2]

가영춘(賈迎春)　가사의 딸이고 가련의 이복누이로 금릉십이차 중 한 명이다. 성격이 유약하고 순종적이며 모든 일에 대해 묵묵히 방관자적인 태도를 취하는 인물이다. 포악하고 탐욕스러운 손소조에게 시집 가 온갖 핍박을 당하다가 결국 1년 만에 죽는다. [2]

가우촌(賈雨村)　호로묘葫蘆廟에 얹혀살던 가난한 선비였으나 과거시험에 합격하여 단번에 높은 관직에 오른다. 진사은의 집에서 술을 마시다 만난 하녀 교행을 첩으로 얻는다. 제120회에서 진사은과 만나 대화를 나누면서 가부賈府에서 일어난 일들을 객관적인 입장에서 설명해주는 역할을 한다. [1]

가운(賈芸)　가부賈府 일가의 인물로 가보옥에게는 조카가 된다. 가보옥보다 서너 살 많지만 가보옥의 양아들이 되기를 원하며, 영리하고 잔꾀가 많다. 왕희봉의 비위를 맞추어 대관원에서 화초와 나무 심는 일을 맡는다. 후에 교저를 몰래 변방으로 팔아버리려는 계략을 세우기도 한다. [13]

가정(賈政)　가대선과 가모의 차남으로 영국부의 모든 일들은 가정을 중심으로 이루어진다. 가보옥의 부친으로 아들에게 매우 엄격한 아버지이다. 전통적 유교의 가치관을 대표하는 인물로 자유분방하고 격식에 얽매이는 것을 싫어하는 가보옥에 대해 늘 불만을 느낀다. [2]

가환(賈環)　가정의 첩인 조이랑의 아들로 탐춘의 친동생이자 가보옥의 이복형제이다. 교활하고 잔인한 성품으로 보옥을 미워해 얼굴에 화상을 입히고 금천의 자살을 보옥 탓이라고 모함한다. 후에 가운과 함께 교저를 몰래 변방으로 팔아넘기려는 계략을 꾸민다. [2]

묘옥(妙玉)　농취암櫳翠庵에 거주하는 비구니로 금릉십이차 중 한 명이다. 귀족가문 출신이어서 성격이 고상하면서도 괴팍한 면이 있다. 세속과 잘 어울리지 않았으나 가보옥에게는 은근한 정을 느낀다. 후에 가부에 침입한 도적떼에게 겁탈당하고 어디론가 끌려가 사라지는 불행한 운명을 맞는다. [17]

사상운(史湘雲)　가모의 질녀로 금릉십이차 중 한 명이다. 임대옥과 마찬가지로 일찍이 부모를 여의고 남의 집에 얹혀사는 신세이나 천성적으로 호방하고 쾌활한 성격 덕분에 처지를 비관하거나 상념에 젖는 일이 거의 없다. 후에 위약란과 결혼하나 행복한 삶을 누리지는 못한다. [19]

설반(薛蟠)　설보차의 오빠이다. 하금계의 남편이고 향릉을 첩으로 맞는다. 귀족자제임에도 불구하고 무지하고 저속한 인물이다. 향릉을 첩으로 사면서 사람을 때려죽인다. 후에 또다시 살인 사건에 연루되어 잡혀 들어가지만 결국 사면 받아 석방되고 잘못을 뉘우친다. [3]

설보차(薛寶釵)　설부인의 딸이고 설반의 여동생으로 금릉십이차 중 한 명이다. 왕부인의 질녀로 가보옥과는 이종사촌지간이다. 온유돈후溫柔敦厚하고 인정에 밝은 성품으로 유교의 전형적인 여인상이라 할 수 있다. 금옥양연金玉良緣의 연분으로 가보옥과 결혼하지만 가보옥이 출가하

면서 독수공방하는 신세가 된다. [4]

손소조(孫紹祖) 가영춘의 남편이다. 집안 대대로 군관軍官 출신으로 노름을 좋아하고 주색에 빠져 산다. 영춘과 결혼하고서도 집안의 하녀들을 겁탈하고 영춘에게 난폭하게 군다. 제5회 영춘에 대한 판사判詞에서 '중산의 이리中山狼'로 비유된다. 영춘은 손소조의 학대를 이기지 못해 결혼 1년 만에 죽는다. [79]

왕부인(王夫人) 가정의 처이자 가보옥의 모친이다. 설부인의 언니이고 왕자등의 여동생이다. 영국부에서 가씨賈氏, 왕씨王氏, 설씨薛氏 가문을 연결하는 인물이다. 하나밖에 없는 아들인 가보옥을 지나치게 보호하고 걱정한다. [2]

왕인(王仁) 왕희봉王熙鳳의 친오빠이다. 가부가 몰락하자 가환賈環 등과 서로 내통하여 질녀인 교저巧姐를 변방으로 팔아넘기려는 계략을 세운다. [14]

왕희봉(王熙鳳) 가련의 처로 금릉십이차 중 한 명이다. 왕부인의 질녀이니 가보옥에게는 사촌누이이자 형수가 된다. 아름다운 외모에 남성적인 기질을 가진 인물이다. 재치와 유머 감각이 매우 뛰어나고 사무처리 능력 또한 탁월하여 가부의 안팎을 장악한다. 권모술수에 능하고 자신의 이익을 위해서라면 수단과 방법을 가리지 않아 고리대금을 놓고 사람의 목숨을 해치기도 한다. [3]

우씨(尤氏) 녕국부 가진의 처이자 가용의 계모이다. 주변 사람에 대해 배려가 깊으나 우유부단하고 무능하여 하인들이 우씨의 지시를 잘 따르지 않는다. 녕국부가 몰수당하자 영국부에 얹혀사는 신세가 된다. [5]

원앙(鴛鴦) 가모의 시녀로 가모의 두터운 신임을 받는 인물이다. 대대로 노비 집안의 자식이지만 강직하고 신의가 있다. 가사가 첩으로 데려가려고 하자 머리를 자르겠다고 하며 저항한다. 가모가 죽자 따라서 목

을 매 자살한다. [20]

　유노파(劉老婆)　영국부와 먼 인척이 되는 시골 노파로 재치와 익살이 넘치고 세상물정에 밝으며 삶의 경험이 풍부하다. 넉살좋은 성격과 입담으로 가부 사람들이 모두 좋아한다. 교저가 변방으로 팔려갈 위험에 처하게 되자 평아와 함께 시골에 숨겨주고 후에 교저에게 중매를 서준다. [6]

　이환(李紈)　가보옥의 형인 가주의 처이고 가란의 모친으로 금릉십이차 중 한 명이다. 일찍이 청상과부가 되어 목석같은 마음으로 살지만 말년에 아들 가란이 공을 세워 높은 지위에 오르자 여복을 누리게 된다. [4]

　자견(紫鵑)　앵가鸚哥라고도 한다. 원래는 가모의 시녀였으나 임대옥이 영국부로 들어오면서 가모가 임대옥의 시녀로 보낸다. 임대옥을 진심으로 대하여 서로 친자매 같이 지낸다. 임대옥이 죽은 뒤, 가보옥의 시녀가 되지만 후에 가석춘을 따라 출가한다. [8]

　장옥함(蔣玉菡)　예명藝名은 기관琪官이고 배우이다. 가보옥과의 첫 만남부터 호감을 느끼며 마음이 잘 맞아 서로 지니고 있던 수건을 주고받는다. 후에 화습인을 처로 맞이한다. [28]

　조이랑(趙姨娘)　가정의 첩으로 가탐춘과 가환의 모친이다. 첩이라는 이유로 사람들로부터 천대받는 것에 대해 원한을 품고 살아간다. 마도파를 시켜 가보옥과 왕희봉을 음해하려는 계책을 세우기도 한다. 가모의 영구를 철함사鐵檻寺에 모신 뒤 돌연 병사한다. [2]

　주서(周瑞)　왕부인王夫人이 시집올 때 데리고 온 하인으로 영국부의 집사이다. 봄가을 두 철의 토지세를 관리하고, 한가할 때면 도련님들을 데리고 외출하는 일을 맡는다. 양아들이 도적떼를 불러들인 사건으로 쫓겨난다. [6]

　진사은(甄士隱)　타고난 성품이 무사태평하고 사리사욕이 없는 인물로 일찍이 가우촌이 과거를 보러갈 때 노잣돈을 대주었다. 후에 절름발이 도인을 만나 깨달음을 얻고 출가한다. 가부에서 일어나는 사건들과 직접적인 관계는 없지만 작품의 내용을 객관적인 입장에서 바라보고 독자들에게 전달하는 역할을 한다. [1]

초대(焦大) 녕국부의 하인이다. 녕국부의 조부를 따라 여러 번 출병出兵하였는데, 시체더미 속에서 주인을 구해내어 남다른 대우를 받는다. 술만 취하면 가부의 부패한 실상들을 입 밖으로 드러내며 욕을 한다. 가부가 차압당할 때는 가부를 위해 목숨을 걸겠다고 다짐한다. [7]

평아(平兒) 왕희봉의 시녀이자 가련의 첩이다. 신중하고 사려 깊으며 주인에게 충심을 다해 왕희봉의 신뢰와 총애를 받는다. 가련과 왕희봉 사이에서 일어나는 일을 세심하게 보살피고 사단을 없애는 역할을 한다. 왕희봉이 죽은 뒤 가련의 정실부인이 된다. [6]

하금계(夏金桂) 계화 밭을 독점한 대부호의 딸로 설반의 처이다. 어려서부터 귀하게 자라서인지 제멋대로이고 성격도 포악하다. 시어머니 설부인과 시누이 설보차와의 관계도 좋지 않고 늘 집안의 분란을 일으킨다. 향릉을 질투하여 독살하려다가 자신이 독을 마시고 죽는다. [79]

향릉(香菱) 진사은의 딸로 본명은 진영련이다. 원소절元宵節에 하인의 등에 업혀 등 구경을 나갔다가 납치된다. 우여곡절 끝에 설반에게 팔려와 이름을 향릉으로 바꾼다. 설반의 정실부인 하금계가 향릉을 학대하고 독살하려다 도리어 죽게 되고 향릉은 정실부인이 된다. 아이를 낳다가 난산으로 죽는다. [1]

형부인(邢夫人) 가사의 처로 천성이 우둔하고 재화에만 탐을 낸다. 대관원을 산보하던 중 수춘낭繡春囊을 발견하고 이것을 왕부인에게 전달한다. 이 사건을 트집 잡아 왕부인이 집안관리를 엄격히 하지 않았다고 몰아세운다. 이 때문에 대관원을 수색하는 사건이 일어나게 된다. [3]

화습인〔花襲人〕　　가보옥의 시녀이다. 원래는 가모의 시녀로 본명
은 진주珍珠이다. 가보옥과 운우지정雲雨之情을 함께 나눈 관계로 가보옥을
극진하게 보살펴주는 인물이다. 가보옥이 출가한 후 수절하려고 하나 후
에 장옥함에게 시집간다. [3]

🌸 대관원의 구조 🌸

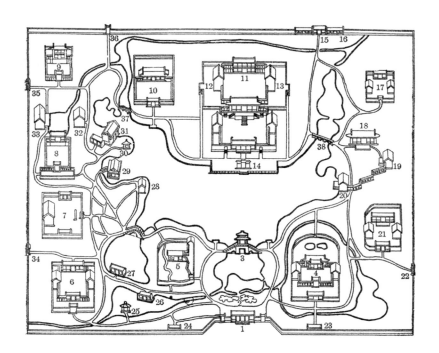

1 정문 **2** 곡경통유 **3** 심방정 **4** 이홍원 **5** 소상관 **6** 추상재 **7** 도향촌 **8** 난향오 **9** 자릉주
10 형무원 **11** 대관루 **12** 함방각 **13** 철금각 **14** 성친별서패방 **15** 후문 **16** 주방 **17** 절 **18** 가음당 **19** 철벽당
20 요정관 **21** 농취암 **22** 각문 **23** 숙직방 **24** 의사청 **25** 적취정 **26** 유엽저 **27** 행엽저 **28** 노설엄 **29** 우향사
30 모란정 **31** 파초오 **32** 홍향포 **33** 유음당 **34** 각문 **35** 각문 **36** 후각문 **37** 판교 **38** 심방갑교

*양내제(楊乃濟)의 대관원 모형도 (《홍루몽연구집간》 제3집 , 상해고적출판사 , 1980)를 따랐음 .

홍루몽 인물 관계도

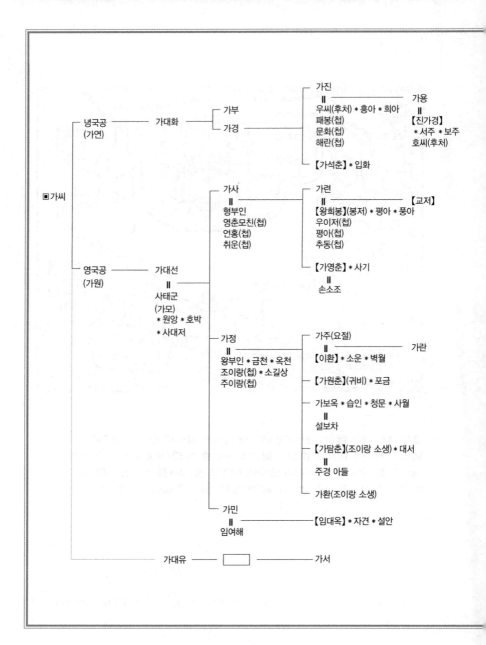

■가씨

녕국공
(가연) ─── 가대화 ─┬─ 가부
                  └─ 가경 ─┬─ 가진
                          │   ‖ ─────────── 가용
                          │   우씨(후처) * 흥아 * 희아   ‖
                          │   패봉(첩)   【진가경】
                          │   문화(첩)   * 서주 * 보주
                          │   해란(첩)   호씨(후처)
                          │
                          └─【가석춘】* 입화

영국공
(가원) ─── 가대선 ─┬─ 가사
          ‖   │   ‖
          사태군   │   형부인
          (가모)   │   영춘모친(첩)
          * 원앙 * 호박│   언홍(첩)
          * 사대저 │   취운(첩)
                  │   ├─ 가련
                  │   │   ‖ ─────────────【교저】
                  │   │ 【왕희봉】(봉저) * 평아 * 풍아
                  │   │   우이저(첩)
                  │   │   평아(첩)
                  │   │   추동(첩)
                  │   │
                  │   └─【가영춘】* 사기
                  │   ‖
                  │   손소조
                  │
                  ├─ 가정
                  │   ‖
                  │   왕부인 * 금천 * 옥천
                  │   조이랑(첩) * 소길상
                  │   주이랑(첩)
                  │   ├─ 가주(요절)
                  │   │   ‖ ─────────── 가란
                  │   │ 【이환】* 소운 * 벽월
                  │   │
                  │   ├─【가원춘】(귀비) * 포금
                  │   │
                  │   ├─ 가보옥 * 습인 * 청문 * 사월
                  │   │   ‖
                  │   │   설보차
                  │   │
                  │   ├─【가탐춘】(조이랑 소생) * 대서
                  │   │   ‖
                  │   │   주경 아들
                  │   │
                  │   └─ 가환(조이랑 소생)
                  │
                  └─ 가민
                      ‖ ─────────【임대옥】* 자견 * 설안
                      임여해

가대유 ─── [   ] ─── 가서

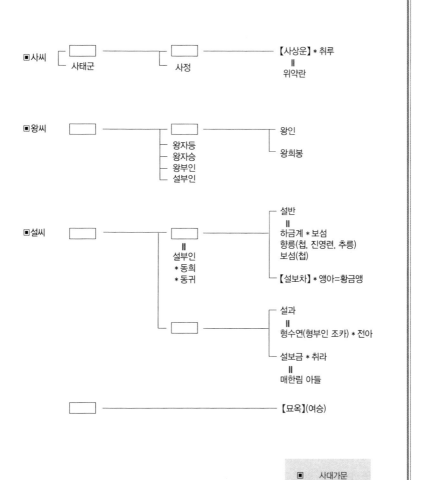

■사씨
사태군 ── 사정 ── 【사상운】 * 취루
‖
위약란

■왕씨
├ 왕자등
├ 왕자승
├ 왕부인
└ 설부인
── 왕인
── 왕희봉

■설씨
‖
설부인
* 동희
* 동귀
├ 설반
│ ‖
│ 하금계 * 보섬
│ 향릉(첩, 진영련, 추릉)
│ 보섬(첩)
└ 【설보차】 * 앵아=황금앵

├ 설과
│ ‖
│ 형수연(형부인 조카) * 전아
└ 설보금 * 취라
  ‖
  매한림 아들

── 【묘옥】(여승)

■	사대가문
□	성명미상
‖	배우자 관계
【 】	금릉십이차
*	주요 시녀

❀ 저자약력

• 조설근 曹雪芹

조설근(약 1715~1763)은 본명이 점(霑), 호를 근포(芹圃), 근계거사(芹溪居士), 몽완(夢阮) 등으로 부르며, 남경의 강녕직조(江寧織造)에서 귀공자로 태어나 부귀영화를 누렸으나 소년시절 가문이 몰락, 북경으로 이주하여 불우한 생활을 하였다. 만년에는 북경 교외 향산(香山) 아래에서 빈궁한 생활 속에 그림과 시를 즐기며 《홍루몽》의 창작에 여생을 보냈다. 다른 저술은 남아있지 않고 그의 생전에는 《석두기》(石頭記)란 이름으로 필사본 80회가 전해지고 있었다.

• 고악 高鶚

고악(1763~1815)은 자를 난서(蘭墅), 호를 홍루외사(紅樓外史)라고 했으며, 요동(遼東)의 철령(鐵嶺) 사람이다. 건륭 53년(1788) 향시에 합격하여 거인(擧人)이 되었으나 진사 시험에는 계속 낙방하였다. 건륭 56년(1791) 친구인 정위원(程偉元)의 부탁으로 그가 수집한 《홍루몽》 후반부 30여 회를 수정 보완하여 활자본 120회를 간행하는 데 도움을 주었다.

❀ 역자약력

• 최용철 崔溶澈 choe0419@korea.ac.kr

고려대학교 중어중문학과 교수. 고려대 중문과를 졸업하고 국립타이완(臺灣)대학에서 《홍루몽》 연구로 석·박사학위를 취득했다. 중국고전소설과 동아시아 비교문학 등의 연구에 주력하고 있다. 박사논문 "청대 홍루몽학의 연구" 외에 《홍루몽의 전파와 번역》과 "조설근 가세고", "구운기에 나타난 홍루몽의 영향연구" 등의 저서와 논문이 있다.

• 고민희 高旼喜 miniko@hallym.ac.kr

한림대학교 중국학과 교수. 고려대 중문과를 졸업하고 동 대학에서 《홍루몽》 연구로 석·박사학위를 취득했으며, 《홍루몽》의 사상성 및 《홍루몽》 연구사 등에 관심을 기울이고 있다. 박사논문 "홍루몽의 현실비판적 의의 연구" 외에 "홍루몽에 나타난 휴머니즘 연구", "중국 신문학운동 초기의 홍루몽 평가에 관한 고찰" 등의 논문이 있다.